KB066848

심훈 문학 연구 총서 2

심훈 문학의 발견

심훈 문학 연구 총서 2

심훈 문학의 발견

2018년 6월 4일 펴냄

펴낸이 김재범
펴낸곳 ㈜아시아

지은이 권희선 외
기획·엮음 심훈문학연구소
편집 이근욱, 최지애, 백수정, 김형욱
스크립트 김은정
관리 강초민
디자인 박아름

출판등록 2006년 1월 27일
등록번호 제406-2006-000004호
주소 경기도 파주시 회동길 445 (서울 사무소 : 서울시 동작구 서달로 161-1, 3층)
전화 02-821-5055
팩스 02-821-5057
홈페이지 www.bookasia.org
이메일 bookasia@hanmail.net

ISBN 979-11-5662-338-0 (93800)

*값은 뒤표지에 있습니다.

심훈 문학 연구 총서 2

심훈 문학의 발견

권희선 외 지음
심훈문학연구소 엮음

권두 논문

작가 세계

작품 세계

총서를 펴내며

심훈(沈熏, 본명 大燮, 1901~1936) 선생은 대표적인 저항시「그날이 오면」(1930)과 농촌계몽소설『상록수』를 쓴 작가로, 한국인이라면 누구나 아는 국민적 작가다. 문학과 영화 등 예술을 통하여 민족 계몽을 실천하였으며, 일제의 탄압에 앞장서서 저항하였던 독립운동가이기도 했다. 또한《동아일보》, 《조선일보》등에서 기자로 근무하며 펜으로 투쟁을 실천한 언론인이었다.

짧지만 뜨겁고 치열한 삶을 살았던 심훈 선생은 1932년, 서울 생활을 정리하고 충남 당진으로 내려와 필경사를 지은 뒤, 그곳에서 문학 창작에 전념하였다. 그리하여『상록수』,『영원의 미소』,『직녀성』등 한국 문학사에 뚜렷한 족적을 남긴 작품들이 탄생하였으며 당진은 심훈 선생의 또 다른 고장이 되었다.

당진시는 심훈 선생의 정신을 이어받고자 1977년부터 지금까지 <심훈상록문화제>를 개최하고 있다. 또한, 2014년 9월 필경사 인근에 '심훈기념관'을 개관하여 심훈 선생의 정신을 기리고자 하였다. 2015년 9월에는 심훈 선생의 정신과 업적을 심도 깊게 연구하고 계승하기 위하여 '심훈문학연구소'가 설립되었다. 심훈문학연구소는 심훈 선생의 정신과 문학의 맥을 이어나가고, 이를 통하여 한국문학 발전에 도움이 되고자 사명감을 가지고 심포지엄 개최, 연구집 발간 등 다양한 관련 사업을 진행하였다.

그리고 올해인 2018년, 심훈문학연구소는 보다 체계를 갖춘 심훈 연구와 정신의 계승을 위하여 심훈 선생과 관련한 사업을 총체적으로 담당하는 '사단법인 심훈선생기념사업회'로 새로운 발돋움을 하였다. 2017년 12월 19일에는 심훈 연구의 진척 상황을 공유하고 연구의 활성화를 논하기 위해 출범기념 포럼 〈심훈 연구 어디까지 왔나〉를 개최하여 유의미한 논의를 이끌어냈다. 그리고 지난 2016년 발간한 『심훈 문학 연구 총서』 제1권을 이어 제2권을 발간하였다.

『심훈 문학 연구 총서』 제2권의 논문들은 2001년부터 2007년까지 연구 결과물이다. 학술진흥재단 등재지와 등재후보지 이외 일반학술지의 논문을 포함하여 2000년대에 진행된 심훈 연구를 수록하였다. 2000년대에는 이전보다 한층 활발한 연구가 진행되었으며, 다양한 각도에서 심훈을 바라보려는 움직임이 포착되었다. 본격화된 2000년대의 연구 결과물 총 16편을 수록하여 넓어진 연구의 폭을 확인할 수 있었으며, 2008년 이후의 연구 결과물 및 앞으로의 연구 역시 계속하여 총서로 발간할 계획이다.

『심훈 문학 연구 총서』가 짧은 생을 살았지만 여러 분야에 족적을 남긴 심훈 선생의 업적과 정신을 널리 전파할 수 있는 다리가 되기를, 동시에 향후에 전개될 심훈 연구의 새로운 기반이 되기를 기대한다. 마지막으로 심훈 연구의 발전을 위하여 논문을 기꺼이 제공해 준 연구자들께 다시 한 번 깊은 감사의 말씀을 올린다.

(사)심훈선생기념사업회

권두 논문

일러두기

1. 이 연구 총서의 논문들은 2001년부터 2007년까지 연구 결과물이다.
2. 논문들은 작가론과 작품론으로 분류한 뒤 연도별로 정리하였다.
3. 한자로 쓰인 논문은 한글로 변환하고 한자를 병기하였다.
4. 각주와 참고문헌은 각 논문의 표기 방식에 따랐고, 논문의 출처는 별도로 정리하여 수록하였다.

심훈 문학의 연구현황과 과제

2000년대 이후 새로운 연구 동향을 중심으로

정은경

중앙대학교 문예창작과 교수

■

1

서론

『상록수』를 쓴 농촌계몽소설 작가, 「그날이 오면」으로 대표되는 항일시인은 2000년대 이전까지 심훈을 호명하는 주된 방식이었다. 짧은 생애(1901~1936) 동안 그가 전방위적으로 펼친 다양한 문화 활동, 즉 시(시조), 소설, 영화(영화소설, 시나리오, 연출, 배우)와 작품에 내재되어 있는 다층성(대중성, 저널리스트, 번역·번안 작가, 여성상, 영웅서사, 기독교, 시조와 신체시, 아동극, 영화평론, 중국 체험 등등)에 대해 본격적으로 고찰하기 시작한 것은 2000년대 이후이다. 이 글은 이렇듯 2000년대 이후 부각된 심훈 연구의 새로운 논의의 흐름을 살펴보고, 그 성과와 의미, 남겨진 과제를 검토하고자 한다.01 논의의 편의상 항목을 1)전기 및 서지 2)시 연구 및 중국 체험 3)영화 및

01 2015년까지의 심훈 연구 현황을 살펴보면, 총 44편의 학위논문 중 16편의 논문이 80년대에 발표된 것으로 『상록수』를 중심으로 한 장편소설 연구가 주류를 이루었고, 2000년대 이후 학위논문 수가 감소한 반면, 학술논문의 경우 총 35편의 논문 중 28편이 2000년대 이후에 발표되었고 이 논문들은

다매체 4)여성상 및 서사양식 5)기독교 및 사상적 원류 6)작중인물과 실제 모델 등으로 구분하여 진행한다.

2

전기 및 서지

심훈의 전기 연구는 심훈의 생애를 실증적으로 고찰하여 정리한 유병석의 논의02와 1966년 탐구당에서 출간된 『심훈 전집』의 연보(심재호 작성) 이후 크게 달라진 점이 없다. 심훈 연구는 대개 이 자료들을03 참고하고 있는데, 본고에서는 심훈 전기 사항을 유병석04, 심재호, 그리고 관련 논문들05과 최근 출간된 심훈 전집(글누림)06을 비교하면서 새롭게 정리되거나 논점으로 남아있는

이전까지의 편향된 연구 방향에서 벗어나 다양한 스펙트럼을 보여주고 있다. –김민정, 「심훈 문학의 연구현황과 과제」, 『제1회 심훈문학연구소 심포지엄』 자료집, 2015.9.18.

02 유병석, 「심훈 연구–생애와 작품」, 서울대 석사, 1964.

03 심훈 생애 고찰에서 또 하나 정전으로 참고되는 것은 신경림의 글이다. –신경림, 『그날이 오면 그날이 오며는』, 지문사, 1982.

04 본고에서는 유병석, 「심훈의 생애 연구」(《국어교육》 14, 한국국어교육연구회, 1968)를 저본으로 삼음.

05 최원식, 「심훈연구서설」, 김학성 외, 『韓國 近代 文學史의 爭點』, 창작과 비평, 1990.
한기형, 「습작기(1919~1920)의 심훈」, 《민족문학사연구》 22, 2003.
주인, 「'심훈' 문학 연구 방법에 대한 서설」, 《어문론집》 34, 2006.
조선영, 「심훈 단편소설에 나타난 창작방법 고찰」, 『한국현대소설연구』 65, 2017.

06 글누림에서 2016년 출간된 『심훈 전집』의 작가 생애는 다음과 같이 작성되었다고 밝히고 있다. –심재호가 작성한 『심훈문학전집(3)』(탐구당, 1966)의 작가연보, 이어령의 『한국작가전기연구』(상)(동화출판공사, 1975), 신경림의 『심훈의 문학과 생애: 그날이 오면, 그날이 오며는』(지문사, 1982), 『탄생 100주년 문학인 기념문학제 2001』(대산재단/민족문학작가회의)에 문영진이 작성한 '심훈–작가연보' 등을 참고하여 편자가 수정–보완하였다. –『심훈 시가집 외, 심훈 전집』 1, 김종욱, 박정희 엮음, 350쪽.

지점들을 정리해본다. 가장 최근의 자료인 글누림 전집의 연보는 유병석과 심재호의 전기에서 크게 벗어나지 않으나 좀 더 보강되고 추가된 것이 있다.07

첫째, 3.1운동 이후 심훈의 복역기간과 관련되어서이다. 기존의 연보(유영석, 심재호, 문영진)에서는 7월에 집행유예로 석방되었다고 정리되어 있는데, 한기형의 9월 석방설08을 거쳐 글누림 전집에서는 11월 집행유예로 정리되었다.09

두 번째, 중국으로 건너간 시기이다. 유영석, 심재호는 1920년 겨울로 정리하고 있으나 1919년 겨울이라고 적고 있는 심훈의 글로 인해 이 시기에 대한 논란이 있었다(2장에서 보완). 글누림도 1920년 겨울이라고 적고 있는데 논란은 1920년으로 정리된 듯하다. 귀국이 1923년이라는 데에는 별다른 이견이 없으나 이와 관련하여 염군사 참가 시기와 극문회 조직 시기에 대한 모호함은 여전히 남아있다. 유영석은 "1922년 염군사 조직에 심대섭이 참가하였다 함은 잘못"이고, 1922년 최승일을 중심으로 '극문회'를 조직했다는 설도 1923년으로 수정되어야 한다고 보았다. 글누림 전집에서는 1922년 "9월 이적효, 이호, 김홍파, 김두수, 최승일, 김영팔, 송영 등과 함께 '염군사焰群社'를 조직하였다.(이듬해에 귀국한 심훈이 염군사의 조직단계에서부터 동참을 한 것인지 귀국 후 가입한 것인지 불분명함)"라고 정리하고 있다. 그러나 이러한 모호함에 대해서는 최원식(1990)이 권영민의 카프 자료를 들어 다음과 같이 정

07 가령 누이 원섭의 크리스찬이었다는 것과 「찬미가에 싸인 원혼」이 장기렴의 옥사를 둘러싼 경험을 반영했다는 것 등.

08 "심훈이 정확하게 얼마간 복역했는지는 불분명하다. 『심훈문학전집』의 연보는 7월 집행유예로 풀려났다고 했지만 「감옥에서 어머님께 올린 글월」의 작성일은 1919년 8월 29일(『심훈문학전집』1, 23면)이다. 미결기간을 산입하여 6개월을 복역했다고 한다면 1919년 9월쯤 석방되었을 가능성이 높다.(「습작기(1919~1920)의 심훈」, 위의 책, 194쪽)

09 심훈이 11월 6일 선고 받음과 동시에 석방되었다는 국가보훈처의 자료가 그 근거이다.

리한 바 있다. '심훈이 염군사에 가담한 것은 1923년 조직 확장 때 추가로 가입한 것이며 극문회 조직도 1923년이다.'10 이와 유사한 맥락에서 심훈 전기를 연구한 주인(2006)은 심훈의 염군사 가담을 24년 이후로 보고 있으며 더불어 사회주의 경향성에 대해 문화적 측면을 강조하고 있는데11, 이 시기 문제는 좀 더 확증적으로 정리될 필요가 있다.

셋째, 『탈춤』 연재 시기인데, 유영석에 의하면 '1925년 11월 9일~12월 13일까지 33회 동아일보 연재'로 되어있으나 심재호와 글누림은 12월 16일 34회 연재로 정리하고 있다. 정확한 서지 사항이 있으므로 후자가 맞다.

넷째, 카프 탈퇴 혹은 이들과 거리를 둔 시기와 관련해서이다. 카프 창립에 이름을 올린 심훈이 1926년 12월 24일 개최된 카프임시 총회 명부12를 참고삼아 최원식은 카프가 일정한 체계를 갖춘 1926년 말에 송영과 같이 탈퇴한 것13으로, 글누림 편자들도 이를 근거로 탈퇴시기를 1928년 이전으로 언급하고 있다.14

---

10 "심훈은 1923년 '염군사(焰群社)'에 가담한다. 염군사는 1922년 송영(宋影)·김두수(金斗洙)·이호(李浩)·박세영(朴世永) 등이 조직한, "무산계급 해방문화의 연구 및 운동"을 목적으로 한 계급문예 단체이다. (중략-필자) 염군사는 기관지 『염군』의 창간호와 2화 거듭 발행금지처분을 받게 되면서 1923년 조직 확장에 들어가 이때 심훈·최승일(崔承一)·김영팔(金永八) 등이 새로이 가담하게 되었던 것이다." -최원식, 「심훈연구서설」, 위의 책, 241쪽.

11 주인은 김학렬의 증언(각주 18 참조)을 근거로 삼아 다음과 같이 정리하고 있다. "'염군사'는 1924년 同人들이 도쿄, 고베, 간도, 천진 등으로 떠난 것을 계기로 활동이 축소되기 시작한다. 이를 극복하기 위해 組織內에 문학부, 극부, 음악부를 건립하여 활동을 再起하는데, 이때서야 경기고보 출신의 심훈이 등장한다. 따라서 심훈은 '염군사'의 出發點에서 同行한 것이 아니라 '염군사'의 기본 조직이 와해되는 시점 즉, 다른 측면에서는 回生해보려는 起點에서 同人 활동을 시작함으로써 '염군사'의 초기 멤버와 그 出發點이 달랐음이 확인된다. 그 와중에도 심훈은 문학부에 소속된 것이 아니라 극부에 소속되어 있음을 살필 때, 심훈 자신이 처음부터 無産階級의 해방 文學보다는, 전방위적 해방 文化에 지대한 관심을 두고 있었음을 알 수 있다." -주인, 「'심훈' 문학 연구 방법에 대한 서설」, 《어문론집》 34, 2006, 254~255쪽.

12 권영민, 「카프의 조직과 해체」2, 《문예중앙》, 1988 여름호.

13 최원식, 위의 글, 242쪽.

14 주인은 심훈의 카프 관련성을 자료를 통해 추적하면서 심훈의 카프 활동이 전면적이지 않았던

다섯째, 심재호(1966)의 연보와 글누림 전집(2016)에는 1936년 『상록수』의 영화화 계획이 일제의 방해로 실현되지 못했다고 되어 있고, 유영석(1968)에는 심훈의 작고로 허사가 되었다고 정리되어 있는데, 이 부분은 좀 더 확고한 근거를 바탕으로 정리할 필요가 있다.

전기와 관련해서는 심훈의 작가의식의 향방의 논쟁이 '중국 체류기' 지점에 있는 만큼, 중국체류 시절의 행적에 대한 연구가 더 추가되어야 할 것으로 보인다.

서지와 관련해서는 필자의 힘에 부치는 일이므로 생략하기로 한다. 다만 그간의 성과에 대해서 간략하게 정리한다.

1951년 한성도서주식회사에서 7권의 『심훈 전집』이 발간된 후 1966년 탐구당에서 3권의 『심훈문학전집』, 차림에서 2000년 발간한 육필원고인 『심훈문학전집①-그날이 오면(영인본)』[15] 2016년 김종욱·박정희 편의 『심훈 전집』 8권(글누림)이 나왔다. 2016년의 『심훈 전집』은 그간 연구사에서 정전으로 삼았던 1966년 『심훈문학전집』에 실린 원고들은 물론 이후 새롭게 발굴된 자료, 그리고 영화평론, 시나리오, 번역소설, 설문 등을 추가해서 심훈의 글들을 집대성한 책이다. 이 전집의 의의는 정본 심훈의 자료 정리 이외에 '문학인 심훈'에서 '영화인 심훈'으로의 확장된 지평을 열어보였다는 것이다.

이 전집은 한기형(2003)이 발굴한 신체시 「새벽빛」(필명 금강생, 《근화》 창간호, 1920.6), 소설 「찬미가에 싸인 원혼」(심대섭, 《신청년》 3, 1920.8.1),

---

것으로 보고 있다. -주인, 위의 글, 256~257쪽.

15 심훈의 육필원고와 1949년 한성도서에서 나온 유고시집 『그날이 오면』의 비교 연구는 조제웅의 「심훈 시 연구」(영남대 박사논문, 2006)에서 이뤄지고 있다. 또한 시가집 관련한 원본 텍스트를 둘러싼 문제는 주인이 고찰한 바 있다. -주인, 위의 글.

노동가 「로동의 노래」(미뢰도레미쏠쏠곡조)(심대섭, 《공제》 2호(1920년 10.11)의 '현상노동가' 모집발표에 투고)도 수록되어 있다. 권보드래는 동인지 《신문예》 2호(1924년 3월 1일 발행)16와 1,3호의 목차 자료를 발굴하여 제시하고 있는데, 이에 따르면17 목차만 남아있는 창간호에는 심대섭이란 이름으로 「목숨의 행진곡」(신시), 「선술집」(희곡), 3호에는 「먼동이 틀 때」(희곡)가 있다고 하는데, 이러한 새로운 사실은 그간 승일작의 「선술집」이라 기록되었던 자료18를 의문에 부치는 것으로, 앞으로 확인해야 할 과제로 보인다.

또 하나 조선영(2017)19에 의하면, 단편 소설 「황공의 최후」의 서지사항은 좀 더 검토되어야할 부분이다. 이 글에 따르면, 글누림 전집과 탐구당 전집에 실린 「황공의 최후」는 1936년 1월 《신동아》에 수록된 것인데, 1959년 민중서관에서 발간한 『한국문학전집』 17에 수록된 「황공의 최후」와는 다른 것이다. 심훈 연보에 따르면 이 소설은 「사지의 일생」이라는 수필을 고쳐서 1933년 초고를 탈고한 것인데, 이 수필과 초고본을 확인할 필요가 있다는 것이다.

심훈 전기와 서지 사항은 이러한 연구 성과를 바탕으로 미비한 점과 오류 등을 보완·수정해가면 될 것이다.

---

16 《신문예》 2호에 심훈은 심대섭이라는 본명으로 「미친 놈의 기도」 「돌아가지이다」라는 두 편의 시를 발표했다. 4쪽에 달하는 「미친 놈의 기도」는 전문 삭제되어 있어 「돌아가지이다」 한 편을 확인할 수 있다. –권보드래, 「심훈의 시와 희곡, 그밖에 극(劇)과 아동문학 자료」, 《근대서지》 10, 2014.

17 권보드래, 위의 글.

18 김학렬, 「앵봉산인(송영)의 「조선프로예술운동소사(1)」, 『조선프로레타리아문학운동연구』, 김일성종합대학출판사, 1996, 주인, 「'심훈' 문학 연구 방법에 대한 서설」, 《어문론집》 34, 2006, 255쪽에서 재인용.

19 조선영, 「심훈 단편소설에 나타난 창작방법 고찰」, 《한국현대소설연구》 65, 2017.

3

시 연구 및 중국 체험

심훈의 시 연구는 심훈 연구사를 통틀어 소설에 비해 매우 적은 편에 속한다.[20] 심훈 시 연구는 2000년대 이전 대체로 항일시라는 맥락에서 이루어져왔는데, 신경림, 최동호, 김재홍 등의 논의가 대표적이다.[21] 이러한 관점은 2000년대 이후에도 지속[22]되었으나 적은 양의 연구에서나마 시 연구의 분기를 보여준다.

조제웅의 「심훈 시 연구」(영남대 박사, 2006)는 심훈 시를 대상으로 한 유일한 박사논문으로 심훈 시에 대한 실증적인 고찰이 돋보이는 논문이다. 심훈 시 전체를 '망명자의 한과 낭만적 서정시' '민족의식 고양과 항일 저항시' '민중계몽과 현실 참여'로 구분한 점은 이전의 논의들과 크게 다르지 않으나 시를 소설, 수필, 일기 등과 함께 종합적으로 고찰하고 있다는 점이 차별화된다. 무

---

20 김민정의 고찰에 의하면, 총 학위논문은 8편, 학술논문은 5편에 불과하다. –위의 글.

21 신경림, 『그날이 오면 그날이 오며는』, 지문사, 1982.
최동호, 『그칠 줄 모르고 타는 가슴이여-7인의 항일 민족시집』, 시인사, 1982.
한점돌, 「심훈의 시와 소설을 통해 본 작가의식의 변천과정」, 《국어교육》 41, 1982.
김이상, 「심훈 시의 연구」, 《어문학교육》 7, 1984.
김재홍, 「심훈-저항의식과 예언자적 지성」, 『한국현대시인 연구』, 일지사, 1990.
고광헌, 「심훈의 시 연구: 그의 생애와 관련하여」, 경희대 석사, 1984.
이병문, 「한국 항일시에 관한 연구: 심훈, 윤동주, 이육사를 중심으로」, 공주사범대학 석사, 1984.
노재찬, 「심훈의 「그날이 오면」: 이 시에 충만한 항일민족 정신의 소유 고」, 《교사교육연구》 11, 1985.
김 선, 「객혈처럼 쏟아낸 저항의 노래: 심훈과 작가적 모랄과 고뇌에 관하여」, 《비평문학》 5, 1991.
박명순, 「심훈 시 연구」, 한국외대 석사, 1997.
–이들 연구는 대체로 심훈 시를 세 시기(1919~22, 1923~31, 1932~36)로 구분하여 작가의식의 변화를 살피고 있다.

22 조리영, 「한중 근대 저항시 비교 연구: 1920~1930년대 중심으로」, 건국대 석사, 2013.

엇보다도 이 논문의 성과는 1949년 심명섭에 의해 간행된 유고시집과 1995년 공개되어 영인본으로 간행된 심훈의 육필 원고[23]를 실증적으로 검토하여 그 차이를 면밀하게 고구하고 있다는 것이다. 시집 표제, 구성, 소제목, 시 원고의 가감 등에 대한 고증은 이전의 원전 확정과 텍스트 해석의 문제를 정리하는 중요한 기점이 될 것이며, 이후 심훈 시 연구를 위한 중요한 바탕이 되리라 생각한다. 물론 이러한 고증은 완결된 것이 아니고, 여전히 후속 과제를 남겨놓기도 했다. 가령 이 논문에 따르면, 「그날이 오면」 이외 발굴된 시들을 전부 합치면 총 85편으로 총 114편이라 주장하는 백승구[24]의 논의는 근거가 없는 것이다. 또한 심훈이 「항주유기」의 서문격으로 쓴 글에서 '다만 시조체로 10여 수 벌려볼 뿐이다'라고 한 부분과 신경림이 '시조시'라고 명명한 것에 대한 문제제기는 '시조체시' '시조시'의 형식 문제와 더불어 '실패한 시조로 볼 것인가' 하는 문제 등을 남긴다.[25]

조제웅의 논의에 따라 총 85편의 시에서 19편의 시조에 주목한 신웅순의 「심훈 시조 고」(2011)는 1930년을 기점으로 심훈 시조를 구분하고 그 특성을 살피고 있다. 그에 따르면 29년의 개인의 정서를 노래한 「咏春三首」가 시조 형식을 제대로 갖추지 못한 미숙한 작품인 반면, 30년대에 발표된 시조들은 2편을 제외하고는 완전한 시조형식에 기행과 서경을 담고 있다.

김준의 「심훈 시조 연구」(2017)는 이러한 신웅순의 논의에 대해 심훈 시조

23 심훈, 『심훈 문학전집 ①-그날이 오면(영인본)』, 차림, 2000.

24 백승구, 『심훈의 재발견』, 미문출판사, 1985, 글누림 전집 1권에 실린 시 편수도 조제웅의 논의에 가깝다.

25 일례로 시조로 본다면, 신웅순과 같이 '미숙한' 작품으로 볼 수 있겠지만, 시조체로 본다면 논의는 달라져야 할 것이다. 이러한 문제의식은 김준의 문제의식과도 연관된다("심훈의 작품에서 어느 작품을 시조로 볼 수 있는지에 대한 범위가 불분명하다"). 「심훈 시조 연구」, 《한국문예비평연구》 36, 2017.

의 완성도를 현재 통용되는 관점에서 평가했다고 반박한다. 또한 심훈의 시조가 일제의 검열을 우회하여 식민지 모순을 드러내기 위해 전략적으로 선택한 장르라고 보는 하상일의 견해26에도 의문을 제기한다. 김준에 의하면 우선 심훈은 성장과정에서부터 시조 읊기, 「적벽부」 암기 등 한문과 시조를 학습했으며, 이러한 유년의 한문 체득27이 이후 시조 창작으로 이어졌다. 또한 심훈이 이은상의 시조를 좋아하고, 시조를 민족 고유의 정형시로서 새로운 시대정신을 담아야 한다고 피력한 것을 들어 시조에 대한 각별한 인식이 있었으며, 이를 바탕으로 농촌현실을 시조에 담아냈다는 주장한다. 또한 심훈 시조가 고시조의 형태를 크게 변형하지 않는 범위 내에서 종장의 자유를 추구했다고 본다.

심훈 시조에 대한 논의가 시 형식 차원에서 이루어진 새로운 고찰이라면, 내용적 측면에서의 새로움은 심훈의 중국체험28에 대한 고찰에서 비롯된다. 이러한 연구 흐름에는 심훈의 습작기 작품을 새롭게 발굴하고 생애 이력을 실증적으로 연구해온 한기형의 「'백랑'의 잠행 혹은 만유」(2007)가 출발점으로

---

26 하상일, 「심훈의 「杭州遊記」와 시조 창작의 전략」, 《비평문학》 61, 2016.

27 고광헌의 논문은 심훈의 한문 친연성을 다음과 같이 언급하고 있다. -"집안 분위기에 따라 그는 학교에 들어가기 전부터 서당에 다니며 한문을 배웠고"- 고광헌, 「심훈의 시 연구-그의 생애와 관련하여」, 경희대학교 석사논문, 1984, 9쪽.

28 심훈의 중국 체류에 대한 본격적인 연구는 중국과 일본 등지의 디아스포라적 체험에 대한 연구 흐름과 맞물린 것으로, 상해와 만주를 중심으로 한 다양한 논의들은 심훈 연구에 중요한 맥락을 제공한 바 있다. 이와 관련한 심훈 연구 목록은 다음과 같다.
양국화, 「한국작가의 상해지역 체험과 그 문학적 형상화」, 인하대 석사, 2011.
한기형, 「'백랑'의 잠행 혹은 만유」, 《민족문학사연구》 35, 2007.
______, 「서사의 로칼리티, 소실된 동아시아 -심훈의 중국체험과 『동방의 애인』」, 《대동문화연구》 63, 2008.
윤기미, 「심훈의 중국생활과 시세계」, 《한중인문학연구》 28, 2009.
하상일, 「식민지 시기 상해 이주 조선 문인 연구의 현황과 과제」, 《비평문학》 50, 2013.
______, 「심훈의 중국 체류기 시 연구」, 《한민족문화연구》 51, 2015.
______, 「심훈과 중국」, 《비평문학》 55, 2015.

놓인다. 한기형은 이 글에서 심훈의 중국 체험을 실증적으로 재구하고자 했다. 심훈의 발자취를 따라 지강대학을 방문, 미션계의 지강대학의 역사를 고찰하고 심훈 글을 통해 이회영, 신채호, 이광 등과의 교유, 당시 상해의 한인 사회와 공산당 대회 등을 살피고 있다. 그러나 "'중국에서의 심훈'에 대해서는 아무것도 밝혀내지 못했다. 그저 아까운 노자를 허비하며 북경과 상해, 항주의 뒷골목을 배회했을 뿐이다"라는 고백처럼 심훈의 행적을 증명할 만한 기록을 발굴하지는 못했다. 따라서 그가 심훈의 중국행을 망명과 사회주의, 혁명, 항일 의식과 관련지어 논의하거나 중국 체험시를 두고 '북경과 상해의 잠행의 시, 항주의 만유의 시'라고 규정하는 데에는 틈새들이 잠재되어 있다. 가령 심훈이 상해에서 프랑스로 가지 않고 항주에 체류한 것을 두고 그는 "프랑스에서의 극문학 공부는 따라서 하나의 트릭이었다고 나는 생각한다. 상해로 가야만 하는 명분이 심훈에게는 필요했던 것이다. 심훈의 상해행을 추론할 때 우리는 하나의 요인에 주목해야 한다. 그것은 상해가 동아시아 사회주의운동의 중심기지로 급격히 부상하고 있었다는 점이다."(447쪽)와 같은 추정이 그 예라 할 수 있다. 그러나 심훈 중국 체험을 짐작할 수 있는 다양한 고증을 보여준 것은 중요한 성과라고 할 수 있다.

윤기미의 「심훈의 중국생활과 시세계」(2009)는 한기형의 논의와 유사한 맥락에서 중국체류기 심훈의 시 세계를 고찰하고 있는 글로, '현실에 대한 회의와 절망' '객수와 망명'으로 구분하여 살피고 있다. 이 글에서 주목할 것은 심훈의 중국행 시기와 체류기간에 대한 세밀한 고찰이다. 심훈이 중국에 건너간 시기에 대해서는 1919년 말과 1920년 말, 두 가지 설이 있는데 윤기미는 신채호와의 만남 등을 근거로 1920년 말에 건너간 것으로 본다. 윤기미에 따르면 1919년 말이라는 설은 심훈이 남긴 「단재와 우당」의 기록, 1920년 1월 3일부터 6월 1일까지의 일기(한국 생활 기록)를 근거로 삼고 있는데 이는 맞지 않으며, 따라서 「북경의 걸인」 「고루의 삼경」 「심야과황하」 「상해의 밤」의 부기된 1920년의 창작시기는 모두 1년씩 미루어야 된다.[29] 이 문제에 대해 한기형도 1920년 초겨울 무렵으로 보아야 한다고 주장한 바 있는데[30], 그는 심훈의 모호함과 착란은 '의도된 착오'로 "그가 자신의 개인기록을 긴장된 정치적 텍스트로 상정하고 있었다는 것을 뜻한다"고 해석한다. 심훈의 중국행 시기[31]와 오기의 계기 등에 대한 문제는 하상일[32]의 지적대로 더 많은 근거를 통해 신중하게 접근해야할 과제로 보인다.

하상일의 「심훈의 중국체류기 연구」(2015)는 심훈의 중국 체류기의 시를 두 가지 경향으로 이원화하여 보려는 앞선 논의에 이견을 제시한다. 그는 '항주의 시기는 만유의 과정이 아니라 자기성찰의 과정이며, 심훈이 중국에서의 독립운동에서 느낀 절망과 좌절은 역설적으로 조국 독립에 대한 올바른 인식으로 나아가는 계기였으므로 일관성'을 지닌다고 보고 있다. 이와 유사한 맥락으로 풀어간 「심훈과 중국」(2015)에서도 심훈에게 '상해 체험은 민족적 사회주의의 길을 걷고자 했던 사상의 거점을 마련하는 중요한 발판이 되었고, 귀환 후 정치적 회의를 극복하는 문학창작으로 나아갔으며, 『상록수』는 단순한 계몽서사가 아니라 검열을 우회한 사회주의 서사의 변형 혹은 파열'로 보아야 한다고 주장한다.

심훈 시 연구는 그동안 의식과 내용 분석 일변도에서 벗어나 좀 더 다각화되었지만, 아직까지는 미흡한 상태이다. 심훈의 "나는 쓰기를 위해 시를 써 본

29 심훈의 생애를 최초로 실증적으로 재구한 유병석은 1920년 겨울로 보고 있음.

30 「습작기(1919~1920)의 심훈」, 《민족문학사연구》 22, 2003; 「'백랑'의 잠행 혹은 만유-중국에서의 심훈」, 《민족문학사연구》 35, 2007.

31 한편, 1923년이라는 귀국 시기에 대한 이견은 없는 편이다.

32 「심훈과 중국」, 위의 글.

적이 없습니다"[33]라는 말은 시에 대한 장르적 인식이 전혀 없었다는 것으로 보기 어렵다. "닫다가 미칠 듯이 파도치는 정열에 마음이 부대끼면, 죄수가 손톱 끝으로 감방의 벽을 긁어 낙서하듯 한 것이"라고는 하지만, 그것이 시 형식을 전혀 고려하지 않았다는 것은 아니다. 현대시, 시조, 신체시[34], 노동가[35] 등의 장르적 변전의 실제적 창작은 심훈이 개인적, 시대적으로 획득한 운율, 형식 고려 위에서 수행된 것이다. 특히 그의 현대시와 시조의 정형시적 요소, 동시대 시 형식에 대한 비교고찰 등이 필요하다고 보인다.

4
영화 및 다매체

2000년대 이후 심훈 연구사에서 가장 새로운 논의와 풍부한 맥락 형성은 '영화와 다매체'[36]와 관련해서이다. 심훈 소설의 영화적 특성에 대한 고찰은 김

33 심훈, 「머릿말씀」, 『심훈 전집 1-심훈 시가집 외』, 김종욱·박정의 엮음, 글누림, 2016, 15쪽.

34 금강샘이란 필명으로 《근화》 창간호(1920.6)에 발표한 「새벽빛」

35 《공제》(2호, 1920.10)의 '현상노동가' 모집에 투고된 「노동의 노래」

36 김종욱, 「<상록수>의 '통속성'과 영화적 구성원리」, 《외국문학》, 1993, 봄.
송지현, 「심훈 직녀성 고-그 드라마적 특성을 중심으로」, 《한국언어문학》 31, 1993.
김경수, 「한국 근대소설과 영화의 교섭양상 연구: 근대소설의 형성과 영화체험」, 《서강어문》 15, 1999.
이호림, 「1930년대 소설과 영화의 관련양상 연구」, 성균관대 박사, 2004.
전흥남, 「한국 근대소설과 영화의 교섭 양상 연구-1930년대 소설의 영화적 기법과 영화인식을 중심으로」, 《현대문학이론학회》 18, 2002.
_____, 「심훈의 영화소설 <탈춤>과 문화사적 의미」, 《한국언어문학》 52, 2004.
전우형, 「1920~1930년대 영화소설 연구: 영화소설에 나타난 영상-미디어 미학의 소설적 발현 양상」, 서울대 박사, 2006.
주인, 「영화소설 정립을 위한 일고: 심훈의 「탈춤」과 영화평론을 중심으로」, 《어문연구》 34, 2006.

종욱(1993)에서부터 출발하는데, 김종욱은 「상록수」의 통속적 성격과 한계를 '영화적 구성원리'라는 형식적 차원에서 해명하고 있으나 2000년대 이후 연구는 영화적 특성을 긍정적 차원에서 심도 있게 살피고 있다. 심훈의 영화소설 「탈춤」을 본격적으로 조명한 김경수(1999)의 논의 이래 심훈을 비롯한 영화소설에 대한 연구는 폭과 깊이를 더했다.

식민지 시기 50여 편[37]에 달하는 영화소설의 미학적 특질과 전개과정을 고찰하고 있는 전우형(2006)의 박사논문, 식민지 시기 영화소설을 경향적 영화소설, 대중적 영화소설, 번안영화소설로 구분하여 그 양상을 고찰하고 있는 강옥희(2006)의 논문, '영화감독'으로서 심훈 소설의 의미를 고찰한 박정희(2007), 심훈의 영화비평의 특성을 연구한 전우형(2012), 심훈 문학과 영화의 상호텍스트성을 고찰하고 있는 조혜정(2007), 김외곤(2010)의 글이 그 예들이다. 이들의 연구 내용을 간략하게 살펴보면 다음과 같다.

김경수(1999)는 20년대 문인들의 영화 체험과 심훈의 영화소설 「탈춤」을 고찰하고 박태원 소설에 반영된 영화적 기법 등에 대해 논의하고 있다. 이러한 흐름은 전우형과 전홍남의 후속 논의로 이어지는데, 전홍남(2002)은 1930

강옥희, 「식민지 시기 영화소설 연구」, 《민족문학사》 32, 2006.
박정희, 「영화감독 심훈의 소설 <상록수> 연구」, 《한국현대문학연구》 21, 2007.
김화선, 「심훈의 『영원의 미소에 나타난 근대적 글쓰기의 양상」, 《비평문학》 26, 2007.
조혜정, 「심훈의 영화적 지향성과 현실인식 연구 : <탈춤>, <먼동이 틀 때>, <상록수>를 중심으로」, 《영화연구》 31, 2007.
김외곤, 「심훈 문학과 영화의 상호텍스트성」, 《한국현대문학》 31, 2010.
전우형, 「심훈 영화비평의 전문성과 보편성 지향의 의미」, 《대중서사연구》 28, 2012.
박정희, 「1920~30년대 한국소설과 저널리즘의 상관성 연구」, 서울대 박사, 2014.
김서은, 「매체별 일본영화의 변용양상 연구 : 原作小說, 大衆藝術, 敎科書, 音樂을 중심으로」, 전남대 일어일문학과 박사, 2014.
엄상희, 「심훈의 서사텍스트와 남성 영웅의 형상」, 《한국어문교육》 22, 2017.

37 전우형은 총 56편으로, 강옥희는 총 51편으로 보고 있다.

년대 소설, 특히 박태원의 소설에 반영된 영화적 기법과 비평가 의식을 통해 소설과 영화의 상호교섭 양상을, 전우형(2006)은 식민지 시기 56편에 달하는 영화소설의 미학적 특질과 전개과정을 중점적으로 살피고 있다.

박정희의 논문(2007)은 영화감독으로서의 심훈을 중심으로 그의 시, 소설을 고찰하고 있는 글이다. 박정희는 심훈이 일생을 문인보다는 영화제작자로 살았다는 점에서 출발하여, 직정적인 시 언어, 장면 중심의 서사, 스펙터클과 영웅성의 중시 등의 창작기법이 영화적 상상력에 바탕한다고 보고 있다. 여기서 주목할 것은 그가 심훈을 '예술로서의 영화'를 추구한 영화인으로 보았다는 것이다. '오락과 위안'은 일종의 민족자본이 없는 현실에 대한 절망의 표출일 뿐, 심훈은 헐리웃보다는 프랑스의 인상주의와 독일 표현주의 영화의 영향 아래 있었다는 것이다. 이러한 논의는 첫 장편인『동방의 애인』도 영화소설『탈춤』의 자장 안에 놓여 있었으며, 그의 소설 창작은 소설양식과 영화적 상상력의 분리와 결합의 변주라는 결론을 도출한다.

심훈의 영화비평에 주목한 전우형(2012)에 따르면 심훈의 영화비평의 특징은 '객관적 준거를 통한 전문화와 보편적 해석을 통한 대중 지향'이다. 심훈의 영화비평의 전문성(매체적 시각)은 문학비평에 대한 차별화와 저항적 기표로서의 의미를 지니는 것이고, 그러나 그가 계급문학과 사실주의 강령을 거부하고 '오락과 위안'을 추구한 것은 관객지향의 보편성을 뜻한다고 보았다.

이외에 심훈 문학의 매체적 특성에 주목한 것으로 김화선의 논문과 박정희의 박사논문이 있다. 김화선(2007)은 '편지쓰기와 신문과 잡지'라는 근대적 매체를 바탕으로 한 글쓰기 양상 분석하고 있으며, 한국소설과 저널리즘의 상관성을 고찰하고 있는 박정희의 논문(2014)은 신문사 기자로서의 심훈의 문학창작방법을 살피고 있다. 그는 현진건, 심훈, 염상섭을 대상으로 그들의 기자경력이 어떻게 그들의 '사실성, 대중성, 정치성'을 중심으로 한 예술미학에 반영되었는지를 검토하고 있는데, 여기에서 심훈의 신문사 체험이 저널리즘의 계몽운동과 결합한 소설의 대중미학으로 결과한다고 보고 있다.

엄상희의 최근 논문(2017)은 1920년대 후반 영화소설『탈춤』과『먼동이 틀 때』의 영화적 감각이 이후 소설에 어떻게 반영되는지를 분석하고 있는 글이다. 엄상희는 우선 심훈의 영화와 소설의 상호텍스트성에 대한 기존 연구가 심훈의 영화텍스트에 대한 직접적인 고찰보다는 서사구성방식, 재현방식의 유사성에 그친 것을 지적한다. 이 논문은 영화 스토리텔링에 있어서의 남성 영웅형 인물과 스펙터클, 스릴 등의 모티프와 테크닉이 영화소설, 시나리오, 장편소설에까지 공유되고 있음을 밝히고 있다. 흥미로운 것은 심훈이 영화 관련 텍스트에서는 남성영웅을 '세속적 악한이나 타락자들을 민중의 편에서 혼내주는 복면괴한이나 우수어린 전과자'로 그리고 있는 반면, 장편소설에서는 '독립운동 민중운동에 뛰어든 의지적인 혁명가'들로 등장한다는 점을 적극적으로 의미매김하고 있다는 점이다.

영화 매체 관련 연구사에서 흥미로운 것은 영화인으로서 심훈이 지닌 대중성에 대한 견해이다. 뒤에 논의를 할 터이지만 잠시 언급하면, 심훈의 '전문적인 영화기술, 지식, 감각과 소설 창작과의 관련성'에 대한 견해에 대해서는 이의가 있을 수 없겠다. 그러나 박정희가 심훈의 카프논자들에 대한 반박, 즉 '오락과 위안으로서의 영화'에 대해 이는 '민족자본이 부재한 현실상황에 대한 절망과 저항'의 표현이고, 실제 영화에서는 '예술로서의 영화'를 추구했다고 강조하는 것과 전우형이 심훈 영화의 대중성을 '관객지향의 보편성'으로 보는 것에는 간극이 존재한다. 영화매체가 갖는 전문기술(여기에는 독일 표현주의 기법까지를 포함하여)과 심훈 영화의 '대중성 혹은 통속성은 별개의 것이 아닐까'라는 의문이 드는데, 이와 관련하여 대중성을 김기진 류의 '계몽적 대중화론'으로 보아야하는지 아니면 임화의 비판처럼 세속에 함몰한 '반동적 소시민성'[38] '통속소설'[39]로 보아야하는지는 좀 더 궁구해보아야 할 과제인 듯하다. 즉 소재와 매체 선택에 있어서의 대중성[40]과 의식이 지향하는 통속성(세속적 가치의 수리) 혹은 계몽성의 문제는 좀 더 면밀하게 고찰되어야 한다.

5

여성상 및 서사양식

2000년대 이후 심훈 연구사에서 두드러지는 또 하나의 방향은 여성상[41]에 관한 것이다. 90년대 이후 약진한 여성주의 관점의 성과라고 볼 수 있는데, 그 내용은 다음과 같이 정리할 수 있다.

여성성을 강조한 것은 아니지만, 성장해가는 여성인물로서 『직녀성』의 인숙에 주목한 것은 최희연의 글이다. 「심훈의 『직녀성』에서의 인물의 전형성과 역사적 전망의 문제」(1988)는 『직녀성』이 '인숙과 봉희'라는 두 전형적인 인물의 자각과정을 보여줌으로써 역사의 발전과정과 작가의 전망을 집약적으로

---

38 임화, 「朝鮮映畵가 가진 反動的 小市民性의 抹殺-沈熏 等의 跳梁에 抗하여」, 《중외일보》, 1928.7.28.~8.4.

39 임화, 「통속소설론」, 『문학의 논리』, 학예사, 1940.

40 박정희는 박사논문에서 심훈의 저널리즘이 독자들에게 널리 알려져 있는 '최용신 모델'을 소재로 하여 창작한 것은 대중지향적 예술관이고, 그의 소설세계는 반자본주의적 낭만주의의 세계관이라 규명하고 있다.

41 최희연, 「심훈의 『직녀성』에서의 인물의 전형성과 역사적 전망의 문제」, 《연세어문학》 21, 1988.
이상경, 「근대소설과 구여성: 심훈의 『직녀성』을 중심으로」, 《민족문학사연구》 19, 2001.
박소은, 「새로운 여성상과 사랑의 이념: 심훈의 『직녀성』」, 《한국문학연구》 24, 2001.
엄상희, 「심훈 장편소설의 "동지적 사랑"이 지닌 의의와 한계」, 《인문과학연구》 22, 2014.
장인수, 「실추된 남성사회와 결여가 있는 여성-심훈의 소설을 중심으로」, 《한민족문화연구》 58, 2017.

드러내는 작품이라고 평하고 있다. 근대문학의 여성상을 다각도로 고찰해온 이상경(2001)은 심훈의 「직녀성」을 통해 이중으로 타자화된 구여성의 존재를 집중적으로 조명했다. 이에 따르면 근대문학사에서 신여성과 하층계급의 여성(강경애)에 대한 논의는 많은 반면 중상층인 구여성은 여기서 소외된 존재였다. 『직녀성』은 이러한 구여성의 목소리를 대변하는 소설로, 봉환의 처 이인숙이 구여성에서 주체적 인물로 성장해나가는 과정을 보여주고 있다는 것이다. 또한 이인숙이 이혼하고 아들 일남을 잃고 유치원 보모로 나아가는 일련의 과정은 모성의 확대, 즉 복순, 세철, 봉희와 함께 하는 사회주의 지향의 공동체로의 열망의 보여주는 것으로 좌파 민족주의자 심훈의 의식이 투영된 것이라고 보고 있다.

박소은(2001)도 이와 유사한 맥락에서 심훈이 『직녀성』의 인숙을 구여성과 신여성 사이를 매개해주는 이상적 여인상으로 형상화했다고 보고 있다. 덧붙여 이러한 성장이 남성의 가르침(박복순이라는 남성적 변형)에 의해 수행되는 것의 문제를 지적하고 있다.

엄상희(2014)는 심훈 장편소설에서 구현되는 '동지적 사랑'에 주목, 기존의 연애소설과 차별성과 한계를 고찰했다. 이에 따르면 기존의 멜로와 달리 심훈은 '돈과 사랑의 갈등'이 아닌 '연애와 사회운동 사이의 갈등'을 축으로 한 사적 욕망과 공적 대의 사이의 대립을 다루었다는 데 의의가 있다. 그러나 '동지적 사랑'의 구현에 있어 구여성을 타자화하고, 신여성(소비적 도시여성에서 건설의 농촌현장으로)을 재교육해야한다고 본 것은 남성주체 중심의 시각이라는 점에서 한계로 지적하고 있다.

장인수(2017)는 심훈의 소설이 에로청년, 금욕주의자 등 실추된 남성상과 신여성에 대한 혐오와 관음증을 보여주지만, 탈여성, 결여된 형상으로서의 여성을 통해 대안적 세계를 추구하고 있다고 보고 있다.

젠더적 관점에서의 접근은 아니지만, 최원식과 권희선의 논의는42 서사체 형식을 통해『직녀성』의 의미를 부각시키고 있다는 점에서 흥미롭다. 최원식(2002)은 심훈의『직녀성』을 서구근대소설과 대결한 동아시아 서사의 계보에 놓여있는 것으로 파악한다. 임화의 '통속소설' 선고는 지나친 것으로 좌우합작의 사회주의자 심훈의『직녀성』은 "서구주의 또는 근대주의에 함몰된 1930년대 문학의 일반적 경향을 거슬러 구소설과 신소설과 신파소설의 이야기 전통에 기반하되 그 경향과도 독특하게 싸우면서 일궈낸 심훈서사의 핵심"이라고 고평한다. 권희선(2002)의 논문도 최원식의 논의의 자장 안에서『직녀성』을 다양한 전통 서사체들과 소통하며 독자적 근대소설의 모형을 창출한 서사임을 강조하고 있다.

이상에서 살펴본 심훈의 '여성상'에 대한 연구는 민족주의/사회주의라는 편향된 시각에서 벗어나 심훈의 소설을 좀 더 풍요롭게 의미화하는 중요한 맥락이다. 심훈은『직녀성』이나『상록수』에서뿐 아니라, 특히 소설에서 신여성, 구여성을 당대 남성 작가들이 보여주었던 동경과 혐오의 단순한 시각에서 벗어나 다층적으로 조명하고 있다. 가령, 경조부박한 신여성이 아닌 혁명동지로서의 여성상인『동방의 애인』의 세정,『불사조』의 덕순, 그리고 성장해가는 신여성과 구여성인『영원의 미소』의 최계숙과『직녀성』의 인숙, 희생당한 구여성인『불사조』의 정희에 이르기까지 이념과 통속성을 넘나드는 서사 지향은 긍·부정 차원을 떠나서 논의해보아야 할 풍부한 지층을 품고 있는 것이다. 또한 심훈이 부르주아의 속물성을 폭로하기 위해 조명하는 다양한 모던보이의 형상들도 혁명가 남성(이념형과 토착형 등)들과 함께 더 심도 있게 고찰되어야 한다.

42 최원식,「서구 근대소설 대 동아시아 서사-심훈『직녀성』의 계보」,《대동문화연구》40, 2002.
권희선,「중세 서사체의 계승 혹은 애도-심훈의『직녀성』연구」,《민족문학사연구》20, 2002.

6

기독교 및 사상적 원류

심훈과 기독교의 관련성에 대해서는 기존의 연구사에서 단편적으로 언급되었지만 이를 본격적으로 고찰하고 있는 것은 신춘자의 논문(1999)[43]이다. 신춘자는 이 글을 통해 심훈의 『상록수』의 사상적 근원이 기독교의 희생정신에 있다고 고찰하고 있다. 그 근거로는 둘째 형이 기독교의 목사로 봉직하였으며, 미   학교인 지강대학에 다녔다는 점, 그리고 다른 소설에서 예배당에서의 결혼식 장면, 채영신이 기독교 연합회의 특파원 자격으로 청석골로 내려갔다는 점을 든다. 따라서 심훈의 『상록수』는 기독교의 희생정신과 밀알사상을 구현한 작품으로 적극적으로 의미매김하고 있다.

한기형(2003)은[44] 1920년 초반의 심훈의 문학적 자양이 성적 욕망, 식민지 현실에 대한 강렬한 낭만적 부정, 기독교라는 세 꼭짓점 사이를 왕복하고 있다고 고찰하고 있다. 특히 「찬미가에 싸인 원혼」과 기독교 관련성을 고찰하면서, 1919년 당시 심훈이 기독교인이었다는 증거는 없지만 상당히 우호적 입장이었으며 심훈의 저항정신의 기저가 기독교였음을 밝히고 있다. 그 근거로 목사 연설에 감복한 사실을 기록한 그의 일기를 들고 있으며, 그런 심훈이 기독교와 멀어진 것은 중국 체험 속에서 좌경화가 이루어졌기 때문으로 본다.

심훈의 사상을 '기독교'로 환원시키지는 않지만, 무로후세의 사상의 영향을 고증하고 있는 권철호의 논문(2014)[45]도 주목할 만한 논의이다. 이 논문에 따르면 親朝派 무로후세 코신은 독일이 발터 라테나우의 철학을 수용하여 서

43 신춘자, 「심훈의 기독교소설 연구」, 《한몽경상연구》 4, 1999.

44 「습작기(1919~1920)의 심훈」, 위의 글.

구 문명의 몰락 등에 대해 설파하고 직관과 사랑, 희생을 강조한 사상가로, 심훈은 자본주의와 마르크시즘 양자를 모두 비판하고 농촌공동체 회복과 사랑의 사회주의를 주장한 무로후세의 영향을 받았다. 심훈이 지닌 장서의 서지들을 참고하여 무로후세 사상과의 관련성을 밝히고 있는 것은 기존에 답보적이던 심훈 사상 논의를 진전시키고 있는 것으로 이를 기반으로 하여 논의가 더 확대되어야 할 것으로 보인다. 다만, 이 논의에서 20세기 초 서구의 반문명 사상, 혹은 세기말적 사상을 수용하여 '허무주의'적 정신주의로 나아간 무로후세의 사상이 심훈에게 있어 반자본(반문명이 아닌)으로, 그리고 무로후세와 구별되는 농촌 '계몽'으로 나아간 지점에 대한 보완은 필요할 듯하다. 또한 심훈의 민족주의적 관점, 독립에의 열망 등, 무로후세의 사상으로 모아지지 않는 지점에 대한 논의도 덧붙여져야 할 것으로 보인다.

기독교 희생정신을 비롯한 사상적 원류에 대한 논의에는 중요한 공통점이 있다. 그것은 심훈의 작품이 개인적 초월 지향성을 내포하고 있는 낭만주의나 개인에 안주하는 반동적 소시민성과는 구별되는 공동체 지향성을 확고히 지니고 있다는 것이다. 사회주의, 민족주의, 계몽주의에 관한 논의도 이것도 무관하지 않다. 이러한 그의 멸사봉공의 정신을 반드시 하나의 사상적 원류로 귀결시켜 그 한계를 지적할 것이 아니라 소박하더라도 이들을 다 아우를 수 있는 세계관과 태도에 대한 논의가 이어져야 한다. 이러한 논의에는 작품에 나타난 영웅주의적 면모에 대한 고찰도 포함되어야 할 것이다.

45 「심훈의 장편소설에 나타나는 '사랑의 공동체'–무로후세 코신(室伏高信)의 수용양상을 중심으로」, 《민족문학사연구》 55, 2014.

7
작중인물과 실제 모델

심훈의 창작이 주로 주변인물과 체험에 힘입었다는 것은 기존의 연구에서 많이 논의된 바 있다. 최원식(1990), 조남현(1996), 류양선(2003), 조선영(2017)[46]은 본격적으로 이를 논의하고 있는 글이다. 그러나 이들 논의는 심훈 창작 전반에 나타난 '모델'을 전면적으로 고찰한 글들이 아니며, 부분적으로 서로 견해가 다르기도 하다. 가령 최원식은 심훈 작품에 등장하는 주변의 사회주의자들에 많은 지면을 할애하고 있는데, 「단재와 우당」, 「R씨의 초상」의 몽양 여운형, 「박군의 얼굴」이 박헌영과 박열, 『동방의 애인』의 이동휘와 박헌영, 현엘리스, 「선생님 생각」의 홍명희 등을 유추하는 것이 그 예이다. 그러나 『동방의 애인』의 영숙은 현엘리스가 아닌 주세죽으로 보아야하며[47], 『동방의 애인』의 x와 박진에 대해서도 다른 견해가 있다. 최원식은 『동방의 애인』에 등장하는 지도자 x를 이르쿠츠크파 공산당 상해지부의 지도자인 여운형으로 보고 있으나 한기형은 '틀림없이 이동휘'라고 강조하고 있는데, 이러한 한기형의 해석에는 심훈을 '민족적 사회주의 노선'으로 보려는 의지가 반영되어 있는 듯하다.[48]

---

46 최원식, 「심훈연구서설」; 조남현, 「<상록수> 연구」, 《인문과학논총》 35, 서울대학교 인문학연구원, 1996; 류양선, 「심훈의 <상록수> 모델론-'상록수'로 살아있는 '사랑'의 여인상」, 《한국현대문학연구》 13, 2003 ; 조선영, 위의 글.

47 정병준에 따르면 현 앨리스는 3·1운동 직후 상해로 갔지만 박헌영은 현앨리스와 만나기 전인 1921년 봄 주세죽과 결혼했고, 현앨리스는 1922년 일본 유학생 출신 정준과 결혼했다. 그러므로 "박헌영과 현앨리스가 애인 관계였을 가능성은 낮다"고 추정하고 있다. -『현앨리스와 그의 시대』, 돌베개 2015.

48 한기형은 최원식의 논의에 기대 "심훈은 박헌영의 행적을 서사적인 골격을 삼으면서도 혁명운동의

그밖에도 작중인물과 실제모델 사이의 관련성은 주로 『상록수』를 중심으로 이루어졌는데, 이 부분은 심훈 문학 연구의 지평확장을 위해 좀 더 전면적으로 확대될 필요가 있다. 왜냐하면 심훈 자신 또한 실제 체험에서의 인물의 전형성을 적극적으로 참고하고 발전시켜나갔음을 의식하고, 창작방법론으로 활용하고 있기 때문이다.49 조선영의 논의는 이러한 방향성의 편린50을 보여주고 있으나 본격적인 논의가 아니라는 점에서 아쉬움을 남긴다.

8
결론

위에서 살펴본 2000년 이후 심훈 연구의 새로운 논의와 성과는 '심훈 관련 텍

방향은 이동휘의 민족적 사회주의 노선을 지지했던 것이다"(「서사의 로칼리티, 소실된 동아시아-심훈의 중국체험과 『동방의 애인』, 위의 글, 432쪽)라고 정리하고 있다.

49 "이 소설의 모델은 반분은 실제한 인물이요 반분은 작자의 머리 속에서 창작되어 나온 인물이라고 짐작해두면 대차는 없을 줄 안다. (중략) 계훈은 철두철미의 조선의 현실을 모르고 사회의 동태를 거들떠 보지도 않으려는 '부르조아'의 자식이여, 정희는 양반의 집에 태어난 전형적 구가정의 여자로서 순정이면서도 과도기에 있는 조선여성의 비극적 존재를 대표하는 사람이요, 정혁이는 안고수비한 쁘띠, 쁘로의 지식분자로서 사회적으로 보아 일종의 蜉蝣층을 구성하고 있는 것을 자인하면서도 투쟁의식을 상실하고 자아의 성격을 거의 파산 당한 사람. 흥룡과 덕순은 이 작품의 주인공으로서 전기한 인물과는 환경과 의식과 생활이 정반대 방향에 서 있는 무산계급에 속한 전위분자의 한 쌍이다. (중략) 끝으로 '주리아'라는 양녀는 모델이 없는 바도 아니다. '계훈'의 생활이면을 폭로시키고 환경의 현격을 보이며 독자를 끌기 위한 수단으로 양념을 치려는 인물이었만 의외로 이 비현실적인 인물의 존재가 확대되어 수십회를 허비한 것은 작가자신으로서... 그 의도를 의아하기 한두 번 아니었던 것을 부연해둔다. -「『불사조』의 모델」, 『심훈문학전집』 3권, 탐구당, 1966, 487쪽.

50 「동방의 애인」의 동렬, 세정, 박진을 임원근, 허정숙, 박헌영으로, 『영원의 미소』의 최계숙은 광주학생운동의 주역이었던 송계월로 보고 있다. -조선영, 위의 글.

스트의 집대성, 영화 및 다매체, 여성상, 서사양식, 사상성'으로 모아진다. 이러한 논의는 완료된 것이 아니라 향후 더 심도 있고 다각적으로 진행되어야 할 출발점이다. 더불어 심훈의 아동문학, 번역소설(펄벅의 『대지』 등)에 대한 고찰도 새롭게 진행되어야 연구과제로 보인다.

심훈 연구의 새로운 방향성에 있어서 개인적으로 한 가지 음미해보아야 할 지점에 대해서 간략하게 언급하는 것으로 글을 맺도록 한다. 정치성과 대중성의 간극을 메우려는 연구자들의 무의식이다.[51]

이상의 고찰에서 알 수 있듯 2000년대 이전에는 심훈 문학을 정치성(민족주의자-사회주의자)의 맥락에서 파악했다면, 2000년대 이후는 주로 대중성의 차원에서 고구하고 있다는 점에서 두드러진 차별성을 보여준다. 이 '대중성'의 고찰[52]은 정치성과 무관한 것 이루어진 듯하나 최근 심훈의 대중성을 정치성과 사상적 기반에서 봉합하려는 시도들이 있다. 권철호와 박정희의 논의[53]가 그 예에 속하는데, 이는 류양선의 논의[54]와도 이어진다. 권철호는 심훈의 낭만주의와 사회주의가 무로후세 코신의 사상적 영향 하에 반자본주의적 '사랑의 공동체'에 교직하는 방식으로 구성된다고 보고 있고, 박정희는 3·1운동의 저항의 '열정'으로 이를 봉합하고자 한다. 박정희가 석사논문[55]에서 심훈의 낭

51 한기형, 하상일, 박정희, 권철호 등의 논문을 예로 들 수 있다.

52 본고에서는 살피지 못했으나 심훈소설의 대중성과 관련하여 이정옥의 시학적 접근은 참고할 만하다. -이정옥, 「대중소설의 시학적 연구:1930년대를 중심으로」, 서강대 박사, 1999.

53 권철호, 위의 글; 박정희, 「심훈 문학과 3·1운동의 '기억학'」, 《인문과학연구논총》 37, 2016.

54 '심훈의 문학적 세계관은 민족문학과 계급문학의 양 진영에 속하기도 하고 도 그 모두로 벗어나 있기도 한 것'이라고 보았다.-류양선, 「좌우익 한계 넘은 독자의 농민문학-심훈의 삶과 『상록수』의 의미망」, 『상록수·휴화산』(동아출판사, 1995) -박정희, 「심훈 문학과 3.1운동의 '기억학'」, 《인문과학연구논총》 37, 90쪽에서 재인용.

55 박정희, 「심훈 소설 연구」, 서울대 석사, 2003.

만주의를 적극적으로 의미화 하는 것도 이러한 경향과 상통한다. 박정희는 리얼리즘 소설에 미달한다는 심훈의 낭만주의가 계몽주의의 한계에 대한 비판적 인식이며 '혁명이냐? 사랑이냐?'라는 갈등 서사를 '낭만주의적 반자본주의적 세계관'으로 해결하고 유토피아 추구로 나아갔다고 본다.

이는 권철호가 제기했던 심훈의 '낭만주의'와 '사회주의'의 연결고리에 대한 탐구[56]와도 연결된다. 또한 최원식, 한기형, 하상일 등이 적극적으로 찾아내려는 '사회주의자 심훈'의 모습도 이와 크게 다르지 않을 것이다. 앞서 언급했듯, 그리고 이들 연구가 강조하고 있듯 대중성, 낭만성은 임화가 지적했듯 단순히 통속성이라고 폄하할 수 없는 지점을 품고 있다. 심훈이 그의 글들에서 보여준 다양한 낭만적 감상성은 대중성과 이어지지만 한편 혁명적 감성과도 연결된 것이다. 이러한 새로운 논의들에 힘입어 기존에 속단으로 그친 사상적 원류와 구현 양상을 고찰하는 것이 필요하다. 즉 심훈의 낭만성, 대중성, 계몽성, 혁명성, 민중성, 통속성 등의 내용과 그 관련성에 대한 면밀한 고찰이 후속 논의에서 이어져야 할 것이다.

56 권철호(2014)는 심훈의 '사회주의'와 '낭만주의'가 교직하는 원류로서 '사랑의 사회주의'를 지향한 무로후세 코신의 영향 관계 속에서 고찰하고 있다. –"'동지애–사랑'의 양상은 그의 소설이 '낭만주의'가 '사회주의' 혹은 '반자본주의'와 교직하는 서사구조를 만들어내는 원동력이 되었다. '낭만주의'와 '사회주의'가 동시에 나타나는 것은 일견 모순적이기 때문에, 연구자들은 심훈의 소설이 마르크스주의적 문제의식을 통속적인 서사로 귀결시킨다고 평가해 왔다." –위의 글, 187쪽.

■ 참고문헌

1. 기본자료

『심훈문학전집』 1~3권, 탐구당, 1966.

심훈, 『심훈 문학전집 ①-그날이 오면(영인본)』, 차림, 2000.

『심훈 전집』 1~8권, 김종욱, 박정희 엮음, 글누림, 2016.

2. 논저

강옥희, 「식민지 시기 영화소설 연구」, 《민족문학사》 32, 2006.

고광헌, 「심훈의 시 연구: 그의 생애와 관련하여」, 경희대 석사, 1984.

권보드래, 「심훈의 시와 희곡, 그밖에 극(劇)과 아동문학 자료」, 《근대서지》 10, 2014.

권영민, 「카프의 조직과 해체」 2, 《문예중앙》, 1988 여름호.

권철호, 「심훈의 장편소설에 나타나는 '사랑의 공동체'-무로후세 코신(室伏高信)의 수용양상을 중심으로」, 《민족문학사연구》 55, 2014.

권희선, 「중세 서사체의 계승 혹은 애도-심훈의 『직녀성』 연구」, 《민족문학사연구》 20, 2002.

김선, 「객혈처럼 쏟아낸 저항의 노래: 심훈과 작가적 모랄과 고뇌에 관하여」, 《비평문학》 5, 1991.

김경수, 「한국 근대소설과 영화의 교섭양상 연구: 근대소설의 형성과 영화체험」, 《서강어문》 15, 1999.

김민정, 「심훈 문학의 연구현황과 과제」, 『제1회 심훈문학연구소 심포지엄』, 2015.9.18.

김서은, 「매체별 일본영화의 변용양상 연구 : 原作小說, 大衆藝術, 教科書, 音樂을 중심으로」, 전남대 일어일문학과 박사, 2014.

김외곤, 「심훈 문학과 영화의 상호텍스트성」, 《한국현대문학》 31, 2010.

김이상, 「심훈 시의 연구」, 《어문학교육》 7, 1984.

김재홍, 「심훈-저항의식과 예언자적 지성」, 『한국현대시인 연구』, 일지사, 1990.

김종욱, 「<상록수>의 '통속성'과 영화적 구성원리」, 《외국문학》, 1993, 봄.

김화선, 「심훈의 『영원의 미소에 나타난 근대적 글쓰기의 양상」, 《비평문학》 26, 2007.

노재찬, 「심훈의 「그날이 오면」: 이 시에 충만한 항일민족 정신의 소유 고」, 《교사교육연구》 11, 1985.

류양선, 「심훈의 <상록수> 모델론-'상록수'로 살아있는 '사랑'의 여인상」, 《한국현대문학연구》 13, 2003.

박명순, 「심훈 시 연구」, 한국외대 석사, 1997.

박소은, 「새로운 여성상과 사랑의 이념: 심훈의 『직녀성』」, 《한국문학연구》 24, 2001.

박정희, 「심훈 문학과 3·1운동의 '기억학'」, 《인문과학연구논총》 37, 2016.

______, 「영화감독 심훈의 소설 <상록수> 연구」, 《한국현대문학연구》 21, 2007.

______, 「1920~30년대 한국소설과 저널리즘의 상관성 연구」, 서울대 박사, 2014.

______, 「심훈 소설 연구」, 서울대 석사, 2003.

백승구, 『심훈의 재발견』, 미문출판사, 1985,

송지현, 「심훈 직녀성 고-그 드라마적 특성을 중심으로」, 《한국언어문학》 31, 1993.

신경림, 『그날이 오면 그날이 오며는』, 지문사, 1982.

신웅순, 「심훈 시조 연구」, 《한국문예비평연구》 36, 2017.

신춘자, 「심훈의 기독교소설 연구」, 《한몽경상연구》 4, 1999.

양국화, 「한국작가의 상해지역 체험과 그 문학적 형상화」, 인하대 석사, 2011.

엄상희, 「심훈 장편소설의 "동지적 사랑"이 지닌 의의와 한계」, 《인문과학연구》 22, 2014.

엄상희, 「심훈의 서사텍스트와 남성 영웅의 형상」, 《한국어문교육》 22, 2017.

유병석, 「심훈의 생애 연구」, 『국어교육』 14, 한국국어교육연구회, 1968.

윤기미, 「심훈의 중국생활과 시세계」, 《한중인문학연구》 28, 2009.

이병문, 「한국 항일시에 관한 연구: 심훈, 윤동주, 이육사를 중심으로」, 공주사범대학 석사, 1984.

이상경, 「근대소설과 구여성: 심훈의 『직녀성』을 중심으로」, 《민족문학사연구》 19, 2001.

이정옥, 「대중소설의 시학적 연구:1930년대를 중심으로」, 서강대 박사, 1999.

이호림, 「1930년대 소설과 영화의 관련양상 연구」, 성균관대 박사, 2004.

임화, 「朝鮮映」가 가진 反動的 小市民性의 抹殺-沈熏 等의 跳梁에 抗하여」, 《중외일보》, 1928.7.28.~8.4.

임화, 「통속소설론」, 『문학의 논리』, 학예사, 1940.

장인수, 「실추된 남성사회와 결여가 있는 여성-심훈의 소설을 중심으로」, 《한민족문화연구》 58, 2017.

전우형, 「심훈 영화비평의 전문성과 보편성 지향의 의미」, 《대중서사연구》 28, 2012.

전우형, 「1920~1930년대 영화소설 연구: 영화소설에 나타난 영상-미디어 미학의 소설적 발현 양상」, 서울대 박사, 2006.

전흥남, 「심훈의 영화소설 <탈춤>과 문화사적 의미」, 《한국언어문학》 52, 2004.

______, 「한국 근대소설과 영화의 교섭 양상 연구-1930년대 소설의 영화적 기법과 영화인식을 중심으로」, 《현대문학이론학회》 18, 2002.

정병준, 『현앨리스와 그의 시대』, 돌베개 2015.

조남현, 「<상록수> 연구」, 《인문과학논총》 35, 서울대학교 인문학연구원, 1996.

조리영, 「한중 근대 저항시 비교 연구: 1920~1930년대 중심으로」, 건국대 석사, 2013.

조선영, 「심훈 단편소설에 나타난 창작방법 고찰」, 《한국현대소설연구》 65, 2017.

조제웅, 「심훈 시 연구」, 영남대 박사, 2006.

조혜정, 「심훈의 영화적 지향성과 현실인식 연구 : <탈춤>, <먼동이 틀 때>, <상록수>를 중심으로」, 《영화연구》 31, 2007.

주인, 「'심훈' 문학 연구 방법에 대한 서설」, 《어문론집》 34, 2006.

______, 「영화소설 정립을 위한 일고: 심훈의 「탈춤」과 영화평론을 중심으로」, 《어문연구》 34, 2006.

최동호, 『그칠 줄 모르고 타는 가슴이여-7인의 항일 민족시집』, 시인사, 1982.

최원식, 「서구 근대소설 대 동아시아 서사-심훈 『직녀성』의 계보」, 《대동문화연구》 40, 2002.

______, 「심훈연구서설」, 김학성 외, 『韓國 近代 文學史의 爭點』, 창작과 비평, 1990.

최희연, 「심훈의 『직녀성』에서의 인물의 전형성과 역사적 전망의 문제」, 《연세어문학》 21, 1988.

하상일, 「심훈의 「杭州遊記」와 시조 창작의 전략」, 《비평문학》 61, 2016.

______, 「심훈과 중국」, 《비평문학》 55, 2015.

______, 「심훈의 중국 체류기 시 연구」, 《한민족문화연구》 51, 2015.

______, 「식민지 시기 상해 이주 조선 문인 연구의 현황과 과제」, 《비평문학》 50, 2013.

한기형, 「서사의 로칼리티, 소실된 동아시아 -심훈의 중국체험과 『동방의 애인』」, 《대동문화연구》 63, 2008.

______, 「'백랑'의 잠행 혹은 만유」, 《민족문학사연구》 35, 2007.

______, 「습작기(1919~1920)의 심훈」, 《민족문학사연구》 22, 2003.

한점돌, 「심훈의 시와 소설을 통해 본 작가의식의 변천과정」, 《국어교육》 41, 1982.

심훈 문학의 연구현황과 과제 – 2000년대 이후 새로운 연구 동향을 중심으로

작가
세계

1

심훈 문학의 발견

습작기의 심훈

신자료 소개와 관련하여

한기형

성균관대 동아시아학술원 교수

1

머리말

1901년에 태어난 심훈은 19세의 나이로 3·1운동을 맞이했다. 『심훈문학전집』의 연보는 "경성고등보통학교 4학년 재학 시에 3·1운동에 가담하여 3월 5일 헌병대에 잡혀 투옥되었다. 같은 해 7월에 집행유예로 출옥하다. 이 사건으로 학교에서 퇴학당하다"01라고 3·1운동과 심훈의 관계를 기록했다. 심훈은 3·1운동이 발발한 지 1년이 지난 1920년 3월 1일 자신의 일기에서 그날의 감상을 이렇게 적었다.

> 오늘이 우리 단족檀族이 전前 천년 후後 만대에 기념할 삼월 일일! 우리 민족이 자주민임과 우리나라가 독립국임을 세계 만방에 선언하여 무궁화 삼천리가

---

01 이 논문은 2002년도 한국학술진흥재단의 지원에 의해 연구되었음(KRF 2002-072-AL3004). 『심훈문학전집』 3, 탐구당, 1966, 633면. 전집의 연보와 함께 문영진이 작성한 연보(탄생 100주년 문학인 기념 문학제 자료, 대산재단·민족문학작가회의, 2001)도 심훈 연구를 위한 기초자료를 제공한다.

자유를 갈구하는 만세의 부르짖음으로 이천만의 동포가 일시에 분기 열광하여 뒤끓던 날! 오 삼월 일일이여! 사천 이백 오십 이년의 삼월 일일이여! 이 어수선한 틈을 뚫고 세월은 잊지도 않고 거룩한 삼월 일일은 이 근역槿域에 찾아오도다. 신성한 삼월 일일은 찾아 오도다. 오! 우리의 조령祖靈이시여, 원수의 칼에 피를 흘린 수만의 동포여, 옥중에 신음하는 형제여, 천 팔백 칠십 육년 칠월 사일 필라델피아 독립각獨立閣에서 울려나오던 종소리가 우리 백두산 위에는 없으리이까? 아! 붓을 들매 손이 떨라고 눈물이 앞을 가리는도다.02

심훈이 3·1운동에 투신한 것은 물론 그 자신의 선택에 의한 것이었다. 그러나 심훈의 이 개인적 행위는 한국 근대문학사와의 연관 속에서 자못 중요한 의미를 갖는다. 주체적 근대문학의 길이 좌절된 지 10년, 무단통치기의 어둠 속에 잠복하고 있던 한국문학은 전민족적 각성의 소용돌이 속에서 자기 정체성의 실마리를 찾고 있었다. 청년 심훈은 바로 그 상황 속에 자기를 밀어 넣음으로써 역사의 흐름과 개인의 삶을 일치시키려고 한 것이다. 그리고 그 경험을 근거로 「찬미가讚美歌에 싸인 원혼冤魂」(《신청년》 3호, 1920.8.1)을 쓰게 된다. 3·1운동 직후 심훈의 감옥 체험을 토대로 쓰인 이 작품은 김동인의 「태형笞刑」(《동명》, 1922.12~ 1923.4)보다도 2년이나 앞서 3·1운동 참여자들의 영어생활을 증언하고 있다.

한국의 근대문학은 이렇듯 역사·삶·문학의 관계를 과거와는 달리 파악했던 일군의 젊은이들을 만남으로 비로소 새로운 단계를 얻게 되었다. 임형택 교수는 3·1운동이 갖는 정치혁명적 성격 속에 문화혁명·정신혁명이 필연적으

02 『심훈문학전집』 3, 탐구당, 1966, 600면.

로 결합하지 않을 수 없다는 점을 지적한 바 있다.03 이 점에서 심훈의 「찬미가에 싸인 원혼」은 한국 근대문학의 필연적 화두인 정치성·사회성·문학성의 통일이라는 과제가 3·1운동을 통하여 구체적으로 시작되고 있음을 하나의 사례로 우리 앞에 보여주고 있다.

심훈은 한국 근대문학사에서 매우 독특한 위치를 점하고 있는 인물이다. 시와 소설, 영화를 아우르는 선이 굵은 작가였다는 점, 일본적 경로가 아닌 중국을 통해 지적 성장을 이루었다는 점, 염군사焰群社의 일원이면서도 이후 카프를 중심으로 한 프로문학과 일정한 거리를 두고 활동했다는 점, 그리고 장편소설을 통해 뚜렷한 그만의 예술적 성취를 이루었다는 점 등이 심훈의 작가적 개성과 위상을 구성하는 요소이다.

하지만 『상록수』의 작가로만 부각된 과거의 관행이 완전히 불식되지 못한 탓에 심훈이 보여준 근대문학사적 혹은 근대지성사적 면모는 아직 충분히 드러나 있지 못하다.04 무엇보다 심훈의 인생역정에 대한 실증적 재구성이 시급한데, 이 글의 일차적 목표 또한 향후 이루어질 심훈에 대한 보다 진전된 연구의 토대를 충실히 하려는 점에 닿아 있다. 특히 작가적 훈련기라고 할 수 있는 1920년대 심훈 행적의 재구는 본격적 심훈 연구를 위해 시급히 이루어져야 할 과제이다. 이를 다시 세분하면 ㉠1919~1920년의 습작기 ㉡중국에서의 활동시기 ㉢염군사 활동을 전후한 시기 ㉣영화 제작에 참여했던 1920년대 후반시기 등으로 나뉜다. 이 글은 그 첫 번째 시기에 대한 연구 보고서이다.

---

03 임형택, 「신문학운동과 민족현실의 발견」, 『한국문학사의 시각』, 창작과비평사, 1984.

04 이 점에서 최원식의 「심훈연구서설」(『벽사 이우성 교수 정년퇴직기념논총』, 창작과비평사, 1990)과 「서구 근대서사대 동아시아 서사」(《대동문화연구》 41호, 성균관대 대동문화연구원, 2002), 이상경의 「근대소설과 구여성」(《민족문학사연구》 19호, 2001), 권희선의 「중세서사체의 계승 혹은 애도」(《민족문학사연구》 20호, 2002) 등은 심훈 연구의 새로운 지평을 열고 있는 성과들이다.

小說

讚美歌에 싸인 怨魂

심 대 섭

《신청년》 3호에 실린 「찬미가에 싸인 원혼」의 일부

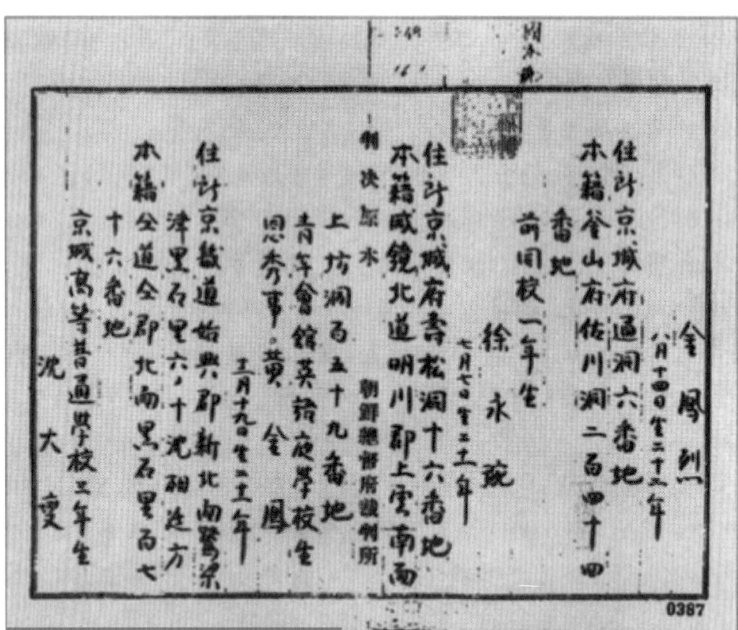

金鳳烈 八月十四日生二十三年
住所京城府通洞六番地
本籍釜山府佐川洞二百四十四
番地
前同校一年生
徐永琓 七月七日生二十三年
住所京城府壽松洞十六番地
本籍咸鏡北道明川郡上雲南面
朝鮮總督府試驗所
判決原本
上坊洞百五十九番地
青年會館英語夜學校生
恩秀事。黄金鳳 三月十九日生二十三年
住所京畿道始興郡新北面鷺梁
津里石里六八十沈翻送方
本籍全道全郡北面黑石里百七
十六番地
京城高等普通學校三年生
沈大燮

0387

▲ 3·1 운동 관련 심훈의 「판결이유서」 일부

습작기 심훈의 모습을 살피기 위해서는 『심훈문학전집』(3권)의 일기에 주목해야 한다. 심훈은 1920년 1월 3일부터 6월 1일까지 약 5개월간의 일기를 남겼다. 이 일기에는 당시 심훈의 습작활동과 내면의식, 교유관계 등에 대한 구체적인 정보가 담겨 있다. 무엇보다 검열에 영향을 받지 않은 작가의 생생한 육성이 담겨 있는 점이 소중하다.

2
신자료의 성격

심훈은 1919년 3월 3일 밤 현재 조선호텔 근처로 추정되는 해명여관 앞에서 일경에 체포되었다. 그는 경무총감부 경성헌병분견대로 압송되었고 일체의 변명을 하지 않고 만세를 불렀음을 바로 시인함으로써05 상당 기간 감옥 체험을 하게 된다.

1919년 11월 6일 경성지방법원 조선총독부 판사 다나카 요시하루[田中芳春]가 작성한 판결 이유서에는 "조선만세를 고창하는 수천인의 군중에 참가하여 함께 조선 독립 만세를 부르면서 경성부내 각 곳을 광분하여 치안을 방해하였다"라고 적혀 있다. 이때 심훈과 함께 재판을 받은 60여 명 가운데 김응관은 징역 10개월, 서영완·황금봉·윤귀룡을 포함한 11명은 징역 6개월, 심훈을 포함한 나머지 사람들은 징역 6개월에 집행유예 3년을 받게 된다.06

그 경험의 소산인 「찬미가에 싸인 원혼」은 본명 심대섭으로 발표되었다. 이 작품은 원고지 13매 내외의 짤막한 분량이며 기본적으로 습작의 한계를 지니고 있지만 그 속에 제시된 문제의식만은 결코 예사롭지 않다. 작품의 기본선은 감옥 안에서 죽어 가는 한 노인과 그 죽음의 과정에 동참하게 된 어린 소년들의 교감과 연대의 성숙과정을 중심으로 구성되어 있다.

소설은 구치소 기도시간의 침묵과 죽음을 앞둔 노인의 신음소리를 대비하

---

05 『심훈문학전집』 3, 601면, 3월 5일 일기.

06 심훈이 정확하게 얼마간 복역했는지는 불분명하다. 『심훈문학전집』의 연보는 1919년 7월 집행유예로 풀려났다고 했지만 「감옥에서 어머님께 올린 글월」의 작성일은 1919년 8월 29일(『심훈문학전집』 1, 23면)이다. 미결기간을 산입하여 6개월을 복역했다고 한다면 1919년 9월쯤 석방되었을 가능성이 높다.

여 제시하는 것에서 시작한다. 이러한 극단적 설정이 시대상황의 첨예함에 대한 생생한 비유의 이미지를 만들어내니 청년 심훈의 문학적 수완이 가볍지 않음을 느낄 수 있다.

진찰을 권하는 한 소년의 말에 대해 노인은 "곤하게 자는 사람을 불러 그리 구차하게 진찰을 밧을 필요는 업소"라고 답한다. 죽음을 삶의 방식으로 선택한 노인과 '죽음이 무엇인지 모르고 천진天眞의 애정哀情'에 휩싸인 소년의 시선이 부딪치고 난 다음 이 작품 속에서 가장 빛나는 묘사가 등장한다.

> 노인의 흐릿한 눈과 소년의 샛별 갓흔 눈의 시선은 마조치고 눈물 고인 두 눈은 전등빗에 이상히 번득엿다.

심훈은 이 작품을 통해 비상한 조건 속에서 오히려 인간들의 내면 속에 드리워진 자아의 무게가 소멸됨을 말한다. 노인과 소년들 사이의 신뢰는 민족운동에 동참한 경험의 공유만으로 형성된 것이 아니다. 그것은 삶의 지평에 대한 새로운 감각을 통해 얻어진 것이며 그것이 소년과 노인의 시선 속에서 교차된 내용인 것이다.

노인은 죽으며 "오날이 내 몸을 얽은 쇠줄을 끈는 날이요 겸하야 길이 행복을 누리러 가는 큰 영광을 엇는 날이요"라고 말한다. 죽음의 길을 해방의 길이자 영광의 길로 말할 수 있는 것은 시대적 대의 속으로 자기를 확장시키는 역사 속에서 또 다른 자아를 확인하는 것에 대한 확신이 없고서는 하기 어려운 발언이다. 노인이 말한 이 역설의 세계는 소년들에게는 삶의 가치에 대한 본질적 재조정의 경험이다.

다음에 제시된 화자話者의 발언 속에는 그러한 새로운 경험의 인식이 투영되어 있다.

자유의 신은 부드러운 날개로 어루만저 노인의 주름살을 피고 화평한 긔운이 가득 찬 그의 얼골은 창窓을 새는 창백한 월색月色에 빗최엿다. 노인은 잠이드는 것갓치 칠십년 동안의 고해에 빠지기 전의 낙원으로 돌아갓다. 자유의 천국으로 우리를 남겨두고 그만 홀로 영원히 돌아가고 말엇다.

그 화자가 심훈 자신이라고 한다면, 심훈은 죽음과 자유, 죽음과 낙원이라는 모순된 상황의 통일적 인식을 구치소라는 시공간 속에서 얻게 된 것이다.

이 작품 속에 심훈은 자신의 두 자아를 보여주고 있다. 그 하나는 역사적 사건 속에 동참했지만 소년의 내면에서 벗어나지 못한 인물이다. 또 다른 자아는 한 인간의 죽음을 통해 새로워진 성장한 자아이다. 여기에 이 소설의 성장소설적 성격이 뚜렷이 나타난다. 그리고 이 '성장의 기억'은 이후 그가 선택해 나간 인생행로의 한 지침이 되었다.

그런데 심훈의 이 작품이 살아남은 것은 상당히 이례적인 일이다. 《신청년》은 1호를 제외하고 모두 3·1운동 이후에 발간되었지만 혹심한 검열을 통과해야 했다.07 이러한 상황에서 3·1운동 참여자들의 감옥 생활과 감옥 안의 비인간적 환경을 다룬 작품의 '생존'은 쉬운 일이 아니기 때문이다. 물론 검열과정에서 문제가 된 세 곳이 삭제되는 등 우여곡절이 있었지만 작품의 게재 자체가 금지되는 일은 간신히 면했던 것이다. 이 우연적 예외를 통해 초기 심훈의 작품 활동 흔적과 미세하지만 3·1운동과 결부된 근대문학의 진전을 실제로 확언할 수 있었던 것이 소중하다.

이 작품 속에 등장하는 천도교 서울대교구장이 실존인물이라는 점도 특기

07 《신청년》의 검열상황에 대해서는 한기형의 「근대잡지 신청년과 경성청년구락부」(《서지학보》 26, 2002)를 참조할 것.

할만한 사항이다. 그의 이름은 장기렴張基濂이며 1919년 당시 67세였다. 천도교 기관지 《천도교회월보》 106호(1919.6)는 그의 죽음에 대해 "경성대교 구장 장기렴씨가 오월 삼십일일 상오 사시에 환원還元ᄒᆞ엿더라(64면)"라고 짤막하게 전하고 있다. 3·1운동의 여진이 가라앉지 않은 상황 속에서 사태의 전말을 기록하는 것이 불가능했던 탓이다. 하지만 10개월 후인 1920년 3월 15일 심훈이 재구한 장기렴의 죽음과 《천도교회월보》의 정보는 정확히 일치한다. 심훈은 작품의 시간적 배경을 삼경三更으로 묘사하고 있는데 천도교 측이 발표한 공식 사망 시각은 상오 4시이기 때문이다.

홍미로운 일은 장기렴이 유인석柳麟錫의 호서의병을 진압한 이력을 지닌 인물이라는 점이다. 노촌老村 이구영李九榮 선생이 제천의병 창의 100주년을 기념하여 엮어낸 『호서의병사적』(제천군문화원, 1994)에는 장기렴과 창의군 측 인물들이 주고받은 사신 및 장기렴의 의병에 대한 고시문 등이 들어 있어 당시의 상황을 이해하는 데 도움이 된다. 참고로 관련된 글을 제시한다.

㉠ 그러나 왜제倭制 참령(參領 장기렴張基濂이 몇백 명의 군대를 이끌고 선무위원과 같이 와서 자칭 왕사王師라 하며 말하기를 먼저 효유하고 뒤에 친다고 합니다. 신이 생각하건대 선유宣諭는 그 해병解兵을 요구하는 것이니 만일 의병이 한 번 해체되면 강기綱紀가 무너져 나라는 따라서 망할 것입니다. 전하의 성명으로 이러한 사리를 모르실 리가 만무하오니 이 유시가 어찌 전하의 진의에서 나왔다고 하겠습니까.(…중략…)

아! 저 장기렴이란 자는 불량한 마음으로 기습해 와서 신으로 하여금 진취할 곳이 없게 하였습니다. 이제부터는 누가 전하를 위하여 토적討賊 복수復讎를 하며 명교明教를 위하여 존화양이를 하겠습니까. 그렇다면 장기렴의 어리석은 한 번 행동이 만세의 충의의 길을 막았고 백왕의 강상의 근본을 없이 하여 세상

사람으로 하여금 차마 들을 수도 없게 하였으며 또한 역사에 올려 후대에 전할 수도 없는 일이오니 국가에 끼친 수치야말로 과연 어떠합니까.

—「유인석 선생 상소문」, 『호서의병사적』, 45면

㉡ 대저 의병이란 명칭은 예부터 많지만 일찍이 오늘과 같은 의병은 없었다. 왜냐하면 사람을 죽이기 장리까지 미쳤고 물화를 뺏긴 공화에까지 이르렀으니 행동이 이러하고서 어찌 의병이라 할 수 있는가. 이에 본 참령은 역적을 치라는 명령을 받들어 병사를 거느리고 여기에 왔노라. 적을 알고 나를 알아 백전백승하는 꾀와 기병이나 정병의 쓰는 법을 겸하여 만변만화의 도를 알고 있으니 너희들의 오합지중과 개미 모이듯한 무리들이야 말할 나위도 없이 단번에 쳐서 소제할 수 있으나 좀 늦추어 두는 것은 사람과 물건이 상할 것을 중히 여기기 때문이다. 뿐만 아니라 너희들은 다 글 읽는 선비들로서 '변에 대처하는 방법[處變之道]'에 다만 이번 행동이 의가 되는 줄만 알고 이 의가 도리어 역적이 되는 줄은 모르기 때문에, 군대로서 치기에 앞서 은명恩命으로 깨우치려는 것이다.

—「고시告示」, 『호서의병사적』, 290면

장기렴의 활동은 1896년 3월 유인석이 이끄는 호좌창의군을 진압하기 위해 제천에 도착하면서 시작된다. 이때 그의 직책은 친위대 참령이었다. 장기렴은 관군 300여 명을 이끌고 약 2개월간 의병과 대치한 후 5월 25일 있었던 남산성 전투에서 창의군 중군장 안승우安承禹를 죽이고 의병의 세력을 결정적으로 약화시킨다.08 이날 전투 이후 유인석 부대는 계속 패퇴하여 같은 해 8월 24일 국경지역인 초산楚山에 당도했다. 여기서 유인석은 「재격백관문再激百官文」을 지어 중앙에 올리고 압록강을 건너 서간도 회인현懷仁縣으로 들어간다.

그러나 9월 28일 회인현 책임자 서본우徐本愚의 강요로 의병을 해산하게 된다. 이로써 을미의병 활동은 종식되었다.09

『호서의병사적』의 해제를 쓴 윤병석은 의병과 장기렴의 대립을 수구 대 개화의 갈등으로 파악했지만(『호서의병사적』, 13면) 당시 장기렴이 실제로 개화파적 입장과 관점을 지니고 있었는지는 확인할 수 없었다. 장기렴과 관련하여 필자의 주된 관심은 그의 천도교 입문과정과 경성대교구장에 취임한 계기, 손병희와의 관계, 3·1운동에서의 역할 등인데 이 점에 대한 구체적 접근도 이루어지지 못했다.

3
습작기의 작품활동

심훈의 일기에서 주목해야 할 것은 역시 심훈의 습작과정에 대한 것이다. 심훈은 자신의 일기에 「찬미가에 싸인 원혼」 이외에도 여러 편의 작품 창작이 이루어졌음을 기록했다. 그 첫 작품이 초창기 국어학자 이규영(李奎榮, 1890~1920)의 부음을 듣고 쓰게 된 소설 「생리사별生離死別」이다. 이규영은 주시경의 제자이며 최초의 현대적인 국어사전이라 평가받는 『말모이』의 편찬자 가운데 한 사람이다. 이규영은 1913년경부터 주시경·김두봉·권덕규 등 국어학자들과 함께 이 『말모이』의 편찬에 참여했다. 그러나 이 사전은 끝내 결실을 보지는 못했다. 그는 1918년부터 9월부터 1920년 1월 사망할 때까지 중앙학

08 오영섭, 『화서학파의 사상과 민족운동』, 국학자료원, 1999, 298면.

09 오영섭, 같은 책, 301면.

교 교원으로 재직했으며『현금 조선문전』, 비망록『온갖 것』, 문법서『말듬』, 문법서 및 국어자료집『한글적새』, 교안『읽어리 가르침』등의 유저를 남겼다.10

이규영은 1920년 사망했을 당시 불과 30세의 젊은 나이였다. 심훈은 이규영의 사망에 대해 큰 충격을 받았으니 불과 이주일 전에 이규영에게서 우리글을 배우기로 약속된 터였다. 일기 속에서 심훈은 "귀중한 일생을 조선어 연구에 바쳤으나 시대와 사회는 선생을 환영치 않았으니 그의 흉중이야 어떠하였으랴. 호천昊天이여 무정하다. 선생의 원대한 희망의 불길을 끄고 황천으로 가시게 함이여"라는 조사를 바쳤다. 또한 한 편의 시조를 지어 이규영의 영혼을 위로하였다.11 참고로 그 시조를 인용해 둔다.

> 천국이 밝다한들 이보다 더 밝으며 좋단들 이보다 더 좋을 수가 있으랴
> 백설 덮인 지붕 위에 명월은 문안하는데
> 선생은 어디 가고 물 마른 시내 곁에 빈집만 외따로
> —일기, 1920.1.5

「생리사별」이 작품으로 완성된 것은 분명해 보인다. 1월 24일 일기를 보면 병섭이라는 지인에게「생리사별」원고를 보여주고 '잘 지었다'라는 평을 듣기도 하였다. 2월 12일자에는 유종석이「생리사별」의 원고를《신청년》에 보내라

10 김민수,「이규영의 문법연구」,《한국학보》19, 1980년 여름호.

11 임경석은 최근 연구에서 주시경과 그 제자들로 결성된 비밀결사 '배달모임'(1911)이 '신아동맹당'(1915)과 '사회혁명당'(1920)으로 이어져 초기 사회주의운동 그룹의 모체가 되었다고 추정했다(「19세기 말 20세기 초 국제질서 재편과 한국 신지식층의 대응」, 성균관대 대동문화연구원 학술회의 발표문, 2003.6.20). 이규영은 주시경의 가까운 제자였다. 따라서 심훈에 대한 이규영의 영향이 단순히 언어문제에 국한된 것이 아닐 수도 있다는 추측이 가능하다.

고 하면서 미리 좀 보여 달라고 했다는 기록이 나온다. 방정환·유종석 등 초기 《신청년》 그룹과 심훈의 밀접했던 관계를 고려해 볼 때 「생리사별」은 《신청년》에 투고되었을 가능성이 높다. 그러나 현재 확인된 《신청년》의 목록에는 이 작품은 존재하지 않는다.

그 이유는 심훈이 원고를 《신청년》에 넘기지 않았거나 검열과정에서 삭제되었거나 둘 중의 하나이다. 필자는 후자의 가능성이 높을 것으로 판단한다. 심훈이 이규영에게 가졌던 민족어 연구자로서의 존경심이 작품 속에 배어 있었을 것은 분명하고 그러한 내용이 검열을 통과하기란 쉽지 않을 것이기 때문이다.

1월 11일 일기에는 「폐가廢家의 월야月夜」라는 단편을 초했다는 것과 이전부터 써 왔던 「꽃의 설움」이란 작품을 언급하고 있다. 특히 후자에 대해서는 "자료가 너무 좋아 지금의 내 수완으로는 써 발표하기가 아까와 이후에 기념작으로 하여 세상을 놀랠란다"라고 하여 강한 자부심을 내비치고 있다. 그러나 이 두 작품 역시 공간 여부는 확인하지 못했다.

1월 31일자 일기에는 '원고 「새벽빛」 신체시를 《근화僅花》 잡지에 보냄'이란 기록이 있다. 원고의 수신자는 노영호盧永鎬라는 인물인데 잡지 《근화》의 관계자일 것으로 추측된다. 「찬미가에 싸인 원혼」과 함께 투고 잡지를 알 수 있는 두 번째 작품인 셈이다. 그런데 필자는 최근 잡지 《근화》(창간호 1920.6)를 통해 이 작품의 실체를 접할 수 있었다. '금강샘'이란 필명으로 게재된 「새벽빛」의 전문은 아래와 같다.12

12 심훈의 초기 필명이 '금강샘'이라는 것은 『심훈문학전집』 3권에 「나의 아호雅號·나의 이명異名」에 나타난다. 이 글에 의하면 '금강샘'은 '금호어초(琴湖漁樵)'와 함께 소년시기에 쓰던 '아호(?)'이며 특히 '금강샘'이란 필명을 알 사람은 박월탄 정도밖에 없다고 하였다. '백랑(白浪)'은 중국 유학시절 '달빛에 뛰노는 전당강(錢塘江)의 물결을 보고 낭만적 기분으로 지은 것'이며 훈(熏)은 「탈춤」(1926)을 《동아일보》에 연재하면서 본명을 쓰기 싫어 '덮어놓고 자전을 뒤지다가' 얻은 이름이라고 한다.

ㄱ

흰누리로 자루박은 회호리 바람/ 가진 것을 휩싸넛코 핑핑 돌 때에
서리맞은 거친 풀이 엉킨 동산은/ 주리엇든 봄바람을 깃거 맞도다.

ㄴ

어러붙은 땅속으로 작은 싹들은/ 구석구석 벼서나서 알머리 드니
닭이 울른 하날 우는 더욱 어둡고/ 불다남은 찬바람에 소름 끼치네.

ㄷ

샛별같은 가는 눈을 깜짝어리되/ 옷칠을 한 넓은 들은 빗췰 수 없고
약한 손에 방울쥐고 흔들어보나/ 귀먹어리 새벽꿈의 둑거운 귀청

ㄹ

울며 떨며 일어서서 비틀거리고/ 동튼다고 긔별듯고 거름을 배니
헛트러진 가시덤불 맨발을 찔러/ 연한 살에 붉은 피만 새암이 솟듯

ㅁ

눈물로서 굽어보신 사랑의 검은/ 오른 손에 밝은 촉불 놉히드시니
입새라는 입새에는 구슬 먹음고/ 굴레벗은 무궁화는 피여 웃도다.

ㅂ

울어르니 힌 해발에 눈은 부신대/ 울엉차게 종서래는 힌뫼에 울고
붉은 구름 얄이 빗긴 하날가로서/ 텬녀들의 찬미소리 흘러내리네.

—1920.1 一九二〇.一

스스로 '신체시'라는 표현을 썼듯이 세련된 자유시는 아니지만 그래서 오히려 투박하고 건강한 청년 심훈의 구기口氣가 강하게 전해 온다. 겨울과 봄, 어둠과 새벽이라는 전형적인 시대적 비유를 배경으로 청년들의 민족정신을 일깨우려는 의도를 이 작품은 담고 있다.

그중에서 핵심은 4연과 5연이다. 4연에는 일제의 한국 강점 이래 있어온 민족적 저항의 전 궤적이 함축적으로 표현되어 있다. 4연의 마지막 구절 '연한 살에 붉은 피만 새암이 솟듯'은 불과 1년 전에 있었던 저항과 학살의 기억을 선명히 떠오르게 한다. 그리고 5연에서는 이러한 피의 항거를 계기로 조선이 결국 해방될 것임을 말하니 '굴레벗은 무궁화는 피여 웃도다'라는 구절 속에서 심훈은 조선의 독립을 현재화된 상황으로 선취한다. 심훈 시문학의 기저인 혁명적 낭만주의가 이 작품에 그 맹아를 싹틔우고 있었던 것이다.

특히 ㄱ, ㄴ, ㄷ 등 자음을 사용해 연을 구분한 것은 분명 민족어 운동에서 영향을 받은 심훈의 의도적 배치이다. 그러고 보면 습작기의 심훈은 우리말에 대해 각별한 관심을 가졌으니 이규영뿐 아니라 이희승에게서 지속적으로 민족어 교육을 받았던 것이 이를 입증한다.

2월 9일 일기는 "「강촌의 겨울소식」이라고 제목하고 어느 잡지에든지 보낼 심산을 하고 미리 기뻤다"라고 적었다. 여기서 당시 심훈이 투고를 염두에 두고 작품을 썼다는 것을 알 수 있다. 당시 심훈은 전문작가로서의 길을 모색하고 있었던 것이다.

2월 10일에는 「여울의 낙일落日」, 「벗생각」 등을 구상하고 2월 17일에는 「노량진의 겨울」을 썼으며 2월 19일에는 「노량진의 겨울」을 방정환에게 보낸다. 3월 29일에는 친구 최철崔喆의 병을 위문하는 의미로 시조 2수를 적어 그에게 주었다. 참고로 시조 전문을 인용한다.

천만리라 먼 줄 알고 터볼려도 아셨더니
엷은 조희 한 장 밖에 정 든 벗이 숨단 말가
두어라 이 천지에 우리 양인 뿐인가 하노라

이향異鄕에 병든 벗을 내 어이 떼고 갈랴

이제 이제 허는 중에 봄날은 그므른제

어렴풋한 피리 소래 객창客窓에 들리는고야

일기에 등장하는 마지막 작품은 매부의 죽음을 소재로 한 「피에 물들인 석양」이다. 누이 심원섭沈元燮은 심훈에게 조혼의 희생자로 인식되어 있는 인물이다. 2월 21일 일기에서 심훈은 남편을 잃고 가정의 노예로 살아가는 누이를 보며 "아! 악마 구수仇讐의 조혼아. 내 손으로 깨트리련다. 나의 붓이 이 원수를 죽일란다"고 절규한다. 여기서 『직녀성』의 원관념이 배태되고 있음을 느끼게 된다.

「피에 물들인 석양」은 죽은 매부의 면례날의 감상(3월 30일 일기)을 토대로 쓰인 작품인데 당초의 제목은 「매부의 무덤을 안고」이다. 그런데 4월 2일자 일기는 이 작품에 '동아일보 창간호 원고'라는 부기를 달아 놓았다. 투고 예정 작품인지 청탁을 받은 것인지는 알 수 없으나 결국 《동아일보》에 실리지는 않았던 것으로 보인다.

지금까지 살펴본 것처럼 5개월의 짧은 기간 동안이지만 일기 속에 포착된 심훈의 습작활동 모습은 결코 단순하지 않다. 일기에서 거론된 작품은 「생리사별」, 「폐가의 월야」, 「꽃의 설움」, 「여울의 낙일」, 「벗 생각」, 「찬미가에 싸인 원혼」, 「새벽빛」, 「강촌의 겨울소식」, 「노량진의 겨울」, 「집 없는 자의 노래」, 「피에 불들인 석양」 그리고 시조 3수 등이다. 「새벽빛」과 시조 3수를 제외하고는 대체로 산문이거나 소설일 것으로 판단된다. 공간公刊이 확인된 작품은 소설 1편과 시 1편이다. 작품의 완성 여부를 포함해 나머지 작품들의 운명은 현재로서는 알 수 없다.

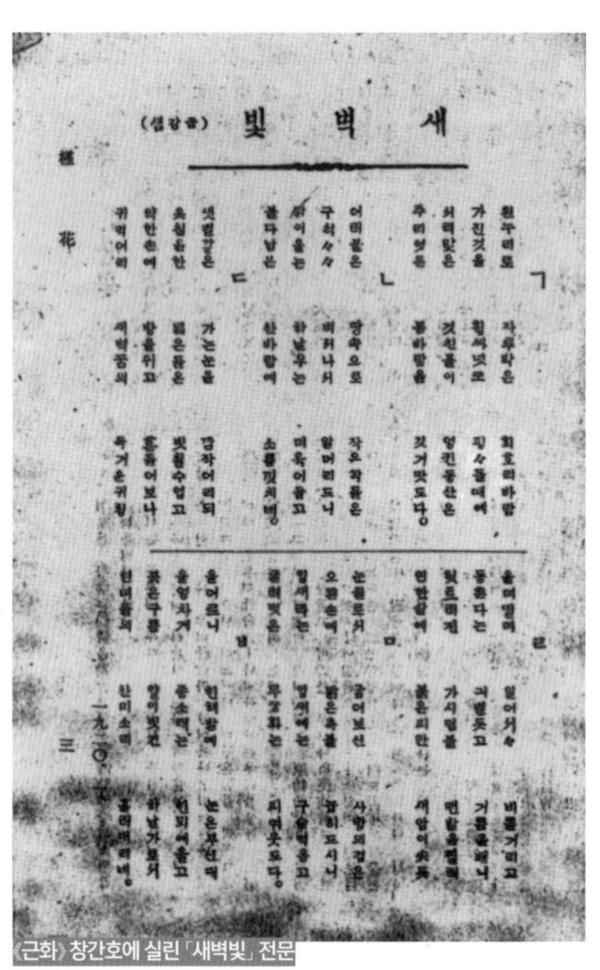

새벽빛 (섬강솔)

ㄱ

흰누리로 자유따은 회호리바람
가진것을 휩써넛코 찡수돌때에
서리맞은 깃친풀이 엉킨동산은
주리엇든 봄바람을 깃거맛도다

ㄴ

어리붉은 땅속으로 작오작듬은
구석々々 비져나서 알머리드니
싹이움는 하날우는 미욱어울고
봄다납은 한바탐에 소름찟처병

ㄷ

샛별같은 가는눈을 깜작어리되
옷칠읍한 붉은듬은 빗칠수업고
악한손에 방울쥐고 흘듬어보나
귀먹어리 새벽꿈의 목거은귀횡

ㄹ

울며떨며 일어서々 비틀거리고
동즌다는 귀별듯고 거룸을배니
헛르매진 가시덤불 면할줄몰렉
연한살에 붉은피만 새암이솟뜻

ㅁ

눈물로서 굶어보신 사랑의검은
오뫈손에 밝은촉불 놉히드시니
입새따는 별색에는 구슬띄움고
굴레벗은 무궁화는 피여웃도당

ㅂ

울어르니 힌해빨에 눈은부신때
울엉차거 종소리는 현되여울고
꽃은구룸 알어빗친 하날가로서
힌비율뫼 산미소래 흘러때러병

一九二○, 三

槿花

《근화》 창간호에 실린 「새벽빛」 전문

4
습작기의 독서와 교유

심훈의 일기에서 확인되는 또 하나의 정보는 그의 독서 편력이다. 심훈은 일기를 쓰면서 그 날 읽은 책의 서명書名을 반드시 앞부분에 기록했고 경우에 따라서는 간략한 감상을 덧붙였다. 당시 심훈은 문학작품이나 문학과 관련된 글을 주로 읽었다. 맨 처음에 보이는 작품은 방정환의 「사랑의 무덤」이다. 이 작품은 《신청년》 2호(1919.12.8)에 실려 있다. 발표 당시 방정환은 'SP생生'이란 필명을 사용했는데 여기서 'SP생生'이 방정환임을 확인할 수 있다. 이 기록을 통해 심훈이 가깝게 지냈던 《신청년》 그룹의 작품들을 챙겨서 읽었던 상황이 드러난다.

일기가 쓰이는 동안 심훈이 가장 관심을 기울였던 작품은 나쓰메 소세키[夏目漱石, 1867 ~1916]의 『吾輩は猫である』이다. 이 작품을 읽었다는 기록은 1월 4일 일기에 처음 등장한 이후 2월 15일까지 계속된다. 조금씩 공들여 읽어 나간 셈이다. 1월 7일 일기는 이 작품에 대해 "작은 사랑에서 늦도록 소세키 씨의 『묘』를 읽었다. 참 소세키 선생은 박학광식한 사람이다. 그 묘사의 극치와 우습게 만든 중에 이 세상을 깊이 풍자한 것이 여간한 심교深巧한 수단이 아니다."라는 촌평을 달아 놓았다.

심훈이 『吾輩は猫である』를 어떠한 느낌을 가지고 읽었는지, 그 문학적 영향이 어디까지 미쳤는지는 구체적으로 알 수 없다. 그러나 위의 언급으로 추측컨대 현대소설의 수준과 경지를 가늠하게 한 독서체험이 된 것만은 분명하다. 이는 홍명희가 『나는 고양이로소이다』의 독후감으로 언급한 '새로운 도

덕'과 '일본문학의 신국면'[13]의 측면과 관련되어 있다.

그러나 심훈에게 있어 소세키 독서는 문학공부를 위한 것이었지 작가적 지향과 결부된 것은 아니었던 것 같다. 그러한 징후는 소세키의 독후감과 구니키타 돗포의 독후감의 차이에서 확연히 드러난다. 당시 일본 자연주의자들이 소세키 작품에 대해 인생의 진상에는 접근하려 하지 않고 세상과 동떨어진 여유파, 고답파라고 비판했던 점, 즉 소세키의 에고 리얼리즘이 자연주의자들에게 반감을 샀던 것을 상기할 필요가 있다.[14]

심훈이 자신의 일기 속에서 가장 강력한 의미부여를 한 작가는 구니키타 돗포[國木田獨步, 1871~1908]이다. 3월 23일자 일기에 그는 "밤에 이희승 군에게 한글을 배우고 돌아와 『귀거래歸去來』에 있는 구니기타 돗포의 명작인 「운명론자」를 반이나 읽었다. 나는 돗포의 글을 제일 좋아한다. 단명單明하고 힘이 있고 진眞의 예술인 까닭에"라고 적었다.

구니키타 돗포는 일본 자연주의 문학의 선구자 가운데 하나이며 이상주의적 낭만주의자로 알려져 있다. 그는 '워즈워드의 신자信者'라는 노구치 다케히코[野口武彦]의 말처럼[15] 윌리엄 워즈워드(1770~1850)를 통해 문학을 접했던 인물이다. 한편 무교회주의로 유명한 우치무라 간조[内村鑑三, 1861~1930]에게서도 강한 정신적 영향을 받았으며 1891년에는 기독교 세례를 받기도 하였다. 겉으로는 다르지만 사실 유사한 정신적 지향이라 할 수 있는 낭만주의와 기독교, 그리고 연애의 추구를 자기 내면의 구성요소로 삼았던 구니키타 돗포

13 강영주, 『벽초 홍명희 연구』, 창작과비평사, 1999, 45면.

14 유유정, 「역자의 말」, 『나는 고양이로소이다』, 문학사상사, 1997, 24면.

15 노구치 다케히코, 「번민, 고양 그리고 비애」, 『근대일본의 비평』(가라타니 고진 외저, 송성욱 역), 소명출판, 2002, 41면.

의 정신세계는[16] 1920년 초기의 심훈의 그것과 너무도 흡사하다.

뒤에서 살펴보겠지만 1920년 초반의 심훈은 성적 욕망과 식민지 현실에 대한 강렬한 낭만적 부정, 그리고 삶의 새로운 방향타로서의 기독교라는 세 개의 꼭짓점 사이를 왕복하고 있었다. '나는 돗포의 글을 제일 좋아한다'는 고백 속에는 현재의 자기를 비추는 거울로서 구니키타 돗포를 발견한 심훈의 희열이 담겨 있다. 유사한 타자를 통해 자기의 본색에 다가서는 것의 은밀한 즐거움을 심훈은 구니키타 돗포를 통해 얻었던 것이다.

그런데 타자를 통한 자기의 성찰은 한 인간의 지적 성장의 과정 속에서 매우 중요한 것이다. 자기의 특수한 감정과 인식이 세계의 보편적 움직임과 조응되어 있음을 깨닫는 것은 개인이 세계적 상황 속에 본격적으로 개입하는 것을 의미한다. 이러한 점에서 구니키타 돗포는 심훈의 정신적 성장에 중요한 매개체였다고 판단된다. 이러한 주제에 대한 구체적 분석은 한·일 근대문학의 정신사적 비교를 위한 연구 모델의 하나일 것이다.

한편 위와 같은 심훈의 기록은 1920년대 초반 한국 문학청년들에게 미친 나쓰메 소세키와 구니키타 돗포의 영향 관계 혹은 그들 작품의 독서사讀書史의 고증 문제와 관련하여 의미 있는 자료라고 생각된다.

그밖에 심훈은 오자키 고요[尾崎紅葉, 1867~1903]의 『금색야차金色夜叉』, 도쿠토미 로카[德富盧花, 1868~1927]의 「임종」과 『신춘新春』 등을 읽은 흔적이 보인다. 『신춘』은 1918년 간행된 도쿠토미 로카의 수상집隨想集인데 이 책에는 「ヤスナヤポリヤナの回顧」가 들어 있다.[17] 야스나야 폴랴나는 바로 톨스토이

16 노구치 다케히코는 "돗포에게 있어 연애의 성취는 바로 종교적 사명"이라고 말했다 같은 책, 33면.

17 구송잠일(久松潛一) 외(外) 편수(編修), 『현대일본문학대사전(現代日本文學大事典)』(증보축쇄판(增補縮刷版)), 명치서원(明治書院), 1990, 770면.

의 고향이다. 심훈은 자신의 일기에(1월 27일) 이 글을 읽었다는 점을 기록하여 특별한 관심을 표현했다. 또한 "김성수댁[金性洙宅]에 가서 『부활』, 『성욕론』 등을 빌려온 것을 갖다 두었다"(1월 21일)라는 기록도 심훈의 톨스토이에 대한 관심과 관련된 자료이다. 당시 심훈이 지녔던 톨스토이에 대한 동경은 근대 초기 문인들의 보편적인 지적 편력과 관계되어 있는 문제이다. 따라서 보다 포괄적인 접근이 필요한 주제이다. 하지만 심훈이 중국행을 결행하기 이전인 1920년을 전후한 시기 그의 내면을 사로잡고 있었던 기독교와 연계하여 그 의미를 독자화시키는 것도 가능하리라고 판단된다.18

일기에는 잡지들의 이름도 적지 않게 등장한다. 특히 《창조》, 《삼광三光》, 《신한청년》 등이 주목된다. 《창조》는 우리가 익히 알고 있는 동인지이며 《삼광》은 동경에서 난파 홍영후洪永厚가 주도한 유학생 중심의 잡지이다. 《신한청년》은 이광수가 주간으로 발간된 잡지이다. "밤에 이희승 군이 이춘원이 주간인 《신한청년》이라는 잡지를 가지고 왔다. 발각되지 않게 팔아야겠다. 읽은 후 나의 느낌은 내일로"(1월 27일)라는 내용이 의미심장하다. 그밖에 《아이들보이》, 《새별》 등 아동잡지도 언급되고 있음을 지적해 두겠다.

일기를 통해 심훈이 다양한 인적 네트워크를 가진 인물이라는 점을 알게

18 나쓰메 소세키, 구니키타 돗포, 톨스토이로 연결되는 심훈의 문학작품 독서는 1907년 당시 타이세이(대성) 중학을 다녔던 벽초 홍명희의 그것과 흥미로운 연관이 있다. 강영주 교수의 연구에 의하면 유학 당시 홍명희가 애독한 작가는 토스토예프스키와 바이런, 나쓰메 소세키 및 시마자키 도손[島崎藤村], 타야마 카타이[田山花袋], 도쿠토미 로카[德富蘆花] 등 일본 자연주의 작가였다고 한다. 톨스토이의 경우 처음에는 그 기독교적 경향 때문에 별 관심을 갖지 않다가 『부활』을 읽고 난 뒤에 판단을 바꾸게 되었다고 한다.(강영주, 『벽초 홍명희 연구』, 역사비평사 1999, 42~49면). 특히 홍명희가 바이런에 심취했다는 것과 심훈이 워즈워드의 '신자'였던 구니키타 돗포에 매료되었다는 점이 중요한데 이는 한국의 근대 작가들에게 미친 낭만주의의 영향이라는 주제의 연구 필요성을 제기한다.

되었다. 당시 그와 교유한 인물들 가운데 우선 《신청년》 그룹의 방정환과 유광렬이 주목된다. 이들과의 친교가 어떻게 시작되었는지는 불확실하나 필자는 그들의 교유가 1917년 이래 소년학생들로 구성되었던 경성청년구락부의 활동과 관련이 있지 않을까라는 추정을 한 바 있다.19 심훈과 방정환·유종석은 특히 《신청년》 편집을 둘러싸고 긴밀한 관계를 유지했는데 3월 14일 일기에는 "돌아오는 길에 방정환군에게 들러 여러 가지로 원고, 잡지에 대해 이야기를 하였다"라는 언급이 보인다.

심훈은 1920년 6월 창간된 《근화槿花》와도 가까운 사이였다. 심훈의 일기에는 편집 관계자 노영호로부터 원고청탁을 받은 일(1월 28일), 《근화》의 편집내용을 미리 살펴보려 했던 일(2월 4일) 등이 들어 있는데 특히 후자의 행동은 일반적 기고자의 태도를 넘어서는 것이다. 이러한 사정을 통해 볼 때 습작기 심훈의 주변에는 《신청년》이나 《근화》와 같은 청년문예잡지들이 있었고 심훈은 그 편집진들과의 교유를 통해 그룹적 연대감을 확보하는 한편 작가로서의 방향을 세워 나갔던 것으로 보인다.

천도교 관련 청년들과의 교류도 눈에 띈다. "오일철吳一轍, 방한욱方漢郁, 임준식任俊植이며 최린崔麟 선생의 자제 형제가 다 요사이 갓 사귄 벗들이다"(3월 31일)라는 기록에 나오는 오일철은 바로 천도교 중심인물이었던 오세창의 큰아들이다. 오일철은 3·1운동 당시 방정환과 같이 독립신문 등사판을 돌렸던 인물이기도 하다. 최린 또한 천도교 인물로 3·1운동 33인 가운데 한 사람이었으니 심훈의 청년기 교유에는 방정환을 포함해 천도교와 관련된 인물이 적지 않다. 천도교 청년운동 관련자들과의 연계문제는 심훈의 이후 행적과 관련하

---

19 한기형, 「근대잡지 신청년과 경성청년구락부」, 『서지학보』 26, 2002.

여 앞으로 보다 깊이 살펴보아야 할 문제이다.

이희승 또한 심훈의 일기에 자주 등장하는 인물이다. 심훈보다 연상이었던 이희승은 중앙학교 교사 이중화李重華[20]와 그 조카인 이종기李鍾璣를 통해 심훈과 친해졌다.[21] 심훈이 이희승에게서 한글을 배운 것 때문에 두 사람을 사제관계로 보는 시각도 있으나 자료에 의하면 오히려 친구에 가까운 관계를 유지했던 것으로 보인다.[22] 그런데 이희승은 습작기 심훈의 문학열에 대한 귀중한 기억을 남겨 놓았다.

> 심군은 재기가 표일飄逸한 위에 외화外華가 전형적인 미남자였다. 학교 공부는 별로 안하는 편이었으나 작문과 수공手工에는 특출한 솜씨를 보였다. 미사여구 등 문학적인 사조詞藻는 보는대로 듣는대로 공책에 기입하여 이것을 열심히 암송하며 또 글을 쓰는 데 항상 이용하였다. 그 공책을 보면 이러한 사조가 깨알 같이 적혀 있어서 상당한 많은 분량을 이루었고 이 책은 항상 휴대하고 다니면서 잠시도 손에서 놓지를 않았었다.[23]

습작기 문학공부의 지난함은 그 자신의 일기에도 엿보이니 심훈은 「생리사별」을 쓰면서 "문장은 참으로 어려운 것이다. 이것을 몇 번 쓰고 베끼고 하였는지 모르건만 그래도 불만족한 곳이 많다. 고치기 시작하면 한이 없겠기에

---

20 당시 심훈·이희승 등과 가까웠던 이중화는 『경성기략京城記略』(신문관, 1918), 『조선朝鮮의 궁술弓術』(조선궁술연구회, 1929)의 저자이다.

21 이희승, 「심훈의 일기에 부치는 글」, 『심훈문학전집』 3, 579~580면.

22 이희승은 "그 공원(취운정翠雲亭-지금의 가회동 꼭대기)에서 우리는 장래를 이야기하고 서로의 마음을 주고받았던 것이다. 심훈이 이십 세 전후한 그 시절이 가장 나와 우의가 두터웠던 시절"(『심훈문학전집』 3, 580면)이라는 회고를 남긴 바 있다.

23 이희승, 「서」, 『심훈문학전집』 1, 9면,

속필로 아무렇게나 써 놓았다. 오래간만에 종일 들어앉아 그런지 두통이 난다"(2월 12일)고 고백한 바 있다.

월탄 박종화와의 친밀한 관계에 대한 언급도 특별한 관심을 갖게 한다. 2월 29일에 월탄이 놀러와 내일이 3월 1일이라 '놈들의 경비가 심하다'는 말에 "아! 내일이 삼월 일일이구나! 아! 내일이 삼월 일일이구나"라고 새삼 3·1운동 일주년을 되새기는 심훈의 모습이 이채롭다.

그런데 심훈과 월탄의 관계는 나도향·박영희·최승일 등이 주관한 2기《신청년》과 관련해 흥미로운 문제를 던진다. 필자는 이 문제와 관련하여《신청년》이 1기와 2기로 나누어지며 방정환·유종석·심훈 등 1기《신청년》과 관련된 인물들이 흩어지는 상황에서 새로운 편집진의 구성에 심훈과 월탄의 교유가 일정한 역할을 하지 않았나 하는 추정을 한 바 있다.[24] 심훈은 벽초 홍명희 집안과도 일정한 관계가 있었을 것으로 판단된다. 3월 18일 일기에는 "병섭 형이 괴산槐山서 홍근식洪勳植 아주머니와 왔다. 홍은 원동苑洞에 있고"라는 짤막한 기록이 있다. 홍범식洪範植이 벽초의 부친이니 근식은 그 부친과 같은 항렬의 인물이다. 괴산의 홍씨 기문과 심훈이 어떻게 연결되는지는 미처 확인하지 못했으나 가문적 세교나 혼인 관계 등을 추론해 볼 수 있다. 따라서 심훈 가문의 성격에 대한 보다 세밀한 추적이 있어야 할 것으로 보인다. 이후 벽초가 심훈의 작품집에 서문을 주는 것은 일단 심훈의 인간됨에 대한 배려에서일 것이나 위와 같은 가문적 인연이 함께 작용했을 가능성도 배제할 수 없다.

이 점과 관련하여 심훈이 중국에서 단재 신채호와 우당 이회영을 만나는 과정 또한 그의 가문적 배경을 염두에 두지 않고서는 이해하기 어려운 대목이다.

---

24 한기형, 「잡지 신청년 소재 근대문학 신자료」, 《대동문화연구》 41, 2002; 한기형, 「근대잡지 신청년과 경성청년구락부」, 《서지학보》 26, 2002.

㉠ 기미년己未年 겨울, 옥고獄苦를 치르고 난 나는 어색한 청복靑服으로 변복變服하고 봉천奉天을 거쳐 북경北京으로 탈주脫走하였다. 몇 달 동안 그곳에서 두류逗留하며 연골軟骨에 견디기 어려운 풍상風霜을 겪다가 성암[醒菴-李光]의 소개로 수삼 차 단재丹齋를 만나 뵈었는데 북신교北新橋 무슨 호동胡同엔가에 있는 그의 우거寓居에서 며칠 저녁 발치 잠을 자면서 가까이 그의 성해聲咳를 접하였다.25

㉡ 북경北京에서 지내던 때의 추억追憶을 더듬자니 나의 한평생 잊히지 못할 또 한 분의 선생님 생각이 난다. 그는 수년전 대련大連서 칠십 노구를 자수自手로 쇠창살 앞에 매달려 이미 고혼孤魂이 된 우당[友堂-李會榮] 선생이시다. 나는 맨 처음 그 어른에게도 소개를 받아서 북경으로 갔었다. 부모의 슬하를 떠나보지 못하던 십구세의 소년은 우당장友堂丈과 그 어른의 영식令息인 규룡圭龍 씨의 친절한 접대를 받으며 월여月餘를 묵었었다. 조석으로 좋은 말씀을 많이 듣고 북만北滿에서 고생하시던 이야기며 주먹이 불끈 불끈 쥐어지는 소식도 거기서 들었는데 선생은 나를 막내아들만치나 귀여워해 주셨다.26

약관의 청년이 우당, 단재와 그렇듯 가까이 지낼 수 있었던 점은 역시 청송 심씨 가문의 후광과 관계된 일일 것이다. 심훈의 가계에 대해서는 유병석의 연구(「심훈연구」, 서울대 석사논문, 1964)에서 일차적인 분석이 이루어졌다. 여기에 몇 가지 첨가한다면 심훈의 직계에서 11대조 응교공應敎公 심광세

25 심훈, 「단재와 우당」, 《동아일보》, 1936.3.12; 『단재신채호전집』 별집, 형설출판사, 1977, 410~411면. 여기서 기미년 겨울이라는 것은 심훈의 착오이거나 의도적인 오류이다. 심훈의 중국행은 1920년 가을 이후로 짐작된다.

26 같은 책, 413면.

沈光世가 바로 『해동악부海東樂府』의 작자이다. 6대조 심전沈錪은 노론 벽파僻派의 영수 심환지沈煥之의 부父 심진沈鎭과 친형제간으로 심훈의 집안에 양자로 온 분이다. 5대조 심성지沈誠之와 8촌간인 심건지沈健之의 따님은 안동 김씨 세도정치의 기틀을 만든 김조순金祖淳의 처이다. 증조부 심의붕沈宜朋은 경신감역庚申監役과 운산군수雲山郡守를 지냈으며, 조부 심정택沈鼎澤은 구한말 주사主事로 있었다.27 심훈의 가문에 대한 보다 진전된 분석은 차후에 보완되기를 기대해본다.

심훈은 김성수와의 교류도 있었다. 김성수는 1891년생으로 심훈보다 10년 연상이며 1920년 초 당시 중앙학교 교장이었다. 일기는 심훈이 김성수에게서 책을 빌린 일, 김성수가 심훈에게 연하장을 보낸 것 등을 통해 심훈과 김성수가 매우 가까운 관계인 것으로 묘사하고 있다.

심훈은 일찍부터 연극과 영화를 주목했으며 일기 속에 그러한 관심에 여러 번에 걸쳐 남겨두었다. 초기 신파극 배우출신인 안종화와의 만남(3월 18일)을 특별히 기록한 일이나 김소랑金小浪, 김도산金陶山, 임성구林聖九 등 당시 신파극을 주도했던 인물들과 그들의 연극에 대한 깊은 관심,28 단성사에서 상영한 〈씨빌리제이션〉이라는 영화에 대해 "훌륭한 사진이다. 포악과 전횡, 인도와 정의의 전쟁이다. 나는 많은 느낌을 얻었다. 깊은 인상을 새겼다"(2월 23

27 간행위원회 편, 『청송심씨대동보』, 강신보(庚申譜), 2002.

28 "김소랑(金小浪)의 연극을 기어이 보았다. 임성구(林聖九), 김도산파(金陶山派)보다도 더욱 유치하다. 각본이야 처음부터 논의할 거리도 되지 않으나 그러한 각본을 가지고도 넉넉히 진정한 예술의 가치를 관극자의 가슴에 깊이 파묻을 수가 있을 것인데 너무도 어린 아이 장난 같다."(1월 3일) "광무대(光武臺)의 김소랑(金小浪), 김도산(金陶山) 양파의 연합연극을 구경하러 눈을 맞으며 급히 갔다. 일전 《조선신문》에 김영환(金泳煥), 김도산 등 여러 사람이 서양 각국을 돌아다니며 가극단을 조직하고 독립선전(獨立宣傳)을 하려 하였다는 혐의로 잡혔다는 기사를 보고 적지 아니 놀랐었는데 웬일인지 김도산이가 잡혀가지 않고 연극의 주인이 되어 하는데 전보다도 훨씬 기술이 늘었다. 참 좋은 현상이다. 김소랑 군도 말하는 것이며 극을 하는 품이 점잖고 하여 남부럽지 않게 한다. 참으로 좋은 일이다. 기쁜 일이다. 오늘 저녁은 유쾌하였다."(2월 17일)

일)라는 언급, 방정환과 함께 김도산 일행의 연쇄극을 보고 "나도 장래에 극도 해볼 생각이다. 배우도 되어 볼 생각이다(4월 1일)"라는 포부의 피력 등은 습작기 심훈에 미친 연극과 영화의 영향관계를 느끼게 하는 대목이다.

조혼한 부인 이해영에 대한 진술도 1920년 초반 당시의 심훈을 이해하는 데 하나의 중요한 참고가 된다. 부인에 대한 심훈의 감정은 여성의 비극적 운명에 대한 사회적 차원의 인식과 구여성의 한계에 대한 갈증이란 개인적 불만의 교차 속에서 움직이고 있었다.

> 오늘이 우리 부부의 제4회 결혼기념일이다. 이 사년 동안 우리는 화목하였다. 재미있게 서로 놀고 배우고 할 기회는 얻기 어려웠으나 나는 해영海瑛이 외에 다른 이성을 구하려 하지 않았다. 나는 그의 학문 없음을 유감으로 생각한다. 그러나 구조선의 전제, 반노예로 희생이 되어 있는 그를 신문명의 세례를 받게 할 수는 과연 극난하다. 한편으로 보면 남편되는 내 자신의 과단성이 적다 할지나 이미 깊은 구렁에 빠진 것을 구할 수 없고 이 빈한한 가정과 복잡한 속에 빼어낼 수는 없다. 그러나 우리 부부는 일생을 행복하게 보낼 것이다. 아! 이 어린 두 이성아.[29]

이 글은 심훈의 아내에 대한 이성적 연민과 감성적 거부 사이의 혼란을 잘 보여준다. 하지만 심훈의 표면적 태도는 청년 특유의 다소 과장된 휴머니즘과 연관되어 '구여성'의 '신여성화'를 지향하고 있었다. 4월 4일 일기의 "나는 어떠한 수단으로든지 아내를 공부시키리라"는 맹세가 그러한 사례에 해당한다.

---

29 『심훈문학전집』 3, 606면, 3월 25일 일기.

그리고 조혼한 누이 심원섭의 불행을 보며 여성의 사회적 차별을 극복해 보려는 문제의식은 더욱 견고해졌다. 하지만 그의 각오와 다짐은 '구여성'의 비극적 운명에 대한 지식인적 사고의 범위를 끝내 벗어나지는 못했던 것으로 보인다. 이혼의 필연적 계기들이 이미 시작되고 있었던 셈이다.

5

초기 심훈과 기독교

「찬미가에 싸인 원혼」은 그 제목에서부터 기독교적 분위기가 농후하다. 작품 끝에는 노인의 죽음 앞에서 청년들이 '마음을 모아 상제上帝께 기도 하고 소리를 합해' 부른 찬송 전문이 제시된다. 이 찬송은 '멧칠 후 멧칠 후 요단강 건너가 맛나리'라는 가사로 오늘날까지도 장례용 찬송으로 유명한 '날빛보다 더 밝은 천국'[30]이다. 천도교 경성대교구장의 죽음을 기독교식으로 장례 지낸 감옥 안의 풍경도 흥미롭지만 이보다 심훈의 시각 속에 포착된 기독교의 사회적 위상이 의미심장하다. '찬미가에 싸인 원혼'이라는 말 속에는 구원의 종교로서 기독교를 인정하는 태도가 담겨 있기 때문이다.

노인을 위해 찬송을 부른 소년들은 배재학당과 같은 기독교계 학교의 학생들로 짐작되는데 1919년 수인囚人 생활을 할 당시 심훈이 기독교인이었다는 증거는 아직 찾지 못했다. 하지만 작품이 쓰인 1920년 초반 심훈이 기독교에 대해 상당히 우호적인 입장을 가지고 있었다는 것은 분명하다. 3·1운동에 적

30 이 찬송은 S. F. Bennet이 남북전쟁 후 1867년 가사를 지었고 그의 친구인 J. P. Webster가 작곡했다. 현재 신교가 공통으로 사용하는 찬송가의 291장이다.

극 참여한 기독교인들의 존재도 심훈에게 기독교에 대한 관심을 환기시키는 주요한 계기가 되었을 것이다.[31]

1920년을 전후해 심훈의 정신은 매우 불안정한 상태 속에 놓여 있었다. 성적 욕망 등 청년기의 고유한 정서와 심훈 특유의 낭만적 기질, 일본에 대한 강렬한 저항의식의 혼재 속에서 당시 심훈은 상당한 정신적 갈등을 겪게 된다. 탑동공원 앞에서 기생을 보고 일어난 '육욕'에 대해 "아! 악마의 육욕! 나는 이 성욕에 대하여 억제치 못한다(2월 1일)"라고 하거나 친구의 병문안을 갔다가 한 번 스친 간호부를 그리며 "자태에 끌렸다. 잊혀지지 않는다(2월 14일)"라는 은밀한 고백은 어쩌면 청년기의 자연스러운 모습일지 모른다.

하지만 보다 문제가 되었던 것은 심훈이 지녔던 저항적 사회의식의 기저가 무엇인가 하는 점에 대한 자기 확인의 문제였다. 여기서 심훈은 기독교를 만나게 된다.

㉠ 지금쯤 얼음 같은 옥중에 그저 남아있는 사람들이야 과연 어떠할까? 살을 깍아 내는 북풍은 철창에 불고 눈덩이 같은 밥을 먹고 하고한 날 우루루 떨기만 할 때에 그이들의 마음이야 과연 어떠할까. 그러나 그들의 마음은 그저 뜨거울 것이다. 서대문 감옥 높은 담 위에 태극기가 펄펄 날릴 때 굳센 팔다리로 옥문을 깨트리고 환호와 만세의 부르짖음으로 열광하여 뛰는 군중(…중략…) 오 상제上帝여, 그의 원한을 속히 이루어 주소서. (1월 17일)

㉡ 옥중에 신음하는 형제들을 생각할진대 영원히 자유를 잃은 이 동물들을 볼

31 3·1운동 민족대표 33인 가운데 기독교와 관련된 인사가 16명이고 이중 YMCA 지도자가 9명이었다고 한다. 전택부, 『월남 이상재의 생애와 사상』, 연세대 출판부, 2002, 156면.

때에 동정의 눈물을 흘려야 옳거늘 인생은 어디까지든지 남을 속박하고 억제함으로 쾌快를 삼으니 이것이 과연 상제의 명하신 바일까? (4월 10일)

기독교에 경도되면서 심훈은 기독교 인사들의 강연회에 열심히 참석하게 된다. 3월 6일은 종교鐘橋 예배당에서 있었던 연희전문학교 교수 삘링스의 '인생의 가치'라는 설교를 듣고 '새삼스럽게 예수를 믿고 싶은 마음이 났다'라고 고백했다. 3월 7일 심훈은 아침부터 역시 종교 예배당에서 예배를 보고 신홍우申興雨의 '봉사'라는 강연을 들었다. 이 강연을 통해 심훈은 '하나님을 잘 믿고 싶은 것보다도 꼭 믿어야만 할 마음을 얻었다'고 말했다.

이날 저녁 심훈은 같은 장소에서 김필수金弼秀 목사의 '단체의 필요'라는 연설회에 참여한다. 3월 21일에도 심훈은 청년회관에서 있었던 '청년기독전도단' 김필수 목사의 '혼전塊戰'이란 연설을 들으러 갔다. 하지만 일경에 의해 연설회가 금지되었고 심훈은 일기 끝에 "경찰서인가 악마의 굴혈[口穴]인가에서는 (…중략…) 하지 못하게 하였다. 아! 종교의 자유를 물시勿視하는 공적公敵이여"라고 일제를 규탄하는 글을 남겨 놓았다.

이때부터 심훈은 정기적으로 안동安洞 예배당에 출석하기 시작했다.[32] 그리고 3월 28일 일요일 오후 청년회관에 있었던 신홍우의 '만능萬能'이란 연설을 듣게 된다. 심훈은 '그의 열변 있는 말에 대단히 흥분되며 격려 되었다'고 고백했는데 그가 기록한 연설의 내용은 다음과 같다.

---

32 4월 11일 일기에는 어머니와 함께 안동예배당에서 예배를 본 것을 기록하고 있다. 이날의 일기에는 또한 '작은 집은 다 예수를 믿게 되니 기쁜 일이다'라는 의견도 달아 놓았다.

우주만물을 태양이 지배함과 온 물질이 태양이 아니면 생존할 수 없다는 과학자의 말과 같이 우리의 영계靈界를 지배하는 이는 하나님이라 하고 상제上帝가 우리 조선을 택하여 동양의 추요지樞要地에 둔은 쇠패衰敗한 동양의 영계靈界를 우리가, 우리 민족이 지도치 않으면 안 되게 힘이라. 그러므로 우리는 열패劣敗한 민족이라 자기自棄할 것이 아니요, 능히 온 세계의 가장 행복한 지위에 있다 하는 그의 열변 있는 말에 대단히 흥분되며 격려되었다. 진실한 웅변가다.

신흥우의 역설적 논리는 열패감에 빠져 있던 청년 심훈에 새로운 삶의 논리를 제시했다. 한국의 고난은 한국이 하나님으로부터 특별한 책임을 받았기 때문이며 그 책임은 쇠퇴한 동양의 영계靈界를 되살리는 데 있다는 신흥우의 강연은 청년 심훈에게 자기의 민족감정을 종교적 소명의식으로 전화할 계기를 주었다.

당시 심훈은 상제, 곧 기독교의 신을 통해 자신이 지닌 저항정신의 정신적 기반을 만나고 싶었던 것으로 보인다. 말하자면 심훈에게 기독교는 즉자적 저항에서 의식적 민족주의로 나아가는 데 이론적 기초를 제공했다고 할 수 있다. 하지만 기독교에 대한 심훈의 관심이 오래 지속되지는 않은 것으로 보인다. 현재 필자는 중국체험 속에서 이루어진 심훈의 좌경화와 함께 기독교에 대한 관심도 점차 멀어진 것으로 판단하고 있다.33

1920년 초반 심훈의 정신세계에 영향을 준 김필수나 신흥우는 모두 YMCA를 중심으로 한 기독교 청년운동에 깊이 관계했던 인물이다. 김필수는

33 기독교 민족주의에서 사회주의적 경로로 나간 작가들 가운데 민촌 이기영 같은 이가 그중 대표적인 인물이다. 기독교에서 사회주의로의 전환과정은 한국 근대 정신사의 궤적을 다루는 데 필수적인 문제이거니와 그 점에서 문학사 연구의 중요 과제이기도 하다.

1903년 황성기독청년회 곧 YMCA의 발족 당시 2명의 한국인 이사 가운데 한 사람이며 신소설『경세종』의 작가로 최원식 교수에 의해 전투적 기독교 민족주의자로 평가된 인물이다.[34] 신홍우는 1912년부터 YMCA 이사로 있었고 배재학당 교장을 거쳐 1920년 9월경부터 YMCA 총무를 역임한 인물이다.[35]

특히 신홍우는 이상재, 윤치호와 함께 YMCA 운동의 핵심인물 가운데 한 사람이었다. 당시 신홍우를 비롯한 기독교 민족주의자들은 정의·인도·민주주의를 통해 세계개조가 이루어진다는 이상주의적 전망을 지니고 있었고 그 점에서 윌슨의 민족자결주의를 높이 평가했지만[36] 냉엄한 국제관계 속에서 그러한 당위적 믿음은 곧 설자리를 잃게 되었다. 이후 심훈은 그러한 기독교적 세계관을 비현실적 논리로 받아들였을 가능성이 높다. 애초부터 심훈에게 기독교는 개인 구원의 계기가 아니었던 탓에 그것으로부터의 이탈도 자연스럽게 이루어진 것으로 판단된다.

6

남는 문제들

심훈은 1920년 가을 이후 중국행을 결행한다. 1936년《동아일보》에 기고한

---

34 『경세종』과 초기 김필수에 대해서는 최원식의 「신소설과 기독교」(『한국계몽주의 문학사론』, 소명출판, 2002)를 참조할 것.

35 신흥우에 대해서는 전택부의 『인간 신흥우』(대한기독교서회, 1971)·『한국기독교청년회운동사』(범우사, 1994)·『월남 이상재의 생애와 사상』(연세대 출판부, 2002)과 장규식의 『일제하한국기독교민족주의 연구』(혜안, 2001)를 참조할 것.

36 장규식, 『일제하 한국기독교민족주의 연구』, 혜안, 2001, 122~125면

회고문 「단재와 우당」 속에서 그가 자신의 중국행에 이회영 등의 조력이 있었다는 점을 내비친 점으로 보아 중국행을 위한 일정한 사전 준비과정이 있었던 것으로 보인다. 현재까지 누가 우당과 심훈을 연결시켜 주었는지, 일개 약관의 청년이었던 그가 어떻게 중국에 있는 노망명객과 연락을 하게 되었는지는 밝혀져 있지 않다. 이러한 점에 대한 사실 확인이 이루어진다면 심훈의 중국 체류기간을 재구하는 데 중요한 자료가 될 것이다.

하지만 심훈은 중국행은 오래 전부터 계획되었던 것은 아니었다. 사실 심훈은 일찍부터 일본유학을 준비하고 있었다.

> 나의 일본 유학은 벌써부터의 숙망이요, 갈망이다. 여기만 있어 가지고는 아주 못할 것도 아니나 내가 목적하는 문학 길은 닦기가 극난하다. 아무리 원수의 나라라도 서양으로 못 갈 이상에는 동양에는 일본 밖에 가 배울 곳이 없다. 그러나 내 주위의 사정은 그를 용서치 않는다. 그러나 나는 기어이 올 봄 안으로 가고야 말 심산이다. 오는 삼월 안에 가서 입학을 하여도 늦을 것인데(…중략…) 어떻든지 도주을 하여서라도 가고야 말란다.[37]

그러나 그의 일본유학은 끝내 좌절된다. 그 이유를 심훈은 ㉠일인에 대한 증오심의 증가 ㉡학비를 대어 줄 장형 심우업의 무관심 ㉢서양으로의 직접 유학 등으로 정리했다.[38] 일본유학을 포기한 후 심훈은 4월 8일 영어 공부를 위해 YMCA 청년회관에서 '주학晝學 영어부' 입학시험을 치르고 합격하게 된다.

따라서 심훈의 중국행은 일본유학에 대한 단념이 있고 난 이후인 1920년

---

37 「1월의 감상」, 『심훈문학전집』 3, 591면

38 「3월의 감상」, 『심훈문학전집』 3, 608면.

3월 이후에 계획된 것이며 그 심리적 배경이 매우 복잡한 것이었다. 지적 갈증에 대한 욕구, 국내 상황의 답답함, 망명지 중국이 주는 어떤 가능성에 대한 동경, 우당과 같은 가까운 어른들의 현실적 존재 등이 심훈으로 하여금 중국으로의 탈출을 감행하게 만든 동기일 것이다.

중국을 통해 심훈은 새로운 세계를 접하게 되었을 것이다. 북경·상해·남경·항주로 이어지는 심훈의 중국 여로는 한 청년 지식인의 복잡했던 심회만큼이나 간단치 않은 것이었다. 그리고 항주 지강대학之江大學에 정착했다. 그곳에서 심훈이 보고 경험한 것은 무엇이었는가. 이 점을 살펴보는 것이 차후의 과제이다.

추기

글을 마무리한 이후 한국사 연구자인 임경석 선생을 통해 심훈의 또 다른 자료를 접할 수 있었다. 《공제共濟》 2호(1920.10.11)의 「현상노동가모집발표懸賞勞動歌幕集發表」(131~132면)에는 심훈이 투고한 「노동의 노래」가 '정丁'으로 선정되어 게재되었다. 심훈이 초기 사회주의 보급과 전파에 중요한 역할을 했던 《공제》에 노동가를 기고했다는 점은 간단한 문제가 아니다. 필자는 심훈의 좌경화가 중국 체험을 통해 얻어진 것으로 추측한 바 있는데 중국행 이전에 이미 심훈은 사회주의에 관심을 갖고 있었던 것이다. 그러나 당시 심훈의 사회주의에 대한 의식은 지극히 초보적인 수준을 넘어서지 않은 것 같다. 아래의 자료를 보면 대체로 이전의 민족주의적 정서가 주를 이루고 있기 때문이다. 다만 5연의 '로동자의 철퇴가튼 이 손의 힘이/ 우리 사회 굿고 구든 주추되나니'라는 대목은 새로운 사회사상에 대한 미묘한 개안開眼의 흔적을 보여준다.

「로동의 노래」 전문은 다음과 같다.

로동의 노래(미뢰도레미쏠쏠곡쬬)

「丁」 沈大燮

一. 아침 해도 아니도든 솟동산 속에/ 무엇을 찾고 잇나 별의 무리
저녁놀이 붉게 비친 풀언덕 위에/ 무엇을 옴기느냐 개암이 쎄들.
후렴 - 방울방울 흘린 짬으로,/ 불길가튼 우리 피로써
시들어진 무궁화에 물을 쑤리자/ 한배님의 끼친 겨레 감열케 하자.

二. 삼천리 살진 덜이 논밧을 가니/ 이천만의 목숨 줄을 내가 쥐엇고
달밝은 밤 서늘헌데 이집 저집서/ 길삼하는 저소리야 듣기 조쿠나,

三. 길게 버든 힌 뫼 줄기 노픈 비탈에/ 괭이잡어 가진 보배 뚤코 파내면
신이나게 쇠떡메를 들러 메치니/ 간 곳마다 석탄연기 한울을 덥네.

四. 배를 쩨라 넓고 넓은 동해 서해에/ 푸른 물결 벗을 삼아 고기 낙구고
채쳐내라 몇 만년을 잠기어 잇는/ 아름다운 조개들과 진주며 산호

五. 풀방석과 자판 우에 티끌 맛이나/ 로동자의 철퇴가튼 이 손의 힘이
우리 사회 굿고 구든 주추되나니/ 아아! 거룩하다 로동함이여,

찬미가讚美歌에 싸인 원혼冤魂

심ᄃᆡ섭

바다속의 큰 바위 틈갓치 어웅한 인왕산仁王山의 검은 석벽石壁사이로 감안감안이 긔여 나오는 어둠이 외싸로 언덕 우에 터닥근 이 집의 놉흔 벽壁돌담을 에워쌋다.

오래동안 이곳에 와 갓친 수數만흔 학생學生들은 견딀 슈 업는 고통苦痛과 갑갑한 마음을 니저바리기 겸兼하야 석반夕飯 후後에 간슈의 눈을 피避하야 가며 목침돌리기로 옛날 이약이도하고 가는 소리로 망향가望鄕歌도 불은다. 한참이나 서로 웃고 써들고 짓거리고 하야 벌통 속갓치 웅울웅울하는 명各 감방藍房에 희미稀微한 오촉五燭의 전등電燈은 그들의 머리 우에 일제一齊히 켜젓다. 기도시간祈禱時間이다. 그 여러 사람은 입을 담을고 고개를 숙여 숭엄崇嚴한 침묵沈黙이 사오분四五分 동안이나 계속繼續되얏다. 이 침묵沈黙의 바다에 미미微微한 파동波動을 흘리고 다만 한 소리! 갓득이나 불평不平의 덩어리가 뭉친 그들의 가삼을 찌르든슯흔 소리는 이십구방二十九房에 잇는 노인老人의 알는 소리다. 참으려 하여도 참지 못하고 자연自然히 울어나오는 그 지긋지긋한 소리! 귀 뚤닌 사람으로 히여곰 참아 듯지 못하게 한다.

칠십七十이 넘은 이 풍신조흔 노인老人은 천도교天道敎의 서울대교구장大敎區長이라는대 수일數日 전前에 붓잡히여 호정출입戶庭出入도 병病으로 인因하야 인력차人力車로나 하는 그를 치운 거리로 발을 벗겨 십리十里나 되는 이곳까지 썰고 와서 돌뿌이에 채이고 가시에 찔닌 발에는 노쇠老衰한 검푸른 피가 엉긔고 두 눈은 우묵하게 들어갓섯다. 이로 말미암어 그는 나홀전前붓터 병病이 들엇다 일주일一週日에 한번 밧게 오지 안난 의사醫師의 진찰診察은 맛을슈 없서셔 나흘이나 되는 오늘 져녁까지 약藥이라고는 입에 딕이지 못하엿다. 그러나 십팔명十八名의 동고同苦하는 젊은 사람들이 밤을 새여가며 그의 가족家族이라도 더할 수 업슬 만큼 지성至誠으로 간호看護는 하엿다. 그러고 각기各其 자기自己의 담요毯褥를 써내어 둑겁게 포개여 놋코 그 우에 노인老人을 될 슈 잇는 딕로는 편안便安히 누이고 이제도 그 주위周圍에 쭉둘러안져 성경聖經을 닑고 잇다.

환자患者의 머리맛헤는 금년今年 십육세十六歲되는 K소년少年이 타올에 냉수冷水를 축여 더훈 이마를 축여주고 잇다 노인老人이 처음 드러와 K를 보고 극極히 통분痛憤한 어조語調로 "에 몹쓸 놈들, 저 어린애를 잡아다 무엇허러누" 하며 K의 등을 어루만지며 "처음 보것만 내막닉 손자孫子 갓해서 귀貴엽다" 하엿다. K군君도 조부祖父의 생각生覺이 나는 듯이 고개를 숙이고 듯고만 잇섯다. 그러한 관계關係로 불과不過 수일數日에 이 노인老人과 소년少年은 다른 사람들보다 더 갓가와지게 되엿다.

데그럭 데그럭하는 사람들의 발소래가 여러 번 낫다. 이 안이 고요해짐을 짜라 노인老人의 급急히 모는 숨소리와 함께 신음呻吟하는 소리는 이 방房의 어두운 구석까지 크게 울닌다. 여러 학생學生들은 거의 얼이 빠져 죽엄의 두려운 운명運命이 각일각刻一刻으로 덥흐랴는 그의 혈기血氣업고 주름살 잡힌 얼골과 별안간瞥眼間에 놉헛다 금세 얏헛다 하는 가슴만 보고 잇다. 밤은 깁는다

그들은 보다 못하야 노인老人을 향向하고 "아모리 하여서래도 누구를 불너셔 임시진찰臨時診察을 청원請願해 보이야겟습니다"하엿다. 노인老人은 눈을 힘업시 썻다. 그러나 벌셔 수자睡子의 정기精氣는 쌔앗겻다. "곤困하게 자는 사람을 불러 그리 구차苟且하게 진찰該察을 밧을 필요는 업소" 한마딕 한마딕 간신히 하는 말은 퍼럿케 질닌 입살을 새엿다. K소년少年은 타올을 이마에셔 쎄여 수통水桶에 담그며 "이러다 도라가시면 엇제요?" 죽는 것이 무엇인지도 모르고

천진天眞의 애정哀情으로 나오는 소년少年의 목소리는 애연哀然히 떨엇다. 노인老人의 흐릿한 눈과 소년少年의 샛별 갓흔 눈의 시선視線은 마조치고 눈물 고인 두 눈은 전등電燈빗에 이상異常히 번득엿다.

오분五分이 지나고 십분十分이 지나 밤은 임의 삼경三更이나 되여 엽방房에 코구는 소리와 먼 일인가一人家의 개짓난 소리만 어렴풋이 들니는데 창窓의 한 편便이 훤—하니, 달이 빗 최엿나보다.

깁허가는 밤과 함께 노인老人의 고통苦痛이 점점漸漸 더함애 여러 사람은 의논議論하고 간슈를 불너 애원哀願하엿다. "여긔 급急한 환자患者가 잇스니 의사醫師를 좀 불너주시오", "의사醫師? 이 밤중中에 의사醫師가 올 듯십으냐"하고 소리를 질르며 가려 하는 것을 성미性味 급急한 R군君이 문門압으로 닥어안즈며 "여보 당장 사람이 죽는데야 이럴 슈가 잇소? 이곳에셔 사람이 죽으면 당신에게는 책임責任이 업난 줄 아오? 당신도 사람이거든 생각을 좀 해보."

그는 소래를 버럭 질러 "머야? 건방진 놈들 △△△△△△△" ᄒᆞ고 질타叱咤하며 독사毒蛇갓흔 눈을 흘겨 여러 사람의 얼골을 쏘앗다. 그러지 안허도 몹시 홍분興奮한 그들은 노기怒氣가 머리끗가지 올라 소리를 질러 "△△△△△△△", "△△△△△△△"하고 부르지저 반항反抗하기 시작하얏다. 이 소리를 노인老人이 귓결에 듯고 "참으시요, 이런 일은 참을 슈 업난 일이 아니요"하며 가을바람갓흔 한숨을 길게 내쉬엿다. 몸이 점차漸次로 식어감이다. 불 붓듯이 ᄯᅳ러나오은 분노憤怒를 억제抑制하고 그들은 고개를 숙엿다. "아! 무도無道한 그놈의 말 한마듸로 인因하야 사람의 생명生命을 구救하지 못허니 너머도 원통寃痛타" 하엿다.

을마 동안이나 노인老人은 괴로운 호흡呼吸을 닛다가 어렴풋이 눈을 써 여러 사람을 둘너보며 "여러분의 정성精誠을 저바리고 나는 가오……" 하고는 눈물이 샘솟듯 하난 눈을 들어 이리저리 얼킨 굵은 창살을 처다보며 "오날이 내

몸을 얽은 쇠줄을 끈는 날이요 겸兼하야 길—이 행복幸福을 누리러 가는 큰 영광榮光을 엇는 날이요……." 말이 끗나며 노인老人의 블블 떨니는 손을 들어 힘잇는 디로 여러 사람의 손을 차례次例로 쥐엿다. 불덩이 갓혼 여러 청춘靑春의 열혈熱血이 그의 찬 손에 주사注射하엿스나 아모 효력效力은 업고 K소년少年의 한 방울 두 방울 써러트리는 더운 눈물만 노인老人의 이마에 써더러질 뿐이다. 노인老人은 감으랴든 눈을 다시 쓰며 "나는…… 여러분의 자손子孫은 △△△△△△△△△△△△△△△△△△△△△△△△△△△△△△는 것이요" 하고 끌어오르는 담啖을 억지抑之로 진정鎭定하고 눈을 옴겨 K소년少年을 쳐다보며 "공부工夫 잘……" 하고 말을 맛치 못하야 눈이 감겻다. 이 말을 알어들은 K소년少年은 노인老人의 가삼에 두 손을 언지며 피끌는 소래로 "오오— 할아버지 안녕安寧히 가십시오!" 이 말이 노인老人의 귀에 들녓는지 아니 들녓는지…… 이씨에 다른 사람이 "댁宅에 유언遺言하실 것이 업습닛가" 하고 물엇다. 그러나 노인老人은 머리를 조곰 흔들 쑨이엿다.

자유自由의 신神은 부드러운 날개로 어루만저 노인老人의 주름살을 픠고 화평和平한 긔운이 가득 찬 그의 얼골은 창窓을 새는 창백蒼白한 월색月色에 빗쵀엿다. 노인老人은 잠이 드는 것 갓치 칠십년七十年 동안의 고해苦海에 빠지기 전前의 낙원樂園으로 돌아갓다. 자유自由의 천국天國으로 우리를 남겨두고 그만 홀로 영원永遠히 돌아가고 말엇다. 여러 청년靑年은 마음을 모아 상제上帝쎄 기도祈禱하고 소리를 합合해

날빗보다 더 밝은 천당天堂 밋는 것으로 멀니 뵈네
잇슬 곳 예비하선 구쥬 우리들을 기다리시네
멧칠 후 멧칠 후 요단강 건너가 맛나리
멧칠 후 멧칠 후 요단강 건너가 맛나리

찬미가 讚美歌를 가늘게 불넛다. 울음 석겨 썰려나오는 이 하날나라의 노래의 가는 음파音波는 노인老人의 영靈을 싸고 밧들어 창窓을 버서나 원시原始의 침묵沈黙에 잠긴 달 밝은 중천中天으로 멀니멀니 씃업시 써올너간다.

그 잇흔날 아참 씨 영靈 써난 그의 시체屍體는 문을 쭈다라며 통곡痛哭허는 가족家族에게 인도引渡되엿는딕 그의 성명姓名을 기록記錄한 조그만 목패木牌만 그 방문房門 우에 여전如前히 걸녀잇섯다.

1920. 3. 15 一九二〇, 三, 一五 심야深夜

■ 참고문헌

『심훈문학전집』(전3권), 탐구당, 1966.

《신청년》 1~6호.

구송잠일(久松潛一) 외(外) 편수(編修), 『현대일본문학대사전(現代日本文學大事典)』(증보축쇄판(增補縮刷版)), 명치서원(明治書院), 1990,

강영주, 『벽초 홍명희 연구』, 창작과비평사, 1999.

오영섭, 『화서학파의 사상과 민족운동』, 국학자료원, 1999.

이구영 편역, 『호서의병사적』, 제천군문화원, 1994.

전택부, 『인간 신흥우』, 대한기독교서회, 1971.

전택부, 『월남 이상재의 생애와 사상』, 연세대 출판부, 2002.

장규식, 『일제하 한국기독교민족주의 연구』, 혜안, 2001.

가라타니 고진 외, 송성욱 역, 『근대일본의 비평』, 소명출판, 2002.

김민수, 「이규영의 문법연구」, 《한국학보》 19, 1980년 여름호.

유병석, 「심훈연구」, 서울대 석사논문, 1964.

최원식, 「신소설과 기독교」, 『한국계몽주의 문학사론』, 소명출판, 2002.

최원석, 「심혼연구서설」, 『벽사 이우성 교수 정년퇴직 기념논총』, 창작과비평사, 1990.

한기형, 「잡지 신청년 소재 근대문학 신자료」, 《대동문화연구》41. 2002.

한기형, 「근대잡지 신청년과 경성청년구락부」, 《서지학보》 26. 2002.

2

‘심훈’ 문학 연구 방법에 대한 서설

주인

건양대학교 강사

■

1
논論에 대한 해명

1920~30년대 소설뿐만 아니라 시·시나리오·평론·영화·연극 등 전방위적 문화 활동을 한 심훈은, 한국 문학사의 일축을 담당한 대표 작가이다. 그러나 심훈을 한국 문학사의 중요 작가에 위치 시켜놓은 것과는 대조적으로, 기간의 무지와 무관심 속에 소설 『상록수』와 한편의 시 「그날이 오면」만이 거론되어 왔다. 그것은 때로 농민소설의 화제작으로, 때로 암흑기 극복 의지의 표출로 분류되어 왔는데, 이는 1966년 『심훈문학전집沈熏文學全集』01이 출간된 이후 변동되지 않는 심훈 연구의 보편적 성과물에 불과하다. 심훈의 작가론이나 작품론

01 심훈(1966), 『심훈문학전집』 1·2·3, 탐구당. 총 3권으로 집필된 전집은 1권에는 이희승(李熙昇)이 서(序)를 필두로 어머니에게 보내는 편지 1통, 시 78편, 장편 '상록수·탈춤', 시나리오 '상록수·탈춤·먼동이 틀 때'가 실려 있으며, 2권에는 장편 '직녀성(織女星)·동방(東方)의 애인(愛人)', 단편 '황공(黃公)의 최후(最後)·여우목도리'와 윤극영의 글 「심훈시대(沈熏時代)」가 실려 있다. 3권에는 장편 '영원의 미소(微笑)·불사조(不死鳥)' 그리고 수필, 평론, 일기, 서간문과 함께 셋째 아들 재호(在昊)가 작성한 연보와 출판 후기가 있다.

에 대한 시도는 『심훈문학전집』의 간행과 함께 1968년 류병석의 논문02을 계기로 진행되었으나, 그 후 시 연구의 대다수가 류병석의 분석틀03에서 벗어나지 못하는 한계점을 보인다. 소설 연구 역시 『상록수』에 국한된 것으로 정체되어 있으며, 심훈의 시나리오에 대한 연구는 그 출발조차 요원하다. 이런 상황에서 후행 연구가 심훈 문학 전모를 밝히는 데 있어 편향적 접근이라는 멍에를 벗어나는 것은 결코 쉽지 않다.

전집 간행 이후 발굴된 작품04을 제외하고는 연구의 대부분이 『심훈문학전집』과 류병석의 논문에 상당수 빚을 지고 있으며, 새로운 자료의 발굴05조차 시도하고 있지 않은 실정은 연구자들의 게으름에서 기인한 것이다. 연구자의 게으름은 전집의 경우 작품의 퇴고 시기가 대부분 기록되어 있음에서도 연유한다. 일기나 편지 또는 출판 관련 사항을 꼼꼼히 기록해둔 심훈의 메모광적 성격 때문에 다른 작가 연구와는 달리 전기 연구에 있어서 힘든 검증 과정이 생략되고 있다. 이는 작품 성격을 소홀히 하거나 원문의 철저한 고증을 피해가는 방편으로 기간의 연구자들 중 일부는 작품 읽기에 소홀하거나 선행 연구에 대한 검증 없이 소략하는 등의 답습으로 작가 연구에 있어서 큰 문제로 지적된다.

---

02 류병석(1968), 「심훈(沈熏)의 생애(生涯) 연구(硏究)」, 《국어교육》 4집, 한국어교육학회(구-한국어 교육연구학회).

03 류병석은(위의 논문) '수학기(출생~1923년) 방황기(서울생활) 정착기(1932~1936년)'로 분류하였으며, 박명진(박명진(1917), 『심훈(沈熏) 시연구(詩硏究)』, 한국외국어대학교 교육대학원 석사논문)은 '습작기-현실도피와 방황, 방황기-현실비판과 저항 의식, 저항기-현실인식과 미래에 대한 이상'으로 분류하고 있다. 한기형(한기형(2003), 「습작기(1919~1920)의 심훈」, 《민족문학사연구》, 민족문학사학회)은 '습작기-중국에서의 활동시기-염군사 활동을 전후한 시기 영화제작에 참여했던 1920년대 후반시기'로 분류하고 있다, 이에 대한 필자의 견해는 본고의 4장을 참조하기 바란다.

04 2003년 한기형(위의 논문)에 의해 「로동의 노래」와 「찬미가(讚美歌)에 싸인 원혼」이 소개되었다.

05 필자는 심훈에 대한 시 3편과 연극 평론에 대한 짧은 글 등 새로운 자료를 발굴하였다. 이에 대해서는 다른 지면(紙面)을 통해 추후에 논의하도록 하겠다.

본고는 기존 연구의 문제점과 함께 심훈 문학에 있어서의 조망을 확충해 나가는 방편으로 삼고자하며, 서설이라 붙여 놓은 제목에서 살필 수 있듯이 일회적 연구에서 끝나는 것이 아님을 밝힌다. 이는 필자가 지속적으로 관심을 갖고 있는 심훈 문학에 대한 진전된 지평을 열기 위함이며, 후행 연구의 객관적 타당성을 확보하는 선행 작업으로 본고의 지향점을 두고자 함이다.

2
작가 전기와 문학

작가의 작품은 당대 사회사의 범주에서, 그리고 사회적 의미망 안에서 포착할 수 있다. 그 궁극적 주체가 작가 개인이냐 아니면 사회냐 하는 논의를 떠나서 작가의 전기 또한 사회망 안에서 이해될 수 있는 것은 인간은 사회적 영향권에서 벗어날 수 있는 독자적 영역을 갖고 있지 못하기 때문이다. 설령, 독자적 영역을 갖고 있다 가정하여도 그 역시 데이비드 리스만의 말처럼 '군중 속의 고독'한 영역으로 작동할 뿐이다. 리스만에게 '존재存在'는 군중이라는 사회 포섭망 안에서 의미가 발현되는 것이며, 이는 사회를 전제로 한 범위에서 이해될 수 있는 것이다. 결국 독자적 영역 역시 그 전제 조건으로 현실 모순에 대한 극복과 새로운 모색이라는 사상 기반을 두고 있음을 살필 수 있다. 그러므로 사회를 떠나 유아독존唯我獨尊을 외치는 문학은 그 진가를 발휘하기 어렵게 된다.

엥겔스가 포라 라파르그에게 보낸 편지에서 '프랑스 역사를 발자크에게 배웠다'06는 편지글에서 작가가 가질 수 있는 가치 의미가 무엇이며, 작가와 사회 그리고 작품의 관계에서 야기될 수 있는 관련성을 드러낸다. 이는 독자 엥겔스가 작가 발자크의 창작품을 읽으면서 프랑스 역사에 대해서 그 어떤 유명한 역사학자보다 정확하고 명확하게 받아들일 수 있는 작품의 영향 세계이며, 바로 이것이 "전형적 상황에서의 전형적 성격들의 충실한 재현"07이라는 리얼리즘 문학의 길임을 밝힌 것과 상통한다.

여기서 필자는 다시 리얼리즘 논의를 들여다보자는 것이 아니라, 문학이 문학자 스스로의 전유물이 되거나, 권력의 하수인이나 물질주의의 신화화에 빠져서는 안 된다는 것을 상기하는 것이다. 이는 문학이 사회를 냉철하게 보고 현실을 종합적으로 파악할 때 살아있는 문학으로서 힘을 지니기 때문이며, 그것의 산실이 민중 속에 있다는 것으로, 문학은 민중의 삶과 함께하는 사회 의미망 속에 존재해야 한다는 의미이다.

결국 작가의 전기적 소산. 즉, 현실인식이 작품에 녹아나 있음을 작품 속에서 찾아내야 한다. 문학에서 작가가 체득할 수 있는 당대의 전형적 상황의 주체가 창작의 주체인 작가가 되기 때문에 작가의 전기적 요소는 작품 연구에 있어서 중요한 해석의 결정체이다. 이런 연유로 작가 전기는 작품의 일부로 해설될 수 있는 가능 공간을 형성하게 되는 것이며, 작가의 전기와 문학이 연결되는 고리인 것이다.

류양선은 이를 날카롭게 지적하며 실제로 심훈의 작가론 연구에서 "작가에서 출발하는 방법과 작품에서 출발하는 방법으로 대별되나, 두 방법을 포괄하는 관점에서 연구가 시도되어야 한다"08는 작가 연구론의 방향을 제시한다. 이는 모든 작가론 연구의 기본이며, 심훈론 연구에 있어서도 기본 지침이

---

06 마르크스·엥겔스, 김대웅 옮김(1989), 『문학예술론』, 한울, p.144. 엥겔스는 "누워 있는 동안 나는 발자크만을 읽었습니다 (중략) (발자크의 작품에는-편집자)1815~48년에 이르는 프랑스의 역사가 있습니다."라며, 발자크를 통해 프랑스 역사를 배웠다고 쓰고 있다.

07 마르크스·엥겔스, 위의 책, p.148.

08 류양선(1980), 「심훈론」, 《관악어문연구》 5집, 서울대학교 국어국문학과, p.45.

다. 이 견해는 이전의 심훈론 연구가 모두 작가 연구나 작품 연구에 치우쳐 있었음을 통찰한 것으로, 필자 역시 작가론이 연대기적 기술이나 전기적 방법에 그 비중을 치우치거나, 작품의 분석 가치에만 매달린 편식적偏食的 연구 방법은 지양하려 한다. 특히 심훈의 경우 원본을 확인하는 작업이 근간에 이루어지고 있는 점을 감안하여 그동안 심훈 연구에 있어서 오류가 있었음을 확인하는 작업이 이루어져야 한다. 이는 검열본 텍스트의 발간과 신자료가 발굴 소개 되고 있기 때문에 가능해진 것이다. 이런 상황에서 심훈의 전기와 작품을 재확인한다는 것은 심훈 문학 연구 방법에 있어서 시사하는 바가 크다.

3
심훈, 염군사 그리고 카프의 접점

심훈의 문학 활동에 비해 그가 문학 단체에서 어떤 역할을 하였는지는 여전히 미지의 영역으로 남아있다. 예컨대 '염군사'에는 가입하였으나 '카프'의 가입과 활동 여부에 대한 궁금증과 함께 심훈이 이들 문학 단체에 대해 가지고 있던 시선은 여전히 의문점으로 남아있다.

'카프'의 활동 문제는 심훈의 문학 작품이 변혁과 사회 혼란에 대한 직설적 의미를 담고 있음을 통해 일정도의 관계를 유지하고 있었으리라는 추정에서 비롯된다. 추정할 수밖에 없는 이유는 어느 지면을 통해서도 가입 또는 활동 여부가 드러나 있지 않기 때문인데, 선행 연구들은 그가 '카프' 작가였다고 무심코 확언해 버리는 일이 비일비재非一非再하다. 반면 '염군사'와의 관계는 기간 연구에서 파악되고 있으나 구체적이지 않으며, '염군사'의 연구에 있어서도 핵심 인물인 송영을 제외하고는 심훈은 이름 정도만 거론되고 있는 정도로 미약

하기 때문에 그의 활약 여부에 대한 궁금증을 배가 시킨다,

실제 1922년 송영, 이적효, 이호, 박세영, 김홍파 등이 주축이 된 사회주의 문화 단체인 '염군사'는 기관지인 《염군》을 3회09까지 간행하려 했으나, 검열 과정에서 발매 금지 처분10을 받는다. '염군사'는 《새누리》11 동인을 전신으로 하고 있었음은 송영의 행보를 통해 드러난다.

송영은 배제고보 학내 잡지인 《새누리》를 만들었으나, 학교를 졸업하지 못하고 일본으로 건너갔다 1922년 귀국한다. 귀국 후 《새누리》를 정식으로 발간하려는 작업을 하여, 출간 허가까지 득하였으나 자금 문제로 출판을 포기한다. 이후 새롭게 조직된 '염군사'는 송영을 비롯해 배제고보 출신의 박세영, 최승일과 '새누리' 재건을 위해 힘쓴 이적효, 이호, 김홍파 이외에 김동환, 김두수, 강택진, 최창익, 정흑도, 최현 등이 함께 결성하여 출발한다. 잠시 살

---

09 권영민 등(권영민(1988). 『한국 민족 문학론 연구』, 민음사, p.211.) 기존의 대다수 연구는 《염군》의 목차를 확인할 수 있는 2호까지 간행하려고 하였다고 밝히고 있다. 그러나 《동아일보》 1924년 3월 5일부에 "연군에도 압박, 세 번 련하여 압수"란 제목 하에 "시내 청운동 칠십구 번지에 있는 염군사에서 발행하는 《염군》 잡지 제3호는 그만 압수를 당하야 발행하지 못하게 되였다더라"는 기사를 통해 3호까지의 기획 사실을 확인할 수 있다. 권영민(위의 책)에 따르면 "1923년 2월 편집된 제2회는 3월의 '국제부인데이' 기념호다"라고 언급하고 있으나, '국제부인데이'가 1924년 3월 8일 개최되었던 점을 감안하여, 1924년 《동아일보》 기사의 제3호 압수 시기와 '국제부인데이' 개최 시기를 비교해 봤을 때 일치한다. 이 부분이 '국제부인데이' 특집호가 3호가 아닌가 하는 궁금증을 낳게 된다. 그러나 여전히 실체와 관련 자료가 발굴되지 않은 관계로 확인할 길이 묘연하다. 다른 한편으로는 김학렬의 글에서 "다섯 번 편집된 중에 두 번만 발간되었다가 일제에게 폐간을 당하였다"(김학렬(1996). 『조선프로레타리아문학운동연구』. 김일성종합대학출판사, p.17.)라고 하고 있는 점을 살필 때, 《염군》에 대한 출판과 기획 사항은 검증할 과제로 남는다.

10 검열에 대한 기사는 각주 9)의 《동아일보》 기사 외에 《조선일보》 1923년 12월 9일 8면에 "염군(焰群)은 불허가(不許可)"라는 제목 아래 기사가 실려 있다.

11 《새누리》는 배제학교 문학 소년들의 습작발표장을 제공한 학내 잡지이다. 동인으로는 배제고보 학생인 박세영, 송영, 인쇄공 이적효(송영의 소학교 동창), 상점 점원 이용곤(송영의 처남)이 핵심이었으며, 그 외에 윤극영, 윤성순, 최광범, 이민구, 박철희 등이 활동하였다,(김학렬, 앞의 책, pp.14~15.)

펴보았듯이 '염군사' 주축에 배제고보 출신이 포진되어 있었음을 감안한다면, '새누리'의 연장선상에서 '염군사'를 바라 볼 수 있다.

'염군사'는 1924년에 동인들이 도쿄, 고베, 간도 천진[12]등으로 떠난 것을 계기로 활동이 축소되기 시작한다. 이를 극복하기 위해 조직 내에 문학부, 극부, 음악부[13]를 건립하여 활동을 재기하는데, 이때서야 경기고보 출신의 심훈이 등장한다. 따라서 심훈은 '염군사'의 출발점에서 동행한 것이 아니라 '염군사'의 기본 조직이 와해되는 시점 즉, 다른 측면에서는 회생해 보려는 기점에서 동인 활동을 시작함으로써 '염군사'의 초기 멤버와 그 출발점이 달랐음이 확인된다. 그 와중에서도 심훈은 문학부에 소속된 것이 아니라 극부에 소속되어 있음을 살필 때 심훈 자신이 처음부터 무산계급無產階級의 해방문학보다는, 전방위적 해방문화에 지대한 관심을 두고 있었음을 알 수 있다.

앞서 밝혔듯이 '염군사' 활동에서는 심훈은 문학적인 기질보다 종합 예술인의 성향이 강하였고 문학과 함께 영화 등의 문화면에 많은 관심을 보인 것으로 확인된다. 추측컨대 심훈이 극부에 소속된 것은 '염군사'에 가입하기 직전인 1923년 최승일, 이경손, 안석주, 이승만, 김영팔, 임남산 등과 신극연구

---

12 1924년 김홍파는 도쿄로, 이적효는 고베로, 이용곤은 간도로, 박세영은 천진으로 향한다.

13 앵봉산인(송영)의 「조선프로예술운동소사(1)」(김학렬, 앞의 책, pp.263~264.) '염군은 "문학부, 연극부, 음악부(영화, 미술)은 동무커녕 부서도 없었다"고 하며, 문학부에서는 "문학잡지(라기 보다 대중적문화잡지)를 발행하였는데 물론 검열에는 통과는커녕 제출을 했다가는 총검거를 당할만한 대단불온(놈들의 상투로)한 내용들"이었음을 밝히고 있다. 그러나 "출판법에 맞추어 발행인을 외국인이나 일본인으로 하여 검열허가를 안 받고 토요일 오후 전국에 영포하였다가 월요일에 출근하는 검열국에 의해 발매금지하고 압수하려 하였으나, 책 전부가 한 권 남은 것 없이 독자에게 들어가 있었다고 한다. 그러나 국제무산부인데이 특집호는 약이 바짝 오른 경무국에서 총검거를 하였기 때문에, 며칠 감옥살이와 따귀만 실컷 맞고 빠져나왔다고" 적고 있다. 연극부에는 "최승일, 김영팔, 심훈들이 맡아 보았다. 심훈작 『먼동이 틀 때』, 승일작 『선술집』 등을 가지고 단원 등을 모아가지고 반개년 동안이나 맹활동을 하다 자금문제와 탄압문제로 무대는 가져보지 못했다"고 한다.

단체新劇研究團體인 '극문회劇文會'를 조직하였음[14]과 관계되었을 것이다.

'염군사'가 '카프'로 이어지는 과정에서 '파스큐라'가 처음에 거부하였음이 이미 알려진 사실이다. 그 이유는 '염군사'의 문화 활동 영역이, 문단 내에 머물고 있는 '파스큐라'의 활동보다 광의廣義의 폭을 가지고 있었기 때문이지 않았을까 하는 추측을 해볼 수 있다. 하나의 단체가 다른 단체와 동등한 입장으로 융합되는 것이 아니라 포섭의 관계였다면 당연히 문단 내에 국한된 활동을 하던 '파스큐라' 쪽에서는 반기를 들을 수밖에 없는 입장이었을 것이다. 여하간 '염군사'의 송영과 최승일 그리고 윤기정이 적극적으로 설득하여 '조선프롤레타리아예술동맹'이 결성된 것이 아닌가 하는 짐작은 가능하다. 이런 추측의 근거는 '카프'의 조직 구조가 '염군사'의 조직 구조처럼 기술부내에 문학부, 음악부, 미술부, 연극부, 영화부로 갖추었으며, '염군사'의 강령[15]을 그대로 이어받고 있는 '조선프롤레타리아예술동맹' 강령[16]을 통해 추정이 가능한 것이다.

한편 '조선문학가동맹朝鮮文學家同盟'[17]에 심훈이 등장하지 않고 있어 직접적 가입 여부는 확인되지 않는다. 그러나 이 조직의 탄생에 주도적 역할을 수행한 송영 역시 동맹원同盟員 명단에서 빠져 있는 것으로 보아 그것이 일제의 검열을 피하는 것이거나 또는 개인 사유에 의한 것인지는 알 수 없으나 상당수 맹원盟員들의 이름이 누락되어 있지 않은가 추측된다.

---

14 심훈, 『심훈문학전집』 3, p.634.

15 염군사의 강령은 "무산계급 해방문화의 연구 및 운동을 목적함"이다.

16 조선프롤레타리아예술동맹 강령은 "우리는 단결로서 여명기에 있어 무산계급 문화의 수립을 기함"이다.

17 《문학(文學)》 창간호, 1946.7, p.153. 《文學》은 '조선문학가동맹'에서 1964년 발행한 계간지로 p.153에 중앙집행위원회 명단을 밝히고 있다. 명단에 의하면 이기영, 김영팔, 이양, 조명희, 홍기문, 김경태, 임정재, 양명, 이호, 김온, 박용대, 권구현, 이적효, 김기진, 이상화, 김복진, 최학송, 최승일, 김여수, 박영희, 김동환, 안석주 등이 동맹원으로 기록되어 있으나 심훈에 대한 기록은 없다.

심훈의 '조선프롤레타리아예술동맹'의 참석 여부는 《대중공론大衆公論》을 통해 확인할 수 있다. 《대중공론》 1930년 9월편에 의하면, "'카프'의 발기인으로 송영, 박영희, 김기진, 이호, 김영팔, 이익상, 박용대, 이적효, 이상화, 김온, 김복진, 안석주, 최승일 등이 맹원이었으며, 이기영, 한설야, 조명희, 박세영, 최서해, 윤기정, 박팔양, 이양, 홍효민, 조종곤, 김해강, 김창술, 심대섭, 김양 등등이 참가하였으며 1930년 당시로 맹원수는 300여명을 헤아렸다"[18]고 기록하고 있음에서 심훈이 카프의 발기인은 아니었으나, 처음부터 함께 활동했음이 간접 확인된다.

따라서 심훈의 '카프' 가담 여부는 발기인은 아니었으나, 카프의 시작을 함께한 인물로 카프와의 관련성을 살펴본다면 카프 활동 자체는 전면적이지 않았던 것으로 사료된다. 이에 대해서는 심훈의 글 '일구삼이년一九三二年의 문단전망文壇展望 - 프로문학文學에 직언直言'[19]을 통해 확인이 가능하다. 이 글에서 심훈은 네 가지 항목으로 프로문학에 대한 맹렬한 비판을 가하고 있는데, 심훈이 가하는 비판을 요약하자면 다음과 같다.

1. 같은 진영 내에 이론이 통일되었다고 볼 수 없다. 그 반증으로는 자체 내의 암투로 분열이 잦다.
2. 동지를 포섭해 들일 아량이 적습니다. 부락적 성벽을 쌓아 놓고 그 속에 들어앉아서 독선적 태도를 취할 뿐이요…(중략)…툭하면 손쉽게 제명, 성토, 매장 등 가혹한 처분을 내린다.
3. 이론보다는 감정이 앞을 서며 심지어 인신공격을 다반사로 여기던 버

18 김학렬, 앞의 책, p.28, 《대중공론》 재인용.
19 심훈, 『심훈문학전집』 3, 앞의 책, pp.565~568.

룻…(중략)…작품의 성 불성과 최후의 승패는 대중이 판단할 것이요, 자화자찬으로 일삼는 것은 도리어 식자간의 조소거리가 될 뿐입니다.

4. 이제까지의 프로작가는 그 대부분이 작가로서 귀중한 체험이 적다고 봅니다. 들떼어 놓고 농민, 노동자의 옹호자 같은 구홀로 일을 삼으나 그 자신이 결코 「프롤레타리아」는 아니외다.…(중략)…허덕이는 무산대중과는 그네들의 실제생활과 감정이 너무나 상거가 먼 것 같습니다.…(중략)…프로예술운동이 일어난 지 여러 해 동안에 괄목할만한 작품이 나오지 못하고 나왔다 하더라고 대게는 개념적이요 팜플렛직역식이 되고 마는 원인이 이 점에 있다고 봅니다.

프로문학이 주류를 이루던 시기 심훈의 이와 같은 글은 문학판의 큰 소용돌이를 일으킬 수 있는 글이다. 그럼에도 불구하고 프로문학 논쟁 중이나 프로문학 쪽의 논박 글은 발견되고 있지 않고 있음에서 확인되듯, 심훈은 프로문학의 전면에 부각된 인물이 아니었을 것이라는 추론이 가능해진다. 만약 김기진이나 박영희처럼 프로문학 전면에서 활동했던 인물이 이와 같은 글을 썼다면 논쟁의 핵심에 심훈은 서 있었으며, 그 파급 효과는 문단의 큰 파장을 불러일으키기에 충분하였을 것이다.

4
심훈 시 세계 연구의 문제점

심훈의 시 연구에 있어서 작가 전기의 측면은 중요하다. 특히 그가 1920년대 일제의 강점 하에 살았고 일본 유학 준비와 좌절 그리고 이어지는 중국행, 삼일운동으로 투옥되는 등 사회 역동기와 함께 하고 있기 때문이다. 뿐만 아니라 그의 이러한 전기적 요소가 전이된 시편들은 일제 검열의 대상이었으며, 치안방해治安妨害라는 요인으로 발간이 유보된 상황이 확인된 이상, 그의 전기적 요소는 그의 문학과 밀접하게 연관되어 있음이 재차 확인된다. 심훈의 시 연구에서는 세 가지 문제점이 제기된다.

첫째는 연구의 관심도에 있어서 소설이 중심을 이루며, 시 연구에 있어서도 「그날이 오면」에만 집중되고 있어 심훈의 시에 대한 구체적 연구 성과가 미흡하다는 것이다.

> 궂은 비 줄줄이 내리는 황혼의 거리를
> 우리들은 동지의 관棺을 메고 나간다.
> 만장輓章도 명정銘旌도 세우지 못하고
> 수의襚衣조차 못 입힌 시체를 어깨에 얹고
> 엊그제 떼메어 내오던 옥문을 지나
> 철벅철벅 말없이 무학재를 넘는다.
>
> 비는 퍼붓듯 쏟아지고 날은 더욱 저물어
> 가등은 귀화鬼火 같이 껌벅이는데
> 동지들은 옷을 벗어 관위에 덮는다.
> 반생을 헐벗던 알몸이 추울상 싶어
> 얇다란 널조각에 비가 새들지나 않을까하여
> 단거리 옷을 벗어 겹겹이 덮어준다.
> …(이하 육행략)
> 동지들은 여전히 입술을 깨물고

고개를 숙인 채 저벅저벅 걸어간다.
친척도 애인도 따르는 이 없어도
저승길까지 지긋지긋 미행이 붙어서
조가도 부르지 못하는 산송장들은
관을 메고 철벅철벅 무학재를 넘는다,

-「만가輓歌」20

「만가」의 전문을 살펴보면, 옥사한 동지의 마지막 길에서 세상의 찬 기운을 막아 덮어줄 것이라고는 자신들이 입고 있던 단거리 옷 밖에 없는 처절함과, 저승길조차 시원스레 "조가도 부르지 못하"고 듣지 못하는 무언의 고통을 묘사하고 있다. 이 시는 무학재를 넘어가야만 하는 죽음의 행렬을 담고 있으면서 마지막 생의 길에서조차 미행을 걱정해야하는 감시의 모습을 그려냄으로써 비장미를 심어준다. 이 시는 1920년대 시대상을 그 어떤 역사가의 긴 문장, 그 어떤 문학가의 어구보다 명징적으로 표현해 낸다. 이 시를 통해 심훈의 문학 세계가 예술적인 면에서 미흡하다거나 또는 직설적이어서 완성도가 떨어진다는 보편적 일반화는 재평가되어야함을 명확히 한다.

바로 「만가」에 나타나는 모습이 1920년대 일제 강점기하의 모습이며, 심훈이 그토록 "심장의 고동이 끊길 때까지"21 원한을 갚아주겠다던 당대의 현실이다. 관혼상제冠婚喪祭조차 마음대로 할 수 없었던 시기, 삶의 행위까지도 검열 받던 시기에 심훈은 행장을 통해 그 슬픔과 고통을 민중 속으로 보냄에도

20 심훈(1949), 『그날이 오면』, 한성도서주식회사, pp.124~125.
21 심훈, 「박군의 얼굴」, 『그날이 오면』, 위의 책, p.63.

불구하고 여전히 심훈 시 연구에서 「만가」는 소홀하다. 예컨대 최동호는 심훈의 이런 시편들을 고려하여 심훈을 이육사, 한용운, 김소월, 김광섭, 윤동주, 이상화와 함께 암흑기의 대표적인 저항 시인으로 보고 있으나,[22] 이 역시 시선집의 형식일 뿐 논의를 수반한 논고는 아니다. 저항 시인으로 피력한 글도 있으나 이는 보편적 수준에서 일반화되어 논의되는 것이지 다양하고 구체적인 작품 언급에 있어서는 여전히 만족스럽지 못한 형편이다. 앞서 엥겔스가 발자크에게서 프랑스를 보았다면, 이 시 한 편은 1920년대 후반의 사회상을 독자에게 완벽하게 전이시키고 있다 해도 지나침이 없을 것이다. 그럼에도 심훈 시 연구에서 「만가」가 예문으로 등장하지 않는다는 사실만으로도 그의 시 세계 연구가 얼마나 편식적이며 미진한가를 살필 수 있다.

둘째는 원본 텍스트에 대한 문제이다. 이는 다른 작가들의 문학 작품 연구에 있어서도 항시 언급되는 문제인데 심훈의 시 연구에 있어서 원본을 무엇으로 선정할 것인가는 이미 해답을 찾았음[23]은 다행스러운 일이다. 이는 심훈의 셋째 아들인 심재호 씨가 경성京城 세광사世光社에서 1932년 출간하려고 했던 『심훈시가집沈熏詩歌集 제1집』의 검열본을 그대로 영인影印하여 『심훈문학전집 1-그날이 오면』을 편찬하면서 가능해진 것이다. 여기서는 『심훈문학전집』에 빠졌던 시편들이 추가되었으며, 심훈 사후 13년 후인 1949년 『그날이 오면』이라는 제명으로 발간된 텍스트의 오류를 수정하는 기회가 되었다. 그러나 이미

22 최동호 편(1983), 『(7인의 항일민족시집)그칠 줄 모르고 타는 나의 가슴』, 시인사.

23 심훈(2000), 『심훈문학전집 1-그날이 오면』, 차림. 심훈의 셋째 아들 심재호(현, 미국 거주)가 본인이 보관하고 있던 검열본을 영인해 놓았다, '심훈시가집 제1집' 1919~1932 경성세광사 인행(京城世光社印行)이라고 써 있는 표지에 붉은색 검열 도장으로 치안방해와 일부분삭제 그리고 3가지 항목의 주의사항이 찍혀있으며, 육필로 작성된 원고에는 검열의 붓질이 그대로 나타나고 있어 일제시대 검열 양상 연구에 귀중한 자료를 제공한다.

심훈의 시를 연구한 연구자들은 1949년판 『그날이 오면』을 원본 텍스트로 삼고 있어 연구의 오류 발생 가능성이 제기된다.

예컨대 앞서 지면에 할애했던 「만가」의 경우를 살펴보면, 「만가」의 2연과 3연 사이에 …(이하육행략)이라는 표기를 미루어 2연과 3연 사이에 6행이 있어 총 4연으로 구성되었을 것으로 추측되어 왔던 것이 사실이며, 이는 검열본의 상태를 알 수 없었을 때 나타난 연구 결과이다. 그러나 영인본 확인 결과 …(이하육행략)이라는 표기는 3연의 6행을 삭제하라는 검열 지시의 흔적임이 확인되고 있어서, 결국 「만가」는 3연으로 구성된 것이 원본으로 확정되는 것이 올바른 것이며, 따라서 더 이상 …(이하육행략)에 들어가 있을 6행의 추적은 의미가 없게 되었다.

1932년 경성 세광사의 『심훈시가집 제1집』 검열본에서 확인할 수 있는 또 다른 사실은 제1집이란 제명 아래 계속된 시집의 편찬 의도가 있었음을 추정하는 단서를 제공한다. 이는 심훈 연구를 하는 과정에서 여러 편의 다른 시들이 지면을 통해 발표된 것이 필자의 눈에 포착되고 있음에서 더욱 확실해진다.

1920년대 문학 연구에 있어서 또는 그 이후의 문학 연구에 있어서 원본 텍스트 선정은 난해한 일임에 분명하다. 따라서 연구의 결정본으로 초판본을 삼을 수밖에 없는 상황도 부인하지는 않는다. 그러나 심훈과 같은 경우, 출판 직전의 검열본 원본이 발견된 이상 제3자에 의해 편집되고 출간됨으로써 발생한 오류들은 과감히 수정되거나 버려야 한다. 그러나 작가의 검열본 원고가 세상에 빛을 보았음에도 여전히 구습에 얽매인 연구가 진행 되고 있어 심훈 시 연구에서 안타까운 일이 아닐 수 없다.

심훈 시 연구에서 셋째 문제점은 심훈의 시를 세 시기로 구분하여 설명하려는 것이다. 17년의 창작 활동 시기 동안 그것도 심훈이 거주했던 지역성을 고려한 시기 구분은 현재까지도 지속적으로 이루어지고 있다.24 심훈 연구가 이루어지고 있지 않던 시기, 최초의 심훈 연구라 할 수 있는 류병석이 심훈의 시 세계 연구에 있어서 '수학기'로 1920~1923년의 중국 체류 기간으로 설정하여 "낭만적 시풍"으로, 1923년 귀국부터 1931년까지를 '방황기'로 "야수적 포효"가 있었던 시기로, 1932년부터 당진에서 작품 활동에 정진한 '정착기'로 분석한 선구적 초석은 후대 연구에 있어서 오히려 그림자처럼 붙어 다닌다. 이는 후대 연구자들이 풀어가야 할 숙제이다. 왜냐하면 류병석의 심훈 문학 시기 구분이 문제시 되는 것은 심훈의 행적으로 심훈의 시 양상을 시 자체보다는 연대기로 구분한 성격이 강하기 때문이다. 즉, 작가의 전기적 사실에 치우친 나머지 시의 분석에는 치밀성을 보이고 있지 못한 것인데, 이는 당시에 원본 확보 문제가 큰 걸림돌이 작용하였음을 감안해야 한다.

예컨대 「겨울밤에 내리는 비」, 「기적」, 「전당강상에서」, 「심야과황하」, 「뻐꾹새가 운다」, 그리고 부인에게 보낸 편지 등을 거론하며 이 시기를 수학기로 구분한 류병석은 "이때의 시작이야말로 사회의식이니 민족의식이니 하는 때가 묻지 않은 순수한 낭만적 서정시로, 그의 이대주류의 사상 중 하나인 낭만주의적 풍모를 엿볼 수 있게 한다"[25]라고 언급한다. 그러나 「북경의 걸인」, 「상해의 밤」 그리고 이후 발견된 「찬미가에 쌓인 원혼」이나 「로동의 노래」를 살피거나, 동시기에 '항주유기' 편에서 독립운동가인 석오 이동영과 소제 이시영을 만났음을 기록하면서, 여운형, 엄일파, 염온동, 유우상, 정진국, 신채호 등의 우국독립지사들을 교우를 통한 조국 현실에 대한 지대한 관심을 보인 심훈의 태도를 상기할 필요가 있다.

한편 삼일운동으로 겪은 감옥 체험과 1919년 작 「북경의 걸인」은 일제 검

24 주석 3) 참조.

25 류병석, 앞의 논문, p.14.

열에서 전편이 삭제 지시를 받을 정도의 강렬한 시의식을 표출하고 있으며, 1920년 작 「상해의 밤」은 조국 상실의 아픔을 담은 채 일제의 붉은 검열을 당하고 있음을 고찰해 본다면 "민족의식에 때가 묻지 않은 순수한 낭만적 풍모"라는 류병석의 시 성향 분석은 '수학기'라는 틀거리 속에 모든 것을 일반화시키는 오류를 낳게 된다.

어제도 오늘도 산란散亂한 혁명革命의 꿈자리!
용소슴 치는 붉은피 뿌릴곧을 찾는
「까오리」 망명객亡命客의 심사를 뉘라서 알고
영희원影戲院의 산데리아만 눈물에 젖네.
-「상해上海의 밤」 5연[26]

실례로 「상해의 밤」에 대해 류병석은 "까오리 망명객으로 중국 상해에서 피맺힌 심사를 노래한 심훈의 시를 단순히 낭만적으로만 일관"하는 것으로 설명하고 있다. 그러나 이러한 논의는 '수학기'로 설정하려는 논리의 정당화를 위한 편향적 의미 부여 가능성을 제기하지 않을 수 없다. 류양선의 경우에는 「상해의 밤」을 통해 "저항의식이 엿보이나, 이 역시 젊은 청년초기의 열정에서 비롯된 것으로 분석하고 있음 또한, 그 의미를 부유했던 양반 옹호의 가풍에서 나온 것"[27]이라 하여, 류병석의 논의에서 일보하여 저항의식을 제시하고 있으나 이 역시 열정에서 기인한 것으로 판단, 저항의식에 일정도의 의문부호를 찍어놓고 있어 류병석의 연장선상에 궤를 같이 한다. 필자 역시 「상해의 밤」이

26 심훈, 『심훈문학전집 1-그날이 오면』, 앞의 책.
27 류양선, 앞의 논문, p.49.

과도한 감정의 표출을 부인하지는 않으나, 심훈 시의 전반적 성향이 정서의 직설적 표출에 있음을 고려할 때 이는 심훈 시 분석의 전체적 성향으로 바탕을 그려놓아야지 초기시에 한정된 특성으로 이야기하기에는 무리수가 있음을 제기한다. 따라서 전반적 성향으로서의 정서적 기운을 이야기 할 때, 다른 시편들의 총체적 분석이 동반되지 않은 채 이 시기를 감상적이고 애수어린 또는 청년 초기의 열정에서 비롯된 시편들로 절하하고 있음은 심훈 시 분석에 있어서 재고해야 할 것이다.

이런 논지의 재고 가능성은 다른 시 「로동의 노래(미되도레미쏠쏠곡쪼)」를 통해서 재차 살필 수 있다. 2003년 한기형에 의해 소개된 이 작품은 《공제》의 현상 공모 모집에 심대섭이란 이름으로 정丁에 당선[28]된 노동가勞動歌이다. 1920년에 발표된 이 시는 기존의 연구자들이 '수학기' 또는 '습작기'로 명명함에 그릇됨이 있음을 확인시켜주는 작품으로, 초기 시편들을 '수학기' 또는 '습작기'라는 기표에 담을 수 없음을 극명하게 나타낸다.[29]

28 《공제》 2호에 실려 있다. 《공제》는 1920년 '조선노동사회의 개선'이란 강령아래 조선노동공제회에서 편찬한 기관지로 9월 10일에 창간하여 8호(1921년 6월 10일간)로 폐간되었다. 3호에서 6호까지 원고는 압수되어 현재까지 알려진 것이 없다. 《공제》의 성격은 좌익적 성격이었으나, 아직은 노동자와 자본가의 협력적 색체가 짙다. 이는 그 구성원이 농부나 노동자뿐만 아니라 의사나 변호사 등 3백여 명으로 구성되어 있음에서도 확인된다.

29 굳이 이 시기를 문학의 초보적 단계였으며 시작의 단계라고 구분할 만한 정당한 근거 자료가 보이지 않는 상황에서 '수학기' 또는 '습작기'라는 용어 사용은 부적절하다. 심훈의 문학 성향 구분을 위해서는 심훈의 모든 작품을 통찰해야 할 필요성이 있으며, 필자는 아직 심훈 문학을 통찰하고 있지 못한 관계로 본고에서는 문학적 성숙도를 나타내는 '수학기' 또는 '습작기'라는 명칭 대신에 '중국 유학 생활 이전'이라는 생활사적 구분으로 명명한다. 그러나 이 또한 철저한 작품 분석을 통해 수정되어야할 필요성이 있음을 밝힌다.

로동의 노래(미뢰도레미쏠쏠곡쬬)

一. 아침 해도 아니도든 꼿동산 속에/ 무엇을 찾고 잇나 별의 무리
저녁놀이 붉게 비친 풀언덕 위에/ 무엇을 옴기느냐 개암이 쩨들.
후렴 - 방울방울 흘린 짬으로,/ 불길가튼 우리 피로써
시들어진 무궁화에 물을 쓰리자/ 한배님의 씨친 겨레 감열케 하자.
二. 삼천리 살진 덜이 논밧을 가니/ 이천만의 목숨 줄을 내가 쥐엇고
달밝은 밤 서늘헌데 이집 저집서/ 길삼하는 저소리야 듣기 조쿠나,
三. 길게 버든 힌 뫼 줄기 노픈 비탈에/ 괭이잡어 가진 보배 쑬코 파내면
신이나게 쇠썩메를 들러 메치니/ 간 곳마다 석탄연기 한울을 덥네.
四. 배를 쩨라 넓고 넓은 동해 서해에/ 푸른 물결 벗을 삼아 고기 낙구고
채쳐내라 몇 만년을 잠기어 잇는/ 아름다운 조개들과 진주며 산호
五. 풀방석과 자판 우에 티끌 맛이나/ 로동자의 철퇴가튼 이 손의 힘이
우리 사회 굿고 구든 주추되나니/ 아아! 거룩하다 로동함이여.30

이 노래는 노동을 대상으로 한 사회주의 의지가 나타난다. 1절에서 부지런한 '별의 무리, 개암의 떼들'로 표상되어지는 노동자는 "이천만의 목숨을 쥐고" 시들어가는 국가의 넋을 살려 내는 존재로 그려지고 있다. 논밭을 갈고 길쌈을 하고 산을 일구고, 석탄 연기 그득하고 배를 띄워 낚시를 하며 몇 만 년이나 잠겨 있는 바다를 깨우길 희망하는 한편, 그 거룩한 노동의 힘이 "시들어진 무궁화에 물을 뿌리"리라는 노동을 통한 국가 재건-독립-의 힘을 담고 있는

30 한기형, 앞의 논문, 218쪽 재인용. 한기형의 논문에는 행 구분이 모호한 관계로 재인용 과정에서 필자에 의해 행 구분을 재시도하였음.

것이 이 노래의 요체이다. 노동의 힘을 이야기함으로써, 제 민족 제 나라의 동산과 산과 바다를 깨우려는 「로동의 노래」는 노동 권장의 내용으로 일차적 검열을 피했을 가능성이 높다. 또한 일제의 문화정치 표방과 맞물려 《공제》 2호까지는 시중에 유포가 가능했던 것으로 사려 된다. 그러나 3~6호까지 압수 처분을 받는 것을 고려하면 3~6호에 심훈의 또 다른 글이 실려 있을 가능성도 어느 정도 제기된다.

결코 초보적 의식 수준이 아닌 「로동의 노래」에 담긴 사회주의 의지 표명은 훗날 그가 염군사 일원으로 활동하게 되는 사회주의 의식의 뿌리가 자생적으로 자라고 있음을 확인시켜 주는 것이기도 하다. 결국 새로운 자료들이 발굴되고 심층적인 연구가 진행되는 과정에서 여전히 심훈 시 연구에 있어서 3분법, 특히 초기 시편을 '수학기' 또는 '습작기'로 확정해 버리는 연구 태도는 바람직하지 않다.

앞서 필자가 류병석과 류양선의 선행 연구의 일부분을 언급하면서 선행 연구에 무비판적으로 고착되는 경향에 대한 우려는 후행 연구의 기대 지평을 열고자 하는 것이다. 그렇다고 류병석과 류양선 두 연구자의 논고를 평가 절하하는 것이 아니다. 이는 필자 역시 두 선행 연구자의 논고를 통해 심훈 연구의 방향성에 상당수 빚지고 있음이며, 그 연구 성과가 심훈 연구에 있어서 튼튼한 토대임을 부인할 수 없기 때문이다. 다만, 후행 연구가 선행 연구를 답습만하고 일보하고 있지 못함에 대한 일갈인 것이다.

5

'심훈'론의 연구 방향

결론을 대신해서, 그리고 후행 연구를 위해서 심훈론의 연구 방향을 제기한다. 먼저 앞선 필자의 논의대로 작가론 연구에서 작가의 전기적 측면이 과다하게 되어 작품 내용 분석의 오류가 생기거나, 특정 작품에만 치우치는 편식적인 연구를 해서는 안 될 것이다. 분명한 것은 작가의 전기적 요소가 작품에 반영되며 이는 현실이라는 사회망 안에서 해석될 수 있다는 것이다. 따라서 현실의 의미망에 놓인 작가가 작품을 창작할 때의 정황을 파악할 수 있는 심훈과 같은 경우의 수라면 작가의 전기적 요소와 작품의 내용 연구가 함께 진행되어야 마땅하다. 또한, 원본의 선택 즉 연구의 결정본 텍스트 선정에서 이미 작가가 출간하려 했던 원본이 확인된 이상 여타의 텍스트는 보조 연구 자료로 활용되어야 마땅하다.

심훈론의 연구에 있어 문제점은 전방위적 문화 활동에 참여했음에도 편식적인 연구가 진행되고 있음이 그 첫째요, 심훈이 '카프'나 '염군사'에서 어떤 역할을 수행하고 있었는지에 대한 구체적 해명과 함께 중국에서의 행적을 밝혀 당시의 문학 성과물과 견주는 것이 둘째요, 미학적 관점에서의 작품을 보다 철저히 해석해내는 것이 셋째이다. 덧붙여 검열 과정을 확실히 알 수 있는 텍스트가 확보되어 있기 때문에, 일제 검열에 대한 확인 작업 역시 풀어야할 과제로 남는다.

1930년대 문학사에서 여전히 심훈의 문학은 단순히 직설적이며, 농촌계몽운동의 문학으로만 연구의 역량을 할애되어 있다. 그러나 그의 다양한 문화 활동 영역을 살피는 것은 1930년대 한국 문화 연구에서의 새로운 가능성이며, 1930년대 문화 담론에 대한 모색의 가능성이 될 것이다.

■ 참고문헌

1. 기본문헌

심훈(1949), 『그날이 오면』, 한성도서주식회사.

심훈(1966), 『심훈문학전집』 1, 2, 3, 탐구당.

심훈(2000), 『심훈문학전집 1-그날이 오면』, 차림.

2. 논문 및 평론

김윤식(1986), 「한국문학에 있어서의 마르크스주의의 충격」, 《동아연구》, 서강대학교동아연구소, pp.137~142.

김학렬(1966), 『조선프로레타리아문학운동연구』. 김일성종합대학출판사, pp.14~15, p.17, p.28, p.34, p.263.

노상래(1993), 「KAPF에 대한 재고찰」, 《국어국문학연구》, 영남대학교국어국문학회, pp.84~145.

류병석(1968), 「심훈의 생애 연구」, 《국어교육》 14집, 한국어교육학회(구-한국어교육 연구학회), p.14.

류양선(1980), 「심훈론」, 《관악어문연구》 5집, 서울대학교 국어국문학과, p.45, p.49.

박명진(1997), 「심훈 시 연구」, 한국외국어대학교 교육대학원 석사학위논문, pp.1~63.

박정희(2003), 「심훈 소설 연구」, 서울대학교 석사학위논문, pp.1~83.

박종희(1989), 「심훈 소설 연구」, 서울대학교 석사학위논문, pp.1~68.

신덕룡(1955), 「심훈, 맞섬과 반역의 정신」, 《문학아카데미》 가을호, 문학아카데미사, p.351.

최희연(1990), 「심훈 소설 연구」, 연세대학교 박사학위논문, pp.l~134.

한기형(2003), 「습작기(1919~1920)의 심훈-신자료 소개와 관련하여」, 《민족문학사연구》, 민족문학사학회, pp.190~221.

한점돌(1982), 「심훈의 시와 소설을 통해 본 작가의식의 변모과정」, 《국어교육》 41집, 한국어교육학회, pp.73~88.

3. 단행본 및 기타 참고문헌

권영민(1988), 『한국민족 문학론 연구』, 민음사, p.211.

김근수 편저(1973), 『한국잡지개관 및 별호목차집』, 영신아카데미 한국학연구소

최동호 편(1983), 『(7인의항일민족시집)그칠줄 모르고 타는 나의 가슴』, 시인사

마르크스·엥겔스, 김대웅 옮김(1989), 『문학예술론』, 한울, p.114, p.148.

《문학》 창간호, 1946. 7.

《동아일보》, 1924.3.5.

《조선일보》, 1923.12.9.

3

심훈 문학의 발견

영화감독 심훈의 소설 『상록수』 연구

박정희
서울대 CTL 연구교수

1
서론

심훈(1901~1936)은 짧은 생애 동안 일제 식민지시기에 문화계 전반全般에 걸쳐 활동한 인물이다. 100여 편이 넘는 시를 쓴 시인이며, 〈먼동이 틀 때〉를 감독한 영화감독이기도 했으며 『직녀성』, 『상록수』 등의 작가이며 올곧은 소리를 해서 거듭 해직을 당한 신문기자이기도 했다. 짧은 생애 동안의 이러한 문화계의 전방위적 이력에서 어쩌면 소설가로서의 활동은 한 부분에 지나지 않는 것인지도 모른다. 심훈의 이러한 다양한 이력을 염두에 둘 때 그의 대표작인 『상록수』의 특징이 밝혀질 수 있을 것이다.

『상록수』에 대한 그간의 평가는 당대의 브나로드 운동과의 연계와 농민문학 범주 속에서 이루어져 왔다. 『상록수』에 대한 가장 큰 찬사는 농민문학의 범주 속에서 이루어진 것들이다. 『상록수』는 1930년대 중반 이광수의 『흙』(1933)과 이기영의 『고향』(1934) 등에서 제기한 민족주의와 계급주의라는 이념을 극복해야하는 과제를 부여받고 시작된 것인데 박동혁의 계몽의 차원이 이 두 사상에 대한 거리 취하기와 결합의 방법으로 구현되어 있다는 평가01가 그것이다. 이러한 점이 『상록수』가 농민문학의 선구적인 작품[02]이라는 긍정적인 평가를 받게 하는 점이라면, 주인공의 시혜적인 자세와 농민계몽의 의지가 낭만적인 형태로 띠고 있다는 점으로 인해 부정적인 평가를 받고 있기도 하다.[03] 『상록수』에 대한 부정적인 평가의 기원은 임화의 논의에서 기인하는 것이다. 임화는 「통속소설고」에서 1930년대 후반 발생한 통속소설을 '성격과 환경의 통속적 방법에 의한 모순의 해결'이라고 규정하면서 심훈의 소설을 김말봉으로 대표되는 통속소설로 향하는 중간계기로 언급한 바 있다. 임화의 이러한 지적은 이후 논자들에 의해 이어져 『상록수』의 소설적 갈등이 추상적이고 관념적으로 해결되고 있다는 평가로 이어진 사항이다. 이러한 평가는 이른바 리얼리즘의 전형성 개념과 총체성의 기준에 미달하기 때문이라는 것이다.[04]

이와 같은 대비적인 평가는 "『상록수』는 계몽소설이자 대중소설이다. 계몽성과 대중성의 행복한 결합이 이 작품만큼 뚜렷한 경우란 흔치 않다"[05]라는 단언을 낳고 있기도 하다. 여기서 『상록수』에 대한 평가는 임화가 지적한 '통속적'이라는 용어가 '대중성'이라는 표현으로 긍정적인 의미를 획득하고 있다. 여기서 '대중성'이라는 개념은 더 이상 구체화되어 있지 않지만 대중적인 호응을 얻었다는 의미 정도이다. 최근에 이르러 심훈의 소설을 대중소설의 범주에

---

01 류양선, 「좌우익 한계 넘은 독자의 농민문학-심훈의 삶과 『상록수』의 의미망」, 『상록수·휴화산』, 동아출판사, 1995.

02 전광용, 「『상록수』고」, 『한국근대문학사론』, 한길사, 1982.

03 송백헌, 「심훈의 『상록수』-희생양 이미지」, 『심상』, 1981.

04 김현주, 「『상록수』의 리얼리즘적 성격연구」, 연세대학교 석사학위논문, 1992. ; 오현주, 「심훈의 리얼리즘 문학 연구-『직녀성』과 『상록수』를 중심으로」, 한국문학연구회 편, 『1930년대 문학연구』, 평민사, 1993.

05 김윤식, 「문화계몽주의의 유형과 그 성격-『상록수』의 문제점」(1993), 경원대학교 편, 『언어와 문학』, 역락, 2001.

서 다루는 경우에서도 마찬가지이다.06

이상에서의 『상록수』에 대한 논의를 검토하면서 확인할 수 있는 특징적인 사항은 『상록수』는 계몽문학(소설)이며(논자에 따라 조금씩 다르긴 하지만) 낭만성, 통속성, 대중성이라는 다른 용어로 작품의 성격을 설명하고 있다는 점이다. 뚜렷한 목적을 가지고 쓴 계몽소설이면서 대중적 호응을 작품 속에 담고 있다는 점, 바로 이 점이 바로 『상록수』의 특징이 될 수 있을 것이다. 이런 점을 『상록수』의 특이성이라고 할 때, 그것은 1930년대 중반의 문단 구도에서도 마찬가지다. 지금까지 쓰인 문학사(소설사)에서도 확인되는바 『상록수』는 농민문학의 범주를 벗어나지 못했다. 하지만 최근 논자들에 의해 『상록수』의 문단사적 특이성을 논해지기도 했다. 손종업은 『상록수』를 "이론이 착종되거나 소멸된 곳에" "실천만을 끊임없이 강조했던 것이"라고 하면서 "『흙』이나 『고향』과 달리 1935년이라는 문학사적 공간에 외롭게 떠있다"07고 했다. 물론 그는 이런 평가를 작가의 미숙 때문이라고 보았다. 한편 박상준은 최서해, 박종화, 심훈의 1930년대 중반의 장편소설을 논의하면서 이들의 작품들에 나타난 '주제 표출의 강렬성'의 의미를 분석한 바 있다.08 그는 이 글에서 1930

---

06 이정옥은 『1930년대 한국 대중소설의 이해』(국학자료원, 2000)에서 1930년대 대중소설의 하위범주(장르)로 '계몽문학'을 설정하고 이광수의 『흙』, 이기영의 『고향』과 함께 심훈의 『영원의 미소』, 『상록수』를 대표적인 작품으로 들어 분석한 바 있다. 논의에서 당대의 독자의 기대지평을 수용하고 있다는 점을 분석하고 있으나 작품 외적인 근거와 소재주의적 분석에 그치고 말았다. 중요한 것은 '계몽소설'에서의 '대중성'이 '추리소설', '연애소설'의 '대중성'과 변별되는 지점을 확인할 수 있어야 『상록수』의 '대중성'을 설명할 수 있는 여지가 생길 것으로 보인다. 한편 이호림은 「1930년대 소설과 영화의 관련양상 연구」(성균관대 박사논문, 2005)에서 심훈의 영화경력과 관련해 『상록수』를 분석한 바 있다. 이호림 역시 『상록수』를 '대중소설'로 규정하고 그 성격을 작품의 외적 요소, 특히 영화의 대중성을 바탕으로 논의하고 있다.

07 손종업, 「계몽성의 재고-1930년대 계몽소설의 내적 형식」, 『극장과 숲』, 월인, 2000. 149~150면.

08 박상준, 「현실성과 소설의 양상-박종화·심훈·최서해의 1930년대 장편소설을 중심으로」, 『작가』, 2001.

년대 중반의 문단에서 이들의 작품에서 드러나는 계몽의 강렬성이 정치적 이데올로기의 부재 혹은 소멸 이후 전개된 문학 상황의 몇 가지 양상에 해당된다고 지적하면서 한국 근대소설사의 전개상 이 작품들의 자리를 마련할 수 있을 것이라고 지적했다. 손종업과 박상준의 논의는 『상록수』의 문단사적 특이성에 대한 논의라고 할 수 있다. 임화가 지적했듯이 1930년대 중반의 문단이 이른바 내성소설과 세태소설의 구도로 파악될 때 심훈과 같은 작가는 들어설 자리가 없었다.

정리하면 『상록수』는 작품 자체로 평가하든지, 문단사적 관점에서 보든지 이질적인 소설이다. 명백한 계몽소설이면서 '갈등이 없는 소설'09이라는 점에도 불구하고 강렬한 인상으로 대중들의 호응을 받으며 1930년대 중반의 문단에서 특이한 지점을 가지고 있는 것이다. 『상록수』의 이러한 특이성은 어디에서 기인하는가? 본고에서는 심훈에게 있어 소설 창작은 그의 다양한 문화계 삶의 이력 가운데서 한 국면에 불과하다는 가정에서 살펴보려고 한다. 특히 소설가로서의 활동 시기는 극히 짧은 것이었다. 그리고 소설을 쓰는 시기에도 그는 영화감독(제작자)으로서의 욕망을 계속 표출하고 있었다. 심훈은 소설가이기 이전에 그 자신이 밝히고 있듯이 영화인이다. 영화에 대한 간접적인 체험이 아니라 제작자로서의 욕망이 강력하게 작용한 결과 『상록수』는 특이한 소설이 될 수 있었다.

09 김윤식, 「『상록수』를 위한 5개의 주석」, 『환각을 찾아서』, 세계사, 1992.

2
영화제작자로서의 경력과 영화예술에 대한 인식

2.1. '천직天職'으로서 영화인과 소설 창작의 관계

심훈은 소년기에서부터 이미 문학, 연극, 영화, 음악, 미술, 무용 등 예술 전반에 걸쳐 관심을 가지고 있었다.[10] 심훈은 1923년 귀국 후 '극문회'라는 단체의 멤버가 되어 최승일, 이경손, 안석주, 김영팔 등 당시 연극·영화계의 중요 인물들과 빈번한 교섭을 가졌다. 그는 1925년 영화 〈장한몽〉의 주인공 이수일의 역을 대역하기도 하였고, 1926년 《동아일보》에 영화소설 『탈춤』을 연재했으며 그것을 영화화하려는 계획이 차질이 생기자 1927년 도일渡日하여 일활日活촬영소에서 영화제작 기술을 익힌다. 같은 해 귀국해 자신이 직접 원작·각색·감독한 영화 〈먼동이 틀 때〉[11]를 단성사에서 개봉해 화제를 모으기도 했다. 일활촬영소에서 배운 영화 기술을 활용하여 이 작품에서 조선영화에서 처음으로 하나의 숏 안에서 카메라를 이동하여 촬영하는 팬(pan) 기법을 보여주기도 했다.[12]

그런데 그간의 논의에서 심훈의 영화인으로서의 경력은 이 시기 즉 1921년에서 28년까지로 한정하고 있다. 그 후 그는 영세한 자본과 기술부족, 검열의 문제 등으로 영화에서 소설로 창작영역을 전환하게 된다는 게 일반적인 논

---

10 심훈의 전기적 사실에 대해서는 최원식의 「심훈연구 서설」(김학성 외, 『한국근대문학사의 쟁점』, 창작과비평사, 1990), 신경림의 『그날이 오면, 그날이 오며는』(지문사, 1982) 그리고 문영진이 작성한 연보(『탄생 100주년 문학인 기념문학제 2001』, 작가, 2001)를 참고했음.

11 이 작품이 1938년에 열린 조선일보 영화제에서 무성영화 베스트 10가운데 5위를 차지한 것을 보면 그의 영화인으로서의 역량을 짐작할 수 있다. 유현목, 『한국영화발달사』, 책누리, 1997. 275면.

12 안종화, 『한국영화측면비사』, 현대미학사, 1998. 115면.

의다.[13] 즉, 심훈은 가난, 실직, 시집 『그날이 오면』의 출판 좌절, 장편연재소설 『영원의 미소』의 성공, 도회지 생활에 대한 환멸 등의 복합적인 이유로 낙향을 하게 되고[14] 시골 '필경사筆耕舍'에서 그의 대표적인 장편들을 창작했다는 것이다. 그러나 이러한 표면적인 귀농의 이유가 곧바로 영화인의 욕망을 포기하는 것은 아니었다. 심훈의 영화와 영화제작에 대한 관심은 지속적이었던 것을 확인할 수 있다.

지금까지 확인되는 심훈의 영화평은 그가 필경사에서 소설을 쓰는 시기에도 꾸준히 이루어지고 있는 것[15]이며 작가 자신의 직접 고백을 통해 소설을 쓰는 당시의 영화에 대한 내면 상황을 밝히고 있다. 심훈에게 1920년대 말의 식민지 조선 '상황'에 대한 인식은 '영화제작'의 어려움을 겪으면서 더욱 그 비판의 강도가 높아지는 동시에 영화제작을 유보하거나 포기하는 모습을 보인다. 1928년에 발표된 수필 「하야단상夏夜短想」에서 그의 이러한 내면의 단초를 확인할 수 있다. 〈먼동이 틀 때〉로 조선영화계에 감독으로서의 확고한 입지를 세운 그였지만 이 수필에서 그가 처한 경제적 어려움을 토로하고 있다. 이 글에서 그는 고故 김우진에게 부치지 못한 편지를 발견하고 '신극회' 운동 시절의 초심을 회상하면서 "근본조건을 청산하지 말고 맹목적으로 달려드는 용기가 다시 나기 전에는 영화의 실제 제작을 단념까지 하기에 이르렀다"[16]고 쓰고 있다. 여기서 근본조건은 '생활문제', 즉 개인의 경제적 어려움이라고 밝히고 있지만 그것은 자본의 집합체인 영화가 제작되기 힘든 조선현실에 대한 절망을

13 유병석, 「심훈 연구」, 서울대학교 석사논문, 1964. 최희원, 「심훈 소설 연구」, 연세대학교 박사논문, 1990.
14 신경림, 위의 책, 50~59면.
15 본고에서 첨부한 「심훈의 영화평론 목록」 참고.
16 「하야단상(夏夜短想)」, 중외일보, 1928.06.29.

포함한 고백이다. 그는 이 시기 조선 영화계는 얼핏 홍수시대니 황금시대라고 보일 수 있지만 실상은 조선영화라고 하는 것이 일인日人의 자본임을 유의해야 하고 상설관(극장)이 모두 일인이 소유하는 것을 유의해야 한다고 지적하며17, 막대한 자본과 문예작품보다 몇 배나 더 지독한 검열제도 하에서 먼저 이러한 '환경'을 뜯어고치지 않고서는 한 계급이 요구하는 영화는 절대로 제작할 수 없다18고 토로하고 있다.

영화가 제작되기 어려운 조선의 현실에 대한 절망과 개인의 경제적 어려움이 그가 소설을 창작하는 계기가 될 수는 있었겠지만 그렇다고 영화제작의 욕망마저 포기한 것은 아니었다. 1930년 이후『동방의 애인』(1930)과『불사조』(1931)가 연재 중단을 당해 미완에 거치고 나서『영원의 미소』(1933~34),『직녀성』(1934~35),『상록수』(1935)의 소설을 짧은 기간 동안 집중적으로 쓰던 시기에까지 심훈의 영화제작에 대한 욕망은 지속적으로 이어지고 있었다.

(1). 일본촬영소로 가서 수업하기를 간근懇勤하였다. 영화인을 만날 때마다 몇 번이나 절망하고 단념하였던 영화열이 쓰러 오른다. 영화제작을 화생華生의 천직으로 삼지 않았던가? 오랜 세월과 적으나마 노력해온 것도 내게는 시나 소설이나 희곡보다도 영화였다. 한탄하나마 우리 민중에게 봉임하려는 나의 의무로 여겼든 것이다.(137면) -중략- 영화의 제작과정을 잘 알고 있는 터이라 도무지 엄두가 나지 않는다. 생활도 되지 못하고 예술욕도 만족시킬 수 없다면 자중하자.19

---

17 「조선영화계의 현재와 장래」,『동아일보』, 1928.01.01~06.

18 「우리 민중은 어떤 영화를 요구하는가-를 논하여 '만년설군'에게」,『중외일보』, 1928. 07.21.

19 「신랑신부의 결혼 공동일기-조선일보연재소설「동방의 애인」과 신혼생활」,『삼천리』,1931.02.

(2). 호구지책으로 진종일 잡무에 시달리고 틈을 타서 연재소설 쓰는 데 눈뜨고 있는 시간 전부를 빼앗기고 보니 본직本職에 충실하지 못하는 비애가 자못 크다. 기회가 잡힐 때까지 툭툭 털고 나설 만한 준비를 하고 있다.[20]

(3). 영화는 나의 청춘기의 가장 귀중한 시간과 정력을 허비시켰고 그 제작은 화생華生의 사업으로 삼으려고 직간접적으로 간여했던 것이다. 처음부터 문필로써 미고米鹽의 대代를 얻으려함이 본망本望이 아니었기 때문에 벽촌僻村에 와서 그 생활이 몹시 단조로울수록 인이 박힌 것처럼 영화가 그립다.[21]

위에서 인용한 대목은 집중적으로 소설을 창작하던 시기에 걸쳐 발표된 심훈의 내면에 해당하는 것들이다. 그는 소설을 쓰면서도 '문필'은 '본망'아니며 자신은 영화가 '화생의 천직'이며 '본직'이라고 고백하고 있다. 영화의 제작 과정을 잘 알고 있는 까닭에 자본이나 기술이 확보되면 언제든지 영화계로 나설 것이라고 고백하고 있다. 소설을 쓰면서도 최서해의 『홍염』을 영화로 제작하기 위해 한 달 동안이나 자금을 대어줄 사람을 찾아다녔지만 없었다는 고백[22]이나 『춘향전』의 영화화 가능성을 인식하고 각색까지 해보았으나 그 촬영 가능성이 지금의 자본과 기술로는 힘들다[23]고 말하고 있다. 이만큼 심훈의 영화인으로서의 자의식은 고집스러운 것이었다. 이러한 점은 그간에 심훈을 소

20 「1932년의 조선영화-시원치 않은 예상기 : 문예계에 대한 신년 희망-영화계에-」, 『문예월간』, 1932.01.

21 「다시금 본질을 구명하고 영화의 상도에로-단편적인 우감수제偶感數題」, 『조선일보』, 1935.07.13.

22 「연예계 산보-'홍염' 영화화 기타」, 『동광』, 1932.10.

23 「1932년 문단전망-프로문학에 직언」, 『동아일보』, 1932.01.16, 「다시금 본질을 구명하고 영화의 상도에로-단편적인 우감수제偶感數題」, 『조선일보』, 1935.07.17.

설가로서 국한시켜 바라본 시각을 재고할 여지를 갖게 하며, 그의 소설 『상록수』의 특이성도 이러한 맥락에서 규명될 수 있는 가능성이 있다고 생각된다.

2.2. 영화예술과 제작현실의 거리 그리고 '오락과 위안'으로서 영화

지금까지 심훈의 사상적 지반을 규명하려는 시도와 예술관(문학관)을 밝히는 작업이 지속적으로 이어져 왔다. 김기진이 1934년을 전후한 한국문인의 계보를 작성하면서 심훈을 '민족주의-소시민적 자유주의-이상주의'[24]로 분류한 이래, '자유주의적 낭만주의 지향'[25], '자유 유동流動지식인'[26]과 '중도좌파 민족주의자'[27], '중산층 지식인'[28] 등으로 규정되어 왔다. 이러한 다양한 규정은 연구자가 처한 역사적 상황 때문이기도 하겠지만 일반적으로 『상록수』를 중심에 두고 민족주의 작가로 규정되어 오다가 홍이섭[29]에 의해 『동방의 애인』과 『불사조』에 대한 주의가 요청된 이래 최원식[30]의 심훈의 인간관계 및 사상형성의 배경이 고찰되면서 프로문학과의 연관관계에 대한 논의로 확대되었다. 따

---

24 참고로 김기진의 분류에 따르면 주요한, 김동환, 김석송, 박월탄, 홍사용, 변영로, 박팔양, 박용철, 정지용, 이하윤, 김상용, 유완희, 윤석중 등이 심훈이 속한 범주에 드는 작가들인데, 그들의 대부분은 시인이다. 1934년까지 영화평론 등에서 활발한 활동을 펼치고 있었으며 시를 줄곧 발표해오고 있었다는 점 등을 고려할 때 『동방의 애인』과 『불사조』 그리고 『영원의 미소』를 발표했음에도 불구하고 심훈의 소설가로서의 입지는 아직 미비했다고 할 수 있으며 또한 이러한 기질은 이후까지도 이어진 것이라고 할 수 있을 것이다. 김기진, 「조선 프로문학의 현재의 수준」(《신동아》, 1934.1), 홍정선 편, 『김팔봉문학전집』 Ⅰ, 문학과지성사, 1988. 172면 참고.

25 윤병로, 「식민지 현실과 자유주의자의 만남-심훈론」, 《동양문학》 2, 1998.08

26 전영태, 「진보주의적 정열과 계몽주의적 이성-심훈론」, 김용성·우한용, 『한국근대작가연구』, 삼지원, 1985.

27 최원식, 「심훈연구서설」, 김학성·최원식 외, 『한국근대문학사의 쟁점』, 창작과비평사, 1990.

28 이영원, 「심훈 장편소설 연구」, 경북대학교 석사논문, 1999.

29 홍이섭, 「30년대 초의 심훈문학-『상록수』를 중심으로」, 《창작과비평》, 1972, 가을.

30 최원식, 「심훈연구서설」, 김학성·최원식 외, 『한국근대문학사의 쟁점』, 창작과비평사, 1990.

라서 심훈은 김기진의 예술대중화론의 자장 안에 있으며[31] 카프의 밖에서 '프로문학의 대중적 회로를 개척하기 위해 고투'[32]한 작가라는 논의가 일반화되었다.[33] 한편 심훈의 사상적 지반과 예술관은 민족주의 작가라는 규정에 대한 재고와 프로문학과의 연계로 나아갔지만 사회주의에서 찾을 수만도 없는 '점진적 개량론의 관점에 선 나로드니키주의적 세계관'[34]이라는 규명에까지 논의가 구체화되기도 했다. 이런 논의를 종합해볼 때 심훈의 문학적 세계관은 민족문학과 계급문학의 양 진영에 속하기도 하고 또 그 모두로 벗어나 있기도 한[35] 것임에는 분명한 것 같다. 바로 이러한 독특한 심훈의 사상적 지반은 그의 독특한 문단적 위치를 말해주는 것이기도 하며, 『상록수』의 특이성을 간접적으로 말해주는 것이라고 여겨진다.

그런데 그간에 심훈의 사상적 측면과 예술관이 검토되는 과정에 연구자들이 분석한 심훈의 글들은 한 부면만 부각시킨 점이 없지 않다. 심훈의 문학 예술관이 대중지향적이라는 분석과 김기진의 대중화론의 차원에 닿아 있다는 분석은 타당한 것이다. 그러나 그것은 심훈의 문단에 대한 발언이나 영화제작자로서의 현실적인 상황을 문제 삼은 글들만을 대상으로 분석한 결과로 보인다. 『심훈 전집』[36]에 수록된 「문예작품의 영화화 문제」, 「우리민중은 어떠한 영

31 이주형, 『한국근대소설연구』, 창작과비평사, 1995.

32 최원식, 「심훈연구서설」, 김학성·최원식 외, 『한국근대문학사의 쟁점』, 창작과비평사, 1990.

33 김현주, 「『상록수』의 리얼리즘적 성격연구」, 연세대학교 석사학위논문, 1992. 오현주, 「심훈의 리얼리즘 문학 연구-『직녀성』과 『상록수』를 중심으로」, 한국문학연구회 편, 『1930년대 문학연구』, 평민사, 1993.

34 유문선, 「나로드니키의 로망스-심훈의 『상록수』에 대하여」, 《문학정신》 58, 1991.

35 류양선, 「좌우익 한계 넘은 독자의 농민문학-심훈의 삶과 『상록수』의 의미망」, 『상록수·휴화산』, 동아출판사, 1995.

36 『심훈전집 3』, 탐구당, 1966.

화를 요구하는가?」, 「무딘 연장과 녹이 슬은 무기-언어와 문장에 대한 우감偶感」, 「1932년의 문단 전망-프로문학에 직언」 등에는 비교적 명확한 주장이 피력되어 있다. 영화와 문단에 대한 그의 발언은 도전적이며 특히 영화제작자로서의 그는 문단인들의 제작현장을 무시한 채 영화에 대해 요구하는 '붓끝의 투쟁'을 강력하게 비판한다. 이러한 일련의 글들을 통해 그는 예술과 대중의 소통 관계에 대해 줄기차게 강조하며 그를 위한 방법으로써 '엄숙한 리얼리즘', 즉 현실의 문제를 실감나게 형상화할 것을 주장하고 있다.

그러나 한편으로 지금까지 확인된 『심훈 전집』에 수록되지 않은 글들을 통해 볼 때, 심훈 예술관의 또 다른 국면을 알아차릴 수 있다. 그것은 심훈의 영화평들에서 확인할 수 있는 것으로 '예술로서의 영화미학'에 대한 추구에 대한 것이다.

먼저 현재까지 확인된 심훈이 관람하거나 소개한 영화들에 대한 짧은 평의 글은 다음과 같다.

「암흑의 거리와 쌩크롭트의 연기-영화시감」, 《조선일보》, 1928.11.27

「'최후의 인' 내용가치 - 단성사 상영중」, 《조선일보》, 1929.01.14-15

「영화화한 '약혼'을 보고」, 《중외일보》, 1929.02.22

「푸리츠 랑그의 역작 '메트로 포리쓰'」, 《조선일보》, 1929.04.30

「백설같이 순결한 거리의 천사」, 《조선일보》, 1929.06.24

「쏘비엣영화, '산송장' 시사평」, 《조선일보》, 1930.02.14

「상해영화인의 '양자강' 인상기」, 《조선일보》, 1931.05.05

「박기채씨 제1회 작품 '춘풍'을 보고서-영화평-」, 《조선일보》, 1935.12.07

이러한 일련의 영화평들에서 심훈은 영화를 문학과 뚜렷하게 구별하면서 영화 자체의 미학을 피력하고 있다. 이 글들에서 확인할 수 있는 것은 영화제작자로서의 입장에서 표명되는 '오락과 위안'으로서의 영화관(예술관)과는 구별되는 것이다. 심훈의 영화비평 방법론이랄 수 있는 글은 「영화비평에 대하여」이다. 이 글에서 당대의 영화비평의 수준을 지적하면서 문학인들의 태도를 비판한다. 영화와 문학은 엄연히 다른 것으로 '문단인'이 영화를 오직 문학적 견지로 보려고 하는 것은 큰 편견이고 오류라고 지적하고 영화의 독자적인 예술성은 '표현 방식의 여하로 인해서 예술로서의 가치가 판단되는 것'[37]이라고 주장한다. 이러한 영화비평의 관점은 위에서 보인 일련의 영화평에서 지켜지고 있다. 그의 영화평을 보면 종합예술로서의 영화의 특징을 고려하면서 각색, 카메라 기술, 세트, 배우의 연기 등에 주목해서 비평을 하고 있다. 그러면서 영화의 표현미학을 '유동의 예술流動藝術', '유동미流動美'[38], 장면과 장면의 '템포'[39], 근대적이고 과학적인 미美[40], '이야기의 생략법'과 단순성[41], '기계적 미美'[42] 등이라고 인식하는 수준을 보여주고 있다. 이와 아울러 심훈이 관심을 가졌던 영화는 당대의 이른바 고전적 할리우드 영화보다 프랑스의 인상주의 영화와 독일의 표현주의 영화들이라는 점[43]을 알 수 있다. 이들 영화는 카메라의 움직임과 장면화의 사용을 통해 영화의 표현미학을 추구하는 작품들인데, 심훈의 영화에 대한 인식은 영화자체의 표현형식을 갖는 '예술로서의 영화'에

37 「영화비평에 대하여」, 《별건곤》, 1928.02.
38 「백설같이 순결한 거리의 천사」, 《조선일보》, 1929.06.24.
39 「영화화한 '약혼'을 보고」, 《중외일보》, 1929.02.22.
40 「푸리츠 랑그의 역작 '메트로 포리쓰'」, 《조선일보》, 1929.04.30.
41 「상해영화인의 '양자강' 인상기」, 《조선일보》, 1931.05.05
42 「1932년의 조선영화-시원치 않은 예상기」, 《문예월간》, 1932.01.
43 「내가 좋아하는 1. 작품과 작가, 2. 영화와 배우」, 《문예공론》, 1929.05. 구체적인 영화와 이와 관련된 내용은 본고의 「심훈 소설연구」, 서울대학교 석사학위논문, 2003. 22~24면 참고.

닿아 있는 것임을 알 수 있다.

심훈에게 이러한 영화미학은 조선의 현실에서 실현하기 힘든 것이라는 점이 영화제작자의 입장에서 줄기차게 토로되고 있다. 한설야와의 논쟁으로 잘 알려져 있는 「우리민중은 어떠한 영화를 요구하는가」라는 글과 함께 조선영화계에 대한 거의 대부분의 글에서 그는 영화제작 환경의 현실적 문제를 지적하고 있다. 지독한 검열제도와 자본의 문제, 전문지식의 부족, 영화인들의 생활고 등은 '붓끝'만으로 논할 수 없는 것이라는 것이다. 그리고 그는 조선의 영화팬은 민중이니 대중이라는 용어로 포섭할 수 없으며 실제로 상설관을 드나드는 관객은 도회인이며 유식계급의 쁘띠 부르조아지로 국한되어 있다고 본다. 그들은 무료한 시간을 보내기 위해서 괴로운 현실 생활을 도피하기 위해, 즉 '오락과 위안'을 얻고자 영화관에 온다는 것이다.44 물론 심훈이 영화매체의 대중적 감화력을 인정하지 않는 것은 아니다. 그러나 그러한 영화매체의 대중성을 "한 가지 주의의 선전도구로 이용할 공상"은 버려야 한다고 주장한다. 이러한 주장은 카프영화계에 대한 비판이면서 카프문인들에 대한 비판이기도 하다. 그러나 이러한 주장을 하게 되는 더 근본적인 이유는 다른 데 있다.

심훈에게 1920년대 후반의 민족적 상황이라는 것은 영화제작으로 체득된 것이라고 할 수 있다. 그는 「영화독어」라는 글에서 "특수한 환경에 처한 우리들의 장래를 생각하면 ××에 나서야 할 한 분자로서 유한悠閑하게 영화 같은 것을 찍고 있을 때가 아니라는 의식이 몹시도 양심의 가책을 준다"라고 하면서 '영화보국映畵保國'이라는 항목을 따로 설정해 놓고 있다. 그에게 있어 영화로 '보국保國'하는 일은 '투쟁과 위안의 도구'로 인식하는 것이다. 하지만 '투

44 「우리 민중은 어떤 영화를 요구하는가-를 논하여 '만년설군'에게」, 《중외일보》, 1928.07. 11~25.

쟁'보다는 '오락과 위안'으로서의 역할을 담당해야 한다고 본다. 이 글에서 아주 소박하게 "영화밖에는 찰나적 향락"을 구할 수 없는 수십만의 대중에 대해 이야기하고 있다. 심훈이 안타까워하는 것은 "영화를 보지 않고는 견딜 수 없게 된"[45] '현실 상황'인 것이다. 1920년대 후반의 조선 영화계는 '홍수시대', '황금시대'라고 하지만 영화제작자로서 심훈에게는 식민지 조선의 상황을 더욱 깊이 있게 체험하는 시기였던 것이다. 근대 자본의 집합체인 영화를 조선의 식민지 현실에서 제작자로서 경험하면서 그의 영화미학에 대한 추구는 절망감을 보이지만 오히려 그의 현실에 대한 저항의 강도는 더욱 짙어지는 것이다.[46] 이런 작가의 심리적 정황에서 발표한 시 「그날이 오면」[47]을 통해 보여준 독립에의 열망도 이해될 수 있는 것이다.

이상의 내용을 정리해보면 심훈은 영화예술의 미학 추구와 제작자로서의 현실적 상황의 거리에서 절망하고 있었음을 알 수 있다. 이러한 절망감은 자본의 집합체인 영화계에 제작자로 참여함으로 인해 획득한 것이라는 점에서 식민지 조선의 현실 상황을 더욱 근본적인 문제로 재인식하게 되면서 가지는 '양심'의 밀도라고 할 수 있겠다. 이러한 절망감의 소설적 형식을 취한 것이 『동방의 애인』(1930)과 『불사조』(1931)라고 할 수 있을 것이다. 이 작품들에서

45 「영화독어(映畵獨語) 사(四))」, 《조선일보》, 1928.04.21.

46 이 시기 심훈의 이러한 내면은 1929년 1월에 《신소설》(1호)에 발표한 「영화단편어(映畵斷片語)」의 다음과 같은 구절을 통해서 확인할 수 있다. "조선에 있어 이 현실에 처한 우리로서 영화사업을 영위하는 것은 절망이라고 생각한다." "첫째 돈을 만들어야겠다. 그러려면 우리 손으로 돈이 만들어진 세상부터 만들어야 할 것이다. 파국을 뒤집어야 한다. 그러면 우리는 어떠한 수단과 방법으로서 이 현실과 싸워야 할 것인가…, 죽어도 비관론은 토하고 싶지는 않으면서도 전도가 묘연한 것만은 사실임에야 누구를 속일 수 있을 것이랴? 적어도 신문의 사회면을 통독하는 사람으로서는 내 말이 무리가 아닌 것만은 용인할 것이다."

47 「그날이 오면」은 1930년 3·1절을 기념하여 발표한 것이다.

다루어진 급진적 사상의 직접적 표출은 작가의 현실적 상황에 대한 문학적 극복의 조급함 때문인 것으로 보아야 할 것이다. 그 조급함이 연재를 중단 당하는 결과를 낳은 것이지만, 이 시기 심훈은 소설이 어떠한 형상화를 거쳐야 하는지에 대한 고민을 가지지 못한 채 소설을 썼던 것이라고 할 수 있겠다.

3
『상록수』의 '장면' 결합의 구성과 '연설'로서의 계몽

3.1. 스토리의 단순성과 '장면' 결합의 구성

심훈은 『상록수』를 창작하던 '필경사' 시기에 대해 다음과 같은 내면을 드러낸 바 있다.

> 내 책상머리에는 조그만 메가폰이 걸려 있다. 나는 아침마다 그 메가폰의 먼지를 일과日課와 같이 턴다. 서울로 시골로 셋방貰房 구석에까지 나는 이 귀중한 기념품紀念品을 잃어버리지 않고 끌고 다녔고 지금도 내 서재書齋에 벌여놓은 모든 정물중靜物中에서 가장 높은 위치에 걸려 상빈대접上賓待接을 받고 있다.48

'필경사'에서 소설을 쓰던 시기에 심훈은 1927년 가을 '계림'에서 <먼동이 틀 때>를 자작自作 감독할 때 진고개에서 구입해 삼 개월 동안이나 입김을 쏘이고 손때가 묻은 이 '메가폰'을 바로 책상머리 제일 높은 곳에 걸어두고 아침

48 「다시금 본질을 구명하고 영화의 상도(常道)에로-단편적인 우감수제(偶感數題)」, 《조선일보》, 1935.07.13~17.

마다 먼지를 털었다고 쓰고 있다. 이 대목을 조금 거칠게 말하면 그는 '필筆'경사에서 '메가폰'으로 소설을 쓴 형국이다.

앞 장에서 살폈지만 영화제작자로서의 심훈의 영화에 대한 열정과 관심은 소설 『상록수』를 쓰던 시기에도 지속적인 것이었다. 소설을 탈고한 후에 곧바로 각색에 착수했으며 영화화하기 위해 동분서주하다가 끝내 꿈을 이루지 못하고 '고향에서 객사客死'49했다. 이러한 작가의 전기적 사실을 고려할 때 이 시기 심훈의 영화제작에 대한 욕망이 소설 『상록수』에 얼마간 작용하고 있었다는 점을 가정할 수 있다. 그러나 영화제작자로서의 욕망이 소설에 그대로 투영되었다는 판단을 내리기엔 무리다. 『상록수』는 이 시기의 박태원이나 모더니스트들의 소설에서 본격적으로 시도되는 영화적 기법의 소설적 수용과 차원을 염두에 둔 것 같지는 않다. 따라서 소설 『상록수』의 영화적인 특징을 문학적 관점에서 살피는 것은 적절한 방법이 아니라고 생각한다. 본고에서는 심훈이 영화제작자로서 영화감독이라는 사실에 주목하고자 한다.

영화제작자로서 심훈이 강조하는 영화의 내용과 형식은 언제나 문학적 관점과의 구별을 통해서 설명되고 있다. 영화는 '문학적 내용을 이야기해주는 것'이 아니라는 점을 강조하면서 영화는 영화 자체의 미학으로 표현된다는 것이다. 그 가운데 '영화적인 스토리의 단순성'을 유독 강조하고 있다. 영화 자체의 미학은 '영화적 스토리의 단순성'을 바탕으로 영화제작자의 능력이 발휘되어 획득할 수 있다는 것이다.50 여기서 심훈이 주장하는 '영화적 스토리의 단순성'은 영화가 극 장르이기 때문에 소설과 달리 "이야기의 생략법이 각색상

49 윤석중, 「고향에서의 객사-심훈」, 『심훈전집』 1, 탐구당, 1966.

50 「문예작품의 영화화 문제」, 《문예공론》, 1929.01.

가장 중요한 것"[51]이라는 주장으로 이어지는 것이기도 하다. '생략법'으로 이루어진 최소한의 스토리를 바탕으로 영화는 "말의 힘을 빌리지 않고 사건을 발전시키는"[52] 것이라는 것이다. 비록 심훈이 '스토리의 단순성'을 문학과 영화의 구별을 위해 주장하고 있는 것이긴 하지만, 이야기를 어떻게 표현할 것인가의 문제에 있어 "충분히 무식한 사람도 이해할 수 있도록 설명"[53]해야 한다는 조건에 유의할 필요가 있다. 이 조건은 심훈의 대중소통지향 예술관이기도 한데, 일반 서사물에 대한 인식에 해당하는 것이기도 하다. 심훈이 영화에 대한 인식을 통해 피력하고 있는 이야기의 단순성을 그의 소설의 구성방법에도 투영되어 있음을 확인할 수 있는 작품이 『상록수』라고 할 수 있다.

그간에 여러 논자들이 『상록수』의 몇몇 '인상적인 장면'에 대해 언급한 바 있다.[54] 그들이 꼽고 있는 장면은 두레 '장면'이나 한낭청집 회갑연 '장면' 그리고 채영신이 예배당에서 쫓겨난 아이들과 함께 글을 가르치고 배우는 '장면' 등이다. 그러나 『상록수』의 이른바 '명장면'은 그 자체로 인상적이고 감동적인데 머무는 것이 아니라 작품의 중요한 서사구성 원리에 해당하는 것[55]이기도 하다. 여기서 논자들이 사용하는 '장면'이라는 말은 우리가 일반적으로 사용하는 의미의 '씬(scene)'에 해당하는 것이다. 영화언어의 개념에서 '샷'과 '샷'의 결합으로 이루어진 것이 '씬'이다. 그리고 '씬'과 '씬'의 결합으로 이루어진 '시퀀스(sequence)'다. 이러한 영화언어의 개념을 소설에 그대로 대입시키는 것

---

51 「상해영화인의 '양자강' 인상기」, 《조선일보》, 1931.05.05.

52 「'최후의 인' 내용가치-단성사 상영중」, 《조선일보》, 1929.01.14.

53 「문예작품의 영화화 문제」, 《문예공론》, 1929.01.

54 송백헌, 「심훈의 『상록수』-희생양의 이미지」, 《심상》, 1981.07. 97면. 조남현, 「『상록수』연구」, 조남현 주해, 『상록수』, 서울대학교출판부, 1996. 376면. 김윤식, 「문화계몽주의의 유형과 그 성격-『상록수』의 문제점」, 경원대학교 편, 『언어와 문학』, 역락, 2001. 45면.

55 김종욱, 「『상록수』의 '통속성'과 영화적 구성원리」, 《외국문학》, 1993 봄.

은 무리라고 할 수 있다. 영상과 문자의 단위들을 비교의 차원에서 설명할 때 유용할 뿐이다. 그런데 소설 『상록수』의 '장면(scene)' 단위들을 분석하는 데 있어 참고할 수 있는 텍스트가 존재한다. 그것은 그간에 소설 『상록수』를 논의함에 있어 전혀 참고가 되지 않은 시나리오 「상록수」이다. 작가에 의해 직접 각색된 시나리오 「상록수」의 도움을 빌어 소설 『상록수』가 얼마나 '장면'을 중심으로 이루어졌는가를 확인해볼 수 있는 것이다.

영화제작을 위해 각색된 시나리오 「상록수」[56]와 소설 『상록수』[57]의 비교는 여러 가지 차원에서 이루어질 수 있을 것이다. 본고는 소설 『상록수』의 서사구성 원리를 밝히기 위해 시나리오 「상록수」의 '장면' 단위에 주목하려고 한다. 시나리오에서 명확하게 구획되어 있는 '씬'의 도움을 받으면 결과적으로 그것이 소설 『상록수』의 서사구성 방법과 크게 다르지 않음을 확인할 수 있고, 그간에 소설 『상록수』가 갈등이 부재한다거나 서사전개의 내적 계기가 부족하다는 평가를 받은 근본적인 이유가 '장면' 중심의 서사구성 방법을 체득한 영화감독으로서의 심훈의 욕망이 투사된 것이기 때문이라는 점을 알 수 있다.

소설이 시나리오로 각색되는 과정에서 보인 변화를 영화매체의 특수성이라는 매체자에 기인하는 것이라는 점은 명백하다. 그러나 시나리오 「상록수」의 '씬'과 소설 『상록수』의 '장면'들은 별 차이를 보이지 않는다. 그렇다고 소설 『상록수』가 '장면'들의 결합으로 이루어진 작품이라고 단정해서는 곤란하다. 같은 작가의 원작에 충실한 각색이기 때문에 그럴 수 있다. 그런데 소설 『상록수』

---

56 시나리오 「상록수」는 『심훈전집 3』(탐구당, 1966)에 수록되어 있다. 445~511면.

57 『상록수』는 1935년 6월 26일에 탈고한 것으로 《동아일보》에 1935년 9월 10일부터 1936년 2월 15일까지 연재된 작품이다. 본고에서는 조남현이 주해한 『상록수』(서울대학교출판부, 1996)를 텍스트로 삼았으며 이하 인용면수는 이것을 따랐다.

의 경우 시나리오로 각색되면서 삭제되거나 변형된 부분이 함의하는 바가 바로 소설『상록수』의 특징과 닿아있다는 점에서 시나리오와의 비교가 의미가 있다.

소설의 각색인 시나리오에서 뚜렷하게 보이는 차이를 요약하면 다음과 같다.

소설	시나리오
'백현경의 집' 장면	'다방장면'으로 바뀜
'동화'의 방화放火미수	'동화'의 부상과 방화성공
'건배'의 배신-동화직접전달	'동화'의 편지로 전달
'기만'에 대한 내용	등장하지 않음
한낭청집주인 회갑연	삭제('청석학원신축장' 장면에 수렴)
'채영신'과 '김정근'의 관계	삭제('김정근' 등장하지 않음)
추석날의 학예회와 모금	삭제
'채영신'의 유학생활	삭제
'동혁'의 모범촌 방문	삭제
'강기천'의 죽음, '건배'와의 화해	삭제

이상의 차이에서 확인할 수 있는 사항들 가운데 시나리오에서 변형되거나 삭제된 사항들은 대부분 영화제작의 현실을 고려한 까닭에 이루어진 것일 것이다. 특히 소설에서 인상적인 장면인 한낭청집 회갑연과 추석날 예배당에서의 학예회의 경우 시나리오에서 '청석학원신축기성회 회장會場'이라는 한 장면으로 수렴되어 있다. 소설에서 이 장면들은 채영신의 기부금 모금활동이라는 측면에서 제시되어 있다. 그러나 시나리오에서는 영화제작 현실을 고려해 한

장면으로 처리될 수밖에 없었을 것이다. 한편 소설에서 '동화'에 대한 서술에서 확보하지 못한 인과적인 계기를 시나리오에서는 확보하고 있음을 확인할 수 있다. 즉 소설에서 '동화'는 형 '동혁'처럼 학교교육을 받게 해주지 않는 부모님께 반항심을 가지고 있으며 그러한 반항심과 불만은 얼마간 사회에 대한 저항으로 표출되고 있다. 농우회 회관이 '강기천'의 진흥회 회관으로 매수되자 그에 불만을 품은 '동화'는 '방화'를 시도하지만 미수에 그치고 '동혁'이 그 책임을 지고 구속되며 자신은 중국으로 도망을 친다. '동화'에 대한 서술에서 반항심과 저항의 내적 계기들은 거의 서술되어 있지 않다. 그러나 시나리오에서는 '동화'가 농우회 회관을 짓는 과정에서 대들보를 올리는 일을 하다가 '면서기'가 나타나고 그를 응시하다가 떨어진다. 그리고 다리를 다쳤고 이후 절름발이로 등장한다. 이렇게 '면서기'로 인해 훼손당한 신체를 끌고 다니며 결국 방화를 저지르는 것이다. '동혁'의 신체적 훼손과 사회 계급적 저항은 시나리오에서 긴박한 '숏'들로 결합되어 불길이 치솟는 회관 '씬'을 통해 상징적인 장면을 연출할 수 있었다.

이러한 영화화를 위한 각색의 과정에 드러난 차이는 이밖에도 더 많이 확인할 수 있다. 여기서는 그 차이의 분석이 목적이 아니라 소설 『상록수』의 서사적 특징을 밝혀주는 사항을 확인하는 것이다. 그것은 각색된 시나리오에서 삭제된 대부분 사항의 경우를 어떻게 이해하는 것인가의 문제와 연관된 것이다. 위에서 제시한 두 텍스트의 차이에서 각색의 과정에 삭제된 소설의 항목들을 보면, '김기만', '김정근', '백현경의 집', '채영신'의 유학생활 등이라는 것을 알 수 있다. 소설 『상록수』에서 위의 인물과 사항 등에 대한 서술은 다소 상세하게 서술되어 있는 것들이다. 그러나 삭제된 내용들은 공통적으로 소설의 서사 전개과정에서 중심 서사에 해당하지 않는 것들이다. 다시 말해 소설의 서사를 확장시키거나 새로운 갈등의 양상으로 더 이상 전개되지 않거나 미약하게 서술되는 사항들이다.

'김기만'은 소설의 전반부에서 한곡리 지주의 둘째 아들로 등장해 농우회에 다소 우호적인 입장을 표명하고 아버지와 형('강기천')에 대한 반항의 모습을 얼마간 보이는 인물로 형상화되어 있다. '채영신'의 시각에서 '박동혁'과 대비되어 그의 부정적인 부면만 언급되고 이후 서사의 전개과정에서 사라져버린다. 그리고 '채영신'을 둘러싼 '박동혁'과 '김정근'의 관계 역시 소설 속에서 통상적인 삼각관계조차 형성하지 못한다. '채영신'은 너무도 쉽게 '김정근'을 거절하며 모친의 위급한 상황을 만들면서까지 자신의 사랑을 표하는 '김기만'이지만 '채영신'의 '설교'에 너무도 쉽게 포기한다. 따라서 이 세 인물들의 갈등은 소설의 서사에서 성립되자마자 사라져버린다. 그리고 '채영신의 유학생활'의 경우도 영화화의 어려움으로 삭제되었다고 할 수 있지만 소설에서도 주인공의 향수병만 자극시키는 차원에서 서술될 뿐 이후 농촌계몽활동에 어떤 계기로도 작용하지 않는다. 한편 '박동혁'의 기독교적 차원의 문화계몽활동에 대한 비판이라든지 '경제운동'으로서의 농촌운동에 대한 내용도 인물의 직접적인 언술을 통해 서술된 사항들이라는 점에서 소설에서도 시나리오에서도 이에 대한 구체적인 형상화나 '장면'으로 서사 속에 자리를 잡지 못하고 있다.

이러한 시나리오에서 삭제된 사항들의 특성은 소설 『상록수』에서 중심 서사를 형성하지 못하고 있거나 새로운 갈등을 형성하지도 못하는 것이라는 점을 알 수 있다. 이렇게 보면 사실 소설 『상록수』는 시나리오의 단순한 스토리를 바탕으로 소설적 형상화가 이루어진 형국이다. 따라서 이른바 루카치식 리얼리즘의 총체성이라는 관점으로 소설 『상록수』를 읽는 것은 언제나 부족한 것일 수밖에 없는 것이다. 소설 『상록수』에서는 서사적 전개과정에서 서사를 확장시킬 수 있는 계기들을 마련하는 동시에 생략하거나 더 이상 다루지 않는다. 오직 두 주인공의 '운동'과 '사랑'에 대한 열정과 헌신의 모습만을 부각시키는 데 모두 집중되는 것이다. 따라서『상록수』는 최소한의 스토리를 진행시키면서 두 주인공의 '운동'의 활약상과 인상적인 장면을 연출하는 데 묘사가 할애되고 있는 형국이라고 할 수 있다.

그렇다면 이제 소설『상록수』의 '장면'들은 어떤 의미를 가지며 그 결합으로 주제의 효과를 어떻게 극대화하고 있는지 살펴볼 필요가 생긴다. 그것은 곧『상록수』의 형식과 내용이 조응하고 있는 지점에 대한 물음이기도 하다.

3.2. '설득의 수사학'으로서 계몽과 '장면'의 의미

『상록수』는 박동혁과 채영신이라는 젊은 두 청년의 '계몽운동'과 '사랑'에 대한 이야기이다. 두 인물은 현실에 천착하며 부단히 흔들리고 고민하는 내면의 과정을 보여주는 이른바 문제적 개인이라고 할 수 없다. 그들의 내면은 이미 확고부동한 '각오'를 가지고 있으며 그들에게 암울한 현실은 극복의 대상으로 명확하게 주어져 있을 뿐이다. 따라서 이미 해결해야 할 과제가 주어져 있기 때문에 그것을 해결하는 과정이 서사의 내용을 이룰 뿐이다. 그런데 그 과제가 작품 속에서 드러나는 방법과 구조는 주인공의 '연설'과 '웅변'이라는 직접적인 언술을 통해서이다.『상록수』에서 주인공들의 연설과 웅변의 방법은 사랑이라는 개인적 욕망의 추구에서부터 사회적 욕망의 차원에까지 이르는 계몽의 차원에 해당하는 것이다. 소설 속에서 주인공들이 청중들 앞에서 하는 연설은 청중들의 불합리를 폭로하고 '양심'을 움직이게 한다는 의미에서 '설득의 수사학'이라고 할 수 있다.

'설득의 수사학'은 청중을 감동시킨 연설자에게 유리한 행동으로 내몰려는 언어의 기술로써 일종의 정치적 연설이다.[58] 다른 사람으로 하여금 행동하도록 하는 말을 할 때, 전언의 중심은 수신자에게로 집중되며, 그 기능은 선동적(incitatif)이다. 선동적 전언은 그것이 옳으냐 그르냐보다 내가 말을 할 수 있는 권리를 지녔는가의 문제이다.[59] 박동혁과 채영신은 순수한 열정과 헌신적인 모습으로 이 권리를 부여받으며 '집짓기'의 당위성을 역설할 수 있었다. 하지만 박동혁이 한곡리 청년들로부터 그러한 권리를 획득하는 과정은 생략되어 있는데 그것은 작품의 현실성을 작품 외부에서 제공받는 것으로 볼 수 있다.[60] 브나로드 운동과 농촌계몽운동이라는 당대의 시대담론은 소설의 첫 장면, 즉 '학생계몽운동 간친회'에서의 박동혁의 '연설 장면' 속에 이미 그 권리를 부여해주고 있는 것이다.

『상록수』의 이와 같은 계몽의 구조와 방법에서 연설의 내용은 무엇인가? 그것은 문화운동으로서의 농촌운동을 극복하고 경제운동으로서 농촌운동을 펼쳐야 한다는 것이다. 그 실천 내용은 고리대금업을 금지하고 농지령을 개혁해야 하며 반상철폐와 관혼상제의 비용 절약 등이다.[61] 이러한 계몽의 내용, 즉 연설의 내용은 어떤 서사적 계기를 확보하거나 인물의 반성적 사유를 통해 확보되는 것이라기보다는 이미 주어져 있는 것이며, 그것은 오직 주인공 '박동혁'의 직접적인 언술을 통해 드러나 있는 것이다. 따라서 『상록수』에서 주인공의 언술을 통해 확인되는 계몽운동의 내용을 작가의 사상적 차원의 깊이로 직접적으로 평가하는 것은 표면적인 지적에 그치기 십상이다. 중요한 것은 『상록수』가 이러한 메시지를 어떻게 전달하고 있는가라는 그 방법에 주목해야 한

---

58 박우수, 『수사적 인간』, 도서출판 민, 1995. 18면.

59 Olivier Reboul, 『언어와 이데올로기』, 홍재성·권요룡 역, 역사비평사, 1995. 55면.

60 『상록수』의 작품의 리얼리티의 확보는 당대의 농촌계몽운동이라는 사회적 배경과 작품의 인물과 배경이 현실의 모델을 바탕으로 쓰인 작품이라는 점 또한 중요한 사항이라고 할 수 있다. 『상록수』를 논의하면서 채영신과 그의 모델인 최용신의 관계에 대한 연구로는 조남현의 「『상록수』 연구」(《인문논총》 35, 서울대 인문학연구소, 1996)과 류양선의 「심훈의 『상록수』 모델론」(《한국현대문학연구》 13, 2003.06) 참고.

61 이 내용은 296~298면에 걸쳐 '박동혁'의 연설로 표출되고 있는 것을 정리한 것이다.

다. 왜냐하면 바로 이러한 메시지를 담고 있는 한 장면을 찾기 위해 고심하고 그것의 결합을 통해 의미를 강화시키는 방법이『상록수』의 특성이기 때문이다.

비유하자면 영화감독은 일종의 수집가라고 할 수 있다. 영화감독 안드레이 타르코프스키는 "영화감독은 자신이 수집한 수많은 쇼트들 가운데 가장 소중한 부분과 조각들로 구성하여 최종적으로 확정한 하나의 생명체를 스크린에 전시하는 것"[62]이라고 말한바 있다. 여기서 그는 영화감독이 수집하는 것은 영화의 최소 서술 단위인 '샷(shot)'이라고 하고 있지만, 그것은 '장면'이라고 해석해도 의미는 다르지 않다. 영화감독으로서 심훈은 '수집한' 장면을 간직하고 있었다. 그것은 영화를 제작하기 위한 부분과 조각들이었지만 영화제작에서 보여주기 전에『상록수』를 쓰는 가운데 적절한 자리를 잡아 끼어들고 있는 경우라고 할 수 있다.

『상록수』는 농촌계몽의 메시지가 담긴 '운동'의 장면과 '연애'의 장면으로 구축된다. 강렬한 장면을 연출하기 위해 소설의 나머지 이야기는 서사적 계기로 작용하지 못하거나 생략된다. 두 주인공의 농촌계몽운동의 활동을 압축적으로 보여줄 수 있는 장면을 구축하게 된다. 그들의 활동은 '집짓기'의 장면과 낙성식의 장면에서 연설의 방법을 동반하면서 그 효과를 극대화하는 방식으로 묘사되는 것이다. 박동혁의 농촌계몽운동의 활약상은 한곡리의 아침 체조 장면, '공동답' 장면, 회관 정초장의 '두레' 장면, 회관 낙성식 장면 등으로 구성되어 있다. 그리고 채영신의 계몽운동 활약상은 좁은 예배당에서 아이들에게 글 가르치는 장면, 한낭청집 회갑연에서 기부금을 걷는 연설 장면, '청석학원' 혼자 짓는 장면, 낙성식 장면 등으로 구성되어 있다. 이러한 장면들은 계몽의

62 Andrej Tarkowskij,『봉인된 시간』, 김창우 옮김, 분도출판사, 1991. 183면.

차원에서 구축된 장면이라고 할 수 있다.

그리고 연애의 장면은 한곡리를 방문하는 영신을 맞이하는 동혁의 부둣가 장면, '해당화 필 때'의 해변 장면, 맹장 수술로 입원한 영신과 간호하는 동혁의 병실 장면 그리고 장례식 장면 등이 그것이다. 이러한 연애의 장면은 낭만적인 분위기를 연출하기 위한 묘사가 중심을 이루고 있다. 대표적인 것이 유명한 '해당화 필 때'의 장면이다.

『상록수』에서 심혈을 기울여 서술하고 있는 장면 가운데 '두레 장면'과 '한낭청집 회갑연' 장면의 경우가 영화제작을 위해 수집한 '장면'을 소설에서 보여주고 있는 것이라고 할 수 있다.

> 한곡리의 안산인 쇠대갈산 마루태기에 음력 칠월의 초생달은 명색만 떳다가 구름속으로 잠겻는데, 동리 한복판은 은행나무가선 언덕우에는, 난대없는 화광이 여기 저기서 일어난다.(156면)

위의 인용문은 한곡리 '농우회관 정초장'의 장면을 묘사하는 첫 대목이다. 이후의 대목은 농우회원들의 '지경요 소리'와 각처의 두레가 다 모여 내는 풍물소리가 함께 어우러지는 이른바 '두레' 장면을 묘사하고 있다.

> 그럭저럭 언덕아래는 머슴설날이라는 二월초하루나 추석날 저녁 버덤도 더 풍성풀성해젓다. 각처 두레가 다모여들어, 한데 모엿다 흗어젓다하며, 징 꽹과리를 깨어저라고 뚜들겨대는데, 장구잡이도 신명이나서 장구채를 이손저손 바꾸어지며 으쓱으쓱 억개춤을 춘다.
>
> -중략-
>
> 그 광경을 바라보고 섯던 동혁은

「야-오늘밤엔 우리가 산 것 같구나!!」

하고 부르짖으며 징을 빼앗어 들고 꽝꽝치면서 재비꾼 속으로 뛰어들었다. 키장다리 건배도 짓대를 끈아들고 섯다가 그 황새다리로 껑충껑충 춤을 추며 돌아다닌다. 다른 회원들도 어느 틈에 두레꾼 속으로 하나 둘씩 섞어들어 갔다.

아들이 동리 일만 한다고 눈살을 찌프리던 동혁의 아버지 박첨지도 늙은 축들과 술이 건화하게 취해가지고 와서는 -이하 생략-(158~9면)

위의 '두레' 장면의 묘사와 관련하여 심훈이 어느 글에서 이기형의 『고향』의 '두레'의 장면을 격찬한 바 있음을 주지할 필요가 있다. 그는 "이월二月 초일일初一日 속칭俗稱 머슴 설날 우리집 마당에서 풍물을 잡히며 두레꾼들이 수무족도手舞足蹈하는 정경情景을 보고 인상印象에 깊은 바 있어 단편斷篇 하나를 써 보려다가 이씨李氏의 소설小說을 읽고 붓을 던져 버렸다"[63]는 것이다. 이러한 고백에서 알 수 있듯이 심훈이 목격한 '두레의 정경情景'은 강인한 것이었으며 『상록수』의 장면으로 자연스럽게 제자리를 찾아 끼어들 수 있었던 것이다. 위에서 인용한 '두레 장면'의 묘사는 마을의 모든 농민을 하나로 불러 모아 '두레'를 노는 장면 속에 갈등을 해소하고 그 장소가 한곡리 농우회 회관 '정초장'이라는 점에서 농촌계몽활동의 '시작'이라는 의미를 획득하고 있다. 이 장면에서 아버지 세대와의 갈등이 해소되면서 청년들의 '운동'은 회원들만의 일이 아니라 '대동大同'의 힘으로 가능하다는 의미를 담고 있는 것이다.

한편 채영신의 활약상에서 두드러진 장면은 '한낭청집 환갑연' 장면이다. 온갖 풍물과 광대놀이 등 잔치 장면을 묘사하는 대목은 『상록수』에서 많은 분

63 「무딘 연장과 녹이 슬은 무기-언어와 문장에 관한 우감(偶感)」, 《동아일보》, 1934.06.15.

량을 할애하고 있는 부분이기도 하다. 이 장면이 주목되는 것은 영화제작자로서 심훈이 『춘향전』를 영화화를 시도하면서 수집해둔 영상 장면의 하나였다는 점에서이다. 심훈은 1935년에 『춘향전』을 영화화하기 위해 몇 년 전부터 그것을 각색해보려고 근 6, 7종에 이르는 이본異本들을 검토한 뒤, "일종의 정염애사情艶哀史로 취급하지 말고 「금준미주金樽美酒 천인혈千人血, 옥반가포玉盤佳布 만성고萬姓膏」의 일연시一聯詩를 중심사상으로" 각색을 하려고 했었다.64 이러한 점을 고려할 때 『상록수』에서 채영신이 한낭청의 환갑날 아이들을 데리고 기부금 받으러 가서 '마당 가득 찬 여러 사람을 향해서' 일장 연설을 하는 장면은 『춘향전』에서 이도령이 신임군수 축하연에서 "금준미주천인혈金樽美酒千人血……"을 읊조린 것과 뚜렷한 유사점이 발견되는 대목이다. 잔칫집의 홍청거리는 분위기에 대한 세밀한 묘사와 채영신의 불합리한 사회에 대한 비판의 연설이 부딪히는 이 장면은 작가의 영화적 상상력이 소설 속에 수용된 것이라고 보아야 할 것이다.

이상에서 살펴본 바, 『상록수』는 계몽의 장면과 연애의 장면이 서로 교차하는 구성으로 이루어져 있다. 계몽 장면의 경우, 두 주인공의 계몽운동의 활약상이 '집짓기의 과정'을 따라 서로 대비되어 서술되고 있다. 그리고 연애의 장면은 이 계몽의 장면들 사이에 교차로 삽입되어 있다. 계몽의 장면의 경우 첫 장면 '학생계몽운동 간친회장'에서부터 조기회 체조 장면, 공동답 경작 장면, 회관 짓는 장면들, 기부금 모금 장면들로 이어지는 것에서 드러나듯 집단성이 강조되는 가운데 활기찬 분위기를 묘사하고 있는 것이 특징이다. 그리고

64 심훈은 『춘향전』을 영화화하기 위해 각색해보려는 강한 집념을 1932년(「1932년의 문단전망-프로문학에 직언」, 《동아일보》, 1932.1.15~16)과 1935년(「다시금 본질을 구명하고 영화의 상도(常道)에로-단편적인 우감수제(偶感數題)」, 《조선일보》, 1935.07.17)에 보이고 있다.

연애의 장면은 두 인물의 조우의 장면들에서 낭만적인 분위기를 자아내는 묘사로 채워진다. 이러한 장면들이 상호 대비적으로 교차하거나 결합하여 서술되면서 소설 『상록수』는 계몽의 효과를 배가시킬 수 있었다고 할 수 있겠다. 이러한 장면들은 영화제작자로서의 심훈이 미리 준비해둔 영상 장면이 소설적 형상화에 끼어든 경우도 있을 만큼 영화제작자로서의 욕망이 투영된 결과라는 사실을 확인할 수 있었다. 『상록수』의 이러한 특징은 작가 개인적으로도 『영원의 미소』, 『직녀성』과는 전혀 다른 형태의 소설이라고 할 수 있으며, 당대의 다른 작가들과도 다른 지점에 자리할 수 있었던 것이다.

4
결론

본고에서는 『상록수』 구성의 특이성을 영화제작자로서의 심훈의 영화에 대한 인식과 영화제작의 욕망에 관련해 밝혀보고자 했다. 심훈은 스스로 소설가이기 이전에 영화인이었다고 인식하고 소설을 썼다고 할 수 있다. 그가 영화제작자로서의 '본직本職'에 충실하기에 영화는 너무 거대한 모순덩어리였다. 그에게 "문학은 단순히 제8예술의 일구성분자에 지나지 못하는 것"[65]이었다. 그는 자본과 근대 과학 기술의 집합체인 영화가 가지고 있는 독자적인 예술성을 인식하고 있었다. 그러나 심훈에게 있어 영화제작자로서의 욕망과 절망은 조선이 처한 식민지 상황을 재인식하게 하는 것이었다. 그가 '절대영화'를 추구

65 「문예작품의 영화화 문제」, 《문예공론》, 1929.01.

하고 '투쟁의 도구'로 영화를 인식하지 못한 것은 아니지만 대중에게 '위안과 오락물'로라도 영화는 제작되어야 한다고 주장한 이면에는 식민지 조선의 괴로운 현실 생활에 처한 절망감이 함께 있는 것이었다. 영화제작자로서의 욕망은 그의 소설쓰기에 투사되어 간 것이며 『상록수』를 낳는 동시에 그것을 각색해 영화화하려는 시도에 착수하게 한 것이었다.

그간의 평가에서도 확인되거니와 『상록수』는 특이한 소설이다. 리얼리즘 소설에 미달하지만 대중적 호응을 이끌어낸 소설이라는 점, 바로 직전에 『직녀성』을 쓴 작가의 작품이라는 점, 그리고 문단 상황에서도 유별난 작품이라는 점 등은 바로 『상록수』의 이른바 소설답지 않다는 점을 지적한 것이라고 할 수 있다. 바로 이러한 특이성은 어디에서 기인하는 것일까? 본고에서는 『상록수』의 이러한 특이성을 영화제작자로서의 심훈의 욕망이 작용한 까닭이라는 점을 규명하려고 했다. 『상록수』의 경우 심훈의 영화제작의 욕망이 이른바 영화적 기법의 소설적 적용이라는 차원에서 다루기에는 적절하지 않다. 그보다 계몽의 방법으로서 '연설 장면'으로 대표되는 계몽의 장면과 낭만적 분위기로 묘사되는 연애의 장면이 서로 교차결합하면서 이루어진 작품의 구성의 원리에 주목할 때, 『상록수』의 이러한 '장면' 중심의 서사 구성원리를 가능하게 한 것은 영화제작자(감독)로서 심훈이 수집해 두었던 영화적 장면(컷)이 소설의 언어 질서 속에 끼어든 것이기 때문이라는 점을 확인할 수 있다.

본고에서는 심훈의 영화감독으로서의 욕망을 소설 『상록수』를 통해 읽어보려고 했다. 본고에서 본격적으로 다루지 못했지만 '영화소설' 『탈춤』과 그 각색인 시나리오 「탈춤」, 그리고 영화화된 시나리오 「먼동이 틀 때」 등의 텍스트에 대한 분석을 통해 그의 영화미학을 정밀하게 고찰할 과제가 남았다. 이러한 연구를 통해 심훈의 폭넓은 예술 활동과 심훈 문학의 특징도 보다 도드라질 것으로 기대한다.

■ 부록 – 심훈의 영화관련 글 목록

	제목	발표매체	발표시기	비고
1	조선영화계의 현재와 장래	조선일보	1928.01.01.~06	
2	영화 비평에 대하여	별건곤	1928.02	
3	영화 독어	조선일보	1928.04.18.~24	
4	여명기의 방화 아직 숨겨가진 자랑 갖자라나는 조선영화계	별건곤	1928.05	
5	아동극과 소년 영화 어린이의 예술교육은 어떤 방법으로 할까	조선일보	1928.05.06.~09	
6	우리 민중은 어떤 영화를 요구하는가 를 논하여 「만년설군」에게	중외일보	1928.07.11.~25	
7	관중의 한 사람으로 흥행업자에게	조선일보	1928.11.17	
8	관중의 한 사람으로 해설자 제군에게	조선일보	1928.11.18.~19	
9	관중의 한 사람으로 영화계에 제의함	조선일보	1928.11.20	
10	암흑의 거리와 쌍크롬트의 연기 영화시감	조선일보	1928.11.27	
11	발성영화론	조선지광	1929.01	
12	문예작품의 영화화 문제	문예공론	1929.01	번역
13	조선영화총관	조선일보	1929.01.01.~04	
14	'최후의 인' 내용가치 – 단성사 상영중	조선일보	1929.01.14.~15	
15	영화화한 '약혼'을 보고	중외일보	1929.02.22	
16	푸리츠 랑그의 역작 '메트로 포리쓰'	조선일보	1929.04.30	
17	백설같이 순결한 거리의 천사	조선일보	1929.06.24	

	제목	발표매체	발표시기	비고
18	성숙의 가을과 조선의 영화계	조선일보	1929.09.08	
19	영화단편어映畵斷片語	신소설1호	1929.10.28	
20	쏘비엥영화, '산송장' 시사평	조선일보	1930.02.14	
21	영화평을 문제 삼은 효성군에게 언함	동아일보	1930.03.18	
22	상해영화인의 '양자강' 인상기	조선일보	1931.05.05	
23	조선영화인 언 퍼레이드	동광	1931.07	
24	1932년의 조선영화 시원치 않은 예상기: 문예계에 대한 신년 희망-영화계에-	문예월간	1932.01	
25	연예계 산보 - '홍염' 영화화 기타	동광	1932.10	
26	영화가 산보	중앙1	1933.11	
27	민중교화에 위대한 임무와 연극과 영화사업을 하라 조선연극의 향상정화/조선영화의 재건방책	조선일보	1934.05.30.~31	필명 '白浪生'
28	다시금 본질을 구명하고 영화의 상도에로 단편적인 우감수제偶感數題	조선일보	1935.07.13.~17	
29	박기채씨 제1회 작품 '춘풍'을 보고서 영화평	조선일보	1935.12.07	
30	'먼동이 틀 때'의 회고	조선영화1	1936.10.	
31	조선서 토키는 시기상조다	조선영화1	1936.10	유고
32	서어커스에 나타난 챠플린의 인생관	『심훈전집』 3(탐구당)	1966	미완

■ 참고문헌

기본자료

『심훈전집』 1~3, 탐구당, 1966.

조남현 주해, 『상록수』, 서울대학교출판부, 1996.

《조선일보》, 《중외일보》, 《동아일보》, 《별건곤》, 《삼천리》 등

단행본

박우수, 『수사적 인간』, 도서출판 민, 1995.

안종화, 『한국영화측면비사』, 현대미학사, 1998.

유현목, 『한국영화발달사』, 책누리, 1997.

이주형, 『한국근대소설연구』, 창작과비평사, 1995.

Andrej Tarkowskij, 『봉인된 시간』, 김창우 옮김, 분도출판사, 1991.

Olivier Reboul, 『언어와 이데올로기』, 홍재성·권요룡 역, 역사비평사, 1995.

논문

김윤식, 「『상록수』를 위한 5개의 주석」, 『환각을 찾아서』, 세계사, 1992.

김윤식, 「문화계몽주의의 유형과 그 성격-『상록수』의 문제점」, 경원대학교 편, 『언어와 문학』 역락, 2001.

김종욱, 「『상록수』의 '통속성'과 영화적 구성원리」, 《외국문학》, 1993. 봄.

김현주, 「『상록수』의 리얼리즘적 성격연구」, 연세대학교 석사학위논문, 1992.

류양선, 「심훈의 『상록수』 모델론」, 《한국현대문학연구》 13, 2003.06.

류양선, 「좌우익 한계 넘은 독자의 농민문학-심훈의 삶과 『상록수』의 의미망」, 『상록수·휴화산』, 동아출판사, 1995.

박상준, 「현실성과 소설의 양상-박종화·심훈·최서해의 1930년대 장편소설을 중심으로」, 『작가』, 2001.

박정희, 「심훈 소설 연구」, 서울대학교 석사학위논문, 2003.08.

손종업, 「계몽성의 재고-1930년대 계몽소설」의 내적 형식」, 『극장과 숲』, 월인, 2000.

송백헌, 「심훈의 『상록수』-희생양 이미지」, 《심상》, 1981.07.

오현주, 「심훈의 리얼리즘 문학 연구-『직녀성』과 『상록수』를 중심으로」, 한국문학연구회 편, 『1930년대 문학연구』, 평민사, 1993.

유문선, 「나로드니키의 로망스-심훈의 『상록수』에 대하여」, 《문학정신》 58, 1991.

이정옥, 『1930년대 한국 대중소설의 이해』(국학자료원, 2000)

이호림, 「1930년대 소설과 영화의 관련양상 연구」, 성균관대학교 박사학위 논문, 2004.

전광용, 「『상록수』 고(考)」, 『한국근대문학사론』, 한길사, 1982.

전우형, 「1920~1930년대 영화소설 연구」, 서울대학교 박사학위논문, 2006.08.

전흥남, 「심훈의 영화소설 『탈춤』과 문화사적 의미」, 《한국언어문학》 52, 2004.06.

조남현 「『상록수』연구」, 《인문논총》 35, 서울대 인문학연구소, 1996.

최원식, 「심훈연구서설」, 김학성·최원식 외, 『한국근대문학사의 쟁점』, 창작과비평사, 1990.

홍이섭, 「30년대 초의 심훈문학-『상록수』를 중심으로」, 《창작과비평》, 1972, 가을.

4

심훈 문학의 발견

심훈의 영화적 지향성과 현실인식 연구

<탈춤>, <먼동이 틀 때>, <상록수>를 중심으로

조혜정

중앙대 예술대학원 교수

■

1
시작하며

심훈(본명 심대섭, 1901~1936)은 시 「그 날이 오면」(1931)과 계몽소설 『상록수』(1936)의 작가로 더 잘 알려져 있다. 언젠가 도래할 광복을 기다리며 그 날의 벅찬 기쁨과 소망을 담은 「그 날이 오면」은 민족주의 시인 심훈의 면모를 단번에 깊숙하게 사람들의 뇌리 속에 각인시켰다. 또한 식민지시대 아이들 교육에 헌신하는 채영신을 통해 민족에 대한 애정과 지식인의 열정과 고뇌를 그려낸 소설의 강렬함은 심훈의 이름을 결코 잊을 수 없게 만들었다. 이후 『상록수』는 1961년 신상옥 감독에 의해 영화로 만들어지면서 채영신 역을 맡은 최은희의 단아하고 열정적인 이미지와 더불어 더욱 관객의 기억 속에 남아 회자되곤 하였다.

그러나 심훈은 소설가, 시인인 한편으로 영화배우이고 감독이며 영화 평론가이자 시나리오 작가였다. 그의 영화 인생은 1925년 이경손 감독의 <장한몽>에 이수일 역으로 후반부에 출연한 것에서부터 시작되었다. 비록 이수일 역에 주삼손이 캐스팅되어 촬영이 진행된 상태에서 주삼손의 잠적으로 미촬영분만을 찍게 된 불완전한 출발이기는 하였으나, 심훈의 영화에 대한 관심은 바로 거기에서부터 비롯되었다. 그는 이후 3편의 시나리오[01]와 1편의 감독 작품 그리고 다수의 평문을 남겼다. 작품수는 많지 않으나 고 영화평론가 이영일은 심훈의 영화 〈먼동이 틀 때〉(1927)에 대하여 '1920년대의 사회 분위기를 중후한 리얼리즘으로 묘사하고 있다'[02]고 평가했다. 또한 '당시 나운규의 〈아리랑〉과 비교해도 손색없는 훌륭한 영화라는 평가를 받은 작품'[03]이라고 전한다.

이러한 기술로 보아 심훈의 영화적 역량은 간단치 않은 것으로 보인다. 물론 작품수의 절대부족과 그마저 현존하지 않은 관계로 심훈의 영화세계를 조망하는 것이 무리하다는 측면은 있으나, 시나리오와 그의 평문을 통하여 적어도 그가 가졌던 영화에 대한 이상과 지향성은 추론 할 수 있으리라는 기대 역시 저버릴 수 없다. 따라서 이 글에서는 시나리오와 평문에 대한 분석을 통하여 심훈의 영화세계를 드러내고 살펴보고자 한다.

2

시나리오 분석

심훈의 시나리오는 「탈춤」과 「먼동이 틀 때」, 「상록수」 세 편이 전해진다. 「탈춤」은 1926년 11월 9일에서 12월 16일까지 《동아일보》에 연재된 한국 최초의

---

01 한국예술연구소편, 『이영일의 한국영화사 강의록』, 소도, 2002, 134쪽. 심훈의 전작이 아들 심재호에 의해 『심훈문학전집』(3권, 탐구당, 1966)으로 출간되었다. 이 책에는 「탈춤」, 「먼동이 틀 때」, 「상록수」 세 편의 시나리오가 수록되어 있다.

02 이영일, 『한국영화전사』, 소도, 2004, 118쪽.

03 앞의 책, 118쪽.

영화소설04로 알려져 있다. 그러나 이 작품은 스틸05만 남겨놓았을 뿐 영화화 되지 못했다. 심훈은 당시 양정고보 학생이었던 윤석중과 같이 각색하여 『탈춤』을 영화로 만들고자 하였는데 촬영 개시 수일 전에 뜻을 접어야 했다. 그 이유는 제작비 마련의 어려움 때문인 것으로 보인다. 심훈은 "조선영화감독 고심담-〈먼동이 틀 때〉의 회고"라는 글에서 『탈춤』이 부르주아 생활이면을 그리는 작품이기 때문에 스케일이 여간 크지 않고 출연인원도 엄청나 2천원 한도의 촬영비가 들어가 도저히 실현시킬 수 없는 난관에 봉착했다06고 적고 있다. 이러한 기술로 보아 당시 2천원이라는 거액의 제작비를 마련할 수 없어 『탈춤』의 영화화는 무산된 것으로 보인다. 당시 『탈춤』의 제작사는 조선키네마프로덕션이었고 감독은 나운규로 결정되었으며 나운규는 이 영화에서 강홍열 역을 맡아 연기도 할 예정이었다. 그밖에 남궁운(오일영 역), 주인규(임준상 역) 등 조선키네마프로덕션의 배우들이 주요 배역을 맡기로 되어 있었다. 조선키네마프로덕션에서도 이 작품에 대한 의욕을 나타내는 등 순조롭게 진행되는 듯했는데, 어떤 연유로 해서 조선키네마프로덕션이 이 영화에서 손을 떼게 되었는지는 알 수 없다.

"월여月餘를 두고 본보本報에 연재되던 영화소설 '탈춤'은 조선키네마프로덕션에서 불일간不日間 촬영을 개시할 터이라는 바 각색은 원작자인 심훈沈薰 씨와 감독 나운규 씨와 주연 남궁운 씨 등이 합의合意로 할 터이오, 출연 배우들

---

04 영화소설은 연구자들에 따라 "일종의 레제드라마"(Lese-Drama)"(이영재)나 "영화를 만들기 위해 쓴 소설로 문장 표현보다 내용과 이야기의 줄거리에 치중하는 문학형식"(정현아)으로 정의되어 왔다. 즉 소설이면서 시나리오라는 이중적 성격을 가지고 있다할 것이다.

05 스틸작업은 나운규가 맡았다.

06 김종욱 편저, 『실록 한국영화총서』(상), 국학자료원, 2002, 397쪽.

은 남자들은 모두 기위旣爲 지상紙上에 발표되었던 전기 나운규, 남궁운, 주인규 씨 등이 중심이 될 모양이며 여배우는 기술 관 계로 부득이 지상에 출연하였던 이들을 버리고 전부 신진新進으로 상당한 사람을 골라 출연케 하고자 하는 중이라 하며 동 키네마에서는 특작으로 재래에 보지 못하던 완전한 영화를 만들기 위하여 경비는 돌아보지 아니하고 세트도 모두 충분히 지어가지고 쓸 모양이며 광선기계도 사용하여 서양영화와 같이 선명하게 할 터이라는 바 광선기계를 촬영에 사용하는 것은 조 선서는 이번이 처음이라더라."

본보本報 연재連載 영화소설映畵小說 '탈춤' 대대적大大的 규모規模로 불일不日 촬영撮影 개시開始, 《동아일보》 1926년 12월 17일07

조선키네마프로덕션에서의 제작이 무산된 이후에도 『탈춤』의 영화화 작업은 진행된다. 조선키네마프로덕션 대신 계림영화사에서 제작의지를 가지고 준비 중이었으며 이때 감독은 나운규에서 심훈으로 바뀌게 된다.

"일찍이 동업同業 동아일보東亞日報에 연재되었던 심훈沈薰씨 원작인 영화소설 '탈춤'은 그동안 각색 중이던 바 최근에 이르러 완료되었으므로 곧 영화로 제작코자 시내 황금정에 있는 계림영화회사鷄林映畵會社에서는 여러 가지로 준비에 분망奔忙하다는 바 각색 감독은 역시 심훈씨라 하며 배우는 목하目下 선정選定 중이라 한다."

영화소설映畵小說 '탈춤' 영화화映畵化 계림영화鷄林映畵에서 촬영撮影한다고, 《조선일보》 1927년 7월 23일08

---

07 앞의 책, 369쪽.

08 앞의 책, 369쪽.

그러나 이번에도 『탈춤』의 영화화는 이루어지지 못했다. 다른 자료들이 뒷받침되지 못하는 관계로 현재로서는 심훈이 '조선영화감독 고심담'에서 밝힌 대로 『탈춤』의 영화화 무산의 원인은 제작비 과다문제로 볼 수밖에 없다. 대신 계림영화사는 〈먼동이 틀 때〉를 1927년 제작, 개봉한다.

1) 『탈춤』 분석

『탈춤』은 영화소설의 형태로 《동아일보》에 34회에 걸쳐 연재를 한 작품이다. 영화소설 『탈춤』은 '결혼식장', '우연한 기회', '양과 이리', '산 제물' 등 35개의 표제가 달려 있고 완전한 시나리오 구성을 취하고 있지 않으나, 공간과 인물, 시추에이션 중심으로 스토리를 전개하고 있으며, 후반부 '결혼식장' 시퀀스에서는 시나리오 구성형식을 부분적으로 취하고 있는 것이 특색이다. 또한 심훈은 『탈춤』의 영화화를 위하여 시나리오 작업을 하기도 했는데 시나리오는 영화소설보다 좀 더 영화적 이미지를 고양시키는 형태로 쓰였다. 예를 들면 주제를 압축하는 탈춤의 이미지를 집어넣었다든가, 환상(vision)을 보여주는 부분, 인서트(insert)나 버즈 아이 뷰(bird's eye view), 평행편집 등의 기법을 이용하여 묘사한 부분 등은 영화소설에서는 볼 수 없는 것들이다.

시나리오의 결말부분도 영화소설과 약간의 차이가 있는데, 영화소설에서는 이혜경의 시신이 담긴 관을 강홍열이 수레에 싣고 공동묘지의 어둠 속으로 향하는 것으로 끝내는 데 비해, 시나리오는 혜경의 죽음으로 저주하듯 새벽하늘을 올려다보는 홍열과, 기생들과 탈춤을 추며 진탕하게 놀고 있는 준상의 웃음소리를 병치시키면서 끝마친다. 둘 다 비극적 정서를 부각시키고 있지만 전자가 허무적이고 염세적 뉘앙스가 더 강하다면, 후자는 계급적 모순과 분노를 더욱 강조하고 있다는 미묘한 차이를 발견할 수 있다.

A. 스토리라인

법전에 다니는 오일영은 여학교 고등과를 졸업한 이혜경과 사랑하는 사이이다. 그러나 오일영에게는 시골 고향에서 자신을 기다리는 아내가 있다. 4년 연상의 아내는 일영을 뒷바라지하고 노모를 모시는 현숙하고 성실한 여성이지만, 그는 아내에게서 이성으로서의 사랑을 느끼지 못하고 있다.

한편 혜경의 미모를 탐하는 일영의 법전 동창 임준상은 호시탐탐 그녀를 노리고, 그 때마다 일영의 고향친구이자 혜경을 흠모하는 홍열에 의해 구출된다. 홍열은 의협심이 강하고 완력도 센 청년인데, 고향에서 당한 고초로 인해 발작증세를 보이기도 한다.

혜경이 만기 폐결핵이라는 진단을 받게 되자 일영은 혜경의 치료비를 구하기 위하여 일자리를 알아보던 중 준상이 중역으로 있는 회사의 서기로 들어간다. 준상은 지주로서의 위치를 십분 이용하여 소작인인 혜경의 아버지를 압박한다. 소작 전답을 다른 데로 넘기지 않는 대신 혜경을 자신이 맡아 치료도 받게 해주겠다는 구실이었다. 혜경은 아버지의 처사에 불복하지만 늙은 부모가 굶주리는 꼴은 볼 수 없어 스스로를 준상의 야욕에 '산 제물'로 바칠 결심을 한다. 준상은 일영에게도 혜경의 병을 들먹이며 그녀가 치료를 받을 수 있도록 돕겠다고 감언이설을 늘어놓고, 자신의 무기력을 탓할 수밖에 없는 일영은 준상에게 혜경을 의탁한다.

준상의 집으로 들어온 혜경은 일영의 무심함을 원망하고 일영은 자신을 외면하는 혜경의 마음이 변한 것이라 여겨 상처 받는다. 그 후 일영은 회사를 그만두고 표랑의 길에 나서고, 혜경은 유부남인 준상과 결혼식을 올리게 된다. 결혼식장은 준상의 아이를 낳은 여자가 소란을 피우고 준상의 본처 자식이 찾아오는 등 아수라장이 된다. 그 속에서 홍열은 기절한 혜경을 안고 자신의 숙소로 데려오지만 혜경은 목숨의 끝자락만을 간신히 쥐고 있을 뿐이다.

혼미한 와중에 어디선가 들려오는 일영의 노랫소리를 듣고 그가 자신에게 다녀가는 꿈을 꾼 혜경은 눈을 감는다.

B. 주제와 주제의식

『탈춤』의 주제는 '가난한 연인들의 비극적인 사랑' 또는 '핍박 받는 사랑'이라고 할 수 있다. '순결한 처녀와 죄 없는 젊은 사람들의 몸과 영혼이 아울러 폭양에 시드는 잎과 같이 말라버리고 마는'09 세상에 대한 탄식이라고 할 만하다. 문학이나 영화, 대중가요 등에서 식민지 조선의 운명은 '폭양에 시드는 잎'과 같이 수난과 절명의 명운에서 벗어날 수 없는 암담함 그 자체로 여겨지는 경우가 빈번하게 발견된다. 3·1 만세운동 이후 변하지 않는 현실에 패배주의는 만연하고 시대의 어둠은 더욱 깊어가는 상황 속에서 순결한 처녀, 죄 없는 젊은이들이 탐욕스러운 지주나 마름, 난봉꾼에 고약한 부자로부터 핍박을 받는 형태는 '식민지 조선'과 '수탈하는 일제'라는 가장 보편적인 클리셰가 되곤 하였다. 여기에 『탈춤』의 강홍열이나 〈아리랑〉의 최영진과 같은 분열자/광인의 존재는 '미치지 않고는 살아갈 수 없는' 식민지 현실의 자화상인 동시에 '광인' 의 존재를 통하여 정상적으로 표출할 수 없는 것에 대한 일탈의 자유를 의미하기도 했다.

『탈춤』에서 심훈이 바라보는 세계는 위선과 폭력이 판치는 세상이다. 심훈은 머리말에서 '돈'의 탈을 쓴 놈, '권세'의 탈을 쓴 놈, '명예' '지위'의 탈을 쓴 놈 등 제각기 가지각색의 탈바가지를 뒤집어쓰고 날뛰는 곳이 인간세상이며, 그 탈을 한 껍데기라도 두껍게 쓰는 자는 배가 더 불러 오고 그 가면을 벗으려

---

09 영화소설 『탈춤』의 '머리말'에서 인용.

고 하는 자는 점점 등이 시릴 뿐[10]이라고 자조하고 있다. 이것은 심훈이 바라보는 세상에 대한 인식인 동시에 이 작품의 기획의도인 셈이다.

『탈춤』에서 심훈은 자본의 폭력과 억압에 대한 관심을 드러낸다. 기본적으로 식민지 현실에 대한 민족의식이 투영되어 있지만, 그보다 더 부각되어 있는 것은 자본의 억압과 횡포이다. 이것은 그가 1925년 5월 임금인상을 내걸고 투쟁한 철필구락부 사건[11]으로 동아일보사에서 파면을 당한[12] 개인적 경험과 무관하지 않아 보인다. 또한 그는 1925년 8월 결성된 카프(KAPF)의 창립 멤버가 되는데, 카프야말로 자본과 계급에 대한 투쟁의 이데올로기를 기치로 내건 집단이라는 측면에서 당시 심훈이 자본에 대한 문제의식에 사로잡혀 있었다는 점은 충분히 추론 가능하다. 그런 측면에서『탈춤』에서의 심훈의 주제의식은 자본가계급의 폭력성에 방점이 찍혀 있다고 보아도 좋을 것이다.

C. 내러티브 구조와 캐릭터 묘사

『탈춤』의 내러티브 구조는 영화소설과 시나리오 상으로 약간의 차이가 있다. 영화소설은 절정 부분을 시작지점에 두고 인물들의 관계와 일화를 소개하며 갈등을 고조시키는 형태로 전개하는 방식을 택하고 있다. 말하자면 절정1-도입-발단-전개-위기-절정2-결말의 구성을 취하고 있는 것이다. 절정1은 이혜경이 임준상과 강제결혼을 하게 되는 내용으로 결혼식장에 느닷없이 등장한 '괴상한 그림자'가 기절한 신부를 안고 사라지는 대목이다. 절정1은 사실상 현재

10 위의 글.

11 철필구락부는 당시 신문 사회부 기자들의 모임체로서, 철필구락부 사건이란 1925년 5월 철필구락부가 기자 급료의 인상을 요구한 데 대해 동아일보만이 이를 거절하자 사회부 기자 8명이 이틀간 출근 거부를 감행한 것을 말한다. 이 사건으로 박헌영, 허정숙 등과 함께 심훈도 파면을 당한다.

12 강옥희·이순진·이승희·이영미 지음,『식민지 시대 대중예술인 사전』, 도서출판 소도, 2006, 195쪽.

와 플래시백을 이용한 과거로의 이동이 아니라 독자/관객을 흡인하기 위한 일종의 맛보기 혹은 미끼로서의 기능을 하고 있다. 특히 신문에 연재되는 영화소설의 형태이기 때문에 앞으로의 내용 전개에 대한 독자의 호기심을 충분히 자극할 수 있는 설정으로, 이후 작품의 스토리를 끌어가는 동력으로 작용한다. 절정1은 절정2에서 부연 설명되며, 도입에서 위기까지는 인물의 소개, 관계, 사건의 개연성을 보여주는 데 할애하고 있다.

그에 비하여 시나리오는 일영의 숙소에서 불을 때고 있는 강홍열을 먼저 소개하며 시작한다. 화면이 시작되면 아궁이의 시뻘건 불길과 홍열의 얼굴 클로즈업, 풍로불을 부치며 크게 웃는 홍열의 모습과 '불을 보면 미쳐나는 사람 강홍열'이라는 자막을 통하여 역시 강렬한 시각적 체험을 우선적으로 제공한다. 그리고 오일영이 소개되고 일영과 운명적 만남을 갖게 되는 이혜경과 임준상의 관계로 이어진다. 시나리오는 오히려 도입-발단-전개-위기-절정-결말의 고전적 전개방식을 취하고 있다는 점에서 내러티브 구조나 전개방식은 영화소설이 더 파격적이라고 할 수 있다. 그러나 시나리오는 일영보다 홍열의 존재를 더 부각시킴으로써 소극적이고 무력한 일영보다는 적극적 행동파인 홍열에게 무게중심을 두고 있다는 점을 더 명백하게 한다.

『탈춤』의 주요 캐릭터는 오일영, 이혜경, 강홍열, 임준상이다.

1. 오일영: 법전을 졸업한 가난한 지식인 청년. 연상의 아내가 있으나 이혜경과의 사랑을 꿈꾸는 낭만주의자 이상과 현실의 괴리 및 무력감에 자학하는 의지박약형.
2. 이혜경: 여학교 고등과를 졸업한 미모의 여성. 오일영을 사랑하지만 임준상의 덫에 걸려 사랑을 이루지 못하고 폐결핵으로 병사하는 비극의 주인공.

3. 강홍열: 오일영의 고향 친구. 의협심이 강하고 완력도 세다. 오일영과는 달리 행동하는 인물. 이혜경을 고비마다 구해주며 그녀에 대한 연모의 감정을 키운다. 고향에서의 사건[13]으로 고초를 겪어 가끔 발작 증세를 보이기도 한다.
4. 임준상: 오일영의 법전 동창. 재력가의 아들이며 지주. 본처가 있음에도 자신의 재력과 지위를 이용하여 이혜경을 취하려 한다. 탐욕스럽고 천박한 인물.

위 인물 중 강홍열은 〈아리랑〉의 최영진과 유사한 캐릭터이다. 실제 스틸상으로도 강홍열을 나운규가 연기하고 있어 두 캐릭터의 유사성은 자못 흥미로운 추론을 가능하게 한다. 〈아리랑〉은 1926년 10월 1일에서 5일까지 단성사에서 상영되었고『탈춤』은 같은 해 11월 9일부터 12월 16일까지 연재되었기 때문에 강홍열의 캐릭터 구축에는 〈아리랑〉의 최영진 캐릭터의 영향이 컸다고 추론할 수도 있다. 강홍열이 고향에서 당한 고초도 1919년 3·1 만세운동과 연루되어 받게 된 고초이고-아마 일제에 의해 혹독한 고문을 받은 것으로 보이는-이로 인하여 발작증세 등 정신이상 징후를 내보이는 것도 최영진이 미치게 된 원인과 거의 흡사하다.[14]

13 강홍열에 대한 묘사에 다음과 같은 내용이 있다. '칠년 전 그가 중학 삼학년에 다닐 때에 그 해 이른 봄, 한번 분한 일을 당하면 물불을 가리지 않고 날뛰는 성격을 가진 그인지라 울분한 마음을 억제치 옷하고 자기 고향에서 일을 꾸며 가지고 성난 맹수와 같이 날뛰다가 사람으로서는 차마 당하지 못할 고초를 겪을 때에-' 〈탈춤〉이 연재되는 시점이 1926년이므로 '칠년 전'이라 하면 1919년이 되고 '이른 봄'이라고 한 것으로 보아 3월을 가리키는 것으로 볼 수 있다 즉 1919년 3·1 만세운동으로 고초를 겪었다는 점을 암시하는 것이라고 하겠다.

14 <아리랑>의 최영진이 미치게 된 원인이 일제의 고문에 의한 것인지, 도회지에서 철학을 공부하다 정신이상이 된 것인지에 대한 이견이 있는데, 후자의 관점을 취하게 되면『탈춤』의 강흥열 캐릭터가

강홍열 캐릭터가 최영진과 유사한 것은 심훈이 최영진 캐릭터로부터 영감을 받았거나 또는 최영진을 일종의 역할모델로 삼았기 때문으로 추론할 수도 있겠지만, 그보다는 심훈의 개인적 경험이 투영되었다고 보는 것이 더 개연성이 크다. 심훈은 경성고보 재학 중 3·1 만세운동에 참여했다 투옥된 경험이 있다. 이 일은 그가 민족주의에 눈뜨고 식민지라는 역사적 현실을 극복하려는 행동성을 그의 작품 속에서 구현하는 강력한 동기로 작용한다. 이러한 개인적 경험과 함께 3·1 만세운동은 조선민족 전체에도 가장 강렬한 체험으로 남아 있었을 것이며 그로 인한 고초는 상당 부분 보편적 정서나 경험일 수 있다는 점에서, 그리고 식민지 시대의 폭압적 통치를 상징화시킬 수 있는 기제로서 정신이상 혹은 분열자의 존재를 구축한 것으로 보인다.

D. 시나리오 기법분석

「탈춤」의 시나리오는 128개의 신으로 구성되어 있다. 영화소설이 표제로 구분되어 있는 것에 비해 시나리오는 철저하게 공간의 구분으로 구성되어 있다. 또한 촬영기법이나 장면전환, 자막 등에 대한 지적이 되어 있는 것으로 보아 콘티뉴이티의 성격을 띤 것으로 볼 수 있다.

시나리오는 제목이자 주제를 상정하는 '탈춤'에 대한 부분을 신 35와 신 128에서 묘사하고 있는데, 기생집에서 열리는 피로회와 가면무도회에서 준상과 그 일행들은 '구리귀신' '날도깨비' 등의 탈을 쓰고 춤을 춘다. 특히 시나리오의 마지막 신인 S#128에서는 혜경의 죽음과 탈을 쓰고 날뛰는 무리들, 그 중에서 탈을 벗고 껄껄 웃는 준상의 클로즈업, 머리를 쥐어뜯으며 저주하듯 새

<아리랑>의 최영진 캐릭터로부터 영향을 받았으리라는 추론은 성립할 수 없다 물론 그 역의 견해도 검증된 상황은 아니다.

벽하늘을 쳐다보는 홍열의 쇼트를 병치시킴으로써 비극적 요소를 더 강화한다,

이 시나리오에는 평행편집을 활용하여 상황의 동시성과 긴박감을 고조시키는 대목도 있다. 일영과 혜경이 강변에서 만난다는 것을 알게 된 준상이 이들을 쫓아 강변으로 오는 장면에서 강변(S#45)과 길거리를 달리는 준상의 자동차(S#46), 강변 바위 위의 일영과 혜경(S#47), 강변에서 모터보트를 갈아타는 준상(S#48)으로 이어지는 신이 그것이다.

또한 비전(vision)을 활용하여 인물의 심리를 보여주는 대목도 인상적이다. 준상에게 갈 것을 강권하는 아버지의 말에 혜경은 '일영의 첩' '준상의 노리개' '희생' '자살' '병마' 등의 자막과 함께 '거지된 아버지와 동생들이 벌벌 떨며 스크린으로 달려드는' 모습으로 시각화하고 있다. 그밖에도 결혼식장에서 사방에서 준상을 압박해 들어가는 사람들을 보여주는 장면은 버즈 아이 뷰로 찍도록 지적하는 등 나름대로 촬영 감각을 구사하고 있는 것을 볼 수 있다.

2) <먼동이 틀 때> 분석

〈먼동이 틀 때〉는 한 전과자의 기사를 토대로 하여 만들어진 작품이다. 『탈춤』의 영화화가 무산된 이후 초조하게 각본을 고르던 심훈의 눈에 '어둠에서 어둠으로'라는 제목의 기사가 눈에 띄었고 이것을 소재로 하여 즉흥적으로 하룻밤 만에 이야기를 완성했다고 한다.

> (생략-연구자 주)그래서 머리를 싸매고 매우 초조集爆히 각본을 고르며 생각하던 중 우연히 어느 날 저녁에 신문에 개재揚載된 '어둠에서 어둠으로'란 제하題下의 전과자前科者 로맨스가 내 눈에 번쩍 띄었다. 그래서 그 노루꼬리만한 소재素材를 주워 가지고 하루 저녁 상想을 어리다가 그야말로 독창적이오, 즉흥적으로 내 입으로 부르는 한 컷 한 컷을 남궁운南宮雲 즉, 김태진金兌鎭 형이 필

> 기筆記를 하여서 하루 저녁에 6백 여 컷을 일기가성一氣呵成으로 작성作成한 것이니 지금 생각하여도 대담하기 짝이 없는 짓을 감행敢行하였었다. 그 벼락대본을 별로 추고推敲할 겨를도 없이 제작에 착수하여 2개월 동안 파란곡절波爛曲折이 상당히 많다가 완성하여 1926년(1927년의 오식-연구자 주) 10월 26일에 단성사에서 봉절封切하였다.(이하 생략-연구자 주)[15]

〈먼동이 틀 때〉는 계림영화협회에서 제작을 맡았다. 원래 『탈춤』을 영화로 만들려 하다가 자본 등의 문제로 무산되면서 〈먼동이 틀 때〉의 제작으로 방향전환을 했다. 계림영화협회의 대표인 조일재가 총지휘를 맡고 최건식이 자금을 지원했다. 최건식이 지원한 자금은 5천800여 원인데, 『탈춤』의 제작비가 2천 원 한도였다는 것을 고려할 때 5천 원이 넘는 제작비 규모라면 특작이라 할 만하다.

또한 이 영화에 참여한 사람들의 면면은 당시 세인의 주목을 끌기에 충분했는데, 심훈이 감독/원작/각색[16]/출연을 맡고, 〈아리랑〉의 나운규와 신일선, 닛카츠관서촬영소日活關西撮影所 신극부 전속배우 강홍식, 일본 무용계의 권위자 석정 막(石井 漠)의 제자 한병룡 등이 배우로 출연하며, 촬영은 일본 유니버설에서 활약하던 빈전수삼랑濱田秀三郞, 미술은 안석영이 담당했다.

영화의 원제는 시나리오의 소재가 된 기사 제목과 같이 '어둠에서 어둠으로'였으나, 촬영이 끝나고 검열과정에서 제목을 바꾸라 하여 '먼동이 틀 때'로 바뀐다. 이영일은 '어둠에서 어둠으로'는 감옥에서 다시 감옥으로 가게 된다는 사건의 내용에서 비롯된 것[17]이라고 지적했다. '어둠에서 어둠으로'가 시대의 어둠을

---

15 심훈, "조선영화감독(朝鮮映畵監督)-고심담(苦心談)"-『먼동이 틀 때』의 회고(回顧)"

16 김태진과 공동.

상정한다면 '먼동이 틀 때'는 미래에 대한 실낱같은 희망을 은유한다는 점에서 이 영화의 제목 변경은 오히려 영화의 주제의식을 강화시켜주는 측면도 있다.

A. 스토리라인

10년 만에 감옥에서 출소한 김광진(강홍식)은 아내 윤은숙을 찾아 헤맨다. 도중 식당에 들어가 밥을 먹은 광진은 지갑이 없어진 사실을 모르고 셈을 치르려다 낭패를 본다. 난처한 상황에 빠진 광진 대신 돈을 내는 안순이(신일선). 순이는 2백 원에 식당에 팔려온 불우한 처녀로 아편쟁이인 오빠 안병수가 걸핏하면 돈을 뜯어가 고통을 겪지만, 조영희(한병룡)라는 젊은 시인 애인의 존재가 그녀에게는 위안이 된다. 건달인 박철에게 희롱 당하는 순이를 광진이 구해준 뒤 문이 잠겨 식당에 들어가지 못하던 순이는 광진의 거처에서 하룻밤을 지내게 된다. 순이를 찾아온 영희는 순이가 광진의 거처로 들어가는 것을 보게 되고 둘 사이를 오해하지만, 순이는 광진에게 도움을 청하고 광진은 순이와 영희가 떠날 수 있도록 도와준다.

한편, 광진의 아내 은숙은 책을 팔면서 근근이 살아가고 있는데, 그녀 주위를 건달 박철이 맴돌다 은숙에 대한 욕정을 이기지 못해 겁탈하려 한다. 놀란 은숙 동무의 외침에 길 가던 광진이 뛰어들어 격투를 벌이고 그 와중에 철이 죽는다. 기절한 여자를 안아 일으키던 광진은 자신이 찾아 헤매던 아내 은숙임을 알아보고 부둥켜안고 운다. 이윽고 형사가 들이닥쳐 광진은 다시 잡혀가고, 은숙은 잡혀가는 광진의 다리를 부여잡고 울부짖는다. 광진의 도움으로 떠날 수 있었던 순이와 영희는 동이 터오는 언덕을 오르며 앞날을 다짐한다.

17 한국예술연구소편, 앞의 책, 136쪽.

B. 주제의식과 비평담론

<먼동이 틀 때>에서 심훈은『탈춤』에서보다 한결 정제된 숨결을 보여준다.『탈춤』이 가진 자와 빼앗긴 자의 갈등을 격렬하게 비판하고 어둡고 황량한 정조를 강조하지만 정제되지 않고 다분히 상투적인 측면이 큰 데 비해, <먼동이 틀 때>는 억압과 고통을 발산하기보다는 끌어안으면서 희망을 예비하는 보다 현실적인 대응을 보여준다.

<먼동이 틀 때>는 한 전과자의 기구한 운명을 다루고 있다. 감옥에서 10년만에 나와 아내와의 짧은 만남 이후 다시 살인자가 되어 감옥으로 돌아가야 하는 남자의 비극이 중심을 차지한다. 이 영화에는 남녀 두 쌍의 사랑과 시련에 관한 내용이 담겨있는데, 광진과 은숙, 순이와 영희 커플은 과거와 미래, 희생과 희망의 비유로 읽힌다. 이영일은 <먼동이 틀 때>를 이루는 두 개의 플롯은 '단순한 재범이 아니라 여인의 빚을 갚아 주기 위한 희생이며 암흑세계와 자유에 대한 갈망 또는 이상향을 대비시킨 것'이라면서 '원래 이야기에 다른 플롯구조를 넣어 각색하면서 전체적으로 이중플롯이 되게 한 것이 성공적이었다'[18]라고 기술한다.

『탈춤』과 비교하여 <먼동이 틀 때>가 좀 더 전향적인 시각을 보여주는 것은 과거세대의 희생을 통해서 다음 세대에게 희망의 씨앗을 품게 한다는 점이다.『탈춤』이 유산자의 착취와 억압이 무산자를 파괴시키고 그에 대한 저항조차 무력해지는 모습을 통해서 패배주의적 감상에 빠져 있다고 한다면, <먼동이 틀 때>는 더 음울하고 비극적인 정조에 싸여 있지만 동이 트는 언덕을 올라가는 순이와 영희 커플에게서 자신들의 운명에 안주하지 않고 미래를 개척하려는 도전과 희망을 투영한다.

---

18 한국예술연구소편, 앞의 책, 136쪽.

420. 희, 이. 전면前面 이 말한다. B

'영희 씨, 벌써 다리가 아파요.'

421. 희, 이. 한 손으로 이를 끌어안는 희. 또 한 손에는 트렁크를 옮겨 잡으며. 이동 M.S

T. 63

'참고 걸어갑시다. 앞날은 다 우리의 차지가 아니오?' L

422. 희, 이. 언덕 위 고개 마루턱으로 올라가는 두 청춘. F.O[19]

심훈은 이러한 희망을 영화 속 인물에게서 민족의 삶으로 확대시키고 싶었던 듯하다. 촬영개시에 즈음하여 심훈은 '죄송한 말씀이나 그 영화의 내용에 대해서는 나는 이 땅에서 태어나고 또 살아온 사람인 고로 우리 조선! 이 현실을 조금이라도 나타내어야 할 사명이 있는 것을 깨달았다는 것을 믿어주십시오'[20]라고 말하고 있다. 이영일도 '광진을 통하여 그려지는 어둡고 절망적인 상황과 그러한 상황을 넘어 이상의 땅으로 걸어가는 두 사람의 희망적 상황이 극명하게 교차되면서 아름다운 시정詩情을 자아내고 있다. 바로 이러한 시정 속에 일제 치하의 시대적, 민족적 상황을 극복하려는 작가 심훈의 사상과 예술의 뿌리를 볼 수 있다'[21]라고 기술한다.

그러나 심훈의 의도가 제대로 전달된 것 같지는 않다. 검열로 영화의 제목이 바뀌고 전체 필름분량 10권(2141척) 중 1권이 줄어들어 9권 분량으로 상

19 『심훈 전집』 제3권 수록분, 김종욱 편저, 앞의 책(상), 396쪽.

20 김종욱 편저, 앞의 책(상), 399쪽.

21 이영일, 앞의 책, 2004, 118쪽.

영되었다는 기록[22]은 이 영화가 온전하게 감독의 의도대로 남아있지 못했다는 반증이기도 한데, 어쨌든 이 영화에 대한 평문은 찬사와 비난으로 갈려 뜨거운 쟁점을 형성했다. 안석영과 서광제가 우호적인 입장을, 한설야와 임화가 혹독한 비판을 대변했다.

안석영은 '우리가 모든 조선영화를 살려버린다면 이 영화를 남겨 놓는 데에 과히 부끄럽지 않다는 것을 느끼게 될 것이다'[23]라고 상찬하였다. 안석영의 평문은 그 자신이 밝힌 대로 '인상기'이므로 정교한 평가라고 보기 어렵고 과장된 측면은 있지만 〈먼동이 틀 때〉에 대해 좋은 인상을 받았다는 정도로 해석하는 데에는 무리가 없다. 그러나 안석영은 표현이 지나쳤다고 생각되었는지 아니면 외부의 이해관계자들로부터 압력을 받았는지 자신의 주장을 철회하는 해프닝을 벌인다. '〈먼동이 틀 때〉에 대한 문구文句는 비록 인상기라 할지라도 다른 모든 영화에 대하여 영향이 있을 것을 염려하여 취소取消한다'[24]는 것이다.

이에 비하여 서광제는 구체적인 논거로서 〈먼동이 틀 때〉의 작품성을 평가한다. 그는 '작품이 처음부터 예술적 감흥感興을 일으키며 묵직한 맛과 인간사회의 실감實感을 일으켜준다. 비루鄙陋한 격투와 쓸데없는 살인, 파괴, 이별, 증오憎惡 이러이러한 것은 이 작품에서 찾아볼 수가 없다'라고 지적하며, '〈아리랑〉이 시골에서 성공한 작품이라 할 것 같으면 이 〈먼동이 틀 때〉는 도회에서 확실히 성공한 작품이다. 배우의 표정이 숙연肅然하였으며 더군다나

22 김종욱 편저, 앞의 책(상), 370쪽.

23 안석영, <연초(年初)에 처음인 명화(名畵) '침묵(沈默)'과 '먼동이 틀 때' 전자(前者)는 조극(朝劇) 후자(後者)는 단성사(團成社)에서-인상기(印象紀)->, 《조선일보》 1928.1.27.

24 안석영, <영화평(映畵評)에 대(對)하여>, 《조선일보》 1928.1.30.

강홍식 군의 놀랠만한 연기는 일반 관중으로 하여금 매력魅力을 더 끌었을 것이다'[25]라고 평가한다.

<먼동이 틀 때>에 대한 서광제의 호의적 평가의 수훈갑은 바로 배우 강홍식이다. 전과자 광진을 연기한 강홍식에 대해 서광제는 '그의 표정이 빛의 예술, 즉 영화를 살렸다'며 강홍식을 조지 반 크로포드에 비유한다.

> 아무튼 강 군은 묵직한 예藝를 가진 천재天才의 배우이다. 만일 그에게 영화가 가져야 할 모든 무기—카메라 라잇, 의상, 도구, 세트 등이 있다 할 것 같으면 크로포드의 '암흑가暗黑街가 그리 부럽지 않다.[26]

강홍식에 대한 상찬과 함께 '촬영과 카메라 식에 있어서도 조선에서 그 이상 갈 작품은 없을 것'이라며 '관중으로 하여금 지리支離한 감정을 넣어주지 않았고 부지불식간에 끝을 막게 된다. 나는 일언一言으로 예술가의 작품이라고 부르고 싶다. 얄미운 듯이 밝은 장면이 없으며 답답할 만큼 어두운 장면도 없다'라고 평가한다. 그리고 '조선영화계에 있어서 그 출연한 배우 강홍식 군이라든지 작품으로서도 없지 못할 우리 조선 영화의 자랑거리'[27]라고 단언한다.

안석영과 서광제의 우호적인 평가와는 달리 이 영화에 대한 비판도 만만치 않았다. 비판적 평가의 중심에는 최승일, 임화, 한설야 같은 카프 인사들이 포진했다. 이들의 논거는 주로 유물사관적 변증법과 프롤레타리아 계급인식에 대한 이해 여부로 모아진다. 심훈과 같이 염군사 출신으로 카프에 참여한

25 서광제, <조선영화소평(朝鮮映畵小評)-'먼동이 틀 때'를 보고->, 《조선일보》 1929.1.30.

26 서광제, 앞의 글, 1929.1.30.

27 서광제, 앞의 글, 1929.1.30.

최승일은 〈먼동이 틀 때〉가 그럴 듯한 사실 속에 큰 모순이 있다고 지적하며 그 근거로 광진 캐릭터의 모호함과 허무주의에 대하여 비판한다. 그는 민중을 위하여 희생되어야지 '모던 껄 하나하고 모던 뽀이 하나가 행복을 차지하는' 것을 위해 다시 감옥으로 간다는 것은 이해할 수 없다는 것이다. 최승일에게 있어서 '모든 예술적 작품은 사회주의적社會主義的이라야'28 하기 때문이다.

한설야는 만년설萬年雪이라는 필명으로 심훈에게 '모든 것을 프롤레타리아의 눈으로 보라'29면서 심훈의 과오에 대한 반성을 촉구한다. 이에 대하여 심훈은 '마르크시즘의 견지見地로서만 영화를 보고 이른바 유물사관적唯物史觀的 변증법辯證法을 가지고 키네마를 척도尺度하려 함은 예술의 본질조차 해득解得지 못한 고루固陋한 편견偏見에 지나지 못함이요'라고 응수하며, 작품 하나라도 만들어보고 나서 말하라고 충고까지 하고 있다.30

만년설과 심훈의 논쟁은 임화가 개입하면서 더욱 격화된다. 임화는 심훈을 '소위 민중적 시네아스트'라고 빈정대며 심훈의 '소시민성'을 비판한다. 소시민이란 '그 자신이 내포內包한 특유特有한 불안성不安性과 초조焦燥로 말미암아 어떠한 때에는 프롤레타리아 연然하고 그 진영陣營내에서 가장 열렬히 싸우다가도 결정적 순간에 와서는 선명鮮明하게 반동하는 것'31이라고 임화는 정의한다. 그리고 '영화가 가진 가공可恐할만한 위대한 기능을 우리의 소용所用되는 바 투쟁의 무기로 사용하지 아니하면 안 될 것'이라고 덧붙이며, 조선 영화가

---

28 최승일, <1927년(年)의 조선(朝鮮) 영화계(映畵界)-국외자(局外者)가 본-(3)>, 《조선일보》 1928.1.10.

29 임화, 〈조선영화(朝鮮映畵)가 가진 반동적(反動的) 소시민성(小市民性)의 말살(抹殺)-심훈(沈熏) 등(等)의 도양(跳梁)에 항(抗)하여〉, 《중외일보》 1928.7.28~8.4.

30 심훈, 앞의 글, 《중외일보》 1928.7.25.

31 임화, 앞의 글, 《중외일보》 1928.7.28~8.4.

나아갈 길을 위해서 부르주아적 영화의 객관적인 정확한 비판과 현 제도하制度下에서 가능한 범위의 수준에까지 프롤레타리아 영화 제작에로 돌진해야 할 것이라고 주장한다.

기실 임화의 글은 〈먼동이 틀 때〉에 대한 비평이라고 보기는 어렵다. 한설야와 심훈의 논쟁에 대한 관전기이면서 프롤레타리아적 관점으로서는 심훈의 영화를 용납할 수 없다는 선언의 성격이 더 강하다. 이것은 카프 진영의 유물사관적 변증법에 입각한 비평담론을 심훈이 조선 영화의 현실논리로 비판, 두 진영 간의 화해 불가능한 관점의 차이를 확인한 것이면서, 카프의 모태조직인 염군사 출신임에도 카프 출현 이후 다른 노선을 걷고 있는 심훈에 대한 배신감이 감정적으로 증폭되어 나타난 양상이라 할 것이다.[32]

〈먼동이 틀 때〉는 조선 민족/민중에 대한 심훈의 연민과 희망의 메시지를 담고 있지만 카프 등 프로 진영에서는 그 진의를 의심하고 있을 뿐만 아니라 심훈의 패배주의와 소시민성에 대한 확신을 더욱 공고히 하는 계기가 된다.

C. 내러티브 구조

이 영화는 이영일의 지적대로 두 개의 플롯으로 구성되어 있다. 광진과 은숙, 순이와 영희의 스토리는 이중플롯을 형성하며 과거와 미래, 희생과 희망을 비유한다.

〈먼동이 틀 때〉는 감옥에서 나와 옛집을 찾아가는 광진 시퀀스(도입), 식당에서 지갑이 없어져 봉변당할 위기에 처한 광진을 도와주는 순이 시퀀스(발단), 책을 파는 은숙을 알아보지 못하고 지나치는 광진과, 은숙을 노리는

32 졸고, 「일제시대 조선영화인의 영화인식 및 비평담론 연구」, 《한국영화사연구》 제2호, 2004, 239쪽.

철 그리고 순이 연인 영희의 등장 시퀀스(전개), 광진의 거처에서 하룻밤 묵게 된 순이와 이를 오해한 영희의 시퀀스(위기와 갈등), 짐을 싸서 떠나는 순이와 영희, 은숙을 겁탈하려는 철과 격투를 벌이는 광진 시퀀스(절정), 광진과 은숙의 조우 그리고 이별, 동이 터 오는 언덕을 오르는 순이와 영희 시퀀스(대단원)로 이루어졌다.

캐릭터의 동기와 사건의 인과관계가 비교적 정교하게 조응하는 형태이며, 할리우드 고전영화의 규범처럼 '사다리 구조(stairstep construction)'의 이야기 진행을 보여준다.

D. 시나리오 작법의 특성

시나리오 상으로 〈먼동이 틀 때〉는 422개의 쇼트로 이루어졌다. 심훈과 김태진의 작업에서 하룻밤 사이에 600여 커트를 완성시켰다고 하지만, 『심훈 전집』 제3권에 실린 〈먼동이 틀 때〉 시나리오는 마지막 쇼트에 '422'라는 번호가 붙어 있다(여기에 자막이 나오는 커트 수 63개는 포함되지 않았다). 또한 신(scene) 번호는 21까지 나오는데,[33] 여기에서 신의 구분은 공간의 변화를 중심으로 한 것이다. 중복되는 공간의 등장은 같은 신 번호를 사용하는데, 중복 공간까지 포함하면 신의 수는 총 71개까지 나온다. 그런데 신 5와 신 8은 시나리오 상에 나타나지 않으며 신 20은 구분은 되어 있으나 내용이 없는 것으로 보아 검열과정에서 삭제된 것으로 보인다. 전체에서 1권 분량의 필름이 줄어들었다는 기록도 있거니와 당시에는 시나리오에 대한 사전검열 필름에

33 S.1 감옥문전 S.2 길거리(독립문) S.3 폐허 S.4 추억-부부 가정. 마루 S.6 식당 안(아침) S.7 파고다 공원 S.9 식당 문전 S.10 식당 뒷골목 S.11 다리 위 S.12 방 S.13 2층 세집 S.14 쇄대((灑臺) S.15 숙의 방 S.16 선술집 안 S.17 문전 S.18 당 S.19 마루 S.21 언덕.

대한 사후검열 등 이중검열이 자행되던 시기임을 감안하면 충분히 추론 가능하다고 하겠다.

이영일은 〈먼동이 틀 때〉에 대하여 '시적 서정이 있고 묘사가 훌륭하다'며 긴 형무소 담을 끼고 나오는 장면을 예로 들면서 담장과 근처 풍경, 거리의 분위기 묘사가 신선했다[34]고 지적한다.

S.1 감옥 문전

1. 담 위에 간수(영影) F.I. L

2. 옥문. 나오는 진 F.S

3. 진, 무영접인無迎接人 F.S

4. 진, 걸어간다.(등 뒤로)(절룸절룸) F.S

S.2 길거리(독립문)

5. 진, 전신주에 기대어서 M.S O.L

S. 外 인왕산

6. 전신주

7. 진, 한숨만 R.S 0.L

8. 진, 걸어간다. M.S

개시開市-태마駄馬

9. 골목. 물장수 나온다. L.S

10. 진, 더듬더듬 이 집 저 집 F

11. 골목. 더듬대는 진과 물장수 스쳐간다. F

34 한국예술연구소편, 앞의 책, 134쪽.

12. 진, 쳐다봄(배후背後)

13. 문패, 대가大家 M.S O.L

14. 진, 배후로 들여다 봄 B. O.L

15. 문們. 아니다. B. O.L

16. 진, 배후로 들여다 봄 C. O.L

17. 문패. 아니다. C. O.L

18. 진, 실망. 걸어간다. M.S

19. 배추장수 사내와 진

바구니 지고 나온다. 진을 지나쳐.

20. 어떤 마누라와 진

어느 문간에서 나온다. 진, 그리로 간다. F.S

21. 2인人. 마누라에게 진 T. B

T.1 "김광진이란 사람의 집이 어디로 떠나갔을까요?"

22. 마누라 냉정하게

T.2 "넓은 장안에 어디로 갔는지 누가 안단 말이오"

23. 2인. 마누라 T를 쌀쌀하게 B.

24. 2인. 마누라 가버리고 진, 한숨으로 돌아서.

S.3 폐허

25. 뼈만 세운 일본 집全 F.I

26. 진, 주춧돌에 걸터앉아(배경 고재목古材木) F.

27. 진, 얼굴이 뵐 듯 말 듯. M.O

고재목을 어루만짐.

28. 진과 토방土方. F.

진의 배월背越로 토방 나온다. 진, 말한다. 토방, 멈칫 진을 본다.

29. 진과 토방

토방의 어깨 너머로 진, 말한다.

T.3 "이 집터에 살고 있던 사람이 어디로 갔을까요?"

30. 전경前景의 2인.

진의 어깨너머로 '모르겠소' 손짓 가버려. F.

31. 진, 배후로부터 머리를 돌리려고 한다. B.O.V

32. 진, 비통의 얼굴. B. F.O

T.4 철창 속에서… 봄, 여름, 가을, 겨울, 봄, 여름, 가을, 겨울,

10년이 넘는 긴 세월을 보낸 김광진….강홍식

33. 진, 몽환(손 주의) B. F.O

T.5 F.I 하염없는 생각은 옛날의 보금자리를 더듬어.

34. 진, 몽환(손 주의) F. B.

S.4 추억-부부가정. 마루. O.V.

35. 진, 손에 실태를 감고 위를 쳐다보며 단란하게 창가唱歌. 실 끝을 따라

36. 아내淑 창가.

37. 풍금 앞에 소녀 둘. M.S. F.O 급急

38. 반표潘表 홈 스위트 홈(중重)

39. 진과 숙(배경 금붕어). B.

가까이 앉아 창가를 맞춰 부르는 얼굴. F.O

T.6 하루아침에 폭풍이 이르렀을 때.

40. 마루바닥(나막신 하나). M.S

구두발굽 저벅저벅

41. 벽. F.

많은 그림자 지나간다.

42. 마루바닥. M.S

금붕어 항아리 낙파落破

43. 금붕어, 세 마리 포독포독. C

44. 진과 포박捕縛.

폭풍 이는 가슴은 뛰어라. O.V

S.3 폐허

45. 진(B)

쫑그리고 앉아 허무虛無다.

46. 진, 일어선다. F.S[35]

<먼동이 틀 때>의 도입부는 시적 서정과 더불어 매우 세련된 시나리오 테크닉을 보여주는 부분이다. 군더더기 없는 표현은 오히려 회화적 이미지를 더욱 선명하게 해준다, 감옥 문전→길거리(독립문)→인왕산→폐허가 된 집터까지의 공간 변화도 유려하다. 심훈은 1927년 일본으로 건너가 닛카츠日活촬영소에서 연출수업을 받고 귀국하여 <먼동이 틀 때>를 만들었고, 이 영화에서 일본에서 배운 이동촬영기법 등 새로운 기술이 성공적으로 쓰였다고 한다.[36]

시나리오 기술記述도 매우 꼼꼼하고 세밀해서 카메라 구도, 촬영 테크닉까지 포함된 것을 볼 수 있다. 풀쇼트(FS), 미디엄 쇼트(MS), 롱쇼트(LS), 클로즈업(C)과 같은 쇼트의 사이즈, 페이드 인(Fl)과 페이드 아웃 (FO), 오버랩(OL), 아이리스 인(Iris in)[37] 같은 장면전환 기법, 그밖에 자막표시(T), 이동촬영, 팬

35 출전: 『심훈 전집』 제3권.

36 안종화, 『한국영화측면비사』, 현대미학사, 1998, 115쪽.

37 167번 쇼트에 나옴.

(Pan), 회상장면, 인서트 등을 자유롭게 구사하고 있다. 특히 회상장면 40번 쇼트에서 44번 쇼트까지는 주인공 광진의 단란한 가정이 하루아침에 깨어지는 상황을 나막신, 그림자, 어항, 금붕어 등 몇 개의 몽타주만으로 간결하면서 강렬하게 처리하고 있다.

〈먼동이 틀 때〉는 당시 시나리오의 구성 수준에서 볼 때 매우 세련된 형태이다. 1920년대 중·후반 조선영화 시나리오는 주로 영화소설의 형식이었다. 김수남은 시나리오와 영화소설의 형식적인 차이점을 두 가지로 설명한다. 하나는 문장 서술이 단문 중심으로 영화소설에 비해 더욱 간결해졌다는 점, 다른 하나는 기술적 용어나 촬영용어의 사용이 두드러진다는 점이다. 아울러 초기의 시나리오는 오늘날의 시나리오와 촬영대본인 콘티뉴이티(continuity)를 절충한 양식이라고 지적하면서[38] 〈먼동이 틀 때〉를 '콘티뉴이티 시나리오'로 분류한다. 〈먼동이 틀 때〉는 콘티뉴이티 시나리오로 남아있음으로써 실물영화가 전해지지 않는 현재시점에서 시나리오작가이며 영화감독으로서의 심훈의 역량을 가늠해볼 수 있는 유일한 자료가 되는 셈이다.

3) 『상록수』 분석

『상록수』는 심훈의 대표적 소설이며 계몽운동가로서의 면모를 보여주는 작품이다. 심훈은 〈먼동이 틀 때〉 이후 조선일보 기자로 있으면서 활발한 평론활동을 했고 소설 『동방의 애인』과 『불사조』를 《조선일보》에 연재하던 중 검열

---

38 김수남을 포함한 대부분의 연구자들은 영화소설이 시나리오의 과도기적 형태라고 주장한다. 그러나 김려실은 그러한 '진화론적 사고'는 부분적으로만 타당할 뿐이라며 영화소설의 독자적 존재의미를 강조하고 있다. 즉 영화소설은 영화를 만들기 위해서 쓰인 것이라기보다는 읽기 위한 또는 읽는 재미의 측면에서 제공된 매체양식이라는 점에 더 무게를 둔다. 김려실, 「영화소설 연구」, 『2003년 영화진흥위원회 우수논문 공모 선정 논문집』, 영화진흥위원회, 2003, 36~41쪽.

에 의해 게재정지처분을 받는 등 고초를 겪는다. 그는 1932년 충남 당진군 송악면 부곡리로 낙향, 창작생활에 정진한다. 그는 그곳에서 장편소설 『영원의 미소』와 『직녀성』을 집필, 《조선중앙일보》에 연재하고 1935년 장편소설 『상록수』를 써 《동아일보》 발간 15주년 기념 현상모집에 당선된다. 『상록수』는 경성농업학교 출신인 조카 재영이 주도하는 '공동경작회' 회원들과 함께 지내면서 그 경험을 바탕으로 한 것이다.

심훈은 이 소설을 영화로 기획, 시나리오 작업을 했고, 고려영화사에서 제작을 하는 것으로 추진했다. 출연진으로 전옥(채영신), 강홍식(박동혁), 심영(박동화), 윤봉춘(김건배) 등이 거론되고, 심훈 자신이 감독을 맡으려 하였으나 일제의 방해로 영화화는 무산되었다.

A. 스토리라인

박동혁과 채영신은 농촌계몽운동에 뜻을 둔 젊은이들이다. 그들은 계몽운동대원 간친회장에서 만나 사랑을 키우며 농촌운동에 헌신할 것을 다짐한다. 동혁은 졸업을 1년 앞두고 고향 한곡리로 내려가 농우회 회원들과 함께 회관을 짓는 등 농촌재건운동에 열심이다. 영신도 내려와 청석동에 청석학원을 짓고 아이들을 가르치는 일에 매진한다. 학교를 열고 아이들 가르치는 일에 주야로 매달리며 무리한 영신은 병을 얻게 되고 병세는 점차 악화된다. 동혁의 간호를 받으며 잠시 행복한 시간을 보내던 두 사람은 마을일로 동혁이 돌아가게 되면서 영신 역시 다시 아이들을 가르치러 청석동으로 돌아온다. 동혁의 마을에서는 농우회를 차지하려는 고리대금업자 기천의 음모로 마을회관이 넘어가게 되자 동혁의 동생 동화가 회관에 불을 지르게 되고 동혁은 대신 죄를 뒤집어쓴다. 동혁이 감옥에 간 사이 영신의 병은 더 깊어지고 급기야 죽음을 맞는다. 동혁이 영신을 찾았을 때는 영신의 장례식이 거행되고 있었고, 오열하던 동혁은 영신의 뜻을 받들 것을 다짐한다.

B. 캐릭터 및 시나리오 분석

『상록수』의 인물 채영신과 박동혁은 건강하고 열정적인 인물이다. 농촌계몽운동에 몸을 바치기로 결심한 그들은 푸르고 싱싱하다. 이 작품의 제목 '상록수'는 그 같은 젊고 싱싱한 젊음에 대한 비유인 셈이다. 특히 채영신 캐릭터는 심훈의 여성캐릭터의 변화를 보여주는 측면에서 매우 인상적이다. 『탈춤』이나 〈먼동이 틀 때〉에서의 여성 캐릭터는 나약하고 의존적이며 희생자로서의 모습인 데 비해 『상록수』의 영신은 적극적이고 열정적이며 도전적이다. 그에게서는 애인인 박동혁과도 대등한 동지로서의 모습이 더 강렬하게 배어나온다. 박동혁 캐릭터도 전작들의 어둡고 피해의식에 찬 남성이 아니라 건강하고 바르며 굳센 의지의 소유자로 정립된다.

이것은 심훈의 의식이 좀 더 긍정적으로 변화하고 있음을 드러내는 신호로 받아들여진다. 현실은 여전히 혹독하고 실제 자신이 거듭되는 검열에 의해 피해를 보고 있었으나, 패배의식보다는 현실과 부딪쳐 나갈 힘을 길러야 한다는 측면, 그리고 미래를 기약해야 한다는 인식을 스스로 새기고 있는 것으로 보인다. 마지막 신에서 영신의 무덤 앞에 서있던 동혁이 각성하는 대목에서 '과거를 돌아보고 슬퍼하지 마라', '오직 현재를 믿고 나아가거라', '억세게 사나이답게 미래를 맞으라'와 같은 자막의 사용이 그러한 생각의 일단을 피력하는 것이라고 할 수 있다. 또한 민족의 힘을 기르기 위해서는 농민이 깨어나야 하고 농민의 계몽을 위해서는 지식인이 나서야 한다는 인식으로 이어지면서, 당시 민중 속으로 들어가라는 '브나로드 운동'에 적극 나섰던 것으로 여겨진다.

『상록수』 시나리오는 7개의 파트[39]와 64개의 신으로 구성되어 있다. 내러티브 전개는 발단-전개-위기-절정-결말의 구조를 택하고 있으며, 이전 시나리오와 마찬가지로 공간에 의한 신 구분과 촬영, 편집 등 방식을 지시한 콘티뉴이티의 형태를 띠고 있다. 다만 신과 쇼트의 개념이 모호한 곳도 발견되는데, 신15에서 신20까지는 신이라기보다는 쇼트개념에 가깝다.

S 궤도-S 차창에 기대인 동혁-S 한강철교-S 광막한 평야(O.L)-S 해변(O.L)-S 촌의 전경

이것은 심훈의 시나리오가 장소 또는 공간 구분에 의해 신을 나누다보니 나타난 현상이라고 보인다.

3
심훈의 평문분석

심훈의 평문으로는 작품평과 조선영화계 현안에 대한 논평이 전해진다. 작품평에는 〈약혼〉(김영환 감독, 1929), 〈홍염〉,40 〈양자강〉(이경손 감독, 1931), 〈춘풍〉(박기채 감독, 1935)에 대하여 쓴 평문이 있다. 심훈의 작품평은 당시의 평문들, 특히 카프계열 평자들의 평문이 영화의 공리적 성격을 강

39 Part 1. 쌍두지행진곡(雙頭贊行進曲), Part 2. 일적천금(一滴千金), Part 3. 해당화(海棠花) 필 때, Part 4. 불개미와 같이, Part 5. 새로운 출발(出發), Part 6. 반역(叛逆)의 불길, Part 7. 최후(最後)의 일인一人

40 이경손이 감독을 맡기로 되었으나 기획만 되었을 뿐 미완성에 그쳤다.

조하고 이데올로기 문제를 전면에 부각시키는 형태와는 다른 양상을 보인다. 심훈은 연출, 촬영이나 조명, 편집, 연기 등에 방점을 찍으며 원작이나 각색의 문제를 부분적으로 언급하고 있다. 이것은 그가 기술비평 중심의 관점을 취하면서 영화라는 매체에 대하여 좀 더 현실적인 접근을 하고 있는 것으로 보이는 대목이다.

> (생략-연구자 주)요컨대 소설 '약혼'은 시대의 짧은 토막을 비추어 주는 거울의 한 조각이다. 그러나 영화적으로 보면 '약혼'은 극적 모든 조건을 갖추지 못한 스토리였다. 그리고 주인공의 성격묘사의 시튜에이슌이 분명치 못하여서 좀 더 가슴을 핍박逼迫하는 힘과 긴장미가 있어야 할 때에 가서 느슨하게 풀어놓은 군데가 더러 있다.
>
> 그러나 그만큼 비영화적인 원작을 소화시켜서 앞뒤를 짜놓은 것에 각색자의 적지 않은 고심의 자취가 보이고 카메라의 위치를 잘 잡아서 배경의 효과를 얻었고 배우의 동작이 들뜨지 않고 때를 벗은 것과 러브씬이 여러 번 중복되었으되 추해 보이지 않는 것 같은 것은 확실히 감독의 머리를 보이는 점이다. 그러나 가다가 동작의 연락이 되지 않고 장면과 장면의 템포가 맞지 않는 것이 눈에 띄었다.
>
> 이 작품을 각 부분으로 나누어 볼 것 같으면 첫째로 이창용 군의 촬영과 둘째로는 나웅 군의 연기가 매우 진보된 것을 특서特書할 만하다. 그다지 어려운 카메라워크는 한 것이 없으나 반사판反射板 몇 쪽을 가지고 그만큼 선명하고 부드러우면서 전체 조자調子가 통일되기는 대단히 힘든 것이니 레프렉터 쉽의 촬영으로는 어디다가 내놓던지 부끄럽지 않을 것이다(이하 생략-연구자 주)
>
> <영화화映畵化한 '약혼約婚'을 보고-시사평試寫評->《중외일보》 1929년 2월 22일

> (생략-연구자 주)14권이나 되는 장척長尺을 끌고 나가는 동안에 너무나 파란곡절波蘭曲折이 적고, 내용이 평평범범平平凡凡한 데다가 템포가 느린 채로 아무러한

변화를 주지 않아서 스피드의 조절이 가장 중요한 영화예술로서는 지리支離한 감이 없지 않았다. 그러나 장편소설적인 그러한 원작을 가지고, 각색이나 카메라워크에 억지로 부자연한 재주를 부리지 않고 시종일관始終一貫해서 진실한 수법으로 통일해 놓은 감독의 태도에 호의를 가지게 한다(중략-연구자 주).

다만 이 '춘풍'을 보고 놀란 것은 자유자재自由自在한 카메라의 구사驅使와 부드러이 유동流動되는 그 조자調子에 있었다. 물론 그만 정도程度의 기술에 만족하고 의식적으로 찬양讚揚코저 하는 것은 아니다. 본래의 모든 작품을 제작하던 때와 다름이 없이 촬영과정을 밟으면서 즉 아무러한 설비도 없이 광선이 새어드는 기계 한 대를 가지고 그만치나 실내室內까지도 선명鮮明히 박은 것은 놀라울 만한 사실이 아닐 수 없다.(이하생략-연구자 주)

<박기채씨朴基采氏 제1회第1回 작품作品 '춘풍春風'을 보고서-영화평映畵評->, 《조선일보》 1935년 12월 7일

영화매체의 기술적 요소에 대한 분석과 평가는 심훈의 영화평에 공통적으로 들어 있다. 심훈의 평이 영화매체에 대한 현장적 또는 실제적인 접근을 취하고 있는 이유는 영화제작 경험이 그의 영화관 형성에 영향을 끼쳤기 때문으로 보인다. 그는 영세한 제작사, 혹독한 검열, 기재의 미비, 낙후된 기술 등 열악한 제작환경과 부딪히면서 조선영화 현실에 새삼 눈뜨게 되었다. 그는 "조선영화계의 현재와 장래"라는 글에서 이 같은 현장 체험을 바탕으로 조선영화에 대한 문제의식을 집중적으로 표현하고 있다.

심훈이 바라보는 조선영화계는 일인 제작자본으로 영화를 만들고 그들이 소유한 상설관에서 영화를 틀며, 촬영소 하나 없으며 홍행사도 부재하고 카메라워크를 알만한 기사 한 사람 없는 현실이다. '영화는 본질상 과학과 예술의 혼혈아混血兒이니 훌륭한 원작이 있고 제 아무리 능력 있는 감독이 총 역량을

다 기울인다고 하더라도 가장 새롭고 정치한 과학의 힘을 빌지 않고는 제작할 생의生意도 못하는 것'[41]이라면서 기계적 시설 하나 변변치 않은 현실에 절망한다. 그밖에 자본과 검열 등 조선영화의 발전을 가로막는 장애물은 많다.

그는 이러한 현장경험을 바탕으로 조선영화의 발전을 위한 방안을 제시한다.

- 자본의 힘을 갖춘 제작사(자)의 등장, 소리小利만을 탐하지 않는 기업가의 필요성.
- 스튜디오(촬영장)를 세울 일(2만원 한도).
- 광선 설비할 일.
- 기술자(감독, 기사, 장치자) 등을 적어도 5, 6인 해외로(아직은 일본) 유학을 보내서 장래의 일군을 양성할 일.
- 전속배우 남녀 20명(최소한도)의 의식衣食만이라도 보장해줄 일.
- 제작소에서 상설관을 세우거나 2관館 이상을 직영直營할 일.
- 촬영은 3조組로 나누어 1개월에 적어도 작품 3편 이상은 제작할 일.
- 작품은 아직은 팬의 정도를 상량商量해서 희활극喜活劇, 통속물通俗物, 시대극時代劇을 중심으로 할 일(촬영비 3천원 이내로).
- 기관잡지機關雜誌를 간행할 일.
- 원작, 각색료脚色料를 제정할 일.[42]

심훈의 발전방안은 조선영화계의 현안 특히 영화제작의 물적 토대에 대한 언급을 중심으로 하고 있다. 제작자본, 스튜디오(촬영장), 조명, 기술인력,

---

41 심훈, <조선영화계(朝鮮映畵界)의 현재(現在)와 장래(將來)>, 《조선일보》 1928년 1월 1일, 4일, 6일.

42 심훈, 앞의 글.

상영관, 원작 문제 등 제작의 거의 모든 영역에 대한 관심을 망라하고 있다. 사실 이러한 구상을 실천하기 위해서는 막대한 자금이 필요하고 그렇기 때문에 가장 먼저 목전의 소리小利만을 탐하지 않는 튼튼한 기업가의 존재를 필요로 하는 것일 터이다. 영화가 예술인 동시에 상품이라는 사실을 몸으로 체득한 그였기에 그의 조언은 실제적이고 구체적인 측면이 있다. 그러므로 심훈은 카프계열 평자들의 주장을 영화 한 번 제대로 만들어보지 못한 사람들의 공론空論 혹은 실천할 가능성을 띠지 못한 공상空想으로 치부하며, 그들이 영화예술을 이해하지 못하고 이론으로도 한 가지 편견에 사로잡혀 독필毒筆을 휘두른다고 여겼다. 그는 공론과 공상보다 '좀 더 핍절逼切한 실제문제를 잡아' 어떠한 방법으로 어떠한 내용을 담은 작품을 제작해야 되겠다는 구체적 진술陳述이 조선영화계의 장래를 위해서 더 필요하다고 생각했던 것이다.

4
마치며: 한계

심훈은 영화배우로 시작해서 감독, 시나리오 작가, 영화평론가로 활동했다, 그는 20년대 후반과 30년대 초반까지 영화계에서 열정적으로 활동했지만 또한 조선영화의 현실에 좌절하기도 여러 번이었다. 30년대에는 주로 문학 쪽 활동에 주력한 것도 바로 그 때문일 것이다.

심훈은 영화의 대중적 파급력에 대해 너무 잘 알고 있었고 그래서 대중과 교감해야 할 필요성을 줄기차게 제기했다. 그가 '성애문제'(연애문제, 결혼 이혼문제, 양성 도덕과 남녀 해방문제, 애욕문제 등)43에 대한 관심을 피력한 것도 검열관계에서 비교적 자유롭고 대중의 흥미와 실감을 불러일으킬 수 있다는 생각에서였다. 이러한 그의 생각은 카프진영에서 '반동적 소시민성의 발로'로 받아들여졌다.

심훈이 조선영화가 처한 현실인식을 중시한 나머지 카프진영의 관념론과 공리성에 대해 격론을 벌이기는 했으나 그의 영화관의 뿌리가 카프적 세계에서 출발했던 사실 자체를 부정할 수는 없다. 그가 『상록수』를 통하여 브나로드 운동의 추진을 독려하고 농촌계몽에 나설 것을 부르짖었던 것도 바로 그의 뿌리로 돌아가는 작업의 일환으로 보아도 좋을 것이다. 특히 그는 당진에서 직접 농촌생활을 경험하며 관념론보다 현실에 토대한 계몽의 필요성을 더 절실하게 받아들였던 것으로 보인다. 그에게 있어서 프롤레타리아 계급론이나 무산자 리얼리즘은 농촌과 농민의 경제적 현실을 드러내는 한편으로 미래에 대한 희망의 싹을 키우는 계몽적 리얼리즘의 형태로 변화하는 징후를 보여주기도 했다. 그러나 그의 관점이 대단히 낭만적이고 돌출적이었으며, 냉철하기보다는 매우 감성적, 감정적이었음도 부인할 수 없다. 그리고 현실은 특히 식민지라는 역사적 현실은 개인의 존재현실 자체를 부정할 수도 있는 엄청난 시련이었다. 그런 점에서 시대와 역사를 보는 관점이 일정 부분 순진했고, 이것이 카프와의 관계에서 갈등을 야기하는 요소로 작용하기도 했던 것이다.

이 연구는 영화인 심훈의 궤적을 돌아보면서 그의 영화적 지향성과 현실인식에 대하여 살펴보고자 서술되었다. 안타까운 것은 그의 영화가 현재 실물로서 남아 있지 않다는 것이고, 이것은 이 논문의 명백한 한계로 작용한다. 그러나 일제강점기 시대의 영화들이 남아 있지 않다 해서 연구에 손을 놓을 수는 없다. 오히려 문헌연구의 중요성은 그 때문에 더욱 커진다고 생각한다.

---

43 심훈, 앞의 글, 《중외일보》 1928년 7월 11일~27일.

■ 참고문헌

단행본

강옥희 · 이순진 · 이승희 · 이영미, 『식민지시대 대중예술인 사전』, 소도, 2006.

김려실, 『투사하는 제국, 투영하는 식민지』, 삼언, 2006.

김수남, 『조선시나리오 선집』, 집문당, 2003.

김종욱 편저, 『실록 한국영화총서』(상), 국학자료원, 2002.

심 훈, 『심훈문학전집』(1~3권), 탐구당, 1966.

안종화, 『한국영화 측면비사』, 현대미학사, 1998.

이영일, 『한국영화전사』, 소도,2004.

한국예술연구소편, 『이영일의 한국영화사 강의록』, 소도, 2002.

논문

김려실, 「영화소설연구」, 『2003년 영화진흥위원회 우수논문공모 선정 논문집』, 영화진흥위원회, 2003.

조혜정, 「일제시대 조선영화인의 영화인식 및 비평담론 연구-1930년대 영화평문을 중심으로」, 《한국영화사연구》 제2호, 2004.

신문자료

서광제, 「조선영화소평(朝鮮映畵小評)-'먼동이 틀 때'를 보고 」, 《조선일보》 1929.1.30.

심 훈, 「영화화(映畵化)한 '약혼(約婚)'을 보고-시사평(試寫評)-」, 《중외일보》 1929년 2월 22일.

______, 「조선영화계(朝鮮映畵界)의 현재(現在)와 장래(將來)」, 《조선일보》 1928년 1월 1일, 4일, 6일.

______, 「박기채(朴基采) 제1회(第1回) 작품(作品) '춘풍(春風)'을 보고서-영화평(映畵評)-」, 《조선일보》 1935년 12월 7일.

안석영, 「연초(年初)에 처음인 명화(名畵) '침묵(沈默)'과 '먼동이 틀 때' 전자(前者)는 조극(朝劇) 후자(後者)는 단성사(團成社)에서-인상기(印象紀)-」, 《조선일보》

______, 「영화평(映畵評)에 대(對)하여」, 《조선일보》 1928.1.30.

임 화, 「조선영화(朝鮮映畵)가 가진 반동적(反動的) 소시민성(小市民性)의 말살(抹殺)-심훈(沈薰) 등(等)의 도양(跳梁)에 항(抗)하여 」, 《중외일보》 1928.7.28 8.4.

최승일, 「1927년(年)의 조선(朝鮮) 영화계(映畵界) 국외자(局外者)가 본(3)」, 《조선일보》 1928.1.10.

《동아일보》 1926.12.17.

《조선일보》 1927.7.23.

5

‘백랑’의 잠행 혹은 만유 : 중국에서의 심훈

한기형

성균관대 동아시아학술원 교수

■

1

강반江畔에 솟은 지강대학之江大學 기숙사에 백발이 성성한 무의無依한 한문선생이 내 방을 격隔하야 독거獨居하는데 밤마다 칠현금七絃琴을 뜯으며 고적의 노경老境을 자위하였다. 그는 나에게 호를 주어 백랑白浪이라 불렀다.01

항주시절 쓴 시조풍의 소품「칠현금」의 말미에 심훈은 그렇게 적었다. 칠현금을 뜯으며 노경을 자위하는 노학구가 '백랑'이라는 호를 주었노라고. 시의 전문은 이렇다. "밤 깊어 버레소리 숲 속에 잠들 때면/ 백발노인 홀로 앉아 반은 졸며 탄금彈琴하네/ 한 곡조 타다 멈추고는 한숨 깊이 쉬더라."

이 무심한 듯 짧은 기록이 조성한 소박하되 감각적인 이국의 서경은 심훈

---

01 심훈기념사업회 편, 『그날이 오면』, 차림, 2000, 173면. 이 책은 1932년 심훈 자신이 편집한 검열본『심훈시가집』을 영인한 것이다. 이 글이 인용한 시들은 이 책의 내용을 따르되 뜻이 손상되지 않는 범위에서 현대표기로 바꾸었다. 그밖에 자료와 시가집에 들어 있지 않은 약간의 시는 신구문화사판『심훈문학전집』(전3권, 1966)을 참고했다.

의 문자 가운데 잊을 수 없는 장면의 하나이다. 어둠속의 수묵화에 등장하는 한문선생은 실존인물이 아닐 수도 있다. 그는 어쩌면 자기도 모르게 노성해 버린 쇠퇴한 내면을 끌어내려고 창조된, 심훈 자신의 그림자였을지도 모른다. 그렇다면 '백랑'은 자호인 셈이다.02

하얀 파도, 곧 '백랑'의 사연은 어디에서 왔는가. 『대한화사전大漢和蘇典』은 두 개의 근거를 내놓는다. 그 하나가 이백李白의 「사마장군가司馬將軍歌」이다. 사마장군은 곧 곽광(霍光, ?~68)이니 그는 한나라 무제武帝의 유조遺詔를 받들어 어린 소제昭帝를 보필, 정사를 집행했던 인물이다. 그에 대한 평가는 사안과 시기에 따라 엇갈리지만 『한서』의 작자 반고班固는 '국가를 바로잡고 사직을 안정시킨' 인물로 곽광의 역사적 위상을 규정했다.03

「사마장군가」는 곽광이 남만을 정벌하는 내용을 담고 있는데, '백랑'이란 표현은 "훈련하는 군진 사이 장군깃발[호응虎雄] 나부끼고, 집채 같은 흰 파도 은빛 물결로 부서지네.〔양병습전장호기揚兵習戰張虎旗, 강중백랑어은옥江中白浪如銀屋〕"라는 대목에서 등장한다. '백랑'의 뜻이 이적夷狄을 평정하는 대장군의 행적과 연결된다는 것이 의미심장하다.

그런데 또 다른 하나는 '도적의 이칭'이라는 전혀 의외의 의미를 지녔다. '백랑'이 도적의 다른 이름이라니 말의 본뜻과 이미지가 전혀 연결되지는 않지만 사전은 별도의 설명을 제시하지 않았다. 심훈이 '백랑'과 관련된 이 두 개의 어의를 알고 있었는지 알 길은 없다.

---

02 이 추측은 심훈 자신의 또 다른 기록에서 확인되었다. 「나의 아호, 나의 이명」이라는 글에서 "혹시 '백랑'이라고 익명처럼 쓰기도 하나 그것은 중국유학 당시에 달밤에 뛰노는 전당강의 물결을 보고 낭만적 기분으로 지은 것이다."라는 기록이 보인다(『심훈문학 전집』 3, 522면),

03 반고(班固), 안대희 편역, 『한서열전(漢書列傳)』, 까치, 1997, 185면.

항주 전당강변 산록에 위치한 '지강대학'의 옛 건물들

그러나 한 가지 분명한 것은 심훈이 우거했던 항주 지강대학의 기숙사가 오자서伍子胥의 분노로 생겨났다는 저 유명한 전당강의 거대한 가을 역류[전강추도錢江秋濤]를 관상하기에 적당한 강변 산록에 있었다는 것이다. 그리고 거기서 잠행과 만유의 어지러운 교차로 이루어진 청년 심훈의 중국시절이 본격적으로 시작되고 또 종결되었다. 오자서의 고사를 심훈이 몰랐을 리 없다. 전당강의 하얀 파도 속에서 '백랑'의 이름을 얻었다는 자신의 술회 속에는 그 강물에 저류해온, 시대와 불화했던 한 인물에 대한 숭모의 일념이 함께 녹아있다고 생각한다.

2

심훈은 1929년 4월에 쓴 「수상록」이라는 글에서 다음과 같이 말했다.

> 이상과 생활의 현격懸隔—신념과 행동의 배치背馳—그 중간에 끼어서 톨스토이라는 간 큼직한 인간의 영혼은 한 세기 동안이나 신음하였다. 고뇌하다 못해서 눈 벌판 에 그 노구老軀를 내 버렸다. 나라는 겨자씨만도 못한 인간도 근 십년 동

안이나 이 전율할 만한 모순과 당착 가운데서 부대껴서 조그마녀이 헤매였다.04

"전율할 만한 모순과 당착 가운데서 부대껴서 조그마녁이 헤매였다"고 심훈은 자신의 20대를 묘사했다. 이 표현은 북경을 향한 심훈의 출행이 어떠한 정서로부터 연유했는지를 말해준다. 그것은 역사적 존재로서 개인의 초라함에 대한 자각이면서 새로운 시대정신을 향한 개안이기도 했다.

심훈은 죽기 6개월 전인 1936년 3월, 「단재와 우당」이라는 제목으로 자신의 중국행에 관련된 한 편의 기록을 남겼다. 죽음을 예감하고 세상 속으로 첫발을 디딘 젊은 날의 그 시간들을 회억하고자 했던 것일까. 이 글에서 그는 "기미년 겨울 옥고를 치르고 난 나는 어색한 청복淸服으로 변장하고 봉천을 거쳐 북경으로 탈주하였다"고05 썼다. 여기서 우리는 기미, 옥고, 변장, 탈주라는 단어를 사용한 심훈의 내면을 살펴야 한다.06

심훈이 망명객의 처지를 자처하며 북경행을 선택한 것은 분명했다. 북경 도착 당시에 쓰인 「북경의 걸인」은 그 출행이 간단치 않았던 것임을 암시한다. 자유롭다면 기꺼이 걸인의 남루를 받아들이겠다는, 이 직설과 기백의 언어는 이미 심훈 시문학의 혁명적 낭만주의를 손색없이 보여준다. 이국성을 배

04 『심훈문학전집』 3.

05 심훈, 「단재와 우당」, 『심훈문학전집』 3, 491면(《동아일보》, 1936.3.12~13).

06 그러나 심훈이 실제로 북경에 도착한 것은 기미년이 아닌 1920년 초겨울 무렵이었다. 그는 1920년 내내 청년 작가로의 입선을 꿈꾸며 습작에 매진하고 있었다(한기형, 「습작기(1919~1920)의 심훈」, 《민족문학사연구》 제22호, 민족문학사연구소, 2003). 심훈은 여러 기록에서 자신의 과거 행적의 구체적 시간에 대한 많은 오류를 남겨놓았다. 북경과 관련된 기록이 그 대표적인 사례이다. 이러한 오기는 과거 체험의 현재성에 남아 있는 위험을 고려한 '의도된 착오'의 사례이다. 심훈의 문헌들을 지배하고 있는 모호함과 착란은 그가 자신의 개인기록을 긴장된 정치적 텍스트로 상정하고 있었다는 것을 뜻한다. 심훈의 기록 속에 묻어있는 경험의 절실함과 내용의 모호함의 간극을 좁히는 것은 쉽지 않은 일이다.

제한 채 새로운 현실과 자신의 관계를 자문하는 이 시의 어조를 나는 현장 속으로 기투하려는 심훈의 문학적 고백으로 읽고자 한다.

나에게 무엇을 비는가?
푸른 옷 입은 인방隣邦의 걸인이여,
숨도 크게 못 쉬고 쫓겨 오는 내 행색을 보라,
선불 맞은 어른 즘생이 광야를 헤매는 꼴 같지 않느냐.

정양문正陽門 정루門樓 우에 아침 햇발을 받아
펄펄 날리는 오색기를 쳐다보라
네 몸은 비록 헐벗고 굶주렸어도
저 깃발 그늘에서 자라나지 않았는가?

거리거리 병영兵營의 유량嚠喨한 나팔소리,
내 평생엔 한 번도 못 들어보든 소리로구나.
호동胡同 속에서 채상菜商의 외치는 굵다란 목청,
너희는 마음껏 소리 질러보고 살아왔구나.

저 깃발은 바랬어도 대중화大中華의 자랑이 남고
너의 동족은 늙었어도 '잠든 사자'의 위엄이 떨치거니,
저다지도 허리를 굽혀 구구히 무엇을 비는고
천년이나 만년이나 따로 살아온 백성이어늘……

때 묻은 너의 남루와 바꾸어 준다면

눈물에 젖은 단거리 주의周衣라도 벗어주지 않으랴.

마디마다 사무친 원한을 노나 준다면

살이라도 저며서 길바닥에 뿌려주지 않으랴

오오 푸른 옷 입은 북국의 걸인이여07

정양문의 옛 모습(성양산(盛錫珊), 『노북경시정풍정화(老北京市井風情畵)』, 북경외문출판사(北京外文出版社, 1999)

북경에 도착한 심훈은 문자 그대로 약관의 나이(1901년생)였으나 이회영과 신채호, 그리고 성암醒庵 이광李光 등 혁혁한 항일 망명객들과 조우했다. 만주시절 우당의 동료였던 이광의 소개로 단재와 며칠을 함께 보낸 일이나 이회영에게서 오랜 시간 자애로운 교시를 받을 수 있었던 것에는 무엇보다 종친의 딸과 혼인한 정도의 배경을 지녔던 청송 심씨가의 후광이 있었다.08 그러나 심훈이 우당과 단재를 향해 움직였다는 것을 세교의 산물로만 이해할 수는 없다. 민족운동에서 출발해 무정부주의에 도달했던 두 사람의 사

07 심훈기념사업회 편, 『그날이 오면』, 141~143면.

08 최원식, 「심훈연구서설」, 『한국근대문학을 찾아서』, 인하대 출판부, 1999. 242면.

상적 궤적이야말로 심훈이 남겨 놓은 북경의 기억에서 이 두 사람을 하나로 묶여진 이유일 것이다.

북경행 이전 심훈의 좌경화는 시작되고 있었다. 중국으로 떠나기 직전, 사회주의 성향의 잡지 《공제》(2호, 1920.10)의 '현상노동가' 모집에 투고된 심훈의 「노동의 노래」에는 "불길가튼 우리 피로써 시들어진 무궁화에 물을 뿌리자. 한배님의 끼친 겨레 감열케 하자"라는 민족주의적 구절과 "노동자의 철퇴 같은 이 손의 힘이 우리 사회 굳고 굳은 주추 되나니, 아! 거룩하다 노동함이여"라는 사회주의적 노동예찬이 공존하고 있다.

북경에서 심훈이 거주한 시기는 매우 짧았다. 중국에서 맞는 첫 번째 겨울이 다 지나지 않은 1921년 2월, 그는 서둘러 북경을 떠나 상해로 향했다. 채 3개월도 북경서 지내지 못한 셈이다. 심훈이 북경을 떠난 데에는 어떠한 필연적인 이유가 있었는가. 그 자신의 설명은 이렇다.

> 1921년 2월 어느 날 이른 아침, 나는 북경의 정양문 역을 떠났다. 북경대학의 문과를 다니며 극문학을 전공하려던 나는 양포자樣包子를 기다랗게 늘이고 허리가 활등처럼 구부러진 혈색 없는 대학생들이 동양차東洋車를 타고 통학하는 것을 보고 홍지鴻志를 품고 고국을 탈출한 그 당시의 나로서는 그네들의 기상이 너무나 활달치 못함에 실망치 않을 수 없었다. 그 뿐 아니라 희곡 같은 과정을 상급이나 되어야 일주일에 겨우 한 시간쯤 그것도 셰익스피어나 입센의 강의를 할 뿐인 것을 그 대학의 영문과에 수학 중이던 장자일張子一씨에게서 듣고 두 번째 낙심을 하였다. 그러던 차에 불란서 정부에서 중국유학생을 환영한다는 'xx'라는 것이 발기되어 유학생을 모집하는데 조선학생도 입적入籍만하면 갈 수 있다는 소식을 듣고 작약하였다. 하루 몇 시간 노동만 하면 공부를 할 수 있다니 그야말로 천재일우의 호기회를 놓치고 말 것인가? 예술의 나라인

불란서 일류의 극장과 화려무비한 오페라 무대를 몽상하여 며칠 밤을 밝히다시피 하였다.

"아무튼 배가 상해에서 떠난다니 그곳까지 가자!"09

심훈이 우당의 집에서 나와 잠시 머물렀던 동단패루(東單牌樓) 부근 현재 북경의 중심가(성양산(盛錫珊), 『노북경시정풍정화(老北京市井風情畵)』, 북경외문출판사(北京外文出版社), 1999)

북경대학을 포기한 이유로 심훈은 학생들의 무활기와 극문학 커리큘럼의 소략함 두 가지를 제시했다. 그러면서 프랑스로의 노동유학이 새로운 대안이었다고 설명했다. 프랑스로 향하는 배가 상해에서 출발하므로 심훈은 당연히 북경에서 상해로 이동해야 하는 것이다.

심훈이 연극에 열광했다는 것은 사실이다. 생전에 가장 아끼던 책이 프랑스 희곡전집이었다는 일화가 남아 있을 정도이다. 20년대 중반 이후 시나리오 작가, 영화감독, 배우로 전신할 수 있었던 배경도 연극에 대한 이러한 애호와 독습의 결과였을 것이다.

---

09 심훈 「무전여행기-북경에서 상해까지」, 『심훈문학전집』 3, 306 507면.

'홍루(紅樓)' 부근 5·4운동 기념 표지석

그러나 극문학을 위해서라면 심훈은 일본을 가야했다. 1920년대 일본 연극계는 이미 상당한 수준을 확보하고 있었다. 전반기(1920~1923) 《개벽》의 문화부장이었던 현철(현희운)이 1910년대 후반 '동경예술좌' 부설 연극학교에서 쿠스야마 마사오楠山正雄로부터 연극을 배웠다는 것은 익히 알려져 있는 일이다.10 심훈은 《개벽》의 숨은 실력자였던 방정환과 가까운 사이였다. 그런 심훈이 이러한 정보를 몰랐을 리 없다.

심훈이 5·4운동의 진원지이자 차이위안페이蔡元培 교장을 필두로 천두슈陳獨秀, 리다자오李大釗, 후스胡適 등 신문화 운동의 주역이 교수로 포진했던11 북경대학을 '혈색 없는 대학생들의 활달치 못함'을 핑계로 거부했다는 것도 납득하기 어려운 일이다.

2005년 1월, 나는 북경 오사대가五四大街 29번지에 있는 '홍루紅樓' 앞에 서

10 한기형, 「《개벽》의 종교적 이상주의와 근대문학의 사상화」, 『《개벽》에 비친 식민지 조선의 얼굴』, 모시는사람들, 2007, 437면.

11 백영서, 「교육독립론자 차이위안페이 중국의 대학과 혁명」, 『전환의 시대 대학은 무엇인가』, 한길사, 2000.

있었다. '홍루'는 5·4운동의 발상지였던 북경대학의 옛터이며, 그 즈음엔 '북경 신문화운동기념관'으로 꾸며져 있었다. 어쩌면 1920년 겨울 심훈도 이 붉은 건물 앞을 서성였을 것이다. 그해 7월에 리다자오는 북경대 교수가 되어 마르크스주의 역사학을 강의하기 시작했다. 8월에는 루쉰魯迅이 중국소설사를 강의해달라는 북경대학의 초빙에 응했다.

매주 금요일 오후에 진행된 루쉰의 강의는 곧 북경대 안팎의 많은 학생들을 불러 모았고 '홍루' 역사의 한 상징이 되었다.12 북경대학의 분위기에 대한 심훈의 판단은 일방적인 측면이 있는 것이다.

심훈은 상해에서 프랑스행 배를 끝내 타지 않았다. 뿐만 아니라 프랑스행이 좌절된 명백한 이유도 남기지 않았다. 프랑스에서의 극문학 공부는 따라서 하나의 트릭이었다고 나는 생각한다. 상해로 가야만 하는 명분이 심훈에게는 필요했던 것이다. 심훈의 상해행을 추론할 때 우리는 하나의 요인에 주목해야 한다. 그것은 상해가 동아시아 사회주의운동의 중심기지로 급격히 부상하고 있었다는 점이다. 심훈의 여로가 상해로 재설정된 것은 '현장'에 대해 그가 품고 있던 의지의 결과였다.

3

중국공산당 창건을 의미하는 제1회 대회가 1921년 7월 1일 상해 프랑스 조계 박애博愛여학교에서 열렸다. 바로 전해인 1920년 8월 상해사회주의 청년단이 설립

---

12 「북경대학홍루간개(北京大學紅樓簡介)」, 『중국문화운동기념관(國新文化運動紀念館)』, 2002, 4면

되었다. 5·4운동의 영향을 받은 청년학생들이 상해에서 발간되던 《성기평론星期評論》, 《각오覺悟》, 《신청년新青年》 등 급진적인 매체를 향해 모여든 것이 그 설립의 계기 가운데 하나였다.13 상해는 사상과 혁명의 도시로 변하고 있었다.

조선인 사회주의자들도 상해를 중심으로 활발하게 움직였다. 이동휘를 영수로 하는 상해파 공산당은 1920년 5월경 조직되었다. 중앙 간부 여운형의 진술에 의하면 조완구·신채호·김두봉 같은 저명한 이들도 당원으로 참여했다고 한다. 1921년 5월, 상해파는 '전한공산당 대표회'를 통해 고려공산당으로 확대 개편되었다. 국내에서 사회주의 확산에 열심이었던 유진희, 김병식, 윤자영 등은 중앙총감부 산하의 기관지부 간부로 활동했다. 상해파 고려공산당은 중국·일본의 공산주의자들과 함께 '동양총국'을 조직하고 그들에게 조직자금을 지원했다. 상해파 공산당과 연계되어 있었던 인물들은 오스기 사카에大杉榮, 사카이 도시히코堺利彦, 콘도 에이조近藤榮藏, 황지에민黃介民, 천두슈陳獨秀 등이었다.14

심훈이 북경을 향하고 있을 즈음인 1920년 11월, 경성고등보통학교 동창인 박헌영은 상해에 도착해 있었다. 같은 시기 두 사람의 중국행이 이루어진 것이다. 박헌영은 상해에서 본격적인 혁명가로서의 수업을 받기 시작했다. 박헌영은 분열하기 직전 상해 소재의 한인공산당에 가입했으나 상해파와 이르쿠츠크파가 분리된 2001년 3월 이후 이르쿠츠크파에 가담한다.15 소설 『동방의 애인』(1930) 속에 묘사된 이동휘의 민족적 사회주의의 길과 박헌영은 다른 방향을 선택한 것이다.16 그럼에도 박헌영은 『동방의 애인』 속에 많은 흔적을

13 백영서, 『중국현대대학문화연구』, 일조각, 1994, 259~260면,

14 임경석, 『한국사회주의의 기원』, 역사비평사, 2003, 201~202면, 377~384면.

15 『이정박헌영전집』 9, 역사비평사, 2004, 130~133면.

16 상해에서 이루어진 이동휘의 활동에 대해서는 반병률의 『성재 이동휘 일대기』(범우사, 1998)과 「진보적인 민족혁명가 이동휘」(《내일을 여는 역사》 제3호 2000.10)를 참조할 것,

남겼다. 심훈은 존경했던 인물과 가까운 친구의 형상을 통해 자신의 상해시절을 기록하고 싶어했던 것이다. 북경에서 상해로 향하는 기차 속에서 심훈은 '깊은 밤 황하를 건너다'(「심야과황하深夜過黃河」)라는 제목의 시를 초했다. 그런데 이 시의 마지막 연이 의미심장하다.

이제 천년만년 굽이져 흐르는
물줄기는 싯누렇게 지쳐 늘어지고
이 물을 마시고 자라난 백성들은
아직도 고달픈 옛 꿈에 잠이 깊은데
난데없는 우렁찬 철마鐵馬의 울음소리!
무심한 나그네를 싣고 기차는 황하黃河를 건넌다.

'고달픈 옛 꿈의 잠'을 깨우는 '철마의 울음'이 암시하는 새로운 사상의 홍기, 심훈의 여정은 그것의 중심을 향해 나아가고 있었다. 그러나 심훈은 상해시절과 관련된 어떠한 구체적 기록도 남기지 않은 채 두 편의 시와 소설『동방의 애인』을 통해 그가 체험한 상해의 시공간을 간접적으로 드러내었을 뿐이다.

박헌영의 출옥을 묘사한「박군의 얼굴」(1927)의 한 대목 "음습한 비바람이 스며드는 상해의 깊은 밤/ 어느 지하실에서 함께 주먹을 부르쥐던 이 박군은/ 눈을 뜬 채 등골을 뽑히고 나서/ 산송장이 되어 옥문을 나섰구나"는 상해에서 박헌영과 심훈이 특정한 사건을 매개로 대면했다는 것을 강력하게 암시한다. 이어지는 "눈은 눈을 빼어서 갚고 이는 이를 빼어서 갚아주마!"라는 복수의 절규는 두 사람이 상해에서 맺은 인연의 깊이를 말해준다.

「상해의 밤」(1921.11)은 망명한 혁명가의 종말론적 우울을 그림으로써 상해 체류 시기 심훈의 내면을 진솔하게 드러냈다.

우중충한 농당弄堂 속으로
훈둔장사 모여들어 딱딱이 칠 때면
두 어깨 웅숭그린 년놈의 떠드는 세상,
집집마다 마작판 뚜드라는 소리에
아편에 취한 듯 상해의 밤은 깊어 가네.

발 벗은 소녀, 눈먼 늙은이를 이끌며
구슬픈 호궁胡弓에 맞춰 부르는 맹강녀孟姜女 노래
애처롭구나, 객창에 그 소리 창자를 끊네.

사마로四馬路, 오마로五馬路 골목 골목엔
'이쾌양되', '량쾌양되' 인육人肉의 저자,
단 속옷 바람으로 숨바꼭질하는 야지의 콧잔등이엔
매독이 우글우글 악취를 풍기네.

집 떠난 젊은이들은 노주老酒잔을 기우려
것 잡을 길 없는 향수에 한숨이 길고,
취하야 취하야 뼛속까지 취하야서는
팔을 뽑아 장검인 듯 내두르다가
채관菜館 쏘파에 쓸어지며 통곡을 하네.

어제도 오늘도 산란散亂한 혁명革命의 꿈자리!
용소슴치는 붉은 피 뿌릴 곳을 찾는

'까오리' 망명객의 심사를 뉘라서 알꼬
영희원影戲院의 산데리아만 눈물에 젖네.

'아편에 취한 밤', '인육의 저자', '매독의 악취를 풍기는 창녀(야지, 野鷄)', '눈먼 늙은이를 이끌며 부르는 발 벗은 소녀의 창자를 끊을 듯한 노래 소리' 등이 표상하는 상해는 구원 불가능한 혼돈과 절망으로 가득 찬 근대적 연옥 그 자체이다. 이러한 설정이 혁명을 꿈꾸는 '까오리(고려) 망명객'의 대의와 극단적으로 대비되면서 작품의 밀도는 날카롭게 높아진다. 그러나 환멸의 정조와 혁명가의 숭고함을 비교하는 이러한 설정은 아무래도 심훈 특유의 낭만적 정서가 조성한 나르시시즘의 소지를 다분히 안고 있다. 그런데 이러한 나르시시즘은 혁명에 대한 관찰자적 동경이 오래 지속될 때 생겨나는 현상이기도 하다.

상해시절의 심훈을 생각할 때, 우리는 필연적으로 상해의 한인 사회주의 운동과 심훈의 관계를 질문할 수밖에 없다. 심훈이 상해에서 여운형과 박헌영을 만났을 가능성은 매우 높다. 이동휘와도 어떤 형태로든 직간접의 인연이 생겼을 수 있다. 그 밖의 사회주의 활동가와의 교유도 배제할 수 없다. 이러한 경험이 『동방의 애인』을 쓰게 된 배경이 된 것이다. 그러나 몇몇의 방증이 심훈과 사회주의 운동의 직접적인 연계를 보장하는 것은 아니다. 심훈 자신은 이 문제에 대해 결정적 자료를 남겨놓지 않았다.

필자는 심훈이 상해의 한인사회주의 조직에 참여했을 가능성에 대해 다소 회의적이다. 『동방의 애인』에서 묘사된 상해의 사회주의는 아무래도 너무 안온하다. 이 소설은 상해를 젊은 혁명가들의 성장처로만 그림으로써 한인 사회주의 운동의 실체를 잡아내는 데 실패했다. 그것이 검열과 사회주의 대중화 등 안팎의 조건이 만든 결과라 할지라도 보다 중요한 요인은 내밀한 체험의 부재에서 비롯되었을 것이다.

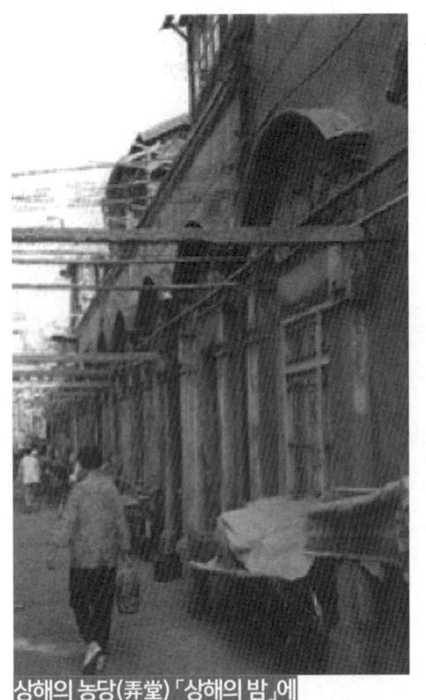
상해의 농당(弄堂) 「상해의 밤」에 등장하는 세기말적 우울의 현장

심훈에게 있어 사회주의는 생활의 경험이 아니었을 가능성이 높은 것이다. 심훈의 그 강렬한 민족의식도 역설적이긴 하지만 운동으로서의 사회주의에 지나치게 깊이 들어가지 않았기 때문에 가능했던 일이라고 생각한다. 민족과 사회주의가 공동 가치화되는 심훈 특유의 사유는 조직적 실천 활동과의 거리감이 만들어낸 산물일지 모른다. 카프와 심훈의 대립과 긴장을 이해하는 데도 이러한 시각이 필요하다. 심훈이 사회주의를 동경하면서도 사회주의를 감각적으로 경험하지 않았다면 그것은 중요한 문제이다. 이 때문에 심훈의 소설에 그려진 사회주의적 신념과 그 추상성을 우리는 동시에 주목해야 한다. 그런데 이러한 추정이 사실이라면, 사회주의를 동경하면서도 그 목전에서 머뭇거려야했던 이유는 무엇인가.

4

북경을 떠난 심훈은 상해를 거쳐 인근 항주에 정착했다. 이곳에서 그는 지강대학에 입학한다. 남경에서 쓴 시도 몇 편 남아있지만 어떤 시기에 남경에 체류했는지는 불확실하다. 심훈은 「항주유기」에서 "항주는 나의 제 2의 고향이다. 미면약관의 가장 로맨틱하던 시절을 이개성상이나 서자호西子湖와 전당강변에 두류逗留하였다"라고 썼다.17 심훈이 1923년 서울로 돌아온 것을 고려하면 상해 도착 후 얼마 지나지 않아 중심 거처를 항주로 잡은 것은 분명하다. 항주를 근거로 상해를 왕래한 것이다.

하지만 심훈의 문장에서 상해와 항주는 별개의 시공으로 묘사된다. 『동방의 애인』이나 「상해의 밤」이 포착한 상해는 혁명의 학습지이자 망명객의 도시이다. 그러나 항주는 '명미한 산천', '단려端麗한 풍물', '달콤한 애상' 등의 표현처럼 정치성이 배제된 개인의 영역이었다. 상해가 공적 세계라면 항주는 감각과 정서에 기초한 사私의 발원처라고 할 수 있겠다. 그것은 북경과 상해가 잠

「항주유기」에 그려진 서호의 풍경

17 이 글은 원래 「천하의 절승, 소항주유기」라는 제목으로 《삼천리》(1931.6)에 게재되었다. 이 글에는 여러 편의 시조가 포함하고 있다. 항주 체류 시 심훈의 상황을 짐작할 수 있는 유일한 기록이다. 이후 「항주유기」로 제목과 내용이 손질되어 『심훈시가집』(1932)에 수록되었다.

행의 공간인 것에 반해 항주는 만유의 장소였다는 생각을 갖게 한다. 항주에서 쓴 시들은 그래서인지 작품의 정조가 남다르다. 글을 시작하면서 한 편을 소개했지만 서호의 이취를 그런 두 편을 더 읽어보자.

삼담인월三潭引月

삼담三潭에 잠긴 달은 무엇으로 건져볼고
팔 벌려 건지자니 달은 등에 업혔고나
긴 밤을 달 한 짐 지고 꾸벅꾸벅 거니네

평호추월平湖秋月

중천의 달은 호심湖心으로 쏟아지고
향수鄕愁는 이슬나리듯 마음 속을 적시네
선잠 깬 어린 물새는 뉘 설음에 우느뇨

한 가지 주목해야 될 것은 「항주유기」에 거론된 인물들이다. "호반에 소요하시던 석오石吾·성재省齋 두 분 선생님과 고생을 같이하며 허심탄회로 교유하던 엄일파嚴一波, 염온동廉溫東, 정진국鄭鎭國 등 제우가 몹시 그립다"는 짤막한 문장에 등장하는 다섯 사람 가운데 앞의 네 사람이 임정계 인물이다.

석오 이동녕은 이시영·이회영과 함께 신흥무관학교 설립의 주역이며 임시정부 내무총장, 국무총리를 지냈다. 성재 이시영은 임정의 법무총장과 재무총장을 지낸 분이다. 일파 엄항섭嚴恒燮은 임정 법무부 참사와 임시 의정원 의원을 역임했고 해방 당시 임정의 선전부장이었다. 보성고보 출신으로 3·1운동에 가담한 전력이 있다. 추정秋汀 염온동 역시 3·1운동에 참여 3년간의 옥고를 치르고 1921년 상해로 망명, 1923년 임시의정원 의원이 되었다. 일제의 기밀

보고서 「용의조선인명부容疑朝顧人名簿」는 염온동의 성향을 '민족절대독립주의'로 기록했다.[18]

심훈, 엄항섭, 염온동 세 사람은 3·1운동을 체험한 후 상해로 건너온 공통의 이력을 지니고 있었다. 정진국에 대해서는 1929년 5월 31일자 《중외일보》에 권오돈·안병기·서상경 등과 함께 무정부주의 비밀결사로 구속된 기사가 보인다.

「항주유기」의 기록은 청년 심훈의 폭넓은 교제 범위를 보여준다. 그러나 사회주의적 가치를 동경하되 실제로는 비타협적 민족주의자들과 더 가까웠던 심훈의 처신이 이러한 기록을 통해 드러났다고도 할 수 있다. 홍명희와 심훈의 밀접했던 관계를 상기할 필요가 있다.[19]

심훈은 자신이 다녔던 지강대학에 대한 구체적 기록을 남기지 않았다. 그런데 흥미로운 것은 미국 장로교회가 이 학교를 세웠다는 점이다. 심훈은 서울에서 양반교회로 유명했던 안동장로교회에 출석했다. 지강대학은 미국 기독교 세력이 세운 중국 내 13개의 교회대학 가운데 가장 먼저 생긴 학교였고, 화동華東의 5개 교회대학(금릉金陵, 동오東吳, 성약한聖約翰, 호강滬江, 지강之江)의 거점이었다. 대부분의 설비는 미국 교회의 원조로 이루어졌으며 당연히 종교교육의 분위기가 강했다. 미국과 캐나다의 장로교회가 교수를 파견하였는데 지강대학이 존립했던 기간 동안 서양인 교직원의 총수는 92명이었다.[20]

1912년 12월 10일, 신해혁명의 주역 쑨원孫文이 이 학교를 시찰하고 학생들을 상대로 강연을 했다. 그것은 지강대학이 서양을 향한 중국 내의 중요한

---

18 국사편찬위원회 한국사 데이터베이스 참조.

19 강영주, 『벽초 홍명희 연구』, 창작과비평사, 1999, 296~299면.

20 대극훈(隊克勛)(Clarence Burton Day), 유가봉(劉家峰) 역, 「서적교직원명단(西籍敎職員名單)」, 『지강대학(之江大學)』, 주해출판사(珠海出版社), 1999, 138~141면. 이 책의 작자는 미국 장로교 목사로 1919년부터 1951년까지 지강대학 영어계 주임을 역임한 인물이다.

통로였음을 시사하는 사례 가운데 하나이다. 재학생들은 문학, 체육, 중·영문 연설 등 다양한 과외활동을 벌이는 한편 '타도 제국주의! 타도 매국적賣國賊!'을 외치며 5·4운동에 적극 참여하기도 했다.[21] 지강대학은 서구적인 문화와 진보적인 분위기를 동시에 배양하고 있었다고 보아야 할 것이다.

2006년 초, 전당강변 육화탑 뒤의 강변 산록에 자리 잡고 있는 지강대학 '구지舊址'를 답사했다. 이곳은 현재 절강浙江대학교 지강캠퍼스로 편입되어 있다. 1910년대에 지어진 것으로 추정되는 여러 채의 아름다운 서양식 건물이 지금까지 거의 완벽한 상태로 남아있다. 미국인 Nathnial Tooker 일가의 기부로 지어진 예배당 Tooker Memorial Chaple(중국명 도극당都克堂)의 머리돌 낙성 연도가 1917년으로 되어 있다.[22] 심훈이 지강대학에 재학할 때 이 건물들에서 배우고 생활했을 것이다. 옛 건물 가운데 상당수는 아직도 교육시설과 기숙사로 사용되고 있었다.

지강대학의 전신은 1845년, 미국 기독교 북장로회가 영파寧波에 설립한 숭신학원(숭신의숙崇信義塾)이다. 1867년 가을 항주로 이전, 육영의숙育英義塾으로 개칭했고 1897년 육영서원(育英書院, Hangchow Presbyterian College)으로 교명을 고쳐 영문, 화학 등 2개 학과를 설치했다. 초대교장은 미국 장로회 목사 J. H. Judson(구덕생裘德生)이다. 지강대학(之江大學, Hangchow Christian College)이란 학교명은 1914년부터 사용되기 시작했다. 1920년 편제된 신학제는 천문학·생물학·화학·수학·국문학·영문학·현대구주어·교육학·지리학·역사·생리학·심리학·철학·종교학·사회학 등이었다. 1952년 여름 전국 고등교육

21 장문창(張文昌), 「지강대학(之江大學)」, 《절강문사자료선집(浙江文史資料選輯)》 제29집, 1985, 124~ 125면.

22 대극훈(隊克勛)(Clarence Burton Day), 《지강대학(之江大學)》, 34면.

기관 체제가 조정될 때 문학원, 상학원, 공학원 등 3개 학부는 절강대학, 절강 사범학원 등으로 편입되고 지강대학은 해체된다.[23] 유명한 소설가 위다푸郁達夫가 이 학교 졸업생(1916년)이다. 1918년 5월《지강조성之江潮聲》이라는 문학 잡지가 이 대학에서 창간되었다는 것도 특기할 만한 사항이다.

필자는 상해 복단대학 사학과 장칭章淸 교수와 장종민張仲民 박사의 도움을 받아 지강대학과 관련된 자료를 확인해보았으나 아쉽게도 1921~23년 사이 '심대섭沈大燮'이란 인물과 관련된 입출교 기록이나 성적 관련 자료를 찾을 수 없었다. 그러다가 서강대 최기영 교수를 통해 하나의 실마리를 얻게 되었다. 1923년 7월 21일자 상해판《독립신문》의「아유학생계현황我留學生界現況」이란 기사에는 1923년 하기 졸업한 중국 유학생 명단이 실려 있다. 엄항섭도 이때 학교를 마쳤는데, 그 학적이 '항주지강대학중학과抗州之江大學中學科'라고 기재되어 있다.

중학과란 무엇인가? 1911년 육영학원 당시 학제는 대학학제와 중학학제가 각각 4년으로 구성되어 있었다. 1917년 학제가 정과(고급) 3년, 예과(초급) 2년으로 개편되었다. 엄항섭이 졸업했다는 중학과는 지강대학의 초급반인 예과였을 것이다. 따라서 중학과는 예과와 같은 의미로 사용된 용어라고 보아야 한다. 심훈의 경우도 예과에 다녔을 가능성이 있다. 그 점에 대한 새로운 조사가 필요하다고 생각한다. 한 가지 의문은 상해에 도착한 얼마 후 지강대학에 입적한 것으로 되어있는데, 중국어와 영어로 진행되던 수업에 참여할 만한 소양을 심훈이 갖고 있었는가 하는 점이다.

마무리 삼아 심훈이 지강대학 재학 중《동아일보》독자문단(1921.7.30)에 발표한, 세상에 알려지지 않은 시 한 편을 소개한다. 제목은「나의 절친한 친

23 위의 책, 131면.

구 유형식兪亨植군을 보고」이며, 작자는 '항주 지강대학 백랑'으로 기재 되어 있다. 친구의 편지와 사진에 대한 감회를 진술하는 내용이나 실제로는 시 전체가 어떤 비유적 상징으로 가득 차 있다.

> 오! 그가 왔다/ 준령峻嶺을 넘고 대양大洋을 건너/ 사랑하는 벗이 외로움에 떠는 나의 가슴에 안기려 왔다/ 나의 정다운 고국故國으로서/ 오! 저 그립든 얼굴 사랑에 엉킨 저 눈!/ 정담情談을 토吐하는 저 입!/ 입고 싶은 내 나라의 옷 모양
> 군君아! 오 애인愛人아!/ 끝마칠 날 밤에/ 마조 잡든 손을 내밀어주오
> 사랑의 입살을 가만히 열어/ 외로운 벗에게 음악音樂을 주서오?
> 그러나 대답對答도 없는 침묵沈默한 그대/ 움직이지 못하는 그대의 몸
> 아! 세상은 무정無情하고나/ 가거라! 가거라!/ 잊히지 않는 과거過去의 인상印象이여!
> 나의 기억記憶으로서/저 얼골 뒤에 나타나는/ 모든 애처愛妻로운 그림자!
> 운명運命아 이미 우리에게 이거離居를 주었으니/ 마음을 썩이는 전일前日의 환락歡樂과 비애悲哀의 괴로운 모든 연상聯想을/ 영원永遠한 무덤에 파묻어 버려라
> 애형愛兄아 전당강반錢塘江伴 구진 비오는 이츰/ 사랑하는 그대를 그리워 잊을 길 없고나

유형식은 휘문고보 출신으로 심훈의 검은돌 동네 친구이자,24 박종화와 절친한 문학청년이었다. 박종화는 3·1운동 직전 동경에서 입수한 《학지광》과

24 1921년 9월 15일 '폭발물취체벌칙 위반 피고사건'에 증인으로 출석한 유형식의 신문 조서에 따르면 본적이 '경기도(京畿道) 시흥군(始興郡) 북면(北面) 노량진리(鷺梁律里) 231번지'이다. 당시 직업은 경기도청 교원으로 되어 있다.

《창조》를 유형식이 건네주었다고 일기에 적었다. 그런데 이 두 사람과 심훈은 3·1운동을 통해서도 연결된다. 박종화는 심훈이 자신들에게 '2·8 독립선언서'를 보여주었다고 증언했다.25 심훈의 일기에도 유형식은 여러 차례 등장한다. 최기영 교수의 전언에 의하면 유형식은 유길준의 가까운 인척이다.

고루에서 본 '호동(胡同)'. 보이는 건물은 종루

5

식민지 시기 대부분의 한국 문인들은 일본을 통해 근대를 만났고 성장의 자양을 얻었다. 따라서 심훈처럼 중국에서 공부하며 항일운동, 사회주의 운동을

25 윤병로 편저, 『박종화의 삶과 문학』, 성균관대 출판부, 1998, 184면,

동시에 체험한 사례는 극히 희소하다. 1918년 셋째형 정건을 찾아 떠났던 상해에서 지강대학의 자매학교인 호강대학(滬江大學, 독일어 전문부)에 다녔던 현진건 정도가 뚜렷한 자취를 보여줄 뿐이다. 그러나 이 정도의 사례를 가지고 한국의 근대문학과 중국의 관계를 논하는 근거로 삼는 것은 아무래도 비약이다. 심훈의 경우는 하나의 이질적 돌출에 불과했다고 생각한다. 중국 기독교대학의 수학 경험으로 현진건과 심훈이 연결된다는 것을 확인한 것이 생각지 못했던 수확이라면 수확이다.

심훈의 중국생활은 사실 거의 대부분 알 수 없는 미지의 세계이다. 그리고 어쩌면 그 실체는 영원히 드러나지 않을 것이다. 그럼에도 '중국에서의 심훈'을 쓰게 된 동기는 그가 중국과 한국을 하나의 시야로 객관화할 수 있는 드문 경험의 소유자였기 때문이다. 심훈은 이 계기를 어떻게 활용했는가. 이 점을 나는 깊이 생각하고 싶었다.

중국을 '대상'으로 이해한다는 것은 식민지 조선의 지식인으로서는 커다란 현안이었다. 1923년 《개벽》의 중국특파원 이동곡은 향후 전개될 중국을 중심으로 한 동아시아 정국의 대혼전을 예견하면서 "동아의 일원인 우리 조선인도 물론 그 화염 중에서 분투하여 광명의 로路를 발견하여야 할 것"[26]이라고 말한 바 있다. 심훈은 자신의 중국 체험을 『동방의 애인』을 통해 민족문제와 사회주의운동의 연결선 속에서 그려내었다. 하지만 이 소설이 중국의 독자성을 객관화했다고 보기는 어렵다. 중국의 현존을 서사적으로 독립시키지 못한 것이다.[27] 이 때문에 역설적으로 소설 속의 조선적 근대가 갖는 상대적 좌표 감각은 희미해졌다. 이것이 식민지인의 한계인지 아니면 심훈의 특질인지는 더 생

---

26 이동곡, 「중국에 재한 일본의 이권 동요와 동아의 금후의 대세」, 《개벽》 36호 1923.6.29 30면.

27 이점에 대한 필자의 구체적인 생각은 「서사의 로칼리티, 소실된 동아시아 심훈의 중국체험과

각해보아야 할 문제이다.

하지만 나는 '중국에서의 심훈'에 대해서는 아무 것도 밝혀내지 못했다. 그저 아까운 노자를 허비하며 북경과 상해, 항주의 뒷골목을 배회했을 뿐이다. 심훈의 노정을 따라간다고 생각했지만 끝내 나는 북경에 도착했던 그해 겨울 심훈이 느꼈던 그 거대한 두려움에로 환귀還歸했다.

「고루鼓樓의 삼경」에서 심훈은 "지구의 맨 밑바닥에 동그마니 앉은 듯/ 마음조차 고독에 덜덜덜 떨린다"고 말했다. 여기에는 심훈적 호방함과 격정의 풍도가 한없는 고독의 산물이라는 독백이 묻어있다. 확실히 그 고독 속에서 심훈의 낭만성이 자라났다. 그것을 확인한 것을 이 글의 작은 소득으로 자위한다.

『동방의 애인』」(〈인하대 국제학술회의 발표문〉, 2007.6.29)에서 피력된 바 있다.

■ 참고문헌

1. 자료

『심훈문학전집』(전3권), 신구문화사, 1966.

심훈기념사업회 편, 『그날이 오면』(영인본), 차림, 2000.

2. 연구논저

강영주, 『벽초 홍명희 연구』, 창작과비평사, 1999.

반병률, 『성재 이동휘 일대기』, 범우사, 1998.

______, 「진보적인 민족혁명가 이동휘」, 《내일을 여는 역사》 제3호, 2000.10.

백영서, 『중국현대대학문화연구』, 일조각, 1994.

______, 「교육독립론자 차이위안페이중국의 대학과 혁명」, 『전환의 시대 대학은 무엇인가』, 한길사, 2000.

윤병로 편저, 『박종화의 삶과 문학』, 성균관대 출판부, 1998.

임경석, 『한국사회주의의 기원』, 역시비평사, 2003,

최원식, 「심훈연구서설」, 『한국근대문학을 찾아서』, 인하대 출판부, 1999.

한기형, 「습작기(1919~1920)의 심훈」, 《민족문학사연구》 22, 2003.

______, 「서사의 로칼리티, 소실된 동아시아-심훈의 중국체험과 『동방의 애인』」(〈인하대 국제학 술회의 발표문〉, 2007.6.29).

장문창(張文昌), 「지강대학(之江大學)」, 『절강문사자료선집(浙江文史資料選輯)』 제29집, 1985.

대극훈(隊克勛)(Clarence Burton Day), 유가봉(劉家峰) 역, 《지강대학(之江大學)》, 주해출판사(珠海出版社), 1999.

「북경대학홍루간개(北京大學紅樓簡介)」, 『중국신문화운동기념관(中國新文化運動紀念館)』, 2002.

작품 세계

6

근대소설과 구여성

심훈 『직녀성』을 중심으로

이상경

카이스트 교수

1

여성의 근대적 자기 표현

여성이 근대 교육을 받고 자기 표현도 할 수 있게 된 계몽기 이후,01 교육을 받은 여성들은 대한제국 혹은 조선의 한 구성원으로서 각종의 민족운동에 적극적으로 헌신하는가 하면 일상의 생활에서도 자신의 성적 정체성을 확립하고 성적 자율성을 획득하기 위한 싸움을 하면서 사회의 각 방면에서 여성으로서의 자기를 형성해 나갔다. 계몽기에 여성 교육과 민족운동에 헌신을 했던 여성운동가나 서양 문물을 받아들인 양장 여성이 모두 '신여성'으로 간주된 이래, 1920년대에는 분리되어 있던 두 측면이 통합되면서 신여성상을 구성하게 되었다.02 이들에 대한 사회적 논란에도 불구하고 1930년대에 이르면 '현대

01 이 과정과 의의에 관해서는 이상경, 「여성의 근대적 자기표현의 역사와 의의」, 《민족문학사연구》 9호(1996) 참조.

02 이 과정에 관해서는 이상경, 「1920년대 신여성의 다양한 면모에 관한 연구」. 한국정신문화연구원과 한일젠더사연구회 공동 주최 심포지엄 발표문 『근대적 여성상의 한일 비교』(2000.11.30) 참조.

여성'으로 불리든지 '신가정'의 현모양처로 간주되든지 간에 각자가 받아들이는 내용과는 별도로 '딸'들이 추구해야 할 보편적인 가치가 되었다.03

신여성을 나머지 다른 여성들과 구별 짓는 가장 중요한 요소는 교육이었다.04 신교육이든 구교육이든 여성도 교육을 받아야 한다는 생각 자체가 그 이전 시대와 비교하여 매우 새로운 이질적인 것이었다.05 여성에 대한 교육은 곧바로 신교육으로 시작되었고 신여성이 교육을 통해 얻게 된 지식은 일종의 '권력'으로 작용하였다.06 그 지식에 힘입어 신여성들은 조혼을 비롯한 각종 '강제혼'에 맞서 자유 연애를 주장하고 일부일처제의 가정을 실천하고자 했다. 그러나 모순되는 두 방향을 동시에 추구하는 것은 현실 속에서 분열을 일으킬 수밖에 없었다. 자유 연애를 밀고나가 아내 있는 남성과 연애를 하고 첩이 되기를 마다하지 않아 사회적 비난을 사는가 하면, 일부일처제를 요구하며 본처와의 이혼을 요구하거나 본처 있는 남자와의 사랑을 거부함으로써 남성에게 좌절을 안겨 주기도 했다. 이렇게 여성의 주체성을 내세우는 신여성은 당시의 공공 언론 매체를 장악한 지식인 남성들에게 (자유 연애의 상대자로) 욕망의 대상이면서 동시에 (이미 본처가 있는 처지에서) 금기의 대상이었기 때문에 더욱 많은 논의를 낳았다. 신여성들은 남성과 '지식'을 공유하고, 연애를 할 수 있는 존재로서 남성 작가의 문학 작품 속에서 중요한 여성인물로 등장하게 되

---

03 박완서의 자전적 소설 『그 많던 싱아는 누가 다 먹었을까』에서 어머니가 딸에게 너는 신여성이 되어야 한다고 하는 '신여성 프로젝트'는 시기상으로 보면 1940년을 전후한 무렵의 일이니 1930년대 이래 신여성이 딸들이 추구해야 할 보편적 규범으로 자리 잡고 그것이 대중적 차원에까지 확립되었음을 보여준다.

04 보통 신여성이라 할 때는 일단 중등 이상 즉 여학교 이상의 교육을 받은 여성을 가리킨다.

05 물론 근대 이전에도 여성에게 '부덕(婦德)'을 가르쳤지만 그것은 체계적인 교육제도 바깥에 있었다.

06 김경일, 「한국근대사회의 형성에서 전통과 근대」, 《사회와 역사》 제54집, 1998, 25면.

었고, 또한 스스로도 작가로서 자기를 드러내는 글쓰기를 할 수 있었다.07 이런 과정에서 근대문학에서 여성에 관한 논의의 주된 관심은 신여성에 쏠려 있었다. 또한 최근의 여성문학의 논의는 '남성적 근대'에 '침묵 당한 목소리'로서 신여성의 섹슈얼리티에 주목하고 많은 성과를 내고 있다.

그런데 이렇게 신여성들이 근대적 자기 정체성을 추구해 나가는 소란한 와중에, 신여성이 아닌, 사회적 경제적 이유로 신교육을 받지 못하고 그래서 지식을 가지지 못한 나머지 다른 여성은 어떻게 살았던가? 어떻게 자기를 표현했던가? 그들은 말할 수 있었던가? 이 연구는 이러한 의문에서 출발한다.

신여성은 개성의 해방을 중요한 주제로 하는 근대문학의 여주인공도 되고 실제의 신여성 자신이 개성의 해방, 여성의 해방을 논하기도 했다.08 이에 비하면 나머지 다른 여성은 스스로 말할 수 있는 기회를 가지지 못했다. 그런데 신경향파 문학에 이어 프로 문학이 등장하면서 하층의 여성들은 농민의 딸, 무산계급 여성 등으로 성적 착취와 경제적 착취라는 이중의 고통에 신음하는 존재로서 프로문학의 중요한 소재가 되었고 강경애와 같은 대변자를 만나기도 했다. 반면, 지식인 남성의 본처로서 전통적 의미의 '부덕'에 갇혀 있던 중상층의 여성들은 지식인 남성 작가에 의해 자신을 속박하는 봉건제의 표상으로 비난받거나 구시대의 유물로 그 존재가 묵살되었다. 이런 점에서 이들 중상층 여성은 이중으로 타자화된 셈이다.

이 연구는 근대소설에서 이들 신여성이 아닌 나머지 중상층 여성이 침묵

07 신여성의 대표적 존재로서 나혜석이 쓴 소설 「경희」(1918)는 이 점을 극명하게 보여준다.

08 그것이 남성 중심의 논의로 되면서 신여성의 성적 자율성은 여러 가지 방식으로 타자화되었고 최근의 많은 논의들은 이 타자화의 과정, 그것을 뚫고 신여성의 목소리 듣기 등의 연구 작업을 진전시켜 왔다.

당하는 방식을 살펴본 뒤, 식민지적 근대가 여성에게 가한 억압을 이들 여성의 입장에서 드러내고 있다고 생각되는 『직녀성』을 중심으로 근대문학에서 이중으로 타자화된 여성의 목소리를 듣는 것을 목적으로 한다.

2

신여성과 구여성, 무산계급 여성

처음에는 나머지 여성에 대비해 그들과는 다른 존재로서 '신'여성이라는 개념이 성립되었다. 그런데 일단 신여성이 개성의 해방과 자유 연애를 주창하는 근대문학 논의의 중심에 놓이게 되자 나머지 여성들은 신여성과의 관계에서 주변화되었다.

경제적으로 여유가 있고 개명한 아버지나 오빠의 적극적인 지원으로 신교육을 받을 수 있었던 운 좋은 여성09이나 여성에게 구식의 인습을 강요할 가족이나 가문이 없는 고아나 평민층 출신의 여성으로 외국 선교사들이 세운 교육기관에서 남 먼저 신교육을 받을 수 있었던 여성10들은 신여성으로 사회에 마주설 수 있었다. 그러나 나머지 대부분의 가정에서 아들들은 교육을 시키더라도 딸들에게는 교육을 시키지 않았다. 왜냐하면 첫째는 딸까지 학교에 보낼 경제적 여유가 없었고 둘째는 경제적 여유가 있더라도 구식의 도덕을 익힌 여성이 신부감으로 환영을 받았기 때문이다. 그리하여 신남성이 신여성과 연애를 하고 사랑을 하는 동안에 나머지 여성들은 여전히 가문 결혼의 희생물로

09 나혜석과 같은 경우가 그 대표적인 여성이다.

10 김일엽과 같은 경우가 그 대표적인 여성이다.

서, 집안의 빚 대신에 팔려 가는 매매혼의 희생물로서 짓눌려 있었다. 다음과 같은 기사는 이 상황을 잘 보여 준다.

> 오늘날 도회지에 모여드는 여학생들 또는 소위 신여성들이 자유 연애니 자유 결혼이지 하지마는 실상 그 수효는 심히 적어 웬 조선 안에 있는 신여성을 다 합하더라도 조선 여자 전체에 비하면 큰 바다에 좁쌀알만 한 것이다. 남자와 같이 머리를 깎으며 남녀가 서로 안고 춤을 추는 반면에는 교륜을 탄 어린 계집아이가 시집살이를 가며 열 서너 살 된 어린 놈이 근 이십이나 된 노성한 처녀에게 장가를 가는 사실이 끊이지를 아니하는 것이다. ……「노랑머리 물레 줄상투 언제 자라서 내 낭군 되나」 하는 것은 어린 남편을 둔 아내의 부르는 원망의 노래요 「너를 요만큼 기르노라고 머슴살이 한 돈 삼백 냥 다 달아났네」 하는 것은 어린 아내를 둔 장정이 부르는 원망의 노래이다. 방화니 살인이니 하는 죄는 이 가운데서 일어나는 것이다.[11]

이미 1894년의 갑오개혁 이후 여자는 16세 이상이어야 결혼할 수 있도록 조혼이 법제적으로 금지되었고 일제하 조선민사령(1912)에서는 남자는 만 17세, 여자는 만 15세에 이르지 않으면 결혼할 수 없도록 했지만 경제적 피폐와 여성을 남성의 재산으로 생각하는 가부장제의 이데올로기 속에서 여전히 매매혼과 강제적인 조혼이 성행했다. 60%에 이르는 빈궁계층의 여성, 가난한 농민의 딸들은 경제적 빈궁과 성적 착취라는 극한의 상황 속에서 '살인과 방화'라는 극단적인 방법으로 자기의 목소리를 내었다. 본 남편을 살해한 '독

11 「여자 살인범과 방화범 남자의 삼분지 이」, 《동아일보》, 1925. 12. 3. 신영숙, 「일제하 조혼으로 인한 여성 범죄」, 『여성-역사와 현재』(박용옥 편), 국학자료원, 2001에서 재인용.

부毒婦', 시집에 불을 지른 '소부少婦', 등은 신문 사회면에 자주 보도되었고 특히 본 남편을 살해하는 여성의 살인 범죄는 다른 나라에서 보기 어려운 특수한 현상이라고까지 논의되었다.12 그리고 사회적 문제로 제기되는 만큼 이들의 삶은 자주 문학의 소재가 되었다.13 빈궁계층 여성은 아버지나 남편의 빈궁, 무능력 혹은 부재로 기생으로 팔려가거나 민며느리로 매매혼을 당하거나 빚 대신에 첩으로 끌려가거나 아니면 남은 가족들을 억척스런 생활력으로 먹여 살리는 여성 가장 노릇을 해야 했다. 이들은 소작농민의 딸, 무산계급 여성으로 불리면서, 매춘 여성이나 기생의 모습으로 지식인 남성 주인공의 욕망과 절망을 해소해주는 도구로 묘사되거나, 지주의 첩이 되고 민며느리로 팔려가는 등 경제적, 성적 억압에 시달리는 사회 모순의 체현자로 부각되었다. 특히 '신경향파' 문학이 등장하고 프로문학이 전개되면서, 현진건의 「불」, 나도향의 「물레방아」, 이기영의 「민며느리-금순의 소전」 등을 비롯해서 많은 작품에서 이들은 비극의 주인공이 되거나, 자신에게 가혹한 운명을 강요하는 사회의 모순을 인식하면서 그 억압에 저항하는 주체적 인물로 성장해 갔다. 또한 강경애 같은 여성 작가는 하층계급 여성의 대변자가 되었다.

이렇게 근대문학사에서 한쪽에서는 성의 해방이 논의되고 다른 한쪽에서는 계급 해방이 논의될 때 이 양쪽으로부터 모두 소외된 존재가 중상층의 나머지 여성들이었다.

전통적인 '부덕'을 익히고 신교육을 받은 남성과 가문결혼을 해야 했던 중상층의 나머지 여성들은 한국 근대문학에서 자기를 표현할 기회를 거의 가지

---

12 이 현상과 신문보도에 대한 자세한 분석은 신영숙, 앞의 논문을 참조.

13 근대문학 연구에서 임종국은 『한국문학의 민중사』(지리산, 1991)에서 「물레방아」에 대해 분석하면서 이 측면에 주목한 바 있다.

지 못했다. 근대문학의 담당자는 신교육을 받은 신남성들이었다. 부모의 강요에 의해 어린 시절 강제 결혼을 당했던 이들은 근대적 개성에 눈뜨면서 신여성과 자유 연애를 하게 되었고 이때 그들의 연애를 가로막는 것은 자신의 조혼한 아내였다. 그에게 아내는 자신을 강제 결혼시킨 봉건적 관습이며, 처첩의 신분질서를 엄격하게 강제하고 본처와의 이혼을 금하는 가부장제도의 표상이었다. 그리하여 많은 작품에서 애인인 신여성과 본처인 구여성은 신남성을 사이에 두고 서로 대립하고 갈등하는 관계로 설정되며, 자유 연애와 봉건적 가부장제의 표상이 된다. 이런 의미에서 '신'여성과 대척점에 놓인 '구'여성이란 보통 지식인 남성과 신여성의 자유 연애와 결혼을 가로막는 본처의 자리에 있던 여성들을 가리킬 때 신여성과 대비되어 자주 사용되었다. 본고에서도 구여성은 신남성과 가문 결혼을 할 정도의 경제적 혹은 사회적 지위에 있되 신교육을 받지 못한 중상층의 여성을 가리키는 용어로 사용한다.

남성 작가와 여성 작가 모두 그들의 체험 세계에서 구여성인 본처의 희생을 딛고 서야만 자유 연애는 가능했다. 그런 의미에서 구여성은 이중의 피해자인 셈이다. 그야말로 시키는 대로 결혼하고 하던 대로 시집살이를 하고 있는데 난데없이 이혼이라는 것에 맞닥뜨린 것이다. '이혼'은 남성에게 일방적인 것이기는 했지만 개인에게 일정한 자유를 허용하는 것이고 봉건제로부터 벗어난 근대적인 것이었다. 이러한 가족제도의 변화에서 가장 큰 피해자인 구여성의 입장에서라는 식민지적 근대의 모순상 또한 가장 명료하게 보일 수 있다.

그러나 대부분의 작가들은 가문·효도·도리·관습 등으로 짓눌러 오는 봉건적 가부장제의 억압을 이데올로기로서든, 물적 조건으로서든 정면에서 맞대결하여 탐구하지 않고 힘없는 구여성 본처를 그 자리에 놓고 침묵시키는 식으로 소설적 대결을 회피함으로써, 우리 근대문학은 많은 경우 그렇게 소리 높여 타도를 외쳤던 '봉건'의 실체에 대해서는 제대로 탐구하지 못했다. 그런 상태에서 '근대'에로의 찬가를 부름으로써 근대도 제대로 탐구하지 못했다고 할 수 있다. 이런 구도 속에서 구여성은 무지한 질투심의 화신으로 등장하거나 아니면 아예 존재 자체가 부정되고 그들이 처한 환경을 인식하는 경우에도 변화하는 시대의 희생자인 측면에 연민하는 정도이다. 구여성은 이러한 역사 속에서 자기 자신의 목소리를 갖지 못했고 문학적 대변자도 거의 갖지 못했다. 그러나 근대 여성의 역사를 볼 때 구여성들은 과도기적 존재로서 고통받으면서, 특별한 경우 신여성으로 변신했거나, 딸만은 신여성으로 키워냈다.14 이런 점에서 남성적 근대화에서 타자화되었던 신여성 담론이 다시 타자화시키고 있는 '구여성'의 침묵 당한 목소리에 귀를 기울일 필요가 있다.

3

근대소설에서 침묵 당한 구여성

경조부박하고 허영에 빠져 자기 파멸로 걸어 들어가는 신여성을 신여성의 전형으로 형성하는 데 지대한 공헌을 한 이광수의 장편소설에 등장하는 구여성, 또는 구여성으로 표상되는 봉건제도란『무정』(1917)의 박영채 정도이다. 그

14 소설가 박화성(1904년생)의 어머니는 남편을 첩에게 빼앗긴 뒤, 딸은 그러한 전철을 밟지 않도록 공부하기를 적극 장려했다(박화성,『눈보라의 운하』, 여원사, 1964). 1930년대에《매일신보》에 기자로 근무한 김원주(金源珠, 1907년생)가 어려운 가정 형편에도 불구하고 교육을 받을 수 있었던 것도 어머니의 강한 소망 덕분이었다. 그 어머니는 김원주의 소학교 시절 여선생님이, "아무리 곤란해두 소저를 꼭 공부시키라요. 그래야 소저가 오마니와 같은 고통을 받지 않아요."라고 하는 말에 딸에게는 자기의 숙명을 물려주지 않으려는 강한 의지로 딸을 공부시켰다고 한다. 성혜랑,『등나무집』, 지식나라, 2000, 20면. 성혜랑의 이 책 전반부는 자신의 어머니 김원주가 쓴 자서전이라고 밝히고 있다.

박영채는 아버지에게 효도하기 위해 자신을 기생으로 던졌으면서도 이형식의 아내가 되라는 아버지의 한 마디 말에 의리를 지키기 위해 노력하다가 비극에 빠지고도 그 모순을 깨닫지 못한다. 그런데 죽으러 가던 영채는 기차간에서 만난 신여성 병욱이의 말 한 마디15에 금세 자신을 사로잡고 있던 낡은 사상의 속박을 끊고 신여성으로 변화한다.

소설 속의 현실에서 영채를 자살에까지 내몰았던 구도덕의 실체는 없고(영채의 아버지는 이미 죽었다), 영채의 낡은 사상이 그렇게 하게 했기에 영채는 그렇게 쉽사리 구도덕으로부터 빠져 나오는 것이 가능했다. 낡은 것, 봉건적인 것이 일상에서 그 사람을 억누르고 있는 제도 속의 인간에 대한 묘사 없이, 한갓 관념이 그렇게 억압적인 힘을 발휘할 수 있는 제도에 대한 고려 없이는, 그 속박을 깨고 나오는 논리나 저항의 진실성도 있을 수 없는 것이다. 이후 많은 소설에서 구여성은 신여성과 신남성의 입장에서만 그려진다.

연애와 금기의 대상으로서 뿐만 아니라 식민지적 근대의 한 표상으로 신여성의 다양한 자기 논리를 추구해 들어간 염상섭 소설에서는 구여성은 아예 존재를 말살당했다. 「만세전」(1921)에서 이인화의 아내는 죽어 가고 있다는 전보 속에 등장한 뒤 곧 죽음으로써 이인화에게 해방감을 주고 사라지는 존재였다. 『사랑과 죄』(1928)에서 이해춘의 아내는 병들어 있고 곧 죽을 예정이므로, 소설의 구성이나 등장인물인 이해춘과 지순영의 연애에 아무런 변수도 되지 않는, 있으나마나 한 인물이다. 소설 마지막에 이르러서는 해춘의 아내의

15 "아니요, 영채 씨는 지금까지 꿈을 꾸고 지나셨지요. 얼굴도 잘 모르고 마음도 모르는 사람에게 어떻게 마음을 허합니까. 그것은 다만 그릇된 낡은 사상의 속박이지요. 사람은 제 목숨으로 삽니다. 제가 사랑하지 않는 지아비가 어디 있겠어요. 하니깐 영채/씨의 과거사는/꿈입니다. 이제부터 참 생활이 열리지요." 이광수, 『무정』(『이광수전집』 제1권), 삼중당, 1906, 230면.

병은 '절망 상태'에 이르렀고, 이해춘과 지순영은 검거 선풍을 피해 만주 봉천으로 가는 것으로 소설은 끝난다. 이해춘의 아내에 대한 가장 긴 언급은 지순영이 느끼는 죄책감 속에서이다.[16] 아니면 구여성이 구여성으로 머물러 있는 것이 신남성에게 다행한 그런 상황에서만 잠시 얼굴을 내비친다. 무관심으로 아내를 대하던 『삼대』(1931)의 주인공 조덕기는 집안에 온갖 불미한 일이 일어나자, "사실 소학교밖에 졸업하지 못하고 구식 가정에서 자라났기에 이 속에서 배겨 있지, 요새의 신여성 같으면야 풍파가 나도 몇 번 났을지 모를 거라는 생각을 하면, 생지식 없다고 싫어하던 것이 이제는 도리어 잘 되었다고 생각하는 것이다"[17]라는 식이다.

자기 시대의 억압에 민감했던 프로문학의 작가 이기영 소설에서도 하층 여성은 지주에게 넘겨지거나 민며느리로 팔려 가는 등, 경제적·성적 억압에 시달리는 사회 모순의 체현자로 부각되었고 그런 모순 속에서 동시에 여성으로서의 자각도 하게 되는 생동감 있는 존재로 묘사되었지만, 구여성은 새로운 사상을 익히고 돌아온 남편의 정신세계를 전혀 이해하지 못하고 질투만 일삼는 무지한 아내로 등장하기 일쑤이다. 『고향』(1933)에서 김희준은 조혼한 구여성 아내와 사상의 동지인 신여성 갑숙이 사이에서 갈등하는데, 아내도 조혼의 희생자임을 깨닫고 '동정과 연민'을 느끼면서 갑숙이와는 사상의 동지로서만 남기로 마음을 정리한다. 이 경우도 희준의 아내는 희준의 눈으로만 묘사되며 객관적 서술을 하는 화자 역시 희준이 혹은 조혼의 피해자였던 작가 이

16 "두 눈이 시커먼 이 남자의 부인이 어서 죽으라고 발원을 하고, 목숨이 껄떡거리는 사람이 요정나기를 죄고 있는 것인가?"라고 하는 지순영은 해춘과의 관계에서 죄책감을 느낀다. 염상섭, 『사랑과 죄』(『염상섭전집』 제2권), 민음사, 1987, 365면.

17 염상섭, 『삼대』, 문학사상사, 1968, 39면.

기영 자신과 밀착되어 그것을 구여성 아내의 입장에서는 보지 못하고 있다.

이기영의 『신개지』(1937)는 봉건 양반 가문의 몰락과 신흥 요호부민층의 상승을 대비시키면서 식민지적 근대화의 구체상을 포착한 소설인데, 양반의 딸로 돈 많은 상놈의 집에 시집간 유숙근이 겪는 고난은 구여성의 고난이다. 그러나 거기서 갈등의 초점은 상놈 시어머니와 양반 며느리의 고부 갈등이고, 유숙근의 남편인 하상칠은 서울에 가서 공부하면서 카페의 여급과 사랑의 도피행각을 벌이지만 이것이 유숙근에게 미치는 영향에 대해서는 아무런 묘사가 없다. 숙근이 자신도 남편 하상칠에 대해서는 아무 관심이 없고 시집과 친정 사이의 신분 갈등으로 부대끼기만 하니, 유숙근의 여성으로서의 자기 정체성의 형성과는 거리가 먼 것이다.

초기 단편소설에서 구여성이 주인공으로 등장하는 경우는 많다. 이광수의 단편 「무정」(1910), 김편주金扁舟의 「청상靑孀의 생활」(1920), 나혜석의 미완의 단편 「규원閨怨」(1921) 등은 어려서 과부가 된 여성의 수난을 소재로 하고 있다. 그러나 그들의 삶의 공간은 전근대 시대와 다름없는 것으로 설정되어 있어 전통 시대 여성의 삶의 고단함과 다른, 근대화되어 가는 과정에서 구여성의 자리가 어떠한가에 대해서는 드러내지 않는다.

1920년대 현진건의 단편소설 「빈처」(1921)나 「술 권하는 사회」(1921), 「타락자」(1922)에서 여성 인물은 부화방탕한 지식인 남편에게 희생되는 헌신적인 구여성이고, 이런 순진무구한 인물을 통해 지식인 남성의 부박함이 극명하게 드러나는 효과를 거두고 있다. 현진건 소설의 구여성은 순진무구함과 남편에 대한 순종으로써 남편을 반성하게 하는 반면교사의 역할을 할 뿐 자의식을 가지고 자각해 가는 존재는 아니다. 그런 점에서 하나의 소설적 장치일 뿐, 구여성의 목소리를 담고 있는 것은 아니다.

이에 비하면 해방 전까지 나온 소설 중에서 가장 본격적으로 근대를 살아가는 구여성의 문제를 다룬 심훈의 『직녀성』(1935)은 조선시대에 양반이었고 일제강점기에는 귀족이 된 집안의 며느리를 주인공으로 하고, 그 주변에 다양한 층위의 여성들을 배치하여 여성들이 봉건과 근대 양쪽에서 가해오는 억압 아래서 겪는 고통과 그것을 극복해 나가는 과정을 그려내었다. 1934년 3월 24일부터 1935년 2월 26일까지 1년 가까이 《조선중앙일보》에 연재되었고, 심훈이 1936년 9월 급서한 뒤 1937년 11월에 한성도서 주식회사에서 단행본으로 출간된 『직녀성』은 심훈 소설 가운데서는 장편소설의 내면 형식을 가장 잘 갖춘 작품으로 평가된다.[18] 조혼으로 인해 수난을 겪는 양반 집 구여성을 중심인물로 하여, 일제강점기 양반-귀족 가문의 신식과 구식이 착종된 생활 습속을 그 집안에서 제일 하층에 속한 며느리의 눈으로 보여주고, 또한 구여성과 신여성의 다양한 층위를 보여준다는 점에서 여성 내부의 '차이'에도 주목한 작품이다.

4

구여성의 문학적 대변자, 『직녀성』

1) 인습의 답습과 식민지적 근대화

『직녀성』의 주인공 이인숙은 여덟 살에 여섯 살짜리 윤봉환과 약혼하고 열네 살이라는 어린 나이로 윤 자작 집에 시집와서 고된 시집살이를 한다. 그녀의 아버지 이 한림은 한일합병 후 과천으로 낙향하여 아예 서울 출입을 않으며 자식들도 한문 공부만 시키는 완고한 인물이었다. 윤봉환의 아버지 윤 자

18 이주형, 『한국근대소설연구』, 창작과비평사, 1995, 83면.

작 역시 가난한 선비였으나 왕족의 양자가 되어 부와 작위를 물려받았다. 윤 자작은 노망든 조모가 죽기 전에 증손부를 보고 싶어 한다는 이유만으로 여섯 살 된 아들을 정혼시킨 것이다. 이 한림과 윤 자작은 처음에는 같은 친구였지만 합병이 되면서 한쪽은 '척사'로 한쪽은 '친일'로 가서 상종을 안했는데 윤 자작이 찾아와서 청혼을 부탁함으로써 사돈이 된다.

이 정혼 대목에서 자신은 전혀 서울 출입을 않던 이 한림이 일본의 작위를 받은 집안에 딸을 시집보내면서도 아무 갈등을 느끼지 않는다는 점에 주의할 필요가 있다. 아들도 한문 공부만 시킨 사람이 딸의 장래에 대해서는 "자기보다 지위가 높은 사람이 몸소 먼 길을 전위해서 와준 것이 고맙기도 한 김에"[19] "제 평생 의식 걱정은 않을 테니 그만해도 제 복이지"[20]이라고 하며 정혼을 해버린다. 이 점에서 보면 이 한림의 낙향은 단지 척사위정일 뿐 근대적 민족의식의 수준은 아니다. 한림의 아내도 딸을 시집보내면서 하는 걱정이란 시부모를 잘 모실 수 있을지, 바느질을 제대로 할지 정도이지, 어린 딸이 여성으로서 겪어야 할 어려움에 대해서는 전혀 배려가 없다. 조상들이 살아오던 대로 산다고 하는 것이 변화한 현실에서 어떤 문제에 부딪칠 것인지에 대한 아무런 의식이 없다. 근대 속을 살아가는 전 근대인들이고 인습을 답습하고 있다.

왕족으로 일제가 주는 작위를 그대로 받은 윤 자작의 집은 아들과 딸에게 모두 신식 교육을 시키지만 일상생활에서는 양반식의 봉건 예법을 그대로 지키면서 살고 있다. 이 점에서 윤 자작 집안은 신식과 구식을 편의대로 오가는

19 심훈, 『직녀성』 상권, 한성도서주식회사, 1937(영인본, 태영사, 1982), 23면. 이하 『직녀성』의 인용은 이 책으로 하고 상·하권과 인용 면수만 밝힌다.

20 『직녀성』 상권, 24면.

또 하나의 '식민지적 근대'[21]의 모습이다. 이들 역시 모순된 두 방향의 추구로 해서 몰락하게 되니, 신교육을 받은 아들들이 조혼한 본처를 마다하고 다른 여성을 사귐으로써 재산을 축내고, 그 과정에서 며느리들은 각자의 불만으로 시집에 등을 돌리면서 윤 자작 집안의 몰락을 가속화시킨다. 신교육을 받은 딸 역시 자유 연애에 나서 가출하는 방식으로 집안에 타격을 준다. 많은 소설에서, 근대소설에서도, 보통 며느리들은 고부 갈등 속에서 고통을 받고, 고부 갈등이란 하나의 남성을 사이에 둔 고부간의 주도권 다툼으로 나타난다. 그렇지만 이 소설에서 인숙이의 고통은 여자들 사이의 욕심이나 질투의 문제가 아니고 아무런 비판 없이 답습되는 봉건 예법과 근대 문물에 자극 받은 신식의 풍속 양쪽에서 기인한 것이다. 인숙이뿐 아니라 이 소설에 등장하는 다른 구여성들도 모두 이들이 처한 식민지적 근대를 살아가는 인물로 그려진다. 가령 인숙의 친정 오빠 경직이는 뒤늦게 개화 바람이 들어 외국으로 돌아다니다가 돌아와서는 첩살림을 차리고 세 살이나 많은 자기 아내는 돌보지 않는다. 그러자 그 본처의 오빠가 와서 누이동생에게 "수건을 쓰고 공장에라두 다녀라. 집에 와 있으면 너 하나야 굶기겠니"[22]라고 하면서 데려간다. 그 뒤 경직의 아내는 공장으로 직업소개소로 전전하며 고생하지만 나중에는 재혼하여 그럭저럭 살게 되었다고 한다.

2) 봉건적 예법의 억압

주인공 이인숙이 어린 나이로 윤 자작 집에 시집와서 고된 시집살이를 하게

---

21 근대소설에서 식민지적 근대화의 체현자로서 식민지 부르주아와 얼치기 개화꾼에 대한 자세한 논의는 이상경, 『이기영-시대와 문학』, 풀빛, 1994, 248~269면을 참조.

22 『직녀성』 상권, 138면.

된 직접적 이유는 노망든 시증조모의 고집 때문이다. 시아버지 윤 자작은 조모가 죽기 전에 증손부를 보고 싶어 한다는 이유만으로 여섯 살 된 아들을 정혼시킨 것이다.23 완고한 아버지 밑에서 자라난 인숙이는 이런 일들에 대해 비판하거나 저항할 만한 안목과 눈이 없는 상태였다. 그렇게 온 시집에서 인숙은 시증조모의 장난감이었다. "강아지나 고양이를 고기 반찬을 먹여 가며 어루만지는 유한 부인과 같이 마찬가지로, 이 늙고 병든 시증조모는 인숙이를 언제까지나 각시처럼 눈앞에 앉혀 놓거나 동자처럼 잔심부름을 시켜야 직성이 풀리는 것이었다."24 그래서 아침에 각각 일어나는 때가 다른 시증조모·시조모·시부모가 밥상을 물릴 때까지 문밖에 서서 기다리느라고 인숙은 부잣집에 시집온 덕분으로 처음으로 배고픈 것을 알 정도였고, 시증조모의 이야기책을 읽어 주느라 잠도 제대로 못 잤다. 이 소설에는 이밖에도 행세하는 양반 가문의 며느리가 치르는 '예법'의 부당함과 일상적인 노동의 과중함이 생활의 여러 측면에서 매우 세밀하게 묘사되고 있다.

여성들에게는 예법과 노동을 떠맡기고 남성 자신들은 제 편할 대로 신식과 구식을 오가는 것이 구여성에게는 전 시대보다 더 큰 고통이 된다. 이런 조혼의 부당함을 당사자들은 아직 모르지만 이미 신교육을 받은 남성들은 알고 있었고 자신들도 그 희생자라고 생각하고 있었다. 그러나 그들은 자기 자신의 이해관계 때문에 이런 조혼의 관행에 대해 아무런 비판도 저항도 하지 않는다.

23 이런 경우가 예외가 아니었음은 이기영의 『고향』에도 유사한 삽화가 나오는 것으로 미루어 알 수 있다. 『고향』의 남자 주인공 김희준은 열네 살 때 할머니가 자신의 환갑잔치를 손자의 결혼식과 같이 하고 싶어하여 결혼당하고 말았다고 한다.

24 『직녀성』 상권, 79면.

경직이(인숙의 오빠)와 마찬가지로 오늘 아우의 후행을 온 봉환의 장형(용환)도 외국까지 가서 신학문을 닦고 돌아온 사람으로 이러한 인형 놀음 같은 결혼을 볼 때마다,

"어잇, 다시 한번 망할 장본이다. 인간을 장난감으로 취급하는 야만의 제도다."

하고 경직이 이상으로 분개하면서도 아버지의 명령을 거역하지 못할 사정이 있어서 처음에는 반대를 하다 못해 아우를 데리고 나온 것이었다. 그 사정이란 어느 신문사에 관계를 해서 행세를 하고 싶은데 그 신문사의 주를 적어도 몇천 주 가량은 사야만 떡 버티고 앉을 만한 지위를 차지하게 된다. 그래서 만일 아버지의 비위를 건드렸다간 큰 계획이 깨어지고 말 것이라 그 역시 표면으로 부모에게 순종을 하는 것이었다.[25]

또 젊은 남녀의 성과 성욕에는 무지하면서 남성의 성욕에는 관대하고 자식 욕심만 있는 사람들은 여성의 성을 학대한다. 시할머니는 둘째 손자가 아내 때문에 병이 들었다고 셋째 손자인 용환이와 인숙이를 떼어놓으려고만 하다가 봉환이는 성욕을 참지 못하고 밖으로 나돌자 그제야 합례를 시킨다고 부산을 떨어 인숙이에게 모욕감을 준다. 이런 과정에서 인숙은 겉으로는 참으며 '부덕'을 지키지만 봉건적인 일상 예법이 여성에게 가하는 억압과 여성의 성에 대한 비합리적 인식의 모순을 온몸으로 깨달아 가게 된다.

3) 신남성의 이기주의

인숙이는 시부모 몰래 학비를 주선해 보낸 남편이 방학이 되어 돌아오기만을

25 『직녀성』 상권, 63~64면.

기다렸지만 봉환이는 당시의 많은 남성들처럼 일본에서 연애를 하고 돌아와 아내인 인숙을 거들떠보지도 않는다. 1년 만에 귀향하면서 모델 노릇을 하던 일본 여성 사요꼬를 데리고 돌아왔는데 기차역에 아내가 마중 나오는 바람에 낭패를 본 봉환이 자기 친구 귀양이와 나누는 대화는 이런 것이다.

> "그 머리를 틀어 올리구 통치마에 구두를 신은 꼴이란 어찌나 어색한지, 새빨간 댕기를 들여서 곱게 쪽지고 파란 비취 비녀를 꽂구선 긴 치마를 입었을 땐 그래도 그럴 듯 해 보였어."
> 하고 몸에 배지 않은 여학생 복색을 급히 차리고 나갔던 인숙의 자태는 눈앞에 그려보기도 싫은 모양이다.
> "암 미술가의 눈이란 그렇게 날카로워야지. 더구나 그동안 눈이 훨씬 높아졌네 그려. 그렇지만 우리집 여편네란 물건은 여학생 복색을 한번 해 보기가 평생 소원이라네."
> 하고 귀양이가 연방 봉환의 비위를 맞춘다.26

신남성에게 구여성은 '물건'이었고, 그녀가 신여성처럼 자기 정체성을 찾아 나서는 꼴은 차마 봐줄 수가 없다는 것이다. 신남성의 눈에 조혼한 아내란 아무 자의식 없이, 아무런 불평 없이, 남편의 성욕 해소 대상이 되어 주고, 시집을 위한 생식의 도구가 되고, 시부모 봉양과 육아, 제사 및 시집과 일가친척의 대소사에 노동력을 제공하는, 하나의 인격체로서 존재를 가지지도 않고 가질 수 있으리라고 상상도 않는 그런 존재였다. 아니, 그런 존재로 머물러 있기

---

26 『직녀성』 하권, 8면.

를 신남성들은 원했다.

이런 남편의 시선에 그 당사자인 구여성들은 자신의 처지를 어떻게 생각하고 반응했을까. 염상섭의 소설 중에서 그나마 『삼대』에서 구여성은 현실 사건의 전개 속으로 들어와 아주 약간 자기의 목소리를 드러낼 공간을 얻었다. 거기서 덕기의 아내는 현실에 눈감고 '양반의 장손'이라는 허울에 매달리고 있을 뿐이다.

> 매무시 하나 고쳐 매는 일이 없고 세수도 똑똑히 하지 못하였다. 시어머니가 바꾸어 자라고 하여야 꼬박꼬박 졸기는 하여도 팔베개를 하고라도 누워 본 적이 없다.(…중략…) 병인 하나 외에는 하늘이 무너져도 눈 하나 깜짝 할 일이라고는 없는 듯이, 일심 정력을 병인의 숨소리와 검온기에 모으고 있는 것이다.(…중략…) 이런 중에서도 야속하고 겁이 나는 것은(…중략…)재산 없어지고 시앗 보고! 구차살이나 시앗쯤이면 오히려 웃고 넘길 일이지만 이혼 문제까지 난다면 이를 어쩌나?(…중략…) 아니다, 우리 남편만은 양반의 집 점잖은 장손으로 설마 그럴 리가 있겠니…… 이렇게 스스로 안위하려 하였다.[27]

덕기의 아내뿐만이 아니라 많은 구여성이 이런 상황 속에서 근거 없는 믿음을 가지고 자위하거나, 인간 이하의 대접을 참고 견디거나 아니면 일부는 반항의 길을 모색했을 것이다. 그러나 앞에서 살펴보았듯이 지식인 남성에 의해 주도된 근대소설은 그런 구여성의 상황에 별로 관심을 기울이지 않았다. 쓰더라도 지식인 남성 자신의 현실과는 별로 관련이 없는 것처럼, 고부 갈등

27 염상섭, 『삼대』, 493~494면.

이라든지 이들을 못 낳는다든지 하는 식으로 전근대적 상황 속의 인물로만 그렸다. 무시하거나 외면하는 것이다. 그러나 심훈의 『직녀성』은 이와는 다르다. '재산 없어지고 시앗 본' 구여성이 『직녀성』의 용환의 부인이며, '이혼 문제까지 나는' 경우가 『직녀성』의 인숙이다. 그리고 『직녀성』의 여성 인물들은 그런 상황에 몰려 나름대로의 저항을 시도한다. 용환의 부인은 '비명과 광기'로, 인숙이는 남편이나 시집과의 관계를 청산하는 것으로, 그리고 윤 자작 집안의 둘째 며느리는 억제된 성욕을 히스테리라는 방식으로 표현하기도 한다.

4) 구여성의 인종忍從과 광기狂氣

『직녀성』은 일제 시대 여성을 억압하던 가부장제 속에서 견디다 못해 터져 나오는 구여성의 목소리를 담고 있다. 논리적인 인숙이와는 달리 무기력하게 '인종忍從의 부덕婦德'을 실천하고 있던 윤 자작 집안의 맏며느리(용환의 아내)는 비명과 광기로 자기의 존재를 알리고 있다. 집안의 모든 난리에도 조용히만 있던 그녀는 사업합네, 첩살림합네 하고 남편이 가산을 탕진하여 집달리들이 들이닥쳤을 때, 발악을 하고 불을 지른다.

> 용환의 댁은 집달리들이 대청으로 우쩍 올라설 때 가슴이 덜걱 내려앉아서 기절할 뻔하였다. 원체 심약한 사람이 노상 골골하고 잔병치레를 하던 끝에 평생 처음으로 불시에 그런 놀라운 일을 당해서 고만 본 정신을 잃었다. 더군다나 자기의 남편 때문에 점잖은 집안에 그런 불상사를 일으키고 죄없는 동서들까지 더할 수 없는 창피를 당하게 한 생각을 하고 몸둘 곳을 몰라하였다. 그러다가 자기의 눈에는 지옥의 사자 같은 집달리들이 건넌방을 열어제치고 진발로 들어 와서 속옷 한 벌 버선 한 짝까지 꺼내지를 못하게 봉해놓고 나가는 것을 보고는 어찌나 분하고 절통하던지 발작적으로 홍분이 되어서,

“네 놈들이 손을 댄 옷을 더럽게 내 몸에다 다시 붙일 줄 아느냐” 하고 부르짖고는 딱지를 잡아떼고 의복을 말끔 꺼내서 앞마당에다 풀풀 던졌다. 그러고도 분이 풀리지를 않아서 버선발로 내려가 죽은 사람의 옷처럼 흐트러진 것을 끌어 모으더니 성냥불을 확 그어대어 불을 질렀다. 남편이 딴 계집을 두고 평생 자기를 돌아다 보지 않는 원한과 부인네의 속옷까지 차압을 당한 분노가 시꺼멓게 서리어 오르는 연기 속의 불길과 같이 활활 타는 듯 자못 통쾌하였다.

(…중략…)

“내버려 둬. 재도 남기지 않고 말끔 타버리게 내버려 둬.”

하고 소리를 지르며 신이 오른 무당처럼 이리 뛰고 저리 뛰고 하면서 불을 끄지 못하게 하느라고 죽을 힘을 들여 훼방을 놓는 것을 인숙이와 아랫것들이 간신히 붙들어 올렸다. 그 몇 분 동안의 용환의 댁의 행동은 평상시에 그다지 조신하고 누구에게나 인종을 해오던 사람으로는 누구나 상상할 수 없을 만한 최후의 발악과 같았다.[28]

현실 속에서 논리적인 해결책을 찾지 못하고 저항을 억압당했을 때 그 저항이 광기로 표현되는 경우는 많다. 광기 혹은 미친 여자는 여성 화자를 즐겨 택하는 여성 작가의 억압된 자아의 표출로 해석되기도 하지만[29] 광기를 특별히 성별화시킬 만한 필연적인 근거는 없다. 다만 합리적이고 현실적인 탈출구가 있는 경우와 없는 경우의 차이이며 여러 가지 형편상 각종의 사회적 관계망에서 차단된 여성이 저항을 광기로 표출할 수밖에 없는 경우가 더 많을 것

28 『직녀성』 하권, 101~102면.

29 이런 관점에서 한국 여성 작가의 작품에서 미친 여자의 모티프를 다룬 글로는 김미현, 『한국여성소설과 페미니즘』(신구문화사, 1996)이 자세하다.

임은 쉽게 짐작할 수 있다.

『직녀성』에서 아무런 교육도 받지 못했고 인종으로 일관하던 용환의 처와 수시로 저항을 꿈꾸며 준비를 해온 인숙이라고 하는 한 집안에 들어온 두 구여성 며느리가 걷는 서로 다른 길을 보여줌으로써 인간과 그의 환경의 관계를 단순하게 재단하지 않는 작가의 안목을 보여준다.

5) 여성의 눈으로 보는 윤리와 법

봉환이가 귀족이기는 하나 돈도 없고 아내가 있는 몸이라는 것을 안 사요꼬는 봉환이의 친구와 함께 일본으로 떠난 뒤, 성병까지 얻어 가지고 집으로 돌아온 봉환은 인숙에게 성관계를 요구한다. 그러나 인숙은 자신에게 병이 옮을까봐, 또 행여 임신이라도 되면 아이에게까지 전염될까봐 두려워서 남편과의 성관계를 거부한다. 그러면서도 '부도'를 지켜, 남편이 무람해할까봐 드러내 놓고 이유를 말하지는 않는다. 이를 두고 봉환은 자기 마음대로 되지 않는 아내 인숙을 불감증이라고 비난한다.

> "제기, 내 여편네를 내 맘대로 못한담."
>
> 하고 사요꼬처럼 나근나근하고 화류계 계집처럼 착착 부닐지를 않는다고 성화다.
>
> "조선 계집은 딱딱하기가 나무때기 한가지야. 감정이 없어."
>
> 하고 골을 더럭 내며 '너 아니면 세상에 계집이 없느냐'는 듯이 아내를 떠다밀기도 여러 번 하였다. (…중략…) 남편에게는 그 결과가 무섭고 겁이 나서 말을 들을 수가 없다는 말은 차마 입밖에 낼 수가 없었다. 그럴수록 봉환은,
>
> "저건 병신이야. 불감증에 걸렸어. 그렇지 않으면 남편을 옴쟁이나 담쟁이로 아는 게지."
>
> 하고 눈을 흘기고 꾸짖고 하다가 나중에는 열이 나면,

"홍, 저 꼴에 딴 생각을 먹는 게지. 어디 네가 얼마나 쌀쌀하게 구나 보자"하고 무슨 복수나 하려는 듯이 이를 갈며 벼르기까지 하였다."30

결국 시집살이에 지친 인숙이 잠든 틈에 봉환은 자기 욕심을 채우고 만다. 이런 봉환에 맞서 인숙은 자신의 거부가 성욕이나 성감의 문제가 아니라 인숙 자신의 인간으로서의 품위를 지키기 위한 '저항'이라는 것을 분명히 한다. 그리고 자신이 이러한 "굴욕을 당하고도 호소조차 할 수 없는 것이 가정이란 감옥 속에 갇혀 있는 조선의 여자"이기 때문이라고 깨닫게 된다.

'내가 강간을 당한 것이 아닌가? 아무리 남편이란 이름을 가진 남자에게라도 내 마음에 없고 더군다나 잠이 든 사이에 그러한 야만의 행동을 한 것이, 남편이 정당한 아내에게 대한 대접일까? 돈에 살을 파는 계집애에게도 그런 짓까지는 차마 못할 것이 아닌가?'

하니 무슨 보복이나 한 듯이 또는 저 할 일만은 다 했다는 듯이 돌아누워서 담배를 피우는 봉환에게 달려들어서 기다란 머리를 쥐어뜯고 그 빤들빤들한 얼굴 가죽을 박박 할퀴어도 시원치 않을 것 같다.

'한 사람의 교양 있고 깨끗한 여자가 부부라는 미명하에 그 인격을 무시당하고 그 정조까지 화류병 환자에게 짓밟혀도 괜찮단 말인가. 응, 이것이 부부제도냐? 과연 이것이 결혼 생활이냐. 이러한 굴욕을 당하고도 호소조차 할 수 없는 것이 가정이란 감옥 속에 갇혀 있는 조선의 여자란 말이냐.'31

30 『직녀성』 하권, 158~160면.

31 『직녀성』 하권, 161~162면,

인숙은 남편이 마음의 교류 없이 자신의 육체만 요구하는 것은 자신을 물신화하는 것으로 생각하여 거부한다. 그래서 자기가 자는 동안에 봉환이 자기에게 한 짓은 '겁탈'이며 '강간'이라고 생각한다. 부부 사이에 '강간'이 있을 수 있음을 이론적 차원에서가 아니라 부부 생활의 현실에서 포착한 것이다. 소설 전반부에서 봉환과 인숙이 서로를 견우성과 직녀성에 비기면서 오작교를 통해서 만난다고 생각했던 애틋한 사랑의 과정이 있었기에 이러한 인숙의 인식은 그렇게 비약으로 보이지는 않는다.

게다가 인숙은 남편이 성병에 걸린 것을 알고 자기에게 병이 옮을 것과 자식에게 전염될 것을 우려하여 남편과의 성관계를 거부하면서도 남편의 자존심을 배려하여 드러내 놓고 이유를 말하지 않는데, 그것도 모르고 봉환은 자기 식으로 일본 여성과 비교하여 조선 여성을 비난하는 데까지 이른다. 이 대목에서 배웠노라는 식민지 시대 남성의 자기 반성 없는 남성 중심주의와 근거 없는 민족성론이 그대로 드러난다.

즉 사요꼬와 관계를 맺기 전까지 봉환은 인숙과 함께 완고한 어른들의 인습에 대한 공통의 피해자였고 인숙과 함께 인습에 대한 모반을 꿈꾸는 동지이기도 했다. 그런데 그림 공부라는 자기실현을 위해 일본으로 유학을 가서 신여성 사요꼬를 만나면서 봉환은 인숙에 대한 억압자이며 '야만'으로 변하게 된다.

이처럼『직녀성』은 봉건적인 인습에 찌든 양반 가문에서 이루어지는 여성에 대한 학대와, 그것이 상대방 남성까지도 황폐화시키는 과정을 묘사하여 문물제도의 근대화 속에서도 의연히 남아 있는 봉건적 모순을 비판한 점에서 성과를 거두었다. 일상의 차원에서 봉건적인 것이 의연하게 남아 있는 식민지 시대 양반 귀족 집안에서 가장 하층에 처한 며느리 인숙의 눈으로 사물을 보고 비판함으로써 봉건과 근대가 착종된 식민지적 근대의 한 측면을 여실하게 보여주는 것이다. 구여성이었던 인숙이는 자신이 당하는 부당한 경우들 속에서 조금씩 구래의 관념을 비판하고 여성으로서의 자아에 눈떠가게 된다.

6) 구여성에서 신여성으로

인숙은 남편에게 강간당한 뒤 임신했는데 시집 식구의 오해를 사서 친정으로 쫓겨 간다. 아이가 병에 전염될까봐 전전긍긍했지만 복순이와 의사 허정자의 도움으로 건강한 아들을 낳았는데, 이를 안 시집에서는 아이에 욕심을 낸다. 이때 인숙은 아이를 사생아로 만들지도 않고 시집이나 남편이 있는 안정된 자리로 돌아갈 기회라는 생각에 마음이 흔들리지만 시부모의 손자 욕심이 고리대금업자의 탐욕과 마찬가지라는 깨달음이 들면서 거부한다.

> 십여 년 동안이나 맺어 온 고부관계를 출처도 분명치 못한 다만 한 조각의 편지로 말미암아 내어 쫓은 뒤에 이제까지 생사간 돌아다 볼 생각도 아니하다가 자기네의 핏줄이 닿은 어린 것을 보고서야 불시에 욕심이 동해서 손자 하나를 얻기 위해서 저에게 사과까지 하는 것이 아닐까? 저 자신을 중심으로 볼 때 목을 베어 놓고 재를 뿌려주는 동정이나 호의로밖에 생각이 되지 않았다.
> 어찌 보면 그네들은 가난한 사람의 고혈을 빨아 먹는 고리대금업자와 같이 남이야 어찌 되었던 제 잇속만 차리는 것 같아서 손자만 탐하는 시부모의 심보가 몹시 밉기도 하였다.32

경제적으로 억압받는 계층과 성적으로 억압받는 여성으로서의 자신을 함께 피억압자로 바라볼 수 있는 눈을 가지게 되면서 인숙은 사회제도의 근간인

32 『직녀성』 하권, 379면.

'법'에 대해서도 의문을 품고 저항하게 된다. 이제 사회에 대한 비판으로 인숙의 의식은 발전한다.

"아비 없는 자식이면 어때. 민적에도 못 올리고 사생자가 된 대도 무슨 상관이 있어. 어미가 낳아서 기른 자녀를 아비의 것을 만드는 것은 남자들끼리만 만든 법률의 잘못이지. 왜 제 뱃속으로 낳아서 저 혼자 기른 자식을 남에게 바친담"[33]하고 아이를 혼자 힘으로 키우겠다고 아기에게 엄마인 자신의 성을 주는 지점에 오면 이제 인숙을 구여성이라고 하기는 어렵다. 이때면 인숙은 어렵게나마 여학교도 졸업했으니 명실상부하게 신여성인 셈이다.

그리고 인숙이 신여성으로 재탄생하는 과정, 여성으로서의 자각을 가진 신여성으로 성장하는 배경에는 한미한 출신으로 사회주의운동에 관계하고 있는 신여성 복순이가 매개가 되었다.

> "결혼이란 남녀간에 달콤한 애정보다도 서로 인격을 존중할 줄 알아야만 정말 부부애가 생기는 법이지요. …… 결혼하는 날부텀 제 자유와 인격을 박탈당하고서 남자가 지배하는 가정이란 감옥 속에 갇혀서 한 평생 압제와 굴복의 쇠사슬을 차게 된단 말이오. 더구나 아내라는 사람이 남편보다 지식 정도가 얕은데다 경제적으로 동전 한 푼 벌어들일 재주가 없으니까 꼭 종노릇밖에 할 게 없거든요. 그러니깐 자식을 낳아주는 도구는 될지언정 낳아 놓은 자녀의 교육문제라든지 한걸음 더 나아가서 결혼문제까지라도 입을 벌릴 권리가 없지 않겠어요?"[34]

33 『직녀성』 하권, 292면.

34 『직녀성』 하권, 37~38면.

처음에 인숙이는 복순이가 자기의 불행을 남자와 결혼제도 탓으로 돌리는 것으로 생각했으나 자기의 경험을 바탕으로 복순이의 말을 이해하게 되었고 그 깨달음은 인숙이가 구여성에서 신여성으로 변신하는 데 중요한 동력이 되었다. 인숙이가 그럭저럭 자신의 시집살이를 감수하고 있을 때는 믿어지지 않다가 자신의 체험을 근거로 해서 복순이의 말을 신뢰하는 과정을 거쳤기에 이러한 깨달음은 인숙에게 있어서 필연적인 것이다.

혼자서 아이를 키우겠다고 작정한 인숙은 경제적 어려움과 사회적 냉대에 직면하게 될 것이다. 생계를 위한 노동과 육아 사이에서 허덕거리며,[35] 아이가 크면 아이의 호적 문제로 다시 남편이나 시집 식구들과 갈등을 일으켜야 할 것이다.

『직녀성』에서는 일남이가 병으로 죽음으로써 이 문제로까지는 들어가지 않는다. 문제의 복잡성 때문인지, 아니면 작가의 민족주의적 열망 때문인지 작가는 더 이상 이 문제를 발전시키고 싶지 않았던 것 같다. 그 대신에 일남이 병에 걸려 죽은 뒤 인숙은 자살까지 했다가 유치원 보모로서 새로운 삶을 시작하는 것이다. 일남이가 죽은 후 자살하고자 하다가 억지로 구출된 인숙은,

> 내가 그대로 죽었더면 이 세상에 태어났던 아무 보람이 없을 뻔하지 않았나. 남을 위해서 짓고생만 하다가 어린 것의 뒤를 따라 생목숨을 끊었더면 너무나 가치 없는 인생이 될 뻔하지 않았나.
>
> 오냐 죽으려던 용기를 가지고 살아보자! 정말 이 세상에 불행한 사람들을 위해서 자살해 버린 셈만 치고 나 한 몸을 바쳐보자! 이번에는 참 정말 남을 위해서 자발적으로 적으나마 쓸모가 없으나마 이 몸 하나를 희생으로 바치자![36]

---

35 이 문제들은 1930년대에 대거 등장한 여성 작가들의 작품의 중요한 소재가 되었다.

36 『직녀성』 하권, 437~438면.

라고 하여 개인과 사회 사이에서 여성으로서의 지평을 넓혀 나간다. 인숙이는 봉건과 근대가 착종된 가정의 온갖 폐해를 목도하고 그 자신도 아이와 남편을 포함한 모든 것을 잃은 뒤에 다른 아이들에 대한 사랑으로 그 공허를 메꿔 나가는 것이다. 당시의 현실에서 현실적으로 유치원 보모나 소학교 교사는 중등 정도의 교육을 받은 여성들의 직업으로서는 가장 보편적인 것이었다. 그런 점에서 인숙이의 선택은 현실적이다.

5
심훈의 민족의식과 『직녀성』

심훈은 이광수류의 민족개량주의와는 구별되는 중도 좌파 민족주의를 기반으로 하고 있었다. 중국 유학 이후 염군사, 카프 맹원이었다가 탈퇴하는 과정이 이 궤적을 보여주며 벽초 홍명희와의 특별한 관계도 이것의 한 측면을 보여준다고 한다.37 심훈은 민족의 해방을 강렬하게 열망한 시 「그날이 오면」(1930)의 시인이기도 하다.

개인사적으로 보면 『직녀성』은 작가 심훈의 자전적인 사실을 많이 담고 있다. 청송 심씨 집안에서 태어난 심훈은 열일곱 살 때 조선왕조의 왕족으로 일제강점기에 귀족 작위를 받은 후작 이해승의 누이, 전주 이씨 이해영李海暎과 결혼했다. 아내의 도움으로 중국으로 유학을 간 심훈은 중국에 있으면서 집안 어른들에게 간청하여 부인을 진명여자보통학교에 다니도록 했다. 아내

37 최원식, 「심훈 연구 서설」, 『한국근대문학사의 쟁점』, 창작과비평사,1990.

의 이름도 심훈이 아내 집안의 항렬자 '해'에 '영'자를 붙여 지어준 것이라 한다. 1923년 중국에서 귀국한 뒤 1924년에 동아일보에 입사하고 부인 이해영과 이혼했다. 이혼 이유는 아이가 없는 것이라고 했다. 1927년에는 일본에 가서 영화를 공부했고 12월에는 신여성 안정옥과 결혼했다. 『직녀성』은 '이혼한 부인 이씨에 대한 회고 작품'이라고 한다.38

염상섭이나 이기영·채만식이 식민지 부르주아의 착종된 근대성을 그려내면서 식민성을 탐구해 들어간 반면, 심훈이 봉건적 생활 습속과 그 속에서 자라난 얼치기 신남성의 이기주의를 포착할 수 있었던 것은 그의 개인사에서 연유한 부분이 많을 것으로 생각된다. 우리 근대문학에서 드물게 봉건적인 것들이 어떻게 인간을 짓누르면서 몰락하는가를 탐구하는 과정에서 심훈은 이중으로 타자화된 구여성의 목소리를 담아낼 수 있었고 구여성이 신여성으로 성장해 가는 과정에 대한 드라마틱한 기록을 할 수 있었다.

이런 점에서 심훈의 소설에서 타고난 악인은 없다. 인숙이에게 고통을 주는 인물들은 시대의 변화를 알지 못하거나 따르지 못하고 자신들은 하던 대로 하는 행동이 시대의 변화에 뒤떨어짐으로써 다른 사람에게 고통을 주는 것이다. 자식들을 조혼시킨 이 한림이나 윤 자작이나 어린 인숙을 장난감처럼 사랑하는 시증조모가 그런 존재이다. 인숙이 시집에서 쫓겨나는 편지 사건에 한몫을 한 둘째 동서는 남편이 자신을 너무 밝혀 허약해졌다는 비과학적 진단의 피해자이지만 그것을 깨닫지 못하고 분노를 인숙을 질투하고 미워하는 데 쏟는다.

노인들의 인습을 극복하고 봉환과 인숙이 행복한 부부 생활을 하려는 과

38 『직녀성』 게재분 원고료로 심훈은 당진에 필경사를 지었다. 1936년 『상록수』를 출판하기 위해 한성도서 주식회사 2층에서 기거하다가 장티푸스를 얻어서 급사했다고 한다. 신경림, 『그날이 오면 그날이 오며는』, 지문사, 1982.

정에서 방해자는 활동사진과 일본 유학이다. 봉환이는 활동사진에서 본 풍경을 실습해 보고 싶은 욕망으로 여자를 찾게 되고 도화와 놀아난다. 유학 가서 모델 사요꼬와 연애하면서 봉환이는 재산 탕진·성병·이혼 등으로 황폐해진다. 인숙과의 관계에서 정감이 있는 인물로 보이던 봉환이 사요꼬에게 버림받고 음악 선생 강보배를 좇아다니며 인숙에게 이혼을 애원하는 대목에서는 비루한 인물로 전락해 있다. 봉환은 자신의 욕망과 이해관계에 따라 신식과 구식을 편리하게 오가다가 몰락하는 '얼개화꾼'의 계보에 속해 있다. 구식과 신식으로 고통받던 인숙은 그 고통에 단련되면서 새로운 여성으로 거듭난다.

연애와 결혼의 우여곡절 끝에 개인을 넘어선 민족을 위한 더 큰 사랑으로 거듭난다는 결말 구조는 신여성의 방황을 다루는 소설에서는 상투적인 것이다. 그러나 일남이를 둘러싸고 벌어진 남성 이기주의와 가족 이기주의의 추악함을 폭로하고 모든 것을 잃어버리고 홀로선 인숙이가 복순이와 세철이가 주도하는 공동체에서 새로운 가족을 발견하고 유치원 보모로 일하는 것은 자식을 잃고 그 사랑을 더 높은 차원의 사랑으로 승화해내는 새로운 모성의 발견이며 모성의 확대이기도 하다. 사실 복순이와 세철이와 봉희와 인숙이가 함께하는 사회주의적 지향의 공동체는 중도 좌파 민족주의자 심훈의 있어야 할 것에 대한 희망이 투영된 것이고 그런 점에서 현실성을 가지기는 어렵다. 그러나 이런 지향이 있음으로 해서 당대를 살아간 신여성이나 작가들이 쉽게 빠지는 현모양처 이데올로기의 함정에 빠지지 않을 수 있었다.

당시의 구여성으로 시집갔다가 신교육을 받고, 이혼하고 유치원 교사로 변신하는 인숙은 매우 드문 예외적인 존재이겠지만, 당시 구여성들이 마음속에 가지고 있던 생각을 일상의 삶으로 체현했다는 점에서 심훈의 『직녀성』은 우리 근대소설사에서 드물게 근대적 연애와 사랑의 또 다른 한 측면으로서 그 과정에서 가장 큰 피해자였던 조혼하고 버림받은 구여성 아내들의 대변자가 될 수 있었다.

7

심훈 문학의 발견

새로운 여성상과 사랑의 이념

심훈의 『직녀성』

박소은
동국대 국문과 박사과정

■

1
서론

『직녀성』을 비롯한 심훈의 여타 장편소설은 한결같이 여성인물들에 대단히 중요한 비중을 둔다는 점에서 동시대 다른 작가들의 작품과 변별되는 점이 있다. 심훈 소설의 여성인물들은 많은 시련과 유혹을 이겨내면서 점차적으로 여성영웅과도 유사한 모습으로 변모해 간다. 그러한 여성들은 심훈이 생각하기에 그 시대가 요구하는 이상적인 여성상이었던 것으로 볼 수 있다는 점에서 그것은 실재하는 여성, 즉 지금 여기에 존재하는 여성이라기보다는 앞으로 있어야할 여성의 모습에 보다 가까운 것처럼 보인다. 성급히 말한다면 그녀들은 그렇게 '만들어져야만' 한다는 것이다. 그리고 그것은 다만 심훈에 와서야 시도된 작업이라기보다는 근대적인 기획의 일부로서의 '신여성 만들기' 연장선상에 있다는 점을 고려해야 할 것이다.

이광수의 「모성중심母性中心의 여자교육女子敎育」01이라는 간명한 글에서 드러나듯이 여성은 신성한 새국민을 낳아서 길러야할 의무가 있다. 그녀들은 "아! 우리 이 쓰러져가는 민족을 새로 일으킬 새국민을 낳아주소서. 학교에 가

시거든 그것을 배워주소서."라는 절실한 요구에 부응하는 여성인 것이다. 그럼에도 불구하고 지금까지의 여성인물 연구는 이 같은 남성의 요구로서의 여성에 대한 고찰이라는 쪽보다는 자각한 여성으로 성장한 이후의 독립적인 여성에 대해서 중점을 두었던 것으로 보인다. 근대적으로 자각한 남성들이 등장하고 마치 근대의 필수품이라도 되는 양 유행을 거둔 자유연애를 완성시켜 줄 근대적인 여성에의 요구는 당연한 것이었다. 인생의 반려가 되어주면서 평생 자신과 이상을 같이 할 여성에 대한 요구는 때로는 교육의 필요성을 통해 혹은 신문·잡지 등의 저널리즘을 통해 적극적으로 실험되고 요구되어졌다. 여성들은 학교 교육을 받고, 소설 등의 문학작품을 읽고 근대적인 서양 여성의 외관을 모방하고 자유연애를 함으로써 외적·내적으로 '새로운 여성'이 될 것을 종용받았다. 그렇다면 소위 여성운동이라는 것을 여성 스스로의 자각이라는 문제에만 초점을 맞추는 시각에는 뭔가 석연치 않은 점이 있다.

우선적으로 지적할 수 있는 점은 '새로운 여성'이라는 명칭 아래 다양한 여성형이 존재한다는 점이다. 『직녀성』의 인숙이 보여주듯이 전통적인 여성형-양반가의 규수, 혹은 기생 등-의 변형과 함께 여학생이라는 특정 집단의 여성들, 여권운동가 저널리스트로 활동하는 직업여성 외에도 1930년대 경성의 급속한 도시화와 더불어 출현한 카페의 여급을 중심으로 한 모던걸과 같은 여성군들의 등장을 고려해야 할 것이다. 특히 모던걸의 경우에는 신여성의 하위범주에 포함되면서도 다시 신여성과는 변별되는 지점이 있다는 점에서 좀 더 세밀한 고찰이 필요하다. 『직녀성』의 인숙은 귀족자의 며느리가 지닐 법한 전통적인 여인의 모습에서부터 여학생이라는 중간 단계를 거쳐 신여성의 모습을

01 이광수, 「모성중심(母性中心)의 여자교육(女子敎育)」, 《신여성》 3권 1호, 1923.1.

획득해 가고 있으며, 『영원의 미소』의 계숙 역시도 여학생이면서 모던걸의 면모와 마르크스걸의 면모 등 다양한 특성들을 보여주고 있다. 더불어 본 논의에서는 『직녀성』에 등장하는 여성인물형에 대한 고찰을 위해 『직녀성』에 직간접적으로 영향을 주었을 것이라 짐작되는 1930년대 당시의 이름난 여성운동가 콜론타이의 『붉은 사랑』과의 관련성을 규명하여 심훈이 궁극적으로 추구한 이상적인 여인상의 제시가 어떤 방식으로 드러나는가에 대해 논한다.

2
새로운 여성(New Woman)에 대한 고찰 –신여성과 모던걸

> 계숙은 거울 앞으로 앉아 환한 전등불빛에 비치는 제 모양을 들여다보았다. 머리를 지져서 몇 가닥을 이마에 꼬부려 붙이고 눈썹을 그리고 한 갑에 이원이나 하는 코티분을 바른 제 얼굴을 들여다보았다. 비단 안을 받친 유록빛 외투에, 녹피 장갑, 굽 높은 구두에, 아주 모던걸로 변한 저의 차림차림을 둘러보고 굽어보았다.02

인용한 『영원의 미소』의 일절을 주의 깊게 살펴보면 근대교육을 받은 자각한 여학생에서 손쉽게 모던걸로 변모하는 여주인공 '계숙'의 모습을 볼 수 있다. 한 눈에 보아도 그것은 코티분과 굽 높은 구두, 녹피 장갑 등의 물질성

02 심훈, 「영원의 미소」, 『심훈문학전집』 3, 탐구당, 1966, 59쪽.

을 통해서 획득되고 있음을 알 수 있다. 실상 최계숙은 ××사립여학교 재학 중 "일이 일어나자 팔을 걷고 가두街頭로 나서서" 활동하다가 감옥신세를 지게 될 정도로 새 사상에 눈뜬 여학생이다. 남주인공 '수영'이 계숙을 알게 된 것 역시도 ××여학교의 학생 대표였던 '계숙'과의 연합 아래 일을 추진해 나가게 되었던 때문이다. 수영과 계숙은 그 사건으로 하여 나란히 신문에 사진이 실리게 되는데, 그 일을 계기로 계숙은 젊은 남학생들 사이에 인기인이 되고 수많은 남자들—병식의 표현에 따르면 "에로청부업자"들—이 연애를 청하러 계숙의 집을 방문할 정도가 된다. 그 많은 명성에도 불구하고 생활난에 몰린 계숙은 ××백화점 점원이 되고 그 이후 남성들의 추근거림은 점점 더 노골적으로 변해간다. 그중에서도 ××전문학교 교수인 조경호는 자신의 사촌 동생 경자를 통해 계숙에게 접근하고, 계숙은 옷이나 구두 등을 사기 위해 경자에게 한 푼 두 푼 얻어 쓴 것이 하나의 족쇄가 되어 점점 더 곤란한 지경에 처하게 된다.

이 대목에서 눈에 띄는 점은 모던걸이라는 새로운 타입의 여성적 면모를 획득하는 데 있어 중요한 것이 이미 어떤 내적인 자각의 문제를 떠난 지점에서 발생하고 있다는 것이다. 그것은 내적 자각의 문제와는 전혀 별개로 '코티분'으로 대표되는 물질성과의 결합을 통해서 발생한다. 단적으로 말해 아무리 근대적으로 자각한 여성이라 하더라도 당시의 유행상품 하나 걸치지 않고는 소위 '모던걸'이라는 세련된 여성이 될 수가 없다는 것이다. 바로 여기가 '신여성'과 '모던걸'이 변별되는 지점이 된다. 그것은 마치 무수한 남학생들에게는 계숙의 사상적 활동마저도 신여성이 지니고 있는 다수의 상품들, 예를 들면 '굽 높은 구두' 같은 것 중의 하나처럼 작용하고 있다는 점에서도 명확하게 드러난다. 그들은 계숙이가 어떤 생각과 사상의 여성인지보다는 단지 그녀가 당시 신여성의 모습을 신문에 실릴 정도로 강하게 표출하고 있다는 사실 자체에 매혹되고 마는 것이다. 이러한 신여성의 모습은 이미 그보다 조금 앞선 시대의 여성상과는 분명하게 구별되는 점이 있다. 스즈키 토미鈴木登美는 다음과 같이 일본의 여성운동을 요약하고 있다.03

> 근대적인 '신여성상'(모던걸과 구별해야 하는), 즉 정신적인 자유와 자립을 구하는 서양 교육을 받은 눈뜬 여성이라는 상은, '연애'라는 강력한 문학적 이상과 함께 1890년대에 등장한다. 눈뜬 근대인다운 로맨틱한 사랑으로서의 '연애'는 기타무라 도코쿠北村透谷를 비롯한 『문학계』 동인에 의해 높이 제창된 이상으로 젊은 지식인 사이에 급속히 확산된다. 해방된 개인으로서의 근대적 여성이라는 이상은 머지않아 히라쯔카 라이테우(平塚らいてう, 1886-1971)를 시작으로 하는 일군의 젊은 교육받은 여성들을 출현시켰다. 1911년에 잡지 《청탑青鞜》을 창간했던 라이테우와 동인인 청탑파의 페미니스트들은 반동파의 저널리즘이 야유적으로 썼던 '신여성(新らしい女)'이라는 호칭을 자랑스럽게 끌어들여, 개개의 자각과 자아의 방을 직접적으로 외치는 시라카바파와 궤를 같이하여 여성이 가진 잠재적 능력, 개인의 재능을 충분히 발현하는 것을 추구하며, 부권제 아래 혼인제도의 인습에 이의를 제기한다.04

이후 이러한 운동은 《부인공론婦人公論》 등의 잡지를 통해 계속적으로 이루어지면서 부인층에까지 확산되었으며, 1920년에 이르러는 부인의 참정권을 주장하는 '신부인협회新婦人協會'가 설립되었는데 이미 이때에 와서는 신여성이

---

03 鈴木登美, 「근대성近代性のアレゴリ」, 『語られた自己』, 大内和子·雲和子 譯, 岩波書店, 2000(Tomi suzuki, "Allegories of Modernity: Parodic Confession in Tanizaki Jun'ichiro's Fool's love", Narrating the self-Fiction of Japanese Modernity. Stanford University Press, Stanford, California, 1996) 참조.

04 鈴木登美, 앞의 책, 225~226쪽.

라는 단어가 처음 가지고 있던 야유적인 의미는 거의 탈락된다. 스즈키 토미는 이 같은 신여성을 일본근대문학이 받아들이는 과정이 후타바테이 시메이二葉亭四迷의 『뜬구름浮雲』(1887~1889), 다야마 가타이田山花袋의 『이불蒲團』, 나쯔메 소세키夏目漱石의 『산시로三四郞』(1908)에서 나타나며 아리시마 다케오有島武郎의 『어떤 여자(或る女)』(1919) 등에 와서는 그것이 확실해졌다고 적고 있다. 스즈키 토미는 타니자키 쥰이치로谷崎潤一郎의 『치인의 사랑(癡人の愛)』05을 분석하면서 남주인공 죠지가 '근대적인' '멋있는' 여성으로 만들어내려고 한 나오미는 결국 근대적인 신여성이라는 이상을 비속화한 싸구려 버전(a degraded version)이라는 점을 지적한다. 그것은 신여성에 대한 근대 인텔리 남성들이 품고 있던 나르시스트적인 원망願望을 폭파시켜버렸다는 점에서 알레고리적으로—죠지는 끝내 나오미에게 무릎을 꿇는다는 점에서—제시되고 있는 것이다.06

이러한 일본의 사정을 참조할 때, 이상적인 신여성상의 정립이라는 문제는 근대문학에 있어 하나의 중요한 과제가 되고 있음을 알 수 있다. 한국 근대문학의 경우 그러한 작업은 이광수의 『무정』에서도 찾아볼 수 있는 것으로

---

05 『치인의 사랑』의 간략한 줄거리는 다음과 같다. 원래 카페의 여급이던 나오미(奈緖美)는 열다섯 살 때 가와이 죠지(河合讓治)라는 남자에게 인도되어서 그와 함께 살며 영어와 음악 교육을 받으면서 사치스러운 여성으로 변모해간다. 소설이 시작하는 부분은 죠지가 서른둘, 나오미가 열아홉이 된 시점부터이며, 과거 회상의 형식으로 전개되어진다. 죠지는 단순히 육욕에 의해서가 아니라, 나오미를 충분히 교육시켜서 위대한 여자, 훌륭한 여자, 서양인 앞에 내놓아도 부끄럽지 않을 '하이칼라' 여성을 만들려는 희망을 품는다. 그러나 나오미는 유행의 첨단을 걷는 당대의 모던보이들과 난잡한 관계를 갖고 죠지를 속이면서 그의 손에 잡히지 않는 요부(妖婦)로 변해 간다. 죠지는 모든 사실을 알게 된 이후에도 그녀를 버리지 못한 채 그녀의 소원이라면 무엇이든 다 들어주면서 마치 노예처럼 복종하면서 살아가게 된다. 타니자키 쥰이치로(谷崎潤一郎), 『치인의 사랑(癡人の愛)』, 시마자키 도손(島崎藤村) 외저, 『파계破戒 외』(세계문학전집 17), 김동리 외역, 정음사, 1963.

06 좀 더 검토해야 활 문제이지만, 우리의 경우에는 이러한 여성상의 제시가 전면적으로 제기된 사례를 찾기가 어렵지 않은가 싶다. 그것은 이상(李箱)의 「실화(失花)」와 같은 소설 속에서 단면적으로 제시되는 것으로 보인다.

『무정』의 '형식'은 처음에는 '선형'의 연인으로서가 아니라 그녀의 교사로 제시되어진다는 점에서 그러하다. 형식은 선형에게 "선형 씨는 날 사랑합니까?"07 하고 마치 선생이 학생에게 하듯이 질문함으로써 선형에게 근대적인 사랑을 가르친다. 마찬가지로 일본옷을 입은 '병욱' 역시 '영채'에게 "그러면 지금도 그 형식을 사랑하시오?" 하고 묻는다.08 마찬가지로 심훈의 『직녀성』 역시도 이러한 신여성 만들기 작업의 연장선상에 있다고 생각해 볼 수 있다. 그것은 『직녀성』의 '세철'과 '봉희'의 관계에서—분명 약화된 형태이긴 하지만—유사한 방식으로 드러나고 있다. 그러면서도 그것이 1930년대에는 이미 퇴색되어버린 이광수식의 사랑과는 변별점이 있다는 것을 지적하는 것이 『직녀성』의 여성인물들을 바라보는 데 중요한 키워드가 되어준다.

---

07 『무정』의 일절을 인용하면 다음과 같다. "『선형씨는 나를 사랑합니까?』// 선형은 뜻밖의 질문이라 눈이 동그레진다.// 더욱 무서운 생각이 난다. 실로 아직 선형은 자기가 형식을 사랑하는가 않는가를 생각하여 본 적이 없다. 자기에게는 그런 것을 생각할 권리가 있는 줄도 몰랐다. 자기는 이미 형식의 아내다. 그러면 형식을 섬기는 것이 자기의 의무일 것이다. (……) 『아내가 되었으니까 지아비를 사랑합니까, 또는 사랑하니까 아내가 됩니까?』 이것도 선형이는 처음 듣는 말이다.// 그래서 자기도 무슨 뜻 인지 모르면서, 『마찬가지 아닙니까?』// 『마찬가지』라는 말에 형식은 놀랐다. 그것이 어찌하여 마찬가질까. 이 계집애는 아직 그런 것을 생각할 줄을 모르는구나 하였다." 이광수, 「무정」, 『이광수전집』 1, 삼중당, 1962, 250~252쪽.

08 "『그러면 지금도 그 형식을 사랑하시오?』// 사랑하느냐 하는 말에 영채는 가슴이 뜨끔하였다. 과연 자기가 형식을 사랑하였는가……. 알 수가 없다." 이광수, 위의 소설, 228쪽.

3
새로운 여성의 구축—가르치는 '남성'과 가르침을 받는 '여성'

『직녀성』에서 사회주의사상을 실현하는 사상가로서의 역할과 더불어 새로운 자유연애의 모범을 보여주는 인물들인 박세철과 윤봉희의 첫만남09은 봉희가 인숙을 따라 복순을 찾아가게 되면서 이루어진다. 세철은 세 달치 방세를 못 내서 하숙에서 쫓겨 나와, 다 찌그러진 전기학교電機學校의 모자표를 달고 얇고 떨어진 교복 한 벌을 입은 채로 복순에게 신세를 지러 온 참이다. 봉희는 처음 보는 낯선 남자에게 열일곱 살 여학생의 호기심을 보인다. 두 번째 만남(218쪽)은 인숙의 일로 복순과 상의하러 간 봉희가 세철과 마주치는 장면에서 이루어진다. 세철은 혼자서 호떡을 먹고 있다가 봉희에게도 먹어보라고 권하는데 사양하는 봉희에게 "그럴 테지요. 귀족의 영양이 호떡을 잡숫겠어요."라고 말해서 봉희의 자존심을 건드린다. 불쾌함을 느낀 봉희는 "세철이 먹고 있는 호떡을 빼앗아서라도 먹고 싶"은 마음을 갖는다. 발끈하는 봉희에게 세철은 꾸짖듯이 일장연설을 늘어놓는다.

> 봉희씨 혼자 개념적으루 귀족이 아니라면 되나요. 석달씩 식비를 못내서 하숙을 쫓겨나구 한 달에 몇 원 안되는 월사금이 밀려서 정학을 당하구 와서 꾸드러진 호떡 조각을 물어 뜯구 앉은 고학생이 지금 바루 봉희씨의 눈 앞에 앉어 있지 않어요? 그런데 말씀이죠. 그와 정 반대루 학비 걱정은커녕 입만 벌리면 외씨 같은 이밥에 고기 반찬이 저절로 굴러 들어가구 겹겹이 털 옷으루 몸을

---

09 심훈, 「직녀성」, 『심훈문학전집』 2, 탐구당, 1966, 209쪽. 앞으로 『직녀성』의 인용은 본문에서 쪽수만을 밝힌다.

감은 장래의 귀부인이 지금 바루 내 눈 앞에 앉어 있지 않어요? 그래두 봉희씨가 「부르조아」가 아니라구 부언을 할 수가 있을까요?(220쪽)

세철과 봉희의 세 번째 만남(234쪽)은 봉희가 단성사에 활동사진을 구경하러 갔다가 봉희에게 추근거리는 장발과 마주쳐서 둘이서 실랑이를 벌일 때 우연히 그 곁을 지나가던 세철에게 봉희가 집까지 바래다 줄 것을 부탁하면서 이루어진다. 집 앞까지 온 세철은 무뚝뚝하게 잘 가라는 인사는 없이 "밤늦도록 혼자 댕기면 재미 적지요. 여우한테 홀리거나 이리떼한테 물려 가기가 쉬우니까……."라는 의미심장한 말을 남기고 사라진다. 〈혼선-7절〉(237-239쪽)에서는 마치 이 세철의 말을 해설이라도 하듯이 서술자의 연애론을 장황히 적어놓고 있다.

지금껏 봉희에게 연애라는 개념을 가르쳐 준 것은 "현해탄을 건너서 오는 여러 가지 부인잡지", "신문에 나는 통속소설", "「에로」미가 농후한 미국 영화" 등이었다. 몇 해 전에는 마치 동성애나 하듯이 자신보다 나이를 몇 해 더 먹은 동무와 장난질 비슷하게 편지를 주고받은 적도 있다.

판매정책만 위주하는 천박한 신문잡지는 수많은 처녀들로 하여금 나이가 들기도 전부터 달콤한 남녀관계를 여러 가지 형식과 방법으로 그려내고, 심지어 사진까지 찍어서 실감을 주게 하면서 (남들도 저렇게 연애를 하는데) 하는 부러운 생각을 들게 하고, 그대로 모본을 떠서 실제로 연습을 해 보았으면 하는 충동을 줄뿐 아니라 한 걸음 더 나아가서는 육체가 제대로 발육이 되기 전부터 성적 자극을 주사침 놓듯 한다. 그리하여 연애를 할 줄 모르는 것이 일종의 수치요 한 사람의 애인이라는 것을 두지 못하는 여자는 병신 치부를 하게까지 된다.(237~238쪽)

인용에서 보듯이 서술자는 이러한 신랄한 비판과 함께 여학교 교육이 재봉이나 할팽(割烹: 요리)같은 과목을 통해 현모양처를 만들려고는 하면서도 정작 중요한 연애나 결혼문제를 등한시하고 있다고 지적한다. 그리하여 많은 "신여성들이 제각기 연애의 섭(薪: 땔나무)을 지고 연애의 화약을 가슴에 안고 불 속으로 뛰어드는 것"을 보고 비난이나 하지 올바른 연애 개념을 교육하는 것에는 소홀하다는 논지이다. 중요한 것은 이러한 서술자의 견해가 세철의 입장을 대변해 주고 있는 것과 달리 봉희는 아직 그 같은 진정한 연애의 이념에 도달하고 있지 못한 채 당시 유행하던 피상적인 연애에 대해서만 알고 있는 것으로 그려진다는 점이다.

봉희는 세철에게 "새해에는 많은 복을 받으십시오. 더 한 층 건강하시고 소원성취 하십시오."라는 연하장을 '장난삼아' 보낸다. 세철은 그저 인사말 정도로 듣고 넘겨도 될 이 연하장에 대한 답신을 꽤 비판적으로 써 보내면서 봉희의 연하장을 "한낱 장난에 지나지 못할 것"이라고 몰아세운다. 봉희는 그날 밤 '계급'이라는 것의 의미를 생각해 보고 귀족이라는 것이 무시무시한 물건의 이름 같다고 느끼며 세철의 편지가 마치 귀족이라는 물건이 제 몸을 범하지 못하게 할 부적이라도 되는 듯이 품에 꼭 안고 잔다. 새벽에 일어난 봉희는 세철에게 어떠한 답장을 보내야 할지—마치 학생이 과제물을 쓰기라도 하듯이—한참을 고민한다. 결국 봉희는 「사랑」이라는 자유시를 사집에서 베껴 세철에게 보낸다.

> 나는 사랑의 사도외다/ 사랑은 비 뒤에 무지개처럼/ 사람의 이상을/ 무한히 끌어올리는/ 가장 아름다운 목표외다/ 사랑은 마치/ 물고기를 씩씩케하며/ 기이한 풀과 바위를/ 감추어 두며/ 크고 작은 배를 띄우는/ 깊이 모르는/ 바다와 같사외다/ (……) 사랑하기 때문에/ 나는 싸우지 않으면 아니되겠사외다/ 사랑하기 때문에/ 나는 피를 뿜지 않으면/ 아니되겠아외다(256~257쪽)

"신앙의 대상자에게 기도를 올리는 것과 같은 경건한 마음"으로 시 베끼기를 마친 봉희의 눈앞에는 "세철과 자신이 한데 뭉쳐 깃발을 앞세우고 용감히 나아가는 광경"이 펼쳐지고, 마치 "새롭고 자유로운 세계가 전개" 되는 것 같은 느낌마저 갖는다. 이 지점에 이르면 봉희가 세철이 준비해둔 여러 가지 관문을 하나하나 통과해 나가며 진짜 자유연애에 접근해가고 있다는 사실을 부인할 수 없게 된다. 이러한 여러 과정들을 통해서 봉희는 자신이 바라는 연애가 아니라 세철이 바라는 진정한 연애에 접근해 가는 것이며, 이후 그녀는 예전 같으면 생각지도 못할 가출이라는 마지막 관문을 통과함으로써 세철에게 향해가게 된다. 그것은 철저히 세철의 가르침(혹은 가르침의 변형)에 의한 것이라는 점을 인정할 수 있다. 이는 세철의 연적戀敵으로 설정되어 있는 장발에게서도 유사하게 나타난다는 점에서 보다 확실해진다.

그 뒤로 장발에게서는 편지가 오지 않고 『근대의 연애관』이니 『연애와 결혼』이니 하는 따위의 책이 뒤를 달아 왔다. 인제는 방침을 변경해서 연애학을 책으로 공부를 시켜 가며 실지로 시행해볼 계획인 모양이다. 봉희는 책 제목에 끌려서 그런 책을 읽어보면서도 연애나 결혼의 상대자로는 세철을 책상머리에다가 앉혀놓고 생각하는 것을 장발이가 꿈에나 알 리가 없다.(267쪽)

장발은 자신의 애정 표현이 봉희에게 먹혀들지 않자 방법을 달리해 연애 관련 서적을 봉희에게 보내주는 것을 통해 그녀에게 신연애에 대한 자각을 유도해내고자 하지만, 이미 세철에게 기울어진 봉희의 마음은 되돌릴 수 없게 된다. 그것은 다만 장발에게 이미 아내가 있다는 점에 원인이 있다기보다, 오히려 장발은 근대적 인텔리의 모습을 훌륭하게 획득하고 있지 못하다는 점에서 봉희의 선택에서 제외된 것이라 보는 것이 보다 적절할 것이다.

그렇다면 인숙의 경우에는 신여성의 모습을 학습해 나가는 과정을 보여주고는 있지만, 그것이 남성의 가르침에 의한 자각이 아니지 않은가 하고 의문을 제기할 수 있을 것이다. 인숙의 자각은 '복순'이라는 여성인물의 도움을 통해서 이루어진다. 그러나 '박복순'이라는 인물은 단순히 보다 앞서 자각한 여성의 모습이라기보다는 남성의 변형에 가깝다는 점을 지적할 수 있다. 복순은 "살결이 거무스름하고 젖가슴이 벌어진 것이 튼튼하게는 생겼으나 손발이 상스럽게 크고", "머리털은 주황빛"에, "코는 찌그러진 듯 넓적하며 두꺼운 웃입술은 건순이 져서 짧은 인중을 말아올린" 모습이라, "어느 모로 뜯어보아도 여자답고 어여쁜 구석이라고는 한군데"도 발견할 수 없는 모습이다.(116쪽) 성격에 있어서는 "무엇을 보나 도무지 쓰다 달다 말이 없고, 언제나 근심에 싸인 듯 웃는 얼굴은 볼 수 없"으며,(118쪽) 감옥에 들어갔다 나오는 것도 대수롭게 생각지 않는 여장부형 인물이다. 이 같은 남성의 변형으로서의 '중성적 여인상'은『무정』의 풍장인물 '병욱'에서 그 선례를 찾을 수 있다. 남성이 아닌 여성인물을 내세울 수밖에 없었으리라 추측할 수 있는 근거는 인숙이라는 귀족가문의 며느리로서 폐쇄적인 생활을 하는 여인에게 접근하기 용이한 인물의 모색을 통한 것이 아니었나 싶다. 기혼자이면서 전통적인 여성의 모습에 가까운 인숙에게 접근하여 인숙의 사상을 변모시키는 역할은 아무래도 남성보다는 여성이 용이했으리라 짐작된다. 심훈은 이처럼 '교육'이라는 방법을 통해 원하는 여성상을 창출해 내고자 한다. 그러나 그가 원했던 여인상은『무정』에서 드러난 1910년대형의 신여성과는 거리감을 갖는다. 그럴 뿐만 아니라 1930년대에 본격적으로 등장한 모던걸 유형의 여성과도 변별된다. 그것은 그의 소설 곳곳에서 드러나는 피상적으로 근대를 수용한 모던걸에 대한 비판을 통해서 확실히 되고 있다.

4
무서운 여자들—버려야 할 여자들

> 봉희는 그 양장 미인의 아래 위를 곁눈으로 살짝 훑어보았다. 서울서는 보지 못하던 장미꽃 무늬를 은은하게 놓은 연연한 양보라 양복을 「이브닝 드레스」와 같이 기다랗게 늘여 입고 살빛과 분간할 수 없는 「실크」양말에 배암 껍질 같은 구두를 신었다. 잠자리 날개에 물을 들인 것 같은 모자에 반쯤 가려진 얼굴에는 폭 꺼진 눈두렁에도 홀쭉한 두 뺨에도 또는 조그맣게 오무린 입술에도 엷게 또는 진하게 연지를 바르지 않는 데가 없다. 그 때문에 콧마루가 더 오뚝해 보이고 새까만 눈동자까지 톡 불거져 보이는 것 같다.(271쪽)

미술 공부를 하러 동경으로 유학 간 봉환은 그곳 아틀리에에서 만난 모델 사요꼬와 자유연애에 빠지고, 잠깐 조선에 다녀올 일이 있다는 봉환을 사요꼬는 조선 구경을 하고 싶다며 굳이 따라온다. 인용문은 기차에서 내리는 봉환과 사요꼬 그리고 봉환을 마중 나온 인숙과 봉희가 마주치는 장면에서 봉희의 시각으로 바라본 일본 여인 사요꼬의 모습이 묘사된 부분이다. 사요꼬는 어디 하나 흠잡을 데 없이 완벽한 진짜 모던걸—일본인이라는 점에서 더욱—의 모습을 거침없이 표출하고 있다. "장미꽃 무늬의 양복", "잠자리 날개 같은 모자", "뱀껍질같은 구두"를 몸에 걸친 사요꼬의 모습은 앞서 언급한 『영원의 미소』의 최계숙과는 비교할 수 없을 정도로 화려하고 완벽하다.

일본에서 유입되었음이 분명한 '모던걸', '모던보이'라는 용어와 그에 해당하는 새로운 인물형은 조선에서는 1920년대 말경부터 사회·문화적으로 대단한 반향을 불러일으키는 존재들이 된다. 흥미로운 사실은 그들이 초기에는 부정적 측면뿐만 아니라 긍정적 역할까지 지닌 양면성을 지니고 있었지만, 시간이 갈수록

점점 더 부정적인 인간형으로 고정되어 버리는 면모를 지닌다는 점이다.

> 모던썰!
>
> 「해방된」 현대적 색씨.
>
> 그런데 이 말은 두 가지의 의미를 가지고 잇다.
>
> 한 가지 의미로 보면 그들은 왼갓 묵은 것으로부터 해방은 되엿스나 그럿타고 아모런 새론 것도 갓지 못하고 다만 양장과 부평초가튼 아조 무정견한 것과 사람 흥분식힐 미美를 갓고 잇을 쑨이다. 그들은 왈 ××주의자이고 왈×× 애호가이고 엄청나게 긴 정강이소유자이고 교묘한 말 쏜세를 내고 쬬코렛트를 씹고 두볼에 곤지 찍고 두서너잔 술에는 얼골이 얼는 붉어지지 아니하고 문학이나 그림을 경멸히 보고 더구나 시詩쯤은 똥오줌 대접이다. 비평은 조와하나 아모것도 창작은 못하고 책은 제법 보는 척하지만 변변한 책은 읽지 안는다. (……) 또 한가지 의미로 보면 그들은 왼갓 묵은 것으로부터 해방되고 그리고 새로운 창조의 도정에 잇는 것이다. 그들은 남자와 평등의 위치에 서고 성격적 직분으로 부득이한 차이가 잇는 외에는 남자와 전연히 가튼 조건 위에 생활하고 로동하고 공부하고 향락하기를 구한다.[10]

위 인용문의 논자는 모던걸이라는 존재를 두 가지 의미로 규정하고 있다. 하나는 어떤 정신적인 자각은 없이 피상적으로만 근대를 받아들인, 거의 흉내내기에 급급한 부류라고 하면서 그들에 대해 꽤 신랄한 비판을 가하고 있다. 그러나 그럼에도 불구하고 또 다른 하나의 유형—즉, '온갖 묵은 것으로부터

10 성서인(城西人), 「현대적(現代的) (모-던) 처녀(處女)」, 《별건곤》, 1927.12.

해방된' 진짜 모던걸—을 상정하고 있다는 점에서 모던걸이라는 인간유형을 근대여자의 번역어쯤으로 사용하는 면도 있다. 두 번째 부류의 여성은 '자본주의적 경제조직을 타파하려는 싸움'에 남자와 더불어 참가하며, '결혼, 산아, 이혼 같은 문제에 대해서도 가장 이성적'으로 대처한다는 점에서 이들은 진정한 모던걸이라는 것이다. 그러나 오히려 이 같은 두 번째 유형의 여성들은 여권운동가적인 면모를 가진 여성들이라 부르는 편이 좋을 것이다. 이와는 전혀 다르게 모던걸이라는 여성들이 체득한 근대적인 사상이라는 것은 거의 자유연애에만 한정되어 있다는 점에서 크게 다르다. 이처럼 1920년대 말의 모던걸이라는 인간형에 대한 이해는 양면적인 성격을 가지고 있으나, 그것이 1930년대에 들어와서는 전자의 유형으로 한정된다. 그리하여 그녀들은 앞서 인용한 사요꼬의 묘사에서 보듯이 온갖 물질로 치장된 무서운 여인들로 변모하는 것이다. 그녀들은 '모던보이'들과 어울려 쌀롱에 모여 자본주의적 향락의 첨단을 걷는다.

> 종로 큰 거리에 있는 「살롱·파리」에는 저녁 때부터 손들이 모여든다. 손들이란 대개는 별로 하는 일이 없이 룸펜처럼 어슬렁거니고 돌아 다나는 장안의 「모던보이」들이다. 파산을 당한 백만 장자 아들의 낮잠터도 되고 귀족의 집 서방님들이 커피 한 잔을 놓고 마냥 늘이잡고 앉아서 지난 밤 늦도록 카페나 요리집에서 유흥하던 끝에 피곤을 푸는 곳도 근자에 길거리마다 생기는 이른바 「살롱」이라는 차 파는 집이다.(278쪽)

경성으로 돌아온 봉환은 최첨단의 근대적 유행 문물인 쌀롱에서 그의 친구들을 만난다. 봉환의 친구들은 봉환이 동경에 가서 먼저 공부한다는 것에 부러움을 느끼기보다는 봉환이 그들과는 달리 "첨단적 생활을 하는 것"을 통해 유행의 중심부를 체험한다는 것, 그러면서 유행의 최첨단을 걷는 모던걸 유형의 여자와 자유로운 연애관계를 가진다는 사실에만 흥분한다. 이는 앞서 언급한 등장인물 세철의 가난하면서도 강직하고 자각된 모습과는 대조적으로 제시된다. 이후 사요꼬는 봉환의 친구인 "해끔하게 생긴" 박귀양과 관계를 맺고 봉환을 배신하여 떠난다. 『직녀성』에서는 사요꼬라는 인물 외에도 강보배라는 모던걸형의 여자도 등장하고 있다. 이러한 여성들은 봉환이라는 모던보이형 남성인물의 타락을 명시적으로 드러내는 기능을 하는 동시에, 근대의 피상적인 면에 집착하는 남성의 허영된 꿈을 폭로하는 기능을 하고 있어 소설 내적인 면에 있어서는 긍정적인 기능을 동시에 수행하는 인물들이다. 어찌됐든 결과적으로 이런 유형의 여성들은 근대적인 신여성의 구축이라는 작업에서 실패한 유형의 여성들로 인식되면서 극복 대상으로 제시되고 있는 점만은 분명하다. 그러한 여성에 대한 비판은 근본적으로는 자본주의 경제 체제에 대한 비판을 수반하고 있다는 점에서 심훈의 사상적 면모를 드러내는 역할도 한다. 이러한 실패한 신여성으로서의 모던걸에 대한 비판은 심훈의 소설에 영향을 주었으리라 여겨지는[11] 콜론타이의 소설[12] 『붉은 사랑』에서 드러나는 넵걸(NEP girl)[13]에 대한 비판과도 유사한 점이 있다.

---

11 이 점에 대해서는 정확한 확인이 필요할 것이니, 아직은 단정할 수 없다. 그러나 직접적인 영향관계를 확인할 수는 없다 하더라도 당시에 특히 사회주의사상에 관심 가진 이들에게는 콜론타이에 대한 소개가 이미 있었다.

12 콜론타이의 소설에는 장편으로 『붉은 사랑*(Red love)*』와 『위대한 사랑*(グレイト ラブ, Great love)*』이 있고, 단편으로는 「삼대의 사랑*(Liubou'trekhpokolenii)*」과 「자매(姉妹)」가 있으나 본고에서는 『붉은 사랑』과 「삼대의 사랑」에 관해서만 논한다. 알렉산드라 콜론타이 저, 『붉은 사랑』. 김제헌 역, 공동체, 1988 ; 알렉산드라 콜론타이, 「삼대의 사랑」, 콜론타이 외저, 『월요일』, 장지연 역, 일송정, 1994 ; ア·コロンタイ, 『グレイ ラブ』. 内山賢次 譯, マルス, 1930 안에는 , 「クレイト ラブ」, 「姉妹」, 「三代の愛」의 세 편이 실려 있다.

13 넵걸(Nep girl)이란 넵 체제하의 산물로 넵(NEP)이란 '1921년 3월 러시아공산당 제 10회 대회'에서

《신여성》 5권 11호에 실린 김하성金河星의 「세계여류운동자 프로필」이라는 글에서는 콜론타이에 대해 언급이 나타난다. 이 글에서는 세계적인 여권운동가로서 클라라 체트킨, 크르부쓰카야와 함께 콜론타이의 약력과 함께 그녀의 소설 『적연赤戀』 『삼대연三代戀』 『위대偉大한 사랑』 등의 내용에 대한 언급이 있다는 점에서 이미 당시에 어떤 경로로든 이러한 콜론타이의 소설이 소개되어 있었다는 점을 추측할 수 있게 한다. 또한 "나는 세상 여성女性이모다 『적연赤戀』에 나오는 여女주인공 『왓시리사』가티 되어주엿스면 한다"[14]라고 말하고 있는 것으로 볼 때, 그러한 여성상에 당시 긍정적으로 받아들여지고 있다는 점도 알 수가 있다.[15]

결정된 전시공산주의에서 신경제정책으로의 이행을 의미한다. "이는 농민에게 식량할당징발을 현물세로 대체하면서 식량잉여분의 일부를 수취하고 나머지는 농민이 자유로이 시장에서 판매할 수 있도록 하는 정책이었다." 이는 공산주의 사회에서의 자본주의적 요소의 수용이며 그러한 분위기 하에서 등장한 새로운 여성형을 넵걸이라 불렀던 것 같은데 다분히 비판적인 명명법인 듯하다. 이러한 여성은 부르주아적 근성을 지닌 인물들로 모던걸이 그러하듯이 자본주의적인 물질성에 경도된 인물들이라는 점에서 공통점을 갖는다. 이에 대해서는 알렉산드라 콜론타이 저, 『붉은 사랑』, 김제헌 역, 공동체, 1988, 26~27쪽의 각주와 B .판스워드(B. Farnsworth) 저, 『알렉산드라 콜론타이 *Aleksandra Kollentai: socialism, Feminism and Bolshevik Revolution*』, 신만우 역, 풀빛, 1986을 참조하였다.

14 김하성(金河星), 「세계여류운동자 프로필」, 《신여성》 5권 11호, 1931.12.

15 그 외 김옥엽(金玉葉)의 「「싸벳트·러시아」의 신연애(新戀愛)·신결혼(新結婚)」, 《신여성》 6권 3호, 1932.3과 같은 글에서도 콜론타이의 소설에 대한 언급이 나타난다.

5
마르크스걸의 사랑으로— 콜론타이의 『붉은 사랑』[16]과 『직녀성』의 관련양상

콜론타이의 자전적인 소설 『붉은 사랑』은 28세의 편직공인 바실리사와 무정부주의적 기질을 가진 공산주의자 볼로디아와의 사랑을 그리고 있으며, 다분히 변형이 가해지긴 했으나 콜론타이 자신과 그의 애인 파벨 디벤코와의 관계가 투영된 작품이다. 바실리사는 넓은 층의 지지와 찬사를 받는 연설가이자 투철한 공산주의 사상을 가진 여성이며, 볼로디아는 '미국인'이라는 별명을 지니고 있는 만큼 다분히 부르주아적 기질을 가진 남성이다. 두 사람은 사상적인 의견 차이로 자주 말다툼을 벌이기도 하지만 여전히 동지이며, 서로 사랑하는 사이이다. 그러나 바실리사가 혁명사업으로 인해 서로 헤어져 있는 동안 볼로디아는 넵걸인 니나와 사랑에 빠진다. 니나라는 인물은 한마디로 유행의 최첨단을 걷는 여자이며, 온 도시에 '창녀'라는 별명으로 이름 높은 여자이다.

> 그녀는 하얗고 부드러운 주름이 몸을 감싸고 앞가슴의 굴곡이 드러나는 드레스를 입고 있었다. 거기에다 모래색의 긴 장갑과 눈썹 가까이까지 푹 눌러쓴 모자가 어울려 보였다. 바샤는 그녀의 모습을 잘 알아볼 수는 없었지만 피처럼 빨갛게 빛나는 입술만은 선명하게 볼 수 있었다.[17]

---

16 『붉은 사랑』의 원래 제목은 여주인공의 이름을 딴 '바실리사 말리기나(Vasilisa Malygina)'이다. 영역되는 과정에서 'Red love'로 명명되어진 것 같다.

17 알렉산드라 콜론타이, 앞의 책, 211쪽.

볼로디아는 끊임없이 바샤(바실리사의 애칭)를 속이면서 니나를 만나고, 나나와의 관계가 폭로된 이후에도 끊임없이 그녀를 속인다. 그러면서도 결별을 선언하는 바샤에게 그는 '당신 없이는 살 수 없다'고 매달리면서도 나나와의 관계는 청산하지 못한 채 지속해 나간다. 바샤가 떠나자 볼로디아는 독약을 먹고 자살을 기도하고 바샤는 그 사실을 알고 다시 볼로디아에게 돌아가지만, 그와 니나와의 관계가 끝나지 않았다는 것, 니나가 볼로디아의 아이를 임신한 후 낙태수술을 받았다는 사실을 알게 된다. 니나는 이미 모스크바로 떠난 후이지만 바샤는 볼로디아에게 온 니나의 편지를 몰래 훔쳐보게 되고, 그 후 니나가 진정으로 그를 사랑하고 있다는 것을 깨닫는다. 결국 바샤는 볼로디아를 떠나고 그를 니나에게 보낸다.

이 작품의 주인공 바실리아는 혁명적 여성이면서도 깨어져 버린 믿음과 사랑에 대해서 쉽게 결정을 내리지 못해 망설이는 모습을 보인다. 그녀는 그러면서 어쩔 수 없이 질투의 감정에 휩싸이는 여성으로 그려지는 것이다. 실제로 콜론타이는 그녀보다 17살 연하였던 그의 연인 디벤코와의 관계에서 이러한 삼각관계를 경험한다. 소설 속의 니나는 넵걸이지만 디벤코가 실제로 사귄 여자는 19살의 고아소녀였다고 한다.[18] 디벤코는 실제로 소설 속의 볼로디아처럼 우유부단한 행동을 보였으며, 콜론타이의 전기를 쓴 판스워드는 디벤코가 진정으로 콜론타이를 사랑했던 것 같다고 적고 있다. 그는 실제로 소설 속의 볼로디아가 자살을 시도한 것처럼 권총자살을 시도하여 치명적인 부상을 입기도 했다. 디벤코는 새 연인과 아무런 사상적 공감대가 없었음에도 불구하고 자신 이외에는 아무데도 의지할 곳 없는 소녀에게 강한 책임감을 느꼈

---

18 콜론타이의 생애와 작품의 연관성에 관하여는 B. 판스워드, 앞의 책, 437~449쪽을 참고하였다.

으므로 소녀를 버릴 수 없어서 고민했다는 것이다. 소설 속의 바샤처럼 디벤코를 소녀에게로 떠나보낼 당시 콜론타이의 나이는 51세, 디벤코의 나이는 34세였다고 한다.

지금껏 살펴본 대강의 줄거리에 의한다면 『붉은 사랑』의 바실리사를 『직녀성』의 인숙에 직대입하는 것은 무리가 따르는 일임이 분명하다. 가장 큰 이유는 바실리사는 사상에 대한 투철한 신념을 가진 혁명적 여인인데 비해 인숙은 점차로 사상적으로 변모해 가는 인물이라는 점에서 그러할 것이다. 다만 몇 가지 공통점은 추출해 볼 수 있을 터인데, 그것은 '남주인공/여주인공/모던걸' 사이의 삼각관계가 소설의 주요한 사건으로 다뤄진다는 점, 그러한 일련의 사건을 통하여 여주인공이 진정한 사랑이라는 것에 대한 회의와 자각으로 나아간다는 점이 그러하다. 주목할 점은 콜론타이가 그녀의 소설들 안에서 '동지로서의 사랑'과 '낭만적 사랑'을 구분 짓고 있다는 점이다. 이는 「삼대의 사랑」에서 더욱 뚜렷이 드러나는데[19] 콜론타이는 3대에 걸친 혁명가 삼모녀의

19 이 작품에서는 삼대에 걸친 철저한 혁명가로서의 삼모녀(三母女)에 대한 사랑관의 차이가 그려지고 있다. 제1세대의 여성 마리아 스테파노브나 올세비치는 평안한 가정을 버린 채 낭만적 사랑으로서의 남성에 이끌려 남편과 자식을 버리고 집을 떠나고, 그러한 사랑의 결실로 딸을 출산한다. 제2세대의 여성 올가 세르게예브나는 동지로서의 남편 콘스탄틴이 있으나, 육체적으로 이끌리는 열정적인 사랑 M을 사랑하게 되고 그 둘 사이에서 방황한다. 그녀는 두 가지 사랑 모두를 포기하지 않으려 함으로써 어머니와의 불화를 일으킨다. 그러나 그녀는 열정적인 사랑의 결실인 M의 딸을 출산한 후 결국은 정신적 연인인 남편의 곁에 남는다. 할머니의 손에서 자란 제3세대의 여성 게니아는 성인이 된 이후 자신의 어머니에게로 돌아와 어머니의 남편 콘스탄틴을 포함한 세 사람이 한 집에서 생활하게 된다. 그러던 어느 날 올가는 게니아가 콘스탄틴과 육체적 관계를 맺은 것을 알고 경악하지만, 게니아는 오히려 그러한 어머니의 보수적인 면에 당황한다. 게니아에게는 이미 사랑하는 사람이 따로 있으며, 콘스탄틴과는 그저 육체적인 관계만을 맺었을 뿐이므로 자신의 어머니에게는 전혀 잘못한 것이 없다고 생각하기 때문이다. 왜냐하면 어머니에게서 그녀는 아무것도 빼앗지 않았다고 생각하기 때문이다. 그러나 올가는 그러한 딸의 시각을 이해할 수 없음을 고통스러워 하고 게니아 역시도 자신이 어머니에게 상처를 주었다는 사실을 깨닫고 후회하지만, 자신의 연애관이 조금도 틀리지 않았다는 확신은 변함이 없다. 게니아라는 인물형은 당시 러시아

각기 다른 사랑관을 보여주는 것을 통해 이성적으로 제어할 수 없이 열정적으로 끌리는 사랑이라는 것에 대비해서 사상을 공유하는 동지로서의 사랑이라는 것을 설정하고 있으며, 전자보다는 후자 쪽에 더욱 비중을 두고 있는 경향을 드러낸다. 심훈이 그리고 있는 진정한 사랑이란 것도 실상은 낭만적 열정을 수반한 연애와는 약간의 거리를 두고 있는 동지애적 사랑이라는 점을 기억하여야 한다.

『붉은 사랑』의 결말부에서 바실리사는 볼로디아를 떠난 이후 뒤늦게 자신이 임신했다는 사실을 발견하게 되고, 니나의 사랑을 이해하게 되면서 그녀에게 위로와 축복의 편지를 보낸다. 그녀는 혼자서 무슨 수로 아이를 키우냐는 친구의 우려에도 불구하고 조직이 아이를 길러줄 것이라며 보육원 사업을 하리라 결심한다. 이 작품은 "우리는 살아야 해, 그루샤, 살아야 한다구!"라는 바실리사의 외침으로 끝이 난다. 이는 인숙이 봉환을 떠난 이후 임신한 사실을 알게 되는 것과 보육사업에 뛰어들게 되는 것과도 유사하다. 또한 『직녀성』의 결말부에서 인숙이 성모 마리아의 모습과 유사하게 그려지는 것 역시도 어쩌면 붉은 사랑의 바실리사가 결말부에서 마음의 평온을 찾은 이후 "성모 마리아여 감사합니다"[20]라며 성상聖像을 바라보는 것의 변형인지도 모른다. 결국 인숙은 조선의 모든 아이들의 어머니가 된 것이다.

젊은이들 사이에서 인기를 끌었다고 한다. 콜론타이의 전기를 쓴 판스워드는 게니아라는 인물이 곧잘, 콜론타이가 무책임하고 고의적으로 젊은이들 사이의 난잡함을 옹호하고 있음을 증명하는 것으로 해석되어져 왔으나, 실은 이 인물형이 낭만적 사랑 없이 사는 동지애적인 생활의 가능성에 대한 콜론타이의 이상을 반영하고 있다는 점을 지적한다. 이를 통해 콜론타이는 낭만적 사랑보다 동지애적인 사랑에 더 큰 의미를 부여한 것이라는 해석이 가능한 것이다. 판스워드는 "여기서 우리는 첫 두 세대의 성적 유형이 서로 반대되고 세 번째의 새로운 결론으로 이행되는 산뜻한 마르크스주의적 변증법을 발견하다"라고 적고 있다.

20 알렉산드라 콜론타이, 앞의 책, 260쪽.

6
결론

심훈의 소설에 등장하는 긍정적인 여성인물은 대체로 평탄한 삶이 아니라, 고난과 시련을 겪어가면서 점차 성숙해가는 면모를 보여준다. 그들은 남성과 법이 만들어낸 여성들이면서 점차로 독자적이고 활동적인 여성으로 바뀌어가는 것처럼 보인다.[21] 그런 점에서 본다면 심훈 소설의 긍정적 여성인물의 완성형을 『상록수』의 채영신으로 규정해 볼 수도 있으리라 생각되면서도, 영신이 결국은 죽음을 맞이하고 만다는 점에서는 일종의 아이러니한 느낌을 가지지 않을 수 없다. 또한 『직녀성』의 인숙 역시도 신여성, 구여성 어느 한 쪽에 편입시킬 수 없다는 점에서 특이한 인물형이다. 그녀는 전통적인 양반가 여인의 모습을 지니면서도 학교 교육과 복순의 인도를 통해 자각한 인물로 거듭난다. 그런 점에서 그녀는 구여성과 신여성이라는 일견 단절적으로 보이는 두 가지 여성상을 매개해 주는 존재가 된다는 점에서 심훈이 상정하는 이상적인 여인상에 가깝다고 할 수 있다.

실제로 1933년에 발표된 「신여성新女性과 구여성舊女性의 행로行路」[22] 라는 글을 보면 당시의 여성을 신여성과 구여성으로 구분한다는 것 자체가 대단히 애매하고 어려운 일이라는 것을 알게 된다. 그것을 단순히 나이를 기준으로 구분할 수도 없으며, 또한 교육의 유무만으로도 쉽게 단언하기 어려운 문제인 것이다. 주요섭은 이 글의 서두에서 대체로 '신식교육의 중등 정도를 마친 여

---

21 사실, 그러한 작업이 『직녀성』에서 과연 성공적으로 이루어지고 있는가에 대하여는 아직 재고의 여지가 있다.

22 주요섭, 「신여성(新女性)과 구여성(舊女性)의 행로」, 《신여성》 7권 1호 1933.1.

자를 신여성'으로 규정하고 있으나 본질적으로 그가 규정하는 신여성은 '근대의 본질을 이해하고 있는 여성'이라는 것을 알 수 있다. 그렇다면 '진정한 근대를 알고 있는가', '피상적인 근대만을 수용하고 있는가', 아니면 '근대라는 것 자체를 이해할 수 없는 다른 시대에 사는가'가 '신여성/모던걸/구여성'의 변별점이 될 것이다. 이 시기 1930년대에는 각각의 사람들이 같은 시간성을 공유하고 있지 않았던 특이한 시기적 특징을 가진다는 점에서 구여성과 신여성이 동시적으로 존재했던 때였으며, 『직녀성』의 인숙은 여성의 자각이라는 것이 이렇게 이루어져야 한다는 표본을 제시하는 중요한 역할을 수행할 수 있었으리라 여겨진다. 인숙은 복순처럼 자각하는 여성이 되면서도 복순과는 달리 모성을 상실하는 것이 아니라 모성을 재발견해낸다는 점에서 완벽한 여인으로 그려지게 되는 것이다.

『직녀성』의 인숙은 또한 보다 앞선 시기의 여성형인 『무정』의 영채와 닮아 있다. 그녀들은 온갖 시련을 겪으며 그것을 극복해 나가는 과정을 통해 성숙해 나가고 그러면서 그 시대가 요구하는 긍정적인 여성의 모습으로 변모해 간다. 그러나 양자의 사이에는 '모던걸'이라는 기괴한 모습의 여성상이 가로놓여 있다는 점에서 변별점이 있다. 근대적이고 정신적인 반려로서의 남성의 나르시스트적 욕망을 폭파해 버리는 '무서운 여자[독부毒婦]'로 변모해가는 모던걸의 극복이라는 과제가 심훈에게는 있었던 것이다. 그는 근대인이 필수로 가져야 할 정신성마저도 물질성으로 변모시키는 피상적 근대인, 그러면서도 1930년대의 시대적 전형성을 드러내는 여성인물을 극복해야 했던 것이다. 그러한 과제는 보다 앞서 자각한 남성인물들의 지도를 통해 이루어지며, 열정적이고 낭만적인 사랑이 아닌 동지애적 사랑을 통해서 획득될 수 있는 것이라고 심훈은 생각했던 것이다.

■ 참고문헌

심 훈, 『심훈문학전집』 1~3, 탐구당, 1966.

《개벽》, 《신여성》, 《별건곤》

알렉산드라 콜론타이 저, 『연애(戀愛)와 신도덕(新道德)』, 선윤선 역, 선학사, 1947.

__________________, 『붉은 사랑』, 김제현 역, 공동체, 1988,

__________________, 「삼대의 사랑」, 알렉산드라 콜론타이 외저, 『월요일』, 장지연 역, 일송정, 1994.

김동식, 「연애와 근대성(1)–신소설과 계몽적 논설을 중심으로」, 《민족문학사연구》 18호, 2001.상반기.

김진송, 『현대성의 형성–서울에 딴스홀을 허(許)하라』, 현실문화연구, 1999.

박상준, 「현실성과 소설의 양상–박종화, 심훈, 최서해의 1930년대 장편소설을 중심으로」, 『근대문학, 갈림길에 선 작가들』(대산문화재단 주최 탄생 100주년 문학인 기념문학제 발표집), 2001.9.20.~21.

유문선, 「나로드니키의 로망스」, 《문학정신》 58호, 1991.8.

이 탄, 「조명희와 심훈」, 《현대시학》 276호, 1992.3.

이상경, 「여성의 근대적 자기표현의 역사와 의의」, 《민족문학사연구》 9호, 1996 상반기.

이화여대 한국여성사 편찬위원회, 『한국여성사 Ⅱ』, 이화여대출판부, 1972.

이효재 편, 『여성해방의 이론과 현실』, 창작과비평사, 1979.

조남현, 「'직녀성(織女星)'의 갈등구조」, 《한국문학》, 1987.6.

최원식, 「심훈연구서설」, 『한국근대문학을 찾아서』, 인하대출판부, 1999.

최혜실, 『신여성들은 무엇을 꿈꾸었는가』, 생각의나무, 2000.

최희연, 「심훈의 '직녀성(織女星)'에서의 인물의 전형성과 역사적 전망의 문제」, 《연세어문학》 21집, 연세대 국문과, 1988.12.

한정숙, 「혁명, 그리고 여성해방」, 여성사연구회 편, 『여성 2–변혁기의 여성들』, 창작사, 1988.

유부장(柳父章), 『번역어성립사정(飜譯語成立事情)』, 암파신서(岩波新書), 1982.

앤소니 기든스, 『현대사회의 성·사랑』에로티시즘』, 배은경』황정미 공역, 새물결, 1996.

B. Farnsworth, 『알렉산드라 콜론타이』, 신만우 역, 풀빛, 1986.

Denis de Rougemont. 「愛 love」, フイリツプ　p。ウイーナー 편, 『서양사상대사전(西洋思想大事典)』, 황천기남(荒川幾男) 외역, 평범사(平凡社), 1990.

Lynda Hart, 『악녀–레즈비언 섹슈얼리티와 공격성의 표지』, 강수영·공선희 공역, 인간사랑, 1999.

Tomi Suzuki, *Narrating the self–Fiction cf Japanese Modernity*, Stanford University Press, Stanford, california, 1996.

Wolfgang Rath, 『사랑, 그 딜레마의 역사』, 장혜경 역, 끌리오, 1999.

8

심훈 『상록수』 연구

『여자의 일생』과의 대비적 고찰을 겸하여*

임영천

조선대학교 명예교수

* 이 논문은 2001년도 조선대학교 학술연구비 지원에 의해 이루어졌음.

1
머리말

지난 2001년은 우리나라 농촌계몽 소설『상록수』의 작가 심대섭의 탄생 100주년이 되는 해였다.[01] 심훈이란 이름으로 더 많이 알려져 있는 작가 심대섭은 이광수의『흙』(1932~33)과 더불어 30년대 (우파)농민문학의 쌍벽으로 불리는『상록수』(1935~36)로 인하여 일단은 춘원 이광수의 인상을 많이 연상시키는 작가라고 볼 수 있을 것이다.

심훈이 기독교 신자였다는 증거는 별로 발견되지 않는다. 단지 그의 둘째 형 명섭이 기독교회의 목사였다는 사실과, 그리고 그가 중국 땅에서 망명 생활을 하고 있었을 당시 학적을 두었던 대학이 미션계인 항주의 지강之江대학이라는 점을 감안할 때 그가 기독교와 무관하지 않았음을 짐작하게 할 뿐이다. 그러나 그는 그의『상록수』의 주인공을 기독교 신자로 설정하고 있음이 이

01 심훈은 1901년에 출생하였다. (그는 그의 대표작『상록수』의《동아일보》연재가 끝난 해인 1936년 사망하였다.)

채롭다고 하겠다. 여주인공 영신을 신도로 설정하여 청석골에서 교회를 중심으로 농촌계몽 사업을 펼치게 하는 것은, 기독교의 희생 봉사의 정신을 반영하고 있다는 면에서, 기독교소설을 논하는 자리에서『상록수』를 제외할 수 없게 만드는 요인이 되고 있다.

『상록수』에서 긍정적인 크리스천으로서의 신앙을 지닌 채영신과 세속적 이념의 견지에서 세계를 개혁하려는 박동혁의 근원적인 차이에도 불구하고 두 젊은이가 하나로 묶일 수 있었던 것은 민족에 대한 사랑과 희생, 곧 민족주의적 이념의 공통분모가 시대적 표증으로 한데 묶여질 수 있었기 때문인데, 작품의 결미 부분에서 주인공 영신이 애석하게 희생되는 일을 통해서, 이 작품이 드러내고자 한 민족에 대한 사랑 역시 그 근원을 기독교적 희생정신에 두고 있음을 느끼게 한다.02

이러한 민족주의 정신을 작품상에 반영한 심훈이 그의 유명한 항일민족시「그날이 오면」(1930)을 남겨 놓았다는 것은 매우 당연한 일로 보인다. 이 예언적인 민족문학 작품은 구약 예언자들의 헤브라이즘적 체질의 예언시를 오늘 이 땅에 재현시켜 주고 있다는 점에서 우리의 큰 관심을 불러일으킨다. 일제시대 문인들 중의 일부 인사에 속하기는 하지만, 당대에 그가 민족인식을 제대로 하고 있었음을 보여주는 호례의시가 바로「그날이 오면」이라고 할 수 있다.

비록 이 시편 가운데 기독교적 용어가 직접 나타나고 있지는 않지만, 민족적 위기에 처한 구국적 충정을 시인의 마음 밑바닥으로부터 토로해내고 있는 이 시편은, 정치 사회적으로 누란의 위기에 처해 있던 북이스라엘 왕국을 구해내고자 현실참여적 외침을 애국적 민족시를 통해 토로했던 이스라엘 예언

---

02 한승옥,「기독교와 소설문학」:소재영 외,『기독교와 한국문학』(대한기독교서회, 1990), pp. 124~25 참조.

자들의 헤브라이즘적 '예언시'의 전통이 그대로 오늘 이 땅에 되살아난 것이라고 볼 수 있겠다.

1930년대에 우리나라에서는 이른바 농촌계몽 소설 또는 농민소설로 지칭되는 몇 편의 굵직한 장편소설들이 나왔다. 춘원 이광수의 『흙』과 민촌 이기영의 『고향』(1933~34), 그리고 심훈으로 더 많이 알려진 심대섭의 『상록수』 등으로서, 이들 중 특히 우리의 관심을 끄는 작품은 한국 기독교문학사에 엄연한 한 자리를 차지하고 있는 심훈의 농촌소설 『상록수』라고 하겠다.

그런데, 심훈과 그의 작품 『상록수』에 대해서는 상당히 많은 이들이 연구들을 해왔다고 볼 수 있다. 필자는 그러나, 심훈의 소설 『상록수』의 기독교 문학적 특성에 대한 연구가 다소 미흡한[03] 것이 아닌가 싶어, 이하에서는 그 방면에 더욱 관심을 기울여 논하고자 한다.

2

기독교적인 구원의 여인상

여러 가지 기독교 문학사적 의의를 지니고 있는 소설 『상록수』는 그러나 이 방면의 선행 업적이라고 할 이광수의 『흙』과 자주 대비되어 논의되기도 하였다. 같은 30년대의 농촌계몽 소설로서 역시 같은 《동아일보》 지상에 연재된 소설이며 그 신문사의 '브나로드 운동'[04]의 일환으로 나온 작품들이라는 등의 공통

03 아마도 여기서 예외적이다 싶은 한 업적이 있음을 제시하지 않을 수 없다. 류양선, 「『상록수』론」. 『한국근현대문학과 시대정신』(박이정, 1996), pp. 159~80.

04 조금 달리 보려고 한 견해도 있다. "『흙』은 브나로드 운동의 이념이 아니라 동우회의 이념을 담고자

점 때문이리라.

그러나 『상록수』는 이광수의 『흙』보다는 여러 가지 면에서 더 우수한 작품으로 평가되고 있다. 『흙』의 주인공 허숭은 단지 지식인이 우리 농민들에 대한 사명감을 갖고 농촌봉사활동에 참여해야 한다는 시혜적 입장(만)을 말하고 있음에 비하여, 『상록수』의 주인공 박동혁은 지식인이 농촌에 들어가 농민과 유리된 생활을 해서는 안 되고, 농민의 삶 속에 파고들어가 농촌의 실상을 체험을 통해 파악하고 그들의 경제적 자활운동을 힘써 도와야 한다는 것이었다.

이로 보건대, 작가 심훈은 전혀 선배인 춘원의 체질을 지닌 이는 아니었다고 하겠으니, 농촌계몽소설이라는 범주에 들 수 있는 두 편 소설들의 어느 정도의 상호 유사성으로 인해 심훈이 다소 춘원과 유사한 체질로 인상지어진 것은 심훈 자신으로서는 대단한 손실이 아닐 수 없을 것 같다. 왜냐하면 춘원이 '하강적 모델'에 해당한다고 한다면, 심훈은 '상승적 모델'에 해당하는 것으로 보아야 할 것이기 때문이다.05

『흙』의 주인공 허숭의 입장이, 《동아일보》 편집국장 시절 춘원이 내세웠던 브나로드 운동의 기본 입장과 같은 것이었다고 한다면, 『상록수』의 주인공 동혁의 그것은 신문사의 공식적 입장을 한 단계 뛰어넘은 것이라고 할 수 있겠다. 신문사의 공식적 입장은 이러한 것이었다.

한 것". 김윤식, 『한국근대문학사상사』(한길사, 1984), p. 181; "『상록수』는… 브나로드 운동의 이념을 구현하려고 한 작품이 아니라, 도리어 그 한계를 반성하고 그것을 극복하려는 의도에서 씌어진 작품이다." 류양선, op. cit., p. 179.

05 이 두 모델과 관련해서: 임영천, 「근대 한국문학과 민족인식의 지평」, 『한국 현대문학과 기독교』(태학사, 1995), pp. 189~208 참조.

브나로드 계몽대원을 출동시킬 때에는 천 번이나 일러 보내는 말은 이것이다. 조금이라도 사실적 정치적 경제적, 또는 어떤 주의적 색채나 선전은 일언일구도 섞지 말고…… 만일 이 목적과 추호라도 반대의 의사를 가졌다면 대권이 안 되기를 희망한다.

이 인용문은 1932년에 실시된 제2회 브나로드 운동을 총결산하는 자리에서 동아일보사의 어느 간부가 한 말로서《신동아》지 당년 11월호에 실려 있는 글의 일절이다. 신문사의 이러한 입장이『상록수』의 첫 장에, 편집국장의 말이라고 하여 이렇게 개진되고 있다.

금년에는 여러 가지로 지장이 많았는데도 불구하고 작년보다도 거의 곱절이나 되는 놀라울 만한 성적을 보게 됐습니다. 이것은 오직 동족을 사랑하는 여러분의 열성과, 문맹을 한 사람이라도 더 물리치려는 헌신적 노력의 결과인 것이 물론입니다.06

'동족을 사랑하는 열성'과 '문맹을 물리치려는 헌신적 노력'은 거의 같은 의미를 가지고 나타난다. 즉 동족을 사랑하는 열성 때문에 농촌계몽 운동에 참여하게 된 것이고, 그 결과 문맹을 퇴치하려는 헌신적 노력을 기울이게 되었다는 것이다. 편집국장의 이 치사致辭는 바로 당시 동아일보사의 브나로드 운동의 기본 입장이었던 셈이다. 그러나 봉사활동에 대한 결과 보고를 부탁받고 일어선 박동혁은 그 경지를 뛰어넘는 발언을 하여 결과적으로 사회자의 간

06 심훈,『상록수』(문학사상사, 1993), p. 18.

섭—그 발언이 제지당함—에 부딪히게 된다. 박동혁은 이렇게 말했던 것이다.(그 발언의 후미만을 발췌하기로 한다.)

> 물질로 즉 경제적으로는 일조일석에 부활하기가 어렵겠지만 무엇보다도 먼저 모든 것을 지배하고 온갖 행동의 원동력이 되는 정신, 요샛말로 이데올로기를 통일하기 위해서 전력을 기울여야 하겠습니다![07]

이 발언에 대해 사회자는 계몽운동과 사상운동을 절대로 혼동해서는 안 된다고 단단히 주의를 주었던 것이다. 그러나 다음 차례로 발언하도록 지목을 받은 채영신 역시 동혁과 같은 입장을 피력하였다. 그녀는 지목을 받고서도 처음엔 발언을 사양하였는데, 이유인즉슨 남학생을 먼저 발언하게 하고 여학생인 자기를 맨 끄트머리에 발언하게 하는 것이 불쾌하다는 것, 그리고 사회자가 또 무어라고 제재를 하게 될 것 같으니 그런 속박을 받아가면서까지 말하고 싶지는 않다는 등의 이유에서였다. 그러다가 마지못한 듯이 일어나서 한 말은 이러했다.

> 저 역시 여러분께 우리 계몽대의 운동이 글자를 가르치는 데만 그치지 말고, 한 걸음 더 나아가서 우리 민족의 거의 전부라고 할 만한 절대 다수인 농민들의 갈 길을 열어주기 위해서 우선 그네들에게 희망의 정신을 넣어 주자는 (……) 박동혁 씨의 의견은 저도 전적 동감입니다![08]

---

07 Ibid., p. 23.

08 Ibid., p. 28.

결국 박동혁이나 채영신이나 모두 문맹들에게 글자를 가르치는 수준에만 머물러서는 안 되고 농민들에게 그들의 갈 길을 열어주기 위해 '희망의 정신'을 넣어 주는 일이 긴요하다는 데에 의견이 일치되었던 것이다. 이광수의 『흙』의 허숭은 화려한 경력에다 출세에의 욕망이 뒤범벅이 되어 농민들과의 동화가 어려웠지만(아니, 수상쩍은 인물로나 비쳐지고 배척을 당하기까지도 했지만), 동혁과 영신은 투철한 사명감과 농민에 대한 사랑으로써 쉽게 그들과 동화될 수 있었고 신임까지도 받았던 것이다.

『흙』의 연재 개시(1932)와 『상록수』의 연재 시작(1935)이 겨우 3년이란 시간 차이밖에는 나지 않는데도 이처럼 상당한 세계관의 격차를 두 작품이 보이게 된 이유가 무엇일까 생각해보게 되는데, 그 이유 중의 하나로 두 작품의 모델의 생동감 여부가 크게 작용하지 않았나 생각된다.

이광수의 『흙』에는 평소 그 주인공의 모델로 채수반09이 내세워졌던 것과는 달리, 어떤 살아있는 모델이 실제로 있지는 않았던 것으로 보인다. 좀 억지로 표현해 본다면 그 작품의 남녀 모델은 바로 그의 처녀장편소설 『무정』의 남녀 등장인물들이었다고 할 수 있을 것 같다. 허숭의 모델은 이형식이며 윤정선의 모델은 김선형, 그리고 유순의 모델은 박영채가 아닐까 생각될 정도로 두 작품 상호간의 짜임새는 유사한 면이 있다. 말하자면 이 두 소설은 『무정』의 도시무대가 『흙』의 농촌배경으로 바꾸어지고, 등장인물 '이형식—박영채—김선형' 사이의 삼각연애 관계가 '허숭—유순—윤정선' 사이의 그것으로 바뀌어 나타났을 뿐이라고 표현할 수 있을 정도로 두 작품 상호간에는 구성 면에서의 친근성이 엿보인다는 것이다. 여기에서 『흙』의 주요 등장인물들이 바로 『무정』의 주요

09 『흙』의 주인공 허숭의 모델이라 불리는 채수반(蔡洙般)은 당시 신의주형무소에서 복역 중인 재소자 신분이었다고 한다. 김윤식·김현, op. cit., 176 참조.

인물들의 모델이 된 것이 아니겠느냐 하는 생각을 하게 해주는 바 있다.

그러나 『상록수』의 남녀 주인공은 그 실제의 모델이 있었던 것으로 알려져 왔다. 박동혁의 모델은 심재영, 그리고 채영신의 모델은 최용신이라고 한다. 심군은 경성농업학교를 졸업하고, 진학을 권하는 부모의 뜻을 거슬러 충남 당진군(송악면 부곡리)에서 농촌운동을 전개한 작가의 큰조카이고, 최양은 경기도 수원군(반월면 천곡리)에서 역시 농촌봉사활동을 하다가 과로에 지쳐 쓰러진 채 운명한 기독교(YWCA) 계통의 여성운동가였다. 특히 최용신은 《성서조선》의 발행인이었던 김교신의 각별한 관심까지 끌었던 여성 지도자로서, 그녀의 투철한 신앙심이 그녀의 불굴의 정신력의 바탕이 되었던 것으로 보인다. 이 두 모델이 실존 인물이었던 것은 사실이나, 이 두 사람이 실제로 사귀고 사랑한 적은 없었다는데, 작가는 이 두 인물을 소설 구성을 위하여 허구적으로 접목시켰다고 볼 수 있다. 실제로 농촌봉사 활동에 뛰어든 인물들을 작품의 모델로 사용한 『상록수』가 그렇지 못한 『흙』보다 더 생동감 있는 표현을 얻게 된 것은 당연한 결과가 아닌가 생각된다.[10]

이 작품의 주인공인 박동혁이 자기 고향 한곡리에서 봉사활동을 하며 관심을 기울인 쪽은 경제적 모순을 타파하여 사회개혁을 실현하는 일이었다. 이에 비해 채영신[11]이 낯선 고장 청석골에서 벌인 봉사활동은 이른바 문맹퇴치

10 『상록수』에는 여주인공 채영신이 죽은 뒤에도 상록(常綠)의 세계가 펼쳐질 것으로 희망적 암시가 주어져 있다고 보겠으나, 정작 실제 모델인 최용신이 운명한 뒤, "이 학원도 인가 문제로 인해 한 달 후에는 폐쇄하게 되리라."고 한 김교신의 기록이 있음을 보면, 작품상에 드러난 희망적 기대의 분위기와는 달리 당대의 기독교 농촌계몽 운동의 현실적 한계성을 엿보게 되는 것도 같다.

11 이 인물에 대한 다음의 평을 참고할 만하다. "『상록수』가 대중적 호응과 문학적 성공을 얻고 아직까지도 널리 읽히는 이유는 무엇보다도 먼저 박동혁과 채영신, 특히 채영신이라는 '지속적으로 살아남는 인간 유형'을 창조하는 데 성공했기 때문이다." 전영태, 「진보주의적 정열과 계몽주의적 이성—심훈론」; 김용성 외 편, 『한국근대작가연구』 (삼지원, 1992), p. 331.

운동과 같은 문화사업이요, 정신적인 계발에 힘쓰는 일이었다. 이 일도 그녀의 건강 상태로는 감당하기 어려운 것이었음에도 불구하고, 그녀는 자기 한 몸을 돌보지 않고 그곳 주민들을 위해 제 몸을 온전히 불살랐던 것이다. 그녀의 속죄양 의식, 곧 투철한 기독교신앙에 입각한 살신성인적 '희생 봉사' 정신이 너무도 확고했기 때문에 가능한 일이었으리라. 작품의 실제모델이었던 최용신[12]과 『상록수』의 여주인공 채영신은 이렇게 서로 행복하게 결합되어 오늘날 우리에게 기독교적인 구원의 여인상들로 남아 있는 것이다.

3
텍스트의 기독교문학적 특성

이하에서는 상기 논의를 종합하여 본고의 텍스트인, 농촌계몽 소설 『상록수』의 기독교문학적 특성에 대하여 몇 가지 관점에 의해 그 실상을 설명해 보고자 한다.

1)

심훈의 이 소설이 나오기 이전까지는 기독교적 세계를 반영한 소설 작품은 모두 '도시소설'의 부류였다고 보겠다. 이광수의 『무정』(1917)이나 김동인의 『명문』(1925) 및 염상섭의 『삼대』(1931) 등 이른바 도시소설이라고 부를 수 있을 작품

---

12 광복 50주년인 1995년 8월 15일, 이 작품의 모델인 최용신은 건국훈장 애족장을 추서받아 그녀의 공로를 사후(死後)에나마 크게 인정받은 셈이다. 이는 작가 심훈이 2000년도에 받은 '건국훈장 애국장'의 영예를 연상케 하는 효과를 발휘한 포상이라고 하겠다.

들에 기독교적인 세계가 반영된 면이 있었다는 것이다. 이렇게 본다면『상록수』는 이전의 경우와는 달리 '농촌소설'에 기독교 문제를 끌어들인 첫 번째 작품이 된다는 점에서 큰 의의가 있다고 생각된다.[13] 표현컨대, 이 소설 작품은 우리나라 '기독교 농촌소설'의 본격적인 첫 작품이 된다고 할 수 있겠다는 것이다.

2)

그다음으로『상록수』에서 의의를 찾을 수 있는 것이 있다면 그것은 이 소설이 기독교 세계관을 긍정적인 관점에서 맨 처음 반영시킨 작품이라는 점이다. 도시소설이건 농촌소설이건을 불문하고『상록수』이전에는 기독교 세계관을 긍정적이고도 적극적으로 반영한 작품이 거의 없었던 것이다. 이광수와 김동인의 작품은 물론이거니와 염상섭의『삼대』마저도 기독교 세계관을 긍정적이고도 적극적인 관점에서 반영시켰다고는 볼 수 없다는 것이다. 횡보의『삼대』는 기독교소설로서도 문제작의 하나임에는 틀림이 없지만, 그러나 그 기독교 세계관이 '독자대중'에게 긍정적이고도 적극적으로 전달되는 작품이라고 하기에는 어려운 면이 있다고 보겠다. 어느 면, '부정' 위에다 희미한 '긍정'의 세계를 구축해 보려는 갸륵한 노력이 엿보이는 작품 정도로 표현해 볼 수 있을 것이다. 이에 비하면『상록수』는 기독교 긍정에의 굵은 선을 드러내어 보여주고 있는 작품이란 점이 매우 특기할 만하다고 하겠다.

3)

다음으로 이 작품의 의의를 찾는다면 그것은『상록수』가 기독교 실천문학 작

13 『무정』이나『재생』(1924) 등에서 어느 정도 기독교 세계를 보여주고 있는 춘원도 그의 농촌소설『흙』에서는 기독교 세계를 거의 반영시키지 못하고 있다.

품에 속한다는 것이다. 그리고 이 방면에 있어서도 이 작품은 한국 기독교문학사에서 효시의 자리를 차지할 것으로 보인다. 1970~80년대에 이른바 실천문학 작품이 우리나라에 양산되었음에도 불구하고 소위 '기독교 실천문학' 작품은 전무하다시피 했다는 점과 연관시켜 볼 때에도 수십 년 전에 나온 작품 『상록수』의 위상은 결코 무시될 수 없는 면이 있다고 보겠다.[14]

4)

마지막으로 『상록수』에서 하나 더 의의를 찾아본다면 그것은 이 소설이 한국 기독교소설사에서 명실상부한 여성 주인공을 첫 번째로 등장시킨 작품이라는 것이다. 물론 필자는 우리나라의 장편소설들을 대상으로 하여 이런 평가를 내리고 있는데, 가령 염상섭의 『삼대』의 홍경애가 주요인물 김병화의 짝으로서 여성 주인공이 될 수 있는[15] 것으로 본다 하더라도 역시 그녀는 긍정적이고도 적극적으로 교회 안에서 활동하는 인물은 되지 못한다는 점에서 『상록수』의 여주인공 채영신의 위상—희생적인 실천적 신앙인 상—에는 이르지 못한다고 볼 때, 이 작품이 명실상부한 기독교인 여주인공을 처음으로 부조했다고 볼 수 있다는 것이다. 이보다 앞서 나온 이광수의 『재생』(1924)의 여주인공 순영도 여기서 논의의 대상으로 떠올릴 수는 있겠지만, 그러나 그녀의 '자진自盡' 사건으로 인해 그녀 자신의 기독교도로서의 최소한의 위상마저 완전히 흔들리게 만들었다는 점을 감안한다면 순영은 채영신과 나란히 논할 수 있는 위치의 여주인공은 되지 못한다는 점을 수긍하게 될 것이다.[16]

14 1970년대의 이 방면의 희귀한 예외가 황순원의 『움직이는 성』(1973) 정도가 아니었나 생각된다.

15 이보영, 『난세의 문학』(예지각, 1991), pp. 334, 384, 386.

16 필자의 판단으로는 적어도 채영신만한 무게의 여주인공으로는 근 60년에 가까운 햇수 뒤에 산출된

그런데, 우리나라의 기독교문학 작품인 『상록수』가 직접적인지 아니면 우연의 결과에서인지 확실하지는 않다고 하더라도, 이후 일본 작가 엔도 슈사쿠의 기독교소설 작품 『여자의 일생』의 구조에 어떤 영향을 끼쳤다고 보는 관점이 성립될 수 있겠는데, 이하에서는 그런 관점에서 논의를 지속시켜 보기로 하겠다.

4
『상록수』·『여자의 일생』—그 구조적 유사성

필자는 언젠가 우리나라 현대 작가의 어떤 작품[17]이 일본 작가 엔도 슈사쿠의 『위대한 몰락』(국역 1983)과 너무도 흡사한 구조적 일치를 보여주고 있음[18]에 놀란 바 있다. 그런데 그 슈사쿠의 어떤 작품들, 예를 들면 『침묵』(1966)이나 『여자의 일생』(1982) 등은 또 그 나름대로 재미동포 작가 김은국의 『순교자』(1964)에 어느 정도 빚을 지고 있는—이 경우, 구조보다는 내용과 관련된 문제라고 보겠는데—것으로 볼 수도 있다는 생각이었다. 그러나 그 정도가 그리 심하다고는 볼 수 없다 하겠는데, 상기 두 작품(『침묵』과 『여자의 일생』) 중 특히 후자, 즉 『여자의 일생』이 『순교자』보다도 훨씬 앞서 나온 우리나라의 소설 『상록수』와 구조적 일치성 내지는 다른 면의 유사성을 허다하게 보여주고 있음은 매우 흥미로운 일이라고 하겠다.[19]

이승우의 『에리직톤의 초상』(1990)의 여주인공 정혜령에게서나 다시 찾아볼 수 있다고 생각한다.

17 이는 김성일의 『제국과 천국』(1987)이다.

18 이 문제에 대해서는; 임영천, 「기독교적 순교와 배교의 일대 서사시」, 『기독교 역사소설의 이해』(조선대학교 출판부, 2002), pp. 47~49 참조.

19 그러나 전자인 『침묵』 역시 『상록수』와 상통하는 면이 없는 것은 아니다. 예를 들어 상록수가 일제

우리가 지금껏 논의해 온 상기 몇몇 작품들은 모두 광의의 기독교 소설들이라고 할 수 있다. 그중 특히 우리가 지금부터 더욱 관심을 기울이게 될 두 작품, 곧 『상록수』와 『여자의 일생』 또한 기독교소설들이라고 하는 공통점을 지니고 있다. 단, 전자가 한국의 개신교적 배경을 지니고 있음에 비해, 후자가 일본의 가톨릭적 배경을 지니고 있다는 사실이 서로 다른 점이라고 할 수는 있겠지만 말이다.[20]

그런데 이 두 기독교소설들이 구조적 일치점을 상당히 보여주고 있음은 놀라운 일이다. 이는 김성일의 『제국과 천국』이 슈사쿠의 『위대한 몰락』과 구조적 일치점을 보여주는 경우와는 현저한 차이점을 드러낸다고 하겠다. 왜냐면, 이 경우는 우리나라의 작가가 일본 작가의 작품으로부터 큰 영향을 받은 사례에 해당한다고 볼 수 있으므로 결코 자랑스럽다고 할 수 없는 일이겠지만, 다음—『여자의 일생』이 『상록수』로부터 영향받은(?) 일—의 경우[사실이 그러할 경우]는 앞의 경우와는 전혀 다른 상황이어서 우리가 그 일을 자랑스럽게 생각한다고 해도 결코 무리라고는 할 수 없을 터이니 말이다.

그러나 이 두 작품 상호간에 어떤 영향을 서로 주고받은 문제는 명확히 실증될 수 있는 사안은 아니다. 이 경우 영향사적 관점에서 분명한 영향의 주고받음이 확연히 증명될 수 있는 것은 못 된다는 말이다. 그러므로 필자는 이 두 작품 상호간의 결과적인 일치점 내지는 유사성이 무엇인지를 밝히는 선에서, 단지 시기적으로 앞서 나온 소설(『상록수』)로부터 막연하게나마 뒤에 나오게

치하의 반일(反日) 민족주의 정신을 강하게 드러낸 우리나라의 작품이라고 한다면, 침묵 또한 반외세 민족주의 정신을 강력히 드러내는 일본 작품이란 면에서 크게 유사한 데가 있다고 할 것이다.

20 이 점은 우리가 김은국의 『순교자』와 슈사쿠의 『침묵』을 상호 비교할 때에도 맨 먼저 내세울 수 있는 점이 바로 그 점—전자의 개신교적 배경과 후자의 가톨릭적 배경의 상호 차이점—이란 사실과도 아주 유사하다고 하겠다.

된 작품(『여자의 일생』)이 어떤 영향을 받게 되지는 않았을까 하는 추론적 관점에서의 개연성만을 시사하고자 하는 것이다. 이 점만으로도 우리의 『상록수』의 위상은 더욱 제고提高되는 것이 아닌가 하는 판단이 가능할 것으로 보이기 때문이다.

『상록수』의 구조가 그러하듯이 『여자의 일생』의 구조는 두 주인공의 이야기를 각기 번갈아서 지그재그 식으로 엮어 나가는 이른바 격자소설의 방식을 취하고 있다. 여기서 두 주인공이란 각각의 남녀 주인공, 곧 (동혁과 영신에 대응하는) 세이기찌와 기꾸를 말한다. 얼른 생각해 보면 이런 식의 구조는 흔한 것이 아니냐 하는 물음[質問]이 뒤따를 수 있을 것이다. 그러나 의외로 이런 소설 구조가 흔한 것이 아니라 오히려 희귀한[21] 편이라는 데에 우리의 관심이 기울어지는 것이다.[22]

대체로 장편소설들은 남녀 주인공의 이야기로 전개되는 일이 많고, 그런 이야기의 경우, 남자 주인공만을 위한 스토리와 여자 주인공만을 위한 스토리가 각기 따로 전개되는 것이 아니라 서로 혼합되어 전개되는 것이 일반적이다. 대부분의 소설들이 이런 일반적[보편적]인 구성법을 쓰게 되는 것 또한 일반적 경향이라고 표현할 수도 있을 것 같다. 그런데 『상록수』는 표현컨대, 남자 주인공의 스토리와 여자 주인공의 스토리가 각기 따로 전개되는[23] 것 같은

21 그러나 슈사쿠의 다른 작품 『위대한 몰락』이 이런 구조의 한 변형을 취하고 있는 셈이다. 즉 '남녀' 주인공들의 이야기가 아닌 '두 남성' 주인공들—일본인(日本人) 사무라이 로꾸에몬과 스페인 신부(神父) 베라스코—의 이야기로 변형시켜 나아갔다는 것이다.

22 『상록수』이든, 『여자의 일생』이든, 이런 부류의 소설들에는 지라르 식 '욕망의 삼각구조'가 보이지 않는다는 특징을 드러낸다. 이 '욕망의 삼각구조'에 대하여; 임영천, 『한국 현대소설과 기독교 정신』(국학자료원, 1998), pp. 250~55를 참조할 수 있다.

23 일례로, 이재선이 『흙』과 『상록수』를 동시에 고찰하면서 『흙』에서는 한 명의 대표 주인공(허숭)을 설정하되, 『상록수』에서는 두 명의 남녀 주인공(박동혁·채영신)을 각각 별도로 설정하고 있다는

형국이라고 할 것이다.

남주인공 박동혁과 여주인공 채영신이 이 소설 속에서 직접 서로 만나는 시간이 그렇지 못한—만나지 못하는—시간보다 훨씬 더 적기 때문에 이 소설은 스토리 전개가 남녀 주인공의 사랑 문제를 중심으로 인간적인 정情에 의해 끈끈하고도 긴밀하게 연결되고 얽혀 나가는 그런 구조라기보다는, 이 두 주인공이 각기 지향하고 추구하는 어떤 이념의 문제를 중심으로 스토리가 다소 헐겁게 얽혀 나가는 그런 구조적 특징을 지닌 소설이라고 할 것이다.

이에 대한 이해를 돕기 위해 비유적인 표현을 써보기로 하겠다. 구기球技의 경우를 보면, 팀이 동편과 서편, 양쪽으로 갈려서 한가운데에 공[볼]을 놓고 서로 치열하게 부딪친다. 축구이든, 농구이든, 럭비 경기이든, 볼을 가운데 놓고 양 팀이 결사적으로 맞붙는 것이다. 관객들이 이런 구기를 구경하기를 좋아하는 이유가 바로 그 점—선수들의 치열성과 필사적 결전 자세—에 있는 것이다.

소설 속에서 이 볼의 역할을 하는, 전취戰取의 대상물이 바로 남녀간의 '사랑'이다. 이 사랑을 쟁취하기 위해 등장인물들은 치열한 싸움을 결사적으로 벌이는 것이다. 그런 사랑이든, 아니면 그것의 역逆인 미움이든 이 '애증'의 문제가 마치 구기에서의 공처럼 소설 속에서 제 구실을 하게 될 때 남녀 주인공의 스토리는 긴밀한 관계로 얽혀 자연스러운 전개가 가능해지는 것이다. 그런데 이 애증愛憎이 자리 잡을 위치에 다른 이질적인 요소, 곧 이념의 과도한 부하負荷가 따르게 되면 그때는 소설의 구조 속에서 그 애증이 맡게 되는 기능이 그만큼 반감半減될 수밖에 없다. 그것의 실상은, 이념의 강도强度에 따라 애증

사실이 그것의 한 증거라고 하겠다. 이재선, op. cit., pp. 356~57. (결국 『흙』에서는 남녀 주인공의 스토리가 각기 따로 전개되는 것이 아니라, 대표적 주인공 허숭을 주축으로 해서 혼융일체가 되어 전개되는 양상이라고 하겠다.)

의 기능이 그에 역비례한다고 표현할 수 있겠다. 이 때문에 소설의 스토리 전개가 부자연스러운 결과[구조]를 초래할 수도 있게 된다는 말이다.

그러나, 이런 위험성에도 불구하고 『상록수』는 스토리 전개에 무리를 노정하지 않고 비교적 소설 구조에 성공적이었다고 표현해 볼 수 있겠다. 이를테면 이념과 사랑[愛憎], 이 두 항이 변증법적으로 통일되어 나타나는 결과를 초래했다고 볼 수 있다는 것이다. 박동혁과 채영신, 이 두 미혼 남녀에게는 똑같이 사랑도 있었으며, 이념도 있었다. 그러나 어느 쪽이냐 하면, 채영신에게는 사랑이, 박동혁에게는 이념이 상대적으로 더 강하게 나타나는 편이다. 채영신에게서도 엿보이는 이념이라면 그것은 일종의 보편적인 이념에 가깝다고 표현해 볼 수 있을 그런 것에 지나지 않으리라. 그러나 박동혁에게는 보다 특수한 이념[24]이 자리하고 있는 것으로 보인다. 한편 두 청년 모두에게 엿보이는 사랑의 문제는 그러나 채영신에게 더 심각한 문제로 대두되곤 하였다. 이는 미리 부모가 정해준—옛 혼인제도에 의한—일종의 약혼자가 그녀에게 결혼을 재촉해 온 현실적인 문제, 그것 때문이기도 하였으리라.

박동혁과 채영신, 이 두 청년들은 그들이 추진하는 일事業 곧 농촌계몽 사업, 또는 농촌봉사 활동에 있어서 거의 막상막하의 열정을 보이면서도 그 일(사업)을 중심축으로 하여 두 사람 다 사랑과 이념에 깊이 빠져 있는 편이지만, 채영신은 특히 사랑에, 박동혁은 보다 더 이념에 몰두해 있는 양상이라고 표현해 볼 수 있을 것 같다.

이런 인물설정 면의 특징이 일본 작가 슈사쿠의 『여자의 일생』에 고스란히 옮겨져 있는 형국이라고 하겠다. 이는 필자가 김성일의 『제국과 천국』을 읽고

24 대체로 민족주의 이념을 지적하지만, 일부는 사회주의 이념을 거론하는 이도 있다.

나서 슈사쿠의 『위대한 몰락』의 소설 구조가 어쩌면 거기에 그대로 옮겨져 왔다고 느낀 것과 거의 똑같은 강도로 느낄 수밖에 없었던 유사점이라고 할 것이다.

『상록수』 여주인공 채영신의 사랑에 대한 열정[25]이 『여자의 일생』 여주인공 기꾸에게로 옮아왔다고 볼 수 있을 만큼, 기꾸는 애정의 대상 인물인 세이기찌에게 과도한 사랑을 기울이고 있다. 그런가 하면, 남주인공 박동혁의 이념에 대한 열정이 세이기찌에게 그대로 넘어 왔다고 할 수 있으리만큼, 세이기찌는 자신의 이념에 투철하고 충실한 삶을 살아가는 편이다. 박동혁이 감옥에 가게 된 것은 알고 보면 이념에 대한 그의 확고부동한 자세[26] 때문이라고 하겠는데, 세이기찌가 감옥에 가게된 것 또한 그의 투철한 이념[27] 때문이었다고 할 것이다.

또한 박동혁이 감옥에서 출소했을 때, 과로가 겹친 데다 각기병까지 앓던 채영신은 이미 이 세상을 떠나고 없었는데, 마찬가지로 세이기찌가 출옥해 고향으로 귀환했을 때 자기 한 몸을 돌보지 않던 갸륵한 처녀 기꾸는 이미 저승으로 떠나버린 처지였던 것이다. 채영신·기꾸 등의 소박한 사랑의 소유자[여성]들이 박동혁·세이기찌 등의 강력한 이념의 소유자[남성]들을 만나 그 소박한 사랑이나마 꽃피워 보지 못한 채 희생·봉사의 삶을 마감하는 비극적 결말의 이야기……. 이처럼 두 작품은 서로 흡사한 구조적 일치점 내지는 유사성을 드러내고 있는 것이다.

---

25 전영태는 이를 '인간적 정열'이라고(만) 표현하고 있다. 전영태, loc. cit.

26 동생 동화의 방화 사건 책임이 결국 그 사건과는 무관한 형 동혁의 발등으로 떨어지게 된 것도 실은 민족주의적 이념에 투철한 동혁을 제거할 기회를 엿보아 온 강기천과 같은 친일 세력들의 집요한 음모[함정]에 그가 결과적으로 빠져들게 된 때문이라고 할 것이다.

27 단, 세이기찌의 이념이 종교적인 이념이라는 것이 박동혁의 비종교적 이념과는 다른 데가 있다고 하겠다.(세이기찌의 종교적 이념은 다른 말로 바꾸어 굳건한 믿음, 강건한 신앙과도 상통할 수 있는 것이어서, 바로 이 점이 순교의 원동력이 될 수 있다는 것이다.)

『상록수』이든『여자의 일생』이든, 두 주인공 가운데 한 주인공은 크리스천으로, 나머지 한 주인공은 넌크리스천으로 설정하되, 전자의 경우 여주인공 채영신이 크리스천으로, 남주인공 박동혁은 넌크리스천으로 설정되었던 것이, 후자에 이르러서는 그 반대로 여주인공 기꾸가 넌크리스천으로, 남주인공 세이기찌는 크리스천으로 변형 설정한 것이 두 작품 상호간에 드러난 차이점으로 지적될 수(는) 있을 것이다.[28]

그러나, 보다 더 큰 틀에서 보게 될 때에는, 이 두 작품 상호간에 사소한 차이점보다는 구조적인 면의 유사점이 훨씬 더 많다고 볼 수밖엔 없지 않겠는가.

5 마무리

이상으로 우리나라 최초의 기독교 농촌소설『상록수』의 기독교문학적 위상에 대하여 종합적으로 점검해 보았다.

기독교적인 구원의 여인상인 채영신을 주인공으로 내세워 명실공히 기독교 실천문학 작품으로서의 확고한 위상을 정립함에 성공한 이 소설은, 그러나 그 외에 일본작가 엔도 슈사쿠의 명작『여자의 일생』의 구조에도 그 어떤 기여를 하지 않았을까 하는 문제 제기가 이젠 가능하게 되었다고 본다. 만약 그것

28 이처럼 두 주인공을 설정하되 하나는 크리스천(베라스코 신부)으로, 나머지 또 하나는 넌크리스천(무사 로꾸에몬)으로 설정해 성공한 슈사쿠의 다른 작품이『위대한 몰락』이며, 또 이 구조를 차용하지 않았나 여겨지는 우리나라의 작가 김성일의『제국과 천국』도 앞의 작품처럼 크리스천(사도요한)과 넌크리스천(재무관 안드로니쿠스) 두 주인공을 설정함으로써 구조면에 있어서 상당한 수확을 거두게 된 것으로 볼 수 있겠다.

이 사실이라면, 이 소설은 비교문학사적인 관점에서 보아 또 하나의 표본 작품이 될 만하다는 평가가 가능하리라고 보는 것이다.[29]

필자는 여기서 이런 개연성에 대해서만 논의했지만, 이후 작가(엔도 슈사쿠)의 생애 연구 또는 전기적인 자료 연구[30], 나아가서는 한일문학의 교류사 연구 등을 통해 이 문제에 대한 어떤 해답을 이끌어 내는 후속적인 논의가, 누구에 의해서든, 나올 수 있게 되기를 바라는 마음 간절하다.

---

29 슈사쿠의 『침묵』 등의 작품이 프랑스 가톨릭소설 작품들을 연구한 결과로 나온 것이란 평가가 가능하다면(일부 김은국의 『순교자』로부터의 영향가능성까지도 포함해), 그의 다른 작품들도 다른 나라 작가의 작품 패턴을 연구해 얻은 결과란 추리가 왜 불가능하겠는가.

30 우한용, 「작가론의 방법」; 김용성 외 편, op. cit., pp. 12~16 참조.

9

중세 서사체의 계승 혹은 애도

심훈의 『직녀성』 연구

권희선

서울대학교 석사졸업

1
중세서사와 근대소설

루카치에 따르면 '기사적 서사문학'은 신에 대한 절대적 믿음이 가능했던 시대에 존재할 수 있었던 특이한 소설 형식으로, 그 선험적 뿌리를 상실하는 순간 오락적 읽을거리로 변질될 수밖에 없다고 한다.01 선험적 뿌리를 상실하기 이전의 기사문학이 갖는 독특한 성격에 대한 루카치의 규정, 즉 꿈과 같은 아름다움과 마술적인 우아함의 세계, 초형식적 은총에 의해 인도되는 주인공, 소설 속의 모든 찾는 행위가 짐짓 찾아보는 행위에 불과한, 그리하여 고난은 장식이 되고 간극을 건너뛰는 주인공의 필연적인 도약은 춤추는 듯한 몸짓이 되는 이 위대한 동화에 대한 그의 규정을 통해 우리는 17세기 귀족 로맨스의 백미인 『구운몽』과 『사씨남정기』, 기타 귀족적 영웅소설들을 떠올리게 된다.

서구의 기사소설이 오락물로 타락하는 과정은, 우리의 경우 18~19세기

01 게오르그 루카치, 『소설의 이론』, 심설당, 1985, 129~131면.

귀족적 영웅소설이 통속화되는 과정과 유비적이다. 이 시점에 이르러 '우연적 세계'와 '문제적 개인'은 타락한 서사를 내파하고 '고향상실성'의 형식으로서 근대소설을 요구한다. 서구의 경우 중세 로맨스에서 근대소설로의 자생적 발전과정에서 기사소설에 대한 전면적 패러디인 『돈 키호테』가 생겨났다면, 우리의 경우 급속히 유입·이식되는 서구적 근대서사 앞에서 중세 귀족서사는 '신소설'이라는 과도적 장르 속에 자기 흔적을 각인시켰다. 이미 신성한 원천을 상실하고 통속화의 경로를 거친, 그러나 아직 자신을 계승할 어떤 서사체도 발견하지 못한 중세 귀족서사는, 자못 허황한 공간에서 신소설을 통해 그 장르적 위기를 복합적으로 서사화한다. '루淚'니 '화花'니 '성聲'으로 끝나는 제목은, 신소설이 중세서사 중에서 가장 낭만적인 부분, 곧 여성적이고 감성적이며 비극적인 것[02]을 집중적으로 다루고 있음을 보여준다. 이는 근대소설에 원천적으로 내재한 위험, 즉 서정적·드라마적인 것으로 초월하거나 오락물로 통속화되거나 할 위험[03]이 신소설 내에서 동시에 진행되고 있음을 보여준다.

통속성을 강화한 1910년대 신파극과 신파소설은 문학예술로서의 자격을 박탈당하고 대중오락물로 추락하게 된다. 『무정』 이후 1920년대 문학은, 전대 양식들에 내재한 생산력의 계승 여부와 무관하게, 그것들과 얼마나 단절되었는가의 정도에 따라 근대성의 성취를 심판받아야 했다. 물론 선구적인 미학의 경연장이 된 단편과 달리 『무정』을 비롯한 장편들은 알게 모르게 중세서사체의 모티브와 수사학을 내장하고 있었다. 그러나 장편 내부에 속속 스며있는 전근대적 요소들은, 끊임없이 제기되는 통속성 시비와 근대 미달성 시비 속에서 근대적 장치로 위장해야 할 치부였으니, 이런 현상은 사실상 적자이나 근

02 김교봉·설성경, 『근대전환기소설연구』, 국학자료원, 1991, 238면.

03 게오르그 루카치, 『소설의 이론』, 심설당, 1985, 90면.

대라는 의붓아비 앞에서 사생아로 전락한 중세문학에 대한 근대문학의 아이러닉한 관계를 말해주는 바다.

이런 상황에서 1930년대 들어, 신소설 이후 실종되다시피 한 '구여성'을 당당 주인공으로 등극시킨 거대 장편 『직녀성織女星』이 출현했다는 사실은 놀랍다. 표제부터 고전적인 이 작품은 '방울전' 또는 '이인숙전'의 형식을 갖추고 있으며, 서사전략 또한 근대서사와 그 길을 달리한다. 심훈은 창작의도를 밝힌 글에서 "최근 조선의 공긔를 호흡하는 젊은 남녀들의" "연애, 결혼, 이혼 문제의 전반"과 "성애性愛 방면"04을 그리겠다고 썼다. 그렇다면 더구나 주인공이 '문제적'인 신여성이어야 할 것을, "이제까지 아모도 취급하지 안흔 어느 가정부인"05인 구여성을 주인공으로 삼아 신소설 이후 단절된 중세 귀족서사체와의 접맥을 시도하는 이 작품은, 심훈의 작가적 이력에서뿐만 아니라 30년대 소설사에서도 단연 낯선 소설적 기획으로 돌올해 있다.

그간 『직녀성』에 대한 관심은 미약하여, 작가론에 곁들여 다루거나 내용에 천착하는 접근이 대부분이었다. 이주형은 이 작품을 작가의 전작 『불사조』와 비교하는 가운데 헤겔의 '유지적 개인/세계사적 개인' 및 루카치의 '중도적 주인공' 개념을 사용하여 장면소설로서의 내적 형식을 검토하였고06 조남현은 세대 간 갈등과 계급 대립의 문제에 초점을 맞추었으며,07 최근 이상경은 페미니즘적 시각에서 이 작품을 분석한 바 있다.08

04 《조선중앙일보》, 1934.3.15. 조남현, 「심훈(沈薰)의 『직녀성(織女星)』에 보인 갈등상」, 『한국소설과 갈등』, 문학과비평사, 1990, 209~210면에서 재인용.

05 조남현, 위의 글, 같은 면.

06 이주형, 「1930년대 한국 장편소설 연구」, 『한국근대소설연구』, 창작과비평사, 1995, 78~86면.

07 조남현, 「심훈(沈薰)의 『직녀성(織女星)」에 보인 갈등상」, 『한국소설과 갈등』, 문학과비평사, 1990, 200~219면.

08 이상경, 「근대소설과 구여성」, 《민족문학사연구》 제19호, 2001.

『직녀성』이 지닌 독특한 문체와 형식 및 서사구조에 대한 최초의 시사점은 최원식에서 발견되는데, 그는 『직녀성』을 다양한 전통 서사체들과 소통하며 독자적 근대소설의 모형을 창출한 드문 경험들 중 하나로 들면서, 이 작품을 분석하기 위해서는 서구 근대소설이라는 모델과 우리 중세문학의 서사모형을 두루 참조할 필요가 있다[09]고 지적한다. 이주형의 분석은 비록 소략하나마 서구 근대소설에 비추어 이 작품을 검토한 성과로 평가되거니와, 필자는 이러한 시론들에 힘입어 전통서사와 근대서사가 맺는 관계의 일면을 『직녀성』을 통해 구체적으로 탐색해 보고자 한다. 이 글에서는 양반가 여성을 주인공으로 한 중세 귀족서사의 대표작인 서포 김만중의 『사씨남정기』[10]와 그 뒤를 잇는 애국계몽기 신소설 동농 이해조의 『빈상설』과 『홍도화』[11] 등을 참조하면서 『직녀성』의 새로운 서사적 질을 해명할 것이다.[12]

---

09 최원식, 「서구근대소설 대 동아시아서사」, 『동아시아 서사학의 전통과 근대』, 2001 동아시아학 국제학술회의, 2001, 251면.

10 인용의 출전은 구활자(舊活字) 영창서관본(永昌書館本)을 영인한 『구활자본 고소설전집』(인천대 민족문화연구소 편, 1983)을 텍스트로 신해진이 해한 『조선후기 가정소설선』, 월인, 2000.

11 인용의 출천은 『신소설전집』, 계명문화사편집부, 1987.

12 처첩갈등을 다룬 이인직의 『귀의성』은 양반가의 현숙한 부인이 아닌 상민 출신의 첩이 겪는 비극적 생애를 그렸다는 점에서 중세 귀족소설의 전도이면서 새로운 근대 소설의 모형을 창안한 작품이다. 계급적 원한과 통경에 의해 이중으로 뒤틀린, 중세 귀족서사뿐 아니라 판소리계 서사체, 구전 민요 동 전통 장르와 다면적이고 모순적으로 관계하는 서사모형으로서의 『귀의성』은 신소설 연구에서 시사하는 바가 크다. 그러나 『직녀성』에 나타난 양반계층의 삶과 근대 이후의 몰락과정, 양반가의 여성이 근대와 전근대가 혼재된 가족구성을 관통하면서 겪는 경험과 정서의 특수성이, 중세 귀족서사와 그 변형인 신소설의 서사에 어떻게 접맥되고 있는가를 다루려는 이 글의 목적과 관련해서는 이해조의 직업이 더욱 긴요하다.

2
서사의 출발-방울의 우주

소설의 외적 형식은 전기傳記적 형식이다.[13] 이 포괄적인 규정은 근대소설에만 국한되는 것은 아니다. 조선시대 구소설의 표제 중 전傳자 소설이 압도적으로 많은 데[14]서 알 수 있듯, 시대를 막론하고 서사장르는 한 인물의 일생에서 가장 유기적인 자기형식을 발견하는 경향이 있다. 그러나 '일대기'로서의 전의 형식은 근대서사에서는 파괴될 수밖에 없는데, '우연적 세계'와 '문제적 개인'의 상호규정이 탄생과 죽음의 순환성을 단절시키는 까닭이다.

"화셜. 대명大明 가정 년간에 금능 슌쳔부 짜의 일위 명시 잇스니 셩은 류오 명은 현이니……"로 유장하게 시작되는 『사씨남정기』는 순차적 시간에 따라 사건을 서술하는 중세서사의 전형적 서두를 취한다. 그러나 신소설에 오면 이 질서는 해체되고 소위 역전현상이 발생하는데, 군밤을 사라는 외침으로 느닷없이 열리는 『빈상설』이나 꽃잎 지는 물가에서 빨래하던 여인이 흐느끼면서 시작되는 『홍도화』가 그러하다.

신소설의 '해부적 구성'[15] 또는 '서술적 역전(Riickwendung)'[16]은 사건의 연대기적 순서를 충실히 따라가는 구소설의 평면성을 극복한 근대미학적 성취로 평가되어 왔다. 그러나 달리 보면 그것은 신소설의 구조적 파행성을 낳

---

13 게오르그 루카치, 『소설의 이론』, 심설당, 1985, 99~100면.

14 홍계에 따르면 傳이 58% 錄이 18% 記가 10% 夢이 3%로, 대부분의 조선조 소설이 한 인물의 일대기적인 행적을 기술하는 전기 양식을 띄고 있다. 김교봉·설성경, 『근대전환기소설연구』, 국학자료원, 1991, 235면,

15 전광용, 「한국소설발달사」 하(『민족문화사대계』 V), 고려대 민족문화연구소 1177~1178면. 이재선, 『한국개화기소설연구』, 일조각, 1972, 257면에서 재인용.

16 전광용, 위의 책, 256~260면.

은 중심 요인이기도 하다. 서술의 역전은 『구운몽』의 원환적 시간, 『사씨남정기』의 물 흐르는 듯한 자연적 시간의 신비를 더 이상 감당할 수 없게 된 시대의 서사적 방면이다. 신소설은 서술적 역전과 강렬한 장면화를 통해 독자의 호기심을 유발하는 데는 성공하지만, 그 뒤를 받쳐 완결성으로 이끌 수 없는 서사적 무능은 일부 특정 장면만을 고립시키는 결과를 낳는다. 독자의 호기심을 잡아두기 위해 신소설의 서사는 왕왕 무리한 선악 대립을 구축하고, 고난의 굴곡을 더 가파르게 하고, 우연을 남발한다. 신소설의 미학적 특질은, 중세 서사의 해체와 통속화 과정에서 생겨난 새롭고도 고약한 선물들을 어떻게 사용하는가에 달려 있지, 그것들의 사용 유무에 달려 있는 것은 아니다. 첫 장면만 보자면, 『빈상설』[17]은 서술의 역전을 장식적으로 사용하는 데 그쳤고 『홍도화』 상권은 그런 장면화가 다소 성공적으로 뒷받침된 경우이다.[18]

『직녀성』은 어떠한가. "갑오甲午년 이후 이 땅을 뒤덮는 풍운이 점점 험악해가는 것을 보자 불원간 세상이 바뀌일 것을 짐작한 인숙이 아버지 이李 한림翰林은……"으로 시작되는 서두는 중세서사의 순차성에 따르고 있다. 사씨謝氏 부인의 고난을 말하려면 그녀의 시할아버지와 시아버지로부터 시작하지 않을 수 없듯이, 인숙(아명은 방울)에 대해 말하려면 그녀의 아버지 이 한림의 낙향으로부터 시작하지 않을 수 없다는 식이다. 그렇다고 『직녀성』이 『사씨남정기』로 복귀하는 것은 아니다. 인숙은 사씨 부인처럼 부덕婦德의 기호도 아니

17 거의 비슷한 시기에 발표된 『빈상설』(1907년 《제국신문》 연재, 1908년 광학서포 발간)과 『홍도화』 상권(1908년 유일서관 발간, 하권은 1910년 광학서포 발간)에, 전자의 경우 『사씨남정기』의 충실한 연장선상에 있는 반면 후자의 경우 『직녀성』과의 친연성이 강하다는 점은 흥미롭다.

18 최원식은 『홍도화』 상권의 복잡한 교직이 갖는 양면성, 즉 현재와 과거를 넘나드는 마디들의 연결이 매끄럽지 않고 장면과 해설의 배합이 불균형하다는 점과, 그럼에도 불구하고 시간을 순차적 흐름이 아닌 존재의 근본조건으로 인식하는 리얼리즘에 한발 다가섰다는 점을 함께 지적하고 있다. 최원식, 「이해조 문학 연구」, 『한국근대소설사론』, 창작과비평사, 1986, 83면.

고 이씨 부인들(『빈상설』의 난옥과 『홍도화』의 태희)처럼 수난의 기호도 아니다. 구여성 인숙은 선행 서사양식들 속에 숱한 선조를 갖고 있는 동시에, 진정한 선조는 하나도 갖고 있지 않다. 신여성의 탄생 후 구여성은 주인공의 자리를 차지한 적이 없으므로 근대소설 중에도 인숙의 선조는 없다. 주인공으로서의 구여성은 부활한 것이 아니라 탄생한 것이며, 그녀의 문제성은 한국근대소설이 괄호친 문제성이다. 따라서 그녀의 서사도 일정 부분 근대소설이 괄호친 서사로부터 발원할 수밖에 없다.

『직녀성』의 초반부는 구여성에 대한 새로운 시선을 예시한다. 이 작품은 우선 구소설의 순차적 질서를 복원한 듯 보이지만 내부 구성에서는 전혀 다른 산문적 리듬과 밀도를 내포한다. 또한 신소설적 역전을 통해 여성의 수난 장면을 극대화하기를 거부함으로써 독자로 하여금 주인공의 삶 전체에, 방울이라는 계집애로부터 소녀를 거쳐 인숙으로 성장하는 여성의 세세한 삶의 갈피에 동참하도록 만든다.

유달리 총명하고 재롱이 비상한 방울은, 아버지 이 한림의 은거생활과 엄한 문밖출입 단속으로 풍부한 애정을 쏟을 대상을 발견하지 못하고 점례나 유모와 맺는 관계가 고작이지만 방울처럼 굴러다니며 식구들의 사랑을 독차지한다. 달밤에 마루 끝에 걸터앉아 짧은 다리를 한들거리며 당음唐音을 졸졸 외는 그녀를 보곤 한림조차 "온 조거 일람첩기거던. 앙증스러 못보겠군." 할 지경이다. 점례와 풀각시놀이를 하는 장면이나, 혼담이 정해진 후 유모에게 제 신랑감이 콧물을 줄줄 흘린다고 일러바치는 부분, 손님이 오자 "누가 나하구 또 혼인을 하자구 왔담!" "그것 봐, 나하구 혼인하자는 집에서 나왔지?" 하고 방정을 떨어 한림으로 하여금 "온 저 철없는 걸 혼인을 정하다니" 하고 "다른 사람이 한 일처럼 혀를 끌끌 차"게 만드는 대목은, 방울이가 가진 천성적 발랄함을 보여주기에 부족함이 없다. 그녀는 또한 "부모의 눈치도 제일 잘 채"는데 눈치를 잘 챈다는 것은 공감의 정서가 풍부하다는 뜻이다. 어린 그녀는 집안에서 마음고생이 가장 심한 올케에게 깊은 동정심을 품고 있으며, 오빠인 경직이 집을 떠난 후엔 상심한 부모를 정성껏 위로한다.

방울이가 등장하는 대목에서 작품의 서술은 사뭇 동화적이며 서정적이다. 생생한 삽화, 개성적인 인물 묘사, 각시놀음의 상징성, 세대 갈등의 리얼리티, 치마를 찢거나 신랑 상에 놓을 꿀편을 "깨빡치는" 전조前兆의 알레고리 등이 이질감 없이 녹아든 초반부의 서사는, 전통적 문체를 근대적 문체에 혼성시킴으로써 근대소설이 상실한 설화적 명랑성과 천진성을 복원하고 있다. 본질의 서사인 『사씨남정기』나 갈등의 드라마인 『빈상설』에는, 『직녀성』의 초반부에 대응하는 내용이 없다. 아울러 서구 근대소설의 모델에 비춰볼 때도 방울의 유년은 '비非문제적'이다. 그녀는 양수처럼 따뜻한 '고향'의 아우라에 잠겨 있는 무정형적 에너지 덩어리이다. 내면에도 외부에도 목숨 걸고 뛰어넘어야 할 간극이나 심연 따위는 없다. 다만 근대적 욕망에 들린 경직이와, 그녀를 부르는 낯선 노파들의 목소리가 이 작고 예쁘장한 우주에 가느다란 균열을 내고 있을 따름이다.

3

결연의 서사-조혼, 시체들의 요구

가족은 부차관계인 혈연血緣과 부부관계인 결연結緣으로 구성된다. 특히 결연의 과정은 신화시대 이래 서사 장르의 가장 중요한 테마였다.

『사씨남정기』는 몇 쪽 안 되는 짧은 분량으로 중세 귀족가문의 결연과정을 압축적으로 보여준다. 유현은 아들 유연수가 "급제 후 취가娶嫁ᄒᆞ려 ᄒᆞ미"

"셩즁城中 모든 ᄆᆡ파媒婆를 ᄒᆞ야 현 한 쇼져 잇ᄂᆞᆫ 곳"을 묻는다. 한 매파가 "현부賢婦를 구ᄒᆞ면 신셩현 ᄉᆞ급ᄉᆞ 덕 소져의 업ᄉᆞ오리니" 하자 매파의 말만을 믿을 수 없어 "남녀의 덕힝은 필법에 낫타나ᄂᆞᆫ지라" 하고 여승 묘혜를 시켜 "관음찬觀音贊을 맛기고 친필노써 쥬믈 쳥ᄒᆞ야 가져오"도록 한다. 사씨가 친필로 가늘게 쓴 일백이십자字 관음찬은 "쳥아쇄락淸灑懶落ᄒᆞ고, 필법이 정묘ᄒᆞ야 ᄒᆞᆫ 곳도 구ᄎᆞᄒᆞᆷ이 업고 온화유순ᄒᆞ미 글에 낫타ᄂᆞ" 있어 유현은 크게 기뻐하며 매파를 보내어 통혼한다. 그러나 사씨 어머니는 "인륜ᄃᆡᄉᆞ를 ᄆᆡ파의 말로 좃ᄎᆞ 허혼ᄒᆞᆷ이 미신未信ᄒᆞ야" 매파를 돌려보내고, 그제야 유현은 자기 역시 매파의 말을 믿지 않았던 것을 깨닫고 현령을 보내 통혼하여 "쾌허"함을 얻어 "셩친成親"한다.

두 가문 사이의 통혼과 허혼 과정은, 재자가인의 결연을 향한 우아한 동심원적 운동으로 그려진다. 매파·여승·현령 등이 오고감으로써 중세적 '인륜대사'의 신중함과 의미심장함이 배가된다. 『구운몽』에서처럼 글로 인연을 맺는 모티브는 서포 특유의 낭만적 구성법의 하나인데, 서포는 시詩나 찬贊을 통해 운문적 세계의 아름다움을 표현하는 데만 머물지 않고 그것을 작품의 구성에 빠질 수 없는 정교한 상감조각으로 만든다. 『사씨남정기』에서 결연을 매개한 '관음찬'은 위기에 빠진 사씨를 구원하는 고리가 된다. 본질만을 그리는 중세서사에서 여성의 유년이 생략됨은 필연인데, 『사씨남정기』의 관음찬은 그 필연성을 정당화한다. 사씨가 어떤 가문에서 어떤 가정교육을 받고 자라난 소저인가 하는 것은 구구한 설명 없이 관음찬 일백이십 자로 충분하다. 또한 신랑신부의 첫날밤 이후 십오 년여의 부부생활은 "차야此夜에 신부로 더부러 운우지락雲雨之樂을 일워 양뎡兩備이 흡연ᄒᆞ더라"는 한 줄로 정리되며, 시집살이도 "쇼제 인ᄒᆞ야 효봉구고孝奉舅姑ᄒᆞ고 승슌군ᄌᆞ承順君子"한 것으로 요약된다. 시아버지 유현이 죽고 교씨를 첩으로 들이면서 일사천리, 사씨는 고난의 소용돌이로 빨려든다.

『빈상설』은 사씨의 후예 이씨 부인과 교씨의 후예 평양집을 내세워 수동적인 착한 처와 공격적인 악한 첩의 갈등을 재연한다. 시댁 어른들이 죽은 후 주인공의 고난은 시작된다. 사씨가 쫓겨난 뒤에 묘하幕下에 가 "구고舅姑"를 생각하며 살듯 개명한 양반가의 딸 이씨도 남편을 원망하기는커녕 "죽기 젼에는 셔씨덕 사름"이라는 생각으로 "ᄉ랑ᄒ시든 시부모의 향화를 ᄌ긔 손으로 밧들지 못ᄒ야 며ᄂ리 도리를 다ᄒ지 못ᄒ"는 것을 한탄한다. 이씨의 쌍둥이 남매 승학이 누이 대신 여장을 하고 감으로써 위기를 해소하는 방식이 『창선감의록彰善感義錄』에서 차용된 점[19]이나, 결말부에 돌연 개과하는 서정길이 잠시 과오를 범했다 제자리를 찾는 『창선감의록』의 화춘과 『사씨남정기』의 유연수 등 '개과적改過的' 가부장[20]에 연결된 점 등으로 미루어 『빈상설』은 그 기본틀에서 17세기 양반 가정소설 유형을 충실히 승계하고 있다. 그러나 전대 양식에 내재되어 있던 보편성과 원환적 완결성은 이미 부서져, 몇몇 장치들에 의해 가까스로 땜질되고 있다.

이에 비해 『홍도화』는 중세적 결연의 타락상과 근대적 결연의 진취성을 그릴 수 있는 새로운 구도로 출발한다. 결연의 과정이 남자 가문이 아닌 여자 가문의 입장에서 그려지며, 결연을 둘러싸고 중세와 근대가 충돌한다. 그 충돌은 아직 현실적 힘의 충돌로서가 아니라 "얼개화꾼" 이직각의 머릿속에서 발생하는 관념의 충돌로서 나타나긴 하지만, 『직녀성』과의 대비에서 이 작품은 매우 중요한 위치를 점한다. 근대교육을 받은 태희의 능동성이 두드러진

19 조동일, 『신소설의 문화사적 성격』, 서울대 출판부, 1973, 42~43면, ; 최원식, 「이해조 문화 연구」, 『한국근대소설사론』, 창작과비평사, 1986, 79면에서 재인용.

20 이성권, 『한국가정소설사연구』, 국학자료원, 1998, 44면.

상권은 '봉희의 항거'에, 재가한 후 태희의 수동성이 강화되는 하권은 '인숙의 고난'에 이어지는 까닭이다.

『홍도화』가 태희의 조혼을 남편의 죽음으로 빨리 마감하고 고루한 동서 시집살이로 초점을 전환한 데 반해, 『직녀성』은 인숙의 조혼과 그 적응과정을 만연체에 가까운 느리고 찬찬한 필치로 정밀하게 그려나감으로써, 근대화과정 속에서도 면면히 이어지는 중세 가족제도의 말기적 타락상을 탁월하게 재현한다. 결연을 둘러싼 중세와 근대의 충돌은 피할 수 없는 것이지만, 식민지적 근대 상황은 전근대적 가치구조를 말살시키기보다는 그것을 체제 내에 수용하여 가격표를 붙여 상품으로 만들고자 하며,[21] 이 과정에서 중세적 가족구성체는 더욱 악착하게 자신의 비틀린 운명을 끝까지 붙들고 실낱같은 목숨을 이어간다. 윤 자작네 "팔십이 넘은 노대방마님"은 노망에 중풍으로 반신불수가 되어 밥도 자기 손으로 못 먹고 누워서 뒤를 받아낸지도 오래건만 "지긋지긋이" 목숨을 끌어가면서 삐뚤어진 입으로 반 벙어리 모양 징징거리며 요구하는 것이 "콧물을 졸졸 흘리는 막내 증손자 봉환"의 혼사다. 대를 이어 "별당마님"은 계동 한 참판댁의 "침을 질질 흘리는 문열이"에게 봉희를 시집보내지 못해 성화를 한다. 이와 같이 조혼을 끈덕지게 요구하는 노파들, 반성이나 매개 없이 무조건적이고 고집스런 요구만을 반복하는 "피만 식지 않은 송장"들은, 중세 가족제도의 형해화된 이미지를 잘 요약하고 있다. 새로운 성원을 '너무 일찍' 충원하려는 조혼 요구의 배후에는, 배변도 못 가리는 가장 무능한 노파가 가장 전능한 자리에서 결연의 결정권을 휘두르는 '너무 늦은' 시대착오적 체계가 도사리고 있다.

21 마샬 버만, 『현대성의 경험』, 현대미학사, 1994, 135면.

자본주의적 시장 논리조차도 어찌할 도리가 없는 이들 조혼의 패트론[22]들은, 기껏 "기대는 안석"이나 "노리개" 따위가 필요해 어린 남녀를 기혼의 상태에 묶어둠으로써 근대적 결연의 가능성을 봉쇄한다. 윤 자작이 봉환의 조혼에 대해 자기 의견을 내세우지 못하는 이유는 "남의 집의 손을 이어주기 위해서 들어"왔다는 양자 콤플렉스 때문이다. 그러나 봉희의 결혼에 이르러 윤 자작은 노파들과 기꺼이 한편이 된다. 그는 "궁이 아주 거덜이 나서 신주밖에 남은 것이 없다는 소문을 듣고 옛날 같으면 감히 생의도 못할 자리에서 직접 간접으로 통혼이 들어"오자 아연실색하여 "더 그러한 모욕을 당하기 전에 뼈대만 과히 나쁘지 않은 가정에서 통혼이 있기만 하면 '옛소'하고 봉희를 내주"려 한다. 이들은 비단 근대적 결혼의 방해자에 그치는 것이 아니다. 자신들이 실현시킨 조혼에서조차 '진정한 혼사' 곧 합례를 연기하고 방해하는 장애물로 전화될 때, 이들 요구의 비합리성은 정점에 이른다. 이들은 "차츰차츰 가까워지는 내외의 사이를 억지로 떼어놓"으며 합례 후까지도 감시를 게을리 하지 않는다. 이처럼 죽음을 앞둔 시체들의 망령된 요구 속에는 사멸하는 중세적 가족제도의 타나토스가 반영되어 있다. 안락하고 내밀한 규방과는 거리가 먼, 거미줄과 같은 층층시하의 그물망이 드리워진 중세적 가족구성체는, 생동하는 소녀들을 낚아채어 그들의 발랄성을 거세하고 그들을 창백하고 비활력적인 인물들로 주조하는 불모의 자궁, "불 없는 화로"와 다름없다.

윤 자작이 노파들의 등쌀에 시달려 재차 삼차 드나들며 이 한림에게 혼사를 재촉하는 대목은, 『사씨남정기』의 매혹적인 통혼과정에 비할 때 참혹할 만큼 타락한 중세적 결연의 말로를 보여준다. 방울이는 『홍도화』의 태희나 시누

22 이들은 욕망 없는 순수한 충동의 화신으로서 모든 변증법화에 저항하는 유령들이다. 충동의 기계적인 고집스러움에 관해서는 슬라보예 지젝, 『삐딱하게 보기』, 시각과언어, 1995, 53~54면.

이 봉희처럼 조혼에 대해 아무 항거도 못한다. 윤 자작이나 이 한림조차도 이 집요한 요구에 마지못해 굴복하고 마는 것을, 하물며 "규감閨鑑이니 내칙內則이니 열녀전烈女傳"이니 하는 책을 읽고 전근대적 양육방식을 통해 성장한 어린 방울이임에랴.

결혼과 더불어 방울의 영웅적 적응은 시작된다. 밤마다 시증조모에게 읽어주는 『사씨남정기』와 『옥루몽』은 그녀의 교과서이며, 두 번의 큰 상喪은 입사入社 시험이다. 그녀는 "방울 같이 굴러다니며 열싸고 재빠르게" 일을 치뤄낸다. 그러나 낯선 세계에의 적응이 순조로운 것만은 아니다. 친환으로 근친가려던 것이 거절당했을 때 "누가 날 못가게 해" "얘기책 보러 시집 왔나, 보지두 못하던 늙은이 더러운 것꺼정 치워주려구 시집 왔나" "멀쩡한 날 눈을 감겨서 태다 놓구선 왜 못가게 해" 하고 발버둥치는 그녀 내부에는, 자기 의사가 조금도 반영되지 않은 결혼에 대한 때늦은 분노가 들끓고 있다. 봉환의 첫 난봉에 "온몸을 오들오들 떨고 쌔근쌔근하"다 "난 이 집에서 안 살테야" 하고 독살스런 표정을 짓는 것이나, 봉환과 복순의 괴상하게 얼싸안은 포즈를 보고 우물에 빠져 자살할 결심을 하는 대목에서 그녀의 고조된 분노를 확인할 수 있다. 그녀는 현숙한 선조들처럼 우아한 자태로 짐짓 죽는 시늉을 하려는 것이 아니라 "목을 매달아 혀를 빼물고 늘어진 꼴"이나 "물에 빠져 퉁퉁 불어오른 저의 시체"를 "완고하고 미신덩어리인 시조모와 시부모" 및 남편에게 보여주고자 하는 것이니, 그녀의 활활 타는 복수와 원한의 감정은 양반가 여성의 형상해화에서 일찍이 찾아볼 수 없던 바다.

인숙의 감정을 억압하는 쪽이 낡은 중세적 가족체계라면, 인숙에게 새로운 바깥 공기를 불어 넣어주고 정서적 유대를 공유하는 쪽은 젊은 공동체다. 윤 자작네 집에서 유일하게 생기 넘치는 공간은 인숙의 방이다. 그곳은 인숙을 둘러싼 봉희, 봉환 남매의 은밀한 소통공간이며, 그들의 암호는 "아무한테

두 말마우"이다. 여기에 이념형 여성 복순이 가세한다. 복순이 보기에 인숙은 윤 자작 집에서 "인형 노릇을 시키기는 아까운", "학교에나 다녀서 새로운 교육을 받았으면 장래 한몫을 단단히 볼" 여성이다. 인숙의 강점은 무엇이든 배우려하고 끊임없이 자기 삶을 향해 질문을 던지는 반성적 자세에 있다. 그녀는 봉희와 학교 공부를 함께 하고 복순과의 교제에서 바깥 세계를 귀동냥한다. 이리하여 시댁에의 기나긴 적응과정은 다른 한편으로 깊은 내면의 형성을 수반하는데, 인숙이 가진 결코 폐기될 수 없는 구여성적 덕목들은 그녀를 풍부한 감성과 지혜의 세계로 인도한다. 『직녀성』은 윤 자작네 가정 대소사를 인숙의 눈으로 포착하고 그녀의 내면 속에 되새김질시켜 재구성하는 서술방식을 통해, 양반가문의 음울한 분위기와 몰락의 징후를 섬세하게 추적하는 동시에 구여성의 활력을 입체적으로 성격화하는 데도 성공하고 있다.

『사씨남정기』의 "운우지락雲雨之樂을 일워 양뎡兩情이 흡연ᄒᆞ더라"는 한 줄의 경지에 도달하기 위해 조혼의 희생자인 『홍도화』의 태희와 『직녀성』의 인숙은 꽤나 멀리 우회해야 한다. 그 우회의 가파른 고비에서 그들은 죽음을 결심하기도 한다. 죽으려는 태희에게 깨달음을 주는 것은 "뎨국 신문" 논설이며, 그 후 외숙 김참서는 상호의 부탁으로 태희의 재가를 주선한다. 인숙이 우물에 빠져 죽으려 할 때 복순은 사태를 해명하고 봉환과의 관계가 개선되도록 중개한다. 여기서 김참서나 박복순이 구원자가 아니라는 점이 중요하다. 막다른 골목에서 출현하는 구원자는 주인공에 육박하는 지위를 갖는다. 막다른 골목이란 주인공의 능력의 고갈, 곧 무능의 기표이기 때문이다. 구원자의 힘은 주인공의 수동성에서 나오며, 태희가 능동적인 『홍도화』 상권에서는 김참서의 역할이 '중개자'로 축소되지만 태희가 수동적인 하권에서는 구원자로서 막강한 힘을 발휘한다는 지적23은 『직녀성』에도 그대로 적용된다.

마침내 중개자의 도움으로 태희는 개가하고, 인숙은 "너무 유난스럽다"고

흉을 잡힐 만큼 금슬 좋은 부부관계를 이루어낸다. "다시는 봉환을 놓칠 리가 없다는 자신"에서 기꺼이 봉환을 동경으로 보낸 인숙은 남편에게 부칠 고풍스런 내간체 친필 편지의 말미에 "죄인 윤인숙 소상장"이라고 쓴다. 사씨나 이씨 부인을 효칙하여 친정의 성을 버리고 윤씨 가문 사람으로 자처하는 것이다. 그러자 봉환에게서 "나의 사랑하는 직녀성에게"라는 긴 답장이 보은으로 돌아온다. 다시금 작고 이름다운 직녀의 우주가 만들어졌다. 이제 직녀는 창공에 빛나는 자기 별자리를 보고 캄캄한 길을 갈 수 있는가?

그러나 구여성에게 사멸하는 중세적 체계보다 더 무서운 적은 신생하는 근대적 자유연애다. 연애와 결혼의 단단한 결합을 기치로 내세운 자유연애 이데올로기는 필연적으로, 조혼한 남성을 가운데 놓고 신구여성이 대립하는 구도를 낳는다. 조혼-자유연애-이혼-재혼을 거치는 남성의 결연 편력은 구여성의 전적인 희생 위에 구축된다. 중세적 결연방식에 대한 근대적 가치평가 속에서 교환가치적인 가격표를 받지 못하고 누락되는 것은 구여성이다. 인숙에게서 봉환을 영영 빼앗아 가는 것은, 그의 난봉도 편지를 둘러싼 모함도 아니며, 중세적 가족구성에 대한 근대적 재편기획 그 자체다.

『직녀성』의 인숙이, 해피엔딩의 구조 속에 안착하는 사씨, 이씨 부인들과 구별되는 지점은 여기다. '조강지처'의 자리는 더 이상 순종과 인내, 지혜와 부덕만으로 지켜지지 않는다. 한번 빼앗기면 영원히 빼앗기는 것이다.

---

23 최원식, 「이해조 문학 연구」, 『한국근대소설사론』, 창작과비평사, 1986, 88면.

4
근대의 서사–새로운 괴물들

『사씨남정기』·『빈상설』·『홍도화』에 등장하는 전형적 악인들은 『직녀성』에 와서 모습을 감춘다. 『직녀성』에서 악은 인격화된 형태로 현현하지 않는다. 악한 체제가 있을 뿐이다. 병든 전근대적 체제를 가까스로 헤쳐 나온 인숙은 바야흐로 근대적 야만 앞에 서게 된다.

인숙과 근대의 접점은 우선 학교이다. 그녀는 학교에 다니고자 하는 열망에서 꾀를 내어 잠깐 학교에 다닌다. 양반가 여성이 학교에 다닌다는 것은, 등하교를 위해 매일 거리를 나다닌다는 것, 곧 규방으로부터의 탈출을 의미한다. 이는 한편으로는 사모하는 남학생의 출현이자 낭만적 연애서사의 탄생이며, 다른 한편으로는 추잡한 소문과 모함의 빌미이자 통속적 구소설 문법의 부활이다. 『홍도화』 상권의 태희와 봉희의 서사는 전자의 경우이고 『홍도화』 하권의 태희와 인숙의 서사는 후자의 경우이다. 뒤에서 다시 살피겠지만, '학교' 서사는 결혼 여부에 따라 여성의 능동성과 수동성을 강화시키는 양면적 역할을 한다. "색시학생"인 인숙은 학교에 다니면서도 근대적 욕망이나 허영심을 조금도 배우지 못한다. 봉환과 봉희에게 연애의 욕망과 환상을 심어주었던 활동사진, 잡지, 통속소설 등도 그녀에겐 별 효력을 못 미친다. 인숙의 내면은 근대문명의 파상적 공세로부터 지나치게 안전하며 견고하다. 근대는 인숙에게 직접적으로가 아니라 봉환과 봉희를 통해 간접적으로 체험된다. 따라서 근대를 다루는 『직녀성』의 중반부, 즉 봉환이 동경으로 떠난 후부터 인숙이 시댁에서 축출당하기까지 서술의 초점은 근대로부터 한발 물러선 구여성 인숙이 아닌, 근대에 한발을 내딛는 신여성 봉희에게 놓인다.

봉환과 봉희 남매가 근대를 경험하고 수용하는 방식은 다소 차이가 있다.

청춘 남녀의 세계 편력은 의당 연애와 결혼의 욕망으로 수렴되거니와, 이들을 통해 '예술'과 '이념'이, 그러한 근대적 욕망에 어떻게 접합되는지를 살펴보자.

봉환에게 미술은 그저 "모든 예술 중에도 가장 고상한 것"이다. 동경으로 그림공부를 하러 떠나기 전, 그는 현실에 대해 알지도 못했고 알 필요조차 못 느낀, 근대예술의 이미지에 상상적으로 사로잡힌 어린애일 따름이다. "지밀"에서 자란 까닭에 봉환은 자기가 원하는 것이면 무엇이든 요구하고 그 요구가 관철될 때까지 질질 짜는 데서 지밀노파를 닮았다. 지밀노파가 죽었을 때 "안팎으로 돌아다니며 때 없이 과식을 하고는 배탈이 나"는 철부지 봉환은, 조리 있게 말할 줄도, 제 행동을 통제할 줄도 모른다. 그에게 인숙은 "옷 좀 주"에서 "이혼해 주"에 이르기까지, 자기가 바라는 모든 것을 충족시켜주는 대상에 불과하다. 가족 내에서 아무 저항도 느끼지 못하고 제멋대로 행동하던 그가 미남예술가이며 돈 많은 귀족의 자제라는, 자기 의지나 노력과는 무관한 그러나 꽤 값나가는 상표를 붙인 채 동경으로 향할 때, 인숙의 비극뿐 아니라 그 자신의 비극 또한 예정되어 있다. 아무런 자기 보존의 책략 없이 저 도도한 근대적 욕망의 흐름을 가로지를 수는 없다.

양장미인 사요꼬를 동반한 봉환의 귀환은, 그 화려한 패션과는 달리 황폐화된 껍데기의 귀환이다. 그는 영감 없는 예술가, 애정 없는 육감주의자[24]가 되어 돌아온다. 그는 화류병 때문에 "극도의 불안과 우울과 공포"를 느끼면서도 "그럴수록 거의 하루 저녁도 사요꼬를 가까이 하지 않을 수가 없"는데, 그 까닭은 "다른 사람에게 빼앗길까 보아"서다. 경쟁자 박귀양은 봉환의 허영심과 질투를 자극하는 인물이다. 위스키를 병나발 불고 혼자 웃고 혼자 울고 하

24 마살 버만, 『현대성의 경험』, 현대미학사, 1994, 28면.

다가, 열병 환자 모양 펄펄 뛰며 세간을 와지끈 부수는 봉환의 광기는 정열의 반대쪽, 즉 허영에서 나온다. 허영에서 길어낸 욕망은 항상 타인의 욕망이며, 그래서 허영심 많은 주체는 언제나 타인보다 강하게 욕구한다는 기분을 지니게 된다.25 그러나 광기에 찬 그의 집착은 사요꼬의 다음과 같은 똑 부러진 부채 청산 앞에서 속수무책 무너진다.

> "장가처가 있고…… 대문간에 전등 하나도 못달고 지내는 주제에 조선의 귀족이랍시고…… 내 돈을 오백원이나 사기를 해 먹었죠? 뭇 사내들 앞에서 발가벗고 「모델」을 해서 번 돈을 야금야금 다 발러가고 무슨 낯짝을 쳐들고 나를 때려요?"…… "그까진 돈 몇 백원쯤 오입에 내버린 셈만 칠 테니 냉큼 내 방에서 나가요"하고 서양 여배우처럼 손을 들어 문을 가리키며 발을 구른다.

근대예술의 허위의식으로 무장한 봉환-귀양-장발 계열의 속물들이 공통적으로 추구하는 이상적 여성상은 아름다운 육체미를 가진 모던걸이다. 장발은 "서양 여자처럼 매끈하게 발육이 잘 된" 봉희에게 반하여 추근추근한 시선으로 "혈색 좋은 봉희의 얼굴과 불룩한 젖가슴"을 아래위로 훑는다. 귀양은 사요꼬를 처음 본 순간부터 "바짝 조려맨 오비(띠) 위로 부풀어 오른 듯한 젖가슴이며 잔허리로부터 다비(버선)를 신은 발뒤꿈치까지 흘러내린 곡선"에 뇌쇄된다. 봉환이 정거장에 나온 인숙의 모양새를 날카롭게 비판하며 "새빨간 댕기를 들여서 곱게 쪽 찌구 파아란 비취 비녀를 꽂구서 긴 치마를 입었을 땐 그래두 그럴듯해 보였"다고 할 때, 이는 이미 키치적 감각에 길들어진 그의 눈

25 르네 지라르, 『소설의 이론』, 섬영사, 1977, 29면.

에 첫 모델인 인숙이 지나가버린 시대의 잔영 혹은 엑조티즘의 향수 대상으로 밖에는 보이지 않는다는 것을 의미한다. 근대는 여성들의 각 신체부위에 새로운 평가체계를 등기[26]하고, 예술가연하는 이들 속물 남성들은 그렇게 주조된 눈으로만 여성을 본다. 남성들의 신체도 이런 등기로부터 자유롭지 않은데, 한결같이 해사한 얼굴에 곱슬거리는 머리를 너풀대고 날씬한 체격을 가진 예술계의 모던보이들과 대척되는 지점에 이념의 세철이 있다.

세철은 운동선수처럼 어깨가 벌고 목소리가 우렁차며, 검붉은 얼굴빛에 송충이만한 눈썹을 꿈틀거리는 "어지간히 감때가 사나와 보"이는 청년이다. 심훈이 이념지향적 인물에게 유형적으로 부여하는 건강하고 투박한 육체의 이미지는, 봉희의 공상 속에서 대단히 에로틱한 대상으로 부상한다. 세철을 만나고 돌아온 봉희는 늘 마음과 몸이 달뜬다. 세철을 처음 만난 날 봉희는 오랜만에 "맨돌린"을 꺼내 켜는가 하면, 장발을 떼버리고 세철이 데려다준 날 밤엔 "「즈로즈」하나만을 입은 채 반듯이 누워서 나른한 두 다리를 쭉 뻗으면서 진저리를 치"며 "연애? 연애?" 하고 중얼거린다. 그러면서 그녀는 "무르익은 연시와 같이 말씬말씬한 젖통이를 움켜쥐고 백납처럼 매끄러운 사지를 옴츠라뜨리며 가만히 어루만져 보"는데, 그 손길이 누구의 손길과 동일시되는 것인지는 명백하다. "남성적으로 단련을 받은" 세철의 육체는 "나체 생활을 하자"는 그의 이념만큼이나 봉희에게서 뜨겁고 열정적인 욕망의 대상이 된다. 이에 비해 장발의 호리호리한 육체와 몽상적 취향은 혐오와 결벽의 대상이 된다.

두 육체는 두 세계를 표상한다. 복순은, 예술이란 놀고 먹을 수 있는 계급의 자녀들이 즐기는 일종의 향락이며, 예술가라는 종류의 인간은 직간접으로

26 질 들뢰즈·펠릭스 가타리, 『앙띠 오이디푸스』, 민음사 1997, 221면.

없는 사람들의 등골을 뽑아먹는 기생충이라는 극단적인 평가를 내린다. 봉환과 장발, 박귀양을 비롯해 "곤달걀"이니 "골덴바지" 등은 그런 평가를 뒷받침하는 인물들이다. "근대 문명은 과학이 지배하는 것"이라 생각하고 전기공학을 전공할 작정으로 전기학교에 들어간 세철 역시, 동경에 가서 음악을 공부하려는 봉희를 설득해 사범학교 연수과에 가도록 한다. 작품은 은연중에, 세철의 육체를 건강한 유물론의 육화로, 장발의 육체를 퇴폐한 정신주의의 등가물로 간주하도록 유도한다. 그러나 두 세계는 동일한 결핍에 기초한다. 근대 문화예술에 대한 강한 혐오와 근대 과학기술문명에 대한 긍정을 보여주는 세철의 입장은 자칫 기계적이고 실용적인 유물론으로 치달려나갈 위험을 안고 있다.[27] 농익어 퇴폐한 예술경향과 단순 소박한 유물론적 사고는, 근대 내부에서 근대를 성찰하고 반성하게 만드는 중요한 계기인 모더니즘과 리버럴리즘의 부재에서 온다. 이는 작품 내적 세계에만 국한되는 문제가 아니라, 궁극적으로 『직녀성』 자체의 미학적이고 이념적인 한계에까지 육박하는 문제이다.

세철과 장발로 대표되는 두 세계에 더해, 전근대적 조혼의 대변자 한참판댁 "문열이"가 끼어들면서, 세 세계는 각자 끊임없이 자기 자리를 요구하며 경쟁한다. 봉희는 우선, 현실적으로 가장 강력한 요구를 해오는 문열이를 물리쳐야 한다. 『홍도화』에서 다니던 학교를 중도폐지하고 조혼하라는 이직각의 부당한 요구에 학교 선생의 말을 들어 조목조목 항의하다 마침내 굴복하는 태희는 봉희의 실패한 선조[28]이다. 그러나 인숙의 지원을 받은 봉희는 "아버지가

27 허의사는 세철에 대해 어느 정도 비판적 거리를 갖춘 인물이라 하겠는데, 그 기미가 너무 미약하여 아쉽다.

28 최원식은 태희의 항변을 이직각이 불호령으로 내리누르는 장면을 우리나라 신소설 사에 있어서 가장 귀중한 대목의 하나라고 보고, 성숙한 태희의 각성이 『무정』의 여주인공들보다 선진적이라고 고평한다. 최원식, 「이해조 문학 연구」, 『한국근대소설사론』, 창작과비평사, 1986, 85~87면.

저를 죽이실 수 있을는지는 몰라도 억지루 시집을 보내실 수는 없어요"라는 애타는 절규와, 담뱃대에 맞아 관자놀이에서 댓줄기 같이 뻗치는 새빨간 피를 통해, "피만 식지 않은 송장들"의 세계로부터 탈출하는 데 성공한다.

중세 귀족서사에서 애정의 기본형은 남성 중심의 삼각관계이다. 『사씨남정기』도 넓게 보아 처첩갈등에 기초한 가부장 중심의 삼각관계 구조이며,[29] 18~19세기 쟁총형 처첩갈등[30]을 거쳐 『빈상설』에 이르기까지 삼각관계의 중심엔 언제나 가부장인 남성이 있다. 아무리 통속화된다 하더라도 중세 귀족서사의 틀 내부에서 여성 중심의 삼각관계가 결정화結晶化되기는 어렵다. 여성 중심의 삼각관계는 『춘향전』 모형으로부터 발원하는데, 이때 춘향의 신분적 유동성이야말로 두 겹의 연애를 예비하는 요건이 된다. 그런데 『홍도화』 상권은 유동적 신분이 아닌, 양반가 여성을 중심으로 한 삼각관계의 가능성을 타진하고 있다는 점에서 의미가 깊다. 태희는 학교에 다니면서 "자슈궁다리"에서 남학도인 심상호를 우연히 만나곤 하는데, 갑작스레 아버지로부터 반강제적 조혼을 요구당하자 "이왕 싀집을 보니시랴거던 그런 학도에게나 혼인을 뎡힛스면 인물도 늘마다 익숙히 보앗고 공부도 갓치ᄒᆞ고 넘오 됴흘싸"하며 운다. 그러나 이 로맨스는 조혼한 태희의 남편이 죽은 후에야 재개된다는 점에서, 한쪽 각角이 빈, 미완의 삼각관계라 하겠다. 『장한몽』의 순애를 거쳐 『무정』의 영채에 이르는[31] 여성 중심의 삼각관계는, 남성 중심의 삼각관계와 마찬

29 그러나 사실 『사씨남정기』가 지향하는 본래적 관념에 비춰볼 때 삼각관계란 어불성설이다. 그 결말에서 보듯, 처첩 간 분명한 위계가 지켜지는 가운데 가부장인 남성의 균형 잡힌 군림, 이를 어찌 삼각관계라 부를까.

30 이성권, 『한국가정소설사연구』, 국학원, 1998, 18면.

31 『무정』은 남성 중심의 삼각관계 서사이지만, 곁서사의 측면에서 영채는 또 다른 삼각관계의 중심이기도 하다.

가지로 여성수난의 서사를 취하는데, 원하지 않는 구애를 줄기차게 바치는 근대판 변학도들이 여성들을 핍박하거나 강간하는 까닭이다. 그런 점에서『직녀성』의 장발은 싱거울 만큼 무력하고 소극적이어서 대결의 축을 팽팽히 만들지 못한다. 영리한 봉희는, 세철과의 사랑이 확실시된 이후에야 한참판댁과의 결혼이 택일되었다는 거짓 핑계로 "장발귀신"을 가볍게 물리친다.

그러나 봉희의 삼각관계가 비록 절름거리긴 하지만 두 각의 질적 차이와 대립성을 내포하고 있다면, 사요꼬가 중심에 놓인 삼각관계는 양상이 전혀 다르다. 사요꼬의 욕망 속에서 봉환과 귀양은 대립하지 않고 대체된다. 봉환과 귀양은 유사한 계열체에 속하며, 사요꼬의 미끄러져가는 욕망은 그들에게서 질적 우열優劣이 아니라 양적 다소多少를 본다. 근대적 탈신비화는 계량화할 수 없는 질質을 인정하지 않는다. 개성이나 정신적 우월성으로 사랑을 얻는 것이 불가능해진 '금색야차'의 시대에 가장 전형적인 삼각관계는 사요꼬식 삼각관계다. 봉환은 이러한 무한대체의 연쇄 속에 휘말려 자기의 거울상인 귀양과 다툰다.

인숙은 그런 봉환 앞에서도 사뭇 의연하고 침착하여 어릴 때부터 학습한 사씨 부인의 풍모를 보인다. 정거장에 나갔다가 사요꼬를 데리고 돌아온 봉환을 보고 들어와서도 인숙은 행주치마를 두르고 솥 속에 넣어둔 밥이 식지 않았나 살피고 솜씨껏 끓여둔 고추장 두부찌개를 데우기 위해 풍로에 풀떡풀떡 부채질을 한다. "참고 기다리면 돌아오는 날이 있느니라"는 어머니의 유언을 새기며 봉환의 뒷바라지를 하는 그녀는 큰동서와 봉희로부터 "딴 오장을 가진 사람"이란 소리까지 듣는다. 사요꼬에게 퇴짜를 맞고 인사불성이 되어 돌아온 봉환이 "우리 직녀성이로구나" 하고 덥석 끌어안으며 "이리와, 나하구 자 응, 오래간만에……" 하자 인숙은 그간의 치욕을 잊고 "불시에 기쁨"을 느낀다. "옛날 생각이 나길래 나를 직녀성이라고 불렀지" 하며 "본처로서의 명예와 자랑"을 느끼던 그녀는 다음날 봉환의 빨랫감을 보고 그가 화류병에 걸린 몸으로 자신에게 그런 요구를 했음을 알게 된다. 그녀는 이내 제 손으로 남편의 병을 고쳐놓을 야무진 결심을 하지만, 이러한 강인함 뒤에는 바깥 세계에 대한 공포와 무력감이 숨어 있다. 미쳐 날뛰는 근대의 힘 앞에서 인숙은 속수무책이다. 그녀가 가진 어떤 미덕과 지혜로도 근대의 심연을 건너뛸 수 없고 원환적 우주를 복원할 수 없다. 이 어찌할 수 없는 무력감이 인숙으로 하여금, 남편이 그녀를 "더러운 걸레나 헌 세간처럼 반침 속에 틀어넣으려" 해도, 화류병에 걸린 몸으로 짐승처럼 강간을 해도 고스란히 감수하지 않을 수 없도록 만드는 것이다.

문학사에서 금시초문일, 남편에 의한 아내의 강간은, 구여성에 대한 최대의 유린인 영채의 강간에 비할 때 경미하기 짝이 없다. 영채의 강간이 허용될 수 있었던 여지는, 그녀가 양반가 여성이 아닌, 기생이라는 데 있다. 더 거슬러 올라가면, 결혼 후에도 수절을 지키다 남편에게 강간당하는『장한몽』의 심순애가 있다.32 남편에 의한 강간이라는 점에선 유사하지만, 인숙이 결코 다른 정인情人을 위해 수절한 것이 아니라는 점, 즉 인숙이 삼각관계의 중심축이 아니라는 데서 차이가 있다.

인숙에게 행해진 강간은, 역설적으로, 구여성에 대한 작가의 결사적 보호의식을 반증한다. 아무리 인숙을 시련에 빠뜨릴 서사적 필요가 있다 하더라도, 양반가의 딸이며 귀족의 며느리인 그녀를 강간할 수 있는 남자는 그녀의 남편밖에 없다는 것, 그 결과는 화류병이 전염되는 데 그칠 뿐 그녀의 고결한

32 이는 원작『곤지끼야샤』와는 다른, 조중환의 변개라고 한다. 이 변개가 흥미로운 점은, 사랑에 대한 훼절의 잣대가 제도(결혼)보다 육체(성교)에 있다고 보는 저 도저한 중세적 결벽주의가 신파서사의 이변에 드리워져 있음을 보여준다는 데 있다. 최원식,「장한몽과 위안으로서의 문학」,『민족문학의 논리』, 창작과비평사, 1982, 77~82면.

정신적 덕목에 어떤 훼손도 가하지 않는다는 점이 이 사건의 핵심적 의미이다. 중세 귀족서사는 물론이거니와, 그를 계승한 이해조의 신소설에서도 현숙한 양반가 여성이 소위 외간남자로부터 육체적으로 유린당하는 예는 없다. 이인직의 『귀의 성』에 강동지가 이승지의 부인을 위협하여 겁간하려는 장면이 나오지만, 여기서도 이 행위는 죽은 딸 춘천집의 도덕적 우월성을 증명하기 위해 짐짓 해보는 시늉에 불과하며, 결정적인 점은 이승지 부인이 현숙함과는 거리가 먼 독부毒婦라는 데 있다. 그럼에도 불구하고 이러한 비틀기는 이인직이 중세 귀족서사의 계승과는 거리를 두고 있음을 말해준다.

양반가 여성에 대한 중세서사의 보호막은 의당 그 핏줄인 자식에게까지 연장된다. 『사씨남정기』에서 교씨는 사씨를 모함하기 위해 하녀를 시켜 자기 아들을 독살하지만, 정작 사씨의 아들을 죽이려 할 때는 하녀가 돌연 회개하여 목적을 이루지 못한다. 『홍도화』의 태희는 임신한 몸으로 기차에서 뛰어내리는데, 자기 몸은 물론 뱃속의 아기도 안전하다. 여기서 다시 한 번, 선한 여주인공 춘천집과 그녀의 아들을 처참하게 살해하는 『귀의 성』의 서사를 대조시키지 않을 수 없는데, 그 배면에는 춘천집이 양반가 여성이 아니며 본처가 아니라는, 이인직의 의도를 배반하는 중세 귀족서사의 엄정한 법칙이 깔려 있다. 그런데 『직녀성』에서는 서사적 보호막이 자식에게까지 이어지지 않는다. 남편에 의한 강간으로 최대한 인숙을 보호했던 『직녀성』의 서사는, 이번에는 일남을 죽음으로 몰고감으로써 중세 귀족서사와 단절한다. 일남의 죽음은 인숙을 윤 자작네로 되돌려주지 않겠다는 작가의 단호한 서사적 선택이다. 비로소 인숙은 별빛도 없는 어두운 길로 내몰리는 것이다.

5

통속서사의 회귀-여성의 수난

시댁에서 축출된 후 아들을 잃고 자살을 결심하기까지(369~496면) 인숙의 수난은 130면 정도로 사건내용에 비해 서술의 길이가 다소 길다. 인숙의 수난에 와서『직녀성』은 불행히도 통속적 장치를 남발하며『홍도화』하권의 길을 따른다.

'편지'가 이야기 장르 내에서 행해온 역할은 다양하지만, 모함의 매체로서의 그 기능은 유서 깊다.『홍도화』의 위조된 편지는, 악한의 등장을 자제해온『직녀성』에서는 실제 편지로 바뀌어 있다. 그러나 늘 봉희 씨 운운하던 장발의 편지에 왜 이름이 적혀 있지 않은가는 차치하고라도 267면엔 "방학에 돌아오는 대로 본처와는 이혼수속까지 하고 당신과 약혼을 하겠오이다"라고 써 보낸 "가장 중요한 편지"가 341면에서야 "이혼이라도 하고 당신과 다시 결혼을 하겠다"고 "이름도 안 쓰고 보낸 그 편지"라고 되어 있는 점은, 이 모티브가 급조된 느낌을 준다. 하필 그것이 "거염이 많은" 둘째 동서의 손에 들어간 것이 암시된 순간 인숙의 시련은 쉽사리 예상된다.

인숙이 윤 자작네서 축출당하는 대목은 전형적인 '서술적 역전'의 방식을 취한다. 인숙은 다짜고짜 시어머니로부터 호출을 당해 친정에 가서 오래 머물도록 명령받는다. 자작은 "대역부도의 죄인"이나 노려보듯 하고 큰동서의 태도는 얼음같이 차다. 인숙은 전찻길에서 공교롭게 장발을 만나는데, 이전의 두 번 만남이 용건을 가진 것이었던 반면 세 번째 만남에서 장발은 별로 긴한 내용도 없이 따라붙는다. 이는 "안전지대에 마주 붙어서서 이야기를 하다가 전차까지 같이 타고 나란히 앉아서 가는 것"을 봉환에게 일부러 목격[33]시키려는 듯한 강한 작위성을 풍긴다. 물론 그것을 "인숙이가 알았을 리가 없"다.

신소설적 '역전'과 '사후해명' 방식이 통속적 테마와 결합하면, 불가피하게 주인공은 수동적이 된다. 인숙의 축출을 해명하는 대목은 “인숙은 그동안 저의 일로 며칠을 두고 구석구석 비밀회의가 열린 줄을 까맣게 몰랐었다”로 시작되는데, 주인공만 빼놓고 독자와 방백하는 이러한 문체는 『직녀성』 후반부에 빈발한다. “인숙의 흠을 잡아 생트집이라도 하지를 못해서 몸살이 날 지경이던” 둘째 동서는 “괴문서”를 발견하고도 당분간 참고 있다가 돌연 큰동서에게 일러바친다. 하필 그때 변소를 다녀오던 시어머니가 개입하고 그 즉시 쭈르르 대감에게 달려가 전후 이야기를 닷발이나 불어 고한 후, 봉환에게도 일장 설회를 콱 한다. 급기야 빚쟁이를 피해 다니던 용환까지 숨어 들어와 인숙의 혐의에 부채질을 하도록 동원된다. 이름도 적히지 않은 편지 한 장으로 윤자작네 식구들이 인숙에 대한 적의로 똘똘 뭉치는 동안, 그녀는 무방비다.33

통속의 문법은 분명한 선악 대립과, 최종적 승리가 확정되기 전까지 선한 인물의 완전한 무기력과 수동성에 기초한다. 고결한 주인공은 자기가 모함을 받은 것을 모르며, 설사 미심쩍은 점이 있더라도 그것을 캐물어 자기 결백을 해명할 기회를 만들지 않고 묵묵히 감내한다. 『홍도화』의 태희는 하권 전반부까지는 시어머니의 미신을 비판하고 제구를 불태우는 과격한 행동을 하지만, 시댁에서 축출된 후반부에 와서는 수동적인 여성으로 바뀌는데, 이때 성격전환의 계기는 계모형 서사의 도입과 그에 따른 역전적 구성, 주인공 뒤에서 행해지는 음모를 독자에게만 몰래 알려주는 방백적 문체에 있다.

『홍도화』와 『직녀성』의 흥미로운 공통점은, 앞에서 잠시 언급했듯이 구여성의 수난에서 ‘학교’ 서사가 행하는 역할이다. 신소설 이래 적극적이고 능동적인 신여성을 뒷받침하는 중요한 서사적 계기였던 ‘학교’ 서사는, 결혼한 구

33 작품 전체에서, 봉회와 장발의 만남은 용환에 의해 지나치듯 한번 목격되는 데 반해, 인숙과 장발의 세 번 만남은 둘째 동서와 용환과 봉환에 의해 번번이 목격되고 있다.

여성에 접합되는 순간 그녀의 발목을 잡는 빌미가 된다. 태희는 학교에 다니다 조혼에 임박하여 학교를 그만둔다. 재혼한 후에도 학교에 못 다니다가 시댁에서 쫓겨나자 다시 학교에 다닌다. 결혼과 학교의 교대출연은 그 양립불가능성을 보여준다. 결혼한 구여성의 학교 다니기는, 모함의 직접적인 계기는 아니지만 방증자료로 제시되어 모함의 설득력을 증대시킨다. "날마다 학교에를 단이노라고 아참나잘 나아가 전녁나잘들어오닛가 공부ᄒᆞ노라고 뎌리ᄒᆞ거니 ᄒᆞᆯ뿐이지 그속이야 누가 ᄉᆞᆲ이나 ᄉᆞ엇셔"하는 시동집의 말이나, "아뭏든지 남편도 없는 사이에 학교엘 다니게 내논 것이 잘못이에요" 하는 용환의 말이 그러하다. 더구나 태희와 인숙은 시댁에서 쫓겨나 임신까지 한 몸으로 학교에 다니고 있으니 소문의 흉흉함은 이를 데 없건만, 그러나 "제가 다시 제 맘대로 학교에를 또 다닌다는 것과 더더군다나 편지질을 하던 남자의 자식까지 배었다는 소문이 누구의 입을 통해선지 시집 식구의 귀로 들어간 줄은 그 당자가 꿈에라도 알 리가 없"는 것이다.

주인공이 무력화되면 구원자가 강력해지는 함수관계에 따라, 『홍도화』 상권에서 중개자에 불과했던 김참서는 하권에서 명실상부한 구원자가 되고, 『직녀성』의 복순은 자신의 중개자적 역할을 실질적인 구원자인 허의사에게 넘겨준다. 개화이념의 인격화인 신소설적 구원자에 비해 허의사가 상대적으로 소설적 리얼리티를 확보한 인물이긴 하지만, 육체적 치료와 정신적 감회를 통해 물심양면으로 인숙을 구원하는 과정[34]이 신소설적 구태를 완전히 떨치고 있는 것은 아니다. 『직녀성』은 여기서 한 걸음 더 퇴행하여 완벽하게 구소설 모

34 『고목화』의 조박사는 의술로 병을 치료할 뿐 아니라 정신적 감화를 통해 주인공의 복수심과 절망감을 치유하고 승화시키는 역할을 하며, 김참서 역시 기차에서 떨어져 실신한 태희를 한방으로 치료하고 여타 인물들을 한자리에 불러 모아 개과시킴으로써 태희를 체제 내에 안착하도록 만든다.

형을 들이는데, 봉희로 하여금 "꿈도 아니요 생시도 아닌 그야말로 비몽사몽간"에서 깨어나 인숙을 자살로부터 구출하도록 만드는 '몽중현시'의 모티브는 신소설조차도 차용하기를 자제하는 클리셰이다.

『사씨남정기』는 시종일관 초월적 은총의 현몽現夢에 의해 인도된다. 이때 각각의 현몽은 사씨의 여로에 조용하면서 초월성과 경험성이 어우러진 신비적 총체성의 세계를 이루어낸다. 그러나 이러한 서사가 자신의 선험적 뿌리를 상실한 후에는 그 신비스럽고 동화 같은 표면으로부터 일상적인 천박함이 생겨날 수밖에 없다.[35] 신소설이 그 천박함을 개화이념의 광휘로 덮으려 했다면 『직녀성』은 과연 무엇으로 그것을 덮으려 하는가? 그것이 아무리 새로운 이념의 광휘라 할지라도, 벼랑에 선 여주인공을 현몽의 방식으로 구원할 수밖에 없다는 사실[36]은 『직녀성』이 추구해온 서사전략의 무능, 무엇보다 근대적 난관을 돌파할 서사기제를 자기 내부에서 만들어낼 수 없는 무능을 말해준다. 집밖으로 몰려 마침내 '문제적 개인'으로 탄생한 구여성과, 전근대와 근대가 착종된 '우연적 세계'인 식민지 상황을 그리기 위해 전대 양식들과 과감히 단절하고 새로운 근대서사의 양식을 치열하게 모색해야 할 시점에서, 『직녀성』의 후반부는 도리어 전대 서사의 타락한 장치들을 대폭적으로 채택하여 가동시킨다. 해체와 전복이 사라진 자리에 단순복제와 모방이 들어서고 있다.

그러나 후반부 서사에도 희미하나마 한줄기 빛이 내려쪼인다. 이는 풍요로운 전반부의 세계로부터 흘러나오는 빛, 기억의 빛이다. 임신한 인숙은 새

---

35 게오르그 루카치, 『소설의 이론』, 심설당, 1985, 132면,

36 인숙이 죽음을 결심하고 한강물을 바라보며 "행여 여자의 몸으로 태어나지 마라, 평생의 고락이 남의 손에 달렸느니라"는 어머니의 한숨 섞인 말을 떠올릴 때 배음으로 겹쳐 돌리는 것은 『귀의 성』의 "시앗되지 마라"는 시앗새의 울음소리다. 문제는 『귀의 성』의 시대에는 가능했던, 산문적 세계에 대한 서정적 초월이, 이미 『직녀성』의 시대에는 불가능하게 되었다는 점이다.

로운 삶을 꿈꾸며, "바느질품"을 팔던 바느질 제구가 아닌, 새 바늘과 실을 사서 아이의 배냇저고리를 만드는데, 그 아기옷들은 "점례와 마주 앉아서 풀각시를 만들어" 놀던 때를 생각나게 한다. 일남에게 "네 성이 뭐냐구 그러거들랑 이李가라구 그래라" 하고 말하는 인숙은, '윤인숙'으로 자처하던 이전의 삶으로 돌아가지 않으려는 결심을 보여주지만, 또한 그녀는 일남의 "해사하고 재치있는 선비의 풍도"에서 "열두 살 때 봉환의 모습과 비슷한 인상"을 발견함으로써 기억으로부터 희망을 길어내고 있다.

> "얘야 일남아 인제 엄마가 손다우 하면 요 손을 납신 줄테지. 도리도리를 해라 하면 요 머리를 살래살래 흔들테지. 또 조곰만 있으면 따로따로를 하고 아장아장 아장 걷다가 말을 배느라구 참새처럼 재잘거리거든. 그러구설랑 유치원엘 들어가지 않겠니? 요 입으로 창가두 히구, 요 손을 폈다 오무렸다 하면서 유희두 곧잘 한단 말야. 그러다가는 소학교엘 들어가서 조그만 가방을 메구서 달랑거리구 댕기거든. 그러다간 중학교 대학교까지 떡 들어가서 우등 첫찌루 졸업을 하구는 머리를 갈러 붙이구서 아주 훌륭한 신사가 된단 말야. 그러구나선 어떡할까. 참 꽃같은 색시한테 장가를 들거든." (……) "아 요 녀석아. 어느새버텀 장가를 든다는 말단 들어두 좋으냐."

인숙이 일남을 안고 자장가를 부르며 건네는 말들은, 방올이의 낭랑한 목소리의 변주이자, 사라져버린 동화적 우주를 불러들이는 속삭임이다. 이렇듯 다정하고 애잔한 목소리의 톤은, 일남이 죽은 후 "기절한 듯 쓰러졌다가 혼몽히 잠이 든" 인숙이 "손을 끄떡여 일남의 머리를 쓰다듬어 주는 시늉을 하면서 잠꼬대하듯" 같은 내용을 되풀이하는 데서 그로테스크한 톤으로 바뀐다.

일남의 죽음은 이중적 의미를 지닌다. 그것은 인숙을 고난의 절정으로 밀어붙이는 동시에 그녀를 새로운 세계로 인도한다. 일남이 죽지 않으면 인숙은 윤 자작네로 돌아갈 수밖에 없다는 것, 그녀를 조혼으로 호명한 시체들의 목소리가 이번에는 일남을 불러들이리라는 것을 작품의 서사는 잘 알고 있다. 윤 자작네서 일남이 죽은 줄도 모르고 할멈을 데리러 보내자 인숙이 "할멈의 얼굴을 한참이나 똑바로 쳐다보더니" "누가 애길 데려오래? 응? 재주껏 데려가 보라지" 하고 벌떡 일어나 소리를 지르는 대목은 구여성의 희생에 대해 작가가 보내는 애도의 절창이다.

6
서사의 죽음-성모 탄생

봉환이 동경으로 떠나기 전, "달은 초저녁에 기울고 창백한 별들"이 빛나는 "봄밤의 공기" 속에서 이별을 슬퍼하며 "동녘 하늘에 부유스름하게 걸친 은하銀河를 꿈속같이 바라보"던 인숙과 봉환은, 이혼수속을 마치고 난 후 "아침 햇빛에 뿌옇게 번득이는 전찻길의 두 줄기 아득한 평행선"을 은하수 삼아 "직녀는 서쪽으로 견우는 동으로 헤어져" 간다. 인숙이 추구한 것은 다만, 자기가 기울인 노력과 헌신이 사랑과 감사로 보답 받는 지극히 당연하고 인간적인 공동체였을 뿐인데, 그녀는 전근대적 시체들과 근대적 괴물들에 의해 상처 입고 거세된 채 홀로 남는다. 보모가 되기 위해 원산으로 떠나는 인숙의 눈앞에는 한강 너머로 "아버지가 쓰신 삼각관 속의 상투" 같던 관악산 상투봉이 보인다. 관악산 상투봉은 다시 돌아오지 않을 유년의 상징이자 사멸해간 이 한림 세대의 무력한 강직과 시대착오적인 보수성의 상관물이기도 하다.

원산의 작은 공동체에는 "각 계급의 인물들이 골고루" 모여 있다. 그러나 섬세하게 따지면 그곳에는 자본주의의 적자 부르주아 가정 출신의 인물도 없고 엄격한 의미에서 프롤레타리아도 없다. 모더니스트도 없고 리버럴리스트도 없다. 공동체의 성원들은 식민지적 근대화과정에서 배제되거나 누락된 계층의 인물들이다. 『직녀성』은 어쩌면 이 공동체를 통해, 근대 부르주아와 근대지향적 지식층을 배제한 가운데 '근대 이후'를 기획하고자 하는지도 모른다. 그것은 후진국형 혁명모델인 전근대와 반근대의 제휴, 모든 가치체계에 대한 근대적 재평가 속에서 소외되는 가치개념들 간의 통전일 것이다. 그러나 과연 근대의 탁류에 오염되지 않은 순수하고 투명한 근대극복의 이념이 존재할 수 있는가?

죽은 일남은 조선의 아들딸로 되살아나고 이제 인숙은 그들의 어머니가 되려 한다. 무한한 동정과 참회의 눈으로 인숙을 그려온 작가 심훈이 대안으로 내세운 희생과 헌신에의 기투, 이것조차 어쩌면 이념의 순수성을 빙자한, 구여성에 대한 또 하나의 폭력이 아닐까 싶다. 이런 결말은 초반부와 중반부의 성취를 무화시키면서 작품 전체를, "당음을 졸졸 외는 방울이"로부터 "백의의 성모"를 불러내기 위한 기나긴 주문으로 만든다.

> 인숙에게 가장 반가운 사람이란 과연 누구였던가? 그는 누구한테나 말을 하지 않고 지냈으나 마음 속에 항상 못 잊히고 '어디 가서 어떻게 사나' 하고 길에서라도 한 번 만났으면 하는 옛날의 오라범댁도 아니요(그가 경직과 작별한 후 어느 장사하는 사람의 후취로 팔자를 고쳐 전남편의 딸 이외에 아들 딸 낳고 참다랗게 사는 줄 알 리 없었다) 그렇다고 어려서 소식이 끊긴 것으로 보아 벌써 세상을 하직하고 백골만 청산에 묻혔으리라고 생각되는 유모가 살아와 앉았을 리가 없었다.
>
> 그동안 봉환은 어찌 되었는가. 그는 지금 동경 가서 있다.(……) 봉환은 몇 번이나 남유달리 현숙하고 적지아니 은혜를 입은 조강지처를 버린 것을 뉘우쳤다. 아득히 먼

고향의 하늘을 바라다보며 뜨거운 눈물로 베개를 적시기도 한두 번이 아니었다.

문체적 긴장이 현저히 이완되어 읽기조차 민망한 결말이다. 특히 일남의 죽음이라는 모티브를 통해 이미 회귀 불가능한 서사방향을 택해 놓고도 굳이 봉환을 '개과적改過的 인물'로 만드는 사족을 붙여 신소설 최악의 종결부로 손꼽힐 『빈상설』의 어처구니없는 아이디얼리즘을 재당하는 것이 안타깝다.[37] 이러한 서사전략의 혼란은 근대서사에 대한 작가의 불충분한 탐색, 모더니즘의 간과에서 온 것이라 하겠다.[38]

세계는 갑자기 좁아져 작은 원환이 되었다. 단출하고 고즈넉한 원산의 공동체는 창백한 성모의 우주이다. 천신만고 끝에 도달한 그곳에서, 인숙은 그토록 벗어나고자 했던 중세적 결벽주의에 의해 다시금 포박된다. "과거의 모든 것을 깨끗이 청산하고" "지난날을 조상弔喪하듯" 흰 저고리에 흰 치마를 입은 인숙은, 구체적 생동성을 상실한 채, 『상록수』의 채영신의 비극적 죽음을 선취하고 있다.

『직녀성』은 근대 이후에도 면면히 지속되는 전근대적 흐름의 황폐화한 실상과 몰락의 과정을 전통 서사체와의 접맥을 통해 서사화하려는 기획에서 출발하였다. 근대 초기부터 30여 년에 이르는 시기를 양반 및 귀족 가문의 몰락사를 통해 조명하는 이 작품은, 김남천의 『대하』를 비롯해 근대의 기원을 탐색

37 박상준은 심훈 소설이 보이는 가장 큰 특징은 서사의 종결부와 여타 부분 사이에서 확인되는 분열상으로, 분열의 틈은 『상록수』에서처럼 다소 미미하기도 하지만 『직녀성』에서처럼 대단히 뚜렷하기도 하다고 지적한다. 박상준, 「현실성과 소설의 양상-박종화 심훈 최서해의 1930년대 장면소설을 중심으로」, 탄생 100주년 문학인기념문학제, 2001.

38 최원식은 "모더니즘의 세례로부터 거의 안전한 너무나 건강한 심훈의 소설적 체질이 한계"임을 지적하고 있다. 최원식, 「서구근대소설 대 동아시아서사」, 『동아시아 서사학의 전통과 근대』, 동아시아학 국제학술회의, 2001, 257면.

하고자 한 1930년대 후반의 '가족사 소설'의 문제의식과도 무관하지 않다. 그러나 『직녀성』은 근대의 유동성과 복합성을 서사적으로 장악하는 데까지 이르지는 못했다. 전통서사를 계승·변용함으로써 근대서사를 풍요롭게 하는 데는 성공했지만 근대 자체에 단도직입하여 그 문제성을 간취하는 데는 상대적으로 미흡했던 까닭이다.

■ 참고문헌

김교봉·설성경, 『근대전환기소설연구』, 국학자료원, 1991.

박상준, 「현실성과소설의양상-박종화 심훈 최서해의 1930년대 장편소설을 중심으로」, 탄생100주년 문학인 기념문학제, 2001.

이상경 「근대소설과 구여성」, 《민족문학사연구》 19호, 2001, 174~199면.

이성권, 『한국가정소설사연구』, 국학자료원, 1998.

이재선, 『한국개화기소설연구』, 일조각, 1972.

이주형, 「1930년대 한국 장편소설 연구」, 『한국근대소설연구』, 창작파비평사, 1995, 78~86면

조남현, 『심훈(沈熏)의 『직녀성(織女星)』에 보인 갈등상」, 『한국소설과 갈등』, 문학과비평사, 1990, 200~219면.

최원식, 「장한몽과 위안으로서의 문학」, 『민족문학의 논리』, 창작과비평사, 1982 : 「이해조 문학 연구」, 『한국근대소설사론』, 창작과비평사, 1986 : 「서구근대소설 대동아시아서사」, 『동아시아서사학의 전통과 근대』, 2001 동아시아학국제학술회의, 2001, 249~257면.

르네 지라르, 『소설의 이론』, 삼영사, 1977.

게오르그 루카치, 『소설의 이론』, 심설당, 1985.

마샬 버만, 『현대성의 경험』, 현대미학사, 1994.

슬라보예 지젝, 『삐딱하게 보기』, 시각과언어, 1995.

질 들뢰즈·펠릭스 가타리, 『앙티 오이디푸스』, 민음사, 1997.

페터 비트머, 『욕망의 전복』, 한울아카데미, 1998.

10

서구 근대소설 대 동아시아 서사

심훈 『직녀성』의 계보

최원식

인하대학교 교수

1
로맨스 / 노블 양분법

한국 근대소설사 연구에서 로맨스(romance)/노블(novel) 양분법은 하나의 기준점이 되어왔다. 우리는 그동안 대체로, 중세적 지배체제의 수호라는 메시지를 끊임없이 발신하는, 아이디얼리즘에 입각한 로맨스가 근대시민혁명을 전후하여 '시민계급의 서사시' 곧 리얼리즘의 노블로 발전했다는 서구 기원의 도식에 근거해 한국소설사의 단계들을 재단했던 것이다. 가령, 주인공이 위기에 빠질 때마다 나타나는 초월적 구원자는 사라졌는가, 소설 속의 시간을 연대기적으로 짜나가는 설화적 평면성으로부터 벗어나 구성적 시간에 얼마나 접근하고 있는가, 시적 정의(poetic justice)의 구태의연한 구현인 '행복한 끝내기(happy ending)'는 파괴되었는가, 재자가인형才子佳人型 주인공과 반反재자가인형 적대자를 기본으로 삼는 인물형상의 단순대립은 얼마나 해체되었는가 등등이 우리가 소설작품의 근대성 정도를 판정하는 통상적 세목들이다. 요컨대 '현실'에 대한 아주 완강한 속류 유물론적 파악에 의거하여 소설 안의 서사적 질서에 개입하는 '환상적' 또는 '우연적' 세계의 축소 여부를 서사의 풍요성 위에, 거의 올림포스적 위치에 두었던 것이다.

과연 로맨스 취향의 한국 구소설舊小說[01]은 아시아적 낙후성의 징표인가? 여전히 구소설과 강한 유대를 맺고 있는 3·1운동(1919) 이전의 신소설新小說은 단지 '유치한 거울'(임화)에 지나지 않는 것일까? 서구의 노블과, 그를 모델로 성립한 일본근대의 쇼오세쯔(소설)의 영향을 받았음에도 신소설과 결별하기보다는 그 계몽주의를 새로운 층위에서 완성한 춘원春園 이광수(李光洙: 1892~1950)의 초기 장편은 덜 떨어진 근대소설인가? 이 지점에서 발터 벤야민의 노블에 관한 지적에 유의할 필요가 있다.

> 그 종국이 이야기하기의 쇠퇴를 초래할 과정의 가장 이른 징후는 근대 초기, 노블의 발흥이다. 노블을 이야기로부터(그리고 더 좁혀서 서사시로부터) 구별짓는 것은 책에 대한 본질적 의존이다. 노블의 보급은 오로지 인쇄술의 발명을 통해서 가능하게 되었다. …… 이야기꾼은 이야깃거리를 그 자신 또는 다른 이들이 보고한 경험으로부터 가져온다. 그리곤 이번에는 그것을 그의 이야기를 경청하는 사람들의 경험으로 만든다. 노블리스트는 사회로부터 고립되어왔다. 노블의 산실은 고독한 개인인데, 그는 그의 가장 중요한 관심사의 예들을 전하는 방법으로 자신을 더 이상 표현할 수도 없고, 남으로부터 조언받지도 못하

---

01 구소설은 대체로 통속 로맨스 취향이다. 그런데 우리 구소설의 고전들은 노블적 맹아를 풍부히 내장하고 있다. 예컨대 최초의 한글소설, 교산(蛟山) 허균(許筠: 1569~1618)의 『홍길동전(洪吉童傳)』은 조선의 신분제도를 부정하고 활빈당(活貧黨)을 조직한 '문제아적 주인공'의 반체제활동을 환상적으로 그리고 있다. 노블적 주제를 로맨스적으로 처리한 구소설이 적지 않다는 점 때문에 서구 근대소설 도래 이전의 한국 구소설사를 단순한 로맨스의 역사로 제한할 수는 없다. 정통 로맨스의 경우에도 간단치 않다. 가령 서포(西浦) 김만중(金萬重: 1637~1692)의 『구운몽(九雲夢)』을 보자. 표면적으로 보면 귀족 영웅 양소유(楊少游)의 무훈과 연애의 화려한 편력을 그린 로맨스지만, 이는 어디까지나 수도승 성진(性眞)의 꿈이다. 양소유 서사를 감싸고 있는 성진의 눈이 이 로맨스를 내부에서 균열시키고 있다는 점에 유의해야 한다.

고, 남에게 조언할 수도 없다.02

책의 형태로 상품교환의 관계 속에 들어섬으로써 노블이 이야기의 집단적 기억 또는 서사시의 에포스(epos)를 상실하게 되었다는 그의 관견管見은, 노블을 서사시와 비연속적 연속 속에 파악한 루카치(G. Lukács)의 관점과 미묘한 대척점에 놓이는 것인데, 한편 그것은 예술적 고립의 극한으로 추락해가는 20세기 서구예술에 대한 묵시록적 판단을 머금고 있다. '맑시즘의 길에 들어선 현대판 랍비' 또는 '위장한 신학자'로 일컬어지기도 하는 벤야민의 사유에는 "유대교의 전통, 특히 카발라의 신비주의적 전통"이 저류로 깔려있다는 점03을 감안해야 함에도, 경험과 지혜를 나누는 이야기의 전통과 날카롭게 단절되면서 노블이 탄생했다는 그의 통찰은 노블의 바깥을 사유하는 데 종요로운 조망점을 제공해 준다.

그런데 자본주의 시장의 확산과 함께 노블이 번영한 이후에도 로맨스가 소멸한 것은 아니라는 점에도 주목해야 한다. 로맨스는 서구 대중문화의 중추적 구성원리로 지금도 살아있다. 중세 지배체제의 옹호에서 자본의 지배를 찬미하는, 요컨대 섬겨야 할 주인을 바꾼 채, 로맨스는 민중의 아편으로 대중문화 속에 편재遍在한다. 그럼에도 때로 로맨스는 대중의 숨은 넋에서 부상하여 본격소설에서도 채용되곤 한다. 기본적으로 사실주의적 기율에 기초한 노블의 길로부터 의식적으로 이탈한 중남미의 마술적 리얼리즘은 차치하고라도, 구미 근대소설의 고전들 가운데는 로맨스적인 작품이 적지 않다. 예컨대, 아

---

02 Walter Benjamin, *"The Storyteller" in Illuminations*, (New York: Schocken Books, 1969), 87면. 번역은 반성완(潘星完)의 독어역(『발터 벤야민의 문예이론』, 민음사, 1983, 170면)을 참고하여 영역에서 다듬었다.

03 반성완, 「발터 벤야민의 비평개념과 예술개념」, 앞책, 387면.

예 부제를 'A Romance'로 단, 호손(N. Hawthorne)의 『주홍글자(*The Scarlet Letter*)』(1850)가 대표적이다. 이미 로런스가 지적했듯이, 이 로맨스는 "비가 와도 당신의 자켓을 적시지 않고 각다귀들이 당신의 코를 물지도 않는" 그런 세상의 "유쾌하고 예쁜 로맨스"가 아니라 "지옥의 의미를 지닌 지상의 이야기"04이니, 노블이 원래 지향하는 바를 비非노블적 형식으로 성취했던 것이다.

이 점에서 우리 연구자들이 한국근대소설에 드러난 로맨스적 요소를 척결해야 마땅한 중세적 잔재로 눈에 불을 켜고 적발하는 근대주의적 사고는 반성의 대상이 되지 않으면 아니 된다.

그렇다고 이 양분법을 무조건 폐기하자는 것은 아니다. 한국근대소설은 분명히 노블의 이식 또는 '번역' 과정을 거쳐 성립한 측면이 없지 않기 때문에 이 도식의 일정한 유용성도 인정된다. 가령 구전의 전통에 바탕했으면서도 노블적 징후를 새로운 단계에서 보여준 18세기의 판소리계 소설들도 끝내는 로맨스/노블의 양면성을 극복하지 못한 채 근대를 비껴가고 말았던 것이다. 천민 출신의 숙녀라는 모순적 존재조건 속에서 신분해방의 염원을 양반남성과의 결혼에 성공하는 신분상승으로 표출한 대표적 판소리계 소설 『춘향전春香傳』은 전형적이다. 노블적 맹아를 풍부히 내장하고 있었으면서도 우리가 구소설의 태반에서 근대소설의 한국적 양식을 만들어내는 데 그다지 성공적이지 못했다는 점을 냉철히 접수해야 할 것이다. 요컨대 로맨스와 노블을 단순 대립의 단계로 절단하는 것이 아니라 소통적 대립의 관계 속에 파악하는 관점의 조정이 요구된다.

로맨스/노블 양분법의 유연화와 함께 서구의 노블을 이념형으로 설정하

---

04 D. H. Lawrence, *Studies in Classic American Literature*, (Penguin Books, 1983), 89면.

는 리얼리즘소설론과 서구의 모더니즘(또는 포스트모더니즘)소설을 새로운 전범으로 삼는 탈리얼리즘소설론을 넘어서 동아시아서사론을 재구축할 시점이다. 동아시아서사론이 구소설의 어떤 낙후성까지 동아시아의 이름으로 찬미하는 종작없는 논의로 떨어지는 것을 경계하면서, 우선 노블의 이식과정 속에서도 구전 이야기를 비롯한 다양한 전통 서사체들과 소통하며 독자적 근대소설의 모형을 창출한 드문 경험들을 발견하고 그 의미를 새로이 음미하는 구체적 작업들이 지금 절실히 요구된다.

2
심훈은 통속작가인가?

한국 사람치고 심훈(본명 대섭大燮: 1901~1936)을 모르는 이는 그리 많지 않다. 한국인에게 그는 무엇보다 「그날이 오면」(1930)의 시인이다.

그날이 오면 그날이 오며는
삼각산三角山이 일어나 더덩실 춤이라도 추고
한강漢江물이 뒤집혀 용솟음 칠 그날이,
이 목숨이 끊지기 전에 와주기만 하량이면,
나는 밤하늘에 날으는 까마귀와 같이
종로鐘路의 인경人驚을 머리로 들이받아 올리오리다,
두개골頭蓋骨은 깨어져 산산散散조각이 나도
기뻐서 죽사오매 오히려 무슨 한恨이 남으오리까
그날이 와서 오오 그날이 와서

육조六曹앞 넓은 길을 울며 뛰며 딩굴어도
그래도 넘치는 기쁨에 가슴이 미어질 듯하거든
드는 칼로 이몸의 가죽이라도 벗겨서
커다란 북[고鼓]을 만들어 둘쳐메고는
여러분의 행렬行列에 앞장을 서오리다,
우렁찬 그 소리를 한번이라도 듣기만 하면
그 자리에 거꾸러져도 눈을 감겠소이다.05

마침내 맞이할 해방의 대합창이 폭발하는 '그날'을, C. M. 바우라(Bowra)의 표현을 빌리면, "견딜 수 없을 만치 격렬한 기쁨 속에 자신이 죽어 없어지는 듯한 황홀의 순간"06으로 선취先取한 이 시는 한국 국민시의 하나다.

또한 한국인에게 심훈은 『상록수常綠樹』(1935~36)07의 작가다. 작가가 낙향해서 이 작품 집필에 몰두했던 충남 당진唐津에는 '상록초등학교'에, 그리고 여주인공의 모델 최용신崔容信이 활동했던 경기도 안산安山에는 '상록수역驛'에 그 흔적을 남기고 있을 정도로 이 작품은 한 전설이 되었다. 농민 속으로 들어가 민중적 기초 위에서 민족해방의 길을 모색하는 사회주의자 박동혁朴東赫과 기독교사회주의자 채영신蔡永信, 두 남녀 주인공의 투쟁과 연애를 그린 이 장편은 이광수의 『흙』(1932)과 함께, 요즘은 인기가 퇴색했지만, 한동안 한국지

05 심훈, 『그날이 오면』(한성도서주식회사(漢城圖書珠式會社), 1949), 49~50면. 이 책은 그의 시가와 수필을 모은 『심훈전집』 제7권으로 간행된 것이다. 중형(仲兄) 설송(雪松)의 서문에 의하면 이 책의 시가편은 1933년 간행하려고 했으나 일제의 검열로 좌절되었다(1면). 작품 끝에 창작시기를 밝혔는데 1930년 3월 1일이다. 그 자신이 참여했던 3·1운동 11주년 날이다.

06 세실 M. 바우라, 「한국저항시의 특성: 슈타이너와 심훈」,《文學思想》,창간호(1972. 10), 282면.

07 이 작품은 《동아일보》 창간 15주년 현상모집 당선작으로, 1935년 9월 10일부터 이듬해 2월 15일까지 이 신문에 연재되었고, 한성도서주식회사에서 1936년, 출간되었다.

식청년들의 교과서였다.

그런데 이 두 작품의 광범한 대중성과는 대조적으로 정작 심훈과 그의 문학은 기이하게도 걸맞은 문학적 평가를 제대로 받았다고 보기 어렵다. 당대에나 사후에나 문단 또는 문학계에서 그는 거의 간과된다. 아니, 그는 이미 당대에 통속소설가로 낙인찍혔다. 임화는 「통속소설론」(1938)에서 말한다.

> 우리는 김씨(김말봉金末峯-필자) 이전의 가장 이런 성질의 작가로 심훈씨를 기억하지 않을 수가 없다. 중앙일보(조선중앙일보-필자)에 실린 소설 두 편(『영원의 미소』와 『직녀성』-필자)과 동아일보에 당선된 『상록수』는 김말봉씨에 선행하여 예술소설의 불행을 통속소설 발전의 계기로 전화시킨 일인자다. 심씨의 인기라는 것은 전혀 이런 곳에서 유래한 것이며(김씨의 인기도 역亦!) 다른 작가들이 신문소설에서 이 작가들과 어깨를 겨눌 수가 없이 된 것도 이 때문이고, 그이들이 일조一朝에 유명해진 비밀도 다 같이 이곳에 있었다.08

예술가에게는 거의 사형선고나 다름없는 임화의 심훈에 대한 이 야박한 평가는 흥미롭다. 예술소설의 퇴화가 아니라 처음부터 대놓고 통속을 선언했던 김말봉의 대두를, "성격의 고독한 내성內省으로 수하垂下"한 이상李箱적 경향과 "환경의 대로상大路上을 유람자동차처럼 편력"하는 박태원朴泰遠적 경향, 즉 30년대 모더니즘 소설의 분열에 말미암은 점을 날카롭게 지적한 이 글에서 임화는 김말봉의 선행자로 심훈을 지목했던 것이다.

과연 심훈은 김말봉류流의 통속소설가인가? 임화의 비판은 지나치다. 심

---

08 임화, 『문학의 논리』(학예사, 1940), 399면.

훈은 민족의 해방, 나아가 계급해방의 대의를 한시도 잊은 적이 없는 작가이기 때문이다. 임화의 비판에는 심훈과 카프 사이의 불화도 일정하게 개재된 터인데,09 이는 당대문학에 대한 심훈의 미묘한 태도가 자초한 것이기도 하다.

우선 1920년대 문학운동들에 대해 심훈이 취한 비판적 거리에 유의할 필요가 있다. 계몽주의의 총결산으로서 3·1운동(1919)이 폭발한 이후, 환멸 속에 출범한 20년대 신문학운동은 계몽주의와 결별하고 낭만주의와 자연주의를 바탕으로 문학적 근대성에 한결 다가선다. 그런데 새로운 단계의 이 근대적 기획이 대중과 끊임없이 소통하려 한 계몽주의와 달리 일종의 예술적 고립의 효시라는 점에 주목해야 한다.10 고보高普학생으로 3·1운동에 참여했다가 영어囹圄생활을 겪고 출옥한 심훈은 신문학운동이 막 출범한 직후, 중국에 망명했다(1920). 민족주의자·무정부주의자·사회주의자 등 망명한 혁명가들과 광범한 교유를 맺고 1923년 귀국한 그는 문단 바깥에서 연극과 영화에 열중하였다. 이 소통의 장르들에 대한 그의 열정에는 고립의 길을 걷고 있는 당시 문단에 대한 비판이 함축된바, 3·1운동의 아들로서 '운동' 이후 망각을 촉진하는 안팎의 조건들에 저항하면서 그는 그 기억의 전승을 위해 투쟁했다. 문학은 그에게 일종의 기억학記憶學이니, 그의 문학 전체가 3·1운동의 함성에 바쳐진 경의敬意라고 해도 지나친 말은 아니다.

20년대 신문학운동은 중반에 이르러 이념적 분기점에 들어선다. 〈조선프롤레타리아예술가동맹〉(KAPF: 1925~35)이 결성되면서 국민문학파와 절충

09 임화는 이전에도 심훈의 영화 『먼동이 틀 때』(1928)에 대해서 한설야(韓雪野)와 함께 소시민적 반동이라고 혹독하게 비판한 바 있었다. 최원식(崔元植), 「심훈연구서설(沈熏硏究序說)」(1990), 『한국근대문학을 찾아서』(인하대출판부 1999), 239면.

10 최원식, 「야누스의 두 얼굴, 일본과 한국의 근대: 카라따니 코오진의 『일본근대문학의 기원』을 읽고」, 『문학의 귀환』(창작과비평사, 2001), 142~143면.

파가 성립, 문단은 바야흐로 3파정립鼎立의 시대로 들어섰다. 심훈은 선구적인 사회주의자다. 그럼에도 국민문학파는 물론 카프에도 비판적이다. 프로문학을 원칙적으로 지지하지만 민중과 유리한 부락적 폐쇄성과 식민지라는 조건에 대한 절실한 고려가 부족한 교조주의에 빠진 카프의 관념성을 날카롭게 지적하였던 것이다.[11] 일본유학생들이 주도하는 카프의 급진주의와 중국망명 체험을 간직한, 그럼에도 좌우합작을 꿈꾸는 독특한 사회주의자 심훈 사이에는 깊은 골이 가로놓여 있었는지도 모른다.

그의 장편 『직녀성』(1934~35)[12]은 더욱 소외되어 왔다. 20년대 문단과 불화하면서 연극과 영화에 몰두하던 심훈은 1930년대에 들어서 소설 창작에 힘쓴다. 『동방의 애인』(1930)을 필두로 최후작 『상록수』에 이르기까지 6년 사이에 총 5편의 장편을 초인적인 열정으로 집필하였던 것이다. 여기서 주목할 것은 그가 단편 창작에 거의 무심했다는 점이다. 주변부의 고립된 경험에서 우러나기 십상인 단편보다, 큰 규모의 사회적 체험을 나누는 장편에 더 매력을 느꼈을 것을 짐작할 수 있겠다.

1930년대에 한국소설은 새로운 난관에 부딪혔다. 대공황(1929)이 혁명의 고조가 아니라 천황제 파시즘의 대두로 귀결된 30년대의 식민지 조선에 자본의 새로운 물결이 엄습했다. 이 물결 속에 카프가 급속히 힘을 잃으면서 그와

---

11 최원식, 앞책, 253~260면.

12 이 장편은 《조선중앙일보》에 1934년 3월 24일부터 1935년 2월 26일까지 연재되었다. 상하이(上海)에서 체포되어 복역후 출옥한 몽양(夢陽) 여운형(呂運亨: 1886~1947)이 1933년 2월 사장에 취임하면서 이 신문은 면모를 일신하였다(최준(崔埈), 『한국신문사』, 일조각(一潮閣), 1982, 295~6면). 중국망명 시절(1920~23), 몽양과 각별한 교분을 맺은 심훈은 몽양의 배려 속에 이 신문을 무대로 활발한 창작활동을 하였으니, 『직녀성』 이전에도 『영원의 미소』를 1933년 7월 10일부터 1934년 1월 10일까지 연재한바 있다. 『직녀성』은 한성도서주식회사에서 1937년에 간행되었다. 텍스트는 『심훈문학전집』(2)(탐구당 1966)에 실린 것이다.

대치했던 국민문학파와 절충파도 해소되었다. 중반 이후 내내 격렬한 논쟁에 휩싸였던 20년대 문학의 이념적 정향이 빠르게 해체되는 미묘한 잿빛의 때에 '낡은' 논쟁을 조롱하며 모더니즘이 도착하였다. 채 19세기적 노블을 완성하지도 못한 우리 소설은 내성적內省的인 것과 세태적世態的인 것으로 분열하면서 노블의 해체를 향해 움직이기 시작한 것이다. 20년대 문학의 '촌티'를 걷어내고자 한 모더니즘의 기획은 20년대 초기 문학의 예술적 고립을 새로운 수준에서 심화시키는 과정이기도 했으니, 이제 문단은 내적 활기에도 불구하고 탈사회적 이탈자들의 비밀결사로 국척跼蹐하였다. 카프의 후예들은 모더니즘의 해체서사에 대해 경고를 발하며 그 극복을 주창했지만 확전의 길을 캐터필러처럼 밟아나가는 천황제 파시즘의 진군 앞에서 서서히 피로에 휩싸여 갔다. 심훈은 소통을 포기한 모더니즘소설과, 소통을 추구하되 그럼에도 민중회로 밖에 머물렀던 카프 후예들의 리얼리즘 소설을 가로질러, 구소설/신소설/신파소설/노블을 넘나드는 매우 독특한 소설작업을 밀어나갔으니 『직녀성』은 그 대표적 작품이다.

3

왜 『직녀성』인가?

이 장편은 대서사大敍事를 지향한다. 갑오년(1894) 이후 다른 세상의 충격적 도래를 직감하고 과천果川으로 낙향한 수구파 양반의 고명딸로 태어나, 수구파로되 시세와 타협한 친일귀족의 며느리로 들어간 여주인공 이인숙李仁淑의 파란만장한 일대기를 축으로 1930년대에 이르기까지 압축근대의 격동의 시간층을 갈피갈피 드러낸 이 작품은 그야말로 정통 장편이다.

그리하여 이 장편은 한국소설이 걸어왔던 거의 모든 단계들을 자기 안에 계보로 거느리고 있다. 근대에 직면한 양반층의 붕괴를 정면으로 파악한 『직녀성』은 이 문제에 대한 천착을 거의 포기한 1920년대 이후 한국소설의 작업 방향을 감안할 때 우선 주목할 점이 아닐 수 없다. 양반지배체제를 실상에서 육박해간 벽초碧初 홍명희(洪命憙: 1888~1968)의 역사소설 『임꺽정林巨正』(1928~1940)이 있지만 여기 나타난 양반사회는 어디까지나 근대와 부딪치기 이전의 모습일 뿐이다.[13] 그렇지만 심훈이 각별히 존경한 벽초의 작업이 『직녀성』에 일정한 자극을 주었으리란 점은 짐작할 수 있겠다.[14] 1920년대 이후 우리 근대소설에 양반층의 해체문제를 정면으로 다룬 작품이 영성零星하다는 것은 한국근대문학 주류의 이식적 성격을 반증한다고 볼 수도 있다. 노블의 길을 연 『돈 끼호떼(*Don Quixote*)』가 로맨스의 형식을 빈 로맨스에 대한 부정에서 솟아올랐다는 점을 상기할 때, 양반층의 해체 곧 구소설의 해체 문제를 괄호쳐서는 진정한 한국형 근대소설이 탄생하기는 어렵기 때문이다.

이 작품은 3·1운동 이전 즉 계몽주의시대(1894~1919)[15]의 신소설을 비

13 그렇다고 벽초의 작업이 주요하지 않다는 얘기는 물론 아니다. 이 역사소설은 동아시아서사학의 핵심적 탐구과제의 하나다. 벽초의 역사소설은 위인전類나 궁중권력투쟁사로 떨어진 한국의 여타 '역사소설 아닌 역사소설'과 달리 한 시대의 상층과 하층을 함께 보여줌으로써 단연 우뚝하다. 그럼에도 그의 역사소설은 루카치의 역사소설론과는 일정한 차이를 드러낸다. '중도적 주인공'(the middle-of-the-road hero)이라는 허구적 주인공을 내세우는 서구의 역사소설과 달리 실존의 역사적 인물들을 주인공으로 삼아 두터운 역사의식을 성취하는 데 성공하고 있기 때문이다. 이는 한국야담의 전통과 중국의 『三國志』와 『水滸志』모델과 관련되는데, 이는 우리가 앞으로 해결해야 할 도전적 과제의 하나다.

14 심훈은 홍명희의 아들 홍기문(洪起文)의 '죽마우'(竹馬友)이며, 홍명희의 "동생과 같은 친구"였다. 홍명희는 심훈의 장편소설들, 『영원의 미소』 『상록수』 『직녀성』 모두에 서문을 썼다. 姜玲珠, 『벽초 홍명희연구』(창작과비평사 1999), 296~299면.

15 나는 종래 '개화기'로 통칭되던 이 시기를 '계몽주의시대'로 다시 명명하고 3단계로 나누었다. 유길준(俞吉濬)의 국한문혼용체 계몽주의와 서재필(徐載弼)의 한글체 계몽주의로 대표되는

판적으로 계승하고 있다. 신소설은 근대에 직면한 양반층의 붕괴라는 문제와 최초로 씨름한 장르였으니, 대체로 개화파 양반의 딸이 수구파 양반의 아들과 결혼하면서 겪게 되는 수난을 그린 작가들, 친일계몽주의자 국초菊初 이인직(李人稙: 1862~1927)과, 특히 애국계몽주의자 동농東儂 이해조(李海朝: 1869~1927)의 계보로 거슬러 올라간다.16 이 작품이, 많은 신소설이 그렇듯이, 갑오년 즉 1894년으로부터 시작된다는 것은 흥미롭다. 청일전쟁으로 유구한 중화체제中華體制의 바깥으로 탈각하면서, 갑오농민전쟁(또는 동학농민혁명)과 갑오경장甲午更張으로 근대로 가는 아래로부터의 코스와 위로부터의 코스가 제기된 1894년은 정녕 한국적 근대의 기원이 아닐 수 없다. 작가는 고현학考現學에 빠진 30년대문학의 흐름을 역류하여 일종의 고고학적 상상력으로 근대의 기원을 생생히 고구함으로써 신소설을 새로운 차원에서 계승하였다. 그런데 개화파의 궁극적 승리라는 아이디얼리즘에 지핀 신소설의 개화파/수구파, 이항대립을 분해하면서, 이인숙의 친정 이한림李翰林 가문과 그녀의 시집 윤자작尹子爵 가문의 붕괴, 즉 식민지 근대와 부딪쳐 파열하는 중세지배체제의 말로를 그 어떤 애도 없이 냉엄하게 추적함으로써 이 장편은 신소설 이후 망각된 중세와의 대결을 새로운 차원에서 성취하였던 것이다.

신소설이 구소설을 머금고 있듯, 이 작품은 구소설을 반추하고 있다. 이

제1기(1984~1905), 이해조로 대표되는 애국계몽주의와 이인직으로 대변되는 친일계몽주의가 각축한 제2기, 그리고 친일계몽주의가 전면에 부상하면서 신파소설을 거쳐 이광수의 초기 장편이 출현한 제3기(1910~1919). 이에 대한 자세한 논의는 최원식, 「1910년대 친일문학과 근대성」(《민족문학사연구》 14호, 1999), 172~181면과 「한국문학의 안과 밖」(『문학의 귀환』 창작과비평사 2001), 104~106면을 참조할 것.

16 이해조가 대표하는 애국계몽문학과 이인직으로 대변되는 친일계몽문학의 차별은 최원식의 『한국근대소설사론(韓國近代小說史論)』(창작사 1986)에 실린 「이해조문학연구」와 「애국계몽기의 친일문학」을 참고할 것.

소설의 인상적인 서두를 보자. "갑오년 이후 이 땅을 뒤덮는 풍운이 점점 험악해 가는 것을 보자 불원간 세상이 바뀌일 것을 짐작한 인숙이 아버지 이한림은 선영先塋이 있는 과천果川땅으로 낙향을 하였다."[17] 작가는 이 서두에서, 노블의 영향으로 약간은 선정적인 또는 인상적인 장면을 돌출적으로 제시하곤 하는 신소설 이후 한국근대소설의 구성적 시간표를 짐짓 벗어나 구소설의 순한 연대기적 시간표로 회귀하였다. 이야기(또는 서사시) 지향을 또렷이 하는 이 서두는 노블의 문법으로부터 탈각하여 모더니즘의 분열과 독특하게 대결하려는 의미심장한 의도를 내장하고 있는 것은 아닐까? 연대기적 시간구성에 걸맞게 여주인공은 구소설의 시간을 충실히 살아낸다. 특히 조혼한 여주인공의 시집살이에 대한 정밀한 묘사는 압권이다. 집권양반층 생활의 실상을 내재적으로 파악해 들어간 이 풍요로운 화폭은 구소설의 고전들, 특히 서포西浦 김만중(金萬重: 1637~92)과 소통한다. 『구운몽』九雲夢의 안이야기[內話]를 이루는 양소유楊少游의 화려한 로맨스는 이인숙이라는 여성의 눈으로 재파악됨으로써 철저히 전복되고, 가족 내부의 생활을 통해 양반지배체제의 위기를 다루었지만 끝내는 시적 정의의 구현으로 마감한 『사씨남정기謝氏南征記』의 아이디얼리즘도 근대식민지체제와 조우하면서 그 베일을 걷고 마는 것이다.

구소설과 신소설을 반추하면서 해체한 이 작품은 1910년대에 정착한, 일본 기원의 신파소설新派小說마저 접수한다. 그것은 특히 이인숙의 시누이 윤봉희尹鳳姬의 이야기를 통해 집중적으로 변형복제되고 있는 터다. 몰락의 도정에서 한참판韓參判 가문의 병신 아들과의 결혼을 강요받는 그녀가 애인 박세철(朴世哲: 평민 출신의 사회주의자)과의 사랑을 쟁취하는 분기점은 '돈이냐 사

17 『심훈문학전집』(2)(探究堂 1966), 13면. 이하 작품인용은 따로 주를 달지 않고 이 책의 면수만 표시함.

랑이냐'라는 전형적인 신파조 문제제기를 포옹한 것인데, 여기서도 그는 신파를 전복적으로 재창안하는 길을 선택한다.18 신파와의 결별 속에 새로운 근대성을 성취하려 한 1920년대 신문학의 주류와 달리 그의 문학이 드물게 서구적 자연주의의 번역을 넘어서는 형질을 획득하게 된 것도 신파문학의 계보에 걸쳐있기 때문일 터이다. 신소설을 대신해서 1910년대를 풍미했던 신파소설 또는 신파극은 구소설·신소설과 함께, 『무정無情』(1917)의 출현을 고비로, 특히 3·1운동 이후 전개된 신문학운동으로 문학사의 주류에서 탈락, 대중문화의 영역으로 이행하였다. 그럼에도 대중과 고립됐던 20년대 이후 신문학과 달리 신파는 통속적일망정 대중과의 소통을 끊임없이 모색했다는 점에서 주목되어야 할 터인데, 심훈은 일찍이 이 고리의 중요성을 인식했던 것이다.

이 작품은 또한 지배층뿐 아니라 민중영역도 포용한다. 그 고리에 이인숙이 자리한다. 이인숙을 구소설의 시간 밖으로 불러내는 데 결정적 역할을 하는 사회주의자 박복순은 인숙의 시어머니 친정 계집종의 사생아요, 윤봉희와 결혼하는 박세철은 박복순의 동지다. 지배층의 일원이로되, 가문 내부에서는 하층에 위치하는 여주인공의 경계성境界性으로 말미암아 소설은 당대 민중의 또 다른 세상으로 개방됨으로써 지배계급을 피지배계급의 눈으로 보고, 피지배계급을 지배계급의 눈으로 보는 중층적 교차시각을 획득하게 되는데, 3·1운동 이후 최고의 문제로 떠오른 사회주의를 심훈만큼 일관된 주제로 다룬 작가는 드물다. 그럼에도 이 작품에서 작가는, 좌우합작을 내다보며 지역 근거지

18 여기서 심우섭(沈友燮, 필명은 天風)이 그의 형이라는 점에 유의해야 한다. 심천풍은 1910년대의 대표적인 신파소설가로서 춘원의 『무정(無情)』(1917)에 등장하는 신우선이란 인물의 모델이기도 하였다. 또한 심훈 자신도 신파와 유관(有關)하다. 1925년, 그는 대표적인 신파영화 『장한몽(長恨夢)』의 남주인공 이수일(李守一)역으로 출연하기도 하였다.

에 기초한 민중적 토대에서 운동을 재건하고자 한 전언傳言을 당당히 논쟁적으로 내세우며, 카프소설 또는 당대 공산주의운동의 주류를 패러디한다. 혁명의 지평을 내다보되 혁명에 도취하지 않는 작가의 중도성中道性이 노블과 대결하는 문학적 작업과 일정한 호응을 이루고 있는 것이다.

그렇다고 이 작품이 단지 모더니즘 이전의 여러 경향들과만 관여하고 있다는 것은 아니다. 그가 영화배우요 시나리오작가요 영화감독 노릇을 한 영화광이었다는 점에 주목해야 한다. 재현의 길로부터 구성의 방법으로 서구예술의 전환을 야기한 영화적 언어가 심훈문학에 어떻게 관여하고 있는지 유의할 때, 전통과 서구를 동시에 거머쥐고 고투했던 심훈문학의 독특한 성격이 드러날 것인데, 이 장편이 입센(H. Ibsen)의 『인형의 집』과 상호텍스트성을 맺고 있다는 것도 시야에 넣을 필요가 있다. 다만 이상주의의 대합창으로 마감하는 마무리가 『무정』의 끝을 연상시키는 데서 전형적으로 드러나듯이, 물론 단순 복제가 아니라 전복적 재창안이긴 해도, 모더니즘의 균열로부터 거의 안전한 너무나 건강한 심훈의 소설적 체질이 눈에 밟히긴 한다.

근대에 직면한 양반가문의 해체와 그 폐허에서 솟아난 새로운 생명력을 기리는 『직녀성』은 서구주의 또는 근대주의에 함몰된 1930년대 문학의 일반적 경향을 거슬러 구소설과 신소설과 신파소설의 이야기전통에 기반하되 그 경향과도 독특하게 싸우면서 일궈낸 심훈서사의 핵심이다. 중세와 근대와 탈근대가 비동시적 동시성으로 병존한 식민지 조선의 현실을 착종된 근대성으로 파악해간 심훈을 또 하나의 축으로 삼아 한국근대소설사의 새로운 계보를 들어올릴 때, 한국근대문학사를 서구주의의 번역계보와 그에 대항해 서사의 귀환을 모색한 계보의 상호침투적 대립 속에 입체적으로 기술하는 것이 가능할 터이다. 요컨대 근대주의와 탈근대주의의 내적 긴장을 견디며 동아시아서사학의 길을 모색하는 복안複眼의 시각이 관건關鍵이다.

■ 참고문헌

김만중(金萬重), 『구운몽(九雲夢)』

허균(許均), 『홍길동전(洪吉童傳)』

이광수, 『무정(無情)』, 1917.

심훈, 『그날이 오면』, 한성도서주식회사(漢城圖書洙式會此), 1949.

심훈, 『심훈문학전집』 2, 탐구당, 1966.

임화, 『문학의 논리』, 학예사, 1940.

강영주(姜玲珠), 『벽초 홍명희 연구』, 창작과비평사, 1999.

최준(崔埈), 『한국신문사』, 일조각(一潮閣), 1982.

최원식, 『한국근대소설사론(韓國近代小說史論)』, 창작사, 1986.

반성완, 「발터 벤야민의 비평개념과 예술개념」, 『발터 벤야민의 문예이론』, 민음사, 1983.

세실. M. 바우라, 「한국저항시의 특성: 슈타이너와 심훈」, 《문학사상(文學思想)》 창간호, 1972.10.

최원식, 「심훈연구서설(沈薰研究序說)」(I). 『한국근대문학을 찾아서』, 인하대출판부, 1999.

최원식, 「야누스의두 얼굴, 일본과 한국의 근대: 카라따니 코오진의 『일본근대문학의 기원』을 읽고」(1998), 『문학의 귀환』, 창작과비평사, 2001.

최원식, 「1910년대 친일문학과 근대성」, 《민족문학사연구》 14, 민족문학사연구소, 1999.

최원식, 「한국문학의 안과 밖」, 『문학의 귀환』, 창작과비평사, 2001.

D. H. Lawrence, Studies in Classic American Literature, Penguin Books, 1983.

Walter Benjamin, “The Storyteller” in Illumination, New York: Schocken Books, 1969 : 반성완(潘星完) 역, 『발터 벤야민의 문예이론』, 민음사, 1983.

11

심훈의 장편 『직녀성』의 소설 기법

문광영
경인교육대학교 국어교육과 명예교수

■

요약

심훈의 작품 연구는 유독『직녀성』(1935)에만 주목되어 왔다. 그리고 그의 작가적 명성만큼 다른 작품 연구는 아주 소홀한 편이다. 심훈은 민족주의자로 알려져 있지만, 사실은 사회주의, 민족주의, 자유주의 노선을 함께 겨냥한 사상적 배경을 지닌 작가이다. 그의 사상적 경향이나 예술관, 시대와 사회 인식은 작품『직녀성』에 잘 그려지고 있으며, 곧 소설 작품의 내용 분석에서 잘 나타나고 있다. 소설 창작뿐 아니라 시 창작, 영화 감독 등 여러 방면에 다채로운 삶의 경력을 지니고 있는 심훈 문학을 총체적으로 접근하기 위해서는『직녀성』에 대한 연구가 필수적이라고 생각한다. 따라서 본고는 심훈 문학의 재평가를 위한 일조로 그의 장편『직녀성』이란 텍스트를 놓고 소설기법적 측면에서 다루어 본 것이다.

먼저 소설의 공간적 층위에서 살펴보고자 하였는데, 중도적 주인공인 인숙의 '서사적 공간'이라 할 수 있는 '과천果川'→'회동會洞'→'삼청동'→'원산'으로 이어지는 공간적 층위이다. '과천'은 인숙의 어린 시절 '방울'의 공간으로, 반가班家의 중세적 생활 풍습과 유교적 가치관이 그대로 살아있는 곳으로, '각시놀음'이 암시하는 이야기의 상징 공간이자 조혼早婚, 생활, 교육 등 구습舊習의 문화가 자리하는 공간이다. 다음으로 '회동'은 인숙이가 조혼해 들어 간 시집살이의 공간으로, 조혼의 폐해와 시어른들의 '노리개'감으로 파란만장하게 겪는 인숙의 갈등이 노정되며, 윤 자작과 그의 식솔들이 겪는 방탕과 반역이 소용돌이치는 곳이며, 또한 유산계급有産階級의 몰락상이 펼쳐지는 암울한 배경 속에 자유연애사상과 무산계급無産階級 운동이 전개되기도 한다. 그리고 '삼청동'은 시련의 극점 공간인데, 인숙이 시댁에서 쫓겨나고 득남하지만 누명을 쓰고, 일남의 죽음으로 자살미수에 이르는 첨예하게 갈등구조가 상승하는 곳이다. 마지막으로 '원산'은 인숙이가 이혼을 하고 여성으로서 자아정체성을 확보해 가는 구원의 공간으로 그려지고 있다.

두 번째는 『직녀성』의 인물 층위에서 본 소설 기법이다. 『직녀성』에는 많은 인물이 드러나지만 실제 갈등의 핵심을 보여주는 인물은 1차적으로 '인숙 : 봉환'이고, 2차적으로는 '인숙 : 경직, 윤 자작의 식솔'의 관계이다. 여기에서 인숙은 중도적 인물로 '갈등극복형'의 인물이다. 나아가 세철, 복순은 '투쟁적 의지형'으로 유산 계급자인 봉환, 윤 자작과의 갈등 관계에 있다. 여기에서 주목해야 할 인물이 봉희다. 봉희는 세철, 복순의 지향점과 같이 심훈이 당대에 추구하고 사상을 실천하는 이상적인 신여성이다. 나아가 봉희는 신여성, 자유연애사상의 코드로 어둡고 암울한 이야기의 진행에 생동감을 주는 아주 중요한 역할을 한다. 그리고 인숙의 남편 봉환은 쾌락지향형의 미성숙한 인물로 나약한 반가의 몰락상을 펼쳐 보이는 전형적 인물이며, 경직이나 용환 모두 반가의 후예로 시대적 탕아로 설정되어 있다. 그리고 구세대 반가의 가장으로 설정된 '이 한림, 윤 자작'은 구습을 견지함으로써 세대 간의 갈등을 야기하는 부정적인 인물이다.

세 번째로 『직녀성』이라는 소설 텍스트는 영화 장르로의 전환 요소를 지닌 작품으로, 서사적 소설기법의 양상을 보인다. 따라서 영화로의 전환을 전제로 한 『직녀성』의 서사적 공간은 크게 네 측면으로 나뉜다. 그리고 이 네 측면의 공간 이동마다 이들 인물들은 어디까지나 갈등을 유발하는 상대적 인물로 설정되어 있고, 그 공간들은 드라마적, 혹은 영화 구성법과 유관하다. 특히 인숙이라는 주인공에 의해 이끌어 가는 서사의 진행 방식이면서 갈등을 유발하는 이야기 구조에 치우쳐 있다. 그리고 전지적 시점에 의한 화자의 서술 기법이 '말하기(telling)' 방식의 흐름을 보여주다가도, 인숙과 봉희가 나오는 장면은 '보여주기(showing)' 방식으로 이루어지고 있다는 점이 특이하다.

I
서언

심훈의 장편소설은 모두 4편으로, 1930년에 『불사조』로 시작하여 1933년에 『영원의 미소』, 1934년에 『직녀성』, 1935년에 『상록수』를 연이어 썼다. 그리고 32년에 당진으로 낙향한 후 집중적인 창작력을 보여준다. 이들 작품은 서로 연계가 되는데, 바로 『직녀성』은 『불사조』의 개작에 가까운 것이고, 『상록수』는 『영원의 미소』의 속편에 해당한다(유병석, 1984).

『직녀성』01은 인숙이라는 여주인공을 통하여 양반 가문에서 조혼으로 겪는 결혼 생활과 이어 벌어지는 파경, 그리고 새로운 재생의 길을 걷는 삶의 노

01 소설 『직녀성』은 1934년 2월 22일 기고하여, 그때그때 써서 《조선중앙일보》에 연재하였다. 1937년 9월 한성도서주식회사에서 『현대조선장편전집』의 제10권으로, 저자의 약력과 연보와 벽초(碧初)의 서문을 붙여 하권을 발행하고, 동년 10월 전집 제9권으로, 중형 설송(雪松) 심명섭의 서문과 함께 발행한 것이 『직녀성』 상권이다. 『직녀성』은 양(量)에 있어 『상록수』의 2배나 되는 심훈 작품 중 최대 장편이다. 등장인물의 수효도 많고 사건도 그만큼 복잡하다.

정을 그려낸 작품이다. 말하자면 이 소설은 인숙이라는 한 주인공을 부각시켜 각기 인물과 만나면서 개인적 시대 사회적 풍속과 맞물려 이루어지는 갈등 구조가 중심을 이루며 펼쳐지는 소설이다. 그리고 이 소설은 신문 연재소설02 내지 영화인으로서의 심훈의 영상적 감각이 녹아 있는 소설 기법이 적용된 작품이다. 다시 말하면 장면 장면을 영화를 전제한 듯한 소설적 구성으로 한 기구한 운명을 살아가는 갈등적 인물을 부각, 이를 사실적으로 묘파한 작품이라는 것이다. 이 작품은 조혼이라는 폐습에 억눌린 한 구식 여성의 험난한 고난과, 그가 주어진 역경을 극복해 가는 과정, 그리고 박복순과 박세철이 보여주는 무산계급자로서 이데올로기를 표방하면서 투쟁적 실천을 해가며 보여주는 휴머니즘의 의지가 담긴 작품으로, 여기에 자유연애사상의 상징인 봉희라는 인물의 코드를 삽입하여 당대의 풍속도와 자연스럽게 조화시켜나갔다.

본고는 장편 『직녀성』의 소설기법 양상을 살펴보고자 한다. 그의 소설기법 양상을 크게 세 부분으로 나누어서 살펴보았다. 첫째는 소설의 공간적 층위에서 살펴보고자 하였는바, 중도적 주인공인 인숙의 '서사적 공간'이라 할 수 있는 '과천'→ '회동'→'삼청동'→'원산'으로 이어지는 주인공이 거처하는 공간적 층위에서 소설기법을 살펴보았다. 둘째로 『직녀성』의 인물 층위에서 본 소설기법으로써, 여러 작중 인물들이 각각 서로 어떤 관계를 가지고 어떻게 설정되었으며, 어떤 갈등 요소를 보이는가 하는 점에 대한 면밀한 접근을 하였다. 마지막으로 심훈이 영화에 심취한 예술인으로서 『직녀성』이 영화적 서술기법을 차용했다는 측면에서 그의 소설기법적 측면을 다루고자 한다.

02 30년대 우리의 문학사는 장편소설이 득세를 보인다. 그리고 이들 장편소설들은 대부분 신문연재소설로 발표된다. 심훈 역시 3편의 소설을 《조선중앙일보》와 《동아일보》에 연재하였다. 장편 『직녀성』은 《조선중앙일보》에 1934년 3월 24일부터 1935년 2월 26일까지 연재되었다.

Ⅱ
『직녀성』에 드러난 서사 공간(敍事 空間)의 의미

소설 『직녀성』의 작품 공간은 이 한림의 딸 이인숙이라는 인물의 시점을 따라 네 공간을 거치면서 이루어진다. 즉 '방울'이라는 애칭으로 불린 주인공 인숙이 어린 시절을 보낸 '과천'이 그 한 무대요, 이후 10살인 그가 8살인 봉환과 조혼하여 윤 자작의 며느리가 된 시가媤家인 서울 '회동'이라는 곳이 또 한 무대이며, 마지막으로 시가에서 내쫓겨 인숙이가 일남을 낳고, 또 일남이 죽자 자살 미수에 이어 봉환과 이혼하는 '삼청동' 그리고 백의의 성모로 재생의 구원이 있게 되는 '원산'이 그 한 공간이다.

이러한 소설 『직녀성』에서의 공간의 이동은 인숙이라는 한 여성을 둘러싸고 조혼과 구습이 빚어내는 시대적 현실의 문제를 극복하고자 하는 심훈의 사상적 맥이 닿아 있는 공간으로서 중요한 의미를 지닌다.

1
갈등 극복형의 중도적 인물 '인숙'

제1의 공간인 '과천'이란 소설 속의 공간03은 인숙이가 시집을 가기 전까지 어

03 심훈의 『직녀성』의 서두 공간이 과천이란 지명이 설정된 점에 대해, 유병석은 이인숙의 실제 인물을 심훈의 전 부인 이해영이 투영된 것으로 보고, '과천'이라는 공간이 이해영의 시가인 '검은돌'(지금의 서울 흑석동)이 소설작품 상에는 이 한림 댁으로 설정되었다고 밝힌 바 있다. 그리고 이해영의 친정인 이 후작댁이 인숙의 시가인 윤 자작댁으로 뒤바꾸어 있는 것만 다르다고 한다. 그는 심훈의 본가가 나중에 문안 가회동으로 이주했던 것과 같이 이 한림 댁이 삼청동으로 옮기는 것도 일치한다고 말하고 있다.

릴 적 보낸 곳이다. 말하자면 '각시놀음'과 '인형의 결혼' 전 부분까지가 여기에 해당한다.

'과천'은 인숙의 부친 이 한림의 선영先塋이 있는 곳으로, 부친이 매관매직의 세태에 휩쓸리지 않고 오로지 '성현의 글'만 탐독하며, '지조를 지키다가 선조의 발치에 욕된 몸이 파묻히리라'(심훈, 1966)해서 한적한 생활을 하기 위해 내려온 곳이다. 원래 한림은 서화에 특재가 있고 거문고의 명수였다. 그러나 이곳에 오면서 그는 악기를 깨어버리고 필묵으로 세월을 보낸다. 여기에서 이 한림은 그대로 구습에 젖은 한 전형적인 양반에 불과하다. 이는 아들 경직이에 대한 태도에서 드러난다. 한림은 경직에게 학교 공부도 시키지 않고 상투를 틀린 뒤 사서삼경四書三經을 독파케 한다. '신학문'이나 '개화'는 나라의 망조라고 생각하고 오로지 성현의 글을 통해 가르침을 받으라고 한다. 그리고 아들을 감금과 훈계로써 다스린다. 한림보다 3살 위인 한림의 아내는 현숙하고 얌전한 사람으로 남편에게 순종하며 사는 것을 미덕으로 안다.

한림의 아들인 경직은 결국, 상투를 자르고 부모와 처자를 버리고 400원을 갖고 돌연 가출한다. 물욕과 허영적 욕구에 가득 찬 경직은 중국 상해로 갔으나, 그곳 현실에 적응을 못하고 돈을 사기 당하고 탕아로서 생활하다가 귀국한다. 귀가 후에도 방탕은 계속되어 계집을 얻어 셋방살이를 하는 등 방탕한 생활을 계속한다. 여주에 있는 종산宗山을 팔아치우고, 부친의 상喪을 치르는 동안에도 과천집을 처분할 생각에만 혈안에 차 있다. 큰 아들로서 모친을 모시기는커녕 집과 세간을 모조리 고리대금업자에 차압을 당한다(심훈, 1966). 인숙을 결혼시킨 후에도 난잡하고 방탕한 생활은 계속되는데, 급기야는 친구의 등을 쳐 먹고 사는 시대의 패륜아로 등장한다.

한림의 낙향과 그의 삶을 통하여 심훈은 시대, 사회의 전도로서 '양반가 또는 부르주아지의 몰락'을 보여준다. 그렇지만 구습적 태도를 벗어나지 못하고 있는 사고방식, 이를테면 조혼 풍습의 답습적 태도나 교육관은 여전히 옛날과 다르지 않다. 또 한직의 아들인 경직이라는 인물은 구습의 붕괴와 신문명의 유입이라는 과도기적 상황의 희생자로서 설정되어 있다. 신문물에 대한 동경으로 상해까지 다녀오는 노정을 설정하였지만 허황한 꿈만을 좇을 뿐 아무런 현실적 성과를 이루지 못한 채 젊음을 허비하는 당대 탕아들의 모습을 그려내고 있다. 또한 이한림과 경직이 보여주는 부자 사이의 세대 간 갈등도 당대 사회의 한 갈등으로 당대 현실과 밀접한 관련을 이룬다.

또한 '과천'이라는 공간은 주인공 인숙이가 점례와 소꿉장난을 하면서 보낸 곳이기도 한데, 이중 '각시놀음'은 인숙의 앞날에 전개되는 불운한 혼인생활 내지 암울한 시집살이와 연관된 장치로 매우 암시적인 내용으로 설정되어 있다.

"아이 이뻐라, 그런데 작은 아씨 신랑은 안 만들어우?"

"갠 별소리 다하네. 우리끼리만 놀지 그까짓 신랑은 맨들어 뭘하니?"

"그럼 제살 지낼라우?"

"응!"

"누가 저렇게 색색이 옷을 입구 제살 지낸담. 새 아신 제사를 지낼 때면 꼭 옥색 치마 저고리를 갈아 입으시던데."

"각시놀음이니까 그렇지. 그건 나두 안단다. 그럼 제산 지내지 말구우 우리 혼인을 할까? 네가 수모라구 절을 시키렴."

"신랑도 없이 누구한테 절을 시킨단 말유?"

"그럼 이걸 신랑이라구 하자꾸나."

하고 인숙이는 나무때기에다가 솜방망이를 만들어 매고 헝겊 조각을 아무렇게나 입혀서 꽂아놓았다. 그 신랑이란 것은 여불 없는 논두덕에 선 허수아비 같아서 "아이 신랑이 왜 저렇게 껄렁껄렁해(심훈, 1966)."

여기에서 보듯 인숙이에겐 '신랑'은 부정적인 존재, 있으나마나 한 존재로 그려진다. 그리고 '제사'라는 의식은 인숙이가 양반의 딸로서 가문 의식에 젖어있다는 것을 말해 준다. 인숙은 유아시절부터 재롱둥이로 총명하여 사랑을 받고 자랐다. 7살에 천자문 떼고 동몽선습을 읽었고, '당음' 한 권을 졸졸 외워 아버지를 기쁘게 하고 남에게 자랑거리를 만들어주는 것을 자신의 기쁨으로 아는 똘똘한 양반가의 규수였다. 조선조 양반가의 제사는 가문의 혈통과 직결된 대사 중의 대사로, 가문에 매인 여성들이 수없이 치러야 하는 큰일이었다. 그러니 그런 가문에서 성장한 인숙이가 각시놀음을 통해 제사 놀이를 벌이게 되는 것은 자연스러운 일이었을 것이다. 그리고 일면 제사는 장차 혼인생활의 죽음이자, 장례로서도 받아들여진다.

인숙의 제사는 혼인으로 바뀐다. 그런데 신랑은 "나무때기에다가 솜방망이를 만들어 매고 헝겊조각을 아무렇게나 입혀서 꽂아놓은" 헐렁한 허수아비로 만든다. 인숙이에게 있어 신랑은 별 수 없는 대상이며, 초라하기조차 하다. 여기에서 신랑은 인숙이가 장차 여생에 아무런 도움을 주지 못하는 봉환과 만나 운명을 함께해야 하는 결혼 상대를 암시한다. 말하자면 소설의 서두에 배치된 인숙의 각시놀음은 면밀하게 계산된 장치로써 앞으로의 서사적 진행, 그리고 당대 여성이 겪는 풍습과 관련되어 있으며, 앞으로 인숙이가 겪게 될 험난한 인생 역정을 앞질러 제시하고 있는 것으로 풀이된다.

서두에서 각시놀음의 제시는 무엇보다 소설적 장치라기보다는 대개 영화수법의 첫 장면에서 몽타주로 보여주는 영상 장치의 하나로 풀이된다. 심훈이 영화에 대해 많은 관심을 갖고 있고, 연출까지 했다는 사실에 비추어 하나의 보여주기 기법을 통한 암시의 전형으로 큰 의미를 지닌다. 이는 그가 『탈춤』이라는 영화소설을 쓰기도 했다는 점에서 보아도 그렇다. 과천이라는 서두의 공간에서 각시놀음이라는 하나의 극히 작은 토막의 장치이지만 소설 전체를 통어하고 암시하는 메시지가 담겨 있다는 점에서 범상치 않은 것이다.

2
조혼의 갈등과 고난이 펼쳐지는 '회동' 공간

두 번째 공간에 해당하는 서울 '회동'은 인숙이가 통혼과 결혼을 거쳐 윤 자작의 며느리로 들어가 사는 공간으로 거의 전편에 할당되어 있다. 이 공간에서 인숙은 시증조모가 있는 집안에서 노리개감처럼, 때로는 종처럼 시중을 들며 철저한 시집살이에 적응을 해 나가며, 한편으로는 나이 어린 봉환과의 결혼에 대한 회의도 느끼고, 복순과 세철의 무산계급 사상이 접맥되기도 할 뿐 아니라 학교도 다니고 중세적 가부장적 풍습이 주는 갈등에 억압받기도 하면서 가세의 몰락까지도 겪는 파란만장한 역정의 공간이다.

그리고 이 공간이야말로 다양한 인물들이 등장하면서 여러 가지 갈등을 야기한다. 첫 번째 갈등은 부모의 강권에 의한 조혼의 폐해가 빚어낸 인숙과 봉환의 부부생활 갈등이다. 조혼의 희생자인 인숙은 "조혼→'노리개감'으로서의 전적인 희생→이혼"으로 연결되는 고뇌를 겪어야만 한다. 여기에는 인숙을 통해 구여성이 겪는 조혼의 폐해와 암울한 시집살이가 근대화 과정 속에서도 면면이 답습하는 중세 가족제도의 말기적 타락성을 여실히 묘사한다. 윤 자작의 늙은 귀족 시증조모나 시조모 등은 조혼을 맹목적으로 따르는 구습의 화신이다. '콧물을 줄줄 흘리는 막내 증손자 봉환'의 조혼을 끈덕지게 요구하고, 또 봉희가 성장하자, 계동 한 참판댁의 '침을 흘리는 문열이'에게 봉희를 시집보내지 못해 성화를 해댄다. 조혼을 끈덕지게 요구하고 고집을 부리는 '피만 식지 않은 송장'들, 배변도 못 가리는 무능한 노파가 전능한 지위에서 가사의 권력을 휘두르는 중세적 가족제도의 답습은 그야말로 시대착오적이며, 비합리적일 뿐 아니라 인권의 모독인 것이다.

인숙과 봉환의 초기 결혼 생활도 그렇다. 신랑 8살, 신부 10살이란 나이로 결혼을 성사시킨 그들이 진정한 합방도 연기하고 방해하는 처사는 무엇인가? 차츰차츰 가까워지는 내외의 사이를 억지로 떼어놓거나, 신랑이 동네 처녀와 난봉이 나자 이윽고 합례를 시키고, 그 후에까지도 감시를 게을리 하지 않는 모습은 사멸할 수밖에 없는 중세적 결혼제도이다. 그래서 경직이나 용환이나 봉환이나 모두 첩살림을 하고 다른 여자와 놀아나는 가정 파탄의 불씨가 될 수밖에 없는 것이며, 귀양과 장발이 가정에 충실하지 못하는 속물적 인간의 전형도 이런 조혼 구습의 영향과 무관하지 않다.

두 번째 갈등은 중세적 구세대와 신문명을 받아들이기 시작한 신세대 간의 갈등으로, 윤 자작이나 이 한림의 아들들 사이에 벌어지는 세대 간의 갈등과 박세철과 박복순의 반가에 대한 반부르주아지 태도에서 극명하게 나타난다. 앞에서도 언급한 바와 같이 이 한림은 이경직에게 전통적인 생활양식과 윤리의식을 강요하는데, 이 한림과 이경직의 대립은 신구의 갈등을 보여주고 있는 것이다. 이는 삭발 행위에서 그 단적인 예를 찾아볼 수 있으며, 경직이 '더 큰 부모'를 찾는다는 명분을 내걸고 상해행의 길을 떠나는 모습에서 이를 입증할 수 있으며, 동료에게 돈을 도적당하고, 귀국 후에는 전통적 가통의 상징인 선산을 팔아먹고 처자를 버리며, 아버지의 기일에 술을 마시고 들어오는 경직의 모습, '금광이라면 앉은뱅이도 궁둥이를 들먹거리는 황금시대(심훈, 1966)'에 자본의 노예가 되어 금광 브로커가 되어가는 경직의 모습에서 전통 사회의 붕괴와 새로운 자본주의 가치관의 대두라는 신구 갈등의 한 양상을 보게 된다.

이는 윤 자작 집안도 마찬가지다. 용환의 신문사 사업, 첩의 집에서 잠을 자고 들어오는 행위나 봉환과 장발의 일본행을 통해 보여주는 신문물의 수입,

일본 유학생 윤보영과의 접촉은 신문명과 사업이라는, 새것에 대한 의욕을 갖게 하는 것도 실상은 신구대립의 양상을 보여주는 것이라 하겠다.

나아가 세 번째 갈등은 빈부의 차이에서 오는 유산계급에 대한 무산계급의 저항의식을 들 수 있을 것이다. 유산계급에 대한 저항은 박복순과 박세철에 의해 주도된다. 이 두 사람은 윤 자작이나 이 한림과의 직접적인 대립은 없지만 사상으로서, 인숙과 봉희를 교화시킨다는 점에서 신구대립의 극복을 보여준다. 또한 엘렌 케이 사상이나 로라의『인형의 집』을 들먹거리는 데서 여성운동의 새로운 사상을 설파한다. 이는 행동으로 옮겨져 세철과 봉희의 자유연애에 이은 자유로운 결혼이라는 이상적인 '프롤레타리아식 연애'로 설정하여 조혼 타파의 구습을 깨어버린다. "우리 둘이서만 달콤한 연애의 꿈을 꾸고 지낼 수 있도록 이 조선의 현실이란 편안하지가 못하니까요(심훈, 1966)." 이들의 결혼은 계급의식을 뛰어넘는 사랑이고 타자와 관련되어 있는 사랑이다. 그런데 봉희는 복순과 세철의 동지자로 구습을 타파하는 화신이 된다. 이런 점에서 반가의 후예인 봉희의 행동은 파격적이라 아니할 수 없다.

그런데 여기에서 신구대립을 보여주는 소설적 장치로 '구여성'과 '신여성'이란 명칭이 있다. '신여성'이란 명칭은 1920년대부터 구여성에 대한 대립 개념으로 대중적인 낱말로 널리 인식되기 시작하였다. 그런데 '신여성'이 되려면 근대적 교육의 상징인 '학교'라는 채널을 통과해야만 했다. 하나의 통과제의로써 그러니까 여학생은 당연히 '신여성'의 대명사가 되었고, 여학생은 신여성으로 새로운 계급을 형성한다. 말하자면 개화사상이 팽배했던 양반가의 부녀자(구여성)들은 문밖출입이 금지되었는데, 여성이 밖에 출입하기 위해서는 여학생이 되는 길밖에 없었던 것이다. 이런 점에서 구여성인 인숙의 학교 입학은 신여성으로의 변신을 기도한 것이라고 볼 수 있다.

봉희는 신여성의 상징적인 인물로 심훈에 의해 극히 완벽한 인물로 그려지고 있다. 다양한 스포츠를 즐기며, 만돌린 같은 악기도 다루며, '환한 복사꽃 같고 매끈하게 발육이 잘 된(심훈, 1966)', 그리고 외모도 출중하고 항상 도맡아 우등을 하는 봉희는 '완벽한 신여성'인 것이다. 나아가 신여성으로서의 봉희를 통하여 심훈은 세철의 '완벽한 혁명가의 아내'로 변신시키면서 여성해방의 이데올로기를 주입한다. 나아가 심훈은 박복순을 투사적 여성운동가로서 설정, 순도 높은 구습 타파의 전형을 내보인다는 점에서도 주목해야 한다.

학교교육은 구습을 타파하고 새로운 의식을 심어줄 뿐 아니라, 반상 및 남녀의 차별을 철폐하는 키워드이다. 총명하지만 중세적 구습의 인식에 갇혀 있던 인숙에게 새로운 사상을 학습하고 깨닫게 한 사람은 박복순이다. 박복순은 계집종의 사생아로 태어나 고학으로 근대 학교 교육을 받은 여성운동가이다. 복순은 인숙에게 "남자나 여자나 사람은 똑같은데 왜 여자의 정조만 소중히 여기는지"라는 질문으로 남녀평등을 학습하고, 나아가 "법률로 사내들이 제게만 편하게 만들어 놓고 사회라는 것도 저희들끼리 살게 좋게만 꾸며 놨으니, 세상에 그런 모순이 어디 있어요?"라는 말 등으로 사상을 주입시킨다. 신분상으로는 반상 출신인 인숙보다 낮지만 근대 학교교육을 받은 지식인인 복순은 인숙을 가르치는 위치에 있다. 이는 세철도 마찬가지이다. 항상 세철에게 배움을 당하는 봉희, 그도 '신여성'이지만 세철의 사상적 세례를 받고 배움을 받는 대상이다.

'회동'의 공간에서 보여주는 소설기법은 사회 변혁으로서 조혼의 폐습, 유산계급의 몰락, 가부장제도의 철폐, 새로운 여성관의 탐구, 학교교육의 권유, 자유연애사상 등을 지향하는 데 있어 다양한 갈등과 반역을 보여준다. 여기에는 심훈의 사회주의적·민족주의적 사상적 맥이 닿아 있으며, 이는 또 당대 사회풍속도를 세밀하게 묘파되고 있다는 점에서 주목을 끈다.

3
시련試鍊의 극점으로서의 '삼청동' 공간

고된 시집살이와 남편의 난봉을 묵묵히 감내하던 인숙은 집안 식솔들의 오해로 마침내 윤 자작의 집에서 축출을 당하고 오빠인 경직의 집 삼청동으로 들어간다.

집은 가족의 구성원들이 생활하고 안주하는 존재의 근원이요, 삶의 근거지이다. 집에서 밖으로 쫓겨난다는 것은 존재의 소멸, 생활 기반의 박탈을 의미한다. 가정의 질서와 운명이 상속되는 공간으로부터의 일탈은 특히 시집을 사는 여성의 경우, 사형 선고나 다름없는 것이다.

이렇게 인숙을 시댁에서 축출, 내몰아낸 것은 위기감의 고조로 시련의 극치를 두고자 한 심훈의 의도에서 비롯된다. 그러면서도 소설 구성상 진정한 여성으로서의 삶과 정체성을 확보시키기 위해서는 탈가脫家, 독립적 지위에서만 가능하다는 그의 뜻이 담겨 있는 듯하다. 가령 집을 나오자마자 복순은 인숙의 호칭을 '새아씨'에서 '인숙씨'라고 부르게 설정한 측면에서도 시사하는 바가 크다.

시집에서 나온 인숙은 남편으로부터 얻은 임질이라는 화류병을 치료하기 위해 병원에 다닌다. 그러면서 남편에 대한 환멸과 그의 인간성에 깊이 절망도 한다. 그렇지만 일남을 얻으면서 모성애를 보여주며 새로운 삶의 희망에 젖기도 한다.

> 인제 엄마가 손다우 하면 요 손을 납신 줄테지. 도리도리를 해라 하면 요 머리를 살래살래 흔들테지. 또 조곰만 있으면 따로따로를 하고 아장아장 걷다가 말을 배느라구 참새처럼 재잘거리거든. 그러구설랑 유치원엘 들어가지 않겠니? 요 입으루 창가도 하구, 요 손을 폈다 오무렸다 하면서 유희두 곧잘 한단 말야.

그러다가는 소학교엘 들어 가서 조그만 가방을 메구서 달랑거리구 댕기거든. 그러다가 중학교 대학교까지 떡 들어가서 우등 첫찌루 졸업을 하구는 머리를 갈러 붙이구서 아주 훌륭한 신사가 된단 말야. 그러구나선 어떡할까. 참 꽃같은 색시한테 장가를 들거든(심훈, 1966).

인숙이 비록 시가로부터 쫓겨나왔지만 장중의 보옥인 일남이를 얻으면서 사는 보람을 느낀다. 그리고 사생아지만 혼자 키우기로 마음을 먹는다.

아비 없는 자식이면 어떠냐. 이혼을 당한들 무슨 상관이 있니? 너 하나만 무럭무럭 자라나면 고만이지. 이 세상에 겁날게 뭐구 무서울게 뭐냐(심훈, 1966).

그러나 일남이는 봉환의 자식이 아니라 장발의 자식으로 오해를 받으며, 이런 행복도 잠시뿐이다. 급기야 이런 문제로 시댁에 다녀오게 되면서 일남이는 병으로 죽게 된다. 인숙의 시련과 위기는 아들 일남의 죽음으로 증폭되고, 인숙이가 삶의 희망을 저버리고 자살을 결심하는 데서 극점을 이룬다. 그러나 인숙의 자살은 봉희의 도움으로 미수에 그친다.

일남의 죽음과 인숙의 자살 미수는 그녀를 다시 태어나게 하는 계기가 된다. 조혼으로 희생된 여성이 스스로 정체성을 찾아가는 것이 이 소설의 주제인 바, 조금 더 부연 설명이 필요하겠지만 일남의 죽음과 그녀의 자살 시도는 어쩌면 부활의 상징성을 띤다고도 볼 수 있다.

인숙은 봉환의 사정을 이해하고—그 이해라는 것은 봉환이 동경 음학학교 출신인 교사 강보배라는 모던걸과 혼인빙자간음으로 부모 측에서 요구한 거액의 위자료를 변제해야 하는 곤경에 빠졌기 때문이었다.—그의 간청을 받아들여 이혼을 한다.

> 벼루에 먹을 갈아 인철지 위에 이인숙李仁淑 석 자를 썼다. 지나간 옛날에 남편의 옷을 밤새가며 정성스러이 꿰매듯이 한 획 두 획 꼭꼭 박아서 쓴 뒤에 서랍에서 도장을 꺼내어 인주빛 선명하게 저의 이름 밑에다가 찍었다(심훈, 1966).

인숙의 이름 쓰기는 시집으로부터의 완전한 벗어남을 의미한다. 그리고 시련으로부터의 벗어남이기도 하다.

4
유토피아의 상징으로서 '원산' 공간

인숙의 유일한 혈육, 일남의 죽음은 무엇보다 인숙으로 하여금 독립적인 자아로 성장하는 데 결정적인 계기가 된다. 물론 일남의 죽음으로 인하여 자살 미수에 그치는 운명을 겪기도 하였지만 소설의 종결부에서 원산이란 공간의 설정은 심훈의 사회주의사상이 은근히 결실을 맺는 공간으로 작용한다.

원산은 '강화도 조약'을 근거로 부산에 이어 두 번째로 개항(1880)된 곳이다. 일제가 이곳을 개항한 것은 러시아의 남하를 견제하기 위한 것이었다고 한다(전우용, 2013). 당시 원산은 철도, 항만 등 경제적 요충지였다. 원산에서 함경북도의 회령까지 이어지는 함경선은 1928년에 완공되었고, 부산에서 원산까지 이어지는 동해선 공사는 1927년에 완공되어, 1914년에 개통된 경원선과 교차되는 철도 교통의 요충지였다. 그러니까 원산은 러시아 진출의 남방한계선의 의미와 함께 일본의 식민지 항구로써 큰 의미를 지니며, 사상적으로는 1929년 노동운동으로서의 큰 사건인 '원산대파업'이 일어나는 노동운동, 사상운동의 메카였던 것이다. 또한 원산은 우리나라 최초의 근대식 학교가 세워진 곳이기도 하며, "해삼위 방송국에서 오는 아라사 음악(심훈, 1966)"이 흘러나올 정도로 러시아 문화가 유입되는 곳이기도 하다. 여기에서 러시아의 '해삼위'는 독립운동지사들이 망명해 있는 지역으로, 이들의 방송을 들을 수 있다는 점은 일제에 대한 항거 의식을 은밀히 드러낸 측면도 있다. 그러나 원산이란 공간 설정의 의미는 심훈의 이른바 사회주의 조국이라 불리는 러시아에 대한 막연한 선망과 동경 의식이 깔려있는 데서 오는 것이 아닌가 생각한다.

어쨌든 원산은 인숙이가 여성으로서의 자아정체성을 확보하는 공간으로 새로운 생활로의 탈바꿈이 시작되는 곳이다.

> 동해바다를 건너 북녘나라의 하늘밑에서 첫 날 밤을 지낸 인숙은 바다 저편에 해가 봉긋이 솟을 때에 곤한 잠을 깨었다.
>
> (오늘부터 새로운 생활이 시작되는 구나.)
>
> (중략)
>
> 복순은 신부의 뒤를 따르는 수모 모양으로 인숙을 앞세우고 유치원이 있는 예배당으로 올라갔다. 그 날 인숙은 과거의 모든 것을 깨끗이 청산하고 또는 지난 날을 조상하는 듯이 흰 저고리에 흰 치마를 입었다(심훈, 1966).

이렇게 인숙은 원산에서 재생의 새로운 삶을 시작한다. 그리고 이 재생의 새로운 공간에서 "과거의 모든 것을 청산하고" 흰 저고리에 흰 치마를 입는다. 여기에서 '흰 저고리에 흰 치마'는 무엇을 의미하는가? 앞에서 언급했던 것처럼, 본 소설의 서두에서 '각시놀음'이 있었다. 그때 각시놀음에서는 '색색이 옷을 입구' 제사를 지냈다. 그리고 앞에서 말했듯이 허수아비 남편을 두는 각시놀음에서 전개될 본 이야기의 암시적 구실을 한다고 하였다. '제사'→'조혼'→'시련'→'이혼'→'재생'의 길을 걷는 이 소설의 흐름 끝에서 '재생으로써의 조상弔喪'은 서두와의 관련으로 볼 때, 소설『직녀성』이 갖는 하나의 미학이다. 결말에서의 '조상'은 구습과의 단절이요, 윤 자작가와의 종말이요, 억압이나 과거 미련에 대한 포기이다. 그리고 '흰 저고리에 흰 치마'를 입는 행위는 새로운 사상으로 유토피아의—심훈의 관점에서 볼 때 '사회주의 이상주의의 길'로 나아가는 새로운 출발점을 암시한다. 왜냐하면 인숙이 유치원의 보모가 되어 '원산'에 당도하였을 때, 여기에는 봉희 부부와 박복순 등 각 계급의 인물들이 골고루 한 집에 모여 함께 살게 되었기 때문이다.

> 사실로 이 집의 같은 지붕 아래에서 한 솥의 밥을 먹게 된 식구들은 각인각색이언만 한 마음과 같은 주의로 뭉쳐진 것이 여러 사람에게 새삼스러이 인식되었다. 상전도 없고 종도 없고 부자도 없고 가난한 사람도 없다. 오직 옛날의 도덕과 전통과 또한 그러한 관념까지도 깨끗이 벗어버린 오직 발가벗은 사람과 사람들끼리 남녀의 구별조차 없이 똑같은 목적을 가지고 한 몸뚱이로 뭉쳤을 뿐이다(심훈, 1966).

위의 예문에서 원산이라는 공간은 한지붕, 한솥밥을 먹는 유토피아의 세계이다. "상전도 없고, 종도 없고 부자도 없고 가난한 사람도 없다."라는 것은 무산 계급의 승리요, 심훈의 사회주의 이념을 드러내는 의도로 보아진다. 그런데 이 네 사람을 하나로 묶어준 것은 신분도 아니요, 재산도 아니고, 오로지 근대적 교육을 통해 습득한 새로운 지식과 사상이었고, 경제적 기반이 되는 직업이었다. 인숙의 보모라는 직업은 경제적인 문제를 해결하는 수단도 되지만, 하나의 헌신과 봉사를 요구하는 직업이기도 하다. 특히 '성모 마리아'로 표상되는 인숙의 독립은 사회주의적 이상을 꿈꾸는 심훈 사상의 표상이자, 그의 이념이 지니는 상징적 공간으로 풀이된다.

Ⅲ
『직녀성』의 인물 설정 양상

『직녀성』의 작중인물에 대한 논고는 유병석과 조남현(1998)에 의해 이루어졌다. 유병석은 『불사조』와 『직녀성』에 나타나는 등장인물의 유사점을 밝히면서 작가 체험의 인물을 상정한 점, 여성해방과 무산자해방이라는 주제의식의 유사점을 들고 있다. 그리고 조남현은 이 소설에 나타나는 갈등 양상이 직접적인 충돌과 대립보다는 화해와 융합의 결말을 보인 것으로써, 미완의 장편 『동방의 애인』과 『불사조』가 남긴 아픔과 좌절의 결과로서, '주장'과 '실천' 사이에서 끊임없이 고민하던 심훈의 내면을 드러낸 작품으로서 풀어내고 있다. 유병석의 글은 작가의 전기적 측면을 강조했다는 점, 조남현의 글은 다소 피상적인 언급에 그치고 만 점이 아쉽다.

하나의 소설은 '작품 외적 화자의 개입에 의한 자아와 세계의 대결(조동일, 1988)'로, 작가 개인의 경험적 서사와 허구적 서사의 결합물이라고 할 수 있다. 소설적 자아로서 주체는 세계의 가치와 이념이 동일할 때는 불협화, 어긋남, 대립 갈등 현상이 일어나지 않는다. 그러나 주체와 세계와의 사이가 가치 이념, 힘 지위에 있어 적대적 관계를 이룰 때에는 여러 가지 행동 양상이 일어난다.

『직녀성』에는 많은 인물이 드러나지만 실제 갈등의 핵심을 보여주는 인물은 1차적으로 '인숙 : 봉환'이다. 그리고 2차적으로는 '인숙 : 경직/윤 자작의 식솔'과의 관계이다. 여기에서 인숙은 중도적 인물로 드러난다. 나아가 '세철/복순 : 봉환/윤 자작'과의 갈등 관계인데 여기에서 직접적인 대결은 보이지 않으나, 세철/복순은 인숙이나 봉희와 동지적 관계로서 무산계급에 대항하는 갈등관계로 이루어진다. 그리고 '봉희 : 장발'도 갈등 관계이다. 여기에서 주목해야 할 인물이 봉희다. 봉희는 세철/복순의 지향점과 같이 심훈이 당대에 추구하고 사상을 실천하는 이상적인 신여성이다. 나아가 친화의 관계를 보여주는 인물로는 '인숙/봉희: 세철/복순'이다. 그밖에 동경유학생과 사요꼬, 이 한림, 의사, 허정자 등은 부수적 인물에 속한다고 볼 수 있다.

이들 인물들의 갈등 구조 속에서 본 인물들의 관계 구조를 살펴보면 다음의 표와 같다.

여기에서 심훈은 주인공 인숙을 '중도적인 주인공'으로서 위치하도록 하여 구식 여성인 인숙에 대해 이례적으로 긍정적이다. 그리고 박복순과 박세철을 투쟁적 의지형의 사상운동가로 설정하여 당대의 시류적 사상성을 부각시킨다. 또한 유산계급 출신인 양반가의 규수 봉희와 무산계급의 전형인 세철과 연애 끝에 결혼시킴으로써 그의 사상성을 감지케 하고 있다. 그리고 신랑 봉환은 적대자로서, 용환과 경직 등은 방탕아로서 부정적 인물로, 그리고 윤 자작과 시증조모 등의 식솔, 시댁의 이 한림 등은 중세적 구습에 물든 개혁 대상으로서의 부정적 인물로 그려지고 있다.

나아가 『직녀성』은 사회의 풍속도에 편승, 양반가의 몰락을 조장하여 무산계급의 종말을 선언한다는 점에 초점을 두고 있다. 인숙의 친정인 이 한림가의 몰락이나 시댁 윤 자작가의 몰락은 모두 그의 아들들에 의해 이루어진다. 앞에도 언급했듯이 이 한림가의 파산은 아들의 방탕과 첩살림, 허황된 신문명에 대한 동경, 사업의 파탄에서 비롯되는데, 결국 화병으로 이 한림이 죽음에 이르는 비운으로 발전한다. 윤 자작가의 파산도 두 아들 용환과 봉환에 의해 저질러진다. 용환의 신문사 사업의 구실로 허망에 사로잡힌 그는 전답을 잡혀 기생과 첩에게 바치거나 요리집, 자동차 등으로 재산을 탕진하였고, 봉환은 철부지로 집안에 압류가 들어올 지경에 이르렀는데도 일본에서 사요꼬라는 모델을 데리고 귀국, 방탕한 생활만을 일삼고, 인숙에게 성병까지 옮게

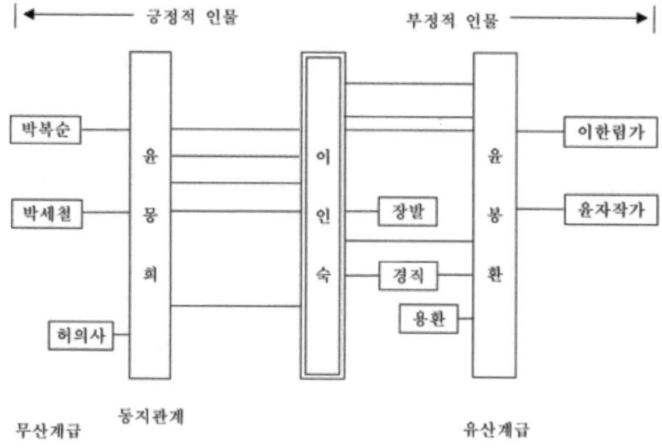

하는 인격파탄적인 행동을 보였는가 하면 또 음악교사와의 혼인 빙자로 인해 거액의 위자료까지 물어야 하는 역경을 겪는다. 결국 두 반가의 파탄 주범은 양반 자제들로서 그들의 허황된 의식은 당대 사회 풍속도와 맞물려 『직녀성』의 갈등 요인 구실을 한다. 재미있는 것은 박세철만 빼놓고 모든 남자는 부정적 인물로 그려지고 있다는 점이다.

그런데 반가의 규수인 인숙과 봉희는 다르다. 인숙은 중도적 인물로 가부장적, 중세적 구습의 불합리한 환경 속에서도 잘 적응해가는 인물로 설정되어 있다. 그리고 참을성 있고, 집안의 명에 복종하는 전통적 현모양처로 순종적이다. 귀여움을 받을 정도로 가사에도 능숙하고 기지도 있는 효부이다.

봉희는 어떠한가? 심훈의 관점에서 보면 봉희는 이상적인 여성상이다. 스포츠, 음악에도 능통하고 인숙과도 깊은 정을 나눌 정도로 인간성이 좋으며, 발랄하고, 공부도 잘 하고, 자신의 의사를 분명히 밝히고 의지를 펴나가는 신여성이다.

그런데 이들 인물들의 설정은 작가의 자기 경험에서 비롯된 자전적 서사의 화행을 이루고, 그 인물들의 설정은 어디까지나 갈등을 유발하는 상대적 인물로 설정되며, 드라마적 혹은 영화 구성법과 유관한 소설 형태를 보여준다는 것이다. 말하자면 인숙이라는 주인공에 의해 이끌어가는 서사의 진행방식이 갈등을 유발하는 이야기 구조에 치우쳐 있고, 전지적 시점, 이의 서술기법이 '말하기'에 흐름을 보여주면서 '보여주기' 등의 방식을 전 작품에서 원용하고 있다는 점이다.

작가가 작품 속에서 인물을 설정할 때는 아주 엉뚱한 인물을 만들어 쓰는 것도 아니요, 단순히 실재하는 인물을 빌어다 쓰는 것도 아니다. 여기에서 작가는 어디까지나 작가의 직접, 간접의 체험이 창조한 인생관 또는 사상성과 더불어 인물을 설정하여 하나의 소설로 형상화한다. 이를테면 작중 인물의 탄생은 타 작품으로 물려받은 문학상의 인물형(type)에다가 작가가 관찰하고 체험에서 얻어진 인물(person)에서, 내적 작가 자신(self)의 관점과 혼합된 것으로써의 인물을 설정하는 것이다.

나아가 그의 장편소설에 나타나는 주제는 크게 두 가지 면으로 드러난다. 그 하나는 전통적 조혼제도와 재래의 가족제도 밑에서 압박을 받고 신음하는 여성의 문제를 다루고 있다는 것이며, 다른 하나는 중세적 자산계급의 사회구조 속에서 헤매는 무산계급의 투쟁을 다루고 있다는 점이다. 그리고 여기에서 볼 수 있는 심훈의 소설적 장치의 특징 하나는 "압박받는 여성과 무산계급은 누구의 도움으로써가 아니라, 그들 자신의 가혹한 투쟁으로써만이 승리의 목적을 달성할 수 있다고 믿고, 그 투쟁하는 모습을 그리고 있는 것(유병석, 1970)"이라는 데 주목해야 할 것이다. 따라서 중세적 가족제도에 대한 반기나, 자유연애사상의 고취나 교육에 대한 강조, 구습을 타파코자 하는 등『직녀성』의 주제의식은 앞에서 말한 체험적 인물들의 대결적 갈등 구조라는 장치로 풀이된다. 또한 심훈의『직녀성』에서 취급된 사회주의적 민족주의라는 것도 어디까지나 당대에 처한 역사적 현실, 풍속에서 비롯되고 있다는 점에서 논의의 출발로 삼는 것이다.

1
갈등 극복형의 중도적 인물 '인숙'

삼남 재호 씨가 밝혔듯이 장편 『직녀성』은 심훈이 이혼한 부인 이해영에 대한 회고의 작품(심훈문학전집, 1969)이다. 심훈은 현실 인식으로서 조혼 내지는 가부장제도와 같은 구습의 철폐와 동시에 여성 각성 운동을 시도하였다.

『상록수』도 그러하지만 심훈 소설의 한 특징은 작중인물의 모델을 작가 주변에서 얻어 즐겨 쓴다는 점이다. 『동방의 애인』의 주인공 박진이 박헌형을 모델로 한 것이나(최원식, 1999), 『불사조』의 정정희나 『직녀성』의 이인숙은 조강지처인 이해영을 모델로 하고 있다는 것이고, 『영원의 미소』의 김수영과 『상록수』의 박동혁은 작자의 장질인 심재영이며, 부정적인 인물인 김계훈, 윤봉환, 조경호조차도 작자의 일면을 그린 것이며, 또한 정혁, 이경직, 서병식 등도 작자의 다른 일면을 구상화한 것으로 보고 있다(유병석, 1970).

어떤 작가든 경험적 요소를 중시할 수밖에 없다. 그것은 개인의 신변을 떠나 사회의 현실을 반영하되, 그 관찰과 객관은 어디까지나 경험과 주관에 투사되는 것이기 때문이다. 따라서 풍속과 관련하여 살펴볼 수 있는 것이 인숙을 등장시켜 조혼이란 폐습의 타파를 꾀한 점이다. 이는 그의 일기에서 나타난다.

> 매부의 면례緬禮날 차마 두 눈으로 보지 못할 그 썩은 물, 송장, 애곡성哀哭聲, 누님의 정경情景, 이로써 우리 조선의 청년의 구수仇讐인 조혼을 타파해야겠다는 나의 이상理想의 일부분에 극히 강한 인상을 얻었으니….(1920.3.30의 일기).(심훈, 1966)

심훈은 어렸을 때부터 가정에서 조혼의 폐습을 몸소 겪으며 자랐다. 매부의 면례날에 갔다가 느낀 것처럼, 누님이 조혼하였는데, 남편과 일찍 사별하고 개가도 못하는 양반 가문에서 비탄 속에 지냈다. 그리고 12년 연상인 장형 우섭도 조혼, 처에 대한 냉대가 심하였다. 이러한 환경 속에서 감수성이 강한 그는 많은 충격을 받았던 것 같다. 또한 17세에 자신과 결혼한 이해영에 대한 속죄감의 발로로, 자기변호의 심산으로 이러한 조혼제도를 고발하는 주제를 잡았는지 모른다.

갈등의 장본인이자 주인공인 이인숙은 구습의 여성상에서 자아와 사회에 눈을 뜨는 새로운 인간으로 상승하는 인물이다. 원래 인숙은 우국지사로 한말에 과천으로 낙향한 이 한림의 막내딸로 태어나 열 살 때 여덟 살 된 윤봉환과 결혼을 한다. 시증조모까지 모신 양반집 셋째 며느리로 예의범절을 잘 지키고, 온갖 집안일을 맡아 모범적인 시집살이로 귀여움을 받지만, 의지가 박약한 남편 봉환의 외도와 시가의 오해로 인해 온갖 고초를 겪고 쫓겨나 아들까지 잃는 비운을 겪다가 자살에까지 이른다. 봉희에 의해 살아난 후 이혼을 당하고 원산의 유치원으로 보모의 길로 나서 새로운 살게 된다는 파란만장한 과정을 그렸다.

'방울'→'이인숙'→'직녀성'→'성모 마리아'로 변신하는 주인공 인숙의 행적은 『직녀성』의 줄거리를 지배한다. 인숙은 전통적 구식 여성으로서의 구습이 주는 환경에서 비탄과 허무에 빠지기도 하지만, 주어진 굴레를 운명이라고 생각하는 동시에 적극적이고 진취적인 삶을 그려 나간다. 결국 아들 일남의 죽음에 이은 자살의 아픔을 겪은 후에야 탈속의 경지에서 성모 마리아가 된 인숙. 『직녀성』에서 인숙이 겪어온 운명은 처참하지만, 역경의 산고 끝에서 여성해방의 유토피아적 세계의 꽃을 피운다.

그런데 인숙이란 인물의 성격은 범상치 않다. 반가에서 막내며느리로서 불협화음과 어긋남의 갈등 속에서도 체념하지 않고 항상 현명하고 지혜롭게 대처하는 다부진 여성의 면모를 보여주기 때문이다. 철없는 어린 남편의 행동을 우습게 생각하면서도 나름대로 내조를 다한다는 점, 시누이인 봉희가 학교에서 돌아오면 한문을 겨루거나 공부를 배우는 점, 남편이 일본 유학을 갈 때 남편에게 간청하여 여학교에 들어간 점 등 조혼의 폐습을 보여주면서 동시에 여성 해방의 채널로 신여성의 자아 각성의 한 면모를 보여주었다는 것이다. 또 나아가 자아의 각성은 교육을 통해서만이 이루어질 수 있다는 점에 주목해야 할 것이다.

여기에서 이인숙의 설정은 심훈이 결혼**04**한 전처인 이해영(궁가의 왕족 이해승 후작인 막내 매씨로 양반 중의 양반이었다)이란 실제 인물과 관련이 있다. 심훈은 항상 이해영을 학교에 다니게 하고 싶었다. 어른들의 반대에 뜻을 이루지 못했다가 중국 항주 지강대학에 유학할 때, 어른들을 설득하여 이해영을 진명학교에 다닐 수 있도록 조치하였으며, 그 후 보육학교에도 다니게 하였다.

> 나도 부모님께서 골가서 나셨다하여 영이영이하여 부르시던 이름을 학교에 가게 될 때에 그분께서 해海자를 붙이고, 영남의 영자를 영暎자로 바꾸어서 지금의 이름을 지어주신 것이다(유병석, 1970).

당대 여성들에게는 정상적인 이름이 주어지지 않았다. 그냥 아명으로 지어 불렀을 뿐이었다. 『직녀성』에서 봉환이 일본으로 유학을 했을 때 인숙도 '방울'이란 아명밖에 없었는데 학교에 들어가 비로소 '이인숙'이란 윤 자작의 며느리로서 사람다운 이름을 얻게 되었던 것이다(심훈, 1966).

---

04 심훈이 결혼할 당시 나이는 17세였고, 신부 이해영의 나이는 18세였음.

2
투쟁적 의지형의 '세철', '복순'

일제치하 20~30년대의 지식인들은 식민지 정치를 자행하는 일본의 제국주의에 반항하는 길로 사회주의적 색채를 띤 반자본투쟁을 선택한다. 말하자면 일제의 압박으로부터 벗어나기 위해서는 사회주의적 혁명수단을 통해서가 아니면 안 된다고 믿고 있었다. 따라서 심훈에게 있어 아나키즘의 수용이나 프롤레타리아의 옹호는 3·1 독립운동의 연장선이었다고 보인다. 즉 박복순의 사상운동이나 박세철의 투쟁은 김구나 안창호의 애국운동과 동질의 것으로 인정되었을지도 모르는 것이다(유병석, 1970). 더구나 1930년대 초기는 극심한 경제 공황으로 당시 지식인들의 취업난은 가중되었으며, 수탈로 인한 경제의 피폐는 지식인들에게도 물질적·정신적 소외를 가져오게 하였고, 궁핍한 생활을 면할 수 없게 된다. 특히 토착적 양반 가문이었던 심훈의 가세는 점점 기울어져 그가 재혼할 무렵에는 자산이 한 푼도 없어서 단칸 셋방에서 신혼 생활을 해야 했고, 결국 1932년 낙향의 이유도 빈궁한 살림살이에서 비롯되었던 것이다. 아마 심훈은 이러한 가세의 쇠퇴와 생활의 빈궁 등이 모두 일본 제국주의의 영향이라고 믿었던 것 같다.

그러므로 지식인들은 자신들이 가지고 있는 이상과 현실과의 거리는 커질 수밖에 없었다. 작가들은 이러한 비극적 상황과 현실의 참모습을 고발하면서 타개책으로 투쟁적 인물을 선정한다. 『불사조』의 강홍룡이나 『직녀성』의 박세철, 박복순이 바로 프로타고니스트로서 그런 인물인 것이다.

프롤레타리아로서 투쟁적 의지형 인물인 세철은 자산계급에의 항거자로 내세워야 하니 무산계급의 출신으로 설정되어야 하고, 일제에 대한 저항이니 부친이 서백리아에서 독립운동을 하다가 망명한 것으로, 또한 모친도 학교선생으로 기미만세운동을 하다가 감옥을 가고 세상을 뜬 인물로 설정되어 있는 것이다. 덧붙여, 심훈이 성장했을 때는 빈궁한 처지에 있는 무산계급자로서 자신을 발견했다는 점도 참고해야 할 것이다. 나아가 박세철이라는 숫기 좋고, 뱃심 있는, 그리고 굵직한 두 다리, 어깨가 벌어진 송충이만한 눈썹을 가진 인물의 설정(심훈, 1966)은 심훈 자신의 처지(미남에다 낭만적인, 샌님 같은)와는 완연히 다른, 성격이 강인한 인물을 내세워 투쟁성을 살리려고 한 의도로 보인다.

특히 봉희와의 결혼과정에서 봉희 집을 찾아가 윤 자작 앞에서 당돌하게 의사표시를 하는 것이나 매사의 생활에서 의지가 굳고 생활력이 강한 인물로 미화, 부각시킨 것은 당대에 그런 삶을 살아가지 않으면 안 되는 현실적 요구에 기인한다.

같은 유산계급에 대항하는 박복순은 더더욱 당돌한 인물로 투쟁의 전사로 설정된다. 애비가 확실치 않은 종의 딸 출신으로 비천한 신분의 그는 23세의 고학생으로, 코는 넓적하고, 손발이 큰, 외양이 흉볼 만큼 거칠고 터프하나(심훈, 1966), 여자 사상단체의 대표기관인 ××회의 간부를 맡을 정도로 사상운동에도 참여하고, 토론에도 열심이었으며, 순회공연을 갖기도 하는 의지의 여성이다. 구습의 양반제도 타파를 주장하며 인숙에게 『인형의 집』을 들려주기도 하고, 엘렌 케이 사상을 소개해 주면서, 인숙의 고통을 이해하며, 그에게 자주·자립정신을 북돋아 주는 휴머니스트이기도 하다.

이 부류에 속한 인물은 정신적·물질적 피해로 내적 갈등을 일으키는 것에 대해 나름대로 상황을 타개하기 위해 노력한다. 개인 또는 가정사에 얽매이는 개인주의에서 벗어나, 사회와 민족 공동체 의식으로 발전하는 형이다. 그러니까 피폐화된 자신의 삶의 근원이 어디에서 기인하고 있는지, 주어진 세계를 어떻게 인식하는지 화두의 핵심이 이들에게 있다.

그런 점에서 『직녀성』에서 가장 중요한 인물은 인숙이 아니라 박세철과 박복순일 것이다. 그것은 심훈의 입장에서 『직녀성』을 관통하는 그의 사상적 편력이나 그의 현실 인식, 나아가 극복의 방법들을 이 두 인물을 통해서 드러내고 있기 때문이다. 특히 심훈이 이들을 투쟁적 의지형으로 설정한 것은 심훈 자신의 논쟁적 기질과도 관계된다.

3
신여성의 코드로서의 '봉희'

봉희는 『직녀성』에서 인물구조상 아주 중요한 코드로 작용한다. 자유연애 의식을 심는 인물로서의 역할도 다하지만, 이야기 전개에 있어 침울하고 비통한 부분에서 생기발랄한 역동적 분위기를 연출하는 중간자적 코드로서 존재한다. 즉 일관된 고난과 억압의 인숙의 공간 속에서 활기차고 밝은 분위기의 봉희의 공간을 대비시켜 소설적 분위기를 지루하지 않게 만드는 역할을 하는 것이다.

봉희는 귀족의 후예인 윤 자작의 막내딸이다. 곱게 성장한 그는 학교 성적도 좋고, 애교가 많으며, 남을 위해 변호할 줄도 안다. 그리고 신여성이다. 맨돌린 악기를 연주하고, 바스켓볼을 하고, 스케이트를 타며, 디트리히라는 여배우를 좋아할 정도로 영화를 즐겨보는 당대의 '신여성'이다. 장발이 줄기차게 구애를 보내지만, 그리고 한 참판 댁에서 청혼하여 혼사가 정해졌는데도 이를 어기고 세철에게 사랑의 편지를 보내는 당돌한 여성이다. 자신의 성장 배경과는 전혀 다른 가난하고 고아나 다름없는 세철에게 호감을 갖으며, 그의 사상과 세계관을 쉽게 받아들인다. 나아가 곤경과 억압에 항거하며 자각적 의지와 자유의사로 사랑을 개척해 가고 삶을 살아가는 여성으로 미화되어 있다. 인숙의 고통을 이해하며, 집안의 오해를 풀어주는 핵심적 역할을 한다.

처음 봉희는 연애에 대해 막연하게 생각하고 있었다. 말하자면 단순한 서구와 일본의 모방으로서 시대적인 유행으로서 생각했던 것 같다. 그러나 이 연애의 개념은 세철이를 만나고부터는 달라진다. "굵직한 두 다리, 운동선수처럼 어깨가 벌어지고 가슴이 나온, 검붉은 얼굴, 송충이만한 눈썹(심훈, 1966)"을 가진 남성적이며 건장한 세철이를 보게 되면서 연정을 품게 된다. 그리고 여기에는 장발이 보낸 연애 잡지도 역할을 하지만 무엇보다 당시 상영되었던 영화를 통해서 로맨틱한 연애의 꿈을 꾸게 된다.

여기에서 봉희가 세철을 선택했다는 점에서 큰 의미를 지닌다. 세철은 돈도 집도 없고 부모도 없다. 그리고 고학생이다. 또한 유산계급자에 대한 반감도 있는 사람이다. 다만 전기학교 학생으로서 기술을 배우는 학생일 뿐이다. 그 무렵 봉희는 집안에서 통혼코자 하는 한 참판의 자제가 있었으며, 유부남이긴 하지만 이혼을 결심한 열렬한 구애자인 동경 유학생 장발이 있었다. 특히 장발은 집요하게 봉희를 따라다녔다. 이런 와중에서 봉희가 세철을 선택한 것은 파격적인 것이다. 이러한 결합은 심훈의 깊은 의도, 즉 자유연애사상의 화신으로서 통혼의 구습이나 양반가 자제들의 허약하고 무능한 측면을 우회적으로 드러낸 것이라고 본다. 이 한림가나 윤 자작가의 아들들, 그리고 장발이나 그 밖의 유산계급 남자들이 모두 부정적인 인물로 그려지고 있다는 점에서 더욱 그러하다. 특히 양반가들의 외모는 그야말로 정신적으로 썩어있고 무능력하다. 육체적으로 허약한 외모를 보인다. 그러나 세철은 강하고 야성적인 외모를 지니고 있으며 봉희를 리드한다. 한 예로 정혼을 허락받기 위해 당당하게 윤 자작을 찾아가 구혼하는 태도에서 보면 심훈이 당대의 신랑감이 어떠해야 하는지를 알 수 있게 하는 단서가 된다. 이런 점에서 다시 한 번 언급하지만, 봉희라는 인물의 코드는 소설『직녀성』의 분위기를 살아있게 하는 원동력으로 작용하며, 심훈이 보는 신여성관의 상징적 인물로 설정되어 있다.

4
속물적 인간형의 '봉환', '경직'

봉환은 윤 자작의 막내아들로 부모의 결정에 의해 연상의 인숙과 조혼한다. 어릴 적부터 공부에는 관심이 없고 의지가 박약하며, 방탕한 생활을 즐긴다. 그러나 그림에는 소질이 있어 입선도 한다. 그래서 인숙의 도움으로 미술 공부를 하러 일본으로 유학을 가지만, '모던걸'인 모델 사요꼬와 애정행각을 벌인다. 귀국 시 그 여자와 동행하여 집을 방문하는 등 파란을 일으킨다. 사요꼬로부터 임질에 걸려 고생을 하면서도 인숙에게 성병을 옮긴다. '살롱·파리'에 드나드는 등 환락과 여색에 심취, 방탕을 일삼는다. 그러면서도 항상 돈이 부족하다. '돈을 쓰지 못하는 화', '병(임질)의 고통을 이기지 못하는 화', '인숙에 대한 이유 없는 미움의 화'에 항상 불만으로 가득 차있고 참을성이 없는 인물이다. 인숙이 아들 일남을 낳자, 장발의 아들이라며 부인하는 파렴치한이기도 하다. 급기야 음악교사 강보배와 애정행각을 일삼다가 혼인빙자 혐의로 거액의 위자료를 물어주고, 결국 패가망신의 종지부를 찍고 일본으로 도피한다.

경직은 인숙의 친정오빠이다. 신문물에 대한 동경으로 상해까지 다녀왔으나 사기를 당한다. 허황된 욕망을 찾기에 현실의 부적응아로서 방탕한 생활을 보낸다. 마작판에서 밤을 밝히고, 계집질을 일삼는 등 탕아로서의 생활을 하다가 급기야 가산을 탕진한다.

경직은 구습의 붕괴와 신문명의 유입이라는 과도기적 상황의 희생자로 그려진다. 소설에서는 경직의 몰락이 한 개별자의 타락과 방종으로 그려지고, 말미에서 여주인공 인숙의 곤경에 참여하여 자기 집에 거처를 마련하고 봉환을 혼내주기도 하지만 그는 당대 삶의 방식에서 한 전형을 보여준다. 물론 용환도 경직과 다르지 않다. 용환과 경직은 모두 양반 가문의 후예로, 공히 현실에 적응하지 못하고 허황된 욕망을 좇는 자, 생활력이 모자란 방탕한 생활만을 일삼는 자로 그려져 있는 점이 특이하다.

5
반가의 전형으로서 '이 한림', '윤 자작'

신·구 대립의 갈등상황에서 구세대의 상징적 인물로 대표되는 인물이 이 한림, 그리고 윤 자작과 그의 집안 식솔이다. 이들의 구습 의식은 아들인 경직이나 용환과 봉환, 그리고 며느리인 인숙의 관계에서도 갈등을 일으키며, 나아가 세철, 복순과도 대비적 갈등을 일으킨다.

이 한림은 경직에게 전통적인 생활양식과 윤리의식을 강조한다. 상투를 튼 뒤에 사서삼경이며, 좀이 썰어가는 케케묵은 책이 기로 쌓인 작은 사랑 한 구석에 감금시키며, "옛날 성현의 글이나 읽고 앉았으면 너 한 몸이나 편할 테니 아예 '개화'니 '신학문'이니 하고 딴 생각일랑 말라(심훈, 1966)."고 한다. 그러나 경직은 반항한다. 머리를 자르고, 상해로 탈출, 전통적인 윤리의식, 교육방식에 대해 저항한다. 또 이 한림은 8살 먹은 인숙을 윤 자작의 셋째 아들 6살의 봉환과 통혼, 2년 후 결혼을 시킨다. 그리고 윤 자작은 봉희가 성장하자 한 참판 댁의 아들과 결혼을 성사시키려고 한다. 이런 와중에서 윤 자작가의 시증조모, 증조모 등의 가솔들은 한 통속이다. 이렇듯 이 한림, 윤 자작 양가의 정신적 경제적 몰락은 결정적으로 아들들의 방탕과 헛된 허영심에 의해 이루어지지만, 그들의 답습적인 중세적 사고와 자각의 무능함에서 기인하는 것이다.

이 한림이 과천의 선영으로 이사 오면서 반가로서의 몰락 과정은 우선 일제강점기 초기 근대 질서의 재편 과정과 교섭을 거부한데서 비롯된다. 이에 반해 윤 자작 가문은 이러한 질서에 순응하여 식민지 부르주아의 변신에 일단은 성공, 식민지 초기까지 자신이 상속한 전통적인 가계와 지위를 유지한다. 그리고 동경 유학생 출신인 맏아들 용환, 몰래 일본 유학을 한 봉환, 신여성 교육을 받게 한 봉희를 보면 윤 자작가는 이 한림과 달리 식민지 질서로의 재편에 편승하고 있지만, 여전히 현실 인식은 구습의 태도에서 벗어나지 못하고 있다. 결국 어쩔 수 없이 신분의 획득이나 유지가 세습에 의해 이루어지지 않기 때문에 근대 교육을 받아들였지만, 윤 자작 본인은 물론 식솔들은 구태를 강조하고 무능함과 나약함으로 몰락의 과정을 겪는다.

한마디로 윤 자작가의 몰락은 아버지 세대의 무능함과 아들 세대의 나약한 의지와 방탕에서 비롯된다. 재산을 제대로 관리하지 못하고 신문사 사업을 한다는 명분하에 포천과 장단에 있는 전답을 잡혀 5만원이란 큰돈을 말아먹는 용환, 여기에 윤 자작의 빚보증, '모던 걸' 등 여러 여자와의 난봉질로 봉환 때문에 생긴 경제 파탄은 전통적 반가의 몰락을 가져온다.

심훈에 의해 이 소설이 쓰였을 때는 전통적인 유교적 신분 질서와 가치체계가 붕괴하고 새롭게 일제 식민자본주의 질서가 재구성되는 변혁의 시기였다. 이러한 변화의 시기에 반가의 영락은 현실에 적응해가지 못할 경우 파산을 겪게 마련이었다. 이 한림의 경우 경직에 대한 전통적인 윤리관에 입각한 상투를 기르게 하는 생활양식, 그리고 성현의 말씀이나 외우게 하는 자녀교육관을 보면 그대로 드러난다. 근대교육이 필요한 데도 구습의 생활양식을 그대로 답습하게 하는 태도, 조혼에 대한 여전한 의식, 그리고 윤 자작 집안에서 볼 수 있는 시중조모를 비롯한 식솔의 여전한 구태는 양반가의 파탄을 가져오게 하는 결정적인 계기가 되었던 것이다.

Ⅳ
장르 전환 요소를 지닌 『직녀성』의 소설 기법

1
영화인으로서의 심훈

우리의 30년대 전후의 소설가 가운데 대부분이 소설 장르에만 열중한 데 비해, 채만식은 무려 20여 편의 희곡을 썼고, 심훈은 시는 물론 시나리오 및 영화제작에 두루 관심을 보인 작가이다. 두 작가가 같은 연배로서 프로문학의 성향을 지녔다는 점, 당대의 문화인식 또는 현실인식 등 창작활동의 근원은 좀 더 따져봐야 할 문제이지만, 어쩌면 자신도 모르는 내적 필연성의 요구에 부응한 것이다.

『직녀성』은 갈등의 전개에 있어 생략, 비약, 전환 등의 묘를 살리지 못해 템포가 처지는 작품(조남현, 1988)으로, 또한 작중인물의 성격과 행위를 묘사하는 데 있어 경중輕重이나 심천深淺을 효과적으로 가려내지 못한 한계를 드러내고 있다는 점(송지현, 1999)에서, 느슨하고 굴곡이 없는 사건의 진행 때문에 많은 비평가들부터 소설 형식상 취약점이 지적되어 온 것이 사실이다. 그러면서도 세부 묘사의 진지함과 기지旣知의 『상록수』와는 또 다른 그의 사상적 맥[05]을 짚어볼 수 있는 텍스트라는 점, 『상록수』 바로 앞에 쓴 작품이자, 『상록수』의 2배나 되는 방대한 대작이라는 점에서 텍스트의 의미를 찾을 수 있다. 그런데 이러한 그의 소설 구성이나 수사적 장치가 영화와 유관하다는 가설이다.

05 최원식은 심훈을 민족주의자, 혹은 자유주의자, KAPF의 작가로 어느 한쪽에서 보는 획일적인 시각의 통설에 의문을 제기하고, "심훈은 프로문학을 하나의 역사적 필연으로서 인식하였다.

뜻하지 않은 장질부사라는 병명으로 36세로 단명한 작가지만, 미남이면서도 호탕한 그리고 낭만적인 성품을 지닌 다재다능한 예술인이었다. 그는 시와 소설을 쓰면서도 최승일, 이경손, 안석주, 이승만, 김영팔 등과 연극운동단체인 '극문화'를 만들어 활동했는가 하면, 1926년《동아일보》에 영화 소설『탈춤』06을 연재하는 등 영화에 큰 관심을 두었다. 특히 일본에서 6개월간의 영화수업을 마치고 귀국하여 자신이 직접 원작·각색·감독한 작품인 〈먼동이 틀 때〉는 나운규의 〈아리랑〉에 맞먹는 흥행을 기록하기도 하여 예술가로서 장안의 화제가 되기도 했다. 이에 수반하여 심훈은 KAPF 계열인 한설야와 임화로부터 '계급의식이 결여된 대중의 기호에 영합한 영화'라는 혹독한 비판도 받아야 했고07, 이에 대한 반론으로 「우리 민중은 어떠한 예술을 요구하는가」라는 글을 통해, 영화는 마땅히 계급의식을 표현하고 대중의 계몽, 선동에 이바지해야하지만 어디까지나 영상 예술이며, 대중에게 흥미 있게 보여줘야 한다는 자신의 지론을 펼치기도 했다. 물론 이러한 지론은 김팔봉이 펼쳤던 '예술대중화론'에 접맥(최원식, 1999)된 것도 사실이다.

그에게 영화는 참으로 매력적인 장르였지만 엄청난 제작비와 촬영기기 등의 설비에 따른 재정적 부담, 그리고 일제의 검열 강화 등으로 인해 영화를 떠

그럼에도 식민지 조선의 현실적 조건을 몰각한 카프의 소시민적 급진주의 또는 기계론적 편향에 대해서는 비판적이었으나, 프로문학의 대중적 회로를 개척하기 고투하였던 것이다."라고 하여 사회주의 민족주의적 사상을 지닌 작가로 보고 있는 듯하다.

06 <탈춤>(1926)은 혜경과 일영, 준상의 삼각관계를 통하여 타락한 도시의 정경과 재물의 탈을 쓴 속물적 인간상을 고발하고 있다, 물론 이 작품은 이수일 역을 맡았던 영화 <장한몽>을 크게 벗어나지 못하고 있다.

07 카프의 좌장격인 한설야는 만년설이란 익명으로《중외일보》에 「영화예술에 대한 관견」 등 무려 9회에 걸쳐 발표하였고, 임화는 「조선영화가 가진 반동적 소시민성」이란 글로 심훈의 영화에 대해 비판하였다.

날 수밖에 없었던 것으로 보인다. 그리하여 당시 경제적 어려움을 겪던 심훈은 1932년, 부모가 있는 충남 당진군 송악면 부곡리로 낙향하게 되는데, 이때부터 본격적인 문학 창작에 전념한다. 이해에 심훈은 시집『그 날이 오면』을 출간하려다가 검열에 걸려 내지 못하였지만, 이듬해에 장편『영원의 미소』(1933)를 집필,《조선중앙일보》에 연재되어 성공함에 따라 영화에서 문학으로 전향한 듯 보인다. 그리고 이어 쓴 그의 대표작인『직녀성』(1934)과『상록수』(1935)를 발표 세인의 관심을 끈다. 그러나 그의 영화에 대한 집념은 중단되지 않는다.『상록수』는《동아일보》창간 15주년 현상모집으로 상금이 많았다. 물질적·정신적 여유가 생긴 심훈은『상록수』를 영화하기로 결심, 시나리오 작가인 이익과 공동 각색을 하고, 감독을 맡기로 하여 캐스팅과 스텝 선정까지 완료하였지만, 막바지에 그만 병을 얻어 뜻을 펴지 못하게 된 것이다. 따라서 심훈은 시인이자 소설가이기도 했지만, 영화인으로서의 비중도 큼에 따라 이러한 시각에서 그의 작품을 보는 것도 타당하리라 믿는다.

2
영화로의 전환을 전제로 한『직녀성』의 서사적 공간

1) 문학 텍스트와 영화 텍스트

최근 문학작품이 영화로 만들어지면서(루이스 자네티, 1984) 문학에 대한 개념정의가 흔들리고 있다. 문학작품을 영화화하여 각광을 받았던 〈Harry Poter〉도 그 한 예일 것이다. 우리의 경우 영화진흥공사가 선정한 〈한국영화 70년-대표작 200선〉에서 뽑은 88편(1970~1980)가운데 63편이 원작을 각색한 작품이며, 서울의 개봉 영화관 10만 명 이상의 관객을 동원한 영화 93편

(1971~1985)도 이 같은 양상을 보이고 있다고 한다(조희문, 1990). 그리고 『한국시나리오 선집』에 수록된 영화의 1/4 역시 문학작품을 영화한 것(이혜경, 2001)이라고 한다.

문학작품이 영화로 제작되기 시작한 것은 1900년대 초로, 우리의 문학작품의 영화화는 1923년 「춘향전」을 영화로 만들면서 시작되었다(이혜경, 2001). 심훈도 1926년에 우리나라 최초의 영화소설인 『탈춤』을 《동아일보》에 연재(1926.11.9.~12.16.)하여 발표한 바 있다. 당시 삽화는 배우 나운규, 김정숙, 주삼손 등이 매 장면을 실연實演한 사진을 넣었다. 앞서 언급했듯이 이것이 계기가 되어 심훈은 영화인으로 데뷔하게 되는 것이다(심재호, 1966).

Brian Macfarlane의 말대로 문학작품의 영화화는 수익사업으로서 실패할 확률이 적고, 홍보의 효과가 크기 때문에 시도되었다. 물론 여기에서 심훈의 경우도 그리했다고 보지는 않는다. 그러나 무엇보다 최근 문학작품의 영화화는 고갈된 영화 소재를 풍부하게 만들어 주었다는 데 의의가 있다. 한 예로 그리피스는 찰스 디킨스의 소설로부터 '크로스 커팅[08]' 기법에 영향을 받았다고 고백했으며, 에이젠슈타인도 제임스 조이스를 비롯한 많은 소설가들의 문학작품이 영화의 'Montage이론[09]'이 완성되게 하는 배경이라고 밝힌 바 있다. 또한 역으로 문학은 영화가 발전시킨 몽타주와 오버랩, 시간의 변형기법들을 차용함으로써 전통적인 틀을 벗어날 수 있었다는 점도 간과할 수는 없을 것이다.

사실 문학작품이 영화로 만들어지면서 문학에 대한 개념 정의가 흔들리기 시작한 점을 부인할 수 없다. 이러한 문학개념의 확장은 크로이처가 「문학 개념의 변화」에서 사용한 이래, '문학작품'은 하나의 '문학텍스트'가 되어 양적·질

---

08 한 스토리의 두 부분, 또는 다른 두 개의 스토리 사이를 앞뒤로 교차하는 기법.

09 각각의 쇼트와 쇼트를 연결하게 될 때 새로운 의미가 생성된다는 이론.

적인 면에서 변화된 양상을 보인다(이혜경, 2001)10.

재삼 거론할 필요도 없이 지금 우리는 모든 것을 '영상화映像化, 가시화可視化' 하는 '비디오스페르' 시대(심광현, 1999)에 살고 있다. 문학 텍스트와 영화 텍스트는 시간을 매개로 과거와 미래를 현재에 구현한다. 그렇지만 활자와 영상의 차이는 비교적 뚜렷하다. 객관적인 세계를 충실하게 기록하는 카메라의 능력은 영화가 언어로는 도달할 수 없는 리얼리즘 미학을 성취할 수 있도록 만들어 주었다. 그리고 영화는 비록 그것이 문학적 원전에 의한다 할지라도 영상과 언어, 그리고 음향적 요소가 결합된 고유한 영화 언어적 구조를 가지고 있다. 나아가 제각기 다른 기호체계를 갖는 다양한 요소들의 결합을 통하여 영화는 고유한 의미를 생산하고 메시지를 형상화할 뿐 아니라 영화라는 매체 특유의 방식으로 사회적, 정치적, 역사적 현실을 반영한다.

다음의 표는 문학작품, 또는 문학텍스트를 토대로 한 영화로의 전환양상의 요소들을 보여준다(볼프강 가스트, 1999).

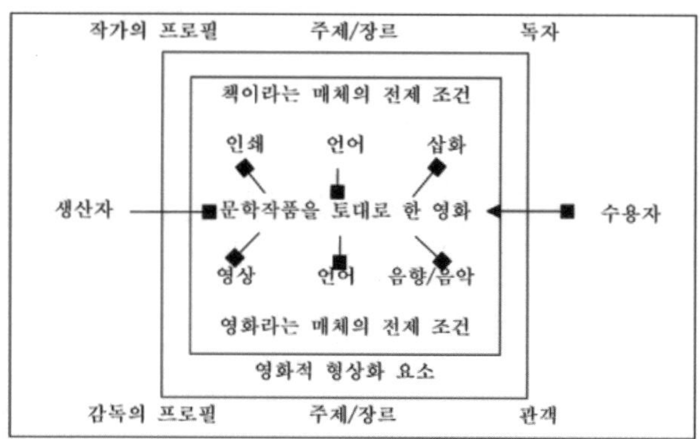

10 양적인 차원은 협의의 문학텍스트 외에 통속문학이나 광고 및 정보 전달을 위한 텍스트 형식들 역시 소통학적 의미에서 확정된 문예학이나 문학교육학 연구, 그리고 교육대상이 될 수 있다고 본다. 아울러 인쇄된 텍스트 외에도 영화, 텔레비전극, 광고, 그리고 정보전달 등 TV 프로그램, 나아가 방송극, 뉴스 같은 청각적 텍스트들도 이 범주에 포함될 수 있다.

위의 표는 문학작품의 전환형식, 그리고 영화 언어 코드에 관한 미시적·거시적 분석의 여러 방법론을 상정하면서 문학과 영화의 차이를 선명하게 보여주고 있다. 안쪽의 사각형부터 매체 특유의 전제조건에서 야기되는 특성으로 인하여, 다음으로는 감독과 카메라맨 등이 영화를 형상화할 때 접근하는 나름대로의 고유한 미학적 의식으로 인하여 발생하는 요소들을 생각해 볼 수 있다.

2) 『직녀성』의 영화 텍스트적 요소

우선 『직녀성』의 영화 텍스트적 요소는 심훈이 의식하였던 아니하였던 간에 『직녀성』이란 소설 텍스트의 서사적 공간에서 이를 살펴볼 수 있다(송지현, 1999)[11].

맨 앞장에서 언급했듯이 앞에서 『직녀성』의 작품 공간은 주인공 인숙의 시점을 따라 네 공간을 거치면서 이루어진다. 즉 첫째 무대는 인숙이 어릴 적 보냈던 '과천'果川이요, 둘째 무대는 인숙이 파란만장한 시집살이를 보냈던 서울 '회동'이라는 곳이며, 셋째 무대는 시련의 공간인 '삼청동'이요, 마지막으로는 백의의 성모로 재생의 공간의 무대인 '원산'이 그것이다. 이를 또 이야기의 흐름에 따라 장면별로 나누어 보면 다음과 같이 세분될 수 있다.

1 / 과천공간			
각시놀음	-	인형의 결혼	# 이 한림의 과천댁
			# 각시놀음
			# 통혼과 결혼

11 장편 『직녀성』 텍스트가 영화 텍스트로서의 가능성을 보여주고 있다고 한 방계 논문으로는 송지현의 「심훈의 '織女星' 考」라는 논문이 있다. 바로 이 논문의 부제가 '그 드라마적 특성을 중심으로' 하고 있는데, 곧 드라마적 텍스트의 가능성은 영화 텍스트로서의 가능성을 보여준다고 할 수 있는 것이다.

2 / 회동공간

노리개같이	–	임종	# 윤 자작댁(시집살이)
			# 시증조모의 시중
싹트는 사랑	–	유혹	# 봉환과 그림
			# 복순의 등장
정조	–	원앙의 꿈	# 시증조모의 사망
			# 합방 3년의 생활
			# 봉환의 그림 입선
은하를 건너서			# 봉환 일본유학
			# 인숙 여학교 입학
망명가의 아들			# 시가에 빚 독촉
			# 세철의 출현
			# 장발의 봉희에 대한 구애
혼선	–	끊어진 오작교	# 봉환의 전보(송금요구)
			# 봉환의 귀국(사요꼬 동행)
약혼	–	반역의 깃발	# 봉희의 정혼 항거
			# 봉희, 세철과의 약혼
			# 세철 피검
			# 봉희 졸업
			# 윤 자작 병환, 가세 몰락
희망			# 세철 면회
			# 장발의 편지 분실
편지의 풍파			# 시가의 오해
			# 복순 출옥
			# 인숙 봉환으로부터 화류병을 얻어 입원

봄은 왔건만 – 신혼여행		# 세철의 윤 자작 방문 청혼
		# 본가와 의절
		# 세철과 봉희 결혼
3 / **삼청동** 공간		
조그만 생명 – 장중의 보옥		# 인숙의 가출과 친정살이
		# 인숙의 임신 확인
		# 인숙의 여학교 졸업
		# 인숙의 득남(일남)
		# 봉환, 모던걸 강보배와 연애
		# 봉희의 신혼집
이혼		# 봉환의 방문
		# 봉환의 이혼 청구
		# 시가에 무고 해명
		# 일남 위독 병원 입원
잃어진 진주		# 일남 사망
		# 인숙 자살 기도
비극 이후		# 허의사와 4인의 야유회
		# 봉환이 강보배와 혼인 빙자로 법적 위기
		# 인숙 봉환과 이혼 승낙
4 / **원산**공간		
백의의 성모		# 봉희 원산행
		# 시골 유치원
		# 봉희, 세철, 인숙, 복순 한 지붕 가족
		# 시댁 완전 파산과 봉환 일본행

위의 여러 장면을 열거해 보였듯이 장면 장면을 영화화하기 위한 문학 텍스트로서 충분한 의의를 가지고 있다. (1)의 '과천' 공간에서 '각시놀음' 제시의 경우는 무엇보다 소설적 장치라기보다는 대개 영화의 수법의 첫 장면에서 몽타주로 보여주는 영상 장치의 하나로 풀이된다. 이것이 (4)의 '원산' 공간의 결구에서는 백의의 성모로서 재생의 '흰 저고리에 흰 치마'를 입는 장면으로 끝난다. 서두의 '각시놀음'에서는 '색색이 옷을 입구' 제사를 지냈다.

앞에서도 말했듯이 허수아비 남편을 두는 각시놀음에서는 전개될 본 이야기의 암시적 구실을 한다고 하였다. '제사'→'조혼'→'시련'→'이혼'→'재생'의 길을 걸어와 '조상'으로 끝을 맺는 것이야말로 영화적 관점에서 볼 때 『직녀성』이 갖는 하나의 미학이다. 이 미학은 영화로 처리될 때 더더욱 빛이 날 것이다. 아마 심훈은 이를 노렸을 지도 모른다. '조상'은 구습과의 단절이요, 윤 자작가와의 종말이요, 억압이나 과거 미련에 대한 포기로, 심훈의 관점에서 볼 때는 '사회주의'라는 그의 이상을 실현하는 상징적으로 풀이될 수 있기 때문이다.

『직녀성』의 서사적 공간은 앞에서도 언급되었듯이 주로 주인공 인숙의 친정과 시가를 배경으로 한 사건들로 이루어진다. 경직의 상해행, 봉환의 일본 유학 장면 외에는 과천의 이 한림 집, 회동의 윤 자작 집 내부, 인숙이나 봉희가 다니는 학교, 세철의 하숙방과 신혼방, 그리고 삼청동의 경직이네 집, 원산으로 주 배경이 극히 한정되어 있다. 이와 같은 특성은 인물들의 심리나 의식의 묘사를 통해 사건을 이끌거나 방대한 공간 배경을 요하는 작품보다 그 이야기를 다른 매체로 전이하기 쉬운 점이 된다.

또한 이 소설의 중심축에서 보면 주인공 인숙의 공간과 봉희의 공간이 계속 교차되는 것을 볼 수 있는데, 이는 명암의 대비와 관계된다. 즉 인숙의 고난과 억압의 어두운 분위기와 봉희의 활기차고 밝은 분위기가 교차되어 전체 이야기의 흐름을 지루하지 않게 구성되어 있다는 것이다.

3) 『직녀성』에 드러난 '보여주기'라는 수사적 장치

전통적인 소설양식은 작가가 신처럼 전능한 입장에서 어떤 마음을 가진 누가 어떤 사건에 의해 어떤 종말에 이르는가를 제시한다.[12] 이러한 권위적인 입장에서 작품을 조정하던 작가가 모더니즘시대에 들어오면 사라진다. 저자는 스스로의 얼굴을 지우고 무표정하게 스토리를 드러낸다. 작가가 쥐어주는 스토리가 아닌 독자가 합성할 수 있는 스토리, 즉 '말하기'가 아닌 '보여주기'이다.

소설 『직녀성』에서는 타 작가의 소설처럼 주제를 드러내기 위한 집중화나 생략의 기법이 잘 드러나지 않는다. 말하자면 '말하기'의 효과적 활용을 통한 제시나 생략의 묘를 발휘하지 못하고 '보여주기'에 비중을 두는 영화의 영상처럼 '읽는 시나리오'의 양상[13]을 보여주고 있다는 점이다. '읽는 시나리오'는 이미 존재하는 영화를 이야기로 쓴 영화소설이거나 혹은 영화가 이미 존재하고 그것을 후술한다고 상상하며 쓴 소설을 말한다(송지현, 1999). 물론 심훈의 『직녀성』이 신문연재소설이라는 점도 무관하지는 않으나, 그의 소설에서 '보여주기' 기법은 영화인으로서 영상에 대한 인식과 관련이 있다고 보는 것이다.

심훈이 영화에 대해 많은 관심을 갖고 있고, 연출까지 했다는 사실에 비추어 하나의 '보여주기' 기법을 통한 암시의 전형으로 큰 의미를 지닌다. 이는 그가 『탈춤』이라는 영화소설을 쓰기도 했다는 점에서 보아도 그렇다. 과천이라는

---

12 가령 호머가 『오딧세이』에서 원한 것은 독자가 그의 서술에 호기심과 동정심을 가지고 참여해 주는 것이었다.

13 송지현은 드라마적 관점에서 접근, 『직녀성』이 '읽는 희곡'으로서의 요소를 갖추고 있다고 밝히면서, 『직녀성』의 공간 배경을 분석하고 있다. 그가 분석한 공간 배경의 진행은 "위기 1 : 친정행 → 위기 2 : 결혼에 대한 회의, 복순의 독립적 삶 권고→ 위기 3: 일남의 사망과 인숙의 자살 기도 → 재생 : 독립된 삶의 시작"으로 이어지는데, 인숙의 공간과 봉희의 공간을 이 계속적으로 교차됨으로써 명암이 대비되고, 고난과 억압의 어두운 분위기를 활기차고 밝은 분위기에서 교직시켜 전체적인 분위기를 지루하지 않게 이끈다고 보고 있다.

서두의 공간에서 각시놀음이라는 하나의 극히 작은 토막의 장치이지만 소설 전체를 통어하고 암시하는 메시지가 담겨있다는 점에서 범상치 않은 것이다.

보여주기는 작가와 등장인물의 거리, 화자와 등장인물의 거리, 작가와 화자의 거리에서 좀 더 상세히 논의될 수 있다.

『직녀성』에서 심훈은 주인공 인숙에게 패권을 넘겨주어 그녀가 보고 느끼는 것을 스스로 보여주게 한다. 이때 독자는 작가로부터 인숙에게 옮겨가 그녀의 입장이 되어 상황을 본다.[14]

> 자기네의 핏줄이 닿은 어린것을 보고서야 불시에 욕심이 동해서 손자 하나를 얻기 위해서 저에게 사과까지 하는 것이 아닐까? 저 자신을 중심으로 볼 때 목을 베어놓고 재를 뿌려주는 동정이나 호의로 밖에 생각되지 않았다.
>
> 어찌보면 그네들은 가난한 사람의 고혈을 빨아먹는 고리대금업자와 같이 남이냐 어찌되었든 제 잇속만 차리는 것 같아서 손자만 탐하는 시부모의 심보가 몹시 밉기도 하였다. 한참만에 인숙은 돌아앉으며
>
> '이리 주십시오.'(심훈, 1966)

그러다가 어느 순간 그녀에게 떨어져 나와 그녀를 비판적, 혹은 객관적으로 보게 된다. 하나의 동정과 비판(Sympathy and Judgement)이다(권택영, 1995).

14 여기에서 우리는 카프카의『변신』을 생각해 볼 수 있다. 주인공 그레고르가 징그러운 벌레가 되었는데도 독자는 왜 혐오감 대신 동정을 느끼게 했는지, 바로 그것은 그레고르의 시점 안에서 서술이 진행되는 서술전략을 사용하고 있었기 때문이다. 카프카는 독자가 그레고르의 세계에 동참하고 그와 한 몸이 되게 서술함으로써 그의 변신을 공감하고 함께 탈출구를 두리번거리게 만들었던 것이다. 가령 최인훈의『광장』에서도 서술자는 작가이면서도 이명준에게 모든 패권을 넘겨주고 있는데, 이것 또한 같은 맥락이다.

이런 수사적 장치는 카메라의 눈처럼 여러 등장인물을 돌아다닌다. 『직녀성』에서 서술자가 작가가 아닌 인숙의 시점에서 할애되는 부분이 가장 많고, 때로 필요에 따라 장면 장면 다른 인물들에게 권한을 준다. 인숙의 관점에 서서 이야기를 따라가다 보면 내가 인숙이가 되는 독자의 심리를 끌어들이게 된다.

> "날 좀 보세요."
> "……"
> 인숙은 못들은 체 하고 아스팔트 바닥만 내려다보고 걸었다. 그러나 그 목소리는 귀에 익었다.
> "인숙씨지요? 나예요. 장발이에요."
> 장발은 인숙의 앞을 막아서며 모자챙에 손만 대고 꾸뻑하더니, "왜 그렇게 못들으신체하구 자꾸 달어만 나세요."
> 하고 책망하듯 한다.
> "난 누구시라구요."
> 인숙은 얼굴을 붉히며 머리를 조금 숙여 보였다. 하필 제가 먼저 만나게 된 것도 공교롭거니와 큰 행길에서 붙잡고 또 무슨 소리를 늘어놓을지 몰라서,
> (전차를 탈까)
> 하고 주춤주춤하는데 장발은 자꾸만 앞으로 다가서며
> "그동안 안녕하셨어요? 봉희씨두요……."

위의 장면은 장발이 구혼을 목적으로 봉희를 따라다니는 부분의 대화와 서술이다. 그런데 서술의 경우 장발과 봉희 사이에서 객관적 서술이 아닌 봉희의 관점에서 내면까지 들락날락거리면서 묘사된다. 이를테면 "큰 행길에서 붙잡고 또 무슨 소리를 늘어놓을지 몰라서"와 같은 경우는 '전차를 탈까'라는 중얼거림

까지도 어디까지나 봉희의 관점에 서 있고, 또 설명, 말하는 것이 아닌 '보여주기'의 서사법인 것이다. 그리고 이러한 기법은 카메라의 렌즈를 들여다보는 것과 같은 것이다. 카메라의 접근은 유독 인숙과 봉희에게만 쏠려 있다는 점은 위에서 말한 대로이다. 그렇기 때문에 타 인물들은 거의 심리묘사가 없다.

이렇게 인숙과 봉희에게 카메라로 '보여주기' 기법에 충실한 것은 『직녀성』에서 주요 인물이 누구인가, 그리고 작가가 어떠한 시점을 취하고 있는가 하는 물음의 키워드가 될 수 있다. 인숙에게 경도된 '보여주기' 주인공이기 때문에 그렇다 하더라도, 여기에서도 봉희라는 등장인물의 코드가 중요하다는 것이다. 이는 앞에서도 언급했듯이, 이 소설의 구성상 음양의 상대적 대비로 심훈이 바로 봉희라는 코드에 비중을 두고 있다는 데서 의문이 풀린다. 그리고 가끔은 세철이에게도 카메라는 '보여주기' 기법을 할애한다.

다시 말해서 수사적 전략으로 인숙의 가련한 역정을 그려내기에 많은 지면을 할애하고 있지만, 정작 심훈이 좋아하는 인물은 봉희, 세철, 복순인 것이다. 심훈이 유독 인숙이라는 한 인물의 시선 안에서 주로 사건을 진행시키려고 한 것은 작가가 그 인물을 각별히 배려하는 것이다. 그리고 그 저변에는 그렇게 느껴주기를 바라는 작가의 욕망이 숨어져 있기 때문이다.

V
결어

심훈의 장편 『직녀성』이란 텍스트를 놓고, 소설기법적 측면에서 크게 세 부분으로 나누어서 살펴보았다.

첫째는 소설의 공간적 층위에서 살펴보고자 하였다. 먼저 중도적 주인공인 인숙의 '서사적 공간'이라 할 수 있는 '과천'→'회동'→'삼청동'→'원산'으로 이어지는 주인공이 거처하는 공간적 층위이다. '과천'은 인숙의 어린 시절 '방울'의 공간으로, 반가의 중세적 생활 풍습과 유교적 가치관이 그대로 살아있는 곳으로, '각시놀음'이 암시하는 이야기의 상징 공간이자 조혼, 생활, 교육 등 구습의 문화가 자리하는 공간이다. 다음으로 '회동'은 인숙이가 조혼해 들어간 시집살이의 공간이다. 이 공간에서는 조혼의 폐해와 시어른들의 '노리개'감으로 파란만장하게 겪는 인숙의 갈등이 노정되며, 윤자작과 그의 식솔들이 겪는 방탕과 반역이 소용돌이치는 곳이다. 또한 여기에서는 유산계급의 몰락상이 펼쳐지는 암울한 배경 속에 자유연애사상과 무산계급 운동이 전개되기도 한다. 그리고 '삼청동'은 시련의 극점 공간인데, 인숙이 시댁에서 쫓겨나고 득남하지만 누명을 쓰고, 일남의 죽음으로 자살미수에 이르는 첨예하게 갈등구조가 상승하는 곳이다. 마지막으로 '원산'은 인숙이가 이혼을 하고 여성으로서 자아정체성을 확보해 가는 구원의 공간으로 그려지고 있다.

두 번째는『직녀성』의 인물 층위에서 본 소설기법이다.『직녀성』에는 많은 인물이 드러나지만 실제 갈등의 핵심을 보여주는 인물은 1차적으로 '인숙 : 봉환'이다. 그리고 2차적으로는 '인숙 : 경직, 윤 자작의 식솔'과의 관계이다. 여기에서 인숙은 중도적 인물로 드러난다. 나아가 '세철, 복순 : 봉환, 윤 자작'과의 갈등관계인데 여기에서 직접적인 대결은 보이지 않으나, 세철, 복순은 인숙이나 봉희와 동지적 관계로서 무산계급에 대항하는 갈등관계로 이루어진다. 그리고 '봉희 : 장발'도 갈등관계에 있다. 여기에서 주목해야 할 인물이 봉희다. 봉희는 세철, 복순의 지향점과 같이 심훈이 당대에 추구하고 사상을 실천하는 이상적인 신여성이다. 나아가 친화의 관계를 보여주는 인물로는 '인숙, 봉희 : 세철, 복순'이다. 그밖에 동경유학생과 사요꼬, 이 한림, 의사, 허정자 등은 부수적 인물에 속한다고 볼 수 있다.

이들 각각의 인물들은 다음과 같은 특징을 보인다. 이인숙은 조혼 및 구습의 희생적 '갈등 극복형'의 중도적 인물로 설정되었고, '세철'과 '복순'은 무산계급 운동가로 '투쟁적 의지형'의 인물로 미화되어 있으며, 인숙과 봉희의 정신적 지주가 된다. 봉희는 신여성·자유연애사상의 코드로 어둡고 암울한 이야기의 진행에 생동감을 주는 아주 중요한 역할을 한다. 그리고 인숙의 남편 봉환은 쾌락지향형의 미성숙한 인물로 나약한 반가의 몰락상을 펼쳐 보이는 전형적 인물이며, 경직이나 용환 모두 반가의 후예로 시대적 탕아로 설정되어 있다. 그리고 구세대 반가의 가장으로 설정된 '이 한림·윤 자작'은 구습을 견지함으로써 세대 간의 갈등을 야기하는 부정적인 인물이다.

세 번째로 『직녀성』이라는 소설 텍스트는 영화 장르로의 전환 요소를 지닌 작품으로, 서사적 소설기법의 양상을 보인다. 따라서 영화로의 전환을 전제로 한 『직녀성』의 서사적 공간은 크게 네 측면으로 나뉜다. 그리고 이 네 측면의 공간 이동마다 이들 인물들은 어디까지나 갈등을 유발하는 상대적 인물로 설정되어 있고, 그 공간들은 드라마적 혹은 영화 구성법과 유관하다는 것이다. 말하자면 인숙이라는 주인공에 의해 이끌어 가는 서사의 진행 방식이면서 갈등을 유발하는 이야기 구조에 치우쳐 있다. 그리고 전지적 시점의 화자에 의한 서술 기법이 '말하기' 방식의 흐름을 보여주다가도, 인숙과 봉희가 나오는 장면은 '보여주기' 방식으로 이루어지고 있다는 점이 특이하다.

■ 참고문헌

권택영, 『소설을 어떻게 볼 것인가』, 문예출판사, 1995.

김천혜, 『소설구조의 이론』, 문학과지성사, 1990.

송지현, 「심훈의 『직녀성』 고」, 《한국언어문학》 31집, 한국어문학회, 1999.

심광현, 「영상시대의 근대적 시각체제 비판」, 『이미지는 어떻게 살고 있는가』, 생각의 나무, 1999.

沈在昊, 심훈 연보, 『심훈문학전집』 3권, 1966.

심훈, 「일기·서간문」, 『심훈문학전집』 3권, 탐구당, 1966.

심훈, 「직녀성」, 『심훈문학전집』 2권, 탐구당, 1966.

심훈, 『심훈문학전집』 1권, 1966.

유병석, 「심훈의 작품세계」, 『한국현대소설사연구』, 민음사, 1984.

유병석, 「소설에 투영된 작가의 체험」, 《연구논문집》 제4집, 강원대학교, 1970.

이혜경, 「문학작품의 영화로의 방식」, 《어문연구》 35집, 어문연구회, 2001.

이해영, 「고독의 벼랑에서 50년」, 《가정생활》, 1964.

전우용, 「원산에서의 식민지 수탈체계의 구축과 노동자 계급의 성장」, 《한국역사연구회》 89호.

조남현, 「심훈의 『직녀성』에 보인 갈등상」, 『한국소설과 갈등』, 문학과 비평사, 1988.

조동일, 『한국소설의 이론』, 지식산업사, 1988.

조희문, 「원작영화의 유형과 비중」, 《영화》, 1990.

최원식, 「심훈연구서설」, 『한국근대문학을 찾아서』, 인하대출판부, 1999.

심훈, 「일기·서간문」, 『심훈문학전집』 3권, 탐구당, 1966.

루이스 자네티, 김진해 역, 『영화의 이해』, 현암사, 1987.

볼프강 가스트, 조길예 옮김, 『영화』, 문학과지성사, 1999.

12

심훈의 『상록수』 모델론*

'상록수'로 살아있는 '사랑'의 여인상

류양선

가톨릭대학교 명예교수

* 이 논문은 2003년도 가톨릭대학교 교비연구비의 지원에 의해 이루어졌음.

1
머리말

심훈의 농촌계몽소설 『상록수』에 대한 연구는 지금까지 많은 연구자들에 의해 여러 방향에서 전개되어 왔고, 그런 만큼 이 작품에 대한 평가 역시 연구자에 따라 다양한 견해가 제시되어 있다. 하지만 그런 가운데서도 『상록수』에 대한 논의와 평가에 어떤 대체적인 흐름이 발견된다. 즉 1930년대에 활발히 산출된 농민문학에서 『상록수』가 놓인 위상과 관련하여 처음에는 이 소설이 부정적으로 평가되다가 점차 긍정적인 평가로 변화해 온 것이다.

이를 동시대 다른 작가의 농민소설(농촌계몽소설)과의 비교를 통해 살펴보면, 『상록수』를 소위 '브나로드' 운동을 소설화한 것으로 보아 이광수의 『흙』과 동렬에 놓는 귀농형 농촌계몽소설로 보는 견해가 먼저 제시되었다가,[01] 점차 『흙』과의 변별성이 밝혀지면서 『상록수』가 지닌 고유한 성격을 강조하는

01 백철 『조선신문학사조사』, 백양당, 1950, 162면; 이재선, 『한국현대소설사』, 홍성사, 1979, 354~356면.

방향으로 나아갔다고[02] 할 수 있다. 그리하여 이제, 『상록수』는 이광수의 『흙』 또는 이기영의 『고향』과 구별되는, 다시 말해 개량주의에도 사회주의에도 속하지 않는 독자적 의의를 지닌 작품이라는 평가가 어느 정도 받아들여지고 있는 것으로 보인다.

그러나 『상록수』는 당시 농민들의 생활을 핍진하게 드러낸 소설이라 할 수도 없고 당시 농촌사회의 구조적 모순에 정면으로 육박해 들어간 소설이라 할 수도 없다. 그러니까 『상록수』는 농민소설이라기보다는 어디까지나 농촌계몽소설(또는 연애소설)이다. 그럼에도 이 작품이 '브나로드' 운동을 소설화한 『흙』과 변별되는 의의를 지니게 된 원인은 무엇일까? 그 원인의 한끝은 작가에게 있고 다른 한끝은 모델에게[03] 있는 것으로 일단 판단된다. 이 글의 논의를 통해 점차 밝혀지겠지만, 『상록수』는 작가의 투철한 항일의식(비타협적 민족주의)과 모델(특히 여주인공 채영신의 모델인 최용신)의 헌신적 계몽운동(기독교 쪽의 농촌운동)이 결합된 작품인 것이다. 이 글에서는 『상록수』의 이런 특성에 착안하여, 이 소설의 여주인공 채영신과 그 모델 최용신의 관련양상을 검토하고자 한다. 이를 위해 다음과 같은 순서로 논의가 전개될 것이다.

첫째, 작가인 심훈이 기독교에 대해 어떤 측면에서 어떻게 관심을 갖고 있

---

02 이와 같이 『상록수』의 독자적 성격이 밝혀진 것은 이 소설에 대한 면밀한 작품분석의 결과이다. 『상록수』에 대한 작품분석으로는 전광용, 「'상록수'고」(《동아문화》 5집, 1966), 오양호, 「계몽의식과 낭만적 파국 –'상록수' 연구–」(『농민소설론』, 형성출판사, 1984), 류양선 「'상록수'론」(한국현대문학연구회편, 『현국문학과 리얼리즘』, 한양출판, 1995), 조남현, 「'상록수' 연구」(《인문논총》 35집, 서울대학교 인문학연구소, 1996) 등이 있다.

03 『상록수』 남녀주인공 박동혁과 채영신의 모델은 흔히 충남 당진에서 공동경작회를 조직한 심훈의 조카 심재영과 경기도 샘골에서 농촌계몽운동을 전개하다가 회생된 최용신으로 알려져 있다. 그러나 이 중 심재영은 박동혁의 모델로 보기 어려운 측면이 있어, 이에 대한 세밀한 조사연구가 필요하다. 백승구, 『심훈의 재발견』(미문출판사, 1985)에서는 심재영 모델설을 부정하고 있다.(222면 이하 참고)

었는지 살펴보고자 한다. 이는 작가가 최용신의 농촌계몽운동을 『상록수』에 수용하게 된 동기가 어디에 있는지 검토하려는 것이다. 둘째, 최용신의 농촌계몽운동을 소설화한 과정에 대해 알아보고자 한다. 이는 모델의 외적 수용에 대한 논의라 할 수 있겠는데, 작중인물이 모델의 삶을 얼마나 충실하게 반영해야 하는지를 논의하고 실제로 『상록수』에서는 그것이 어떻게 반영되었는지를 살피게 될 것이다.

셋째, 모델 최용신의 기독교 신앙이 『상록수』에 어떻게 수용되었는지를 검토해 보고자 한다. 말하자면 모델의 내적 수용에 대한 논의인 바 이는 다시 두 항목으로 나누어진다. 그 하나는 작가 쪽으로부터의 접근으로서, 작가가 지난 시대정신이 모델과의 관계에서 어떤 길항작용을 일으켰는지를 논의하려는 것이다. 다른 하나는 모델 쪽으로부터의 접근으로서, 그럼에도 모델이 『상록수』에 끼친 영향은 무엇이며 그 영향이 얼마나 중요한 의미를 지니는지를 고찰하게 될 것이다.

이러한 작업은 『상록수』에 대한 좀 더 세분화되고 구체화된 접근이라 하겠거니와, 이를 통해 『상록수』가 지닌 문학적 가치가 어떻게 형성되었는지, 그리고 이 소설이 한국근대문학사에서 차지하는 의의가 무엇인지 밝혀질 것이다.

2
작가의 기독교에 대한 관심

지금까지의 연구 결과에 따르면, 심훈의 사상적 경향은 사회주의적 민족주의 또는 민족주의적 사회주의라고 할 수 있을 듯하다. 시기에 따라 구분해서 살핀다면, 심훈은 3·1운동을 계기로 항일 민족의식을 지니게 되었고, 중국 유학을 통해 사회주의 사상을 지니게 되었으며, 충남 당진으로 낙향할 즈음에는 사회주의보다는 비타협적 민족주의 쪽에 좀 더 기울어 있었던 것으로 보인다. 하지만 작가의 이러한 사상적 편력에 대한 이해는 그의 문학에 접근하기 위한 필요조건일 뿐 충분조건이 될 수 없음은 물론이다. 작가가 지녔던 시대사상에 대한 이해가 그의 작품에 대한 접근에 도움을 주는 것은 사실이지만, 그것은 작품의 어느 한 측면에 대해서만 그러할 뿐이다. 가령 『상록수』의 경우 비타협적 민족주의를 기반으로 하면서 사회주의적 잔영이 남아있다고 하는 설명이 가능하며, 바로 이 점이 『흙』이나 『고향』과 구별되는 이 소설의 독자성이라고 말할 수도 있다. 물론 이러한 설명이 틀린 것은 아니나, 『상록수』가 지닌 문학으로서의 가치를 온전히 드러낸 것이라 할 수는 없다.

여기서 『상록수』에 대한 작가 쪽에서의 접근방법의 하나로, 앞에 언급한 시대사상 외에 심훈의 기독교에 대한 관심을 탐색해 볼 필요성이 대두된다. 특히 심훈이 최용신을 모델로 기독교 쪽의 농촌계몽운동을 『상록수』에 수용한 것과 관련하여 이 점은 매우 중요하다. 만일 심훈이 기독교에 대해 전혀 무관심했다면, 최용신의 죽음을 보도한 신문기사를 접했다고 해서 그것을 곧바로 자신의 소설에 수용하기는 어려웠을 것이다. 더욱이 당시 사회주의 쪽의 기독교에 대한 부정적인 시각을 감안한다면, 다소간 사회주의적 경향을 지니고 있던 작가가 최용신을 모델로 농촌계몽소설을 쓴다는 것은 거의 기대하기 어렵다고 보아야 한다. 여기까지 오면, 심훈이 비록 기독교 신자는 아니었지만 어떤 부분에서건 기독교에 대한 어느 정도의 심정적 공감대가 형성되어 있었을 것이라는 추측이 가능하다. 아닌 게 아니라, 심훈의 기독교에 대한 관심은 결코 무시할 수 없는 수준의 것이었다.

먼저 목사였던 심훈의 중형(설송 심명섭)의 말을 들어보자. 심명섭은 시골 집 다락방을 치우다가 우연히 아우의 유고(『불사조』)를 발견하고는 "중간을 깁고 꼬리를 붙이어"[04] 『심훈전집』 6권으로 간행하면서, "어떤 독자에게는 불만을 줄는지 모르나 그 책임은 내가 지고 네가 나와 약속한 종교소설의 한토막으로 알아주기 바란다"고[05] 하였다. 그는 이어서 다음과 같이 회고하였다.

> 여러날 곰곰 생각하고 네 뜻을 상상하다가 이윽고 붓을 들어 엮은 것이 이러하니 무언중에 네 영혼이 도왔으리라.
>
> (……)
>
> 네가 생시에 예수교를 신봉하려 하였으나 교회제도에 불만과 신자의 불완전한 것을 보고 홀로 그리스도만 숭배하던 네 심정을 아는 형은 이 글을 쓰기에 주저하지 아니한다.
>
> (……)
>
> 네가 빈손으로 떠나가려 할 때 물질은 아무것도 소용없었고 다만 내가 목사생활 이십년 동안 가장 경건하게 베픈 세례식洗禮式! 그날 새벽 소독수消毒水에 내 손을 잠가 네 머리에 얹어 세례를 준 것이 마지막 제일 좋은 선물이었고 하늘나라에서 다시 만나기를 원한 나의 기도는 내 평생에 간절한 것이었다.[06]

심명섭의 이 회고에서 알 수 있는 것은 심훈이 그의 중형과 기독교에 대한 이야기를 많이 나누었다는 것, 그리하여 언젠가는 종교소설을 쓰려고 했다는 것, 그럼에도 교회제도에 대한 불만과 기독교 신자들의 불완전한 모습에 실망

---

04 심명섭, 「영계(靈界)에 사는 훈제(熏弟)에게-『불사조』 서문」, 『심훈전집』 6권, 한성도서주식회사, 1954, 1면. 『불사조』는 1932년 《조선일보》에 연재 도중 중단된 작품으로, 심명섭이 마저 써서 완결하였다.

05 위의 글, 2면.

06 위의 글, 2~3면.

하여 홀로 그리스도를 숭배하면서도 신자가 되지는 않았다는 것, 그럼에도 임종 시에 그의 중형으로부터 세례를 받았다는 것 등이다. 이러한 사실만으로도 심훈이 기독교에 대해 상당한 관심을 가지고 있었음을 알 수 있다. 뿐만 아니라 심훈 자신도 그의 일기와 수필, 그리고 시작품 등에서 기독교와 관련된 글을 남기고 있다.

> 조반후朝飯後 영섭英燮이와 같이 종교예배당宗敎禮拜堂에 가서 예배禮拜를 본 뒤에 신흥우申興雨의 <봉사奉仕> 라는 연제演題로 하는 강연을 들었다. 조리있는 말인데 그 말을 듣고 하느님을 잘 믿고 싶은 것보다도 꼭 믿어야만 할 마음을 얻었다.07
>
> 주일主日이라 안동安洞예배당에 가 예배를 보고 취운정翠雲亭에 올라갔더니 평양平壤집도 오고 옥동玉洞집도 오고 아저씨도 오고 하여 벅적벅적한다.
>
> 오후 세 시에 청년회관靑年會館에 가서 신흥우씨申興雨氏의 <만능萬能>이라는 연설을 들었다. 우주만물宇宙萬物을 태양太陽이 지배함과 온 물질이 태양이 아니면 생존生存할 수 없다는 이학자科學者의 말과 같이 우리의 영계靈界를 지배하는 이는 하나님이라 하고 상제上帝가 우리 조선朝鮮을 택하여 동양東洋의 추요지樞要地에 둠은 쇠패衰敗한 동양의 영계를 우리가 우리 민족이 지도치 않으면 안 되게 함이라. 그러므로 우리는 열패劣敗한 민족民族이라 자기自棄할 것이 아니요, 능히 온 세계의 가장 행복한 지위에 있다 하는 그의 열변 있는 말에 대단히 흥분되며 격려되었다.08
>
> 연애戀愛에서 육욕肉慾을 떼어놓으라고 내가 말하는 것은 물론 아니다. 육肉과 사랑을 떼어놓은 것은 예수교敎가 준 죄악罪惡이다. 예수교는 그로 인하여 인

07 심훈의 일기(1920년 3월 7일), 『심훈문학전집』 3권, 탐구당, 1966, 601면.

08 심훈의 일기(1920년 3월 28일), 위의 책, 607면.

생人生을 위선僞善으로 이끌었다. 그러나 이것이 예수교의 참정신精神이라고 믿을 수는 없으니, 예수는 「죄 있는 여인」도 용서容恕하였다. 죄 있는 여인이 그의 발에 입맞추는 것을 너그러이 받았다. 『너희는 여인에게 부딪치지 말라』한 것은 예수 그 사람이 아니요 『에피고넨』이다. 교회敎會다. 교회야말로 타락墮落한 것이다. 예수는 상승上昇하였고 교회는 하강下降하였다. 교회 때문에 진실한 종교적宗敎的 정신精神은 소멸消滅되고 그리고 예수교 그것이 멸망한 것이다.09

해여! 태양太陽이여!
대륙大陸에 매어달린 조그만 이 반도半島가
네 눈에는 쓸데없는 맹장盲腸과 같이 보이는가?
우주宇宙를 창조創造하신 하나님도
이다지도 이다지도 짓밟혀만 살라고
악착한 운명運命의 부작符爵을 붙여서
우리의 시조始祖부터 흙으로 빚었더란 말이냐?10

위의 인용 중 심훈의 일기는 그가 청년시절에 교회에 다니고 있었다는 것, 그리하여 이때 이미 그의 내면에 기독교적 신앙의 기초가 형성되었다는 것을 알려주고 있다. "하느님을 잘 믿고 싶은 것보다 꼭 믿어야만 할 마음을 얻었다"고 하였는데, 이런 진술을 가볍게 볼 수 없는 것은 그의 일기 중 한 달간의 생활을 정리한 '3월의 중요한 일'에서, "안동예배당으로 예배를 보러 다니기로

09 심훈, 「결혼(結婚)의 예술화(藝術化)」, 위의 책, 519면.
10 심훈 「태양(太陽)의 임종(臨終)」, 『그날이 오면-심훈전집』 7권, 한성도서주식회사, 1955, 104~105면.

작정"하였다고[11] 거듭 다짐하고 있기 때문이다.

심훈은 특히, 민족문제를 기독교적 시각에서 본 신흥우의 〈만능〉이라는 연설을 듣고 "그의 열변있는 말에 대단히 흥분되며 격려되었다"고 그 감동을 피력하고 있다. 이로 미루어 심훈은 3·1 운동에 참가하여 옥고를 치른 뒤, 기독교 특히 YMCA의 민족운동에 크게 고무되어 있었음을 알 수 있다.[12] YWCA에서 샘골로 파견한 최용신을 모델로 채영신이라는 여주인공을 탄생 시켜『상록수』에 기독교 농촌계몽운동을 수용하게 된 동기의 일단을 여기서 엿볼 수 있는 것이다.

그러나 심훈은 그의 중형 심명섭이 회고한 바와 같이, 교회의 타락과 위선에 대해서는 맹렬히 비판하고 있다. 위에 인용한 수필에서 "교회 때문에 진실한 종교적 정신이 소멸되고 예수교 그것이 멸망"하였다고 한 것은 거의 분노에 가까운 통렬한 비판이다. 이 글에 교리 중심의 종교를 거부하는 뜻이 담겨 있는 것은 자유주의자요 낭만주의자인 심훈의 기질을 드러낸 것으로 읽히거니와, 중요한 것은 교회의 타락과 위선에 대한 비판이 곧 기독교 자체를 부정한 것은 아니라는 점이다. 어쩌면 그것은 오히려 심훈이 '예수교의 참정신' 또는 '진실한 종교적 정신'을 열망하고 있음을 알려주는 것이라 할 수 있다.

이 점은 위에 인용한 시「태양의 임종」의 경우에도 마찬가지이다. 심훈은 우주를 창조하고 주재하는 하느님의 존재를, 그 사랑을 믿고 싶지만 믿을 수가 없는 것이다. 민족의 비참한 현실이 그러한 존재를 부정할 수밖에 없도록

11 심훈의 일기(1920년 3월 31일), 위의 책, 608면.

12 당시(1920년 3월 전후) 심훈의 일기를 보면, 그가 YMCA에 자주 드나들었음을 알 수 있다. 그리하여 신흥우 외에도 여러 연사들의 연설을 들었고 YMCA에서 주최하는 음악회, 유도경기 등을 관람하기도 하였다.

만들기 때문이다. 그러기에 "이다지도 이다지도 짓밟혀만 살라고 / (……) / 우리의 시조부터 흙으로 빚었더란 말이냐" 하는 격렬한 반항의 외침은[13] 민족의 해방을 위한 간절한 기도와 같은 의미를 지니게 된다. 결국 심훈은 임종할 때에야 세례를 받긴 했지만, 그 훨씬 이전부터 기독교의 정신 자체에 공감하고 있었음을 알 수 있다.

3
최용신에서 채영신으로

샘골에서 헌신적으로 일하던 최용신이 장중첩증으로 숨진 것은 1935년 1월 23일이고, 이에 관한 기사를 접한 심훈이 조사와 구상을 거쳐[14] 『상록수』를 쓰기 시작한 것은 1935년 5월 초, 탈고한 것은 6월 26일이다. 200자 원고지 1,500매에 이르는 분량을 "한 오십일五十日 동안을 주야겸행晝夜兼行으로 펜을 달려 기한期限과 횟수回數와 또는 그 밖의 모든 구속拘束을 받으면서 써낸 것"이다.[15] 《동아일보》 창간 15주년 기념 장편소설 현상모집응모 기한(6월말)에 맞추기 위해서였겠으나, 이처럼 짧은 기간에 탈고했다는 것은 당시의 농촌계몽운동을 소설화하려는 작가의 의지와 열정을 웅변적으로 말해준다. 이렇게 해

---

13 심훈의 육필 원고를 보면 이 시를 수정하기 이전에는 "창조하신"은 원래 "창조했다는"으로, "하나님도"는 원래 "하나님이란 허잡이는"으로, "시조부터"는 원래 "족속을"로 되어 있었다. 심훈기념사업회, 『그날이 오면-심훈문학전집』 1권, 차림, 2000, 육필원고, 97면.

14 류달영은 심훈이 샘골에 직접 찾아와서 조사했다고 말하고 있다. 류달영, 「저자와의 대담」, 『최용신의 생애』, 성천문화재단, 1998, 155면.

15 심훈, 「작가의 말」, 《동아일보》, 1935. 8. 27.

서 샘골의 최용신은 죽은 지 불과 4~5개월 만에 『상록수』의 채영신으로 부활한 것이다.

사실, 1935년 당시에는 노천명의 「샘골의 천사天使 최용신 양의 반생半生」(《중앙》, 1935), 일기자의 「고故 최용신 양의 밟아온 업적業蹟의 길」(《신가정》, 1935) 등에서 최용신의 실제 이야기가 단편적으로 기록되었을 뿐이다. 최용신의 생애와 샘골에서의 헌신적인 활동에 대한 본격적인 기록은 그녀가 죽은 지 4년 뒤인 1939년에 와서야 비로소 이루어졌으니, 류달영의 『최용신崔容信 소전小傳』(성서조선사, 1939)이 그것이다, 김교신에 의하면, 1939년 북한산록의 동계 성서강습회에서 최용신의 생애를 정확히 기록해 두기로 의견을 모으고 그 집필자로 류달영을 천택薦擇하였는데, 그 이유는 류달영이 "수원고등농립학교에서 배웠으매, 고 최양의 일터 천곡泉谷과는 지리적으로 거리가 가장 가까웠다 할 뿐만 아니라 수원고농 내의 조선인 학생 단체의 일을 통하여 최용신 양의 생전에 적지 않은 교섭을 가졌"기[16] 때문이라고 하였다. 그런데 이 『최용신 소전』의 집필 동기에는 『상록수』에 대한 약간의 불신 또는 오해가 깔려 있는 듯하다.

> 소설 『상록수』를 독료讀了하다. 학원 경영에 참고될까 해서 다대多大한 희생이나 하듯이 아까운 시간을 들여 통독하였다. 끝이 될수록 감동이 깊었다. 최양 같은 선생이 있다면 학원 경영도 매우 쉬운 일일 듯하다. 그러나 소설의 여주인공 최용신崔容信 양의 신앙이 그 정도뿐이었는지 혹은 작자 심씨沈氏의 사상이 그 정도에 지나는 것이 없었는지는 알 수 없으나 요컨대 '일하러 가세' 라는

16 김교신, 「최용신(崔容信) 양(孃) 소전(小傳)」 서문, (《성서조선》, 1939), 노평구 엮음, 『김교신 전집1』, 도서출판 부키, 2002, 107면.

찬송가 이외의 아무 깊은 것도 높은 것도 없어 보인다.[17]

인쇄소에 들르고 오전 10시 차로 수원행. 고농高農 K군의 안내로 천곡泉谷에 고 故 최용신 양의 사적事跡을 심방하고자 함이다. 발차 시간을 기다릴 동안 화홍문까지 잠시 보고 오후 1시에 천곡 착着. 구상丘上에 덩그런 학원은 고 최양이 창자가 꼬여지도록 애써 지은 건물이라 하매 널 한 쪽, 흙 한 줌도 무슨 신성한 건물 같아 보인다. 형이 희생된 자리에서 그 동생이 수업하고 섰는 자태도 눈물겨움이 없이는 볼 수 없는 광경이다. 학원을 바라볼 수 있는 구상에 고 최양의 분묘墳墓와 비석이 보이는 것은 사실이나 『상록수』의 기사의 사실과는 매우 차이가 있음을 알다.[18]

1937년[19] 모임에서 내가 김교신 선생에게 건의를 했어요.

"한국에 이러이러한 훌륭한 애국여성이 있었는데, 지금은 세상을 떠났지만 이런 분의 생애는 전기를 써서 많은 조선 사람들에게 읽혀서 알게 해야 합니다. 『상록수』 소설이 그분을 모델로 해서 쓰여졌지만 그것은 실제와는 많이 다르니까 선생님께서 그분의 전기를 써서 후세에 남겨 주십시오."

(……)

그후 내가 개성에 내려가 있으니까 얼마 후에 김선생님의 편지가 왔어, "최선생의 전기는 류군이 써라(……)"는 내용이었어. 나는 선생님의 명령을 어길 수가 없어서 할 수 없이 쓰기로 결심했어요.[20]

요새 최용신 양 상도 주고 하는데 그것도 내가 쓴 전기가 원인이 되었을 것 같아요. 만일 그 전기가 없었더라면 누구나 소설이나 읽고 끝냈겠지. 전기는 조

---

17 김교신의 일기(1939.2.19.) 『김교신 전집 7』. 35면.

18 김교신의 일기(1939.2.28.), 『김교신 전집 7』, 38~39면.

19 1939년의 잘못인 듯하다.

20 류달영, 앞의 책, 157면.

작이 아니라 정신과 활동의 산 기록이니까. 그 전기를 계기로, 여성계 인사 중 몇 분이 나서서 그 정신을 이 나라 여성계에 살려야겠다는 취지로 용신 봉사상을 제정한 것 같아.[21]

이 인용문들로 미루어, 김교신과 류달영이 은연중 내비치는 소설『상록수』에 대한 불만은 두 가지로 요약될 수 있다. 그 하나는 작가가 소설 속에서 최용신(채영신)의 기독교 신앙과 정신을 잘 살리지 못했다는 것이고, 다른 하나는 소설에 나오는 최용신(채영신)의 이야기가 실제 사실과 다르다는 것이다. 이중 신앙과 정신에 대한 문제는 잠시 뒤로 미루고, 먼저 소설 내용이 실제사실과 부합해야 하는가의 문제에 대해 어느 정도 논의하고 넘어가기로 하자.

소설세계는 현실세계와 어떤 관계에 놓이는가? 이 문제는 '문학은 현실을 비추는 거울이다' 하는 식의 말로 간단히 해결될 수 없다. 문학은 현실을 반영하기는 하지만, 현실 자체가 아니라 상상력에 의해 조직된 허구이기 때문이다. 그러기에 문학이 현실의 거울이라는 말은 한갓 비유일 따름이다. 거울의 안과 밖은 서로 같지만, 문학작품의 안과 밖은 서로 다르다. 문학과 현실의 관계에 대한 논의가 이 점을 망각하고 소박한 반영론의 수준에 멈춘다면, 문학작품을 사회학이나 역사학의 자료에 불과한 것으로 떨어뜨림으로써 문학에 대한 이해의 폭을 좁히게 되고 말 것이다.

이것은 소설 주인공에게 실제 모델이 있는 경우에도 예외가 아니다. 현실세계에 실제로 존재했던 모델의 삶과 정신이 소설세계 속에 수용되는 것은 사실이지만, 다른 한편 그 삶과 정신은 작가의 세계관에 의해 매개됨으로써 전

21 위의 책, 171면.

혀 다른 차원으로 이끌려 들어가는 것이다. 이러한 사정은 소설이 아닌 전기의 경우에도 어느 정도까지는 마찬가지라고 할 수 있다.[22] 가령, 같은 인물의 생애를 두 사람이 기록했을 때, 그 두 전기가 서로 똑같을 수는 없는 것이다. 하물며 전기가 아닌 소설에 있어서랴!

더욱이 실제의 인물 최용신의 농촌계몽운동과 소설 주인공 채영신의 그것을, 또는 최용신과 채영신의 인물과 주변환경을 비교한 연구의 결과는 소설이 실제를 충실히 반영하고 있음을 밝히고 있다.[23] 이렇게 본다면, 최용신의 전기를 집필한 쪽에서 소설의 내용이 사실과 많이 다르다고 불만스러워 하는 것은 소설에 대한 무지 또는 오해에서 비롯된 것이라고 할 수밖에 없다. 이제, 앞서 제기된 또 하나의 문제, 즉 최용신의 기독교 신앙이 『상록수』에서 채영신을 통해 어떻게 받아들여졌는가 하는 점을 살펴보기로 하자.

---

22 그러나 전기가 실제 사실과 어긋날 때는 바로잡을 필요가 있다. 이와 관련하여 류달영이 쓴 최용신의 전기에 약간의 문제가 있지 않은가 생각된다. 류달영의 위의 책에서는 최용신이 매우 가난하여 원산의 루씨여자고등보통학교 재학 중 점심을 굶으며 학교에 다닐 정도였다고 했으나, 2001년 2월 안산문화원 주최 세미나에서 최용신의 사촌동생 최은옥은 최용신의 가정이 부유하여 생활의 여유가 있었다고 중언하였다.(최용신선생기념사업회, 『최용신 선생의 생애』, 2002, 19면.). 또 류달영의 위의 책에는 최용신이 계몽운동을 시작한 1931년 10월부터 1934년 3월 일본에 유학하기까지 샘골에 계속 머무른 것으로 되어 있으나, 일기자의 「고 최용신 양의 밟아온 업적의 길」(《신가정》, 1935)에는 1932년경 YWCA의 보조삭감으로 "천곡학원이 일시 비운에 빠져 최양은 한동안 경성에 돌아가 있었다"(59면)고 되어 있다.

23 노천명의 「샘골의 천사 최용신 양의 반생」(《중앙》, 1935)과 『상록수』를 비교한 연구에서는 "노천명이 뼈를 제시한 것에다가 심훈은 살과 피를 부여하여 하나의 생명있는 이야기를 만들어 낸 것"이라(조남현, 앞의 글, 27면.) 하였고, 류달영의 『최용신 소전』과 『상록수』를 비교한 연구에서는 "작가 심훈은 당시 언론에 게재된 최용신의 농촌계몽운동의 실제 모습과 사망소식을 읽고 이를 소재로 하여 상록수의 한 축으로 그의 인생과 업적을 반영시켰다"고(김호일, 『2월의 문화인물 최용신』, 문화관광부·한국문화예술진흥원, 2001, 50면) 하였다.

4

기독교 정신의 수용양상

앞에서 살핀 대로 심훈은 예수의 행적에서 볼 수 있는 진정한 기독교정신에 공감하면서도, 교회의 타락과 위선에 대해서는 신랄한 비판의식을 지니고 있었다. 당시의 기독교에 대한 작가의 이러한 태도는 『상록수』에서도 마찬가지로 나타난다.[24] 가령, 채영신의 후원자인 백현경에 대한 박동혁의 비판은 기독교계 농촌운동 지도자의 관념적이고 시혜적인 태도를 꼬집어 지적한 것이다. 또한 박동혁은 "인류와 종교의 역사적 관계歷史的 關係를 모르는 것도 아니요, 편협한 유물론자唯物論者처럼 덮어놓고 종교를 아편과 같이 생각하지는 않으면서도",[25] 당시 기독교의 부패상에 대해서는 다음과 같은 맹렬한 공격으로 혐오감을 드러내고 있다.

> "권세에 아첨을 허다 못해 무릎을 꿇고, 물질과 타협을 허다 못해 돈 있는 놈의 주구走狗가 되는, 그런 놈들 앞에 내 머리를 숙이란 말씀요? 그 따위 교회엘 댕기다간 정말 지옥엘 가게요"
>
> 하고 마루 바닥에다 헛침을 탁 뱉는다. 그러면 영신은
>
> "교회 속은 누구보담도 직접 관계를 해온 내가 속속들이 잘 알아요. 아무튼 '루터-' 같은 분이 나와서 큰 혁명을 일으키기 전엔, 조선의 예수교회도 이대루

---

24 이인복은 작가 심훈과 주인공 박동혁의 기독교관의 한계를 지적하고 심훈과 마찬가지로 박동혁도 "방외적(傍外的) 의사(擬似) 크리스찬에 머물고 있다"고 하였다. (이인복, 「심훈과 기독교사상」, 한국평론가협회 편, 『한국문학의 현장의식』, 지문사, 1984, 379면.)

25 심훈, 『상록수』, 조남현 해설·주석, 서울대학교 출판부, 1996, 242면.

가다간 멸망을 당허고 말 게야요!"

하고 저 역시 분개하기를 마지 않다가

"나는 '그리스도'가 인류를 위해서 십자가에 피를 흘리신 그 정열과, 희생적인 봉사奉仕의 정신을 숭앙허구 본받으려는 것뿐이니까요. 그 점만은 충분허게 이해해 주셔야 해요."26

여기서 볼 수 있는 교회에 대한 박동혁의 발언은 당시 일제의 식민통치와 타협해 가는 기독교에 대한 맹렬한 비판으로 들리기도 한다. 그러나 『상록수』가 기독교 자체를 전면적으로 부정하는 입장에 있는 것은 아니다. 왜냐하면 채영신의 발언을 통해 작가는 인류의 구원을 위해 십자가에서 피를 흘리신 그리스도를 일깨우고 있기 때문이다. 그러니까 이 대목에서 작가는 교회에 대한 자신의 부정적인 시각은 박동혁을 통해, 예수의 삶과 죽음에 대해 자신이 공감하는 바는 채영신을 통해 드러내고 있는 것이다. 요컨대 심훈은 당시 교회의 타락상과 교인들의 위선에 분노하면서도, 최용신의 삶과 죽음에서 진정한 의미의 기독교적 농촌운동을 발견하고, 그것을 농촌계몽소설 『상록수』에 수용했던 것이다.

그렇다면 이 소설에서 작가가 드러내고자 한 진정한 기독교 정신이란 무엇일까? 그것은 바로 위의 인용에서 볼 수 있는 채영신의 발언에 집약되어 있다. 즉 "그리스도가 인류를 위해서 십자가에 피를 흘리신 그 정열과, 희생적인 봉사의 정신"이다. 그리하여 예수의 '희생적인 봉사의 정신'은 채영신의 삶으로, '십자가에 피를 흘리신 그 정열'은 그녀의 죽음으로 이 소설에서 구현된 것

26 위의 책, 242~243면.

이다. 여기서 '희생'과 '봉사' 그리고 '정열'이라는 말에 주목하자. 이 단어들은 심훈 문학에서 읽을 수 있는 자기소멸을 각오한 이상적 낭만주의를 함축하고 있다. 이렇게 보면,『상록수』의 여주인공 채영신의 삶과 죽음은 모델인 최용신의 기독교 신앙과 작가의 이상적 낭만주의가 긴장관계를 이루며 결합된 모습으로 형상화되었다고 할 수 있다.

그리하여『상록수』는 채영신이 자기 몸을 돌보지 않는 희생적인 농촌계몽운동 끝에 마침내 병을 얻어 죽음에 이르는 과정을 보여준다. 이제 채영신의 임종 장면을 보기로 하자.

> "하나님이 나를 설마……."
>
> 하고 다시 살아날 자신이 있는 듯이 가냘픈 미소를 띠어 보인다. 그러다가도 반듯이 누워 가슴 위에 합장을 하고 허옇게 바랜 입술을 떨면서,
>
> "주여! 나를 버리시나이까? 오오, 주여! 나를 버리시나이까?"
>
> 하고 연거푸 부른다. 그것은 예수가 십자가에 못박히며 최후로 부르짖은 말이었다.27

여기서 보듯, 작가는 채영신의 죽음을 예수 그리스도의 죽음에 빗대어 서술하고 있다. 기실, 채영신의 죽음에서 우러나는 희생양의 이미지는 적잖이 감동적이다. 이 속죄양 의식은 인텔리(또는 작가 자신)의 농민들에 대한 부끄러움 내지 죄책감과 나란히 놓이는 것이거니와, 이것은『상록수』이외의 다른 작품들에서도 빈번히 나타나는 것으로 심훈 문학의 중요한 모티브가 되는 것

27 위의 책, 332면.

이다. 그리고 그것은 심훈 문학의 총결산이라고 할 수 있는 『상록수』에 와서, 이처럼 여주인공 채영신의 죽음으로 절정에 이르게 되는 것이다. 그런데 작가는 이 임종 장면에서, 예수의 인류를 위한 속죄를 채영신의 민족을 위한 속죄로 환치시켰다.

> 원재는 눈을 감고 생각하다가
>
> "날빛보다 더 밝은 천당
>
> 믿는 것으로 멀리 뵈네."
>
> 를 고요히 고요히 뜯기 시작하는데, 영신은 그것이 아니라는 듯이 머리를 흔든다. 원재가 손을 멈추고
>
> 「그럼 무슨 곡조를 허까요?」
>
> 하고 귀를 기우리니까 영신은
>
> 「사 사 삼천리…….」
>
> 하고 자유를 잃은 입술을 힘껏 움즉인다.
>
> 손풍금 소리와 함께 청년들은 일제히 입을 열엇다.
>
> "삼천리 반도 금수강산
>
> 하나님이 주신 내 동산
>
> 이 동산에 할 일 만어
>
> 사방에 일꾼을 부르네."
>
> 청년들의 목소리가 전처럼 우렁차지 못함인 듯, 영신은 눈쌀을 찌프린다. 그 눈치를 살핀 원재가 입살로 눈물을 빨며
>
> 「일하러 가세. 일하러 가!」
>
> 하고 목청을 높여 후렴을 불를 때 영신은 열병환자처럼 몸을 벌떡 이르켰다. 여러 아이들 앞에서 그 노래를 지휘할 때처럼 팔을 내젓는 시늉을 하다가

「억!」

소리와 함께 고개를 재치고는 뒤로 덜컥 넘어졌다.28

임종 장면의 마지막 부분이다. 여기서 작가는 눈에 띄게 민족의식을 드러내고 있다. 원재가 영신의 임종 자리에서 "날빛보다 더 밝은 천당……" 하며 노래를 부르자,29 영신은 그것을 "삼천리 반도 금수강산……"으로30 바꾸어 부르도록 하는 것이다. 그리고는 "일하러 가세. 일하러 가!" 하는 노랫소리에 최후로 몸을 일으켰다가 쓰러지는 것이다. 작가는 이처럼 영신의 죽음이 민족현실을, 농민들의 삶을, 농촌계몽운동을 향하도록 하고 있다. 영신의 죽음이 천상이 아닌 지상을 향하도록 한 바로 이 대목에서, 모델 최용신과 작가 심훈의 서로 밀고 당기는 긴장관계가 최고조에 이른 것이다.

그러나 "삼천리 반도 금수강산……"으로 시작하는 노래 역시 찬송가라는 점에서, 채영신의 죽음은 어디까지나 기독교적 의미의 자장 안에 놓인다. 또 "일하러 가세. 일하러 가!" 하는 후렴 부분도31 성경의 내용과 관련된다는 점을32 감안하면 더욱 그렇다. 작가는 이렇게 해서 채영신의 죽음을 통해 민족을

28 위의 책, 339면.

29 최용신의 임종 때는 어린이들이 '최선생님 창가'라는 별칭을 가진 <내 주를 가까이>를 고요히 합창하였다. 참고로 그 가사 제3절을 보이면 다음과 같다. "내 구주 예수여 뜻대로 합소서/ 내 모든 사정을 다 주께 맡기고/ 저 천국 길로만 향해서 가리니/ 살든지 죽든지 뜻대로 합소서"(류달영, 앞의 책, 117면.)

30 이 찬송가의 가사는 남궁억이 작사한 것으로 알려져 있다.

31 이 찬송가의 후렴 가사는 다음과 같다. "일하러 가세 일하러 가! 삼천리강산 위해/ 하나님 명령 받았으니 반도 강산에 일하러 가세" 한국교회 찬송가 위원회, 『관주·해설 찬송가』, 한국교회 찬송가 출판사, 1989, 371면.

32 이 후렴과 관련된 성경의 내용을 보면 다음과 같다. "또 목자 없는 양과 같이 시달리며 허덕이는 군중을 보시고 불쌍한 마음이 들어 제자들에게 이렇게 말씀하셨다. '추수할 것은 많은데 일꾼이 적으니 그 주인에게 추수할 일꾼을 보내 달라고 청하여라.(마태오 9 : 36-38)' 여기서 '시달리며

위한 희생양의 이미지를 극대화하였다. 심훈이 그의 시 「너에게 무엇을 주랴」에서 "마지막으로 붉은 정성精誠을 다하여/ 산 제물祭物로 우리의 몸을 너에게 바칠 뿐이다!"라고[33] 외친 것처럼, 채영신은 민족의 제단에 '산 제물'로[34] 바쳐진 것이다.

5
채영신에서 다시 최용신으로

『상록수』는 종교소설이 아니다. 그러기에 이 소설의 묘사나 서술 또는 작중인물들 간의 대화에서 기독교 신앙의 깊은 경지를 읽어내기는 어렵다. 신 앞에선 단독자로서의 실존적 의미를 탐색한다거나, 초월적 사유를 통해 인생문제의 궁극적인 해결을 모색한다거나 하는 모습을 찾아볼 수는 없다는 말이다. 바로 이 점이 김교신과 류달영으로 하여금, 이 소설에 대한 불만을 토로하게 하였는지도 모른다. 신앙인의 입장에선 그렇게 여길 법도 한 일이다. 그러나 최용신을 모델로 했다고 해서 반드시 종교소설이 되어야 하는 것은 아니다.

또, 이와는 다른 의미에서, 『상록수』가 종교소설이 아니라고 해서 기독교 정신을 제대로 드러내지 못했다고만 생각할 수도 없다. 소설의 의미는 묘사나

허덕이는 군중'은 『상록수』에서 위의 찬송가를 통해 비참한 현실에 놓인 농민들에 비유되었다고 볼 수 있다. 작가는 이렇게 해서 채영신의 죽음을 당시의 구체적인 농촌현실과 관련시켰다.

33 심훈, 「너에게 무엇을 주랴」, 『그날이 오면-심훈전집』 7권, 한성도서주식회사, 1955, 59면. 이 시에서 '너'는 민족 또는 조국을 의미한다.

34 동혁은 영신의 장례를 치른 날 밤에 홀로 영신의 무덤을 찾아가, "영신이가 반은 자살을 한 것처럼" 생각한다. 심훈, 앞의 책, 350면.

서술 또는 대화에만 있는 것이 아니고, 사건의 구성과 인물의 행동을 통한 전체적인 서사 진행과정에서도 드러나는 것이기 때문이다. 이렇게 본다면, 여주인공 채영신의 헌신적인 삶과 죽음은 무엇보다 기독교의 정신을 잘 보여주는 것이라 할 수 있다. 그러니까 『상록수』가 최용신의 기독교 정신을 제대로 수용하지 못했다는 비판은 일면 타당한 점도 있으나, 역시 소설에 대한 몰이해에서 비롯된 것이라 할 수 있다.

여기까지 와서, 어떤 알 수 없는 신비에 부딪치며 다음과 같은 질문을 던져 본다. 그렇다면 채영신의 헌신적인 삶과 희생양으로서의 죽음이 작가의 상상력에 의해서만 가능할 수 있는가?

이 질문에 대한 답변은 물론 그렇지 않다는 것이다. 소설 속의 채영신의 죽음에 앞서, 현실 속의 최용신의 죽음이 있었던 것이다. 요컨대, 기독교의 본질을 드러내는 최용신의 죽음이 당시 기독교 쪽의 농촌계몽운동을 소설에 수용할 수 있게끔 했던 것이다. 이와 관련하여, 현실세계와 소설세계 다시 말해 최용신과 채영신의 관계를 다시 한 번 깊이 있게 고찰해 볼 필요가 있다. 이를 위해 이 글의 부제인 〈'상록수'로 살아있는 '사랑'의 여인상〉에 대한 설명부터 시작하기로 하자.

먼저, '상록수'로 살아있다고 할 때의 '상록수'에는 두 가지 의미가 들어 있다. 하나는 심훈의 소설 『상록수』라는 뜻이고, 다른 하나는 말 그대로 늘푸른 나무라는 뜻이다. 그러니까 '상록수'로 살아있다는 말은 『상록수』라는 소설 속에 또는 『상록수』라는 소설을 통해 살아있다는 것임과 동시에, 늘 푸르게 영원히 살아있다는 것을 의미한다. 이것은 물론 최용신과 채영신 모두에게 해당된다.

다음, '사랑'의 여인상이라고 할 때의 '사랑'에는 세 가지 의미가 들어있다. 첫째 민족에 대한 사랑, 둘째 연인에 대한 사랑, 셋째 하느님에 대한 사랑이 그것이다. 이 또한 최용신과 채영신 모두에게 해당된다.35 소설 속의 채영신은 '일'(샘골에서의 농촌계몽운동)과 '사랑'(연인인 동혁에 대한 사랑)의 갈등을 심각하게 겪거니와,36 그것은 결국 민족에 대한 사랑('일')과 연인에 대한 사랑('사랑')의 갈등인 것이다. 또 최용신과 채영신의 기독교 신앙은 곧 하느님에 대한 사랑이라고 볼 수 있다. 최용신과 채영신은 모두 이 세 가지 사랑의 구현자인 것이다. 그리고 그녀들의 죽음은 민족에 대한 사랑과 연인에 대한 사랑이 또는 그 두 가지 사랑의 갈등이 결국 하느님에 대한 사랴으로 수렴·해소되는 지점인 동시에, 정말 놀랍게도 부활의 지점이기도 한 것이다.

이제, 최용신과 채영신은 그리 뚜렷이 구별되지 않으니, 바로 여기에 심훈이 최용신을 모델로 소설화하여 채영신을 탄생시킨 의의가 있다. 소설은 리얼한 묘사의 감동성과 널리 읽히는 대중성, 그리고 오래 읽히는 지속성으로 끊임없이 현실과 교섭하고 현실세계에 영향을 미친다. 소설의 안과 밖은 허구와 현실로 구분되지만, 그러면서도 마치 현실세계와 영적세계처럼, 암암리에 서로 연결되어 있다. 즉 현실이 허구화되고, 그 허구가 다시 현실을 변화시키는 것이다. 그러니까 채영신에게 최용신이 스며들었듯이 최용신에게도 채영신이 스며들어있는 것이다. 최용신이 소설세계 속으로 들어가 채영신이 되었다가 다시 현실세계로 걸어나와 최용신이 되기 시작한 것은 벌써 1939년부터가 아닌가? 어떤 의미에서건 『상록수』에 자극받아 쓰인 『최용신 소전』이 이런 사정을 웅변적으로 말해 준다. 최용신과 채영신은 서로서로를 비추어 주는 관계에

35 최용신의 경우, 하느님에 대한 사랑과 민족에 대한 사랑은 아무리 강조해도 지나침이 없을 것이다. 여기에 덧붙여, 약혼자 K에 대한 그녀의 사랑도 지극했음을 류달영의 최용신 전기는 보여준다. 그녀가 임종할 때 남긴 유언 중의 하나는 약혼자 K와의 관계에 대한 것이었는데, 이 부분을 보면 다음과 같다. "제가 K씨와 약혼한 지 올해 꼭 10년이에요. 올 4월부터는 두 사람이 힘을 모아서 농촌에 몸을 바치자고 약속했어요. 그런데 이대로 떠나면야 참 그에게 너무 미안해서……"(류달영, 앞의 책, 118면).

36 채영신에게서 볼 수 있는 '일'과 '사랑'의 갈등에 대해서는 류양선, 앞의 글, 20면 이하 참고.

놓여 왔고, 지금도 그러하며, 앞으로도 그러할 것이다.

소설 『상록수』에 나타난 채영신의 사랑(민족, 연인, 하느님에 대한 사랑)은 독자들의 마음속에 널리 그리고 영원히 살아 있다. 더불어 최용신의 사랑 역시 우리들의 마음속에 늘푸른 나무처럼 살아있게 된 것이다. 이런 의미에서 소설 『상록수』가 기여한 바는 절대적이다. 그러나 만일, 현실세계에서의 최용신의 죽음이 없었다면 채영신이라는 허구적 인물도 있을 수 없다는 점에서, 무엇보다 앞서 최용신의 죽음이 이 모든 것을 가능하게 했다는 사실에는 변함이 없다. 최용신이야말로 땅에 떨어져 죽어 많은 열매를 맺은 한 알의 밀알이었던 것이다. 이런 의미에서 최용신과 채영신은 뚜렷이 구별된다.

6
맺음말

심훈은 청년시절부터 기독교에 대해 남다른 관심을 가지고 있었으며, 특히 YMCA의 민족운동에 고무되었던 바 이 점이 YWCA에서 샘골에 파견한 최용신을 모델로 하여 『상록수』의 여주인공 채영신을 탄생시킨 기본적 동기가 된다고 할 수 있다. 그리하여 그는 최용신의 죽음에 접하여 그녀의 농촌계몽운동을 이 소설에 충실하게 반영하였다. 최용신의 농촌계몽운동과 그로 인한 죽음은 『상록수』에서 '정열', '봉사', '희생' 등의 단어로 표현되었는데, 이는 작가 자신의 기독교관인 동시에 당시 민족현실에 부응하는 삶의 태도이기도 하였다. 그는 최용신의 죽음에서 예수를 본받은 진정한 기독교적 삶의 귀결을 보았던 것이다. 즉 예수의 죽음이 인류의 제단에 바쳐진 희생이라는 점에 비견하여, 최용신(채영신)의 죽음을 민족의 제단에 바쳐진 희생으로 표현해냈던 것이다.

그러기에 최용신이라는 모델은 일반적인 의미의 모델을 뛰어넘는 의미를 지닌다. 실제인물 최용신이 소설 속에 들어와 채영신이 된 것이야말로 『상록수』를 『상록수』이게끔 만든 결정적 요인인 것이다. 『상록수』는 기독교적 속죄양 의식과 민족주의적 항일의식이 안팎에서 서로 호응하는 구조로 짜여 졌고, 바로 이 점이 이 소설이 지닌 문학적 가치를 지탱하는 바 이를 가능하게 한 것이 다름 아닌 최용신이라는 모델이었던 것이다. 이 글에서 『상록수』의 여주인공 채영신과 모델 최용신의 관련양상을 검토한 이유가 바로 여기에 있다.

한국근대문학사상 중요한 농촌계몽소설(또는 농민소설) 3편이 모두 1930년대에 쓰였으니, 이광수의 『흙』, 이기영의 『고향』, 그리고 이 글에서 다루고 있는 심훈의 『상록수』가 그것이다. 이렇게 된 것은 당시 활발하게 전개되었던 민족운동 또는 사회운동이 농촌계몽운동(또는 농민운동)과 연결되고, 이 농촌계몽운동이 다시 소설에 수용되었기 때문이다. 그런 까닭에 이 3편의 장편소설들은 제각각 서로 다른 시대사상의 기반 위에서 산출되어 그 고유한 성향을 드러내고 있다. 이광수의 『흙』은 주인공 허숭을 통해 개량주의의 경향을, 이기영의 『고향』은 주인공 김희준을 통해 사회주의의 경향을, 그리고 심훈의 『상록수』는 주인공 박동혁을 통해 비타협적 민족주의(민족주의 좌파)의 경향을 각각 내비치고 있는 것이다.

그런데 당시 기독교 쪽의 농촌계몽운동은 문학운동(특히 농민문학운동)과 잘 연결되지 않았던 까닭에 소설로 쓰이기가 어려운 사정에 있었다. 바로 이런 상황에서 최용신의 죽음이 농촌소설을 쓰려고 낙향했었던 심훈의 관심을 불러일으켰고, 결국 샘골에서의 그녀의 활동이 소설 『상록수』에 수용된 것이다. 『흙』과 『고향』이 한 사람의 주인공을 내세워 이야기를 엮어간 데 비해, 『상록수』는 남주인공 박동혁과 대등하게 여주인공 채영신이 등장하고 있는 것은 이와 관련해 시사하는 바 크다. 그리하여 박동혁이 일하는 한곡리의 이야기와 채영신이 일하는 청석골의 이야기가 『상록수』의 두 축을 이루고 있는 것이다. 결국 『상록수』는 비타협적 민족주의라는 사상적 바탕 위에 쓰였으면서도, 다른 한편 기독교 쪽의 농촌계몽운동을 수용한 작품이 된 것이니, 이 점 또한 이 소설이 한국근대문학사에서 지니는 중요한 의의가 된다고 하겠다.

■ 참고문헌

기본자료

심훈, 『상록수』(신문연재본), 조남현 해설·주석, 서울대학교출판부, 1996.

_____, 『상록수』, 한생도서주식회사, 1936.

_____, 『심훈전집』, 한성도서주식회사, 1954.

_____, 『심훈문학전집』, 탐구당, 1966.

_____, 『그날이 오면-심훈문학전집 I』, 차림, 2000.

노천명, 「샘골의 천사(天使) 최용신 양의 반생(半生)」, 《중앙》, 1935.

노명구 엮음, 『김교신 전집』, 도서출판 부키, 2002.

류달영, 『최용신 양의 생애』, 새글집, 1961.

_____, 『최용신의 생애」, 성천문화재단, 1998.

일기자, 「고(故) 최용신 양의 밟아온 업적(業績)의 길」, 《신가정》, 1935.

단행본

민경배, 『한국기독교사회운동사』, 대한기독교출판사, 1987.

백승구, 『심훈의 재발견』, 미문출판사, 1985.

백철, 『조선신문학사조사』, 백양당, 1950.

소재영 외, 『기독교와 한국문학』, 대한기독교서회, 1993.

신경림 편, 『농민문학론』, 온누리, 1983.

오양호 『농민소설론』, 형성출판사, 1984.

윤병로, 『현대작가론』, 이우출판사, 1985.

이재선, 『한국현대소설사』, 홍성사, 1979.

논문

김호일, 「일제하 농촌계몽운동과 최용신」, 《인문학연구》 32집, 중앙대학교 인문과학연구소, 2001, 5~18면.

류양선, 「'상록수'론」, 한국현대문학연구회 편, 『한국문학과 리얼리즘』, 한양출판, 1995, 7~34면.

이은선, 「일제하 여성민족운동과 최용신」, 《인문학연구》 32집, 중앙대학교 인문과학연구소, 2001, 19~35면

이인복, 「심훈과 기독교사상」, 한국평론가협회 편, 『한국문학과 현장의식』, 지문사, 1984, 374~384면.

조남현, 「'상록수' 연구」, 《인문논총》 35집, 서울대 인문학연구소, 1996, 21~35면.

천화숙, 「1920~30년대 조선여자기독교청년회연합회(YWCA) 농촌사업의 전개와 그 성격」, 《사학연구》 57집, 1999, 237~256면.

최원식, 「심훈연구서설」, 『한국 근대문학사의 쟁점』, 창작과비평사, 1990, 229~246면

홍석창, 「일제하 기독교사상과 최용신」, 《인문화연구》 32집, 중앙대학교 인문과학연구소, 2001, 37~49면.

13

박순병,
비운의 청년운동 지도자

임경석

성균관대 사학과 교수

박군의 얼굴

「상록수」의 작가 심훈沈熏은 27세 청년 시절에서 벗을 노래한 시를 썼다. 「박군朴君의 얼굴」이 그것이다. 거기에는 세 명의 박군이 등장한다. 그들은 모두 익명으로 표현되어 있다.

첫 번째 박군은 "눈을 뜬 채 등골을 뽑히고 나서 산송장이 되어 옥문獄門을 나선", 경성고등보통학교 동창생 박헌영朴憲永이었다. 뒷날 공산주의 진영의 최고 지도자로 성장하는 박헌영은 그때 병보석으로 서대문형무소에서 마악 출감했었다. 제1차 조선공산당 검거사건에 연루되어 체포된 지 만 2년이 지난 1927년 11월 22일에 그는 정신이상자로 인정되어 옥문을 나선 참이었다. 출소하던 날 그의 모습은 지켜보는 사람들의 비감을 자아냈다. 그를 취재한 신문기자는 '산산이 찢어진 조선 옷과 초췌한 형용'으로 인해 차마 바라볼 수 없었을 뿐 아니라, 사랑하는 아내와 그립던 모친도 알아보지 못하더라고 썼다. 심훈은 고문으로 인해 정신이상자가 된 동창생의 모습을 이렇게 표현했다. "알코올 병에 담가 논 죽은 사람의 얼굴처럼 마르다 못해 해면海綿같이 부풀어 오른 두 뺨, 두 개골이 드러나도록 바싹 말라 버린 머리털"이라고. 심훈은 이게 정말 박군 자네의 얼굴이냐고 울부짖었다.

두 번째 박군은 "교수대 곁에서 목숨을 생으로 말리고" 있는 무정부주의자 박열朴烈이었다. 그는 1923년 9월 일본 왕세자 결혼식 날에 일왕 부자를 한꺼번에 폭살하려고 폭탄 입수를 계획하다가 비밀이 누설되어 체포 된 '대역大逆사건'의 주모자였다. 그는 1926년 3월 5일에 사형선고를 받았다. 뒤이어 무기징역 감형을 받고서 해방되던 해까지 22년간의 장기 옥살이를 한 박열은 심훈의 또 한 사람의 경성고등보통학교 동창생이었다. "4년 동안이나 같은 책상에서 벤또(도시락) 반찬을 다투던" 사이였다.

세 번째 박군에 대해서 심훈은 이렇게 썼다.

> C사社에 마주 앉아 붓을 잡을 때
> 황소처럼 튼튼하던 한사람의 박朴은
> 모진 매에 창자가 꿰어져 까마귀밥이 되었거니

이 사람은 누군가? C사에 근무했고, 황소처럼 튼튼하며, 모진 매에 못 이겨 불귀의 객이 되어 버린 또 한 사람의 박군이란 누구를 가리키는가?

박순병朴純秉일 것이다. 'C사'란 박순병이 재직했던 신문사 시대일보사의 러시아어 이니셜이며 모진 매에 창자가 꿰어져 까마귀밥이 되었다고 함은 경찰의 고문으로 목숨을 잃은 일을 말한다. 1926년 7월 17일 제2차 조선공산당 검거 선풍이 휘몰아칠 때 종로경찰서에 수감됐다가 불과 38일 만에 사망한 26세의 청년 박순병이 바로 그 사람이다.

박순병

성장과 수학

박순병은 1901년생으로서 함경북도 온성穩城 출신이다. 뒷날 작성된 경찰 기록에 따르면 그의 원적은 '온성군 온성면 주원동 537번지'이다. 한반도 최북단에 위치한 온성은 두만강 너머로 북간도 땅과 연결되는 국경소도시이다. 박순병은 그곳에서 나고 자랐다.

그의 가족과 성장 과정을 전하는 기록은 아직 세상에 드러나지 않았다. 알려져 있는 것은 다만 그의 집안이 농민 가정이었다는 점, 위로 박원병朴元秉이라는 형이 있다는 점 등이다. 남부지방과는 달리 지주·소작 관계가 그다지 발달하지 않았던 함경도 농촌지대의 특정에 비춰볼 때, 또한 그가 고향에서 초등교육을 이수했음을 볼 때, 그 집안의 재산 상태는 중간 수준의 농민 가정이었던 것으로 보인다.

그를 잘 아는 동료 신문기자가 전하는 바에 따르면, 그는 7세에 한문 서당에서 한학을 수학했다고 한다. 그렇다고 해서 그가 전통적인 한학 교육만 받은 것은 아니었다. 한말 일제 초기에 신교육 열기가 국내보다 도리어 높았던 북간도의 영향을 받아 두만강 대안의 온성 지역에서도 신교육열은 다른 곳보다 뒤지지 않았을 것으로 보인다. 박순병은 다소 늦은 나이에 온성보통학교에 입학했던 것 같다. 그가 보통학교를 졸업한 것은 17세 때였다. 당시 보통학교 학제는 4년제였으므로 그가 보통학교에 재학한 시기는 1913~1917년으로 추정된다.

그는 보통학교 재학 때부터 웅변에 재능을 보였다고 한다. 그는 사촌형 박일병朴一秉에게서 웅변을 배웠다는 기록이 있다. 9세 연상의 박일병은 3·1운동 직후 초창기 사회주의 운동 보급기에 웅변가로 유명한 이였다. 박일병의 원적은 '온성군 유포면 향당동 11번지'였다. 온성읍 서쪽에 위치한 박일병의 고향은 온성읍 남쪽에 위치한 박순병의 고향과 그다지 멀지 않은 동네였다. 사촌형의 도움을 받아 어린 시절에 닦은, 많은 사람들 앞에서 자신의 의견을 설득력 있게 전달하는 재능은 뒷날 사회주의 운동에 참여한 박순병에게 큰 자산이 되었다.

박순병의 사회적 자의식이 형성된 것은 1919년 3·1운동 때였던 것으로 보인다. 그는 고향에서 3·1운동에 참가했다. 언제 어떻게 어떤 역할을 했는지는 잘 알려져 있지 않다. 하지만 초창기 사회주의 운동에 참가한 대다수 청년들과 마찬가지로 그도 3·1운동의 세례 속에서 정치적 자의식을 형성했음은 틀림없다.

그는 3·1운동에 참가했다는 이유로 경찰의 추적을 받았다. 그는 추적을 따돌리기 위해 특단의 조치를 결심했다. 향리를 떠나 서울로 도주했던 것이다. 그가 서울을 택한 데는 단지 체포를 면하려는 이유 외에도 또 하나의 이유가 있었다. 바로 전학 문제였다. 그는 상급학교 진학에 대한 강렬한 열망을 지니고 있었던 것으로 보인다.

서울로 올라온 19세 청년 박순병은 고학의 길에 들어섰다. 그는 중동中東학교에 입학했다. 이 학교는 1909년에 사립학교령에 따라 중동학원이라는 이름으로 처음 설립됐는데 1919년에 사립중동학교로 이름을 바꾸고 고등과, 중등과, 초등과 3개 등급의 교과 과정을 개설했었다. 박순병은 이중 중등과에서 수학했을 것이다.

그는 재학 중 '고학생갈돕회'에 참여했다. 이 단체는 3·1운동 이듬해인 1920년 6월에 서울에서 설립된 고학생단체였다. 신교육열이 급격히 고조되던 때라 고학생에 대한 사회적 인식도 매우 양호했고, 그들의 자부심도 무척 높았다. 박순병은 그 단체에서 상부상조의 도움을 받았을 뿐 아니라 자신의 정치적 자의식을 더욱 날카롭게 단련시켰던 것으로 보인다. 아마도 이 무렵에 그는 사회주의 사상을 수용하게 됐던 것 같다.

박순병은 중동학교 중등과에서 2년간 수학한 이후 한때 본적지로 귀향했다. 온성에서 그는 한때 보통학교 교사로 근무했다고 한다. 하지만 그의 고향 체류는 길지 않았다. 그는 1922년 겨울에 다시 상경했다.

청년 운동의 일선에서

서울에 다시 올라온 박순병의 속셈은 진학에 있지 않았다. 그의 의중은 운동에의 헌신에 놓여 있었다. 그는 전국에 들불처럼 번져 나가는 청년 운동에 참여하기 시작했다. 그로부터 머지않아 그는 그 운동의 지도자로 부상했다. 그를 아는 여러 동료들은 한결같이 이 점을 지적하고 있다.

보기를 들자. 해방 후 잠깐 동안이나마 합법적으로 활동하던 조선공산당의 기관지《해방일보》는 1946년 4월 17일부터 5회에 걸쳐서 한국의 사회주의자 인물 약전을 실었다. '우리 당의 발전을 위하여 투쟁하다가 희생된 동지'라는 제하에 38명의 약력이 소개되어 있는데, 그 속에 박순병의 이름도 들어 있다. 거기서 박순병은 조선 공산주의 청년 운동의 지도자 가운데 한 사람으로 소개되고 있다.

박순병이 사망한 직후 상해에서 간행된 조선공산당 기관지《불꽃》에서도 그는 청년 운동의 리더로 지목됐다. 그 표현에 따르면 박순병은 '조선 피압박 청년 특히 노동청년들의 영수領袖'였다. 이러한 평가는 사실에 부합한다.

그는 무산청년회와 신흥청년동맹을 주요 무대로 삼아 청년 운동의 최일선에서 활약했다. 무산청년회는 어떤 단체인가? 이 단체는 1922년 10월에 창립된 청년단체로서 초창기 사회주의 사상단체로 유명한 무산자동맹회의 자매단체였다. 이 두 단체의 위상은 합법 공개단체였다. 그 시기 대다수 합법 공개단체가 그랬던 것처럼 이 단체들도 비합법 비밀 혁명단체의 표면 기관이었다. 무산지동맹회와 무산청년회를 지도하던 비밀 학명단체는 '중립공산당'이었다.

중립공산당이란, 1922년에 국내에서 독자적으로 결성된 공산주의 그룹을 가리킨다. 이 단체는 해외에서 결성된 두 개의 고려공산당(상해파, 이르쿠츠크파)이 초창기 한국 사회주의 운동의 지도권을 놓고 격렬한 경쟁을 벌이는

데 반대하는 입장을 취했다. 이 단체의 정식 명칭은 '조선공산당'이었다. 이 당은 해외의 두 공산당에 대해 아무런 관계도 맺지 않고 독자적인 태도를 취한다는 이유로 '중립당' 혹은 '중립공산당'이라는 명칭으로 불렸다.

그러나 중립당을 이끌던 지도적 인사들은 1922년 10월에 둘로 분열되고 말았다. 뒷날 '화요파'와 '서울파'로 불리는 양대 공산주의그룹의 격렬한 분쟁이 여기서 비롯됐다.

박순병이 몸담은 무산청년회는 '서울파' 진영이 중립공산당을 탈퇴한 뒤에 결성됐다. '서울파'가 서울청년회를 매개로 하여 국내 청년 운동을 주도하고 있었기 때문에 중립당 잔류그룹은 독자적인 공개 청년단체를 설립할 필요성을 느꼈던 것이다. 그는 운동에 참가하던 첫 시기부터 중립당 잔류 그룹, 다시 말해 뒷날 '화요파'라고 불리게 된 진영에 가담했다.

신흥청년동맹은 무산청년회의 후신이었다. 박순병은 이 단체의 조직 준비 과정에서부터 깊숙이 관여했다. 1923년 8월에 발기준비위원회를 세울 때 박순병은 사촌형 박일병과 나란히 9명으로 이뤄진 발기준비위원에 선임됐다.

신흥청년동맹은 1924년 2월에 정식으로 결성됐는데, 박순병은 9인 집행위원 가운데 한 사람으로 선임됐다. 이후에도 6개월에 한 번씩 정기총회가 열릴 때마다 박순병은 집행위원으로 계속 연임됐다. 다시 말해 단체를 발기할 때부터 줄곧 핵심 집행부의 한 사람으로 일했던 것이다.

이 단체는 비밀결사 '고려공산청년회'(이하공청)의 표면 기관이었다. 박순병도 고려공산청년회 회원이었다. 단지 일반 회원이었던 것만은 아니다. 그는 1925년 말 제1차 공산당 검거사건으로 인해 공청 중앙이 위기에 처했을 때에 그 중앙위원회 후보위원으로 선임된 데서 알 수 있듯이 공청의 중요 임무에 종사하는 핵심 일꾼이었다.

박순병은 당원이기도 했다. 그가 언제 조선공산당에 입당했는지는 잘 알 수 없다. 하지만 그의 이름은 1926년 3월 현재 서울에 조직된 9개 야체이카(세포) 명단에서 확인할 수 있다. 그가 속한 야체이카는 시대일보사 내부에 조직된 것이었다. 박순병이 1925년 4월에 시대일보사에 기자로 취직했기 때문이었다. 박순병을 포함해서 6명의 당원이 시대일보사에서 임직원으로 재임 중이었다.

야체이카가 직장과 거주지를 중심으로 조직되는 데 반해서, 프락치야는 단체나 업종별로 조직되는 것이었다. 박순병은 언론기관 담당 프락치야, 제2 사상단체 담당 프락치야의 구성원이기도 했다.

박순병은 웅변가였다. 대중연설의 재능이 동지들 중에서 특히 탁월했다는 평을 받았다. 이 점은 각종 강연회나 연설회에서 그의 이름이 빈번히 발견되는 데서 입증된다. 1924~25년경에는 거의 두 달에 한 번 꼴로 대중강연회에 연사로 출연했다. 보기를 들면 1924년 하반기에는 8월 8일, 10월 13일, 12월 8일에 각각 한 차례, 1925년에는 1월 14일, 그 다음 날인 1월 15일에 각각 강연회에 출연했다. 강연주제는 다종다양했다. 제목이 확인되는 것만 보더라도 여성문제, 청년문제, 국제문제 등에 걸쳐 있다.

이들 강연회는 수백 명의 청중들 앞에서 행하는 대규모 행사였다. 보기를 들어 1924년 10월 13일에 신흥청년동맹 주최 청년문제 강연회의 경우를 보자. 그날 저녁에 종로의 중앙기독교청년회관[YMCA]에서 열린 강연회에는 입장료가 유료(20전)였는데도 7백 명의 청년, 학생들이 참석했다. 그중에 여성은 70명 가량이었다. 모든 강연회마다 그랬지만 임석 경관이 왔다. 이날 강연회에는 사상 담당으로 유명한 종로경찰서 미와[三輪和三郎] 경부가 참석했다. 그는 무려 10회나 '주의' 처분을 내리고, 다섯 명의 연사 가운데 네 명에게 '중지' 처분을 내리는 억압적인 분위기를 만들어냈다. 「청년과 교양」이라는 제하의 강연에 나선 박순병은 경찰의 감시를 피하는 은유적 화법으로 말을 이었다. 그는 현행 '자본제도'가 왜 불가피하게 다음 단계의 '과학제도'로 이행할 수밖에 없는지를 여러 가지 예화를 들면서 설명해 나갔다. 그의 화술은 두 차례나 큰 박수를 이끌어 낼 정도로 능란했다.

대규모 강연회만이 아니었다. 박순병은 수십 명 단위의 소규모 강의에서도 자신의 재능을 유감없이 발휘했다. 신흥청년동맹 내부에는 학습을 목적으로 하는 세 종류의 연구반이 있었다. 신흥청년동맹에서 지도적 역할을 담당하는 사람들의 회합인 책임자연구반, 노동자 회원으로 구성된 노동청년연구반, 중등학교 학생 회원으로 이뤄진 학생청년연구반이 그것이다. 어느 것이나 40명 안팎의 구성원으로 이뤄져 있었다. 1925년 10월 현재 박순병은 이들 연구반의 학습을 관장하는 연구부 집행위원이었다.

매주 열리는 토요강좌, 과학연구회 등의 학습을 지도하는 역할도 그의 몫이었다. 30명 안팎의 고정적인 출석자를 갖는 토요강좌에서는 1925년 10월경에 자본주의 경제학을 알기 쉽게 풀어 쓴 「자본주의의 구조」를 교재삼아 학습을 진행했다. 그 강좌의 강사는 박순병이었다.

신흥청년동맹 외에 박순병의 활동 무대가 된 단체는 '철필鐵筆구락부'였다. 서울에서 발간되는 한글 신문의 기자모임이었다. 박순병은 거기서도 두드러진 활동 능력을 보였다. 보기를 들면 1925년 11월 초에 시대일보사 지방부장 홍남표洪南杓가 함흥경찰서에 한때 구금된 적이 있었다. 철필구락부는 언론기관 종사자에 대한 지방 당국의 처우가 매우 모욕적이라는 데 의견을 같이하고 항의문을 제출하기로 결정했다. 시대일보 기자 박순병은 그 모임에 참석하여 주도적으로 논의를 이끌었다. 또한 항의문 제출 실행위원 3인 가운데 한 사람으로 선출되었다.

박순병의 활발한 활동상은 경찰의 표적이 되었다. 박순병은 1925년 말에 발발한 제1차 공산당 검거 선풍은 피할 수 있었으나, 이듬해 6월 이후에 광풍처럼 몰아닥친 제2차 검거에서는 그러지 못했다. 6·10 만세 운동이 발단이 된

이 검거사건은 무려 네 달간이나 계속됐다. 박순병은 그 와중인 1926년 7월 17일에 종로경찰서 소속 고등경찰에게 체포됐다.

체포된 지 38일이 지난 뒤였다. 신문지상에 그의 사망 기사가 실렸다. 《동아일보》(1926년 8월 27일)는 「박순병 씨 요절, 병원에 입원 치료 중」이라는 기사를 통해 그의 사망 경위를 보도했다. 그 기사는 박순병이 "종로경찰서에 체포되어 갖은 방면으로 신문을 당하던 중 병을 얻었다"는 점을 넌지시 시사했다. 사인에 대해서는 경찰 주장대로 맹장염이라고 보도했다.

그러나 맹장염 때문에 사망했다고 믿는 독자는 거의 없었을 것이다. 그의 동지들은 박순병이 "종로경찰서 형사들의 손에 맞아 죽었다"고 단정했다. 공산당 기관지 《불꽃》은 그의 사인을 '창자 파열' 때문이라고 적었다. 심훈도 그런 인식을 갖고 있었던 것 같다. "모진 매에 창자가 꿰어져 까마귀밥이 됐다"고 표현한 것은 그 때문일 것이다.

추모

1927년 9월 13일, 경성지방법원 제3호 형사법정에서 조선공산당사건 공판이 개정됐다. 이 재판은 안팎의 커다란 관심 속에 열렸다. 이 재판은 테라우치[寺內正毅] 총독 암살 음모의 '105인 사건' 3·1 운동 당시 '48인 사건'과 아울러 '조선의 3대 재판' 가운데 하나로 지칭되었다. 또한 조선공산당사건은 미국의 자코·반제티 사형사건과 더불어 1927년도에 전 세계의 여론을 격동시킨 두 가지 사건이라고 지목되기도 했다.

피고인 숫자는 101명이었다. 1925년 11월부터 이듬해 9월까지 제1차, 제2차 조선공산당 검거사건을 통해 검거된 공산주의자들이었다. 재판 관련 문서의 분량은 4만여 페이지에 달하는 대기록이었다. 이 사건을 담당한 일본인 재판장이 기록을 열람하는 데만 4개월이 걸렸다고 한다.

고려공산청년회 책임비서 박헌영은 공판 첫날에 과감한 법정 발언을 했다. 당시 공판정에 함께 배석했던 한 동료의 전언에 따르면, 정숙하라고 고함치고 위협했음에도 박헌영은 굽힘없이 얘기했다. 그는 공산주의자의 행위는 범죄를 구성하는 것이 아니라 정의를 실현하는 것이라고 주장했다. 공산당의 목적은 조선 민족의 해방에 있으며, 일본은 그를 억압할 권리가 없다고 말했다. 나직나직한 목소리였지만 조리가 시퍼렇게 섰다고 한다.

가혹한 보복이 뒤따랐다. 박헌영은 공판이 끝난 뒤 무지막지한 폭행을 당했다. 뒷날 박헌영이 작성한 기록에 따르면, "나는 법정에서 일본 재판관에 반대하여 투쟁한 것이 문제가 되어 감옥에 돌아와서 심한 고문을 당했다"고 한다. 박헌영의 '정신이상' 현상은 이 폭행에서 비롯된 것이었다.

박헌영의 공판 투쟁은 계속됐다. 9월 20일에 속개된 제4회 공판정에서 그는 더욱 강도 높게 항의했다. 피고인 가운데 공판정에 출두하지 않은 네 명을 내놓으라고 요구했다. 안경을 벗어서 판사에게 집어 던지고 몸부림을 쳤다. 네 사람이란 검거된 뒤 고문으로 인해 옥사한 박순병, 백광흠白光欽, 박길양朴吉陽과 권오상權五尙을 가리킨다. 박헌영은 강력히 항의했다. 박순병이 안 보이니 당장 출두시키라고 고래고래 소리 질렀다. 그는 시멘트 바닥에 자기 머리를 마구 짓찧었다. 광기가 온 법정에 넘쳐흘렀다.

고문의 희생자들은 살아남은 사람들에게 주체할 수 없는 비통함과 분노를 남겨 주었다. 박순병을 영결하는 자리에 많은 사람이 몰려든 것은 그 때문일 터이다. 살아남은 사람들은 박순병의 장례식을 서울 시내 각 사회단체 연합장으로 치르기로 마음을 모았다. 그러나 경찰이 그를 허용할 리 만무했다. 사회단체 연합장을 금지시킨 경찰은 유가족에게 그의 주검을 고향으로 옮겨 가서 가족장으로 치르라고 압력을 가했다.

박순병이 사망한 지 3일이 지난 1926년 8월 28일 오후, 경성역에는 사람들이 운집했다. 고향으로 떠나는 그의 주검을 전송하는 행렬이었다. 재경사회단체 회원 700여 명이 모였다. 그 밖에 수천의 군중이 그들을 지켜보고 있었다. 준비한 깃발과 만장은 모두 압수됐다. 추도문을 비롯한 각종 문안도 같은 지경이었다. 그러나 모여든 사람들로 인해 역 주변은 인산인해의 양상을 보였으며 마치 시위라도 하는 것 같은 장관이 연출됐다.

다시 1년이 지났다. 박순병의 살아남은 동료들은 그의 1주기 추도회를 준비했다. '고 박순병 동지 재경사회단체 연합추도회'라는 긴 이름 아래 14개 단체가 공동으로 주관한 이 집회는 다행히 경찰의 허가를 얻었다. 실내 집회인 탓이었을 것이다. 150여 명의 사회단체 회원들이 참석했다. 그러나 경찰은 여전히 억압적인 자세를 취했다. 추도 회장에 임석한 경관은 추도문 14통을 압수하고 박순병 유고의 낭독과 내빈들의 추억담을 금지시켰다.

추도식장에는 박순병의 생전 사진이 내걸렸다. 양복에 넥타이를 말쑥하게 갖춰 입고 이제 막 이발이라도 한듯 단정한 모습이다. 이목구비가 뚜렷하다. 짙지 않은 눈썹 아래로 두 눈이 빛나고, 오똑한 코 아래에 입술을 지그시 다물고 있다. 앳된 기운이 가시지 않은 아까운 젊음이다.

해외에서 발간되던 당 기관지 《불꽃》 제7호(1926년 9월 1일 발행)에도 박순병 추도문이 게재됐다. 「박순병 동무를 도悼함」이라는 제하의 추도문은 전체 4개 면 가운데 한 면의 거의 대다수를 점하고 있다. 본문 한 가운데에는 네모난 테두리로 구획된 특별란이 있다. 거기에는 큰 활자로 다음 구절이 적혀 있다. "혁명가 한 사람의 희생한 터[擄]에는 그 위에 새로이 열렬한 혁명가 열 사람 이상이 솟아나느니라"고. 추도문은 다음 구절로 끝을 맺었다.

"박순병 동무를 잊지 말자!"

14

심훈의 영화소설 『탈춤』과 문화사적 의미

전흥남

한려대학교 교양과 교수

I

머리말

심훈(본명: 沈大燮, 1901~1936)은 우리에게 『상록수』의 작가로 비교적 널리 알려져 있다. 이는 적지 않은 사람들이 『상록수』의 독서체험을 갖고 있고, 또한 농촌계몽을 주장하고 있는 대표적인 농촌소설의 하나로 이 작품을 꼽는 문학사적 평가에 익숙해진 만큼 자연스러운 현상이다.01 더욱이 『상록수』의 성가聲價는 심훈을 세상에 널리 알린 작품이기도 하다. 한 작가의 문학세계를 대표작 위주로 다루어야 할 경우도 있겠지만, 동시에 그 밖의 문화·문학 활동을 제한적으로 취급할 소지도 안고 있다02는 점에서 보다 세심한 접근이 요구

01 심훈의 대표작으로 『상록수』를 드는 데에 여러 문학사가들이 크게 이의를 달지 않는 형편이다. 또한, 농촌(농민)문학, 심훈, 『상록수』 등은 거의 동시적으로 자연스럽게 연상될 만큼 익숙해져 있다고 해도 과언이 아니다.

02 심훈의 대표작으로 『상록수』를 들어야겠지만, 그 전에 심훈은 『영원의 미소』, 『동방의 애인』(연재 중 일경에 의해 정지처분을 받아 완결을 맺지 못한 중편), 『불사조』(미완성), 『직녀성』에 이르는 문제적인 중·장편을 발표한 바도 있다. 이외에도 심훈이 연극·영화에 기울인 정열이나 시작(詩作)활동에 대해서도 그가 기울인 공과에 비하면 연구자들로부터 별다른 주목을 받지 못했다.

된다. 심훈은 소설가이자 해방에의 감격과 그 날을 투사한 명품「그 날이 오면」03을 비롯하여 유이민들의 비참한 삶과 항일투사들의 의지를 현실주의적으로 형상화한 시인이기도 하였다. 또한, 그는 신극단체인 극문회 조직에 주동적으로 참여하였고, 몇 편의 영화에 배우로 출연하였을 뿐더러 영화 〈먼동이 틀 때〉의 원작, 각색, 감독을 맡은 남다른 열정의 연극·영화인이었다.04 이처럼 심훈은 소설, 시, 시나리오까지 손을 댔을 뿐 아니라 영화감독, 농촌계몽운동, 그리고 독립운동에 이르기까지 여러 방면에 걸쳐 활동했다.05 이 글에서는 영화분야와의 관련에 주목하게 될 것이다.

근래에 들어 문학(소설)과 영화의 교섭양상이나 문학인의 영화체험, 그리고 근대소설에 나타난 영화적 기법에 주목한 연구물들이 축적되면서 당시 문학인들이 영화에 기울인 관심이나 열정을 가늠해 볼 수 있는 자료들이 소개되고 있다. 심훈 역시 연극·영화에 지대한 관심을 보이고 또, 이것을 문학활동의 연장선에서 실천적으로 정열을 기울여 온 작가라는 점에서 주목된다.

이런 맥락에서 이 글은 영화소설의 효시가 된 심훈의 『탈춤』을 분석하여

---

03 「그 날이 오면」은 심훈의 시가·수필집 『그날이 오면』에 수록된 그의 대표적인 시다. 이 시는 피식민지 지식인으로서의 고뇌와 절규, 그리고 해방에의 감격을 잘 드러냈다는 평가를 받고 있다. 당시는 검열에 걸려 간행되지 못했으나 심훈의 사후 13년이 지난 1949년 그의 중형 설송에 의해 출간되었다.

04 심훈이 연극·영화에 기울인 열정은 소설분야 못지않았다. 영화에 대한 그의 관심은 당시 신문사 기자로서(1928년부터 3년간 조선일보 기자를 역임) 가끔씩 영화와 관련된 글을 써야 하는 직업적 입장에 기인하는 측면도 있었을 것이다. 하지만 영화소설을 직접 쓰고, 또 각색 및 감독을 할 정도라면 남다른 열정에 힘입은 점이 더 크게 작용했을 것으로 생각된다. 특히 그는 영화와 관련하여 많은 평문을 발표하기도 했다. 정재형 편저, 「초창기 대표적 이론가들의 평론 목론 색인」, 『한국 초창기 영화이론』, 집문당, 1997, 288면 참조.

05 심훈의 생애와 활동에 관한 보다 구체적인 것은 유병석, 「심훈 연구-생애와 작품」, 『20세기 한국문학의 이해』, 한양대학교출판원, 1996, 7~28면 참조.

영화소설의 형식과 장르적 특성을 가늠해 보고,06 나아가 이 작품이 영화소설 안팎에 미친 영향과 그 주변을 조망해 보는 데 주안점을 두었다. 이는 영화소설의 장르적 특징을 밝히는 단초가 될 뿐 아니라 초창기 문학(근대소설)과 영화의 교섭양상을 해명하는 데 유익한 시사점을 제공해 줄 것으로 판단되기 때문이다.

II
『탈춤』의 구성과 서사원리

『탈춤』은 가난한 청춘남녀가 자본가 계급의 악한에 의해 유린당하고 친구의 도움으로 악한이 응징된다는 게 주요 스토리다. 스토리 자체만을 놓고 볼 때 『탈춤』은 신파조의 통속적인 요소를 지닌다. 이는 혜경을 사이에 두고 벌이는 일영과 준상의 애정행각이 서사의 대부분을 차지하고 있는 점을 염두에 둔 지적이 아니다. 문제는 인물들 간에 얽히고설킨 사건의 진행이 필연성에 의존하기보다 작위적으로 짜 맞춘 느낌을 지울 수 없기 때문이다. 일영이 왜 그토록 혜경을 사랑해야 하는지, 그리고 홍렬은 일영이 좋아하는 혜경을 준상으로부터 보호하기 위해 왜 그렇게 헌신적인 노력을 했는지에 대한 납득할만한 인과성이 없어 보인다. 사랑의 맹목적인 속성과는 별개의 차원에서 개연성이 결핍

---

06 최초의 영화소설 작품에 대해서는 논의의 여지가 있다. 김수남의 경우 심훈의 『탈춤』에 앞서 쓰인 『효녀 심청전』이 발견된 이상 최초의 시나리오 양식은 이 작품부터 논의되어야 한다고 피력한다.(김수남, 『해방전 조선 사실주의 시나리오』, 새미, 2001, 74면.) 또한 위의 책에서 그는, 『탈춤』을 초창기 시나리오 문학의 한 양식으로 보는 관점을 견지하고 있는데, 이 또한 논란의 소지를 안고 있다. 영화소설이 일부 시나리오 형식을 취했다고 해서 시나리오 양식으로 보기에는 무리가 따르기 때문이다, 이 글에서는 최초의 영화소설 유무를 떠나 이 작품의 형식과 특성을 포함해 영화소설 안팎에 미친 영향을 통해 문화사적 의미를 구명하는 데 보다 주안점을 두었다.

되어 있는 것이다. 이러한 점들은 이 작품이 흥미위주로 사건이 진행되고 통속성으로부터 자유롭지 못한 점과도 관련된다. 자연히 『탈춤』은 구성상 적지 않은 문제점을 드러낸다. 이는 무엇보다도 작가 심훈이 『탈춤』을 소설이 아니라 영화의 대본으로 기획하는 데 집착했기 때문에 발생한 문제와도 관련된다. 애초 『탈춤』에서 실연사진과 이야기를 병치시킨 것은 독자의 영화적 환상을 부추기기 위한 것이었는데, 심훈은 이를 지나치게 염두에 둔 나머지 실연사진에 맞춰 임시변통으로 매일 매일 소설을 전개시켜 나간 느낌을 준다. 따라서 소설의 구성은 전체적으로 산만하고 인과성이 떨어진다. 『탈춤』의 한 장면을 보자.

…결혼식까지 하게 되기 전에 여태까지 층설이 있어 좀 더 세밀한 묘사를 해야 할 것이나 「스티-일」(삽화사진)이 부족해서 부득이 건성건성 될 수밖에 없이 되었고 결혼식 장면은 전문용어만 쓰지 않고 원 영화각본을 꾸미는 채로 시험 삼아 써봅니다.—(작자)

결혼식장(—)

△ 예배당 종대 올려 나오는 종소리.

△ 예배당 마당에 즐비한 자동차와 인력거, 예배당 안으로 들어가는 남자, 여자, 늙은이, 젊은이 수십명.

△ 예복을 입고 바쁘게 들락날락하는 김동석.

○ 식장 내부

△ 십자가를 아로새긴 정면단 위에는 성화와 화환으로 장식되어 있고 사람은 아직 한 사람도 없다. —(중략)—

○ 목사가 쓰는 방

△ 예복을 입은 목사가 성경책을 들고 앉았다가 시계를 꺼내 본다. 『약소하지만 신랑이 사례로 목사님께 올리는 것입니다.』

△ 김동석이가 협문으로 들어와서 무엇인지 봉투에 넣은 것을 목사의 주머니에 슬그머니 넣어준다.

—(중략)

결혼식장(二)

○ 식장에 딸린 다른 방

△ 눈같이 흰 면사포를 쓰고 꽃다발을 안은 신부와 들러리(고딕표시-인용자)07

인용한 대목은 준상의 계략에 빠져 혜경이 자포자기의 심정으로 준상이와 결혼하는 장면이다. 이 작품에서 형식상으로 파격에 해당하는 대목이기도 하다. 작품의 중간에 "원 영화각본을 꾸미는 채로 시험삼아 써" 본 것이라는 작가의 개입에 의존하지 않더라도 이 작품의 형식을 놓고 볼 때 영화를 염두에 두고 썼음을 여러 정황을 통해 확인할 수 있다. 예를 들면 결혼식장, 우연한 기회, 일영과 홍렬 등 17개의 표제단락과 16개의 소단락 등 모두 33개의 단락으로 장면을 분할하여 서술하고 있는 것도 다분히 영화의 시나리오를 염두에 둔 구성이다. 이는 작품의 진행과정에서 줄곧 영화적 효과 내지는 영화화를 염두에 두고 집필에 임했음을 짐작할 수 있게 한다. 따라서 인용한 장면은 소설 구성상의 파탄을 감수하고 일종의 시나리오 형식으로 꾸민 것이다. 물론 당시 시나리오에 대한 뚜렷한 장르적 인식이 거의 없었던 점을 감안한다면 시험적으로 시도했을 것이다. 결혼식 장면은 작품의 서두(1회)에 이미 한 번 등장했다. 그런데 위의 결혼식 장면(26회부터 29회)에서는 이 결혼이 혜경의 자

07 심훈, 『탈춤』, 『한국문학전집』, 삼성당, 1984, 510~511면. 위의 전집을 이 작품의 텍스트로 하며 이후 인용은 말미에 면수만 기입한다.

유의지가 아니라 준상의 계략에 의한 것이라는 새로운 사실이 밝혀지고, 또 1회에 등장하지 않던 인물이 갑자기 등장하고 사건이 예기치 않았던 방향으로 변형된다. 게다가 문체까지 시나리오 형식으로 바뀐다. 25회까지는 혜경과 헤어진 일영이 서울의 거리를 방황하는 장면이 나오다가 위와 같이 준상과 혜경의 결혼식 장면인 26회의 중간쯤엔 느닷없이 작가의 개입이 나타나는 것도 독자를 어리둥절하게 하는 요소이다. 이러한 작가의 개입을 비롯해 문체의 일탈을 두고 "소설 구조의 붕괴"08로 보는 시각도 무리는 아니다. 하지만 작품 구조의 일관성을 깨트리는 이러한 파격을 어떠한 맥락에서 볼 것이냐가 보다 중요한 관건이다.

1회의 결혼식 장면과 26~29회 걸친 결혼식 장면은 그 형식과 의미가 다르다. 결혼식 장면이 작품의 중간에 다시 반복된다고 해서 굳이 흠이 될 것도 없다. 문제는 이러한 반복이 유기적인 필연성을 띠고 있으며, 또 작품의 구조에 순기능적으로 작용하고 있느냐의 여부일 것이다. 사실 이러한 형식의 시도는 영화소설에 대한 인식이 문단 안팎에 정립되어 있지 않은 상태에서 작가 나름으로는 새로운 시도를 담고 있는 측면도 있다. 본격적인 시나리오를 쓰기 위한 예비단계로 인식하고 시험적으로 썼을 것으로 추측해 볼 수 있는 것이다. 이런 점에서 『탈춤』은 본격소설과 시나리오의 중간적 형태에 머문다. 당시 다음과 같은 작가의 말은 영화소설을 일반소설과는 같은 방식으로 접근하는 데에 대한 우려도 드러낸다.

한편의 영화소설을 읽는다는 것은 즉 한편의 영화를 본다는 의미이다. 단지 이

---

08 김려실, 「영화소설 연구」, 연세대학교 대학원, 2001, 79면.

는 상상을 통하여 볼 수 있다는 차이점이 있을 따름이다. 그러하니 글을 읽으면서 문장이 어떠하니 기교가 어떠하니 하며 소설적으로 평을 내려는 것은 무리한 주문이다. -(중략)- 이것은 방금 조선 영화예술협회가 촬영 중에 있으니까 멀지 아니한 후일에 정말 한편의 사진이 되어 여러분 앞에 나타날 것을 말하야 둔다.09

당시 영화소설 창작관의 한 단면을 보여주는 실례이다. 이처럼 초기의 영화소설들은 영화촬영 중이거나 영화화될 예정인 작품들(아니면 적어도 영화화되었으면 하는 의도까지 포함해서)의 영화적 흥미를 지상에 옮겨 보고자 하는 의도에서 비롯되었던 것이다. 그 방법으로 기존의 삽화 대신 실연사진을 활용한 것도 그런 이유의 하나라 하겠다. 이는 심훈의 영화소설에 대해 당시 신문에 예고된 광고문을 통해서도 확인할 수 있다.

창작創作 영화소설映畵小說

탈춤 예고豫告

심훈沈薰 작作

조선서 처음 되는 영화소설이 명일부터 기재하게 되었는데 매일 삽화대신으로 미려한 실연사진實演寫眞이 들어갑니다. 여러분은 기다리십시오.10

심훈의 『탈춤』은 위와 같은 예고 광고로 독자들의 관심을 끌면서 1926년 11월 9일부터 소설 속의 장면을 연출한 한 장의 실연사진과 함께 《동아일보》

09 이종명, 「5일부터 게재할 영화소설—'『유랑』-작가의 말'」, 《중외일보》, 1928.1.4.

10 《동아일보》, 1926.11.8.

에 연재되었다. 여기서 실연사진이라 함은 오늘날의 영화스틸사진을 뜻하는 말로, 영화소설이 영화화되는 것을 전제로 하여 배역을 맡을 배우들의 연기 장면을 내용에 맞게 사진에 담아 삽화 대신 쓴 것이다. 이와 같은 시도는 영화 매체가 지닌 시각적·영상적 효과를 노려 영화소설을 읽는 독자들의 상상력을 자극하려는 의도라 할 수 있다. 영화소설은 한 장면을 회화적으로 표현하는 데에 많은 노력을 기울였으며 이러한 시각성 강조는 영화소설의 가장 큰 특징이다. 『탈춤』의 한 두 장면을 예로 살펴보자.

> 쓸쓸한 이 땅에도 봄은 찾아왔다. 포근히 내려쬐이는 석양이
> 자애 깊은 대머리의 손과 같이 대지를 어루만지는 어느 날 오후였다.
> 법학전문학교 운동장 한 모퉁이, 신록이 연주빛 안개로 피어오르는 나무 그늘 아래에 테니스 코트가 있으니 학생들이 하학 후에 유쾌히 공을 치고 있다.
> (476면)
> 일영의 고향——꿈 같은 촌가의 달밤!
> 일영의 집 안마루에는 일영의 아내가 배틀 위에 올라 앉아서
> 고달픈 봄밤에 졸음을 참고, 명주를 짜고 있다.
> 그의 어머니는 마루 끝에서 물레를 둘러 실을 날다가 팔을
> 쉬고 담배를 붙여 물면서 며느리와 하는 이야기—(481면)

위 장면에서 보듯이 작가는 영화소설이 문학적으로 읽히기보다 한 편의 영화를 보는 것처럼 읽혀지길 원했던 것 같다. 그것은 독자들이 읽으면서 상세한 그림을 머릿속으로 그릴 수 있게 장소나 분위기, 인물의 행동과 표정 등을 자세히 표현한 데서 확인된다. 상세한 배경의 묘사나 인물의 표정 등을 제시함으로써 전달하고자 하는 분위기로 예를 들면 "봄 햇살이 따사롭게 비추는 오후, 학

교 교정의 한가로운 풍경"이나 "한밤중까지 일을 하고 있는 지치고 피곤한 여인들의 모습"이나 "한강변에서 달빛을 받으며 사랑에 빠진 두 남녀" 등에서 나타난 바와 같이 배경을 통해 등장인물의 심리를 매우 효과적으로 드러내준다.

『탈춤』은 형식면에서도 다음과 같은 독특함을 지닌다. 무엇보다도 작품의 구성이 공간 위주로 사건이 전개되고 있는 점을 들 수 있다. 시각적 효과를 염두에 두지 않을 수 없었기에 작품의 주요한 사건이 공간 위주로 설정되고 있다. 따라서 카메라 눈(camera-eye)의 시점으로 서술된다. 카메라 눈은 주관이 배제된 관찰자의 시점이므로 화자의 직접적 개입은 허용되지 않으며 서사에는 목소리보다 시각이 강조된다. 신(scene) 중심으로 서사가 진행된다. 소설에서 시퀀스에 해당하는 것은 장이라고 할 수 있는데, 영화소설이 일반소설에 비해 장과 단락의 수가 많은 것은 시간의 흐름보다는 신 단위를 중심으로 서술하려는 경향 때문이다. 이 작품에서 주요한 사건이 일어나는 공간으로는 1. 결혼식장, 5. 시골집, 8. 일영의 숙소, 15. 별장(1), 16. 별장(2), 18. 결혼식장(1), (2), (3), 19. 병원(1), 20. 병원(2) 등을 들 수 있다. 이렇게 이 작품에서는 공간적 배경을 장별로 소제목을 달고 있을 뿐 아니라 작품의 중간에 '어느 요릿집'(487면), '남산공원'(488면) 등 작품의 공간적 배경이 자주 등장하고 있다. 이는 영화의 장면 전환 내지는 시각적 효과를 염두에 둔 설정이다. 또한 작품의 중간 중간에 시간의 흐름을 표지標識하기도 한다. 이를테면 '어느 날 오후' '사오일 후' 등 시간의 경과를 자연스럽게 드러냄으로써 사건의 이해를 돕고 있다. 시간의 흐름과 공간의 설정은 서사의 흐름을 이해하는 데 중요한 요소들이다. 하지만 시각적·영상적 효과를 염두에 둔 영화소설의 경우는 공간적 배경의 중요성이 더 클 수밖에 없을 것이다.

다음으로는 사건의 전개가 충격요법이나 통속성에 의존하고 있다는 점이다. 당시 신문연재소설도 대중의 흥미를 끌기 위해 통속성을 유지하려는 경향이 농후했지만, 영화소설 역시 이러한 측면으로부터 자유로울 수 없었을 것이다. 당시 신문연재소설의 통속적 주제와 서술 테크닉을 답습하였다고 볼 수 있다. 『탈춤』에서 남녀 사이의 사랑을 매개로 벌이는 애정행각을 작품의 모티프(light motive)로 설정한 자체도 다분히 이러한 통속성을 염두에 둔 것이다. 따라서 혜경을 사이에 두고 벌이는 일영과 준상의 '애정'의 줄다리기에는 필연성이 없다. 더욱이 작품의 중반을 넘어 갑자기 혜경을 폐결핵 말기 환자로 설정하여 애틋한 사랑을 이루지 못하는 비애감을 고조시키려 하지만 감동을 수반하지는 못하고 만다. 일영의 독백에 의지한 니힐리즘을 통해 황폐화된 식민지 조국의 신산辛酸한 풍경을 암시적으로 드러낼 뿐이다.

> 얼큰히 취한 일영은 야시장의 한참 벌어진 종로 큰 길로 휘젓고 나왔다. 이 놈의 세상에는 처음부터 사랑할 것도 미워할 것도 없고 다만 한술의 밥이 귀중할 따름이다! —(중략)— 정조란 배는 부르고 할 일 없는 계집들이 남자에게 보이기 위하여 차고 다니는 노리개의 별명이요, 연애란 앓는 소리 없는 염병에 지나지 못한다. 그 밖에 모든 것은 허무虛無다! —「에-튀엣-튀튀」하고 일영은 길바닥에다 침을 뱉으며 여름밤의 후더분한 바람을 마시고 길 한복판을 휩쓸며 중얼거렸다. 늘어난 것은 다 무엇이냐? 우둘거리는 것들은 다 무엇 말라죽은 귀신이냐? 어물전 쓰레기통을 엎어논 것 같고 사롱紗籠 촛불도 꺼져가는 반우返虞의 행렬 같구나. 야시장의 장사치들은 목구멍이 찢어져라고 싸구려를 외치기는 하는데 벌여논 물건이라고는 말라빠진 북어 쾌, 고무신짝, 곰팡슨 왜떡, 양과자 부스러기 그 밖에는 소나 말이 먹음직한 김치거리밖에는 보이는 것이 없다.(고딕 -인용자, 508면)

일영의 허무의식을 엿볼 수 있게 하는 한 장면이다. 준상의 계략으로 일영이 혜경이를 오해하게 되고, 뜻대로 되지 않는 현실에 대해 한탄하는 내용이 주조음을 이룬다. 여기서 일영은 피폐화된 식민조국의 의지박약한 젊은이에 머문다. 현실의 벽이 두꺼우면 결연한 의지로 난관을 타파하려는 기개를 찾아보기 힘들다. 피폐한 사회의 비극적 정조를 부각시켜 주는 측면도 있으나, 동시에 너무 쉽게 자신의 의지를 접을 수 있는 의지박약한 인물임을 드러낸다. 자연히 이 작품은 전체적으로 인물간의 갈등이 박진감을 띨 수 없다. 작중인물들은 마치 예정된 코스를 향해 달려가는 장식적 인물설정에 머문다. 다만, 이 작품에서 홍렬이가 일영이 사랑하는 혜경을 지켜주기 위해 모든 것을 걸고 준상이의 계략으로부터 구해주려는 청순가련형 남성인물로 설정된 점은 주목을 요한다. 홍렬-혜경 간의 사랑이 비록 일방적인 측면이 있지만, 홍렬을 순결하고 고결한 수호천사 같은 인물로 강렬하게 부각시켜 작품에 활력을 넣어준다. 흔히 멜로드라마나 소설에 등장하는 청순가련형 인물은 여성들이 대부분을 이루고 있는 터에 남성인물로 전이되어 나타난 수호천사형 인물은 매력적인 캐릭터로서 생동감을 부여하기 때문이다.[11] 특히 혜경의 시신을 헌 망토를 덮어 수레에 실은 채 밤길을 더듬으며 공동묘지로 향하는 황량한 장면은 소설의 가장 인상적이고 극적인 장면으로서 홍렬을 순결하고 고결한 존재로 강렬하게 부각시킨다. 이처럼 『탈춤』은 선인과 악인이라는 유형적 인물구도, 가족을 위해 희생하는 여인을 다룬 사건 설정, 슬픔과 비탄의 정서 강조, 폭력을 수반한 극적 행동의 제시 등 멜로드라마적 특성을 여실히 보여준다. 하지만 이 작품으로 말미암아 문자매체인 신문은 당대에 급성장하던 영화에 눈길을 돌릴 수밖에 없었고 양자를 화학적으로 결합할 수 있는 방식으로 영화소설을

11 강현구, 「1920, 30년대 대중소설에 나타난 굿·배드·맨과 변사의 목소리」, 『국어국문학』 제134호, 2003, 9. 370면.

떠올리게 된다. 요컨대 이러한 시도로 말미암아 영화소설에 대한 작가들의 관심이 제고되고, 나아가 문단 안팎에 문학과 영화의 교섭, 그리고 작가들의 영화체험을 포함하여 영화관련 분야 논의에 본격적인 불을 지핀 셈이다.

III
『탈춤』의 영향과 그 주변

『탈춤』의 1회분에 실린 실연사진 속의 인물은 약 한 달 전에 단성사에 개봉된 영화 〈아리랑〉의 흥행성공으로 전국적인 스타가 된 나운규였고, 상대역은 신파의 대명사인 〈장한몽〉(1926)에서 심순애로 열연했던 김정숙이었다. 또한 『탈춤』의 스토리 및 인물간의 구도는 당시 흥행에 크게 성공했던 영화 〈아리랑〉을 연상하게 만든다. 심훈은 〈아리랑〉의 영진과 흡사한 캐릭터인 홍렬을 창조함으로써 그 시대 대중들의 취향을 영화소설 『탈춤』에도 어느 정도 반영되었을 것으로 생각된다. 캐릭터뿐만 아니라 『탈춤』과 〈아리랑〉은 비슷한 이야기 구조와 사건전개를 보이고 있다. 또한 두 이야기 모두 연애-겁탈-응징, 돈-횡포-응징의 이중구조가 같은 순서로 맞물려 있다.[12] 『탈춤』과 〈아리랑〉의 영향관계 혹은 영향의 정도를 구체적으로 이 자리에서 논할 수는 없지만, 〈아리랑〉이 당시 대중들로부터 선풍적인 반향을 얻은 점을 감안할 때 어느 정도의 개연성은 배제할 수 없다. 다만, 두 작품이 비슷한 이야기 구조와 사건전개를 보인다고 해서 『탈춤』을 〈아리랑〉의 영향으로만 보기에는 무리

12 두 작품의 관련에 대한 보다 구체적인 것은 김려실, 앞의 논문, 74-77면 참조.

도 따른다. 『탈춤』에서와 같은 멜로드라마적 특성은 당시 소설이나 연쇄극 등 다른 분야에도 널리 유포된 방식이기 때문이다.

영화 스크린 속의 스타가 소설 속의 주인공으로 현시된 것을 보고 당시 독자들이 어떤 반응을 보였으며 《동아일보》가 이로 인해 어떤 이익을 얻었는지 짐작하기란 어렵지 않다. 『탈춤』의 연재가 1926년 12월 16일로 끝나자 경쟁사였던 《조선일보》도 1월 20일부터 영화감독 이경손의 『백의인』을 연재하기 시작했다. 『백의인』 역시 실연사진을 게재하였고 이후로 신문연재 영화소설의 사진들은 삽화사진, 장면사진, 스틸사진이라는 용어로 불리면서 영화소설뿐 아니라 시나리오 작품에까지 두루 쓰였다.

아래의 글은 심훈이 『탈춤』을 독물로 연재하는 데 그치지 않고 영화로 만들려 했음을 짐작케 하는 회고담이다.

> 일활촬영소日活撮影所에 있을 때에 강홍식姜弘植 형과 예정하였던 각본은 졸작 영화소설 『탈춤』을 당시 양정고보養正高普 생도였던 윤석중군尹石重君과 같이 각색을 한 것을 박으려고 하였는데 촬영을 개시하기 6일 전에 초지初志를 뒤집을 수밖에 없게 되었다. 『탈춤』은 부르조아의 생활이면生活表面을 유치하나마 그린 것이 되기 때문에 스케일이 여간 크지가 않고 출연인원出演人員도 엄청나게 많은 동시에 한 2천원千圓 한도하고 촬영비를 내게 되는 터라 그러한 여러 가지 이유로 도저히 실현시킬 수 없는 난관에 봉착 하고 말았다.[13]

위의 인용문에도 적시한 바와 같이 『탈춤』은 방대한 출연 인원, 호화로운

13 심훈, 「'먼동이 틀 때'의 회고」, 《조선영화》 제1호, 1936.10.1. 영화진흥공사 엮음, 『한국시나리오선집』 제 I권, 1982, 26면 재인용.

세트, 위험한 액션 등 머릿속에서만 가능한 지상영화였을 뿐 당시의 제작 여건상 영화화하기에는 무리가 있는 작품이었다. 따라서 심훈은『탈춤』의 영화화 계획을 포기하고 하룻밤 만에 즉흥적으로 영화 〈먼동이 틀 때〉의 시나리오를 완성했다고 한다. 그러나 그의 말대로 〈먼동이 틀 때〉[14]가 완전히 즉흥적인 작품이라고 할 수는 없다. 이렇게 심훈은 영화에 대해 남다른 애착과 열정을 가지고 있었다.

심훈의『탈춤』은 영화소설 형식으로는 첫 번째 시도되는 작품으로 영화화라는 전제에 과도하게 집착함으로써 소설로서는 그리 성공적인 단계에 이르지 못했다. 하지만 이 소설이 다른 영화소설에 미친 영향에 대해서 우리가 간과해서는 안 될 것이다.『탈춤』을 계기로《조선일보》와《중외일보》등의 경쟁지에서도 영화소설을 싣게 되어 영화소설 양식은 본격적으로 신문지상에 지면을 확보하게 되었다. 이보다 더 중요한 것은 후속 작품들이『탈춤』에서의 미흡한 부분을 수정하려는 경향을 보이면서 영화소설의 형식을 완성해 나갔던 점이다. 1936년 8월부터 1937년 2월까지《조광》지에 발표된 안석영의『수우』의 경우만 해도 그렇다. 이 작품은『탈춤』에서와 같은 노골적인 시나리오적 특성이라든지 영화가 감당할 수 없는 사회적 현실에 대한 주석들도 점차 자취를 감추고, 외양에 있어서만큼은 읽히기 위한 소설의 형태로 발표되었다. 물론 이 작품 역시 몇 가지 영화적인 각색을 염두에 둔 듯한 몇몇 특성을 내보이고는 있다. 예컨대 전체적으로 철저하진 않지만 서술자의 침입을 가능한 최소

14 1927년 심훈 각본, 감독의 무성영화다. 황영빈은 후일 「먼동이 틀 때」 작품 해설에서 "처음 감독한 작품이라 메가폰을 잡은 손이 떨렸다고도 했는데 그 당시 처음 감독을 하면서 연출대본 형식의 시나리오를 이 정도로 만들어 냈다는 것은 그가 영화 메카니즘에 대해 천부적인 소질을 갖고 있었던가 아니면 그만큼 영화에 대한 연구를 하고 있었다는 것을 말하는 것이라 하겠다"고 언급한다. 황영빈, 「먼동이 틀 때-작품해설」, 『한국시나리오선집』 제1권, 집문당, 1996, 8면 참조.

화하려는 흔적이 강하게 엿보이고, 그 내용 전개에 있어서 행갈이라든가 시나리오의 지문과 같이 명시적인 배경지시를 통해 장면전환을 꾀하고 그에 따라 이야기 전개가 사건의 연속으로 이루어져 신속하게 처리되고 있다. 뿐만 아니라 인물화의 방법에 있어서도 인물의 출신이라든가 가정적 빈부의 정도를 지시하는 선에서만 서술자가 관여할 뿐, 인물의 특징적인 외모라든가 심리적인 특성 등에 대해서는 거의 언급이 없이 주로 대화와 행동을 위주로 서술이 진행되고 있다. 그리고 공간묘사에 있어서도 세부적인 디테일의 묘사가 거의 없다. 이외에도 특정한 장면의 제시에 있어서 처음에는 장차 전개될 내용과 연관된 극중 장소 및 인물들의 전체적인 윤곽을 보여주고 뒤이어 개별적인 인물의 행동이라든가 보다 구체화된 공간으로 초점을 좁혀 들어가는 방식으로 부분 부분의 이야기를 전개시켜 나간다.[15] 이런 이야기의 전개방식은 일종의 영화적 시퀀스의 그것처럼, 마치 카메라가 롱샷으로 특정 배경을 제시하고 이어서 중심인물들의 사건으로 범위를 좁혀 들어가는 것과 흡사하다. 결국 이런 진행은 각자가 각 장면을 제시함에 있어서 시각적으로 사고했다는 것을 알려준다. 이로 미루어 볼 때 이 소설 역시 영화화를 염두에 두고 쓰인 것임을 짐작케 한다. 그리고 이런 특성은 비단 안석영의 작품뿐만 아니라 김기진의 『전도양양』을 비롯한 다른 영화소설에도 그대로 확인된다. 결국 영화소설은 문학과 영화의 유기적인 종합이 가능함을 구체적으로 보여준 새로운 형식의 독물로서 영화를 만들 수 있는 내용들을 독자들이 소설처럼 읽을 수 있도록 한 것임을 알 수 있다. 이는 신문지상이나 잡지에 발표된 그 밖의 작품들, 이를테면 『유랑』 『화륜』 등 대부분의 작품들이 작품 발표 뒤에 영화화되었다는 사실에

15 김경수, 『문학의 편견』, 세계사, 1994, 33~34면.

의해서도 입증된다. 신문연재 영화소설의 붐은 문학과 영화의 관련 양상이나 교섭에 대해 문화계 안팎에 논쟁의 불을 지펴 문학의 지평을 보다 넓혀주는 데 기여한 셈이다. 특히 당시 영화계에서 영화소설의 문제가 시나리오의 본질에 대한 자각으로 이어졌다는 점에서 결코 작은 문제가 아니었음을 주목할 필요가 있다. 영화소설에 대한 인식의 안팎에는 영화소설에 대한 부정적인 측면 못지않게 순기능적인 측면을 염두에 둔 지적도 있었기 때문이다. 특히 신경균이 일본 문단에서는 영화의 몽타주(montage) 기법 등을 활용하고 있다고 한 발언이 작가들에게 끼쳤을 반향 또한 눈여겨볼 만한 사실이다. 이처럼 서광제를 비롯하여 김유영, 신경균 등은 작가라기보다는 영화를 직접 감독하거나 혹은 초창기 영화비평가들로서 영화의 메카니즘에 대해 당시로서는 비교적 전문적인 식견을 갖고 있었다. 더욱이 영화소설의 경우 '읽을 수 있는 영화'라는 창작의 전제 때문에 적극적으로 영화기법을 소설 속에 도입할 수 있는 운신의 폭이 상대적으로 넓었다. 이런 맥락에서 영화소설에 대한 다음과 같은 연구자의 시각은 정곡을 겨누고 있다.

> 영화소설의 출현이 소설계의 내적 요구에 의해서라기보다는 동시대의 현실을 영화로 만들려는 영화인들의 시나리오 역량의 실험과 모색의 결과라는 측면에서 보면, 영화소설의 소설사적 의미는 반감된다. 하지만 영화소설의 이러한 과도기성을 감안하더라도, 그것이 1920년대 후반부터 본격적으로 전개된 한국 근대문학과 영화의 교섭의 한 양상임은 부정할 수가 없다 -(중략)- 당시의 영화소설의 출현과 그 양식을 통해서 비로소 영화 장르의 본질 및 시나리오 장르의 특성에 대해 본격적으로 고찰하게 되었으며, 문학인들 또한 영화와 문학의 교섭이 영화인들에 의해 일방적으로 전개되면서 영화소설과 같은 변종의 장르가 생겨나고 또 그것이 소설의 위기를 초래했다는 자각을 하면서, 소설

이 영화와 대등한 경쟁 관계에서 살아남는 법을 모색하는 과정에서 영화적 기법의 수용문제를 보다 적극적으로 검토하게 되었던 것이다.16

위의 지적에서도 감지할 수 있듯이 1930년대 들어서면서 작가들이 영화 기법을 소설에 보다 적극적으로 수용하려는 노력을 보인다. 박태원을 위시한 '구인회' 멤버들이 적극적으로 영화 체험을 자신들의 창작에 반영하려 했을 뿐 아니라,17 영화소설에 대해 혹독하게 비판적 입장을 취했던 김남천 등 카프계 작가들 중에서도 영화적 기법을 능동적으로 수용하려는 입장을 취한다. 특히 카프계 작가 및 비평가들이 영화에 대해 관심을 기울인 것은 일제의 탄압이 보다 노골적인 만큼 대중성을 담보하기 위한 다양한 문화적 대응 전략의 일환이나 혹은 상황인식과 맞물려 있다는 점에서 주목을 요한다.18 1930년대에 들어서면 작가들은 다양한 영화체험의 영향으로 소설 창작에 영화적 기법의 수용이 부분적인 것에 그친 점도 있다. 하지만 영화소설은 문학과 영화의 교섭에 대해 문단 안팎의 관심을 제고시키고, 또 작가들이 영화적 기법을 지속적으로 창작에 반영하는 동인으로 작용했던 점을 부인할 수 없을 것이다.

16 김경수, 「한국 근대소설과 영화의 교섭양상 연구」, 《서강어문》 제15집, 1999, 176면.

17 1930년대 모더니즘 문학에 나타난 영화적 요소 및 모더니즘 시에 나타난 영화적 기법과 관련해서는 문혜원, 「1930년대 문학에 나타난 영화적 요소에 관한 고찰」, 《국어국문학》 115호, 1995. 참조.

18 이와 관련해 보다 구체적인 것은 이효인, 「제도권 영화와 운동권 영화 양립의 비판적 극복을 위하여-1930년대 카프영화운동이 주는 교훈」, 《사상문예운동》 제2호, 1989년 겨울호 및 김대호, 「일제하 영화운동의 전개와 영화운동론」, 《창작과비평》 57호, 1985. 참조.

Ⅳ
맺음말

이상으로 희곡과 소설에 어중간하게 걸쳐 있어 그동안 연구자들로부터 거의 조명을 받지 못했던 심훈의 영화소설 『탈춤』을 분석해 보았다. 이 작품은 심훈이 영화에 대한 관심과 열정의 소산 위에서 시도된 '의미 있는 실험'의 결과물이다. 시나리오 형식의 서술, 장면의 전환을 암시하는 부제목의 사용, 같은 회분 내에서도 시간과 공간지표를 구분한 점 등은 새로운 형식의 시도였다. 또한 『탈춤』은 문화적인 측면에서 영화에 대한 한 작가의 관심을 창작에 어떻게 수용·반영할 것인지를 가늠해 준다는 점에서 주목할 만한 작품이다. 심훈의 『탈춤』을 시발로 해서 영화소설을 신문지상에 게재하는 붐이 조성됐고, 또한 문단 안팎에서 영화소설에 대한 관심과 논의가 분분해지는 계기도 되었다. 이런 과정을 통해 영화소설의 형식에 대한 보다 진지한 고민과 수정이 가해졌을 뿐만 아니라 1930년대에 들어서면 보다 본격적으로 영화적 기법을 창작에 반영하는 동인으로 작용했다는 점에서 소설과 영화의 교섭양상을 구명하는 단초를 제공해 주기도 한다. 따라서 이 글에서는 영화 소설을 시나리오의 준비단계로 파악하는 발전론적 관점, 혹은 장르의 승자勝者적 관점에 대해 우려하는 입장도 피력했다. 무엇보다도 영화소설을 시나리오의 준비단계로의 인식은 소설의 장르적 특성을 간과한 점에서 문제점을 안고 있다고 보았기 때문이다. 설령 영화소설이 일반소설에서 시나리오로 이어지는 과도기적 성격을 보여주는 측면이 있다고 해서 영화소설을 곧 시나리오 양식으로 보는 것은 논리의 비약이기 때문이다. 뿐만 아니라 소설 장르의 통합적 성격을 도외시하고 영화소설을 시나리오에 종속시키는 결과를 초래할 수 있다. 이는 문학(근대소설)과 영화의 교섭과정을 이해하는 데 중요한 실마리를 제약할 뿐 아니라, 나아가 문학이 영화적 요소를 창작과정에서 수용하려는 노력을 사상捨象시키는 결과를 낳을 수 있는 것이다.

다음으로는 당시 영화소설에 대한 문단의 인식이나 비평가들의 비판에는 신문연재 영화소설, 단행본 영화소설, 잡지게재 영화소설에 대한 섬세한 분별에 의한 접근이 아니라 획일적으로 논한 혐의가 짙다. 당시 영화소설에 대한 비평에는 같은 영화소설이라는 명칭을 써도 그 서술형식이 제각기였음을 고려한 흔적이 보이지 않기 때문이다. 신문연재 영화소설, 단행본 영화소설, 잡지게재 영화소설들은 각기 형식상의 다룬 특징을 지닌다. 단행본 영화소설들은 신문연재 영화소설과는 또 다른 형식상의 특정을 보이고 있었다. 먼저 작품의 서술에 있어 지문과 자막으로 명확하게 양분되어 구성된다. 이외에도 단행본 영화소설들은 영화화하기에 적절한 길이를 하고 있고, 주제를 암시하는 전문이나 내용을 압축적으로 소개하는 경계를 사용한다. 또한 독자의 흥미를 돋우기 위해 책의 앞부분에 촬영장면이 담긴 사진이나 출연배우의 인물사진 등을 수록하였다. 이런 점에서 단행본 영화소설들은 이미 영화화된 작품을 읽히기 위해 만든 만큼 형식적인 면에서는 신문연재 영화소설보다 현대적 시나리오에 좀 더 근접해 있었다.

한편, 잡지게재 영화소설들은 신문연재 영화소설이나 단행본 영화소설에 비해 보다 실험적이고 문학성을 우선으로 하였다는 점에서 진일보한 측면을 갖는다. 이런 점에서 안석영의『수우』는 주목할 만한 가치를 지닌다. 이렇게 신문연재소설 영화소설, 단행본 영화소설, 잡지게재 영화소설 등이 매체의 성격상 그 서술형식이 조금씩 달랐음에도 주목할 필요가 있다. 따라서 지금까지 발굴·복원된 작품들에 대한 본격적인 분석과 동시에 당시 영화소설에 대한 문단의 인식수준을 비롯한 문화적 환경과의 관련성 위에서 영화소설의 장르적 성격을 도출해내는 작업이 요구된다.[19] 그래서 막연히 '시나리오의 준비단계로서의 영화소설'이라는 발전론적 관점 못지않게 발생론적 연구방법에 의한 접근을 통해 당시 문학(소설)이 영화적 요소를 작품 속에 어떻게 수용·반영하려 했는지를 주목할 필요를 느낀다. 이는 단순히 영화소설의 장르적 특정을 밝히는 단계를 넘어 당시 문화계의 자장을 엿볼 수 있게 한다는 점에서 중요하다. 이러한 결과를 토대로 영화소설이 문학 혹은 문화에 어떤 영향을 끼쳤는지 총체적으로 가늠할 수 있을 것이다. 또한 이것은 초창기 시나리오의 발달에 소설이 미친 영향을 구명하는 문제와도 맞물려 있으며, 동시에 문학과 영화의 교섭양상을 구명하는 문제와도 밀접한 상관성을 갖는다.

19 신문연재 영화소설, 단행본 영화소설, 잡지게재 영화소설들을 포함해서 현재 발굴·복원된 영화소설은 24편 정도로 알려져 있다. 미발굴된 작품이 남아 있을 가능성을 고려한다면 이후 더 발견될 수 있을 것이다.

■ 참고문헌

강현구, 「1920, 30년대 대중소설에 나타난 굿·배드·맨과 변사의 목소리」, 《국어국문학》 제134호, 2003.

김경수, 「한국현대소설의 영화적 기법」, 『문학의 편견』, 세계사, 1994.

김대호, 「일제하 영화운동의 전개와 영화운동론」, 《창작과비평》 57호, 1985.

김소희, 「일제시대 영화의 수용과 전개 과정」, 《한국학보》 75집, 1994 여름호.

김수남, 『해방 전 조선 사실주의 시나리오』, 새미, 2001.

문혜원, 「1930년대 문학에 나타난 영화적 요소에 관한 고찰」, 《국어국문학》 115호, 1995.

변재란, 「1930대 전후 프롤레타리아 영화운동에 대한 연구」, 중앙대학교 석사학위논문, 1989.

안종화, 『한국영화측면비사』, 현대미학사, 1998.

오종우 편역, 『영화, 형식과 기호』, 열린책들, 1995.

우한용, 「소설의 영상변용과 문학적 문화」, 『소설교육론』, 평민사, 1993.

유병석, 『20세기 한국문학의 이해』, 한양대학교 출판원, 1996.

유현목, 『한국영화발달사』, 책누리, 1997.

이승구,이용관 엮음, 『영화용어해설집』, 집문당, 2000.

이효인, 「제도권 영화와 운동권 영화 양립의 비판적 극복을 위하여」, 《사상문예운동》 제2호, 1989년 겨울호.

조희문, 「초창기 한국영화사 연구」, 중앙대학교 박사학위논문, 1992. 6.

전흥남, 『한국 근·현대소설의 현실 대응력』, 북스힐, 2003.

정재형 편저, 『한국 초창기의 영화이론』, 집문당, 1997.

한국영화교수협의회, 『영화란 무엇인가』, 지식산업사, 1993.

시모어 채트먼, 최상규·김병욱 편역, 「소설과 영화」, 『현대소설의 이론』, 대방출판사, 1986.

시모어 채트먼, 김경수 옮김, 『영화와 소설의 서사구조』, 민음사, 1990.

시모어 채트먼, 한용환·강덕화 옮김, 『영화와 소설의 수사학』, 동국대학교 출판부, 2001년.

요아힘 패히, 임정택 옮김, 『영화와 문학에 대하여』, 민음사, 1997.

주디스 메인, 강수영 외 옮김, 『사적소설/공적영화』, 시각과 언어, 1994.

조셉 보그스, 이용관 옮김, 『영화보기와 영화읽기』, 제3문학사, 1991.

앤드류 밀너, 이승렬 옮김, 『우리시대의 문화이론』, 한뜻, 1997.

Richardson, Robert. 이형식 옮김, 『영화와 문학』, 동문선, 2000.

Rotman, Iurii. 박현섭 옮김, 『영화 기호학』, 민음사, 1996.

V.F. 퍼킨스, 윤보협 옮김, 『영화는 영화다』, 현대미학사, 2000,1

Walter J. Ong, 이기우 외 옮김, 『구술문화와 문자 문화』, 문예출판사, 1995.

15

심훈의 『영원의 미소』에 나타난 근대적 글쓰기의 양상*

김화선

배재대학교 교수

* 본 논문은 2006학년도 배제대학교 교내학술연구비 지원에 의하여 수행된 것임.

■

1
머리말

1933년 7월 10일부터 《조선중앙일보朝鮮中央日報》01에 연재되고 1935년에는 한성도서주식회사漢城圖書珠式會社에서 단행본으로 출간된 심훈의 『영원의 미소』는 『상록수』와 더불어 지식인의 귀농 모티프를 다루고 있는 대표적인 농촌계몽소설로 꼽힌다. 그러나 『영원의 미소』는 작가론의 차원에서나 『상록수』, 『직녀성』 등 심훈이 창작한 일련의 소설 텍스트와 관련된 논의 과정에서만 주로 거론되고 있을 뿐 『영원의 미소』에 대한 본격적인 작품론은 찾아보기 힘들다. 본고는 농촌계몽소설로 인정받고 있는 『영원의 미소』가 지니는 의의를 논하기에 앞서 『영원의 미소』가 창작되고 단행본으로 출판된 시기를 먼저 주목하고

01 『조선신문발달사(朝鮮新聞發達史)』(하정(霞汀), 1934년 5월호 《신동아》에 의하면 《중앙일보》가, 1933년 2월 대전에서 출옥한 여운형을 사장으로 추대하고 동년 3월에 《조선중앙일보》로 제호를 바꾸었다. 여운형은 상해에 있을 때부터 심훈을 대단히 아꼈다고 한다. 류병석, 「심훈의 생애 연구」, 《국어교육》 14집, 1968, 18면에서 재인용.

자 한다.

『영원의 미소』가 연재되고 단행본으로 출판된 1933년에서 1935년은 근대계몽기로부터 이어져오던 어문운동이 근대화되던 시기로서, 조선어학회가 '한글 맞춤법 통일안'을 제정(1933년 10월 29일)하고 이를 보급하기 위해 경성 방송을 통해 한글 강좌를 방송하고, 한글 강습회를 열고, 신문이나 잡지에 통일안 해설을 연재하고 한글 통일안 보급회를 조직 운영하는 등 활발한 한글 보급 운동을 전개하던 때이다. 특히 조선어학회의 기관지인《한글》은 이광수의 『흙』, 이태준의 『달밤』과 함께 심훈의 『영원의 미소』를 통일안으로 인쇄된 유명 문인들의 신간 서적으로 적극적으로 소개하고 있어 주목을 요한다.

《한글》지는 "심훈 씨의 작 『영원永遠의 미소微笑」 출판, 소설가 심훈 씨의 장편소설 『영원永遠의 미소微笑』를 일즉 조선중앙일보에 연재하여, 만천하 독서자에게 열광적 환영을 받던 것으로, 지금 한성도서주식회사에서 출판하는 중인데, 철자는 순전히 한글 통일안에 의지한 것이라 한다."[02] 라는 광고를 게재하면서 『영원의 미소』를 대대적으로 광고하고 있다. 또한 『영원의 미소』를 단행본으로 출판한 한성도서주식회사는《한글》지의 인쇄를 담당하던 곳으로 맞춤법 통일안에 의거하여 신철자 활자로 심훈뿐 아니라 이광수, 이태준의 창작집을 출판하였다. 이러한 사실은 심훈의 『영원의 미소』가 신문과 출판인쇄 미디어와 소설의 관계를 극명하게 보여주는 텍스트임을 암시한다. 새로운 철자로 인쇄된다는 것은 새롭게 통일된 어문정책을 실현하는 것 이상의 의미를 지닌다. 그것은 이에 상응하는 새로운 문자해독 능력과 글쓰기 능력을 요구하기 때문이다. 신문에 연재되고 이어서 새로운 철자법에 따라 단행본으로 출판

02 《한글》 제2권 제7호, 1934년 10월.

된『영원의 미소』는 한글이 근대소설의 단어 표기와 문장 구성에 직접적으로 사용되어 근대적 매체로 기능하고 있는 소설 텍스트이다.

덧붙여 문자보급과 브나로드 운동의 실천의 일환으로서『영원의 미소』는 중요한 몫을 담당하고 있음을 지적하고자 한다. 주지하듯이 조선일보사는 1929년 7월부터 1935년까지 "귀향남녀학생 문자보급운동"을 실시하였고 동아일보사는 1931년부터 문자보급운동의 일환으로 농촌운동인 '브나로드 운동'을 펼친 바 있다. "브나로드라는 것은 러시아말로 '민중에게로'라는 말인데 19세기에 러시아의 지식계급들이 농민노동자에게로 들어가서 몸소 체험도 하고 지도도 하던 운동을 지적한 것인데 우리는 그중에서 다만 민중에게로 라는 뜻을 취해온 것"[03]이라고 밝힌 바와 같이 동아일보사가 주관한 브나로드 운동은 전인구의 80퍼센트에 가까운 문맹률을 낮추려는 상업적 의도와 식민지 조선인에게 교육의 균등한 기회를 주지 않으려는 일제의 술책이 부합한 결과물로 이해할 수 있다. 민족주의 우파의 타협적인 개량주의 운동으로, 민중교육의 기회를 확대한 민족교육운동으로 평가되는[04] 브나로드 운동은 1935년 총독부에 의해 사실상 금지되면서『상록수』를 비롯한 소설로 수렴된다. 이광수의『흙』, 심훈의『영원의 미소』와『상록수』, 이석훈의『황혼의 노래』등 일종의 서사적 계몽 프로젝트라 이름 붙일 만한 이들 소설이 창조해낸 서사는 브나로드 운동이라는 이름으로 구체적인 의의를 획득한다.

근대소설의 매체가 되는 활자어와 한글보급운동의 독본 역할을 한 소설, 그리고 브나로드 운동을 통한 한글(조선어)에 대한 자각의 스펙트럼은『영원

03 《동아일보》, 1931.7.16.

04 이혜령, 「신문·브나로드·소설」,『근대어의 형성과 한국문학의 언어적 정체성』, 대동문화연구원 동양학학술회의 발표자료집, 2007년 2월, 43면.

의 미소』를 심층적으로 이해하기 위해 먼저 고려되어야 할 항목들이다. 어문의 근대화 과정을 둘러싼 이러한 맥락에서 심훈의『영원의 미소』는 새롭게 제정된 한글 맞춤법 표준안을 구체적으로 실천한 텍스트로 선전되고 브나로드 운동의 실천적 결과물로 인식되면서 그 의의를 획득하기 때문이다. 그러나 앞에서 이미 언급한 바와 같이 기존의 논의는 동아일보사 창간 15주년 기념 장편소설 현상모집에 당선된『상록수』를 중심으로 이루어져 왔으며『영원의 미소』에 대한 논의는 단편적 수준을 면하지 못하고 있다. 따라서 본고는『영원의 미소』를 어문의 근대화 정책과 소설의 긴밀한 관계를 보여주는 중요한 텍스트로 인식하고 근대적 글쓰기의 양상과 작중인물의 형상화 방식의 상관성을 중심으로 어문의 근대화 과정이 실질적인 문학 텍스트를 형성하는 서사 구조에 어떤 영향을 미치고 있는가를 살펴보고자 한다.

2
소설에 반영된 근대적 매체의 글쓰기

『상록수』보다 2년 앞서 창작된『영원의 미소』는 남녀 주인공인 수영과 계숙이 농촌으로 돌아가는 과정을 다룬 작품으로 브나로드 운동의 맥락에서『상록수』와 동궤에 놓인다. 조선중앙일보에 연재된『영원의 미소』는 농촌 계몽을 표면적으로는 내세우고 있으나 신문에 연재된 소설로서 대중적 흥미를 고려한 연애소설의 성격 또한 강하게 지니고 있다. 계숙을 사이에 둔 수영과 병식, 경호의 복잡한 삼각관계의 구도와 연애 감정에 대한 섬세한 묘사는 독자를 의식한 작가의 의도를 짐작하게 한다. 따라서『영원의 미소』의 서사구조는 농촌 계몽의 중요성을 설파하고 허위 지식인을 비판하려는 작가의 이념적 목표와 젊은 지식인들의 연애 감정과 사랑이라는 대중적 기호의 두 축으로 이루어지는데, 이 두 축을 연결하면서 서사를 진행해나가는 중요한 기능을 편지와 신문/잡지의 기사가 담당하고 있다.

1) 소설에 나타난 편지의 기능: 연애편지와 은밀한 내면의 고백

근대소설은 가정과 개인의 사생활이라는 사적인 영역을 공적 영역으로 확장하면서 사랑과 성性의 문제를 중심으로 새롭게 발견된 내면성을 다루는 방법의 하나로 편지라는 사회적 소통방식을 활용한다. 본격적으로 내면을 고백하는 서술자가 등장하고 근대 여성의 생활이 소설의 중요한 소재가 됨으로써 편지 형식은 매우 유용한 형태가 되었던 것이다.05 편지를 매개로 읽고 쓰는 의사소통의 방식은 연애편지 형식으로 근대소설의 전개에 개입한다. 1910년대 후반 단편소설에서 편지가 계몽의 기제, 개인의 고립과 소통을 동시에 보여주는 기제였다면 1920년대 편지 형식의 소설은 사랑에 관련된 내밀함을 공적으로 현시하면서 근대적 개인의 주체성을 표현하고 있다.06 1930년대에 발표된 장편소설인 『영원의 미소』는 서사 구조 속에 편지를 적극적으로 수용하면서 다양한 차원에서 이를 활용하고 있다.

먼저 『영원의 미소』에서 편지는 수영과 계숙, 병식, 경호의 연애편지의 형태로 구체화되면서 낭만적 사랑의 세계를 독자들에게 제시하는 역할을 담당하고 있다. 연애편지는 수영과 계숙, 병식의 절절한 사랑의 감정을 독자에게 효과적으로 전달해주는 기능을 하고 있을 뿐 아니라 발신자가 뚜렷하지 않은

---

05 천정환, 『근대의 책 읽기』, 푸른역사, 2003, 166면.

06 노지승, 「1920년대 초반, 편지 형식 소설의 의미-사적 영역의 성립 및 근대적 개인의 탄생 그리고 편지 형식 소설과의 관련에 대하여」, 『민족문학사연구』, 2003, 351-379면.

수많은 연애편지를 통해 계숙을 향한 뭇 남성들의 욕망을 기호화하고 있다.

① 한번은 이런 일이 있었다. 나팔바지에 칠피구두를 신고 왜뜩삐뜩 하고 들어온 부랑청년이 화장품부로 빙빙 돌아다니다가 사람이 흩어진 눈치를 보고는 계숙의 곁으로 슬금슬금 오더니 『실례지만……』
하고는 조그만 편지 한 장을 계숙의 손에다가 쥐어주고는 뒤로 아니 돌아다보고 나갔다. 계숙은 얼떨김에 무엇인지도 모르고 편지를 받아쥐었다가 급히 뜯어보고는…**07**

② 잠겼던 책상 서랍을 열고 감추어두었던 종이뭉텅이를 꺼내어 방바닥에다 확 펼쳐 놓는다. 병식의 눈앞에 깔린 것은 이삼십 장이나 됨직한 편지다. 분홍봉투, 미색봉투, 양봉투에 조선봉투가 뒤섞이고 괴발개발 끄적인 글씨, 축문 글씨처럼 꼭꼭 박아 쓴 글씨가 술이 취한 병식의 눈에는 돋보기 안경이나 쓰고 보는 것처럼 아리숭아리숭 하였다. (249면)

남녀 간의 직접적인 만남이 쉽지 않았던 당시에 편지는 청춘남녀가 자신의 감정을 표출할 수 있는 용이한 수단이었음에 틀림없다. 계숙의 "동창생이요 여류문사로 한참 신문잡지에 이름이 오르내리는" "경자도 어느 대학생과 편지 내왕이 빈번"한 터에 더구나 "함박꽃처럼 탐스럽게 생긴" 계숙을 향한 젊은 남성들의 욕망은 계숙이 취직한 백화점에 직접 찾아와 연애편지를 전해주고 가는 예문 ①의 구체적 사건으로 제시된다. 한때는 사회운동을 하던 신여

---

07 심훈, 『상록수, 영원의 미소, 기타』, 한국문학전집 17, 민중서관, 1959, 239면. 앞으로의 『영원의 미소』 인용은 면수만 밝힘.

성 계숙이 뭇 남성들의 욕망의 대상으로 인식되고 있는 것을 보여주는 것이 바로 연애편지이다. "○○백화점 화장품부에서 물건을 파는 마네킹껄(→걸)" 최계숙에게 쏟아지는 연애편지는 그녀가 일하는 백화점이라는 공간과 맞물려 분별없이 분출되는 욕망을 상징하는 기호로 기능한다. 그녀에게 향하는 남성들의 연애 감정은 연애편지로 기호화되고 계숙은 "멀쩡한 젊은 사람이 그래 대낮에 할 일이 없어서 이따위 편지쪽을 써가지구 댕긴단 말요?"라는 호령과 함께 모여든 구경꾼들 앞에서 "편지를 쪽쪽 찢어서 그 자의 얼굴에다 끼얹"는 대담한 거부의 행위를 하면서 "장난군들을 퇴치시"켰다. 갖가지 필체나 봉투 색깔만큼 다양한 연애의 욕망은 계숙을 수신자로 하는 연애편지로 구체화된다. 수신자 계숙을 향한 불특정 다수 남성들이 보낸 연애편지는 포우의 '도둑맞은 편지'와 같이 일종의 기의 없는 기표로 이해할 수 있는데, 이는 발신자가 불분명한 연애편지들이 그 안에 담긴 내용과는 관계없이 그녀에게 수신되었다는 사실만으로도 계숙이라는 여성을 대중적 욕망의 대상으로 규정하고 있기 때문이다. 연애편지의 수신인인 계숙은 심훈이 "인생의 쓰레기통"으로 비유하고 있는, "입을 커다랗게 벌리고 큰길을 휩쓰는 티끌을 마셔들이고, 전차나 동차소리, 버스가 사람이나 잡아먹을 듯이 으르렁대는 소리, 온갖 도회지의 소음騷音이 장마 뒤의 개고리 소리처럼 들끓어 들어"오고, "이층으로 삼층으로 뽀얗게 서리어 오르는 먼지, 뭇사람의 땀내와 후터분한 운김, 식료품부에서 풍기는 시크무레한 냄새"가 가득한 백화점이라는 욕망의 세계에서 사회운동에 앞장선 투사로서의 모습 대신 "머리를 지져서 몇 가닥을 이마에 꼬부려 붙이고 눈썹을 그리고 한 갑에 이 원이나 하는 코티분을 바른" "백화점 상품과 같은「최계숙」"의 얼굴을 마주하게 된다.

"순진하고 검소"했던 계숙이 "경박하고 사치스러운 도회지의 탈을 뒤집어" 쓰고 젊은 지식인인 수영과 병식에게 염려의 대상이 된 첫 번째 계기가 백화점에 취직한 일이라면, 두 번째 계기는 조경호의 연애편지를 수신한 사건이다. 예문 ②에 제시된 수많은 연애편지 중에는 "서울선 유명한" 전문학교 교수인 조경호가 사촌동생 경자 편에 보낸 편지도 있었다. 수영의 아버지가 마름으로 있는 지주 집안의 아들인 조경호는 계숙에게 연애편지를 쓰면서 본격적인 욕망을 드러낸다.

실제로 1935년 한 해 동안 조선 내에서 발착된 편지는 6억 2천 1백여만 장에 이른다고 한다. 당시 조선 인구를 약 2천만으로 간주할 때 한 사람이 30통 이상 편지를 쓰거나 받은 셈이 되며, 식자율을 15~20퍼센트로 추정하면 한 사람이 연간 250~300통의 편지를 주고받은 셈이다.[08] 1935년의 편지 이용률은 1920년대부터 시작된 연애편지가 얼마나 범람하고 있었는가를 말해준다. 『영원의 미소』는 당시의 이러한 분위기를 반영하면서 신식교육을 받은 남녀주인공의 연애 감정과 이를 둘러싼 심리적 갈등을 효과적으로 재현하고 있다. 이와 같이 『영원의 미소』는 한글이라는 문자의 보급이 대중화되면서 문해력을 갖춘 남녀 사이에 통용되던 연애편지를 소설 텍스트에 채용함으로써 말보다는 글에 의존하여 이루어지던 의사소통의 실제 양상을 보여주고, 나아가 소통의 메시지에 해당되는 근대적 사랑을 둘러싼 윤리적 고민과 갈등의 제양상을 적나라하게 보여주고 있다. 이는 분명히 당시의 독자들에게 매력적인 독서의 요인으로 작용하였을 것이다.

한편 『영원의 미소』에서 편지는 솔직한 자기고백의 매체이며 자기감정을 표현하는 수단이다. 작가 심훈은 "면대해서 말을 하기 거북한 일이 있는 경우에는 편지로 하리라" 생각한 작중인물 수영의 입을 빌어 가장 은밀하면서도 직접적으로 내면을 고백하는 글쓰기의 실제를 보여준다.

08 천정환, 앞의 책, 157면.

수영은 더욱 쓸쓸한 방으로 들어가 남폿불을 켜고 이불을 두르고 앉아서 편지를 썼다. 미진했던 말을 더구나 면박하게 공격을 할 수 없던 일을 솔직하게 썼다. 사연은 대강 이러하였다. …… 일간 또 반가이 만나 뵈옵겠으나 이 편지의 답장만은 속히 해주시기를 바랍니다. 우리가 영원히 기념할 날 김 수영.

수영은 편지를 다시 읽어보며(사연이 너무 과격하지나 않을까?) 혹시 도리어 오해나 하지 않을까 하고 주저하다가 (이만이나 해야 콕 찌르는 맛이 있지) 하고 몇 번이나 읽고 하다가 꼭꼭 봉한 뒤에 길거리로 나가서 우체통에다 넣었다. 넣고 나서도 편지가 중턱에 걸리지나 않았나 하고 우체통의 옆구리를 쳐보고서야 들어갔다. (327~328면)

편지는 말이 아닌 글의 형태로 작중인물들의 내면을 담아내는 대표적인 근대적 글쓰기의 양식이다. 새로운 삶의 감정 속에 나타나는 새로운 개인적 삶의 양식과 방식을 표현하는 수단이 된 편지는 작중인물의 내면을 의사소통의 내용으로 한다.[09] 특히 지식인인 수영과 계숙, 병식은 편지를 쓰면서 자기 자신의 내면을 드러낸다. 심훈은『영원의 미소』에서 연애편지를 활용하여 대중적 연애감정에 호소하면서 독자의 흥미를 유지하는 한편, 지식인들의 자의식적 세계를 적절히 드러내고 있다.

친애하는 수영군!

그러나 어리석은 줄은 알면서도 자네와 나의 자별하던 우정이, 글씨 한 줄이라도 끼치게 하네그려. 자네에게 내 부고訃告를 손수 쓰지 않고는 조만간 저승에

09 리하르트 반 뒬멘,『개인의 발견』, 현실문화연구, 2005, 211~212면.

서 만나더라도 외면이나 하지 않을는지? 그러면 섭섭할 것도 같아서, 나의 최후의 필적을 자네에게 남기고가는 것일세. …… 김수영이란 인간도 먹고 똥싸고 생식이나 하는 동물의 일종이겠지. 그러나 가장 곤란한 처지에 있으면서도 낙심하지 아니하고, 희망을 창조해가면서라도 앞으로 나아가려는 그 굳센 의지意志와, 무쇳덩이라도 물어뜯으려는 만용蠻勇에 가까운 그 용기를 나는 부러워서 마지아니하네. 그 정신에 경의를 표하기 위해서 이 붓을 든 것을 기억해 주기 바라네. (411~414면)

예문에서 제시한 병식의 유서는 그 안에 담긴 메시지보다 먼저 "봉투 속에서 몸서리를 칠만큼 무섭고 가장 비통한 글발이 꿈틀거리고 튀어 나올상" 싶은 "획마다 살아있는 병식의 글씨"로 고뇌하는 지식인 병식의 삼십년 생을 증언한다. 작가는 "최후의 필적"인 병식의 유서에서 현실에 패배한 유약한 지식인의 죽음을 보여주는 동시에 이론뿐인 지식인의 태도를 비판하고 나아가 현실을 개척해나갈 수 있는 힘을 수영에게 부여한다. 피로한 지식인의 유서는 식민지 조선이 겪고 있는 고통을 극복하고 희망을 기약하는 메시지를 전하고 계숙을 다시 수영의 동반자로 맺어주는 서사적 기능까지 담당하고 있다.

그리고 "지도 여하에 따라서는 이 동네의 중심 세력을 이룰만한 전위분자가 될 수 있을 뿐 아니라 새로운 의식을 주입시키는 대로 어떻게든지 될 수 있는 소질을 가진 청년들"과 단결하여 "가시덤불과 같이 한데 엉키고 상록수처럼 꿋꿋이 버티어 나갈 것을 단단히 믿는" 수영의 의지 역시 병식에게 전하는 편지로 뚜렷하게 밝혀진다. 또한 대대로 내려오던 조경호 집안과의 "상전과 노예의 관계"를 "깨끗이 청산"하려는 수영의 의지도 아버지를 대필한 편지에서 분명히 선언된다.

요컨대 『영원의 미소』에서 편지는 자신의 신변에 일어난 일을 전하는 등의 적절한 의사소통의 매체로,[10] 고립된 개인의 고독한 내면을 드러내는 수단으로 서사 구조를 완성해가는 주요한 모티프로 작용한다. 내면을 고백하는 편지 쓰기는 지식인들의 내면을 수신자인 독자에게 호소하는 기능을 수행하고, 당대의 삶과 불공평한 부의 분배 등에 대한 작가의 고민, 이상적인 농촌계몽에 대한 견해를 설파하는 수단으로도 사용된다. 심훈은 연애편지와 지식인들의 편지 교류를 통해 대중적 사랑이야기와 농촌계몽, 그리고 지식인의 현실 각성을 담은 계몽적 서사를 완성해나간 것이다.

다만, 편지의 잦은 삽입은 감정의 폭로를 서사의 중심에 놓음으로써 개연성 있는 스토리 전개를 방해하는 한계를 지닌다. 편지쓰기는 독자로 하여금 지식인의 내면을 직접 엿보게 하는 장점이 있지만, 한편으로 『영원의 미소』가 신문연재소설로서 통속적 분위기를 형성하도록 만든다. 편지 형식을 이용한 과도한 감정의 표출은 연애편지와 지식인의 편지 교류를 매개로 하여 낭만적 사랑의 감정과 계몽적 의지를 적절히 혼합하고 있다. 심훈은 작중인물들의 은밀한 사적 경험과 감정의 표출을 일종의 창작 원리로 이용하면서 낭만적 사랑과 농촌계몽에의 의지를 『영원의 미소』에 담아내고 있다.

2) 소설에 반영된 신문/잡지의 기능: 지식인의 구별 짓기 욕망과 서사적 기능

편지쓰기와 더불어 『영원의 미소』에 나타난 근대적 글쓰기 양상에서 주목할 것은 바로 신문과 잡지의 기사와 관련된 부분이다. "신문 한 장을 온 동네가

10 "우편국에서 「시골집에 긴급한 볼 일이 생겨서 총총히 길을 떠난다.」는 엽서 두 장을 계숙에게와 병식에게 띄우는 것을 잊어버리지 않았다."(329면). 이밖에 계숙의 소식을 전하는 수영과 병식의 편지, 조경호의 집안에서 아버지를 등기편지로 호출하거나 급히 자신에게 와줄 것을 부탁하는 계숙의 편지(287면), 고향으로 내려가면서 병식과 계숙에게 보낸 수영의 편지 등이 이에 해당한다.

돌려보구 지굿덩이가 어디루 돌아가는지 대강 짐작을" 하는 당시 조선 민중들에게 신문은 새롭게 변화해가는 세상의 소식을 전하는 중요한 매체임에 틀림없다. 실제로 동아일보 기자로 재직한 경험이 있는 심훈이 창작한 『영원의 미소』의 주인공 수영의 직업은 "××일보사의 신문 배달부"이고, 그의 친구 서병식 역시 "한 신문사에서 문선직공을 다니"고 있다. 신문 배달부 수영은 자신이 "생후 처음으로 사귀었다는 여성" 계숙에게 매일같이 신문을 넣어준다. 신여성인 계숙의 하숙집에 신문을 몰래 넣어주면서도 정작 수영은 신문배달을 하는 자신의 처지를 부끄럽게 여기고 선뜻 자신의 감정을 계숙에게 드러내지 못하는데, 신문 배달부라는 직업은 지식인인 수영에게 자괴감을 형성하는 중요한 요인으로 작용한다.

이러한 배경에서 신문 기사는 첫째, 『영원의 미소』의 서사를 구축하는 틀로 작용한다. 계숙은 "××여학교의 학생 대표"로 사건에 연루되어 수영과 함께 "감옥으로 넘어가서 여러 달 동안 고초를 겪다가 나왔기 때문에 여류 투사로서 경향에 이름이 났다. 그때에 각 민간신문에서는 최계숙의 사진을 이단으로 커다랗게 내고 약력까지 실었었다." 이 사건과 관련하여 신문에 실린 기사는 소설 전반부에서 이미 수영과 계숙의 관계를 암시하고 있으며 소설의 결말에서 반복되면서 두 사람의 관계가 운명처럼 예정된 것이었음을 말해준다.

> ① 그 신문에는 수영의 사진과 계숙의 사진이 커다랗게 났다. 타원형으로 두 어깨가 겹치다시피 나란히 박혀있다. 그리고 이 두 사람이 중심인물이라는 것을 은연중에 비춘 기사까지 실린 것이었다. 『아주 여불없는 신랑 신부지?』 병식은 껄껄 웃어젖혔다. 계숙의 얼굴은 수영에게 손을 잡혔을 때보다도 더 빨개져서 석류꽃처럼 피었다. (229면)

② 사진을 붙인 벽에서 병식이가 「영원의 미소」를 지으며 나타나서, 그의 유언대로 오늘밤의 신랑 신부의 장래를 진정으로 축복해 주는 듯 두 사람은 다시금 그 사진이 신문에 나던 당시의 추억으로 가슴이 꽉 찼다. (463면)

예문에서 알 수 있는 바와 같이 수영과 계숙이 사회 운동으로 감옥에 다녀온 사건을 보도한 신문 기사는 사건을 단순히 소개하는 역할을 하는 것이 아니라 두 사람이 연인 관계로, 나아가 신랑 신부로 발전가능성을 암시하고 있다. 병식의 말에 얼굴이 "석류꽃처럼" 붉어지는 계숙의 태도는 "타원형으로 두 어깨가 겹치다시피 나란히 박혀있다"고 묘사한 작가의 의중이 그들이 관계한 사상적 사건이 아니라 두 사람의 연애 감정에 있다는 것을 말해준다. 이 신문에 실린 사진은 소설의 결말에서 다시 언급되면서 병식의 말처럼 신랑 신부가 된 두 사람의 관계가 필연적이라는 점을 부각시킨다. 이처럼 심훈은 신문 기사를 서사를 형성하는 주요 모티프로 사용하고 있다.

둘째, 신문이나 잡지의 기사는 작중인물의 내면에 갈등을 일으키는 주요한 요인이자 그 갈등을 표출하는 수단으로 작용한다. 신문에 사진이 나면서 유명세를 타기 시작한 최계숙의 사생활은 그의 친구인 "○○○사 부인기자로 댕기는, 그리구 문사로 유명헌" 유정신이 쓴 잡지의 기사에 의해 과장되어 전파된다.

잡지의 중간쯤 아랫단으로 여인동정女人動靜이란 꼬십란에 「최계숙양 종적 묘연」이란 조그만 제목이 걸리고 타원형으로 사진이 났다.

기사의 내용인즉

『○○사건 때 앞장을 서서 감옥까지 다녀나온 후 일약 여류투사로 이름을 들날리고, 근래에는 여류문사로 이채를 발휘하는 최계숙양은, 최근 모 백화점에서 그림자까지 아울러 사라졌다. 무슨 까닭으로 그가 돌연히 종적을 감추었을까? 최양과 절친한 어느 동무가 극비밀리에 탐지한 바에 의하면 최양은 그 사건 때에 같이 관계했던 김모(지금은 어느 신문사의 배달부)와 연애의 실마리가 얼크러져 청량리 행 전차를 부지런히 타더니 돈없는 남자에게 싫증이 났든지, 헌신짝 버리듯하고 어느 전문학교 교수요 부호로 유명한 조정하(가명)의 제이인가 제삼부인으로 들어 간 것이 판명이 되었다. 오 위대한 돈의 힘이여, 인제는 최양(?)의 염려한 자태를 호텔이나 극장 가족석에서나 발견될는지? 그러나 벌써 사랑의 결정까지 두문불출하고 정양중이라니 최계숙양이여, 길이 길이 행복 할지어다.』 (380면)

새로운 매체는 새로운 사고와 활동과 관계를 만들어낸다. 기차나 신작로가 무엇을 실어 나르기에 앞서 그 자체로 시·공간의 변화를 이룩한 것처럼, 신문은 이전 같으면 알 수 없었던 사건을 알려지게 하고 만날 수 없었던 사람을 만나게 한다.[11] 예문에 제시한 최계숙을 둘러싼 연애담은 신문에 활자화되어 기사화되는 순간 급속히 전파되어 그녀의 사생활을 공적 담론의 영역으로 이동시킨다. 물론 여기서 중요한 의미를 갖는 것은 과연 몇 명의 독자가 이 잡지를 읽었느냐에 있는 것이 아니라 신여성으로서 신문이나 잡지에 글을 기고하는 최계숙이 느끼는 신문 매체의 전파력과 그 위상에 있다. 계숙은 조선의 구여성들과 구별되는 신여성으로서, 지식인으로서의 자신의 정체성을 글쓰기의 능력에 두고 있기 때문이다. 그러므로 계숙은 자신의 기사를 가십거리로 잡지에 기고한 정선을 무시하고 필연적으로 정선/경자와 대립하게 된다.

11 권보드래, 『연애의 시대』, 현실문화연구, 2003, 140면.

계숙은 다른 점원들과는 얼리지도 않을뿐더러 계집애들이 틈만 나면 모여서서 참새처럼 재절대는 것이 시끄러웠다. 그래서 손이 없을 때에는 한귀퉁이에가 돌아서서 소설이나 잡지를 읽었다. 「코론타이」의 「붉은사랑」 같은 것은 읽어 넘긴지도 오래지만 일본의 좌익작가의 소설을 끼고 다니며 틈틈이 읽었다. 바로 몇 해 전에는 연애편지 한 장도 똑똑히 못쓰던 동무들이 요새 와서 시를 쓰느니 소설을 짓느니 하는 것이 속으로는 우스웠다. 수학여행을 하고 돌아온 여학생의 기행문이나 감상문 조각을 노루꼬리만큼 내는 걸 가지고 별안간에 여류시인이니 여류문사니 하고 신문 잡지에서 추켜세우는 바람에 제가 젠척하면서 곤댓짓을 하고 다니는 꼴을 볼 때에는 구역이 날 것 같았다. (275~276면)

"조선절을 잘 할 줄 모르고 하기도 싫어하는" 계숙은 여류문사로서 신문과 잡지에 글을 발표하는 자신과 "연애편지 한 장도 똑똑히 못쓰던 동무들"은 엄연히 다르다고 생각한다. 그녀가 지닌 글쓰기 능력은 부르디외식의 구별짓기[12] 욕망으로 작용하여 그녀의 자의식을 형성하는 요인이 된다. 비록 경제적인 필요에 의해 비록 "아침 여덟 시부터 밤 열한 시까지 잔걸음을 치고 히야까시 군에게 시달리고 점원감독의 눈총을 맞아 가면서 그날그날을 보내"며 "하루 열다섯 시간 노동"에 시달리며 "돈 있는 집 어린애의 군것질 값도 못"되는 "백통전 다섯 잎에 몸의 자유를 팔고 지내는 여점원의 생활"을 하고 있다 해도 그녀는 "감상문 조각이나 기행문"을 쓰는 여학생과는 다른 류의 여류문사라고 자부하기 때문이다.

그러나 시간이 날 때면 점원들과 어울리지 않고 소설을 읽는 그녀를 바라

12 피에르 부르디외, 최종철 역, 『구별짓기: 문화와 취향의 사회학』, 새물결, 2005 참고.

보는 작가 심훈의 시각은 매우 비판적이다. "비단 안을 받친 유록빛 외투에, 녹비 장갑에, 굽 높은 구두에, 아주 모던껄로 변한" 계숙은 "동경 가서 학교를 마치고 싶은 욕심"에 자신을 욕망하는 조경호에게서 영어를 배우는 허위의식을 지닌 조선의 신여성으로 제시된다. "소위 신여성이 남의 첩으로 들어 가는 것쯤은 인젠 아주 예사"가 되어버린 "조선은 성性의 수난 시대受難時代"이며, 그런 시대에서 신여성은 "몸뚱이는 십 팔세기의 환경 속에 갇혀 있으면서 모가지만 이십세기로 내어밀려는 건 한 폭의 만홧거리"로 비웃음의 대상으로 전락하고 "서너 집 걸러 하나씩은 있"는 "황새를 따라 가려는 뱁새처럼 가랑이가 찢어진 과도기過渡期의 희생자"에 지나지 않는다.

계숙이 여류문사로 비판의 대상이 되고 있다면 병식 역시 유약한 지식인을 대표하는 부정적인 인물로 재현된다. "나 홀로 그네를 뛰련다./ 구부러진 고목가지에/ 고달픈 이 몸을 매달고/ 모든 근심을 잊으련다!"는 시를 남기고 세상을 등진 병식은 "어느 사립대학 문과에 학적을" 둔 "동경서 여러 해 고학을 하던 사람"으로 "어려서부터 문학에 취미를 가지고 그 방면의 책을 많이 읽었기 때문에 시도 짓고 소설도 썼다. 지금도 신문잡지에 익명으로 발표하는 그의 수필이나 평론을 볼 수 있"는 문사이다. 그러나 병식은 무능력한 가장으로 사랑에 패배한 나머지 스스로 죽음을 선택하고 만다.

이와 같이 계숙과 병식이 비판의 대상이 되는 지식인이라면 수영은 이상적인 지식인의 상으로 제시되고 있다. 그 차이는 바로 문예와 현실의 차이, 곧 이론과 현실의 차이이다. 문예방면에 취미가 있는 계숙과 병식은 부정적 지식인의 상으로 제시되고 있는 반면 현실에 주목한 수영은 긍정적 지식인 상으로 부각되고 있다.

시고 소설이고 간에 문예방면에는 취미도 없거니와 일부러 그 방면에는 재미를 붙이지 않으려는 터이라, 문예난은 훌훌 넘겼다. 그러나 제가 항상 유의하고 틈만 있으면 아직도 공부를 계속하는 농촌문제에 한하여서는 새로 나오는 잡지나 신문이나 하나도 빼어놓지 않고 읽어왔다. 정말丁抹 다녀온 이야기를 두고두고 우려먹고 「조선농촌문제특집」이니 「농촌진흥운동」이니 「궁민구제책」이니 하는 기사를 보다가는

『이게 다 무슨 어림없는 공상이냐. 저희는 하얀 이밥을 먹고 자빠져서 심심풀이로 이따위 소리를 늘어놓는 게지. 참 정말 조선농민의 생활을 저희가 알 까닭이 있나?』

하고 혼자 분개를 하기도 여러 번이었다. (298면)

예문에 제시된 바와 같이 문예방면의 글은 의도적으로 읽지 않는 수영은 실제 조선농민의 생활에 관심을 갖고 신문 잡지를 읽으며 비판적 의식을 견지한다. "신문 잡지에는 밤낮 「브나로드」니 「농촌으로 돌아가라」느니 홟구 떠들지 않나? 그렇지만 공부헌 똑똑헌 사람은 어디 하나나 농촌으로 돌아오든가? 눈을 씻구 봐두 그림자도 구경을 헐 수가 없네그려. 그게 다 인젠 헐소리가 없으니까 헛방구를 뀌는" 것이라는 농민들의 비판은 "신문이나 잡지에서 떠드는 개념적이요 미적지근헌 농촌운동이라는 것부터 냉정허게 비판을 해본 뒤에 우리 현실에 가장 적실한 이론을 세워서 새로이 출발을 허지않으면 안"된다는 수영의 결심으로 구체화된다. 가난에 찌들려 귀신과 같은 몰골을 하고 있는 농민들의 처참한 현실을 목격한 수영은 "나는 농촌을 토대로 삼고 일을 허지 않으면 민족적으로나 사회적으로 우리의 살길을 발견 하지 못할 줄 알아요"라는 다짐을 실천에 옮긴다.

『영원의 미소』에서 심훈이 말하고자 하는 진정한 농촌운동은 브나로드를 내세우는 신문이나 잡지가 만들어내는 이론상의 것이 아니라 『상록수』의 박동

혁이 그동안 진행되어온 브나로드 운동의 한계를 지적하면서 지식인들이 "농촌, 어촌, 산촌으로" 파고들어가 실질적인 도움을 줄 수 있어야 함을 강조한 맥락과 유사하다. "정말 일을 해야 한다"는 수영의 다짐은 신문이나 잡지가 외치는 공허한 브나로드가 아니라 실질적인 농촌운동을 실행해야 한다는 작가의 메시지에 다름 아니다. 수영이 다른 지식인들과 구별되는 지점은 바로 여기에 있다. 그리고 이러한 수영의 관점은 "이 땅의 지식 분자인 우리들이 이러한 기회에 전조선의 농촌, 어촌, 산촌으로 방방곡곡에 파고들어 가서 그네들과 똑같은 생활을 하면서 어떻게 하면 그네들이 그 더할 수 없이 비참한 생활에서 벗어날 수가 있을까 하는 문제를 머리를 싸매고서 생각해 봐야"[13] 한다고 강조하는 『상록수』에서 보다 구체적으로 반복 심화된다.

3

농촌 계몽 소설과 계몽의 위계화

조선의 신여성으로서 여류문사라는 자의식을 지니고 있던 계숙과 농촌의 현실에 주목할 것을 주장하는 지식인 수영의 결혼은 KAPF에 가담한 이력이 있는 작가 심훈의 현실 비판적 태도에서 추동된다. 심훈은 인물의 설정부터 지주의 아들인 조경호와 마름의 아들인 수영, 가난한 신여성 계숙 사이의 삼각 구도를 기획하면서 연애감정 이변에 가난과 부의 대립을 갈등 요소로 도입하였다. "시골 내려가 있자니 이해 없는 사람들허구 그 궁벽한데서 귀양살이가

13 심훈, 『상록수』, 문학사상사, 2003, 27면.

아닌 담에야 갑갑해서 어떻게 견디겠"냐던 계숙이 결국 수영의 동반자로서 가난고지에서의 삶을 택하는 행위의 당위성은 그녀가 지닌 계급의식에서 찾을 수 있다. 친구이자 조경호의 사촌동생인 경자의 집에서 "「누구는 이렇게 차려 놓고 산담.」하는 형용키 어려운 일종의 분한 생각이" "머리끝까지 치밀어 올라"와 "이놈의 세상은 어째서 이다지도 고르지를 못한가"를 절감한 계숙이기에 그녀는 과감히 수영을 따라 그의 고향 가난고지로 가는 선택을 할 수 있었던 것이다. "다 같이 다리품을 파는 처지에 있으면서두 저런 훌륭헌 외투를 입는 귀부인두 있구, 저 헌털방이를 두르구 댕기는 사람도 있으니 세상이 공평치 않을 밖에" 없다고 생각한 수영의 태도 역시 사회 비판적 인식을 담지하고 있다.

또한 수영의 고향 친구들도 서울 사람과 농촌 사람의 상이한 삶의 방식을 문제적으로 인식하고 있다. "우리 조선사람의 살길이 농촌 운동에 있구, 우리 청년들의 나아갈 막다른 길이 농촌이라는 각오를 단단히 했달 것 같으면" 도시의 지식인들 손에도 호미자루가 쥐어져야 한다는 수영의 친구 대홍의 주장에는 서울에서 공부했다고 하는 소위 지식인들에 대한 비판이 담겨 있다. 호미지루를 손에 들고 지식분자가 "정말 일"을 할 때 진정한 농촌계몽을 위해 헌신하는 지식인이 될 수 있다는 논리이다.

> 지식계급이 어느 시대에든지 무식하고 어리석은 민중들을 끌고 나가고, 그들을…… 하는 역할役割까지 하는게지만 지금 조선의 지식분자 같어서야 무슨 일을 허겠나? 얼굴이 새하얀 학생 툇물은 실제 사회에 있어서 더구나 농촌에 있어는 아무짝에 쓸모가 없는 무용지물일세. 구름장 같이 떠돌아서 가나 오나 거치장스럽기만 헐 뿐이지, … 우리의 뿌럭지를 붙잡고 북돋아 나가는게 가장 신성한 의무가 아닌가? 우선 그들의 눈을 띠워 놓구야 볼일이니까……계몽운동 이란 것은 어느 때에든지 가장 필요할 줄 믿네. 더군다나 우리에겐 무엇보

다도 시급헌 일일세.정신적 토대를 지어놓구 나서야 볼일이 아니겠나 그 뒤라야……」(377면)

무지한 민중들을 이끌어가야 할 막중한 책임이 있는 지식분자가 농촌에서는 쓸모없는 무용지물일 뿐일 현실은 당연히 비판되어야 한다. 예문에 함축된 바와 같이 지식계급이 선도하는 계몽운동을 논파하는 심훈의 논리는 『영원의 미소』에서 『상록수』에 이르기까지 일관되게 계몽주의적 입장을 취하고 있다.[14] 작가의 이러한 입장은 계숙과 수영의 관계에 이미 내재되어 있었다. "소위 이상이 있고 이해가 깊다는 모던·껄, 인텔리 여성을 이 벽강궁촌에다 잡아넣을 수가 있을까? 몽당치마를 벗기고 굽 높은 구두 대신에 짚신을 신키기까지의 노력은 여간이 아닐 것"으로 생각한 수영의 태도는 철저한 위계의식의 소산이며 계몽의 주체로서 그 대상을 바라보는 이분법적 시각을 소유하고 있다. "어리석은 민중을 끌고 나가"야할 막중한 책임을 지닌 지식인 수영에 비해 계숙은 경호와의 스캔들을 포함하여 항상 문제를 일으키고 수영에 의해 교정되어야 할 문제적 대상으로 제시된다. 다시 말해 계숙은 대상화된 존재, 계몽의 객체로 형상화되고 있는 반면, 계숙에게 짚신을 신겨주기 위해 고민하는 수영이야말로 "시와 소설 같은 문예란은 훌훌 넘기는" 이상적인 청년지식인의 상으로 형상화된다.

이러한 계몽의 위계관계는 상이한 리터러시(literacy)에서 비롯된다. 문학

14 이와 관련하여 "브나로드운동의 영향으로 창작된 귀농소설들은 학생이나 도시 지식층이 주체가 되었으므로 계몽주의적 한계를 벗어날 수는 없다"는 다음의 논의를 참고할 수 있을 것이다. 강선보, 고미숙, 「농촌계몽운동에 나타난 계몽주의 사조의 성격 고찰-브나로드운동을 중심으로」, 《안암교육학연구》 3, 1997.

에 뜻을 둔 이상적 지식인과 눈앞의 현실을 꿰뚫는 지식인의 위계관계에서 우위에 서는 것은 문학을 포함한 이론이 아니라 현실이라는 사실을 작가는 두 인물의 위계적 구조를 통해 역설적으로 보여주고 있다. 근대적 글쓰기의 양상은 작중인물의 위상 정립에 주요한 원리로 작용한다. 작가 심훈은 문학/이론을 비판하고 문학이 놓인 허구적 세계를 현실의 영역으로 끌어올리며 그 자리에 농촌계몽소설의 위상을 정립하고자 하였다. 그러나 계숙과 수영의 위계적 관계는 농촌계몽소설이 지니는 한계로 작용할 수 있다. 계몽의 주체와 객체가 이렇게 분명한 이상, 계몽주의적 사고가 갖는 이분법적 틀을 벗어날 수 없기 때문이다. 그럼에도 불구하고『영원의 미소』는 계숙 스스로 수영을 선택하고 그의 귀향에 동참하고 있다는 사실을 상기할 필요가 있다. 백화점을 그만두고 고향으로 떠난 수영을 따라 나서서 "비가 개고 구름이 거친 뒤에, 호미를 들고 집 뒤 보리밭으로 올라"가면서 "정미소 여직공처럼 수건을 쓰고 행주치미를 두르고 짚신을 신"은 것은 바로 계숙 자신이기 때문이다. 이론과 현실의 괴리를 깨닫고 화려하고 안락한 삶을 선택하는 대신 고달픈 농촌 현실로 돌아가는 계숙의 변화 양상은 작가가 추구하는 이상적 지식인으로의 변모 과정을 그대로 보여주고 있다.

『영원의 미소』는 남성-계몽 주체의 적극적 현실 인식 속에 여성-계몽 타자의 변모 과정을 텍스트화함으로써 계몽의 위계화라는 한계와 여성-계몽 타자에 함축된 긍정적 가능성을 동시에 내포하고 있다. 이는 농촌 계몽소설로서『영원의 미소』가 지니는 한계이자 긍정적 측면으로 지적될 수 있는 지점이다. 요컨대 심훈은 지식계급으로서 "무지하고 어리석은 민중들을 끌고 나가"는 임무를 수행하는 미디어로서의 역할을 농촌계몽 소설에 부여하고, 문학이 현실에 개입하는 하나의 길을 적극적으로 보여주었다. 브나로드 운동이 구체적 실천으로 이행되는 과정에서,『영원의 미소』는 근대적 글쓰기의 다양한 양상을 담론화하면서 브나로드 운동의 의의를『상록수』로 연결해주는 문학 텍스트로 인정받아야 할 것이다.

4
맺음말

이상으로 본고는『영원의 미소』에 나타난 근대적 글쓰기의 양상을 중심으로 농촌계몽소설로서『영원의 미소』가 지니는 의의와 한계를 분석해보았다. 그리하여 편지 쓰기와 신문과 잡지라는 근대적 매체를 바탕으로 한 글쓰기의 다양한 양상이 작중 지식인들의 의식에 영향을 미칠 뿐만 아니라 대중성과 계몽성이 공존하는『영원의 미소』의 서사를 구성하는 원리로 작용하고 있음을 확인하였다. 이를 요약하면 다음과 같다. 첫째, 수영과 계숙, 병식, 경호가 교환하는 연애편지는 낭만적 사랑의 세계를 독자들에게 제시하는 역할을 담당하고 있다. 둘째, 편지 쓰기는 솔직한 자기고백의 매체로 기능하면서 근대적 개인의 내면을 표현하는 수단이 된다. 셋째, 신문/잡지의 기사는 서사를 구축하는 틀로서 스토리를 암시하는 복선과도 같은 역할을 할뿐 아니라 작중인물의 내면에 갈등을 일으키는 주요한 요인으로 작용한다.

『영원의 미소』는 한글이라는 문자의 보급이 대중화되면서 가능해진 장편소설로 보리밭의 생명력에 비유하여 농촌계몽소설이 지향하는 유토피아를 제시하고 있다. 그러나 심훈이 말하는 지식인의 구체적인 역할은 추상적이라는 한계를 지닌다. "움을 파구 야학을 개시해서 한 사오십명의 어린이들의 눈을 띄어주고 간단헌 셈수를 알으켜 준것과 이발부를 조직해서 상투를 한 스무개 자른것과 조그만 규모의 소비조합을 하나 만들어 논것 밖에 아무것두 헌일이 없"고 조기회와 단연회를 조직하고 "야학을 설시하고 상투를 깎고 무슨 조합을 만드는 것이 농촌운동의 전부로 알고" 있는 농촌계몽운동의 실상을 스스로 비판하면서도 이를 넘어서는 실질적 계몽운동은 수영과 계숙 앞에 끝없이 펼쳐져있는 보리밭만큼이나 막연하게 제시되어 있기 때문이다. 이론에 그치고 마는 지식인들의 현실인식 태도를 비판하면서도 작가 심훈 역시 현실 인식의 한계를 노정하고 있는 것이다

이러한 브나로드의 낭만성과 추상성은 『상록수』에서 어느 정도 극복되고 있으나 심훈이 소설의 세계에서 재현하고자 한 계몽의 정치는 여전히 '계몽적'이다. 근대적 글쓰기와 관련한 지식인 수영, 계숙과 병식의 위계적 배치는 『영원의 미소』가 지니는 한계를 드러내며 심훈이 이론과 현실의 관계, 나아가 계몽과 대중성 사이에서 타협한 농촌계몽소설의 현재성 또한 내포하고 있다.

■ 참고문헌

강선보, 고미숙, 「농촌계몽운동에 나타난 계몽주의 사조의 성격 고찰-브나로드운동을 중심으로」, 《안암교육학연구》 3, 1997.

권보드래, 『연애의 시대』, 현실문화연구, 2003.

김화선, 「한글보급과 민족형성의 양상-심훈의 『상록수』를 중심으로」, 《어문연구》 51집, 2006.

노지승, 「1920년대 초반, 편지 형식 소설의 의미-사적 영역의 성립 및 근대 적 개인의 탄생 그리고 편지 형식 소설과의 관련에 대하여」, 『민족 문학사연구』, 2003.

류병석, 「심훈의 생애 연구」, 《국어교육》 14집, 1968.

송기섭·김정숙, 「근대소설과 어문의 근대화」, 《어문연구》 51집, 2006.

심 훈, 『상록수, 영원의 미소, 기타』, 한국문학전집 17, 민중서관, 1959.

심 훈, 『상록수』, 문학사상사, 2003.

유양선, 「심훈론-작가의식의 성장과정을 중심으로」, 《관악어문연구》 제5집, 1980.

이혜령, 「신문·브나로드·소설」, 『근대어의 형성과 한국문학의 언어적 정체성』, 대동문화연구원 동양학학술회의 발표자료집, 2007년 2월.

전영태, 「브·나로드 운동의 문학사회적 의미」, 《국어교육》 38집, 1981.

천정환, 『근대의 책 읽기』, 푸른역사, 2003.

한점돌, 「심훈의 시와 소설을 통해 본 작가의식의 변모과정」, 《국어교육》 41집, 1982.

리하르트 반 뒬멘, 『개인의 발견』, 현실문화연구, 2005.

피에르 부르디외, 최종철 역, 『구별짓기―문화와 취향의 사회학』, 새물결, 2005.

16

『직녀성』 연구

-『직녀성』의 가족사소설의 성격

남상권
영남대학교 국어국문학과 강사

1
머리말

심훈의 『직녀성』(1934)을 가족사 소설로 보는 시각은 그리 흔치 않다. 여기에는 주인공 이인숙의 변화에 초점을 두고 꾸준히 논의해 온 까닭이다.01 『직녀성』은 근대소설 가운데 드물게 구여성을 주인공으로 설정하고 있다.02 『직녀성』은 귀족 가계 내부에 일어나는 일상성을 조명하면서 조혼이 가져온 폐해를 심층적으로 다루고 있다. 『직녀성』은 1930년대 장편 소설의 한 흐름이었던 『삼대』, 『태평천하』, 『대하』 등에서 가문을 세우려는 구시대의 하층민 출신 가장들의 가문의식과 교차한다.03 이들 소설은 전통 사회의 지배층이 근대 공간

01 『직녀성』은 《조선중앙일보》에 1934.3.24.~1935.2.26까지 연재한 장편소설이다.

02 이상경, 「근대소설과 구여성」, 《민족문학사연구》 19, 2001. ; 권희선, 「중세 서사체의 계승 혹은 애도-심훈의 『직녀성』 연구」, 《민족문학사연구》 20, 2002. ; 신영숙, 「일제하 신여성의 연애·결혼문제」, 《한국학보》 45, 일지사, 1986, pp.182-217.

03 『삼대』, 『태평천하』, 『대하』 등에서 식민지 신흥 하층 가계가 몰락 양반 가계와 혼척관계를 통해 명목상의 신분상승을 노렸던 흔적을 『직녀성』에서도 볼 수 있다. 조의관, 윤두섭의 구시대 신분에 대한 집착은 소설적 우연이라기보다 이 시대의 일정한 현상으로 볼 수 있다. "『지금은 적서의 구별이

에서 시대감각을 잃고 가족 또는 가문의 해체를 겪게 되는 과정을 그림으로써 이른바, '중세지배체제 말로를 그 어떤 애도 없이 냉엄하게' 제시하고 있다.04 『직녀성』은 신흥하는 하층계급 출신 유산가의 위세를 다룬 『삼대』, 『태평천하』와 달리 조선의 멸망에도 불구하고 신분적 지위를 온전히 누려왔던 식민지 귀족 집단의 치부를 정면으로 해부함으로써 과거와 완전한 결별을 시도한다.

『직녀성』은 조혼제도가 잔존한 식민지 근대 공간에서 귀족가의 은폐된 전근대적 규방 풍경과 그에 따른 여성적 위계가 지닌 모순을 폭로한다. 이러한 현상을 다각적으로 조명할 수 있었던 것은 작가의 실존적 경험과 무관하다고 볼 수 없다. 이 소설의 이인숙은 심훈과 조혼했던 첫부인 이해영의 실제 모델이라 해서 주목을 받기도 했다.05 또 조혼 후, 일찍 청상이 된 심훈의 누이의 이야기도 투영되어 있다.06 『직녀성』의 이인숙의 삶의 여정은 곧 두 집안의 몰락과 파락호로 전전하는 자제들의 방종과 타락에 맞물려 있다. 『직녀성』은 주인공 이인숙의 일대기를 이야기하는 가운데 그를 둘러싼 가족사가 전면으로 부각된다.

없는 세상이니……』 하고 첩의 자식과 혼인을 정하자고 전언을 한 친구도 있었고 아래대에서는 모물전을 해서 돈을 모은 중인의 집에서와 뱃놈소리를 듣는 한강의 어느 더러운 부자까지 양반에 걸신이 들려서 지체탐을 하느라고 혼인 비용은 얼마든지 당할 터니 봉희로 맏며느리를 삼아지라고 애걸을 하다시피 하는 자리도 있었다. 그런 말을 들을 때마다 자작은 큰 모욕을 당한 듯이" 심훈, 『직녀성』, 탐구당, 1966, p.334.

04 최원식, 「서구 근대소설 대 동아시아 서사」, 《대동문화연구》 40, 성균관대학교 대동문화연구원, 2002, p.147.

05 유병석, 「심훈의 생애연구」, 《국어교육》 14, 한국국어교육연구학회, 1968, p.19.

06 심훈의 일기 『피에 물들인 석양』은 심훈의 자형 유원식(누님 심원섭, 1885~?)의 죽음과 관련된 기록이다. 심훈의 누님이 남편을 잃고 청상으로 살아가야 한다는 사실에 "아! 악마, 구수(仇讐)의 조혼아. 내 손으로 깨트리련다. 나의 붓이 이 원수를 죽일란다"라고 썼다. 유병석은 자형의 죽음을 통해 조혼에 대한 적대감을 키웠고 그 결실이 『직녀성』이라고 주장한다. 한기형은 역시 여기에서 『직녀성』의 원관념이 배태되고 있다고 해석한다. 한기형, 「습작기(1919~1920)의 심훈-신자료 소개와 관련하여」, 《민족문학사연구》 22, 민족문학사학회. 2003, p.203. 유병석, 「심훈의 생애연구」, 서울대학교 석사논문, 1964. p.12.

『직녀성』은 근대 물결에 휩쓸린 청년들의 지적 허영과 삶의 방종을 그린 1930년대 장편소설과 동시대적 의미를 드러낸다. 이 소설은 윤 자작 집안과 이 한림 집안의 영욕사이기도 하다. 『직녀성』의 두 집안, 즉 윤 자작 가계와 이 한림 가계는 한말 지배층의 현실 대응방식과 식민치하에서 몰락할 수밖에 없는 세태상을 드러낸다.07 이 소설의 주인공 이인숙은 윤자작의 며느리로, 이 한림의 딸로 설정되어 있다. 이인숙은 나라가 망해도 온전하게 식민지 귀족이 된 윤 자작 가계와 난세를 만나 은둔한 이 한림 가계의 순차적 몰락을 증언하는 위치에 서 있다.

『직녀성』은 구시대의 가문소설이 근대에 이르러 가족사 소설로 변화하는 양상을 드러내고 있다.08 이러한 상황 전개는 작가의 자전적 경험 공간과 밀접하다. 이 글은 『직녀성』에 등장한 인물들의 역할 모델이 현실적이었을 가능성을 전제로 논의한다.

2
『직녀성』의 이 한림, 윤 자작과 심훈

문학사에서 심훈을 얘기할 때 심훈이 왕족 이해승의 처남이라는 사실이 유

---

07 신문화 수용에 실패한 2세들의 타락과 방탕이 구시대의 자본을 파멸하도록 그린 것은 심훈의 '사상적 면모'를 볼 수 있다는 견해는 설득력이 있다. 박소은, 「새로운 여성상과 사랑의 이념-심훈의 <직녀성>」, 《한국문학연구》 24, 한국문학연구회, pp.364~365.

08 가족사소설은 가족소설의 하위범주로, 가족 혹은 가계의 운명이 사회사와의 관련 속에서 결정되는 일종의 대하소설이다. 가족은 사회의 축도로 볼 때, 가족의 운명은 사회의 변동과 긴밀한 관련을 맺고 있다. 『직녀성』은 이러한 점에서 가족사소설의 한 전형을 이룬다. 황국명, 「1930년대 가족사소설의 정치적 무의식 연구」, 《한국문학논총》 15, 1994.12, p.391.

독 강조되는 면이 있다.09 심훈의 출신 성분을 높이려는 의도가 있어서 그런지 분명치 않으나 심훈의 장인보다 그 아들인 후작 이해승(1890~?)만이 부각되어 있다. 누구의 딸이라는 사실보다 누구의 동생이라는 사실을 굳이 강조할 필요가 있었는지 생각해 볼 일이다. 일제에 부역하여 작위를 받았으면 이해승에 앞서 이해승의 아버지 이한용이 먼저일 터인데 그렇지 않다. 심훈이 왕족 이해승 후작의 동생 이해영과 결혼했다는 사실을 밝힌 글은 많지만 이해승의 부친, 즉 심훈의 장인에 대해선 언급이 없다.

후작 이해승의 부친이라면 당연 왕족 이한용이고 거슬러 올라가면 철종의 부친 전계대원군 가계이다. 그런데 이한용은 심훈의 장인이 아니다. 논자들 역시 심훈을 왕족 처가와 연결하여 그가 고귀한 신분임을 강조하려 한 의도로 볼 수밖에 없다. 심훈을 위한 온당한 소개인지 생각해 볼 필요가 있다. 심훈의 첫 부인 이해영은 중종의 서자로 선조의 부친이 되는 덕홍대원군의 13세손인 이건용李建鎔의 딸이다. 조선 왕실의 족보인 선원록璿源錄에 따르면 이해승은 장헌세자의 아들 은언군의 5대손이며 철종의 부친 전계대원군의 현손-4대손-이다. 이해승과 이해영은 촌수로 따지면 30촌이 된다. 그런데 심훈과 이해승의 관계를 강조하기 위해 이해영의 아버지 이건용을 배제하고 왕족 대열에 붙여버렸다. 이와 같은 문제는 조선의 양자제도와 관련이 있다. 이를 위해 이해승의 양가계와 본가계의 계보를 살펴 볼 필요가 있다

09 심훈과 이해승과의 인척 관계는 유병석의 「심훈의 생애 연구」 이후의 논의에서 반복적으로 나타나는 경향이 있다. 유병석, 앞 글, p.12.

이해승李海昇 양가계養家系							
장헌세자 莊憲世子	-	은언군 恩彦君	-	전계대원군 全溪大院君	-	영평군 永平君	-
추존追尊 장조莊祖						경응景應	
청안군淸安君 (재순載純)	-	풍선군豊善君 (한용漢鎔)	-	청풍군淸豊君 (해승海昇)			
(생부生父,휘응徽應)		(생부生父,재철載徹)		(생부生父,건용建鎔) 일제하日帝下 후작侯爵 배配청송심씨,靑松沈氏 처부妻父심건택,沈建澤			

이해승李海昇 본가계本家系							
덕흥대원군德興大院君 직계直系 6세손6世孫 세정世禎			-	명회明會	-	형종亨宗	-
(진사돈녕도정 進士,敦寧都正)				(진사돈녕도정 進士,敦寧都正)		(진사돈녕도정 進士,敦寧都正)	
굉浤	-	창식昌植	-	준응儁應	-	재범載範	-
(진사進士)		(현감縣監)		(봉사奉仕)		(생부生父, 보응輔應)	
건용建鎔			-	해승海昇(출계出系, 한용漢鎔)			
(순창군수淳昌郡守)				해선海宣 심대섭沈大燮(심훈)			

위의 그림을 처가를 중심으로 보면 심훈의 처남은 출계한 이해승이 아니라 이해선이다. 양자가 생존 시에는 양가와 본가 관계를 동시에 고려하지만 심훈의 처가 인척 관계를 밝힐 때에는 마땅히 이건용-이해선을 중심으로 설명되어야 한다.10 위는 이건용의 아들 인봉(麟奉, 초명)이 29촌 아저씨뻘인 이한

10 고종 34년(1897, 광무1) 9월 28일, 『승정원일기』에는 "숭릉 영 이건용의 아들 이인봉을 이한용의

용의 양자가 되어 종친의 항렬에 따라 초명을 해승으로 고친 것이다.11 따라서 이해승이 왕실에 양자로 들어간 상태이므로 심훈 가계의 위상을 높여주기 위해 후작 이해승을 내세우는 데는 다소 무리가 있다. 유독 이 부분을 강조함으로써 심훈이 좋은 혼처인 이해영과 이혼한 사실에 의혹의 눈길을 보내기도 하고, 후작이라는 귀족적 채취를 심훈에게 다시 투사해버리려는 경향을 보인다.

이건용 가계는 선조의 부친 덕흥대원군 직계로 왕실 적통과 멀어졌지만 조선왕실로부터 인평대원군계와 더불어 각별한 대우를 받는다. 이는 철종을 끝으로 효종의 직계 후예가 단절됨에 따라 이들 두 가계의 자손들이 왕실의 양자로 대거 투입되었기 때문이다. 흥선대원군의 아버지 남연군은 인평대군의 6대손 병원의 아들로 후사가 없던 사도세자의 서손자 은신군-정조의 이복동생-의 양자로 입적된 인물이다. 고종은 대원군의 둘째 아들이지만 헌종의 모후인 조대비에 의해 익종의 양자로 입적함으로써 왕위를 계승한다.

심훈의 장인 이건용은 한말에 음직으로 출발하여 여러 곳의 군수를 역임한 이력을 지낸 사람이다. 이건용은 심훈의 독립운동 이력과 상당히 배치되는 인물이기도 하다. 1906년 이건용은 순창군수로 재직할 때, 순창으로 회군한 면암 최익현의 순창의병과 조우(陰4月19日)하게 되는데, 이때 이건용은 일본 밀정과 음모를 꾸미다가 발각되어 목숨을 잃을 위기에 빠지자 면암 앞에서 눈물로 거짓 참회를 하여 화를 일시 면하였다. 이건용은 면암의 용서로 간신히

후사로 할 것을 청하는 영평군 이경응의 상소"가 보인다. 이경응의 아들이 이재순이므로 양손자를 받아들이기 위해 상소를 한 것이다.

11 고종 5년의 『승정원일기』는 이러한 사실을 잘 보여준다. "전에 덕흥대원군 이하 13파가 같은 항렬자로 이름을 정하였으니, 이는 종친의 우의를 돈독히 한 것이다. 선조들의 이름과 설사 서로 방해가 되는 혐의가 있다 하더라도 구애받지 말고 거행하도록 종친부가 각파의 문중에 알리도록 하라." 『승정원일기』, 1868.4.8.

목숨을 건졌으나 그날 밤 도망하여 이튿날 왜병을 끌어들여 면암의 의병부대를 괴멸시키는 악역을 담당한 인물이기도 하다.12

부일 귀족 이해승은 일제 말기까지 패륜 및 친일로 신문지상에 이름이 오르내렸고 해방이 되자 마침내 반민특위에 불려갔다.13 왕실의 외척으로 심훈을 의식적으로 부각하려다 보면, 심훈의 처남은 유명한 친일파요 파렴치한으로 끊임없이 회자되었던 이해승이고, 순천의병을 분사케한 이건용의 사위였던 사실관계가 밝혀진다. 3·1운동으로 옥고를 치렀고, 시 『그날이 오면』을 써서 투사적 기개를 드높였던 심훈과 매국 귀족 이해승을 대조하려는 의도가 아닌 이상 굳이 이러한 관계를 강조할 필요가 있었을까 싶다.14 오히려 처가가 지탄받는 부일 협력자인 관계로 말미암아 심훈이 첫 부인과 이혼하게 된 동기가 되지 않았을까 하는 점이다.15

---

12 "이때에 첩자가 와서 왜병 10여 명이 방금 군아(軍衙)에 들어가서 외인을 물리치고 군수 이건용(李建鎔)과 밀담을 하고 있다고 말하였다. 선생은 임병찬(林炳瓚)에게 일부의 병사를 거느리고 샛길로 가서 습격하도록 명하였다. 왜병이 기미를 알고 크게 놀라 빠져나가 산을 기어올라 도망쳤다. 병찬이 뒤쫓았으나 따르지 못하고 왜병이 버린 문서를 얻었는데, 그것은 전주 관찰사 한진창(韓鎭昌)이 이건용에게 왜병을 인도하여 의병을 모해(謀害)하라는 비밀문서였다 선생은 크게 노하기를, "이것들은 정말 개돼지만도 못한 자들이다." 하였다." 민족문화추진회 편, 《면암집》 3, 솔, 1997, pp.181-182. 황현, 『光武 10年 丙午』, 『매천야록』 5권券.

13 1949년 7월 28일자 《경향신문》에는 이해승(후작), 윤의섭(후작) 등을 당연법(중추원습작자)으로 이해승은 특검부로 송치되었음을 보여준다.

14 이해승의 친일행위에 대한 1942년 1월 17일자 《동아일보》 기사는 다음과 같다. "조선귀족회 임시총회에서 일본 육·해군에 각 1만원씩 헌금하기로 결정하다. 이 헌금은 1월 28일 조선귀족회회장 이해승에 의해 남총독에게 전달되다." 동년 5월 30일자 기사에는 이해승이 전임이 되자, "내선일제에 큰 공적을 남겼다"고 했고 김성수는 "좀 더 모시고 싶었다", 윤치호는 창씨개명을 해서 이동치호(伊東致昊)가 되어 떠나가는 총독에게 "불후의 공적이 찬연하다'고 아첨까지 한다. 총독과의 이러한 담화는 《매일신보》에 전문 게재되었음을 기사화 하고 있다.

15 심훈이 《동아일보》 기자 시절이던 1924년 이후 《동아일보》는 조선귀족에 대한 기사를 가장 많이 낸다. 이해승도 지탄받는 일을 계속 벌이면서 사회적 물의를 일으켰고, 심훈은 1924년 이후부터 부인과 별거에 들어가서 몇 년 뒤에는 결국 이혼을 하고 만다.

심훈은 굳이 이해승과 인척관계를 강조하지 않아도 그의 가계는 조선에서 손꼽히는 명문가이다. 심훈 가계인 청송 심씨와 왕실인 전주 이씨는 조선의 개국에서부터 심훈에 이르기까지 중혼을 거듭해 왔다. 조선 개국 후, 심훈의 직계 가계는 19대조인 태조의 개국공신 심덕부로부터 출발한다. 심덕부의 아들 온은 소헌왕후의 아버지다. 세종의 국구 심온은 태종에 의해 죽음을 당하지만, 태종 이후 심온의 아들 심회를 비롯한 후예들은 훈구파와 왕실의 외척으로서 꾸준히 자리매김하고 있었다. 심훈의 15대조 심연원, 명종의 국구였던 14대조 심강, 그의 아들 심인겸, 심충겸, 심의겸 대에 이르면 명문거족의 기틀이 한층 다져진다. 심의겸은 동서붕당의 원인제공자로서 이로부터 그 후예들은 주로 서인에서 노론으로 연결되고 이 가계는 여전히 왕실과 혈연관계를 맺고 있었다. 심훈의 직계로서는 심인겸과 해동악부를 지은 그의 손자 심광세, 그의 후예 심몽현-심전-심성지 등으로 연결되어 있고 환로 역시 끊어지지 않았다.

심훈의 5대조 심성지는 정조와 순조 때의 노론 벽파의 영수 심환지와 6촌간이다. 이 시기에 이르면 심덕부-심온-심회계의 청송심씨 가계는 화족집단을 형성하게 된다. 이런 까닭에 심훈의 고조부 심능유, 증조부 심의붕까지의 환로는 끊이지 않았다. 그런데 의붕에게 후사가 없자 심훈의 18대조인 심회의 종가에서 갈려나와 비교적 한미한 처지에 있던 심의필의 아들을 양자로 입양했는데 이 사람이 곧 심훈의 조부 심정택이다. 이때부터 심훈의 가계는 출사보다 향리에 은거하는 모습을 보인다. 심정택은 은둔형 학자로서 출사를 하지 않았고 부친 심상정沈相珽 역시 그러한 인물이다. 심훈이 3·1만세운동에 참가해 구속될 당시 면장을 지낸 이는 심상정沈相定으로 자료 조사 과정의 착오이다.[16]

16 심훈 가계의 지조 문제를 거론한 최원식은 「심훈연구서설」에서 심훈 부친의 삼일 운동 당시 심훈의 부친 심상정이 면장을 했다는 점을 지적한다. 필자가 확인한 『조선총독부직원록』에 나오는

심훈 조부 본가계									
심온 沈溫	-	회澮	-	린潾	-	순로 順路			-
영의정 領議政		영의정 領議政		참의參議		군수郡守 청안군,靑安君			
간幹	-	종원 宗元	-	령苓	-	인우 仁祐	-	황滉	
진사進士		현감縣監		문과정언 文科,正言		증贈 참판,參判		贈증, 사복정司僕正	

아래로 회澮의 종가宗家									
경명景明	-	모模	-	승조承祖	-	운해運海	-	발鏺	-
증贈, 좌승지左承旨		증增, 참판參判		청녕군 靑寧君					
강지綱之 발鏺의 3자子	-	능칠能七	-	의필宜弼	-	우택祐澤	-	정택鼎澤	
생부生父,홍지弘之 출계出系,의붕宜朋									

심상정(沈相定)은 1919년부터 1929년까지 만 11년간 충정북도 옥천군 청서면 면장으로 장기 재직했던 인물이다. 유병석이 조사한 1919년 당시 신북면 면장 심상정은 찾을 수 없다. 또 지명 가운데 신북면이라는 이름을 가진 곳도 전국적으로 여러 곳이 있고, 1919년에 신북면 면장으로 재직한 이로 심씨 성을 가진 사람은 보이지 않는다. 심훈 직계 가계로 한학으로 명망이 높았던 조부 심정택과 그 부친 심상정은 은둔형 처사였고, 그 아들 심우섭만이 1920년 이후 사이토와 접촉하면서 친일적 인물이 되었다. 심훈의 3.1운동 관련한 일제검사의 신문조서(국사편찬위원회 편, 『한민족독립운동자료집』 13)에서 심훈은 부친이 무직임을 밝히고 있다. 최원식, 「심훈연구서설」, 『한국근대문학사의 쟁점』, 창작과비평사, 1990, pp.232.

심훈 조부 양가계				
심온沈溫 –	회澮 –	원溪(3자子) –	순문順門(3子) –	연원連源 –
영의정 領議政	영의정 領議政	판관判官, 증참판贈參判	문과文科,증영의정贈領議政	문과文科,영의정領議政
강鋼 –	인겸仁謙 –	엄俺 –	광세光世 –	은檼 –
진사進士, 청릉부원군 靑陵府院君 明宗명종의 국구國舅	생원生員, 군수郡守	생부生父, 의겸義謙	문과文科, 증참판贈參判	증참판贈參判
약명若溟(2자子) –	속涑(4자子) –	몽현夢賢(4자子) –	전銓 –	성지誠之 –
현감縣監, 증판서贈判書	증贈, 영의정領議政	생원生員, 현감공신 縣監,功臣	진사進士,현령縣令 생부生父,태현泰賢 환지煥之의 조祖, 몽현夢賢의 제弟	진사進士, 군수郡守 증참판贈參判
능유能愈 –	의붕宜朋 –	정택鼎澤 –	상정相珽 (정涏)	
증참판贈參判	운산군수 雲山郡守 생부生父, 능헌能憲, 능헌은 성지誠之의 자子, 능유能愈의형兄	생부生父, 의필宜弼	우섭友燮 (언론인, 신소설 작가) 명섭明燮 (한성은행원,목사,납북) 대섭大燮(심훈) 원섭元燮(여女) (기계杞溪, 유원식兪元植)	

위의 가계도를 보면 심훈의 조부 심정택의 양부 심의붕과 친부 심의필은 30촌이나 된다. 『직녀성』에서 양자제도의 모순을 통렬하게 비판하는 대목이 자주 나온다. 윤 자작이 20촌간이 되는 집안의 자제를 양자로 들어갔다는 것을 이야기하는데, 이러한 양자제도는 동성동본의 항렬에 따라 가깝게는 조카에서부터 멀리에는 각 계파의 자손에 이르기까지 받아들이는 경향이 있음을 볼 수 있다. 그만큼 전통 사회에서의 친족 범위는 폭넓고 혈연적 유대 또한 강했다고 볼 수 있다. 『직녀성』은 윤 자작이 양자의 도리를 다하기 위해 대를 이어야 하는 강요된 의무에 충실히 복무하는 인간형으로 그려놓고 있다. 이 양자

제도는 조선 중후기로 갈수록 강화된 측면을 보인다. 양자제는 식민지하에서도 여전히 효력을 지니고 있었고 오늘날에도 그 잔영이 남아 있음을 볼 수 있다.[17]

『직녀성』에서 윤 자작은 대를 잇기 위해 양자로 들어왔기에 우선 그 의무에 충실해야 함을 보여준다. 시절이 어수선하여 과천으로 낙향한 처사 이 한림의 친구 윤 자작은 청빈한 것을 지나 조반석죽도 차리기 어려운 집안 출신이다. 그럼에도 불구하고 약관이 지나면서부터 문필이 얌전하다고 소문이 높았다. 외모 역시 준수하거니와 사소한 가정사를 처리하는데도 남자의 도량이 보여 누구에게나 흠모를 받을 사람이 되었다. 이러한 소식을 들은 왕가의 근척인 ○○궁의 윤 판서는 오십이 넘도록 무후하던 터라 예를 후하게 하여 양자를 삼은 것이다. 동성동본이지만 근 20촌이나 되는 일가에서 데려온 아들에게 작위까지 세습하게 한 것이다. 이러한 사실은 조선후기 왕실의 양자들과 심훈의 증조부 심의붕, 조부 심정택의 경우와 유사하다.[18] 심훈 조부의 경우, 『직녀성』의 이 한림과 유사한 면을 보이는데 종가로부터 분리되어 나간 종파 가계의 자손의 처지가 다소 한미했음을 엿보이는 대목이기도 하다.

---

17 박미해, 「17세기 양자의 제사상속과 재산상속」, 《한국사회학》 33, 한국사회학회, 1999. ; 최재석, 「조선시대 양자제와 친족조직」 상. 하, 《역사학보》 86, 87, 역사학회, 1980.

18 심훈의 18대조 심회로부터 시작된 청송 심씨 가문의 종가에서 갈려 나온 지 얼마 되지 않았으나 다소 한미한 처지로 기울어지고 있었다. 심정택은 당대의 처사로서 상당한 학문적 소양을 갖고 있었다. 심정택은 31촌이나 되는 먼 아저씨뻘에게 양자로 갔다. 이러한 사실은 윤 자작의 청년시절의 모습과 비교될 수 있다. 문벌이 높을수록 그만큼 양자의 사람 됨됨이를 따졌기 때문이다. 때문에 가까운 촌수에 있는 범용한 인물보다 자질 있는 일족(비록 당색이 달라도) 가운데서 선택했다고 보는 편이 타당하다. 윤 자작이 20촌이 넘은 집안으로 양자든 것도 청년기에 범상치 않았기 때문이라는 논평은 양자를 받아들이는 관습에 대해 심훈이 익히 알고 있었던 사실을 반영한 것으로 볼 수 있다. 이와 같은 견해는 보학譜學으로 저명한 계명대학교(도서관)에 재직하는 장인진 박사(문헌학)의 의견에 따른다. 이 글의 보학관련 자료 검토는 장인진 박사의 노력에 힘입었음을 밝힌다.

3

구여성 이인숙을 향한 인습과 사이비 근대

심훈은 『직녀성』을 《조선중앙일보》에 연재한 고료로 충남 당진에 집필처요 신여성 안정옥과의 살림집인 '필경사'를 마련한 것으로 알려져 있다.[19] 당진에는 심훈 집안이 소유하고 있던 토지가 있던 곳이었기 때문에 심훈의 맏형 심우섭도 이곳을 자신의 향리라고 이야기했다고 한다. 그러나 심우섭은 줄곧 서울에만 살았는데 비해 심훈의 조카 재영(심우섭의 장남)과 부친이 1931년에 이곳으로 오게 된 내력은 다른 데 있음을 기록을 통해 추론할 수 있다. 『직녀성』의 윤 자작의 장남 윤용환이 신문업과 사회사업에 뛰어들어 아버지 몰래 가산을 거덜 내는 장면이 여러 번 나오는데, 심훈의 장형 심우섭 역시 신문업과 사회사업을 벌이다가 가산을 탕진한 것이다.[20]

심우섭은 1890년 생으로, 1912년 보통문관 시험에 급제하였고, 1913년 노과진鷺果津 은로학교에서 5개월간 교사로 근무하다 퇴직한 후 《매일신보》 기자가 되었다. 1924년 안국동에 강습원을 설립하고, 자택에 낙천사樂天舍라는

---

19 유병석, 앞 글, p.19.

20 심우섭은 이광수의 『무정』 모델로 신우선으로 등장한다. 이 글에서도 신우선처럼 심우섭은 특히 한시 및 서화에 능했고, 음악에도 소질을 보인 풍류 남아였음을 증언하고 있다. 취음산인, 「풍류일객-심천풍행장기」, 《지방행정》 2, 지방행정공제회. 1953. <참고> 심우섭(天風;1890-1948)은 신소설 작가로 『해왕성』, 『형제』 등을 쓴 소설가이기도 했다. 당시로서는 심훈보다 심우섭이 더 유명했는데, 심훈은 풍류에 빠져 방탕했던 형과는 갈등관계에 있었다. 심훈의 일기는 형 심우섭의 신문경영 실패(1920.1.26. ; 1920.3.24), 건강 악화(1920.1.23.~26 ; 1920.1.31) 등을 자주 언급한다. 심훈이 성년이 되어 교유했던 인물들, 홍명희나 김성수, 이광수, 최남선, 여운형, 이상협 등은 심우섭의 동년배 친구였고 심훈의 이들과의 접촉은 형의 심부름 관계 등으로 자연스럽게 알게 된 점도 있다. 심우섭은 언론인으로 주로 활동하면서 제등 총독을 21번이나 면담한 바 있고, 총독부 촉탁(급여 80원에서 120원을 받음)으로 활동했고 이후 경성방송국 과장 등을 역임하면서 친일의 정도가 더해졌다.

학생기숙사를 경영했지만 뜻대로 되지 않아 낙천사의 가옥을 조선여자교육회에 3만 엔에 매도하고 동회 고문이 된다.21 또 '부친은 2,800엔 정도 소유하고 있으나 본인은 없음'이라 하였고, '배일사상을 품고 때때로 정치에 관계되는 일을 언급함. 과격한 언동을 자행하는 일이 있음'을 왜정시대 인물사료에 기록되어 있다. 그러나 3·1운동 직후 부임한 사이토 총독과의 개인적 친분 등으로 심우섭의 태도는 애매해진다. 『조선총독부직원록』에는 1921년부터 33년까지 조선총독부 관방문서과 촉탁으로 있었고, 1927년부터 경성방송국 국장을 역임하는 등 주로 언론계에 종사했다. 1938년에는 '국민정신총동원연맹조선연맹'에 참여하여 윤치호 등과 함께 친일을 위한 순회강연을 하기도 했다.22

『직녀성』의 윤 자작은 난봉꾼 두 아들 때문에 파산하여 남은 토지가 있는 인천으로 가는 것으로 그린다. 『직녀성』은 두 가문의 자제들의 결합과 이별을 통해 주제를 형성해 나간다. 이씨와 윤씨 집안의 내력과 그 자제들의 삶의 파란이 『직녀성』의 중심 모티브이다. 『직녀성』의 두 가계의 가부장은 망국처사이 한림과 왕실의 근친 윤 자작이다. 이 두 인물은 과거 동문수학한 사이였으나 갑오년(1894) 이후 세월이 '험악하여' 서로 다른 길을 걷는데서 시작된다. 이런 점에서 이 한림과 윤 자작 자녀의 통혼이라는 소설적 장치는 작가의식이 철저하지 못하다는 비판을 받기도 한다. 이 한림의 딸과 윤 자작의 아들 사이의 허혼은 이 한림의 결연함이 부족함에서 비롯되어 딸이 보다 풍요로운 가문

---

21 당시 《시대일보》와 《동아일보》에 낙천사에 대한 기사가 보이는데, 《시대일보》는 심우섭의 친구 최남선이 경영하였고 《동아일보》의 김성수 역시 심우섭의 친구였다. 《동아일보》는 1923년 8월 22일에 낙천사 준공 소식을 알리고 있다. 낙천사는 주로 서울에 유학하는 학생들을 대상으로 기숙사 겸 강습소로 활용할 목적으로 설립한 것이다. 1924.9.23일자 《시대일보》는 '심우섭의 낙천사-낙천사 신사업-'이라 하여 학생 기숙사로 식비가 '십일원 오십전씩' 받는다 하였고, 1924년 10월 10일에는 여자부 강습회를 신설했다고 소개한다.

22 《동아일보》, 1938.11.1.

에서 살아가기를 바라는 안일한 의식으로 나타났기 때문에 망국의 처사답지 못하다는 비판도 따른다.23

갑오甲午년 이후 이 땅을 뒤덮는 풍운이 점점 험악해 가는 것을 보자 불원간 세상이 바뀔 것을 짐작하는 이 한림翰林은 선영先塋이 있는 과천果川 땅으로 낙향을 하였다. 그러나 과연 세상이 바뀐 뒤로는 그 곳에서 촌보도 옮겨 놓지 않았다. 세상을 논하던 친구까지 끊고 지내었다.

과천 땅은 은둔한 지사가 풍월로 벗을 삼을 만큼 산천이 명미한 고장은 아니었다. 그러나 매우 한적하고 아직도 고풍이 남아 있었다. 그 곳 백성은 양반 상인을 분간할 뿐 아니라 몇 백이나 하는 전장이 있었기 때문에 과천으로 내려가 여생을 보낼 결심을 한 것이었기 때문이다.24

소설상 이 한림은 천생으로 서화에 특재가 있고 소시부터 음률에까지 출중하였고 특히 거문고를 잘 다루었던 인물이다. 서울 사족의 전형적인 풍류남아의 기질을 타고 난 인물인 셈이다. 이 한림은 난세를 당하자 주먹으로 거문고를 깨뜨리고 손때 묻은 퉁소를 무릎으로 꺾었던 만큼 지조를 지닌 모습을 보여준다. 그럼에도『직녀성』에서는 나라가 식민지로 전락했다거나 한 왕조가 멸망하였다는 사실을 암시하지 않고 있다. 은둔의 명분이 '가선대부 하나에 얼마요, 능참봉 한 자리에 얼마니 하여' 환로의 어지러움을 개탄하여 낙향한 것으로 설명해버린다. 소설 전반부부터 검열의 예봉을 피하기 위한 장치

23 이상경,「근대소설과 구여성-심훈의『직녀성』을 중심으로-」,《민족문학사연구》19, 민족문학사학회, 2001, pp.184~185.

24 심훈,『직녀성』, 탐구당, 1966, p.13.

로 설명해 볼 수 있다. 이런 점에서 한림이란 인물을 두문동 72현처럼 현세와 담쌓고 살아가는 인물형으로는 연결시키지 못한다. 단발령에 대한 소극적 저항으로 삭발이 유행했던 시절에 '누구에 대한 충성의 표적과 같이' 아들 경직과 함께 상투머리를 고수했다는 사실을 강조함으로써 위정척사정신을 계승하고 있음을 암시한다. 이른바 '다 망한 세상에' 신학문이란 무엇이냐, 성현의 글이나 읽고 앉았으면 아들의 몸이 그나마 편안할 터이니 개화사상에 물들지 말고 현재의 경제적 토대를 고수하라고 아들에게 강조한다. 그럼에도 아들 경직이 어느새 개화 바람이 들어 가산을 탕진하고 부모의 죽음마저 비극적으로 맞게 한다.

우국지사는 아니지만 세속을 떠나 은둔한 이 한림의 몰락은 아들 경직이 이인숙의 '양복쟁이' 시댁 식구들과 접촉하면서 예고된다. 난세를 회피하여 제 몸을 보전하려 했던 이 한림에게도 식민지 근대의 파고가 불어 닥친 것이다. 한학을 공부한 이경직의 늦바람은 개항기 청년 개화 지식인의 모습으로 변모한다. 하지만 빼앗긴 땅에서 전과 같은 우국을 노래도 못하고 이를 위해 몸을 일으키기보다 타락의 길로 들어서 버린다. 경직의 중국행은 신학문에 대한 동경과 환상에 연결되었지만 마침내 가족마저 파멸의 길로 끌어들인다. 개화 바람에 미친 듯 준동하여 뛰어나간 경직은 어릴 때부터 쌓아온 유교적 덕목은 전부 폐기하고 만다. 부모를 죽음에 이르게 한 경직의 불경한 행위의 대가는 하층 사회의 일원이 되어 죽도록 몸을 단련시키면서 살게끔 설정된다.

『직녀성』은 구여성 이인숙을 중심으로 그린 가족소설의 특징을 드러낸다.[25] 이인숙의 변화는 그를 둘러싼 친가와 시가 두 가문의 몰락을 통해서다.

---

25 최원식은 『직녀성』을 '중세 지배체제의 말로를 냉엄하게 추적함으로서 신소설 이후 망각된 중세와의 대결을 새로운 차원에서 성취'한 작품으로 본다. 최원식, 「서구근대소설 대 동아시아 서사-심훈 『직녀성』의 계보-」, 《대동문화연구》 40, 성균관대학교 대동문화연구원, 2002, p.147.

이인숙은 전시대를 지배해 온 가부장제 사회가 해체되는 과정에서 근대적 신여성으로 발전해간다.[26] 이인숙을 시련에 빠지게 한 가정환경과 자타락에 빠진 가족 성원의 파멸은 이로부터 이인숙의 해방과 구원에 이르게 하는 의례이기도 하다. 이인숙은 여종 출신의 사회주의자 박복순과 망명독립운동가의 아들로 사회주의자인 박세철, 박세철의 애인인 시누이 봉희의 도움으로 구여성에서 신여성으로 발전한다.[27] 『직녀성』에서 제시된 이인숙의 이러한 삶은 조혼이라는 구습에 대한 비판 이상의 의미를 내포하고 있다.

> 그의 양가는 팔십이 넘은 조모와 육십에 가까운 계모가 있었다. 노대방마누라는 아들을 앞세우던(아들이 먼저 죽음; 필자 주) 해부터
> 『아이고 언제 증손부나 하나 더 보고 죽어야 할텐데… 내가 이생의 마지막 소원은 그것 뿐일다』 하고 양손을 보는 족족 성화를 하였다. 나중에는 노망이 나서 좀 불편하면 콧물을 졸졸 흘리는 막내 증손자 봉환이를 불러다 앞에 앉히고
> 『내가 장가드는 걸 못 보구 죽는구나.』
> 하고 질금질금 울기까지 하였다. 그러면 계모도 덩달아
> 『어머님께서는 날로 엄엄하신데 증손부 하나 맞아보시기를 저다지 소원이시니 속히 혼처나 정해 둬야지』
> 하고 마주 성화를 하였다. 자기 역시 큰 손부 작은 손부가 눈에 들지 않아서 하루바삐 막내 손부의 재미를 보고 싶었던 것이다. 그럴 때마다 자작은

---

26 이상경, 「근대소설과 구여성–심훈의 『직녀성』을 중심으로–」, 《민족문학사연구》 19, 민족문학사학회, 2001, pp.194~186.

27 『직녀성』에서 일제하의 최상층 가계인 친일 귀족 부류와 그 자제들의 삶을 철저히 비판하면서도 여종의 사생아 출신의 사회주의자 박복순, 독립운동가의 아들로 사회주의자가 된 박세철 등을 긍정적으로 묘사한 것은 이 당시 심훈의 사상적 경향과 밀접하다.

『졸지에 의합한 혼처도 없지만 인제 겨우 여섯 살 먹은 걸…….』28

여섯 살 된 막내 손자 봉환을 혼인시키려는 양조모와 양모의 등쌀에 윤 자작은 더는 고집을 부리지 못하고 옛 친구 이 한림을 찾아가 그의 어린 딸 '방울이(이인숙)'를 며느리로 삼기로 한 것이다. '남의 집에 손을 이어주기 위해서 양자로 들어온' 윤 자작 역시 구시대의 희생자이다.29 윤 자작 집안의 여성 역시 층층시하에서 서로 간에 질시의 시선으로부터 잠시라도 벗어나지 못한다. 그들은 전세대가 겪은 희생의 전철을 고통스럽게 밟아가고 있는 것이다. 열 살에 시집 온 어린 인숙이 시증조모의 노리개로 전락하여 고된 시집살이를 하는 모습은 벌열 가문의 인습을 드러낸다. 아울러 이인숙의 조혼을 '인형의 결혼'이라 명명한 것도 어린 것은 구세대의 '노리개' 쯤으로 여기는 풍조를 비꼰 것이다.

강아지나 고양이를 고기 반찬을 먹여가며 어루만지는 유한부인有閑婦人과 같이, 마찬가지로 이 늙고 병든 시증조모는 인숙이를 언제까지나 각시처럼 눈앞에 앉혀 놓거나 동자처럼 잔심부름을 시켜야만 직성이 풀리는 것이었다.
별당에서나 산정에서도 그러고는 싶은 생각은 간절하지만 아직 인숙이가 자기네의 차례에 가지를 못할 뿐이었다.30

위의 논평은 열 살 된 여아를 증손주 며느리로 맞았다고 보기보다는 부

28 심훈, 『직녀성』 상권, 탐구당, 1966, p.23.

29 권희선은 『직녀성』에서의 이러한 양상을, "새로운 성원을 '너무 일찍' 충원하려는 조혼 요구의 배후에는, 배변도 못 가리는 가장 무능한 노파가 가장 전능의 자리에서 결연의 결정권을 휘두르는 '너무 늦은' 시대착오적 체계가 도사리고 있다"고 정의한다. 권희선, 앞의 글, p.187.

30 심훈, 『직녀성』, 앞 책, p.54.

리기 쉬운 몸종을 구한 것과 마찬가지임을 보여준다. 나이 어린 인숙은 운신을 못하는 시증조모 곁에서 『옥루몽』, 『사씨남정기』니 하는 이야기책을 밤마다 읽어주면서 손윗동서와 시어머니 시조모 눈치까지 살펴야 하는 것이다.31 이 집안의 가장인 윤 자작은 사랑채에 있고, 윤 자작의 큰 아들은 신학문을 한 탓에 사회사업에 관심을 갖고 왕성한 활동을 하면서 집안 재산을 거덜내고 있다. 첩치가와 허영에 들뜬 사회사업에 열성이어서 본처와는 별거 중이다.32 둘째 아들은 병이 깊어 처와 격리 상태에 있다. 어린 나이에 결혼한 후유증을 앓고 있는 것이다. 육체적 발육을 조혼이 정지시켜 건강마저 악화된 것이다. 인숙과 봉환의 격리도 이러한 배려 때문이다. '인형놀음' 같은 동생의 결혼식을 지켜본 봉환의 형 용환은 신학문을 한 지식인답게 조혼에 비판적인 자세를 지녔음에도 명예욕을 뒷받침할 부친의 재산을 수월하게 우려낼 생각으로 타협적인 자세를 보인다. 이런 점에서 『직녀성』도 『삼대』, 『태평천하』에서처럼 부자간의 관계가 돈을 중심으로 재형성되기 시작한 모습을 보인다.33

> 『어잇 다시 한 번 망할 장본이다. 인간을 장난감으로 취급하는 야만의 제도다』 하고 경직이 이상으로 분개하면서도 아버지의 명령을 거역하지 못할 사정이 있어 처음에는 반대를 하다못해 아우를 데리고 나온 것이었다. 그 사정이란 어

---

31 이 장면은 심훈의 셋째 아들이 심훈의 모친 윤씨, 즉 할머니에 대한 향수와 일상의 묘사와 유사하다. 심훈의 경험이 이 장면에 용해되어 있음을 볼 수 있다. 심재호, 「이름 없는 우리들의 행진-심훈 일가족 이산가족 상봉기-」, 《창작과비평》, 2004. p.324.

32 이와 관련된 경험적인 흔적이 심훈의 일기(1920.1.31)에도 상세하게 기술되어 있음을 주목할 수 있다. "……아버지와 형수와 같이 형님 문병차로 들어오셨다. 형수는 문을 열고 들어서자 눈물이 돈다. 그도 그럴 것이다. 자기의 남편 병을 자기가 간호치 못하니 섭섭할 일이다. 어떻든지 첩(妾)둔 사람과 버린 아내가 된 사람은 불행복(不幸福)한 사람 중에 하나일 것이다. 여자의 통병(通病)으로 질투하는 마음은……" 『심훈전집』 3, p.591.

33 최혜실, 『한국근대문학의 몇 가지 주제』, 소명출판, 2002, p.132.

느 신문사의 주주(株)를 적어도 몇 천주 가량은 사야만 버티고 앉을 만한 지위를 차지하게 된다. 그래서 만일 아버지의 비위를 건드렸다가는 큰 계획이 깨어지고 말 것이라 그 역시 표면으로 부모에게 순종을 하는 것이었다.34

윤 자작의 큰아들 용환의 이러한 태도는 『삼대』의 불량지식인 조상훈과 그리 다르지 않다. 장남 용환은 치부에 무심한 선비 출신 아버지의 재산을 모두 날려버리고 자신도 채무를 이기지 못해 중국으로 도망을 가고 만다. 이와 같이 허구적 현실은 실제 친일 귀족가에서 발생한 사실이기도 하다. 인숙의 남편 봉환 역시 형의 전철을 밟으며 한걸음 진전된 도시의 모던 보이가 되어 그나마 남겨두었던 윤 자작의 마지막 재산마저 고갈시킨다. 이에 비해 하층 신분으로 치부에 열성을 기울인 『삼대』의 조의관, 『태평천하』의 윤두섭 등은 방탕한 자식을 일정하게나마 견제할 능력이 있는 신흥세력들이다. 『직녀성』의 윤 자작은 현실감각의 결여로 몰락을 자초하는데, 매국의 대가로 보신하기는커녕 급변하는 시대를 읽지 못하고 오히려 중세적 인물로 퇴행하고 있음을 보게 된다.35

『직녀성』에서 유산가들의 2세들이 벌이는 소모적 생활상에 대한 폭로는 이인숙의 남편 윤봉환을 중심으로 이루어진다. 윤봉환, 윤용환은 형제도 근대를 받아들이는 강도와 인식의 차이가 있다. 또 이들과 교제하는 인물들 역시 부정적인 지식청년들이다. 게다가 인숙의 남편 봉환은 일본 유학 이후 일본 모델 사요꼬와 사귀다가 함께 귀국한다. 신여성 사요꼬를 본 아류 근대인은 원적지 '모던-걸'을 동반한 봉환에게 부러움과 질시의 눈길을 보내며 환대

34 심훈, 『직녀성』, 앞 책, p.45.

35 최원식, 앞 글, p.147.

한다. 『직녀성』은 일본식 근대에 감염된 식민지 청년들의 미묘한 시선을 리얼하게 조명해 낸다.

『어느 모로 보던지 조선 여자버덤은 낫단말야. 우선 그 『후리소데』(옷소매)의 우미한거라던지, 절기마다 변하는 옷감의 색채라던지 됐거든 됐어.』
『겉모양은 그만 두고래두 남편 비위 맞추는데는 고만이지. 참 정말 입에서 혀 같거든 살아주는 날까지 절대 복종이니까. 『바이얼린』 하는 김군이 데리고 온 여자하구두 술을 다 먹어 봤네만 사내한테 『써어비스』 잘하기룬 일본 여자가 세계 제일일꺼야, 좀 나그나근하고 싹싹한가, 참 감칠맛있지.』
귀양이와 『골덴바지』가 입에 침이 마르도록 찬미를 하니까 곤달걀도 지지 않으려는 듯이
『그 뿐인가, 일본 여자는 하다 못해 인바이(매춘부)까지두 날마다 목욕을 해서 부승부승하단 말야, 설달 그믐날이나 돼야 목간을 한 번 하거나 말거나 하는 조선 여자와……[36]

식민지 수도 서울의 번화가에 모인 청년들의 모던한 생각과 행동들이 집약된 부분이다. 봉환이 데려온 일본 여성 사요꼬, 나체 모델 출신의 이 여성은 조선 청년들의 우상으로 떠받들어진다. 식민지 귀족 박남작의 아들 귀양은 사요꼬를 여왕처럼 받들면서 환심을 산 뒤 사요꼬를 봉환에게서 빼앗고 만다. 봉환이 사요꼬란 일본 여성에 매료된 대가는 실연만이 아니다. 그녀가 감염시킨 악성 매독을 아내 이인숙, 새로 사귄 애인 강보배에게마저 감염시키고

36 심훈, 『직녀성』 하권, p.284.

만다. 환상적 자유연애에 대한 실천적 대가가 육체적인 고통으로 전이된 것이다. 이 병을 알아보지 못하면 남자 자격이 없다고 주장하는 사요꼬가 전해준 병은 특효약도 없고 완치될 가망이 없는 병이기도 하다. 그러나 봉환은 사요꼬를 박귀양에게 빼앗겨서도 집착하는 모습을 보인다. 『직녀성』은 과거를 파괴하면서도 새로운 가치도 생산해 내지 못하는 식민지 유산계급 2세들의 빈곤한 문화 소양을 사요꼬를 차지하기 위한 병적 경쟁 관계를 통해 상징화한다.

4
소재의 현실성과 경험의 시의성

심훈은 『직녀성』을 《조선중앙일보》에 연재하기 직전 광고에서 이 소설을 통속소설처럼 예고한다. '사회적·역사적으로 비중 있는 주제를 다룰지라도 남녀의 연애나 가정생활 등 당대의 풍속도와 어우러져 홍미를 유발'할 수 있는 방식으로 소설을 연재하겠다는 의도를 보인 것이다.37

> 누구나 몰으는 사람이업는 『견우』와 『직녀』의로-멘스를 상징하야 『직녀성』이란 제목을 부쳣습니다. 이소설은 회를거듭하는대로 그내용이 여러분아패 전개되려니와 이제까지 아모도 취급하지안흔 어느가정부인하나를 중심으로하야 최근 조선의공긔를 호흡하는 젊은 남녀들의 생활리면을 묘사해가면서 눈물겨운 사실을 적어보려합니다.

37 송지현, 「심훈 직녀성 고-그 드라마적 특성을 중심으로-」, 《한국언어문학》 31, 한국언어문학회, 1993.6, p.421.

힘이 미치는대로 연애, 결혼, 리혼 문제의 전반을 *하야 새로운 해석을 부쳐보려합니다. 그와 동시에 성애性愛 방면으로도 주린기(***) 잇는 그네들에게 나아갈길을 보여줄수가잇다면 다행이것습니다.38

이 소설을 "'견우'와 '직녀'의 로맨스를" 중심으로 청춘남녀의 '연애, 결혼, 이혼' 문제와 '성애性愛 방면'까지 보여줄 의도가 있다는 것을 제시한다.39 상당히 파격적인 예고인 셈이다. 여기서 한걸음 더 나아가 '이제까지 아모도 취급하지 않은 어느 가정부인 하나를 중심'으로 쓰겠다는 것이다. '어느 가정부인'의 이야기는 이 소설의 여주인공 이인숙의 탄생과 혼인을 통해 겪게 되는 시련의 일생담이기도 하다. 로맨스는 잠시이고, 폭압적 시집살이와 남편의 방탕으로 현숙한 이인숙을 극한적 궁지로 몰아가는 과정을 보여주는 것이다. 그런데 공교롭게도 심훈이 『직녀성』을 연재하던 《조선중앙일보》에서 심훈의 처남으로 알려진 이해승의 며느리가 '복잡한 가정생활의 희생'으로 말미암아 자살을 했다는 기사가 보인다. 이 여성이 친일 조선귀족가의 며느리라는 사실 때문에 세인의 주목을 끌었다.40 『직녀성』의 주인공 이인숙도 소설의 전개과정에서 전근대적 가정생활의 압박과 남편 봉환의 타락한 행실로 말미암아 몇 번의 자살 고비를 넘긴다. 소설과 현실 속에서의 이와 같은 현상은 그 시대가 품고 해결해야 할 문제와 깊은 관계가 있다.

『직녀성』의 윤 자작가는 심훈의 자전적 요소와 당시 신문에 오르내렸던

38 심훈, 「작자의 말」, 《조선중앙일보》, 1934.3.4.(*표 판독 불가)

39 《조선중앙일보》, 1934.3.4.

40 「그는 무엇 때문에 죽엄을 택햇나-복잡한 가정생활의 희생, 이후작의 자부子婦 OOO의 자살 이면裏面」, 《조선중앙일보》, 1934.12.8.

조선 귀족에 대한 구설과 무관치 않다.[41] 또 심훈이 3·1운동으로 구속되어 복역한 직후, 상해로의 망명 3년 만에 귀국한 1924년부터《동아일보》기자로 활동하면서 체험한 사실도 소재로 활용되었을 가능성이 있다. 이 시기에《동아일보》등은 식민지 조선귀족에 대한 기사를 지속적으로 올리는데 대체로 이들의 몰락과 부도덕한 사회상을 폭로하는 기사를 냈다. 이해승은 집안의 재종조부 되는 가난한 이재성(당시 39세, 李載誠)을 내쫓아 죽게 하여 패륜아로 악명을 남겼다.[42] 이재성은 의병운동을 지원했다가 1907년 왕실로부터 출척 당하여 평민 신분이 되었고, 후일 충북 괴산에서 심훈이 존경했던 홍명희와 함께 열렬히 만세운동을 하다 2년 6개월간 옥살이를 했다. 이재성은 원래 경양군에 책봉되었으나 의병을 찬조했다는 이유로 훈장과 황족 예우를 정지당했다.[43]

여기서『직녀성』의 이 한림, 윤 자작 일가와 같은 역할 모델이 심훈 주변에 있음을 볼 수 있다. 심훈의 외가 가계 역시 노론 명문으로 뿌리내린 해평 윤씨 가계다. 그의 외조부는 윤현구(尹顯求, 沈氏世譜에는 尹顯永)이다.[44] 윤현구 형제 항렬인 듯한 윤용구尹用求와 함께 필사본 악보『七絃琴譜』를 남겼는데 이 자료는 현재 성균관대학교 존경각에 보관되어 있다.『직녀성』의 주인공 이인숙의 시댁은 윤 자작가이다. 윤 자작 가계는 심훈의 처가와 외가를 겹쳐지게 하는데, 심훈의 외가 직계에서 친일 행위자는 그다지 보이지 않는다.

---

41 「심상익씨사건확대(沈相翊氏事件擴大), 막대한 피해를 당한 후작 이해승(李海昇)」,《동아일보》, 1921.4.18.「삼노인(三老人)의 결사상소(決死上疏), 조상의 산소를 차저달라고 이해승(李海昇)」,《동아일보》, 1924.8.24.「경향(京鄕) 백만장자간(百萬長者間)에 입여만원(卄餘萬圓) 대소송(大訴訟), 인지만 륙백여원이 부터 주목(注目)되는…」,《동아일보》, 1930.2.26.「경성지방법원에 이십이만원 청구 소송, 피고는 후작 이해승」,《중외일보》, 1930.2.26.

42 「인면(人面)가진 이해승(李海昇), 병든 재종조를 내모라 급속히 사망케…」,《동아일보》, 1925.2.8.

43 《공립신보》, 1907.11.5.

44 유병석은 심훈의 외조부를 윤현구(尹顯求)라 하였는데, 한말의 주사와 개령군수를 역임한

일제하에서 작위를 받은 자는 모두 68명이다. 이들 작위 세습자 중에 왕실을 제외한 대개가 노론계이고[45], 윤씨 성을 가진 이들은 대개 해평 윤씨로 선조 때의 재상이었던 윤두수의 후예인 오음공파로 알려져 있다. 해평 윤씨는 전주 이씨와 더불어 심훈 가계와 혼척 관계에 있었다. 심훈의 외조부는 한말에 주사를 역임한 인물이지만 나머지 행적은 자세하지 않다. 다만 그의 당내(堂內; 8촌 이내)로 알려진 윤희구尹喜求는 한말 유학자로서 이름이 높았지만 사이토가 사이비 유자를 끌어들여 조직한 <대동사문회> 회장을 역임한 친일 유림을 대표한 인물이다.[46] 또 순종의 장인 윤택영(후작), 택영의 형 윤덕영(자작) 등도 심훈의 외가 인척인 해평 윤씨 가계이다. 영문으로『윤치호 일기』를 남긴 친일파 윤치호도 같은 해평 윤씨 가계의 인물로, 무관 출신 윤웅렬(남작)의 장남이다. 윤치호는 심훈의 형 심우섭과 절친했던 인물이다.[47] '반달 할아버지'로 더 많이 알려진 동요작가 윤극영은 심훈의 고종사촌으로 한말의 주사였던 윤정구尹政求의 아들이다. 그의 조부는 승지 직선稷善이다. 역시 해평 윤씨 가계다.

1876년생인 윤택영은 서른두 살이 되던 1907년에 사위 순종의 즉위로 국

윤현구는 1857년생으로, 1870년생인 심훈의 모친과는 13살 차이가 난다. 『청송심씨세보』에서는 심훈의 외조부가 윤현영(尹顯永)으로 표기되었는데, 한말의 『관원이력』이나 『등사각편』 등에 이름이 보이지 않는데 아마 족보의 신찬 과정에서 이름을 개명했거나 오독으로 인한 표기 오류일 가능성 또한 있다. 족보상 구보(舊譜)의 이름을 신보(新譜)에서 개명하는 경우는 더러 있다. 따라서 위의 윤현구의 출생기록이 오류일 가능성도 있으므로 유병석의 조사 결과와 함께 표기한다.

45 성낙훈, 「한국당쟁사」, 『한국사상논고』, 동화출판공사, 1979, pp.167~168.

46 유병석, 앞 글, p.21. 주31)의 증언 참조 ; 강동진, 『일제의 한국침략정책사』, 한길사, 1980, pp.224~230.

47 윤치호 일기에서 심우섭과 윤치호는 사회활동의 영역(윤치호, 『윤치호일기(尹致昊日記)』 10卷, 1933.7. p.140.)에서부터 친일의 영역(《동아일보》 1938.11.1. 기사, 『국민정신총동원연맹 연사』)까지 관계가 깊다.

구國舅로서 최고위직인 해풍부원군에 오른다. 윤택영은 이 시기 전후부터 넘쳐나는 허영과 욕심을 감당 못해 파산하여 1920년에는 아들과 함께 중국으로 도망쳤고, 1926년 사위 순종의 장례에 맞춰 귀국했다가 채무자들에게 봉변을 당하기도 하였다.48 이들은 순종의 비 윤황후에게 손을 내밀며 간신히 연명하다가 마침내 작위까지 삭탈 당하였다.49 이 윤택영의 파산 절차는 『직녀성』에서도 그대로 투영되는데, 소설에서의 윤 자작가의 파산에 따른 집달리의 차압 과정은 대단히 사실적으로 나타난다.

> 집달리들은 봉환의 태도에 감정이 상해서 사당채와 별당채만 간신히 건드리지 않고는 부엌으로 들어가 부정기와 물독에까지 깡그리 쪽지를 붙이고는 봉환의 도장을 내오래서 차압물 보관서에 도장을 찍은 후
> 『차압이 해제되는 때까지 표를 붙인 물건을 쓰거나 자리를 옮겨놓지도 못하는 법이니 그런줄 아슈』
> 하고 위엄을 부리며 일부러 까다롭게 굴다가
> 『귀족의 집 세간에도 쪽지가 곧잘 붙는군.』
> 『아마 이번까지 이런 집이 네 번째지.』
> 하고 저희끼리 중얼거리고 나갔다.50
>
> 자작은 하는 수 없이 죽기보다 싫건만 절교를 하고 지내던 귀양의 아버지 박

---

48 1926년 6월 《개벽》의 「경성잡담」은 채무자 때문에 법원으로 바삐 출입해야 했던 순종의 장인 윤택영의 일상사를 여지없이 조롱하고 있다. 순종의 장례식에 참여하기 위해 중국으로 도망갔다 귀국했지만 채무 문제로 말미암아 형인 윤덕영 자작과 '대가리가 터지도록' 싸웠다고 야유하고 있다. 그러면서 순종의 죽음에 자결이라도 했더라면 충신이라는 소리라도 들을 터인데, 채귀에 쫓기면서도 방탕함을 잃지 않는 윤택영의 도덕불감증을 맘껏 놀리고 있다.

49 임종국, 『일제 침략과 친일파』, 청사, 1982, p.89.

50 『직녀성』 하, p.331.

남작을 찾아갔다.

『노형의 자식이나 내 자식이나 한데 묶어서 단매에 때려죽여야 합네다. 아 귀양이란 놈은 『포천』에 있는 제 징조(증조;필자 주)의 위답을 몰래 팔아가지구 일본으로 도망을 갔구려』

하고 벼르고 있던 것처럼 친구에게다 화풀이를 하려든다.

자작은 마지막으로 왕가의 사무소로 가서

『자식을 잘못 둔 죄루 욕이 선조의 사당에까지 미칠 지경이니 다시 한 번만 홍대하옵신 처분이 내리도록 해주십사』

하고 고두백배를 하며 눈물을 흘려가면서 탄원을 하였다. 그래서 요행으로 가차압을 당한지 일주일만에 세간집물만은 해제를 받게 되었다.51

『직녀성』에서 윤 자작의 박 남작에 대한 어설픈 보증 행위와 그 아들 용환의 명예욕과 탈선행위는 세습한 가산의 파산과 가문의 해체를 재촉하는 것이기도 하다. 이렇게 궁하게 되자 귀족원에서 월 200원을 수령해 온 것마저 용환이 중간에서 가로채고 마는 것이다. 이러한 결과는 일본제국주의자들의 조선귀족에 대한 용도폐기와 스스로는 자립할 수 없어 기생적 생활에 적응해버린 친일 조선귀족의 자업자득 때문이기도 하다. 심훈의 『직녀성』에서 식민지 조선귀족에 대한 묘사는 매우 냉혹하다. 윤 자작 일가의 몰락은 난봉자식 탓이지만, 양자로 가서 작위를 세습한 윤자작의 처신 또한 긍정적이지 않다. 당시 조선귀족에 대한 사회적 평판은 매우 나빴고 이들의 부도덕한 행적은 일상의 가십거리가 되기도 하였다.

51 『직녀성』 하, p.332.

서산일몰과가티 점점 쇠잔하여가는 계급중에 조선귀족이잇다. 조선귀족은 일한합방 당시에 공로가 잇다거나 또는 왕실에 갓가운 사람에게 일본정부로부터 제수한 것으로 그당초에는 후작륙명 백작삼명 자작이십명 남작사십오명 도합칠십륙명이든것이 반상返上과 형刑에 처하야 탈작된 사람도잇서 현재는 후작칠인 백작삼인 자작십팔인 남작십삼인 도합 륙십일인으로 주러들엇는데 그들의생활정도는 박영휘, 민영휘……외 수인을 합하여 이십여인이 겨우 근심업시 생활을 계속할수잇고 나머지 약 사십명은 것은 번지르하여도 속은 텅비인 사람이만코 심한사람은 삭을세도 못물어 쫏겨다니기 일수이고 걸인비슷한 생활을 하는 사람도………52

이와 같은 1920년대 말 경의 조선 귀족의 풍경은『직녀성』의 소재로서 가능성은 충분하다. 이미 1920년 7월 11일자《동아일보》는 후작 윤택영이 전 재산을 날리고 아들과 함께 채귀를 피해 중국으로 도망가는 모습을 사진과 함께 기사화했다. 윤택영이 당시로는 엄청난 거금인 이백오십만 원을 사기횡령한 것이다.53 이 사건으로 친일 귀족 가운데 착실히 재산을 증식하여 왔던 윤택영의 형 윤덕영, 심훈의 처남으로 알려진 이해승도 연루되어 증인으로 재판장으로 가게 된다.54『직녀성』의 윤 자작이 친구 박 남작의 보증을 썼다가 맏아들 용환 못지않게 가산을 탕진한 것과 비슷한 현상이다. 당시 친일 귀족들은 무늬만 귀족일 뿐, 나라를 팔아 작위를 얻은 철면피였기에 사생활을 비롯

52 《동아일보》, 1928.12.20. 기사
53 《동아일보》, 1921.5.26. 기사
54 《동아일보》, 1923.11.8. 기사

한 도덕성에도 문제가 많았다.55 친일 귀족들은 일제 강점 후 고령으로 죽은 자, 자식들의 난봉으로 파산한 자들이 속출하자 조선총독부는 이들을 완전히 버려두었다가 재이용하기 위한 조치를 취하기도 한다. 이러한 실정을 포착한 『반고롱反古籠』을 보자.

> 25일은 총독부에서 빈한한 귀족에게 생활비를 준다는 날이라 하여 그대로 중산모中山帽에 위의를 갖춘 각하의 무리가 우왕좌왕. 이 광경을 보는 사람은 과연 총독부의 선정을 알 수 있을 것이다. 세상에는 이같은 덕이 하처에 있겠는가? 그러한 것을 알고 있었으므로 그들은 이미 합방한 당시에 찬성한 것이다.56

1927년 2월 27일자 《동아일보》 기사에는 「몰락沒落되는 조선귀족朝鮮貴族 파산선고답지破産宣告逕至-목하 경성디방법원에 세건」이라는 제목과 몰락 귀족의 면면을 다루고 있다. 1928년 6월 5일자 《중외일보》는 '몰락한 귀족, 민○○은 아편중독으로 패가망신까지 하였다'라는 기사를 올린다. 당시 《조선일보》는 이완용과 송병준을 풍자한 '이후작의 만가'를 게재하여 이들을 조롱하고 비판하다 신문이 압류되기도 하였다.57

---

55 이들 중 이용직, 김사준, 이용태 등은 독립운동과 관련되어 작위를 박탈당하고 김가진은 망명하여 임정요인으로 활동했다. 습작자도 죽거나 파산, 자연 도태되거나 일제의 방치로 이완용, 민영휘, 이해승, 이해창, 송병준, 박영효, 윤덕영 같은 소수만 번성을 했고 대부분 몰락의 길로 들어섰다. 임종국, 『일제 침략과 친일파』, 청사, 1982, p.89. 《동아일보》, 1928.12.20. 기사. 관상자(觀相者), 「색색형형(色色形形)의 경성(京城) 첩마굴(妾魔窟) 가경가증(可驚可憎)할 유산급(有産級)의 행태(行態)」, 《개벽》 49, 1924.7.1., pp.78~85.<참고>

56 임종국, 『일제 침략과 친일파』, 청사, 1982, p.92. 재인용

57 강동진, 『일제의 한국침략정책사』, 한길사, 1980, pp.180~181.

조선귀족계급의몰락=재작이십오일 경성디방법원에서는 파산선고의신립을 당한 두귀족의 구두변론이 잇슬예정이섯스나 형편에의하야 연긔되엿는데 파산선고의 신립을 당한 귀족은 시내 계동桂洞 백사십칠번디 자작 리긔용李埼鎔씨와 가회동嘉會洞백칠십팔번디 리규용씨李逵鎔씨 두사람이다 전긔 리긔용씨는 남대문통 이뎡목백삽십일번디 일본인 금산청치랑으로부터 채권 일만육텬원 구십이전에 대한 파산선고 신립이오 또 리규용씨는 황금뎡 이정목 백사십팔번디 유명한 일본인 대금업자 도변경조로부터 채권오천원에 대하야 동씨외 도염동구번디 조중면씨까지 걸어 파산선고를 신립한것인데 그들의 부채는 전긔 오천원 외에 또다수하야 갑흘길이업다는 것이리유이다. 또그밧게 차금왕으로 유명한 간동諫洞구십칠번디 후작 윤택영씨와 그아들 홍섭弘燮군이 역시 전긔 도변경조외 열네사람으로부터 부채 약오십여만원에 대한 판산선고신립을 당한것은 요사히 화해되리라는 말이 잇는데 윤택영씨는 의연히 북경에 잇는중이오 홍섭군은 목하미국米國에건너가잇는중이다.58

趙民熙子爵은예우정지고, 리완용 후작의 처남으로 군부협판 또는일본공사 등을 역임하며 칼날가튼세도로 일시 드날리든 자작 조민희씨는 얼마전에파산선고를 당하기때문에 그의례우禮遇까지 뎡지되에되엇다는데 조선귀족朝鮮貴族들 세습뎍재산설뎡世襲的財産設定을볼수업는 오늘날금에들어서도 벌서내부황금뎡黃金町이 뎡목일백사십구번지 도변경조渡邊慶造로부터 부내간동 구십칠번디 윤택영尹澤榮후작과 리긔용李埼鎔 자작등의 판산신고의 신청이 잇서서 귀족에 대한판산신청은 속속 증가하는 모양이라는데 조선귀족들의 몰락은 자못 주목될만 한현상이라더라59

---

58 「몰락(沒落)되는 조선귀족(朝鮮貴族), 파산선고환지(破産宣告還至)-목하경성디방법원에서건」, 《동아일보》, 1927.2.27.

당시 매국 귀족 윤택영에게 '차금왕借金王'이라는 별칭을 붙여주어 그들의 몰락을 '주목될만한 현상'이라 한 것은 당대 지식인의 통쾌한 감정을 솔직하게 드러낸 것이다. 1929년 3월 22일자 《동아일보》의 귀족동정란에는 몰락하는 조선귀족의 구제를 위해 250만원의 기금을 마련하기 위하여 일본의회에 보고한 사실이 보도되었다. 전체 귀족 61명 중 40여 명이 이 구제대상이 된다고 한다.60 나라를 팔아먹고 받은 그많은 은사금과 매관매직으로 축재한 재산, 그리고 전대에 없던 귀족이란 작위까지 걸치고 빈둥대던 이들은 대대로 태평할 줄 알았겠지만 현실은 저들 스스로 격세지감을 가질 만큼 냉정했음을 『직녀성』은 있는 그대로 보여주고 있다.

4
맺음말

1930년대 가족사소설의 일반적인 경향을 보이는 『삼대』, 『태평천하』 등은 구시대적 신분상승욕에 집착하는 가부장과 신문명에 과도하게 매혹된 자식과의 세대 갈등양상으로 나타난다. 가족 내의 세대갈등의 주체들은 제각기 시대정신을 잘못 읽고 대립하다가 마침내 공멸의 수렁으로 빠져드는 상황에 이른다. 『직녀성』은 구시대의 가계와 가문의식을 세습한 식민지 귀족집단이 근대

59 「조선귀족 파산자 속출–금년들고세사람판산신립–」, 《동아일보》, 1928.3.14.

60 1929년 3월 22일자 《동아일보》 '동정란'에는 "총독부에서는 몰락하는 조선 귀족의 구제를 위하여 250만원의 기금을 마련하여 일본의회에 제시하다. 조선 귀족은 모두 61명으로 그중 40여명이 구제대상"이라고 밝힌다.

공간에서의 무기력하게 존재할 수밖에 없는 하는 현상을 그려낸다. 반면에 이를 악용하는 그 아들들의 방탕한 삶의 방식을 대조적으로 조명함으로써 그들의 몰락이 역사적 필연성을 지니고 있음을 드러낸다. 『직녀성』은 소재의 범위가 제약적인 일제 강점기의 친일귀족 가계의 영욕을 세밀하게 폭로하는데 이는 당대 사회 현실과 유리된 그들의 존재방식과 관련이 깊다.

『직녀성』은 근대 지식인 남성에 의해 유린되는 가문의 전통과 가문에 종속된 여성들의 수난사를 그린다. 특히 양자에게 시집간 며느리들이 겪는 고통은 양자로 든 남성 당자의 처신의 어려움에 비해 몇 갑절 힘든 고락의 날들이 기다리고 있음을 드러내고 있다. 『직녀성』은 구여성 이인숙을 중심으로 치정갈등, 고부갈등, 부자갈등, 사상갈등 및 전통적 양자제도의 모순 등이 다채롭게 전개된다. 이러한 양상은 조선시대 가문소설에서 보인 가문의식에 대한 가족 구성원들의 일치된 합의와 다르게 근대와 전통의 교차지점에서 볼 수 있는 풍속적 현상이기도 하다.

『직녀성』이 소재의 독특함을 드러낸 것은 친일 귀족 사회에 대한 세부묘사에서다. 조선 귀족이란 친일파의 대표격이니만치 전대에는 집권 양반층의 일원이기도 했다. 이들이 양반으로서 대대로 입은 국은을 배신하며 얻은 봉건적 작위는 윤리적·국가적 책무와 거리가 먼 것이었다. 이러한 친일 귀족은 당대의 지식인의 조롱거리가 되거나 엄중한 비판의 대상이었다. 이들 대부분은 사회적 추문을 부단히 일으키면서 스스로 몰락의 길로 걸어갔다. 『직녀성』에서의 가족 내 세대 갈등은 가문의식의 붕괴와 대가족의 해체로 나타난다. 아울러 친일 귀족 가계의 위악적 삶을 재구성함으로써 식민지 근대의 이면 현실을 고발하기도 한다.

『직녀성』은 자전적 체험을 통하지 않고서는 묘사할 수 없는 청년들의 깊숙한 내면을 드러낸다. 『직녀성』은 이른바 양자제도를 일반화 한 조선 후기의 가문의 계승의식과 갑족사회甲族社會의 인습적인 내면 풍경이 음각되는데, 이는 심훈의 가족사적 내력과 일정부분 닿아 있다. 이 소설의 전개과정에서 재현된 현실은 낡고 병든 과거에의 집착이 얼마나 소모적 갈등을 불러오고 있는가를 보여주는 것이다. 『직녀성』은 두 가계의 몰락을 통해 구시대적 인습의 희생자였던 구여성 이인숙의 존재를 미래지향적인 인물로 부각시킨다. 이인숙은 식민지 귀족 가계의 윤리의 타락상을 온몸으로 받아들이면서 끝내 자아 찾기에 성공한 여성 영웅으로 부각되기 때문이다. 이런 점에서 『직녀성』은 구여성 이인숙의 고난 극복의 연대기를 제시함으로써 가족사소설의 성격을 드러낸다.

■ 참고문헌

1. 자료

『청송심씨세보(靑松沈氏世譜)』, 『승정원일기(承政院日記)』, 『선원속보(璿源續報)』, 『매천야록(梅泉野錄)』, 『면암집(勉庵集)』, 『개벽(開闢)』,

《시대일보(時代日報)》, 《동아일보(東亞日報)》, 《조선일보(朝鮮日報)》, 《조선중앙일보(朝鮮中央日報)》, 《윤치호일기(尹致昊日記)》 10권,

《삼천리(三千里)》 제6권 제11호(1934), 심훈(1966), 『직녀성』, 『심훈전집』 1.2.3.4, 탐구당.

2. 논저

강동진(1980), 『일제의 한국침략정책사』, 한길사.

권희선(2002), 「중세서사체의 계도 혹은 애도-심훈의 『직녀성』 연구」, 《민족문학사연구》, 민족문학사학회.

박미해(1999), 「17세기 양자의 제사상속과 재산상속」, 《한국사회학》 33. 한국사회학회.

김은전(1978), 「심천풍의 신소설 <형제> 고」, 《관악어문연구》 3, 서울대학교 국어국문학과.

박소은(2001), 「새로운 여성상과 사랑의 이념-심훈의 『직녀성」, 《한국문학연구》 24, 한국문학연구회.

성낙훈(1979), 「한국당쟁사」, 『한국사상논고』, 동화출판공사.

송지현(1993), 「심훈 <직녀성> 고-그 드라마적 특성을 중심으로-」, 《한국언어문학》 31, 한국언어문학회.

신영숙(1986), 「일제하 신여성의 연애결혼문제」, 《한국학보》 45, 일지사.

심재호(2004), 「이름없는 우리들의 행진-심훈 일가족 이산가족 상봉기-」, 《창작과비평》.

유병석(1969), 「심훈의 생애 연구」, 《국어교육》 14, 한국국어교육연구학회.

이상경(2001), 「근대소설과 구여성-심훈의 『직녀성』을 중심으로-」, 《민족문학사연구》 19, 민족문학사학회.

임종국(1982), 『일제 침략과 친일파』, 청사.

조재웅(2006), 「심훈시 연구」, 영남대학교 대학원 박사학위 청구논문.

최원식(1990), 「심훈연구서설」, 『한국근대문학사의 쟁점』, 창작과비평사.

최원식(2002), 「서구 근대소설 대 동아시아 서사-심훈 『직녀성』의 계보-」, 《대동문화연구》 40, 성균관대학교 대동문화연구원.

최재석(1980), 「조선시대 양자제와 친족조직」 상. 하, 《역사학보》 86, 87, 역사학회.

최혜실(2002), 『한국근대문학의 몇 가지 주제』, 소명출판.

취음산인(1953), 「풍류일객-심천풍행장기」, 《지방행정》 2, 지방행정공제회.

한기형(2003), 「습작기(1919~1920)의 심훈-신자료 소개와 관련하여」, 《민족문학사연구》 22, 민족문학사학회.

황국명(1994), 「1930년대 가족가소설의 정치적 무의식 연구 1」, 《한국문학논총》 14, 한국문학회.